Die Drachenschwestern

Band 1 der Drachenromane

von

Virginia Fox

Dragonbooks

ISBN 978-3-906882-10-9

DIE AUTORIN

Virginia Fox, geboren 1978, war bereits im Alter von vier Jahren mit ihren zwei Hauptleidenschaften infiziert: mit der Liebe zu Büchern und Texten in jeglicher Form und der Liebe zu den Pferden. Nach dem Lesen zahlreicher Bücher und dem Schreiben verschiedener Kurzgeschichten und Essays startete sie ihr bis her größtes Projekt: Die Drachenschwestern-Trilogie. Nach der Fertigstellung der Trilogie musste sie feststellen, dass sich der Schreibvirus nicht abschütteln lässt. Im Dezember 2014 veröffentlichte sie Band 1 der neuen Rocky Mountain Serie: Rocky Mountain Yoga. Weitere Bände folgen in regelmäßigen Abständen.
Die Autorin lebt zusammen mit ihrer Tochter, ihrem Australian Cattle Dog und einem launischen Kater in Zürich. Wenn sie nicht gerade am Schreiben ist, widmet sie sich ihrer zweiten Leidenschaft, den Pferden.

Mehr über die Autorin auf Facebook
facebook.com/authorvirginiafox, Twitter @fox_virginia oder virginiafox.com.

Bei Dragonbooks von Virginia Fox auch erhältlich:

Die Rocky Mountain Serie:

(Genre: Liebesroman/Spannung)

Band 1 – Rocky Mountain Yoga
Band 2 – Rocky Mountain Star
Band 3 – Rocky Mountain Dogs
Band 4 – Rocky Mountain Kid
Band 5 – Rocky Mountain Secrets
Band 6 – Rocky Mountain Fire
Band 7 – Rocky Mountain Life
Band 8 – Rocky Mountain Race
Band 9 – Rocky Mountain Lion
Band 10 - Rocky Mountain Gold
Band 11 - Rocky Mountain Crime
Band 12 - Rocky Mountain Heat
Band 13 - Rocky Mountain Snow
Band 14 - Rocky Mountain Horses
Band 15 – Rocky Mountain Kiss (Juni 2018)
Band 16 – Rocky Mountain Games (September 2018)
Band 17 – Rocky Mountain Love (Dezember 2018)

Drachenromane:

Die Drachenschwestern Trilogie

(Genre: Frauenromane mit einem Hauch Fantasy)

Band 1 - Die Drachenschwestern
Band 2 - Das Drachenkind
Band 3 - Das Drachenpferd

Das Drachenmädchen

(Genre: Jugend-/Fantasy)

Band 4 - Das Zeichen des Drachen
Band 5 - Die Drachen der Neuen Welt
Alle Neuerscheinungen und Preisaktionen werden unter virginiafox.com oder auf FB (authorvirginiafox) angekündigt..

1

„Mist, verdammter!“, rief Kaja aus und trat zornig das Gaspedal durch. Doch es half alles nichts. Mit einem letzten Röcheln kam der kleine graue Peugeot zum Stehen und machte keinen Mucks mehr. Zorro, Kajas dreijähriger Husky-Schäfermischling, kläffte aufgeregt.

„Sei still, Zorro! Ich kann jetzt nicht auch noch dein Gebell brauchen, ich habe auch so schon keine Nerven mehr…“, schimpfte Kaja entnervt. Was war bloß mit Zorro los?, schoss es Kaja durch den Kopf. Seit ihrem überstürzten Aufbruch von Zuhause war der Hund nicht zu beruhigen und hatte auf der ganzen Fahrt aufgeregt gewinselt. Kaja konnte sich keinen Reim darauf machen. Klar, sie war selbst angespannt und erschöpft, doch Zorro begleitete sie überallhin und war an ihr chaotisches Leben gewöhnt – das konnte es also nicht sein. Müde lehnte sie sich im Sitz zurück und versuchte, sich die Anspannung aus dem Gesicht zu reiben. Prompt schob Zorro aufgeregt seine nasse Schnauze in ihr Ohr und versuchte, Kajas Aufmerksamkeit zu bekommen. „Was ist denn, mein Großer? Willst du ein Stück von meinem Müsliriegel?“ Automatisch hatte sie zu ihrer Notfallverpflegung, einem Müsli-Schokoladeriegel, gegriffen – sie war der festen Überzeugung, dass Schokolade weniger ungesund war in Kombination mit Getreide – und biss heißhungrig ein Stück ab. Gleichzeitig bot sie ihrem tierischen Gefährten etwas davon an. Doch zu ihrer Überraschung ignorierte der Hund diesen sonst so heißgeliebten Leckerbissen und fing wieder an zu fiepen. Ratlos beobachtete Kaja Zorro und begann, sich ernsthaft Sorgen zu machen, dass mit dem Hund etwas nicht stimmte. Unmittelbar danach fiel ihr allerdings wieder ein, in welcher Situation sie sich befand, und ihre Gedanken schweiften ab.

„Du brauchst dich nicht aufzuregen, du kleines Fellbündel, sie sieht mich nicht. Auch wenn ich hoffe, dass sich das bald ändert."

Zorro ließ sich von dieser Aussage jedoch nicht beruhigen und fing an zu knurren: „Was soll das heißen, sie sieht dich nicht? Mich sieht sie doch auch. Verstehen tut sie mich auch die meiste Zeit!"

„Aber jetzt hört sie dir ja auch nicht zu. Sie hat zu viele andere Dinge im Kopf. Deshalb hört und sieht sie nicht richtig hin." Der Drache schien das ganze Auto auszufüllen. Zorro heulte nochmals auf, in dem verzweifelten Versuch, Kaja auf das Ungetüm aufmerksam zu machen, und rollte sich dann resigniert ganz nah bei der Tür zusammen, möglichst weit weg von den glänzenden blauen Schuppen.

Kaja versuchte inzwischen, möglichst nüchtern ihre Situation zu analysieren, um nicht laut loszuschreien. Sie saß hier mitten in der Pampa in Südfrankreich fest, mit nur noch drei Müsliriegeln und einem Hund, der offensichtlich seinen Verstand verloren hatte. Die gute Nachricht war, dass es nur noch ca. 5 km bis zum Dorf ihrer Oma waren. Die schlechte Nachricht allerdings war, dass sie nach der durchwachten Nacht und der langen Autofahrt wirklich keine Lust hatte, eine Wandertour zu unternehmen. Dazu kam, dass unterdessen ein für diese Region typischer Nieselregen eingesetzt hatte und die grauen Wolken nicht unbedingt dazu beitrugen, ihre Stimmung zu verbessern. Aber es half alles nichts. Im Auto herumzusitzen brachte sie auch nicht weiter. Kaja stopfte den Rest ihrer Notfallration in ihre ausgebeulte Reisetasche, die sie heute Morgen in aller Hast völlig kopflos gepackt hatte. Sie hatte keine Ahnung, ob sie einen Regenschutz mitgenommen hatte. Sie vermutete, eher nicht. Das Einzige, was sie mit Bestimmtheit sagen konnte, war, dass Zorros Futter, sein Fressnapf und seine Schlafdecke mit dabei waren. „Naja, wenigstens dem Hund fehlt es an nichts", musste sie innerlich schmunzeln. Sie zog sich die Kapuze ihres Pullovers über den Kopf und ihre Jacke darüber. Schließlich öffnete sie die Autotür, stieg aus und zerrte die Tasche vom Beifahrersitz. Zorro flitzte wie der Blitz über die Mittelkonsole zur offenen Tür hinaus und Kaja knallte, ihrer Stimmung entsprechend, die Autotür des klapprigen Peugeots heftig zu.

„Autsch!"

Kajas Kopf schnellte herum. „Was war das denn? Zorro? Alles in Ordnung mit dir?" Aufgeregt begann der Hund an ihr hochzuspringen, in der festen Überzeugung, Kaja hätte den blinden Passagier endlich entdeckt – doch Fehlanzeige. Kaja kraulte nur sein Ohr und meinte: „Ich muss wirklich übermüdet sein – jetzt dachte ich schon, ich hätte dich sprechen gehört." Geistesabwesend packte sie ihre schwere Tasche auf die Motorhaube und begann, das Durcheinander darin nach einem Regenschutz zu durchsuchen.

Der Drache grinste Zorro an, der ihn wütend ansah. „Ich hab's dir doch gesagt, Kleiner – das dauert noch ein Weilchen, bis sie mich sieht."

Zorro knurrte zurück: „Nenn mich nicht Kleiner. Und überhaupt, was schreist du dann ‚Aua', wenn du weißt, dass sie dich nicht hören kann!"

„Na hör mal, sie hat meinen Schwanz in der Tür eingeklemmt! Auch wir Drachen schätzen es, wenn man uns die Tür aufhält", entrüstete sich der Drache.

„Scheint ja überflüssig zu sein“, meinte der Hund, „schließlich bist du jetzt trotzdem draußen.“

„Klar, ich als höhere Energieform brauche keine Türen – aber bequemer ist es allemal. Und überhaupt, wenn ich mich darauf einstelle, durch eine Tür zu gehen und die dann plötzlich zu ist, ist das sehr unangenehm“, lamentierte der Drache und fing an zu schmollen. Zorro wurde es jetzt definitiv zu blöd, mit diesem schillernden, blauen Etwas zu diskutieren, und er beschloss, es Kaja gleichzutun und den Drachen erst mal zu ignorieren.

Kaja hatte inzwischen ihre Tasche fertig inspiziert, leider wenig erfolgreich. Der Regen war stärker geworden, und so schloss sie ihre Windjacke bis zum Hals und versuchte sich einzureden, dass Regen ja bekanntlich schön machen sollte. „Wer sich das ausgedacht hat, muss zu dieser unausstehlichen, ewigen Positiv-Denker-Vereinigung gehören“, schimpfte sie leise vor sich hin. „Ich würde gerade liebend gern hässlich und dafür trocken bleiben.“ Plötzlich musste sie trotz allem grinsen. Wenn sie es genau betrachtete, ging es ihr in diesem Moment besser als all die Wochen zuvor in Zürich. Sie hatte keinen Stress, niemand war da, der ihr sagte, sie müsse sich beeilen und bitte an die nächste Deadline denken. Die Luft roch nach feuchter Erde und sommerlich nach frischen, nassen Kräutern und Gras, und Zorro schien sich auch beruhigt zu haben. In eindeutig gehobener Stimmung schulterte sie ihre schwere, alte Tasche und pfiff Zorro zu sich, der keine Zeit verloren hatte, die Wiese am Straßenrand auf der Spur einer der zahlreichen Feldmäuse umzugraben.

„Los, Zorro, wir machen uns auf den Weg zu Mémé. Dort warten schon die Mäuse im Garten auf dich“, rief Kaja und fing an, die Straße entlangzulaufen. Der Name ‚Mémé' für ihre Oma stammte aus ihrer Kindheit. Sie hatte als kleines Mädchen das Wort ‚Grandmère' einfach nicht hingekriegt, und so war es bis heute bei Mémé geblieben. Zorro warf einen letzten wehmütigen Blick auf sein aktuelles Mauseloch und beeilte sich dann, sein Frauchen einzuholen. Allerdings nicht ohne im Vorbeirennen noch schnell den verhassten Drachen anzuknurren, der sich ebenfalls anschickte, mit ihnen mitzugehen. Offensichtlich plante der Drache, ein Weilchen zu bleiben.

2

Kaja und Zorro waren erst ein paar Meter weit gekommen, als hundert Meter vor ihnen ein alter Renault um die Kurve bog. Kaja überlegte kurz, ob sie den Wagen anhalten und um Hilfe bitten sollte, entschloss sich aber fast im gleichen Moment dagegen. Sie hatte sich jetzt auf die kleine Wanderung eingestellt und freute sich darauf. Sie richtete ihren Blick wieder auf den Horizont vor ihnen und versuchte sich zu erinnern, wie weit es noch bis zu der Abzweigung war, von der aus sie querfeldein laufen konnte. Der Renault war schon an ihnen vorbei gefahren, als das Auto plötzlich langsamer wurde und sie dann im Rückwärtsgang wieder einholte.

Das Fenster wurde heruntergekurbelt und eine tiefe Stimme fragte ungläubig: „Kaja? Bist du das wirklich?"

Verwundert, ihren Namen zu hören, hielt Kaja inne und drehte sich zum Auto um, eine Hand an Zorros Halsband, um zu verhindern, dass er quer über die Straße zum Auto hinlief. „Kennen wir uns?", fragte Kaja auf Französisch und wischte sich mit der freien Hand den Regen aus dem Gesicht, um besser sehen zu können. Im Auto saß ein großer Mann mit dunklen Haaren und gelben Augen, der in dem kleinen Renault ziemlich schlaksig wirkte.

Er winkte sie aufgeregt zu sich heran und sagte in bestem Thurgauerdialekt: „Ja, klar kenne ich dich, Dreckspatz, hast du mich etwa vergessen?“

Als sie ihren alten Spitznamen hörte, begann Kajas Gesicht zu strahlen und sie stürzte auf das fremde Auto zu: „Tim! Was machst du denn hier?“

In ihrer Teenagerzeit hatte sie alle ihre Ferien bei Mémé verbracht, froh, dem Internatsalltag in Davos zu entfliehen und ebenso froh, ein Zuhause zu haben, welches ihre Eltern offenbar nie gebraucht hatten. Die waren damals wie heute als Diplomatenpaar ständig auf Reisen. Entweder dienstlich oder ferienhalber. Eine Tochter hatte nicht gut in die Karrierepläne der beiden gepasst. Dank Mémé war das Ganze jedoch nie so schlimm gewesen für Kaja. Sie war einfach mit der Überzeugung groß geworden, dass das so ganz normal sei. Und Tim, der eigentlich in der Schweiz am Bodensee zu Hause war, verbrachte jeweils die langen Sommerferien mit seinen Eltern und seinen drei älteren Schwestern in ihrem Ferienhäuschen, welches nur einen Katzensprung von Mémés Haus entfernt war. Sie und Tim hatten sich zusammengetan, ein Abenteuer nach dem anderen erlebt und dann und wann gemeinsam seine drei großen Schwestern in den Wahnsinn getrieben. Und Kaja war bei diesen Aktionen regelmäßig ziemlich schmutzig oder zumindest tropfnass geworden, weshalb sie bald zu ihrem Spitznamen „Dreckspatz“ gekommen war.

„Ich schaue bei unserem alten Haus ein wenig nach dem Rechten. Wir waren lange nicht mehr hier, und wenn, dann immer nur für ein paar Tage. Dementsprechend sieht es im Garten und im Rebberg aus. Naja, und drinnen im Haus müssen mal wieder die Wände gestrichen werden. Ein Großputz würde auch nicht schaden. Das Dach habe ich letzte Woche schon geflickt“, berichtete Tim. „Aber was machst du denn plötzlich hier? Ich habe heute Morgen mit Mémé gesprochen, als ich frische Eier für mein Frühstück geholt habe. Da hat sie nichts davon erwähnt, dass du kommen wolltest.", sagte er. Tim war damals ebenso bei Mémé zu Hause gewesen wie Kaja sich bei seiner Familie zu Hause gefühlt hatte. So hatte es sich eingebürgert, dass er sie auch Mémé nannte und nicht Josephine, wie sie eigentlich hieß. Es wunderte Kaja nicht, dass er immer noch den Kontakt zu ihr pflegte – zumindest schien das der Fall zu sein, wenn er hier in Frankreich war.

„Sie weiß nicht, dass ich komme – das war eine – äh ... ziemlich spontane Entscheidung, könnte man sagen", antwortete Kaja ausweichend und wirkte auf einmal verschlossen.

Tim bemerkte es und beschloss, fürs Erste nicht weiter nachzufragen. Stattdessen erkundigte er sich freundlich: „Soll ich dich mitnehmen? Ich bin gerade auf dem Weg zu Luc, soll ich ihm sagen, er soll deinen Wagen abschleppen? Ich nehme nicht an, dass du freiwillig im Regen spazieren gehst?"

Luc war der Betreiber der einzigen Garage weit und breit und ein richtiges Unikum mit seinen langen grauen Haaren und seinem Rauschebart. Zudem war er ein richtiger Allrounder – musste irgendwo etwas geflickt werden, ganz egal ob es sich um einen Trecker, einen Kochherd oder, wie in ihrer Jugend, um ein Fahrrad handelte, wandte man sich vertrauensvoll an Luc. Und, wie Kaja jetzt einfiel, der alte Kauz hatte auch immer ein offenes Ohr für menschliche Probleme. Er sagte zwar nie viel, aber die ein, zwei Sätze, welche er dann doch murmelte, reichten meist aus, um einen zum Nachdenken zu bringen. In der Folge wurde dann alles wieder in die richtige Perspektive gerückt und schien kein unüberwindbares Hindernis mehr zu sein. Ja, dachte Kaja bei sich, Luc hatte ich ja ganz vergessen. Vielleicht ist wieder einmal Whiskey trinken mit ihm angesagt. Aber jetzt möchte ich erst mal zu Mémé.

„Erde an Kaja", drang Tims Stimme an ihr Ohr.

„Tut mir leid, Tim. Ich war gerade ganz woanders mit meinen Gedanken“, entschuldigte sich Kaja.

„Ja, das habe ich gemerkt.“, grinste Tim. „Was ist jetzt, fährst du mit?“

„Danke, das ist lieb von dir, aber ich glaube, ein Spaziergang wird mir guttun. Und Zorro hier, den kennst du ja noch nicht, freut sich sicher, wenn er sich nach der langen Fahrt etwas die Beine vertreten und die hiesige Mäusepopulation in Angst und Schrecken versetzen kann. Aber es wäre super, wenn Luc das Auto abholen könnte – dann gehe ich morgen bei seiner Garage vorbei und lasse mir erklären, was das nötige Heilmittel für meine altersschwache Karre ist“, meinte sie.

„Okay, in Ordnung. Wir sehen uns ja sicher in den nächsten paar Tagen. Wir können uns mal auf ein Bier treffen, wenn du magst. Auf jeden Fall wirst du deinem Spitznamen ja schon wieder gerecht, wenn ich mir so anschaue, wie nass du bist“, witzelte Tim, „Ciao!“

Kaja musste unwillkürlich grinsen. „Ja, abgemacht, freu mich schon, bis dann!“ Sie schaute ihm noch zu, wie er den Motor wieder startete und davonfuhr. „Schon spannend“, sagte Kaja zu sich, „ich weiß nicht, wie lange ich nicht mehr an Tim gedacht habe. Und jetzt steht er plötzlich da und es ist so, als hätten wir uns täglich gesehen. Ich wusste gar nicht mehr, dass es so unkomplizierte und hilfsbereite Menschen gibt, was, Zorro?“ Sie drehte sich um und pfiff ihren Hund zu sich, der schon wieder in seine Buddelei vertieft war.

Ausnahmsweise hörte er sofort auf und kam angerannt. Allerdings nicht ohne die Luft zu verkläffen. „Du benimmst dich wirklich seltsam, es ist doch gar nichts da! Komm, wir gehen Mémé besuchen“, sagte Kaja zu Zorro.

Der Hund bellte zurück: „Du nennst dieses blaue Riesenvieh nichts? Ich geb’s auf – du scheinst ihn wirklich nicht zu sehen!“

„Zorro, ist gut! Sei jetzt endlich ruhig!“, schimpfte sein Frauchen aufgebracht. Frustriert wandte sich Zorro dem Weg vor sich zu und begann augenblicklich, eine Hasenspur am Wegrand zu verfolgen.

Amüsiert hatte der Drache das Geplänkel zwischen Kaja und ihrem vierbeinigen Freund verfolgt. Das schien ja noch ein Weilchen zu dauern, bis Kaja genug Aufmerksamkeit übrig hatte, um zu merken, was um sie herum vor sich ging. Egal, er hatte keine Eile. Mit großen Schritten trottete er den beiden hinterher und beschloss, erst einmal abzuwarten, wie es weiterging.

3

Kaja blieb auf der kleinen Anhöhe stehen und schaute hinunter auf das Haus ihrer Großmutter. Es lag eingebettet zwischen dem kleinen Rebberg und einem kleinen Bach. Aus dem Kamin stieg Rauch auf, der sofort vom Wind in alle Richtungen verweht wurde. Der Regen hatte etwas nachgelassen. Tief atmete sie die feuchte Luft ein. Sie schloss die Augen, streckte die Arme aus und hielt ihr Gesicht in den kühlen Wind. Versonnen blickte sie in die Weite des kleinen Tals und dachte: Es ist so schön hier – ich hatte es fast vergessen.

In den letzten paar Monaten hatte sie ihren Besuch bei Mémé immer wieder aufgeschoben. Wieso eigentlich? Irgendwie war sie in diese Karrieretretmühle des städtischen Lebens geraten und in der Illusion gefangen gewesen, ihre Anwesenheit im Projekt sei unentbehrlich. Kaja lachte verbittert auf: Ja, das hatte man ja gesehen, wie unentbehrlich sie war. Und alles nur, weil sie so blöd gewesen war, Frédéric zu vertrauen. Frustriert drehte sie sich um, packte ihre Tasche fester und verdrängte gewaltsam alle Gedanken an diesen Betrüger.

„Zorro, komm her. Wir sind gleich da. Mémé hat bestimmt was Gutes für dich", rief sie ihrem Hund zu. Zorro tauchte zwischen den Reben auf. Er war völlig lehmverschmiert, da der Regen den schweren Boden aufgeweicht hatte. „Wie siehst du denn aus, mein Kleiner! Da muss ich dich wohl in den Bach stellen“, lachte Kaja. „Nun komm, gehen wir.“

Die kleine Gruppe setzte sich in Bewegung. Der Hund freudig wedelnd neben Kaja, und der Drache, unbemerkt von der jungen Frau, als Schlusslicht.

Beim Haus angekommen setzte Kaja ihre Reisetasche auf der alten Holzbank neben der Tür ab und machte als Erstes ihre Drohung wahr, den Hund in den kleinen Bach zu bugsieren. „Zorro, stell dich nicht so an! Rein mit dir!“ Schwungvoll verfrachtete sie ihn ins Wasser. Mit einer Hand packte sie ihn am Halsband, um mit der anderen die Sand- und Lehmreste aus seinem Fell und den Pfoten zu waschen. Als sie endlich zufrieden mit dem Ergebnis war, ließ sie den zappelnden Hund los. Zorro sprang mit einem Satz aus dem Wasser, schüttelte sich und stürmte zum Haus. Dort stellte er sich an der Tür hoch, drückte mit den Pfoten die Türklinke herunter und zwängte sich ins Haus.

Kaja folgte ihm ins Innere des Hauses und fühlte sich sogleich wieder zu Hause. Mémé kam aus der Küche und begrüßte sie: „Da bist du ja endlich! Ich habe dich schon erwartet. Nanu? Seid ihr diesmal gleich zu dritt gekommen?“

„Salut Mémé. Zu dritt? Nein, wir sind nur zu zweit, ich und mein kleiner Racker“, antwortete sie und umarmte die alte Frau innig. „Tim ist weiter ins Dorf gefahren und holt dann mit Luc noch mein Auto. Und was meinst du damit, du hättest mich erwartet?“, fragte sie verwundert.

Mémé stutzte einen Moment bis sie begriff, dass Kaja noch nichts von der Anwesenheit des Drachen ahnte. Sie schüttelte unmerklich den Kopf. Kaja war schon immer sehr kopflastig durchs Leben gehetzt und hatte nie etwas zum Thema Intuition hören wollen. Nun gut, dann würde sie das Mädchen nicht aufmerksam machen auf etwas, das sie offensichtlich nicht sehen wollte.

„Benimm dich einfach!“, zischte sie dem Drachen leise zu, „ich stelle dir eine Schale Milch aufs Fensterbrett, das sollte ja genügen.“

„Mémé? Was ist los? Sprichst du wieder mit deinen Hausgeistern?“, wollte ihre Enkelin spöttisch wissen.

„Junge Dame, nicht in diesem Ton. Du bist immer noch meine kleine Enkelin und es bleibt dir überlassen, nichts von Hausgeistern zu halten. Aber hier in meinem Reich sprichst du mit Respekt von ihnen. Ich habe nämlich keine Lust, dass sie sich über dich ärgern und anfangen, Unsinn zu treiben. In Ordnung?“

„Ist ja gut“, wehrte Kaja lachend ab und hob versöhnlich die Hände. Sie wusste, wie empfindlich Mémé war, was ihre Rituale anbelangte. Ihre Großmutter galt im ganzen Umkreis als weise Frau und wurde von allen hoch geschätzt wegen ihres Heilwissens. Zudem machte sie die besten Duftkerzen weit und breit. Diese verkaufte sie jeweils freitags auf dem Markt im Dorf. Sie waren beliebte Touristengeschenke, wurden aber auch von den Ansässigen sehr gern gekauft, weil diese um die wohltuende Wirkung der reinen ätherischen Öle wussten, die Mémé bei der Herstellung verwendete. Als Kind hatte Kaja Mémé stundenlang zugeschaut. Und als sie größer wurde, hatte sie viele verregnete Nachmittage dabei geholfen, die Kräuter zuzubereiten, um die kostbaren Öle zu gewinnen, das Wachs aus Paraffin und Stearin zu mischen und die Kerzen zu gießen. Und in der Weihnachtszeit kamen noch die sanft riechenden Bienenwachskerzen hinzu, die sie zusammen in stundenlanger Arbeit in vertrautem Schweigen oder beim Klang von Mémés Stimme, die alte Märchen erzählte, zogen. Doch von allem anderen, was ihre Großmutter tat, hatte sie sich immer distanziert. Es reichte schon, wenn die anderen im Internat ihr „Hexenkind“ hinterher riefen. Wenn sie jetzt zurück dachte, konnte sie nicht einmal mehr sagen, was der Grund dafür gewesen war, dass die anderen sie so nannten. Sie hatte nur beiläufig etwas erzählt, was sie in den Sommerferien gemacht hatte. Auf jeden Fall hatte sie danach gut aufgepasst und immer nur unverfängliche Erlebnisse zum Besten gegeben. Und wollte auch mit Mémé über nichts mehr sprechen, das man nicht sehen und anfassen konnte.

„Also, wieso wusstest du, dass ich komme? Ich wusste es ja selbst erst, als ich im Auto saß", ließ Kaja nicht locker. Denn obwohl sie selbst nichts damit am Hut hatte, staunte sie immer wieder über Mémés sechsten Sinn.

„Du weißt doch, dass wir eine gute telepathische Verbindung haben. Wenn du auch mal auf Empfang schalten würdest…", sie beendete den Satz nicht, wohl wissend, dass sie damit bei ihrer Enkelin auf taube Ohren stoßen würde. Obwohl, der Drache ist ja offensichtlich wegen ihr hier, dachte sie bei sich. Das konnte ja noch heiter werden. Laut sagte sie: „Jetzt komm erst mal richtig an. Ich habe dir deinen Lieblingskuchen gebacken, und das Teewasser sollte jetzt auch heiß genug sein."

Sie ging voran in die Küche, und Kaja folgte ihr. Sie mussten beide den Kopf ein wenig einziehen, um den getrockneten Kräutern auszuweichen, die fein säuberlich sortiert vom Deckenbalken hingen, um zu trocknen. Die Küche war das Herzstück des kleinen Bauernhauses. Die Abdeckung war aus gehauenen Granitplatten gestaltet und bildete einen schönen Kontrast zur Holzeinrichtung. In der Mitte stand der uralte Holztisch, der überall Spuren seines langen Lebens aufwies. Diverse Einkerbungen und verblasste Farbtupfer erinnerten an Kajas künstlerische Eingebungen in der Kindheit oder an ihre ersten Versuche, selbst Brot mit dem großen Messer zu schneiden. Durch die alten Doppelfenster mit den Holzstreben schickte die untergehende Sonne, die sich inzwischen wieder hervorgewagt hatte, ihre letzten Strahlen und zeichnete ein warmes Muster an die Wände. Aus dem kleinen CD-Player in einer Ecke tönte leise klassische Musik. Mozart, vermutete Kaja, war sich aber nicht sicher. Zwar gefiel ihr klassische Musik, sie konnte sie jedoch selten einordnen, wenn sie sie hörte. Zorro lag schon ganz entspannt zusammengerollt vor dem offenen Kamin.

Sie ließ sich am Küchentisch nieder und fing an, Ria zu streicheln, die schneeweiße Katze von Mémé, die hoheitsvoll auf den Hund herabblinzelte. Ria war die Nachfolgerin von Kämpfer, einem getigerten Kater, der rauflustig den ganzen Hof beherrscht und tyrannisiert hatte. Er war Kajas Schatten gewesen, als sie noch klein war. Er hatte sie auf all ihren Erkundungsgängen rund um den Hof begleitet und in der Nacht in ihrem Bett geschlafen. Leider hatte er einen Kampf mit einem streunenden Hund, den er partout nicht in der alten Scheune dulden wollte, nicht überlebt. Kaja war damals untröstlich gewesen. Lange wollte sie nichts von einer neuen Katze wissen, bis sie in ihren Sommerferien eines Tages über ein kleines, weißes, verwaistes Fellbündel gestolpert war. Zusammen mit Mémé hatte sie das Kätzchen aufgepäppelt. Ria hatte sich allerdings Mémé angeschlossen und war unbestreitbar ihre Katze. Da konnte man nichts machen. Katzen suchen sich ihre Menschen halt selber aus, dachte Kaja. Ist vielleicht auch besser so, ich war in den letzten paar Jahren ja so selten hier.

„Was für einen Tee möchtest du?“, ertönte die Stimme ihrer Großmutter aus einem Schrank über der Spüle.

„Vielleicht einen Orangenblütentee, der sollte meine Gedanken ein wenig beruhigen“, antwortete Kaja ohne nachzudenken.

Erfreut drehte sich Mémé um und meinte: „Du hast ja doch einiges behalten, was ich dir über Kräuter beigebracht habe.“

Gespielt verzweifelt sagte Kaja: „Ich kann nichts dafür, mein Gedächtnis speichert einfach alles, was ich höre.“ Dann kicherte sie los.

So war sie wenigstens mit minimalem Aufwand durch die Schule und schließlich durchs Studium gekommen. Beim

Gedanken an das Studium folgte sogleich die Erinnerung an ihren Job und die damit verbundenen Probleme. Sofort verdüsterte sich ihre Stimmung wieder. Rastlos fing sie an, mit den Fingern auf den Tisch zu trommeln. Gleichzeitig verabschiedete sich der CD-Player mit einem Knistern und gab den Geist auf. Mémé, die eben das heiße Wasser über die Kräuter gegossen hatte und nun den dampfenden Krug zum Ziehen auf den Tisch stellte, schaute auf und blickte von Kaja, die mit finsterer Miene dasaß, zu dem elektronischen Gerät und wieder zurück.

„Was ist los Kindchen – auf wen bist du so wütend?“, wollte sie von ihrer Enkeltochter wissen.

„Auf niemanden, wie kommst du darauf?“, antwortete Kaja ausweichend. „Danke fürs Tee kochen!“

„Lenk nicht ab, junge Dame, bleib beim Thema und bleib sitzen“, sagte Mémé, als Kaja Anstalten machte aufzustehen, um die Teetassen zu holen. „Wenn ich mir deinen Gesichtsausdruck so anschaue und gleichzeitig noch mitansehen muss, wie mein neuer CD-Player stirbt, musst du mir nicht weiß machen wollen, nichts sei los.“ Sie drehte sich um, um aus dem Schrank zwei Tassen zu holen.

Kaja versuchte, ihre Miene zu glätten und ein unschuldiges Gesicht zu machen. Was kläglich misslang. Also verbarg sie ihr Gesicht in ihren Händen und atmete tief durch. „Ja, Mémé, du hast ja recht. Nichts ist in Ordnung. Ich erzähle dir auch alles. Nur, wenn es dir recht ist, nicht gleich. Jetzt möchte ich einfach nur deine Gesellschaft und deinen Kuchen genießen, wenn das geht.“

Bestürzt über den verzweifelten Ton in Kajas Stimme ging Mémé zu ihr und strich ihr übers Haar. „Ja, klar, ruh dich erst einmal aus. Hier, nimm ein Stück Mohnkuchen. Du kannst mir alles morgen erzählen… Das lässt mich ja hoffen, dass du mir ein paar Tage erhalten bleibst“, neckte sie schließlich.

Dankbar nahm Kaja das angebotene Stück Kuchen an und biss herzhaft hinein. Dabei fiel ihr ein, dass sie seit heute Morgen nur von Müsliriegeln gelebt hatte. Kein Wunder, dass ihr schon der Magen knurrte. Endlich fiel ein wenig von der Anspannung von ihr ab. Der heiße Tee entfaltete seine beruhigende Wirkung und sie lehnte sich im Stuhl zurück, um ihre langen Beine neben dem Tisch ausstrecken zu können.

Mémé durchbrach das Schweigen: „Du hast vorhin Tim erwähnt. Hast du ihn bereits getroffen? Und was war mit deinem Auto los, dass sich Luc darum kümmern muss?"

„Ach ja", seufzte Kaja, „mein Auto. Ja, wenn ich das wüsste. Es ist einfach stehengeblieben. Zum Glück nicht weit von hier, gleich vor der letzten großen Kurve auf der Landstraße, wenn du von Osten her kommst. Da ist zufälligerweise Tim vorbeigefahren und hat mich auch gleich erkannt. Er hat angehalten, um mir zu helfen."

Sie musste lächeln, als sie an die kurze Begegnung zurückdachte. Wie lange hatten sie sich jetzt nicht mehr gesehen? Acht oder neun Jahre. Egal.

Laut sagte sie: „Auf jeden Fall ist es ein schöner Zufall, dass er gerade jetzt auch hier ist. Er wollte Luc in der Garage Bescheid sagen, damit er mein Auto abschleppt. Ich werde wohl morgen kurz bei ihm vorbeifahren um zu sehen, ob er schon etwas herausgefunden hat", schloss sie ihren Bericht.

„Dann kannst du gleich meinen CD-Player mitnehmen, den du zum Abstürzen gebracht hast. Vielleicht kann er den ja auch reparieren", antwortete Mémé.

Kaja zog eine Grimasse. Herrje, fing das schon wieder an? Während ihrer Pubertät waren bei ihren heftigen Gefühlsausbrüchen laufend elektronische Geräte kaputtgegangen, Glühbirnen zerplatzt oder zumindest vorübergehend nicht mehr funktionstüchtig gewesen. Sie hatte zwischenzeitlich zwar gelernt, sich zusammenzunehmen, doch in der letzten Zeit fühlte sie sich immer mehr wie ein Dampfkochtopf, der kurz vor dem Explodieren stand. Diesem Umstand war auch ihre Abneigung gegen Handys zuzuschreiben. Die Dinger funktionierten garantiert nie, wenn sie sie brauchte.

Sie stand auf, um ihre Tasche zu holen, die immer noch auf der Bank vor dem Haus stand. „Ich füttere nur schnell mein kleines Raubtier", sagte sie zu Mémé. Zorro, der sie genau verstanden hatte, folgte ihr eilig hinaus in den Flur und vor die Tür und dann wieder zurück in die Küche. Kaja lachte: „Du Lauser hast schon wieder mitgekriegt, um was es geht, was?" Sie füllte einen Napf mit Wasser, den anderen mit Trockenfutter und stellte es ihm an seinem gewohnten Platz auf dem Boden.

Mémé musste schmunzeln, als sie die beiden beobachtete. Die Verständigung zwischen Mensch und Tier war so einfach, wenn sich der Mensch nur die Mühe machte, sich auf das Tier einzulassen. Aber nein, die Menschen hatten es ja lieber kompliziert. Erst vermenschlichten sie die Tiere komplett, bis der Hund nicht mehr Hund sein durfte, und dann rannten sie verzweifelt zu Hunde- oder anderen Flüsterern oder Tierpsychologen, wo sie teures Geld dafür bezahlten, ihre Tiere zu verstehen.

Kaja drehte sich zu Mémé um und sagte: „Ich gehe dann mal nach oben und stell mich unter die Dusche. Brauchst du nachher meine Hilfe beim Vorbereiten des Abendessens?"

„Ja, gerne. Wenn du das machen könntest, bleibt mir genug Zeit, die Kerzen fertig zu machen, mit denen ich heute Morgen angefangen habe."

„Gut, abgemacht. Zorro lasse ich am besten hier unten, er ist ja sowieso am liebsten bei dir im Atelier."

Mémé hatte vor ein paar Jahren den Schuppen, der ans Haus anschloss, in ein Atelier umgebaut. Was früher nur eine alte Bretterverkleidung gewesen war, um Heu und Holz zu lagern, erstrahlte nun dank einer hellen Holzfassade, die gerade erst begonnen hatte nachzudunkeln, in neuem Glanz. Auf der Südwestseite ließ eine hohe Fensterfront viel Licht in das Innere. Sollte es im Sommer zu heiß werden, konnten Sonnensegel vor die Fenster gezogen werden. Das Wachs sowie die schon fertigen Kerzen bewahrte Mémé unterirdisch in einem Kellergewölbe auf. Jetzt konnte sie arbeiten, wie und wann sie wollte und musste vor allem nicht immer alles am Abend wieder wegräumen wie früher, als sie noch in der Küche gearbeitet hatte.

Frisch geduscht kam Kaja eine halbe Stunde später in die Küche zurück und begann, den Kühlschrank zu durchforsten. Sie fand Trockenfleisch und Schinken aus der Region, etwas Crème Fraîche, drei Pellkartoffeln und Eier und entschied sich dafür, eine große Omelette zu backen. Dann verschwand sie durch eine kleine Tür an der rechten Seite der Küche in der Vorratskammer und machte noch einige Karotten und eine Zwiebel ausfindig.

Während sie die Zwiebel klein hackte, erhitzte sie in einer Pfanne ein wenig Butter. Als sie fertig war, gab sie die Zwiebel in das heiße Fett und ließ sie auf kleiner Flamme glasig werden. Sie schnappte sich die Küchenschere und ging aus dem Haus. An der Südseite des Hauses zog Mémé ihre Kräuter, die für den Küchengebrauch bestimmt waren. Das war recht praktisch, so hatte man alles immer frisch verfügbar. Sie suchte sich Thymian, Oregano und ein Büschel Schnittlauch zusammen, schnitt alles ab und sprach, in Gedanken an ihre Großmutter, den Pflanzengeistern ein kurzes Dankeschön aus.

Zurück in der Küche schnipselte sie die Kräuter zu den Zwiebeln dazu und dämpfte sie ein wenig an, während sie die Kartoffeln schälte und klein würfelte. Das hätte ich auch besser am Anfang gemacht, schimpfte Kaja leise vor sich hin, jetzt bin ich wieder mal im Stress! Jetzt schnell noch den Schinken in Streifen schneiden und die Eier verquirlen. Sie gab alles in die Bratpfanne und rührte dann immer wieder um, während sie die Karotten schälte und rieb.

Plötzlich kam Zorro in die Küche gestürmt und klaute ein übrig gebliebenes Stück Schinken vom Tisch. Ohne zu überlegen warf Kaja den Kochlöffel, den sie in der Hand hatte, Richtung Hund. Zorro, der das schon kannte, hatte sich jedoch in letzter Sekunde mit seiner Beute unter den Tisch verzogen.

„Wie ich sehe hast du den kleinen Racker immer noch nicht besser erzogen!“, tönte Mémés Stimme aus dem Flur.

„Ja, wenn ich nur wüsste wie – ich kann ihn ja schlecht bitten, es bleiben zu lassen. Besser gesagt, kann ich das schon, nur interessiert das Zorro nicht wirklich“, antwortete sie leicht genervt. „Wenn du den Tisch deckst, mache ich schnell die Sauce für den Karottensalat fertig. Hast du noch irgendwo Senf? Den habe ich nämlich nirgends gefunden“, fragte Kaja.

„Ich hol ihn dir gleich, er steht in einem Tontopf neben den Konservendosen.“ Mémé platzierte den Topf mit dem grobkörnigen Senf neben ihre Enkelin und deckte den Tisch. Während Kaja den Salat fertig machte, verteilte sie das Rührei auf zwei Teller. Kaja stellte den Salat zusammen mit dem Fleisch und der Crème Fraîche in die Mitte und setzte sich zu ihrer Großmutter an den Tisch.

„Das schmeckt ja wieder einmal phänomenal“, lobte Mémé.

Dann war eine ganze Weile nichts mehr zu hören. Sie aßen in einvernehmlichem Schweigen, zufrieden das einfache, aber gute Essen genießend. Als sie fertig gegessen hatten, brachte Mémé Kaja auf den neuesten Stand, was das Dorfleben betraf. Unterdessen räumte Kaja den Tisch ab und stellte die schmutzigen Teller in die Spüle.

„Lass nur“, unterbrach Mémé ihre Erzählungen, „ich mache den Abwasch dann, du hast ja gekocht.“

„Okay, danke", sagte Kaja und schnitt sich noch ein Stück Kuchen ab. „Möchtest du auch noch eins?", fragte sie Mémé, während sie einen frischen Tee aufbrühte.

„Nein danke, aber eine Tasse Tee nehme ich gerne."

Kaja füllte zwei Tassen mit dem aromatisch duftenden Tee und stellte sie auf den Tisch. Sie holte den Teekrug und ihr Stück Kuchen und ließ sich auf ihren Stuhl fallen. Behaglich streckte sie sich und seufzte: „Aah, hat das gut getan. Ich koche und esse so gerne, aber für mich alleine macht es einfach keinen Spaß. Und überhaupt habe ich meistens so viel um die Ohren, dass ich höchstens mal auswärts richtig zum Essen komme, und das ist einfach nicht dasselbe." Zorro erhob sich von seinem Kaminplätzchen und setzte sich zu ihren Füßen. Besser gesagt auf ihre Füße. Automatisch fing Kaja an, ihrem Hund die Ohren zu kraulen, was dieser sichtlich genoss. Als sie damit aufhören wollte, stupste er sie ungeduldig mit der Schnauze an.

„Ist ja gut, Kleiner, ich mach ja schon weiter." Zu Mémé gewandt meinte sie scherzhaft: „Er ist ein kleiner Tyrannosaurus Rex geworden. Ich habe ihn wohl zu sehr verwöhnt. Am besten, ich gehe mit ihm zur alten Mühle, da kann er sich noch ein wenig die Beine vertreten und sein Geschäft erledigen." Sie stand auf und schnappte sich die Leine. Wahrscheinlich würde sie sie nicht brauchen, aber man wusste ja nie. Mémé bekam – ganz wie in alten Zeiten – eine Umarmung: „Wir sprechen morgen ausführlicher, ich geh nachher gleich ins Bett, in Ordnung?"

„Ja klar, schlaf gut und träum was Schönes."

„Du auch." Kaja folgte Zorro, der schon vorausgelaufen war, zur Haustür, und die beiden verschwanden im Dunkeln.

„So", sagte die alte Frau in die Stille hinein. „Du hast dich bis jetzt ja erstaunlicherweise sehr zurückhaltend und gesittet verhalten. Jetzt erzähl doch mal, was du von meiner Enkelin willst. Und wage es nicht, mich anzuschwindeln. Ich gebe dir auch einen aus."

Sie stand auf, füllte ein Glas mit Milch und gab einen großzügigen Schuss Holunderschnaps hinzu. Mit dem Glas in der Hand setzte sie sich wieder an den Tisch und wartete. Plötzlich waberte ein blaues nordlichtartiges Flackern durch den Raum. Der Drache nahm langsam Gestalt an und ließ sich elegant auf dem Stuhl gegenüber nieder, ein freches Grinsen im Gesicht. „Hola Josephine, lange nicht gesehen…“

4

Kaja erwachte früh am nächsten Morgen. Obwohl es noch nicht ganz sieben Uhr war, fühlte sie sich so wach und ausgeruht wie schon seit Wochen nicht mehr. Allerdings war sie auch schon seit Wochen nicht mehr vor Mitternacht ins Bett gekommen. Und der räumliche Abstand zu ihrem Alltag bewirkte wahrscheinlich sein Übriges. Sie überlegte kurz, sich noch einmal in ihre Decke zu kuscheln, verwarf den Gedanken jedoch gleich wieder und sprang aus dem Bett, wobei sie fast über Zorro stolperte. Dieser hatte die ganze Nacht neben ihrem Bett gelegen und schlief immer noch tief und fest. „Wach auf, Faulpelz, du kannst später weiterschlafen." Sie verschwand im angrenzenden kleinen Badezimmer, wusch sich schnell das Gesicht mit kaltem Wasser, putzte sich die Zähne und fasste ihre glatten dunklen Haare am Hinterkopf zu einem nachlässigen Pferdeschwanz zusammen. So kehrte sie ins Zimmer zurück und wühlte in ihrer Reisetasche, bis sie ihren Jogginganzug fand. Sie zog sich um und gab Zorro mit einem leisen Pfiff den Befehl, mitzukommen. Während sie auf der Treppe sitzend ihre Laufschuhe zuband, fiel ihr plötzlich ein, dass sie ihre Großmutter gestern, als sie von ihrem nächtlichen Hundespaziergang zurückgekehrt war, in der Küche noch sprechen gehört hatte. War Besuch gekommen? Das hätte sie ihr doch bestimmt gesagt. Naja, vielleicht hab ich mir das auch nur eingebildet, dachte sie bei sich. Leichtfüßig sprang sie die Treppe hinunter, den Hund im Schlepptau, und trat vors Haus. Tief atmete sie die kühle Morgenluft ein und streckte sich. Sie schaltete ihren iPod ein und steckte sich die Kopfhörer in die Ohren. Gutgelaunt fing sie an zu joggen.

Eine gute Stunde später war sie wieder zurück. Sie strich sich die verschwitzten Haarsträhnen, die sich während des Laufens vorwitzig aus dem Zopf gelöst hatten, aus dem geröteten Gesicht und machte sich daran, zur Musik von Ulalena, einem hawaiianischen Musical, zu stretchen. Die Augen geschlossen, ganz in die Musik und ihre Übungen vertieft, merkte sie nicht, dass sich ihr jemand von hinten näherte. Plötzlich spürte sie, wie jemand sie an der Schulter anfasste. Sie schnellte herum, ihre Hand zur Faust geballt, bereit zuzuschlagen. Im letzten Moment bremste sie den Schlag ab.

Naja, zumindest ein wenig.

„Wow, Tim, du hier – hast du mich erschreckt!“, rief sie aus und stürzte zu Tim, der mit schmerzverzehrtem Gesicht am Boden saß und sich das Kinn hielt.

„Dein rechter Haken ist nicht von schlechten Eltern“, stöhnte er.

„Mein linker“, verbesserte Kaja automatisch, „tut mir echt leid, aber was musst du dich auch so anschleichen!“

„Ich hab mich nicht angeschlichen.“ Er deutete auf ihre Kopfhörer, die inzwischen lose um ihren Hals baumelten und aus denen immer noch Musik zu hören war. „Ich habe dreimal gerufen und gedacht, du hättest mich sicher gehört. Ich habe nicht gesehen, dass du verstopfte Ohren hast.“

„Na ja, wenn du schon wieder Witze reißen kannst, kann es dir ja nicht zu schlecht gehen.“ Sie streckte eine Hand aus und zog ihn vom Boden hoch. Als er stand und ihre Hand losließ, kribbelten ihre Handflächen. Was ist denn jetzt mit mir los, dachte Kaja, das ist ja bloß Tim, Tim, den ich schon ewig kenne und der mich Dreckspatz nennt. Dabei wurde ihr auf einmal bewusst, wie sie aussehen musste, und ihr Gesicht wurde noch eine Spur röter, als es sowieso schon war. Ich wünschte, ich würde nicht immer aussehen wie durch eine Pfütze gezogen, wenn ich diesen Mann treffe. Diesen Mann? Herrje, ich brauche wohl dringend eine kalte Dusche, wenn ich vom kleinen Tim von nebenan plötzlich als Mann rede!

Tim seinerseits hatte Kaja unauffällig gemustert. Was er sah, gefiel ihm ausserordentlich. In ihren Trainingshosen und dem verschwitzten langärmligen T-Shirt ließ sich eine unzweifelhaft weibliche, aber doch sportliche Figur erkennen. Ja, der Dreckspatz war erwachsen geworden!

Kajas Stimme unterbrach seine höchst angenehmen Gedankengänge. „Wolltest du etwas Bestimmtes oder nur unschuldige Jungfrauen erschrecken, Herr Ritter?", fragte sie und lenkte das Gespräch so ganz bewusst wieder in ungefährliche Bahnen, indem sie auf die Ritter- und Burgfräuleinspiele ihrer Kindheit anspielte.

„Äh", Tim musste sich erst kurz sammeln. „Ich wollte wie jeden Tag Eier holen, als ich über dich gestolpert bin. Zum Glück, bevor ich die Eier bei mir hatte", grinste er. „Das hätte eine schöne Sauerei gegeben. Und dann wollte ich dich fragen, ob du Lust hast, heute ins Pub zu kommen? Ich lade dich auf ein Bier ein." Er schaute sie so erwartungsvoll an, dass Kaja lachen musste.

„Ja klar, können wir machen. Ich muss vorher aber noch kurz bei Luc vorbei und schauen, wie es um mein Auto steht."

„Gut, dann ist das abgemacht, ich hol dich um fünf Uhr ab."

„So, und ich hol dir jetzt noch die Eier", meinte Kaja und verschwand um die Ecke im Hühnerstall. Als sie wieder auftauchte, hielt sie drei Eier in der Hand. „Reichen dir drei? Ich kenne nicht mehr alle Hühner, also hab ich mich auf die von Gris-Gris, Alma und Elsa beschränkt."

Sie hatte ein einziges Mal versucht, ihr noch unbekannten Hühnern die Eier zu klauen, einmal und nie wieder! Die blutigen Kratzer an ihrer Hand waren ihr eine Lehre gewesen. Seither ließ sie sich alle neuen Hühner erst von Mémé vorstellen und in ihre Eigenheiten einweisen. Dann klappte es wunderbar, selbst wenn sie selten da war. Sie hatte keine Ahnung, wie das in anderen Hühnerställen vor sich ging, aber sie vermutete, dass dieses Diven-Verhalten eine Spezialität von Mémés Hühnern war.

„Ja danke, das reicht vollkommen. Dann also bis heute Abend."

„Ciao." Tim drehte sich um und ging.

Kaja schaute ihm noch einen Moment lang gedankenvoll nach und pfiff dann nach Zorro, der es sich im Schatten unter dem Baum bequem gemacht hatte. Sie ging nach oben, duschte und zog sich um. Als sie aus der Dusche kam, sah sie Zorro, der ihr Kopfkissen anknurrte. „Zorro, du dummer Hund, das ist doch nur mein Kissen!" Sie nahm die Decke und das Kissen und schüttelte die beiden Sachen schwungvoll aus. Daraufhin sprang der Hund am Fenster hoch und bellte triumphierend hinaus. „So, fertig jetzt! Wenn du so übermütig bist, kannst du nach draußen gehen." Resolut packte sie den Hund am Halsband, führte ihn die Treppe hinunter und schickte ihn vor die Tür. Immer noch bellend verschwand er um die Ecke. Kopfschüttelnd kehrte Kaja ins Haus zurück.

„Ich hab dich verjagt, ich hab dich verjagt!", kläffte Zorro aufgeregt und tänzelte um den Drachen herum, der missmutig aus den Brennnesseln kletterte, die unter Kajas Fenster wuchsen.

„Ja, ja", brummte er, „aber dich hat sie auch aus ihrem Zimmer verbannt, wie mir scheint, wenn ich dich hier so sehe. Und im Gegensatz zu dir brauche ich keinen, der mir die Tür aufmacht, hehe!"

„Ich auch nicht", beteuerte Zorro, „Türen öffnen ist ein Kinderspiel. Nur wird Kaja dann immer wütend."

„Tja, dein Pech, ich geh dann mal", meinte der Drache achselzuckend und verschwand durch die Mauer ins Haus. Verdutzt starrte Zorro die leere Stelle an, wo der Drache eben noch gesessen hatte. Wo war er hin? Aufgeregt fing er an zu schnüffeln. Zum Glück wurde er bald durch eine erfolgsversprechende Wühlmausspur abgelenkt, sonst hätte er sich wohl noch lange seinen Kopf zerbrochen.

Kaja war in der Zwischenzeit wieder in ihr Zimmer zurückgekehrt. Sie wollte eben ihr Bettzeug ordentlich hinlegen, als ihr Blick auf ihr Handy fiel, das mitten auf dem Bett lag. Seltsam, dachte sie, das hatte ich doch auf den Nachttisch gelegt? Sie nahm es zur Hand und sah, dass das Display blinkte. Fünf verpasste Anrufe und vier Mailboxmitteilungen. Sie wollte das gar nicht sehen – deshalb hatte sie es doch gestern auch ausgemacht? Unentschlossen drehte sie ihr Telefon in den Händen. Schließlich gewann ihre Neugier die Oberhand. Da es nun schon eingeschaltet war und sie gesehen hatte, dass Anrufe eingegangen waren, konnte sie sie genauso gut abhören. Sie gab die Nummer ihres Anrufbeantworters ein und wollte schon die Entertaste ihres Handys drücken, als sie innehielt. Nein, ich werde mir doch nicht meine gute Laune verderben lassen, entschied sie. Sie klappte das Telefon zu und stellte es entschlossen ganz ab. Achtlos legte sie es auf den Nachttisch und ging hinunter.

5

Kaja fand ihre Großmutter im Atelier, wo diese dabei war, Geschenksets zusammenzustellen. Die Geschenksets gab es in drei Ausführungen. Die erste Variante war die simpelste und bestand aus drei verschieden großen Kerzen mit drei verschiedenen Düften. Die zweite Version enthielt nur eine Kerze, dafür zusätzlich ein Fläschchen desselben reinen ätherischen Öls, welches die Kerze enthielt, und ein kleines tönernes Duftlämpchen, das unten Platz für ein Teelicht bot. Die dritte beinhaltete eine kleine aromatisierte Kerze, einen Badezusatz und eine Körperlotion mit derselben Duftnote. Die Holzschachteln waren mit einer Fotocollage ausgekleidet, auf welcher die verschiedenen Pflanzen abgebildet waren, die zur Gewinnung der entsprechenden Öle verwendet wurden. Die Verkleidung ließ sich herauslösen und zu einer großen Postkarte umfunktionieren. Abgerundet wurden die Sets mit getrockneten Originalblüten und Kräutern.

„Guten Morgen, Mémé“, rief Kaja fröhlich.

„Morgen Kaja, du bist heute aber früh unterwegs.“

„Ich war bereits laufen, es war so ein schöner frischer Morgen. Ich habe sogar die kleine Fuchsfamilie auf der Lichtung beim Wäldchen gesehen.“

„Ach, sind sie wieder da. Ich bin ihnen dieses Jahr noch gar nicht begegnet. Kannst du mir helfen und die fertigen Pakete in meinem Auto verstauen? Ich fahre nachher los und verteile sie an meine Kunden. Wenn du Lust hast, komm doch mit. Wir könnten uns beim Bäcker Pains au Chocolat und Orangensaft holen, ich habe nämlich nichts zum Frühstücken im Haus."

„Ja klar, klingt gut. Dann sehe ich gleich mal, wo du überall deine Sachen verkaufst. Und echte französische Pains au Chocolat hatte ich schon seit einer halben Ewigkeit nicht mehr", antwortete Kaja.

Sie stapelte jeweils drei Geschenkpakete aufeinander, trug die Pakettürme zum Auto und verstaute sie im Kofferraum. Die letzten drei brachte ihre Großmutter mit, die soeben fertig geworden war. „Kann Zorro mitkommen?", fragte Kaja. „Er klebt wie ein Schatten an mir, sobald er merkt, dass ich weggehen will. Dabei sein ist für ihn alles!"

„Ja klar, hol du den Hund, ich zieh mich noch schnell um."

Eine Viertelstunde später fuhren sie die Hofzufahrt hinunter und bogen Richtung Dorf ab. Zorro, der auf der Rückbank saß, streckte Kaja alle paar Minuten seine feuchte Schnauze ins Gesicht. Kaja musste kichern.

„Lass das, du Schlingel, das kitzelt!" Sie schob den Hund nach hinten und meinte, an Mémé gewandt: „Er benimmt sich schon seit ich gestern in Zürich abgefahren bin ein wenig seltsam. Man könnte fast meinen, er will mir dringend was sagen."

Sieh mal einer an, dachte Mémé bei sich, sie merkt also doch langsam, dass etwas anders ist. Vielleicht hilft ihr ja der Hund auf die Sprünge. Laut sagte sie: „Das ist gut möglich. Du weißt ja, dass Tiere oft mehr wahrnehmen als wir Menschen."

Kaja stellte verwundert fest, dass Mémé es bei dieser Aussage beließ und nicht die Gelegenheit ergriff, einen ihrer berühmten Vorträge über „Zeichen im Leben wahrnehmen und deuten" oder so ähnlich zu halten. Sie zuckte die Achseln und wandte ihre Aufmerksamkeit wieder der Landschaft zu, die draußen vorbeizog. Schon kamen die ersten Häuser von Aujargues in Sicht.

„Erinnerst du dich noch an Madame Bouvar? Sie hat früher doch zusammen mit ihrem fürchterlich jähzornigen Mann diesen schmuddeligen kleinen Tabakshop in Lunel geführt.“

Als Kaja nickte, fuhr sie fort: „Na ja, auf jeden Fall ist er letzten Winter wenig überraschend an einem Herzinfarkt gestorben. Kurz darauf schloss sie den Tabac und vernagelte die Schaufenster. Jeder dachte, sie würde den Laden verkaufen und zu ihrer Schwester nach Paris ziehen. In Wirklichkeit renovierte sie klammheimlich und praktisch ganz alleine den Laden, ohne dass irgendwer das mitbekam. Im April tauchte sie völlig verwandelt, hübsch geschminkt und zurechtgemacht bei mir zu Hause auf und verkündete, sie würde ihren Laden neu eröffnen und würde gerne meine handgemachten Kerzen und Seifen ins Sortiment mit aufnehmen. Ich staunte nicht schlecht. Ihr Laden ist inzwischen der schönste und speziellste der ganzen Region und sie somit inzwischen eine meiner besten Kundinnen.“

„Worauf beruht denn ihr Erfolg? Und was verkauft sie sonst noch?“, wollte Kaja wissen, die gespannt zugehört hatte.

„Du kannst dir gleich selbst ein Bild davon machen, wir sind da.“

Sie stiegen aus dem Auto und befreiten Zorro vom Rücksitz. Da die Sonne für September ungewöhnlich heiß vom wolkenlosen Himmel strahlte, war es zu warm, um ihn im Auto zu lassen. Mémé wies Kaja an, zwei Pakete hineinzutragen, sie selbst klemmte sich ebenfalls zwei unter die Arme. ‚Café des Arts' stand in geschwungenen Lettern über dem Eingang. Gemeinsam traten sie durch die Glastür in den Laden. Kaja hatte gar keine Zeit gehabt, die Schaufenster zu betrachten. Jetzt, im Innern, stand sie mit offenem Mund da und war schlichtweg überwältigt. Madame Bouvar hatte wirklich ganze Arbeit geleistet! Die Schaufenster waren leer, sodass Passanten einen ungehinderten Blick ins Innere des Ladens hatten. Was heißt hier Laden, staunte sie, mehr eine Galerie. An den Wänden hingen kunstvolle Tuschezeichnungen und Aquarelle, immer wieder unterbrochen von gelben und orangenfarbenen Stoffbahnen. Die geschickt angebrachte, indirekte Beleuchtung ließ den Raum hell und luftig wirken. In einer Ecke war ein großer Gletscherfindling platziert, auf dem eine einzelne große Kerze brannte, die Kaja als eine von Mémé erkannte. Die Kerze füllte den Raum mit dem für diese Gegend typischen Duft nach Lavendel und Rosmarin, ohne aufdringlich zu wirken. Das hatte Kaja schon als Kind an Mémés Kerzen so bewundert. Ganz sanft und unbewusst wurde man von den Düften in verschiedene Stimmungen versetzt, und man fühlte sich augenblicklich wie in den Ferien. Schräg gegenüber vom Eingang führte ein Rundbogen in einen kleineren Raum. Dicht gedrängt standen dort einfache, hölzerne Regale, gefüllt mit Kunsthandwerk und allerlei Spezialitäten aus der Region. Zusätzlich befand sich dort auch eine kleine Theke mit einer Glasvitrine. In dieser warteten frische Salate, Tapas und köstliche Kuchen. Hungrige Besucher konnten die Köstlichkeiten entweder mitnehmen oder draußen im Hinterhof unter den großen Platanen genießen.

Kaja trat näher an die Bilder heran, um sie besser betrachten zu können. „Mémé“, rief sie aus, „das sind ja alles Motive aus der Gegend. Hier ist die alte Mühle am Bach, wo ich gestern Abend war. Und hier die berühmte Kathedrale in Uzès. Und Lucs Werkstatt… Wow, und hier sind, wenn mich nicht alles täuscht, Sehenswürdigkeiten aus ganz Frankreich versammelt, Wahnsinn!“

„Freut mich, dass dir meine Bilder gefallen“, ertönte eine Stimme hinter ihr. Kaja schnellte herum.

„Madame Bouvar! Haben Sie die etwa gemalt? Sie sind unglaublich schön, so detailgetreu und doch von einer Leichtigkeit…“

„Nenn mich ruhig Alice“, bot sie Kaja an. „Ja, die Bilder sind von mir. Hättest du mir gar nicht zugetraut, was? Na ja, ist ja auch kein Wunder, so wie ich früher aufgetreten bin, als mein Mann noch lebte.“ Sie seufzte bei der Erinnerung daran und man sah ihr die Erleichterung an, dass sich das jetzt geändert hatte. „Kommt, wir setzen uns in den Garten, ich mache uns Kaffee.“

„Wie ist denn die Idee zum Café des Arts entstanden?“, fragte Kaja neugierig.

„Die Idee dazu schlummerte schon lange in mir. Gemalt habe ich schon in meiner Jugend. Ich war fasziniert von Orten, Gebäuden und Plätzen, ihren Geschichten und den Menschen, die sie geprägt hatten…“ Sie machte eine kleine Pause, wie um ihre Gedanken zu ordnen. „Na ja, nach meiner Heirat merkte ich allerdings bald, dass Paul, mein Mann, nicht viel von meinem Gepinsel, wie er es nannte, hielt. Und von meiner Idee, den heruntergekommenen Laden zu renovieren, auch nicht. Den Vorschlag, eine kleine Galerie zu integrieren, habe ich wohlweislich für mich behalten, das hätte sowieso nichts gebracht. All die Jahre über habe ich nur heimlich gemalt und natürlich aus diesem Grund vorwiegend Objekte und Plätze aus der Gegend. Als er letzten Winter gestorben ist und ich den ersten Schock über die großen anstehenden Veränderungen überwunden hatte, entschloss ich mich, es einfach zu wagen und meinen Traum zu verwirklichen“, erzählte Alice.

„Mémé meinte, dein Unternehmen sei ein Riesenerfolg – was ist dein Geheimrezept?“, forschte Kaja weiter nach.

„Ich denke, das habe ich verschiedenen Dingen zu verdanken. Zum Ersten kennen mich die Leute hier schon seit langem. Einige der Alteingesessenen haben sich zwar erst darüber aufgeregt, dass ich etwas komplett Neues aus dem alten Tabac gemacht habe, aber inzwischen haben sich die meisten daran gewöhnt.“

„Hattest du nicht Angst, dass die dein neues Unternehmen boykottieren würden?“

„Nein, ich hab sie einfach ignoriert. Es handelte sich mehrheitlich um unsere wenigen Stammkunden, die den ganzen Morgen lang ihr Bier getrunken und mit Paul geschwatzt haben oder vor dem Spielautomaten gesessen sind. Nur konnten wir von denen schon damals kaum leben. Ich wollte mir eine frische Kundschaft aufbauen. Und mein Geheimrezept“ schmunzelte Alice, „wie du es genannt hast, ist, dass ich es geschafft habe, die Touristen sowie die Einheimischen gleichermaßen anzusprechen. Da sich unter meinen Bildern auch viele Plätze und Orte aus der Umgebung finden, spricht das auch die hiesigen Leute an. Viele freuen sich, ihr Häuschen oder einen Lieblingsplatz auf einem Bild zu entdecken und kaufen es dann. Die Urlauber hingegen können zwischen Motiven von bekannten Sehenswürdigkeiten oder regionalen Sujets wählen. Zusätzlich gebe ich den Einheimischen auf alles, was ich verkaufe, auch auf Essen und Getränke, zehn Prozent Rabatt. So bin ich sehr saisonunabhängig und habe den Laden mittags immer voll. Das zieht dann auch Passanten an, wenn so ein Trubel herrscht. Im Winter habe ich vor, den Laden zwei Monate zu schließen. Ich will in dieser Zeit herumreisen, um auszuspannen und zu malen.“

Einen Moment lang saßen die drei schweigend im Schatten der wunderschönen Bäume. Jeder hing seinen Gedanken nach. Zorro lag schlafend unter dem Tisch. Ab und zu zuckte er mit dem Fell, wenn die Fliegen zu aufdringlich wurden.

„Wie schön!“, seufzte Kaja. „Ich finde es immer toll, wenn Menschen ihre Träume verwirklichen!“

„Aber Kind, das klingt ja reichlich frustriert! Was sind denn deine Träume? Du brauchst nur ein wenig Mut und Durchhaltewillen und musst deinen Träumen vertrauen!“, sagte Alice.

„Wenn das nur so einfach wäre. Im Moment weiß ich gar nicht, was meine Träume einmal waren oder sind..." Sie verstummte.

Mémé, die merkte, dass Kaja schon mehr von sich preisgegeben hatte als sie wollte, stand auf und meinte: „Wir müssen noch weiter, unsere Verteiltour hat ja erst begonnen. Vielen Dank für die Geschichte und den Kaffee."

„Ja, danke", sagte Kaja und warf Mémé einen dankbaren Blick zu, „wir kommen bestimmt noch mal wieder, solange ich da bin."

„Nichts zu danken. Ich hab mich über euren Besuch gefreut und dass ich dich wieder einmal getroffen habe. War ja schon eine Ewigkeit her."

Sie kauften noch ihr Frühstück und verließen den Laden mit zwei Büchsen Orangensaft, einer großen Flasche Wasser und einer frisch gefüllten Tüte voller Pains au Chocolat. Ihre Tour führte sie durch die umliegenden Dörfer, und sie trafen auf allesamt zufriedene Ladenbesitzer, von denen die meisten gleich neue Bestellungen aufgaben, darunter auch etliche Spezialwünsche von Stammkunden. Die Stammkundschaft setzte sich mehrheitlich aus Einheimischen zusammen. Aber auch Feriengäste, welche Jahr für Jahr hier ihren Urlaub verbrachten und Josephines Produkte sehr schätzten, zählten dazu.

Sie verließen gerade den letzten Laden, als Kaja staunend zugab: „Ich hätte nie gedacht, dass die Idee mit diesen Geschenksets so großen Anklang findet."

Mémé parkte den Wagen im Schatten einiger Bäume am Ufer der Vidourle. Sie hatten ihre Tour in Sommières beendet, wo sich Josephine auf dem bekannten Kräutermarkt mit einigen Kräutern eingedeckt hatte, die ihr entweder ausgegangen waren oder die sie selber nicht anpflanzte. Da die Kräuterhändler sie natürlich alle kannten, hatte ein großes Hallo geherrscht und alle wollten von ihr wissen, ob ihre Enkelin denn für längere Zeit hier sei. Einerseits ein schönes Gefühl, so in einer Gemeinschaft willkommen zu sein, aber auch anstrengend. Kaja fühlte sich, als hätte sie einen Marathon hinter sich.

„Lass uns hier essen, ich bin schon wieder am Verhungern", schlug Mémé vor. Sie suchten sich eine Stelle, die nicht in der prallen Sonne lag und setzten sich auf einen großen Stein, von wo aus sie ihre Füße bequem ins erfrischende Wasser baumeln lassen konnten. „Ja", nahm die Großmutter den Faden wieder auf, als sie es sich bequem gemacht hatten. „Es ist wirklich ein voller Erfolg. Wenn ich im Winter jeweils nicht so viel herstellen könnte, würde ich mit der Produktion kaum nachkommen. Und da ich mich vorwiegend auf einheimische Düfte beschränke und diese selber anpflanze, habe ich sehr geringe Kosten und verdiene dementsprechend gut daran. Dadurch, dass ich jetzt nicht mehr nur auf dem Markt und bei mir zu Hause verkaufe, sondern ein richtiges Verteilernetz habe, erreiche ich viel mehr Leute."

„Ich finde es toll", freute sich Kaja. „Ich bin froh, dass du dir endlich ein gutes und gesichertes Einkommen erarbeitet hast."

Das war nicht immer so gewesen. Kaja erinnerte sich noch gut daran, wie hart Mémé früher gearbeitet hatte. Oft hatte sie die Menschen in der Umgebung kostenlos beraten. Und die Verkäufe auf dem örtlichen Markt liefen zwar schon früher gut, aber der fand nur an drei Tagen in der Woche statt und hatte ein relativ kleines Einzugsgebiet. Kajas Eltern schickten regelmäßig Schecks, um die Kosten ihrer Tochter zu decken. Aber Kaja hatte trotzdem gemerkt, dass sich ihre Großmutter ständig Sorgen gemacht hatte, ob das Geld wohl reichen würde. Vor allem, wenn unvorhergesehene Dinge passierten, wie zum Beispiel der Sturm, der das halbe Dach abgedeckt hatte. Dann war die Grenze des finanziell Machbaren jeweils schnell erreicht. Kaja hatte sie immer nach Kräften unterstützt, sich ihr Taschengeld selbst verdient. Sie hatte ihrer Großmutter nach ihrer Ausbildung auch immer wieder Dinge mitgebracht, von denen sie wusste, dass sie sie gut gebrauchen konnte oder sich wünschte, sich selber aber nicht kaufte.

„Ja, das stimmt. Bei all den Bestellungen weiß ich zumindest jeweils ein halbes Jahr im Voraus, was ungefähr zu tun ist. Aber was ich schon seit längerem mit dir besprechen wollte: Diese ganze Sache mit den Geschenksets war ja eigentlich deine Idee. Das erste Geschenkset hast du für mich gebastelt. In der Werkstatt hat es dann ein Kunde entdeckt, worauf die Sache eine regelrechte Eigendynamik entwickelt hat. Plötzlich erhielt ich Anrufe von allen Seiten, sie würden gerne diese Sets und allenfalls auch Einzelstücke von mir in ihr Sortiment aufnehmen. Deshalb habe ich von Anfang an jeweils zehn Prozent vom Reingewinn auf dein altes Kinder-Sparkonto getan."

„Was? Aber Mémé, das ist doch nicht nötig!", rief Kaja aus. „Ich habe doch das alles von dir gelernt und du hast die ganze Arbeit damit. Ich habe doch gar nichts damit zu tun!"

„Doch, doch, eben schon. Ohne dich wäre das alles gar nicht entstanden. Das steht dir zu! Das lag mir schon lange am Herzen!", beharrte Mémé.

„Ich hab doch genug Geld, ich brauche es nicht", sagte Kaja.

Josephine, die merkte, dass Kaja sich momentan nicht umstimmen ließ, antwortete: „Machen wir es doch einfach so. Wir lassen das Konto bestehen, ich beteilige dich weiterhin mit zehn Prozent, und falls du das Geld brauchen solltest, ist es da. Sonst kannst du immer noch deinen Lebensabend damit finanzieren.", scherzte die Großmutter. „Was ich so über die Schweizer Altersvorsorge höre, klingt ja nicht so optimistisch."

„Okay, aber nur, wenn du mir versprichst, dass du ohne zu zögern davon nimmst, falls du knapp bei Kasse bist", wollte Kaja ihrer Großmutter das Versprechen abnehmen.

„Ich glaube, du hast immer noch nicht verstanden, wie erfolgreich deine Idee ist. Ich muss, wenn alles so weiter geht, wohl bald ein paar Leute anstellen, die mir mit der Arbeit helfen."

„Oh." Kaja verstummte.

In dem Moment wurden sie von Zorros wütendem Gebell unterbrochen. Eben hatte er noch friedlich nach Steinen im Wasser getaucht, als er wie vom wilden Affen gebissen anfing, im Kreis durchs Wasser zu rennen. Josephine musste lachen. Dem Drachen war es offenbar langweilig geworden, weshalb er angefangen hatte, Zorro zu ärgern. Der Hund fiel natürlich prompt darauf rein und verfolgte ihn mit großen Sätzen. Kaja versuchte, sich einen Reim auf Mémés Heiterkeitsausbruch zu machen, als der Drache den Hund ans Ufer lockte, zu dem Stein, auf dem die beiden Frauen nebeneinander saßen. Zorro hatte nur Augen für den Drachen, welcher gekonnt zwischen den beiden hindurch schlüpfte. Josephine, die das hatte kommen sehen, wich zur Seite aus, doch Kaja wurde von dem stürmischen Fellbündel glatt überrannt und kippte kopfüber ins Wasser. Spuckend und fluchend tauchte sie wieder auf.

„Geht's eigentlich noch, Zorro", schimpfte sie, „hast du denn keine Augen im Kopf?"

Der Drache hatte sich in der Zwischenzeit buchstäblich in Luft aufgelöst und Zorro bot, mit seinem nassen Pelz, den hängenden Ohren und der unsicher wedelnden Rute ein solches Bild des Jammers, dass Kajas Ärger auf der Stelle verflog. Sie fing an zu lachen und sagte: „Nur gut, dass Tim mich jetzt nicht sieht. Ich mache meinem Spitznamen ja wieder einmal alle Ehre."

Mémé saß immer noch auf dem Felsblock und japste vor lauter Lachen nach Luft. Kaja spritzte sie nass und zog sich ans Trockene. „Los, lass uns gehen", meinte Mémé. „Zum Glück ist es heute so warm, du wirst dich sicherlich nicht erkälten."

6

Am Nachmittag bürstete Kaja ihren nunmehr wieder trockenen Hund. Er fing schon wieder an zu haaren. Ein sicheres Indiz dafür, dass wohl bald endgültig der Herbst anfangen würde. Man musste ja für den kommenden Polarwinter gerüstet sein, schmunzelte Kaja innerlich. Dagegen konnte man nichts machen, das war das Husky-Erbe in seinem Blut. Schließlich war sie zufrieden und befreite Zorro mit einem liebevollen Klaps von der Kämmprozedur. Erleichtert sprang er ein paar Schritte weg, bevor er sich genüsslich im Staub wälzte.

„So, und jetzt noch schütteln“, rief Kaja. Wie auf Befehl schüttelte sich der Hund und legte sich dann in den Schatten, möglichst weit weg von Frauchen. Sonst kam sie vielleicht noch auf die Idee, weiter zu bürsten.

Kaja packte den Hundestriegel und den Kamm in den Geräteschuppen. Diese Utensilien blieben hier. Sie hatte sie extra gekauft, damit sie sie nicht immer mitnehmen musste, wenn sie auf Besuch kam. Sie ging zu ihrer Großmutter in den Gemüsegarten.

„Ich mache heute Gemüselasagne, ist das okay?“, fragte Mémé, als sie Kaja erblickte.

„Mmh, ja gerne. Ich bin allerdings um fünf mit Tim verabredet und es ist gut möglich, dass ich erst spät wieder zurück bin. Ich wärme mir dann gerne ein Stück auf.“

„Ja, prima“, antwortete Mémé und wollte sich wieder dem Garten zuwenden.

„Ich wollte dich fragen, ob du Lust auf eine Tasse Tee hättest. Dann könnten wir noch ein wenig Zeit mit Plaudern verbringen.“

Obwohl Kaja den Vorschlag in einem ganz beiläufigen Tonfall gemacht hatte, war Mémé sofort klar, dass es Kaja wichtig war. „Ich komme gleich rein, ich nehme nur noch schnell die Zutaten fürs Abendessen mit rein.“

„Super, ich setze dann schon mal Teewasser auf“, sagte Kaja und verschwand in Richtung Haus.

Kaja hatte schon den Tisch in der Pergola gedeckt, als Mémé aus dem Garten kam. Es gab Kuchen von gestern und erfrischenden Pfefferminztee mit einem Spritzer Zitrone. „Ich wasche mir schnell die Hände“, sagte Mémé, ihre erdigen Hände in die Höhe haltend, „dann bin ich gleich bei dir.“

„Nur keine Eile“, antwortete Kaja, die sich die Zeit mit einem Sudoku-Rätsel vertrieb.

„So, da bin ich endlich!“ Mémé setzte sich zu Kaja und nahm einen großen Schluck Tee. Eine Weile plauderten sie über belanglose Dinge, bis die Großmutter schließlich konkret fragte: „Also, was ist denn nun los. Was hast du auf dem Herzen?“

Kaja gab sich einen Ruck und begann zu erzählen: „Du weißt ja, dass ich nach Abschluss meines Informatikstudiums zu dieser Softwareentwicklungsfirma namens PC-Lux-Solutions gekommen bin und dort jetzt seit drei Jahren arbeite. Die Firma gefiel mir lange gut, ich konnte immer mehr im kreativen Webbereich arbeiten. Das hat mich gefreut, da ich das viel lieber mache als stur vorgegebene Ideen anderer zu programmieren. Vor einem halben Jahr wurde die Firma allerdings mit einem anderen Unternehmen, Qubus, zusammengelegt. Da begann sich plötzlich, ziemlich schnell vieles zu verändern.“

„Ach Kaja, sie haben dir doch nicht etwa gekündigt?“, fragte Mémé erschrocken.

„Nein, nein“, beruhigte Kaja sie. „Obwohl, das kommt vielleicht noch“, lachte sie mit einem bitteren Unterton. „Aber lass mich der Reihe nach erzählen. Es hat sich vor allem unsere Arbeitskultur verändert. Vorher lag der Fokus auf den Resultaten unserer Arbeit, welche stets erstklassig zu sein hatten und auch waren. Dafür genossen wir Mitarbeiter auch sehr viele Freiheiten. Es interessierte niemanden, wo und wann die Arbeitszeit geleistet wurde, wir hatten Entspannungsräume und ein großes Mitspracherecht bei den Aufträgen. Neuerdings hat man seine mindestens achteinhalb Stunden pro Tag, lieber jedoch zehn – Überzeit natürlich unbezahlt, versteht sich – nach der Stechuhr zu leisten. Es werden von oben unsinnige Deadlines gesetzt, die sich mit vernünftigen und sicheren Testphasen, die jedes Produkt durchlaufen muss, nicht schaffen lassen, und täglich werden Änderungen diktiert, so dass oft die ganze Arbeit vom Vortag für die Katz ist.“

„Das ist sicher eine sehr frustrierende Art und Weise zu arbeiten“, meinte Mémé verständnisvoll. „Wie hast du das eigentlich mit Zorro gelöst? Ich weiß noch, früher konntest du ja viel von zu Hause aus arbeiten.“

„Da habe ich mich durchgekämpft. Ich hab meinem alten Chef gesagt, entweder ich kann den Hund mitnehmen und zwei Stunden Mittag machen, um mit dem Hund raus zu gehen, oder ich würde gehen. Das Ultimatum hat auch gewirkt, wahrscheinlich vor allem deshalb, weil ich praktisch für einen eigenen Bereich zuständig bin, den auf die Schnelle niemand abdecken konnte. Damit hat er wohl seinen neuen Vorgesetzten aus dem ehemaligen Qubus-Lager überzeugt und sich ziemlich für mich eingesetzt. Das rechne ich ihm auch hoch an. Nur wird mein Ultimatum wohl kaum mehr lange Gewicht haben, nachdem wir jetzt so tolle neue Mitarbeiter haben. Es soll ja jetzt jeder im Team arbeiten, haha, dass ich nicht lache!"

Kaja nahm einen Schluck Tee und ordnete ihre Gedanken. „Also, wo war ich stehen geblieben?"

„Bei den neuen Mitarbeitern", half ihr Mémé auf die Sprünge.

„Genau. Jeder von uns hat einen sogenannten Teamkollegen bekommen, auch diejenigen, die bis dahin alleine für ihre Projekte verantwortlich gewesen sind, so wie ich. Tja, ich war erst gar nicht unglücklich darüber. Ich bekam nämlich Frédéric zugeteilt, der mir schon auf den ersten Blick sehr gut gefiel. Ach, weißt du Mémé, ich Dummkopf habe mich in ihn verliebt", seufzte Kaja.

„Was ist denn daran schlecht? Das ist doch schön, ich freue mich für dich!"

„Freu dich nicht zu früh, die Geschichte hat nämlich kein Happy End. Kurz bevor Frédéric und ich zusammen eingeteilt wurden, wurde ein firmeninterner Wettbewerb lanciert. Es ging darum, eine neue Software für unsere Buchhaltung zu entwickeln, die standortunabhängig ist. Natürlich mit dem Gedanken, das Produkt später auch extern zu vermarkten. Zahlen und Buchhaltung sind ja an und für sich nicht so mein Ding, aber da das Ganze webbasiert sein sollte und ich einige, wenn ich das so sagen darf, revolutionäre Ideen hatte, was die Benutzerfreundlichkeit und die Gestaltung der Interfaces hatte, meldete ich mich an."

Kaja hatte ihre Großmutter das ganze Studium hindurch auf dem Laufenden gehalten, ihr einen Computer geschenkt und das Internet gezeigt, so dass sie mit vielen Fachbegriffen vertraut war und Kajas Ausführungen problemlos folgen konnte.

„Ziemlich bald fingen Frédéric und ich an, miteinander auszugehen", fuhr Kaja fort. „Er war sehr charmant und aufmerksam. Von Anfang an seltsam war allerdings, und das hätte mir wohl zu denken geben sollen, dass er immer erst spät am Abend für mich Zeit hatte. Ich habe mir nichts weiter dabei gedacht, im Gegenteil, so hatte ich genug Zeit für meine Arbeit und den Hund. Er wollte unsere Beziehung auch im Geschäft geheim halten. Da er es damit begründete, dass er befürchte, man würde uns andere Teampartner zuteilen und es doch schade wäre, wenn wir nicht mehr zusammen arbeiten könnten, willigte ich ein, dieses Spiel mitzuspielen. Du kennst mich ja, ich bin sowieso nicht der Kletten-Typ, der die ganze Zeit Händchen halten will, von daher fiel mir das auch nicht schwer. Na ja, langer Rede kurzer Sinn: ein paar Wochen schwebte ich im vermeintlich siebten Himmel, eine nette Umschreibung für weibliche Vogel-Strauss-Taktik in Bezug auf Männer", schnaubte Kaja sarkastisch. „Das böse Erwachen ließ allerdings nicht lange auf sich warten. Das Erste, was mir auffiel, war, dass er mir ständig mühsamen Kleinkram zuschanzte, mit der Ausrede, er habe noch alte Sachen aufzuarbeiten. Brav machte ich das, bis ich stutzig wurde, als mein Chef mich fragte, wann er denn mit Frédérics Unterlagen zum Desk-Solution Projekt rechnen dürfe. Ich war wie vor den Kopf geschlagen. Ich hatte gar nicht gewusst, dass dieses Projekt bereits gestartet war. Wie sich herausstellte, hatte der charmante Frédéric mich nicht mit dieser Kleinigkeit belasten wollen, denn ich hätte ja immer so viel zu tun. Das stimmte schon, nur war daran die Zusatzarbeit schuld, die ich für ihn erledigte. So hatte ich also die wichtigsten Sitzungen verpasst und wurde von den interessanten Teilen des Projekts ausgeschlossen. Wenigstens rüttelte mich das ein wenig aus meinem Dornröschenschlaf und ich begann, ihn und unsere sogenannte Partnerschaft – geschäftlich wie privat – ein wenig klarer zu sehen In der Folge widmete ich mich wieder vermehrt dem Wettbewerbsprojekt und zeigte Frédéric die kalte Schulter. Somit war ich pünktlich am Tag vor dem Abgabetermin fertig. Am selben Abend stand plötzlich, spät wie immer, Frédéric vor der Tür, einen riesigen Blumenstrauß in der Hand und wollte sich für sein unprofessionelles Verhalten in den letzten Wochen entschuldigen."

„Ich hoffe, du hast die Blumen genommen und ihn nach Hause geschickt", bemerkte Mémé.

„Das hätte ich tun sollen", meinte Kaja kläglich. „Aber ich dumme Kuh hab' mich geschmeichelt gefühlt, und ich wollte ja auch keine nachtragende Zicke sein, also habe ich ihn rein gelassen. Nach einigen Gläsern Wein sind wir dann schließlich im Bett gelandet. So, und jetzt kommt der wirklich hässliche Teil. Als ich am nächsten Morgen aufgewacht war, war Frédéric schon weg. Mit ihm, wie ich gleich darauf merkte, mein Wettbewerbsprojekt. Erst dachte ich, mein Computer hätte bei einem Absturz die Daten gelöscht. Doch dann bemerkte ich, dass nicht nur die Daten auf dem Rechner verschwunden waren, sondern dass zusätzlich mein USB-Stick fehlte. Frédéric hatte also nicht nur mein Projekt geklaut, sondern auch noch alle meine Aufzeichnungen zerstört." Kaja holte tief Luft und versuchte, sich zu beruhigen.

Zum Glück gab's hier draußen keine elektrischen Geräte, dachte Mémé. Laut fragte sie: „Und was hast du dann gemacht? Ihn zur Rede gestellt?"

„Das ist es ja. Ich bin natürlich wutentbrannt ins Büro gestürmt und hab das miese Schwein gesucht. Doch er war nicht dort und sein Schreibtisch sah auch merkwürdig unbenutzt aus. Also fing ich erst mal an zu arbeiten, oder besser gesagt, so zu tun als ob, denn konzentrieren konnte ich mich beim besten Willen nicht mehr. Irgendwann wurde ich zu unserem Abteilungsleiter zitiert, welcher mir mitteilte, Herr Scherrer hätte auf eigenen Wunsch das Team gewechselt, da es für ihn unmöglich sei, weiterhin mit mir zusammenzuarbeiten. Ich war wie vor den Kopf gestoßen. Mühsam brachte ich es zustande, nachzufragen, was konkret denn das Problem gewesen sei. Die Frage war meinem Abteilungsleiter sichtlich unangenehm.

Unbehaglich wandte er sich auf seinem Bürostuhl. Schließlich antwortete er, Frédéric hätte sich beschwert, ich würde ihm nachstellen, würde ihm andauernd hinterher telefonieren und ihn privat treffen wollen. Wenn es nur um ihn gegangen wäre, hätte er mit der Situation schon umgehen können, habe Herr Scherrer erklärt, doch seine Frau würde sich ebenso darüber aufregen. ‚In Ihrem beidseitigen Interesse hielten wir es daher für besser, Ihr Team aufzulösen', meinte er. ‚Ich? Ihm Nachstellen? Seine Frau?' echote ich und versuchte verzweifelt, meine Gedanken zu ordnen.

Ich sage dir, Mémé", Kaja trommelte aufgebracht mit den Fingern auf die Tischplatte, „ich kam mir vor wie im falschen Film. Oder als wäre ich am Tag vorher einfach falsch abgebogen auf meinem Weg in dieser Welt. Ich war unfähig, einen klaren Gedanken zu fassen. Unscharf nahm ich wahr, wie mein Abteilungsleiter mir noch erklärte, welche Arbeiten in meiner Verantwortung geblieben waren, doch ich hörte ihm nicht zu. Mechanisch verabschiedete ich mich, holte die wichtigsten Sachen aus dem Büro und ging mit Zorro nach Hause. Das alles ist gestern Morgen passiert. Ich bin direkt zu dir gefahren. Ich wollte nur noch weg!", schloss Kaja.

„Das ist ja furchtbar!", meinte Mémé. Doch selbst sie, die selten um Worte verlegen war, wusste nichts weiter darauf zu sagen. Die Geschichte war einfach unfassbar.

„Wenn ich dir jetzt so die Geschichte erzähle, merke ich erst, dass es wie eine Intrige klingt. Als ob das jemand, beziehungsweise Frédéric, von langer Hand geplant hätte. Aber wie kann das sein? Wir kannten uns vorher ja nicht!"

„Hm, auf jeden Fall kanntest du ihn nicht. Er war ja noch dazu von der neuen Partnerfirma, soweit ich das richtig verstanden habe. Aber du hast recht, grundsätzlich klingt es wirklich schon sehr nach Industriespionage oder so ähnlich, auf jeden Fall. Andererseits kann es auch sein, dass er einfach nur die

Gelegenheit erkannt und ergriffen hat, als ihr euch kennen gelernt habt und er gesehen hat, wie gut deine Arbeit ist."

„Ja, das kann natürlich auch sein. Ich wüsste allerdings nicht, wie er das so schnell hätte merken können. Na ja, egal, ich bleibe jetzt erst mal ein paar Tage hier. Vielleicht fällt mir ja ein, was ich jetzt machen sollte."

„Ich werde auch darüber nachdenken", meinte Mémé. „Am effizientesten wäre wahrscheinlich eine Voodoo Puppe", scherzte sie.

„Weißt du was, das ging mir auch schon durch den Kopf. Aber so richtig schmerzhaft müsste es sein… Aber lassen wir das, ich muss mich jetzt fertig machen für mein Treffen mit Tim. Ich will ja wenigstens einmal ein wenig annehmbar aussehen", sagte Kaja.

Hoppla, dachte Mémé, bahnte sich da etwa Interesse an Tim an? Umso besser, Hauptsache, sie verbringt einen schönen Abend und wird von ihren Sorgen abgelenkt, sinnierte sie weiter. Kaja stand auf, stellte die Teller aufeinander und trug sie zusammen mit dem Kuchen ins Haus. Den Tee und die Tassen ließ sie vorläufig draußen stehen.

7

Pünktlich um fünf Uhr fuhr Tims Auto die Hofeinfahrt hinauf. Kaja hatte inzwischen geduscht und sich umgezogen. Sie fuhr noch schnell mit der Bürste durch ihre dichten dunklen Haare und warf einen letzten Blick in den Spiegel. Was sie sah, gefiel ihr heute sogar einigermaßen. Die hellbraunen Augen leuchteten unter ihrem dunklen Pony. Sie hatte sich auch wirklich Mühe gegeben beim Schminken. Zufrieden nahm sie ihre Jacke vom Stuhl und ging hinunter. Zorro hatte den Neuankömmling schon entdeckt und sprang schwanzwedelnd an ihm hoch.

Sie ging zu den beiden hin und meinte fröhlich: „Wie ich sehe, habt ihr zwei schon Freundschaft geschlossen."

Tim hatte sie nicht kommen hören und drehte sich beim Klang ihrer Stimme um. Und wäre beinahe rückwärts über Zorro gestolpert. „Wow ... ich meine ... hey", stotterte er.

„Was ist denn los?", fragte Kaja verwundert.

„Nichts, gar nichts ist los, nur ... also ... ja ... du siehst toll aus!", erklärte er hastig, während sein Gesicht langsam eine dunklere Farbe annahm.

Kaja musste sich ein Schmunzeln verkneifen. Geschieht ihm recht, dachte sie. Nur gut, wenn er merkt, dass ich nicht mehr der kleine Dreckspatz von früher bin. Eigentlich ganz süß, wenn er rot wird, stellte sie amüsiert fest. Ein wenig Make-up und die richtige Kleidung verfehlen ihre Wirkung aufs andere Geschlecht selten.

„Danke“, nahm sie das Kompliment gelassen entgegen. „Du siehst auch nicht schlecht aus.“ Wenn sie ehrlich war, wurde ihm diese Äußerung nicht gerecht. Mit seinen bequemen Workerjeans, dem gestreiften Hemd und den alten Timberlandschuhen bot er ein sehr ansprechendes Bild. Seine braunen, nicht ganz kurz geschnittenen Haare hatte er sich nach hinten gekämmt, doch ein paar Strähnen kringelten sich schon wieder und fielen ihm vorwitzig über die Stirn. Kaja konnte sich nur mit Mühe zurückhalten, sie ihm aus dem Gesicht zu streichen. Was ist nur mit mir los, überlegte Kaja. Erstens habe ich definitiv die Schnauze voll von Männern, mindestens für die nächsten dreihundert Jahre, und zweitens ist das Tim, mein Blutsbruder aus Kindheitstagen, erinnerte sie sich selber.

„Ich hoffe, es macht dir nichts aus, Zorro mitzunehmen“, sagte Kaja, „es ist nur so, dass ich ohne ihn nirgends hingehe.“

„Dann habe ich ja keine Wahl“, scherzte Tim. „Los, komm mein Kleiner“, meinte er zu Zorro und klappte den Sitz nach vorn, so dass der Hund auf die kleine Ladefläche des Renaults springen konnte. Zorro kam der Aufforderung freudig nach und nahm auf dem Rücksitz Platz.

Kurze Zeit später kamen sie bei Lucs Garage an. „Das finde ich so schön an Luc und seiner Werkstatt. Auf ihn ist einfach Verlass. Egal, ob die Welt Kopf steht oder sich alles ändert, hier sieht es immer gleich aus“, meinte Kaja zufrieden.

„Ja, da hast du recht“, stimmte Tim ihr zu. „Obwohl, technisch ist er ja immer auf dem neuesten Stand, das muss man ihm lassen.“

Zu dritt betraten sie das alte Gebäude durch die Werkstatt. Ihre Augen mussten sich erst an das Dämmerlicht, das hier drin herrschte, gewöhnen, bis sie Lucs Beine entdeckten, die unter einem Auto hervorragten. Wie er bei diesen Lichtverhältnissen überhaupt arbeiten konnte, war Kaja schon immer schleierhaft gewesen.

„Hey Luc, Besuch für dich“, rief Tim.

Erst brummte es nur, dann schob der den Beinen zugehörige Mann sich unter dem Auto hervor und erhob sich mühsam. „Ich werde langsam zu alt, um am Boden rumzukriechen“, schimpfte er, „aber meine Hebebühne zickt mal wieder rum. Ach Kaja, schön dich wieder einmal zu sehen!“ Er nahm sie in seine gewaltigen Arme und drückte sie so fest, dass sie beinahe keine Luft mehr bekam. Dann hielt er sie eine Armlänge von sich weg und schaute ihr prüfend ins Gesicht. „Hm, wohl falsch abgebogen, Mädchen“, meinte er kryptisch, „na ja, wenn es dich dafür wieder einmal hierher geführt hat, kann es nicht ganz falsch sein.“ Er wandte sich ab und rief über die Schulter: „Kommt, ich hab’ frischen Kaffee aufgebrüht.“

Ohne ein weiteres Wort, sicher, dass die beiden ihm folgen würden, verschwand er in seinem vollgestopften Büro. Kaja trottete ihm perplex hinterher. Hatte sie etwa ein Schild auf der Stirn?

Tim fragte: „Was meinte er wohl damit? Weißt du, wovon er spricht?“

„Mmh“, antwortete Kaja unbestimmt.

Luc goss ihnen Kaffee ein, original italienischen Espresso, der verlockend duftete. Er war in diesen Dingen sehr eigen. Original italienischer Kaffee, authentische amerikanische Motorräder, echter irischer Whiskey, Schweizer Schokolade. Mist, dachte Kaja, diesmal habe ich gar keine Schokolade für ihn dabei.

„Mir fällt gerade ein, ich hab’ deine übliche Ration Schweizer Schokolade vergessen“, entschuldigte sich Kaja.

„Hm“, brummte der Alte hinter seinem Bart hervor. „Dann muss ich wohl deinen fahrbaren Untersatz als Pfand hier behalten“, witzelte er.

„Wie geht es meinem Auto denn überhaupt?“

„Ach das ist schon wieder fit. Brauchte bloß einen neuen Keilriemen. Und einen längst überfälligen“, er blickte sie streng an, „hast du gehört Mädchen, einen längst überfälligen Ölwechsel! Ist alles schon erledigt. Du solltest dich wirklich ein bisschen besser um deinen Wagen kümmern.“ Er schnalzte missbilligend mit der Zunge.

„Ist gut“, meinte Kaja kleinlaut. „Ich vergesse es einfach dauernd.“ Sie kam sich ein bisschen vor wie ein Schulmädchen, das vom Rektor eine Standpauke erhielt. Aber so viel sie wusste, war sie nicht die Einzige, auf die Luc diese Wirkung hatte. „Was bin ich dir schuldig?“, fragte sie.

Tim verfolgte interessiert das Gespräch, während Luc Zorro beobachtete, der herumschnüffelte und das ganze Sammelsurium im Büro genau inspizierte. Zuerst schien es, als hätte er die Frage gar nicht gehört, bis er plötzlich antwortete: „Ich will eine Kerze, aber nicht von Josephine, sondern eigenhändig von dir gemacht.“ Er drehte sich zu Tim um. „Und für ihn machst du auch eine. Dann sind wir quitt.“

„Aber, ich kann das doch gar nicht. Zumindest nicht so gut wie Mémé!“

„Papperlapapp!“, wischte Luc ihre Einwände beiseite. „Du hast ihr wohl schon oft genug dabei geholfen, um zu wissen, wie das geht!“

Kaja setzte an, um noch etwas zu sagen, ließ es dann aber bleiben. Wenn Luc sich mal etwas in den Kopf gesetzt hatte, war er sowieso nicht mehr davon abzubringen. „Also gut, du sollst deinen Willen haben. Aber beschwere dich dann nicht, wenn sie dir nicht gefällt.“

„Gut“, nickte er. „Und vergiss die Kerze für Tim nicht!“

„Ja, ja.“

„So dann hätten wir ja den geschäftlichen Teil hinter uns und können uns jetzt dem Vergnügen zuwenden.“ Er langte hinter sich in den Schrank und brachte drei saubere Gläser und eine Flasche alten irischen Whiskey zum Vorschein. „Nehmt ihr auch einen Schluck?“, fragte er, wartete die Antwort jedoch gar nicht erst ab und schenkte ein.

Das kann ja heiter werden, dachte Tim. Er hatte heute noch nicht wirklich viel gegessen. Kaja grinste ihn an, sie wusste ungefähr, was ihm durch den Kopf ging, hatten sie doch im Auto eben darüber gesprochen, wie hungrig sie beide waren.

„Na, dann chin-chin!“, stießen sie miteinander an.

Zwei Whiskeys später machten sie sich auf den Weg ins Pub, um endlich zu etwas Essbarem zu kommen. Kaja hatte mit Luc vereinbart, dass sie ihr Auto am nächsten Tag abholen würde. Sie setzten sich an eine Eckbank und verstauten Zorro unter dem Tisch. Kaja schnappte sich die einfache Menükarte, als Tim unvermittelt sagte: „Du weißt schon, dass du keine Kerze für mich machen musst. Ich weiß nicht, was Luc sich dabei gedacht hat.“

Das wusste sie zwar auch nicht, doch eines wusste sie ganz genau: Luc wusste immer, weshalb er die Dinge so und nicht anders haben wollte. Er würde schon seine Gründe haben. Deshalb antwortete sie leichthin: „Das geht schon in Ordnung, ich mache gerne eine für dich. Wenn ich schon dabei bin, kann ich auch gleich zwei machen. Wenn du sie nicht willst, kannst du sie ja immer noch deiner Mutter schenken.“

„Nein, nein, so habe ich das doch nicht gemeint. Wenn du eine für mich machst, nehme ich sie natürlich gerne und freu mich darüber!“

„Ich habe dich schon richtig verstanden“, meinte Kaja und lächelte ihn an. „So, jetzt lass uns aber bestellen, bevor ich dank meines ‚mit-Whiskey-und-sonst-nichts’-gefüllten Magens hier unter den Tisch kippe.“

Sie bestellten beide einen großen Salade Niçoise und jeweils eine Cola. Kaja hätte zwar noch Lust auf einen Cidre gehabt, aber sie beschloss, sich Tim gegenüber solidarisch zu zeigen, der ja noch fahren musste. Als sie fertig waren, forderte Kaja ihn auf: „So, und jetzt erzähl mal. Was treibst du denn so? Wir haben uns das letzte Mal, ja ... wann war das, vor acht Jahren gesehen. Das ist ja schon ewig her. Ich weiß nur noch, dass du damals gerade deine komplette Profi-Fotografieausrüstung gekauft hast und voller Vorfreude warst, sie endlich auszuprobieren. Ist da etwas daraus geworden?“

„Yep, das kann man wohl sagen. Ich hab’s tatsächlich geschafft, meinen Traum zu verwirklichen.“

Er unterbrach sich, weil Kaja plötzlich finster vor sich hinmurmelte: „Schon wieder so ein erfüllter Traum, das scheint hier ja epidemisch um sich zu greifen.“

„Was sagst du?“, fragte Tim nach, der sie nicht verstanden hatte und aus ihrem Gesichtsausdruck nicht so recht schlau wurde.

„Nichts, nicht so wichtig, tut mir leid. Ich wollte dich nicht unterbrechen, erzähl weiter.“

„Ja, also: Ich konnte dann kurz darauf dank eines Fotografen, der mit meinem Vater befreundet war, als Volontär bei einem Elchprojekt in Schweden mitarbeiten. Da habe ich großes Glück gehabt, denn durch diesen Kontakt bin ich dann in die ganze Wildtierforschung reingerutscht. Genommen haben sie mich allerdings nicht, weil sie mich nicht für so einen begnadeten Fotografen hielten, wie ich mich damals…“

„Nicht!? Aber du hast ja wirklich schon immer ein unglaubliches Gespür hinter der Kamera gehabt. Deine Bilder gefallen mir sehr gut!“

„Danke“, er deutete eine Verbeugung an, „das freut mich ungemein, das von dir zu hören. Nichtsdestotrotz verhalf mir schlussendlich mein Biologiestudium zu dem Job. Bei ihnen war nämlich ein Biologe ausgefallen. Somit war ich plötzlich für sämtliche Statistiken betreffend der Elchpopulation in Mittelschweden verantwortlich. Inzwischen bin ich froh, dass alles so angefangen hat. Das Fotografieren mache ich neben der Forschungsarbeit, dank der ich viel besser weiß, wann und wo sich vermutlich die besten Bilder schießen lassen. Und ich käme ohne diese Arbeit auch gar nie so einfach an die verschiedensten Orte. So kann ich beide Leidenschaften miteinander verbinden."

„Also bist du jetzt die ganze Zeit mit der Kamera auf Elchjagd?"

„Nein, so hat nur alles angefangen. Ich arbeite inzwischen bei einer Forschungsgruppe mit, die immer dann zum Einsatz kommt, wenn jemand plant, irgendwo ein neues Naturschutzgebiet oder Reservat zu errichten. Wir kümmern uns darum festzustellen, welche Tierarten in diesem Gebiet leben, finden heraus, wie stark das Gebiet besiedelt ist und wie die Bevölkerung möglichst in die Pläne miteinbezogen werden kann. Besonders wichtig ist dabei, dass die Einheimischen von dem Naturschutzgebiet profitieren können, vor allem auch wirtschaftlich. Nur dann macht so ein Projekt überhaupt Sinn und hat eine Chance, nachhaltig die Tiere und Pflanzen zu schützen."

„Das klingt extrem spannend und auch enorm vielseitig. Was war denn bis jetzt dein Lieblingsprojekt?", fragte Kaja beeindruckt.

„Mir hat es vor allem das Regenwaldgebiet im Südwesten von Kanada angetan. Erst vor kurzem wurde erreicht, dass der größte Teil in ein Naturschutzgebiet umgewandelt wird. Zu diesem Gebiet gehört auch die Insel der Geisterbären."

„Geisterbären? Aber ich dachte, du kümmerst dich um lebende Tiere", warf Kaja verdutzt ein.

Tim musste lachen. „Ja, das hast du schon richtig verstanden. Die Insel heißt so, weil sie von weißen Bären bewohnt wird.

Ihrer Farbe wegen wurden sie von den Ureinwohnern Geisterbären genannt."

„Weiße Bären? Sind das nicht einfach Eisbären?", hakte Kaja interessiert nach.

„Nein, die weißen Geisterbären gehören an und für sich zur Familie der Braunbären, nur dass sie eine Mutation in ihrem genetischen Erbgut aufweisen."

„Auf die Gefahr hin, mich zu wiederholen, deine Arbeit klingt unglaublich spannend und aufregend", meinte Kaja.

„Das ist sie meistens auch. Obwohl es auch extrem mühsam und frustrierend sein kann, wenn ein Projekt einfach nicht vorankommt. Unser Team muss sich Gott sei Dank nicht mit den jeweiligen Behörden und Politikern rumschlagen, aber unsere Arbeit ist natürlich direkt davon abhängig."

„Ich verstehe", meinte Kaja nachdenklich. „Aber du fotografierst doch immer noch? Oder hast du das zugunsten der Biologie ganz aufgegeben?"

„Nein, nein, natürlich nicht. Ich integriere die Fotografie einfach in meine wissenschaftliche Arbeit. Es kommt mir sogar oft zugute, da ich so viel mehr Leute, auch Nichtwissenschaftler, erreiche, wenn wir unsere Berichte publizieren. Wenn die Artikel von aussagekräftigen Bildern unterstützt sind, werden sie viel eher gelesen."

„Das kann ich mir gut vorstellen. Das ist ja ideal", freute sich Kaja. „Hast du auch Bilder von den Geisterbären?"

„Ja, interessieren sie dich?"

„Ja, sehr! Ich würde allgemein gerne einen tieferen Einblick in deine Arbeit erhalten", sagte sie ehrlich interessiert.

„Ich habe leider keine Bilder mitgebracht. Aber im Moment habe ich in Bern eine Ausstellung am Laufen, noch bis Ende des Monats. Mach doch einen Ausflug in unsere schöne Hauptstadt. Dann können wir uns treffen und gehen gemeinsam hin. Na was ist, hättest du Lust?"

Kaja zögerte einen Moment. Tim verspürte eine leise Enttäuschung in sich aufsteigen, sagte jedoch in leichtem Tonfall: „Du kannst natürlich auch alleine hingehen, dann bist du flexibler, wann du gehen willst und so…"

„Doch, ich möchte gerne kommen. Und natürlich am liebsten mit dir zusammen. Dann kannst du mir auch alles genau erklären", unterbrach Kaja ihn. Da sie ein wenig abwesend auf die Tischplatte starrte, entging ihr, wie sich auf seinem Gesicht Erleichterung breit machte.

„Es ist nur so, dass bei mir im Moment alles drunter und drüber geht in meinem Leben und ich keine Ahnung habe, wie sich das alles entwickeln wird in den nächsten Wochen. Aber an einem Wochenende habe ich bestimmt Zeit, lass uns das doch gleich fix abmachen. Dann halte ich mir diesen Tag einfach frei." Sie zog eine altmodische Agenda aus ihrer Jackentasche und blickte erwartungsvoll zu ihm hinüber.

„Tja, äh, ich bin nicht so organisiert wie du. Wenn ich hier bin, lasse ich meinen Organizer immer absichtlich zu Hause, damit ich meine Ferien auch wirklich genießen kann. Machen wir es doch einfach so, ich ruf dich an, sobald ich wieder in der Schweiz bin, okay?"

„Ja, klar, so können wir das auch machen", stimmte sie ihm zu und verstaute den Taschenkalender wieder in ihrer Tasche.

„Sag mal, ist dieses vorsintflutliche Ding dein Ernst?", zog Tim sie auf. „Ich dachte, du hättest Informatik studiert, da ist doch so ein moderner Organizer fast ein Muss, nicht?"

Kaja schüttelte lachend den Kopf: „Du weißt doch, dass bei mir alle Elektronik dauernd verrückt spielt. Ich hab ja schon regelmäßig Probleme mit meinem Handy. Da will ich wenigstens meine Termine sicher verwahren."

„Apropos Handy, gibst du mir noch deine Nummer? Sonst wird's schwierig mit dem Anrufen", bat er.

„Null-Sieben-Neun…", fing Kaja an zu diktieren.

„Stopp, ich, äh ... wie gesagt, ich bin in den Ferien, also kann ich die Nummer nicht speichern, mein Handy ist auch zu Hause."

Grinsend holte Kaja ihre Agenda hervor, kritzelte ihre Nummer auf eine Seite, die sie herausriss und ihm über den Tisch zuschob. „Wer ist jetzt froh über Papier und Stift?", neckte sie ihn.

„Wie machst du das eigentlich bei der Arbeit? Programmierst du auch auf Papier oder spuken die Computer nicht rum?"

„Hm, ich arbeite schon am Computer, aber es gibt öfters mal Probleme. Ich habe ein extra Troubleshooting-Abo bei unserem Support-Team. Normalerweise müsste ich jede Störung melden und, wie es bei uns genannt wird, ein „Ticket" aufgeben, wo die Art der Störung und wie lange sie gedauert hat sowie, falls bekannt, ihr Ursprung und die Kosten zur Behebung genau vermerkt werden. Nur wäre ich dann vermutlich schon lange meinen Job los, weil ich die interne Kostenstelle unserer Supportabteilung zu sehr belaste."

„Ein Privat-Abonnement? Wie hast du denn das hingekriegt?", lachte Tim.

„Ich hab' halt recherchiert und dabei herausgefunden, dass die Jungs vom Supportteam verrückt sind nach Appenzeller Vollmondbier. Jetzt wird einmal im Monat eine Kiste Bier in ihr Büro geliefert. Na ja, diese Zeiten sind vermutlich auch vorbei." Ihr Gesicht hatte bei den letzten Worten einen melancholischen Ausdruck angenommen.

„Was ist denn los, Dreckspatz", wollte Tim wissen, worauf er von Kaja böse angefunkelt wurde. „Okay, okay", er hob beschwichtigend die Hände, konnte sich aber ein kleines Grinsen nicht verkneifen. „Ich gebe ja zu, der Spitzname passt nicht mehr gleich gut wie früher einmal. Besonders heute, aber lassen wir das, das hab ich dir ja vorhin schon gesagt."

„Was denn?“, fragte Kaja zuckersüss. Er soll ruhig ein wenig schmoren, dachte sie, er muss mich ja nicht immer ärgern.

Er räusperte sich. Flirtete Kaja etwa mit ihm? Verdammt, er spürte, wie ihm schon wieder diese verräterische Röte den Hals hochkroch. Aber sie gefiel ihm auch jedes Mal besser, wenn er sie sah. Na gut, was sie konnte, konnte er doch schon lange, dachte er und beschloss, das Spiel, wenn es denn überhaupt noch ein Spiel war, mitzuspielen. „Dass du fantastisch aussiehst, meinte ich. Allerdings nicht nur heute Abend, du gefällst mir auch im verschwitzten T-Shirt nach dem Joggen“, antwortete er und ließ seinen Blick langsam von ihren Augen über das Gesicht Richtung Hals schweifen, bis er schließlich auf ihrem Ausschnitt verweilte, wo sich der Stoff über ihren Rundungen wölbte. Jetzt war es Kaja, der die Röte ins Gesicht stieg. Doch bevor ihr eine schlagfertige Antwort einfiel, blickte er ihr wieder in die Augen und sagte ernsthaft: „Lenk nicht ab, Kaja. Erzähl mir doch, was bei dir so los ist. Du hast jetzt schon ein paar Mal solche Andeutungen gemacht. Es interessiert mich wirklich.“

Also erzählte sie ihm die ganze Geschichte. Allerdings in einer etwas gekürzten Fassung. Und sie verschwieg ihm auch ihre amourösen Verstrickungen mit Frédéric. Das wäre dann doch etwas zu viel des Guten gewesen. Vor allem, da sie sich immer mehr zu Tim hingezogen fühlte. Da ließ man bestimmte Details vorsichtshalber besser weg. Man wusste ja nie, wie sich die Dinge entwickelten...

„Das ist ja ein Ding!“, sagte er, als sie geendet hatte. „Und was machst du jetzt? Ich meine, du kannst das doch nicht einfach so auf sich beruhen und diesen Frédéric damit durchkommen lassen!“, ereiferte er sich.

Sie zuckte ratlos mit den Schultern: „Was soll ich denn machen. Ich weiß ja nicht einmal, ob ich meinen Job noch habe, nachdem ich so Hals über Kopf hierher geflüchtet bin, ohne jemanden zu informieren.“

„Hm, lass es mich auf jeden Fall wissen, falls du Hilfe brauchen solltest. Ich bin für die nächsten drei Monate noch in der Schweiz, bevor ich nach Brasilien reise."

„Danke für das Angebot, vielleicht ruf ich dich tatsächlich an. Wie spät ist es eigentlich?"

„Fast elf Uhr, wollen wir uns langsam auf den Heimweg machen?"

„Gute Idee, lass uns gehen."

Während der kurzen Heimfahrt hing jeder seinen Gedanken nach. Schließlich waren sie bei Mémés Hof angelangt. Kaja stieg aus, ließ Zorro aus dem Auto und beugte sich zu Tim, der das Fenster heruntergekurbelt hatte. Sie wollte ihm drei Wangenküsschen zum Abschied geben, doch beim dritten konnte Tim nicht widerstehen. Er stoppte mit seiner Hand sanft ihr Gesicht und küsste sie kurz auf den Mund. Verblüfft starrte Kaja ihn an und leckte sich mit der Zunge über ihre Lippen, wo sie immer noch seinen Kuss zu spüren glaubte. „Danke für den schönen Abend. Und hoffentlich bis bald", sagte Tim. Er wendete das Auto und fuhr davon.

„Gute Nacht", flüsterte Kaja dem davonfahrenden Auto hinterher und schaute den Rücklichtern nach, bis sie nach und nach von der Dunkelheit verschluckt wurden.

Eigentlich ganz schön frech, dachte Kaja bei sich, als sie zusammen mit ihrem Hund zum Haus ging. Aber irgendwie auch süß. Doch Tim ausschließlich als einen guten Freund aus Kindertagen zu betrachten, war offensichtlich eine unvollständige Sichtweise.

Vor ihrer Zimmertür begann der Hund plötzlich wieder zu knurren. „Sch, du weckst sonst noch Mémé auf!" Das beeindruckte Zorro allerdings wenig, noch immer war ein dumpfes Grollen aus seiner Kehle zu hören. Kaja schüttelte verständnislos den Kopf und öffnete die Tür. Und fiel fast in Ohnmacht. Auf ihrem Bett thronte ein riesiger, blau schimmernder Drache.

Auf der Stelle schloss sie die Tür wieder. Offensichtlich hatten es diese Whiskeys in sich, dachte sie entnervt. Irgendwie wollte der heutige Tag gar kein Ende nehmen. Okay, sagte sie zu sich selbst, das sind nur deine angespannten Nerven, die dir einen Streich spielen. Ich öffne jetzt diese Tür noch einmal und alles wird in bester Ordnung sein. Sie atmete tief durch und kniff sich sicherheitshalber noch in ihren Arm, um sicher zu gehen, dass sie wach war. Richtig, das Kneifen tat weh, definitiv wach. Schwungvoll öffnete sie die Tür erneut und trat ins Zimmer. Leider hatte sich an der Situation in ihrem Zimmer nichts geändert: Der Drache saß immer noch auf ihrem Bett.

„Hallo Kaja", dröhnte es in ihrem Kopf. Verzweifelt dachte sie: Jetzt spricht mich dieses Ungetüm auch noch an, was mache ich denn jetzt bloß? Sie war drauf und dran, Mémé zu Hilfe zu rufen, das war schließlich mehr ihr Metier. Dann reckte sie jedoch kampflustig das Kinn. Das wäre ja gelacht, wenn sie mit diesem Vieh nicht selber fertig werden würde. Sie nahm all ihren Mut zusammen und sagte laut: „Sieh mal einer an, du kannst ja sogar sprechen und kennst aus irgendwelchen Gründen sogar meinen Namen. Dürfte ich dann zum Ausgleich deinen erfahren?"

„Aber gerne: Mein Name ist Lance und ich bin dein persönlicher Drache."

Wieder hallte die Stimme durch Kajas Kopf. Unheimlich. Sie fasste sich schnell wieder und sagte bestimmt: „Schön Lance, aber du irrst dich, ich habe keinen Drachen und ich bin mir sicher, dass ich dich nicht in mein Zimmer eingeladen habe." Sie hoffte, dieser Hinweis würde wirken. Irgendwie hatte sie in Erinnerung, dass Wesen aus der Anderswelt nur hinein durften, wenn sie eingeladen waren. Oder galt das nur für Vampire? Egal, sie konnte sich jetzt nicht um solche Feinheiten kümmern.

Der Drache setzte an, etwas zu sagen, doch sie schnitt ihm mit einer sehr bewussten Handbewegung das Wort ab, zeigte zur Tür und wiederholte: „Geh, Lance, verschwinde aus meinem Zimmer!“ Es zischte und der Drache war weg. Kaja war jetzt doch ein wenig verblüfft, dass das so gut geklappt hatte. Perplex starrte sie das nunmehr leere Bett an. Sie runzelte die Stirn. Irgendwie war das fast zu glatt gegangen. Sollte sie noch mit Mémé sprechen? Nein, beschloss sie. Es war schon spät, Mémé schlief bestimmt schon und sie selbst war auch müde. Rasch streifte sie ihre Kleider ab, schlüpfte in ihr bequemes Schlaf-T-Shirt und eine ausgebeulte Pyjamahose und kroch unter die Bettdecke, wo ihr überraschenderweise sofort die Augen zufielen.

Mémé saß noch in der Küche über ihre Geschäftskorrespondenz gebeugt, als der Drache mit einigem Gepolter am Tisch Platz nahm. Ohne aufzublicken fragte Mémé: „Na, hat sie dich abblitzen lassen?“

„Abblitzen lassen ist gut, sie hat mir ein Bannzeichen auf den Pelz gebrannt und mich rausgeworfen. Ich brauche dringend einen Holunderschnaps!“, jammerte Lance.

Jetzt blickte Mémé doch auf. Um ihre Lippen spielte ein verschmitztes Lächeln. Respekt, Kaja, das hätte ich dir gar nicht zugetraut, dachte sie. „Sie ist halt meine Kleine“, meinte sie mit hörbarem Stolz in der Stimme. „Aber es verwundert mich doch sehr, dass du dich davon hast abschrecken lassen. Zumal du ja gar keinen Pelz hast, den sie dir tatsächlich hätte anzünden können“, witzelte sie.

„Ha ha, das findest du natürlich wieder lustig“, meckerte er. „Ich war der Meinung, dass es für heute gereicht hätte, dass sie mich endlich wahrgenommen und mich noch dazu beim Namen genannt hat. Du weißt ja, dass dies das Ritual ist, womit sie anerkannt hat, dass ich existiere. Somit wird es mir in Zukunft leichter fallen, mit ihr in Kontakt zu treten.“

Ja, das wusste Josephine nur zu gut, hatte sie doch das alles vor Jahren selber auch erlebt. Sie seufzte, halb besorgt, halb gespannt und voller Erwartung, wohin der Weg ihrer Enkelin wohl noch führen würde.

„Also willst du mir damit sagen, du hast dich in höflicher Zurückhaltung geübt?“, schnaubte sie ungläubig.

So würdevoll, wie es einem riesigen schillernden blauen Fabelwesen in einer kleinen Küche möglich war, erwiderte er: „Selbstverständlich. Schließlich ist es auch schon sehr spät. Ich dachte eigentlich, sie wäre früher wieder zurück. Was treibt sie sich zu so später Stunde auch noch draußen rum! Also wirklich, Josephine! Du solltest dem Mädchen mal ordentlich die Leviten lesen!“, schimpfte der Drache mit missbilligend gerunzelter Stirn vor sich hin. Mémé hatte inzwischen den gewünschten Schnaps geholt und stellte ihn vor den Drachen hin.

„Hier, trink. Erstens ist das Mädchen erwachsen und kann selbst entscheiden, wann sie nach Hause kommt. Zweitens bin ich sicher, dass du es schon selber übernimmst, ihr ins Gewissen zu reden. Und jetzt sei still, ich habe noch zu arbeiten.“ Mit diesen Worten beugte sie sich wieder über ihre Papiere.

8

Am nächsten Morgen erwachte Kaja mit dem dringenden Bedürfnis, sich mit Mémé zu unterhalten. Nur konnte sie sich im ersten Moment gar nicht mehr erinnern, weshalb. Diese Gedächtnislücke füllte sich jedoch auf einen Schlag, als sie ans Fußende ihres Bettes blickte und den Drachen sah, der heftig gestikulierend auf einen knurrenden Zorro einzureden schien. Sie vergrub ihren Kopf auf der Stelle wieder in ihrem Kissen. Jetzt wachte sie mit einem leibhaftigen Drachen im Zimmer auf und wunderte sich schon fast nicht mehr. Kaja, ich glaube, du solltest dringend mal zum Psychiater, sagte sie zu sich selbst. Plötzlich fiel ihr auf, dass sie die Stimme des Drachen gar nicht hörte. Seltsam, gestern hatte sie seine Stimme doch klar und deutlich vernommen. Sie wühlte sich wieder aus ihrer Decke und warf erneut einen vorsichtigen Blick auf das ungleiche Paar.

„…nichts Böses! Glaub mir doch endlich!"

Da, jetzt, wo sie sich auf ihn konzentrierte, konnte sie ihn plötzlich klar und deutlich hören. Leider bemerkten die beiden in diesem Moment, dass sie wach war und verstummten wie zwei kleine Jungs, die man beim Streiten ertappt hatte.

„Du bist ja wach", bemerkte der Drache etwas lahm und zischte Zorro zu: „Das ist deine Schuld, wärst du nicht so laut gewesen..." Der Hund schnappte nach ihm.

„Fertig, Schluss ihr beiden. Wenn ihr euch unbedingt zanken müsst, könnt ihr das gerne draußen machen, aber nicht frühmorgens in meinem Zimmer, noch bevor ich einen Kaffee hatte!“ Sie stand auf, öffnete die Zimmertür und schickte die beiden resolut nach draußen. Der Drache war so verblüfft, dass er widerspruchslos Zorro folgte, der schon die Treppe hinunter gesprungen war.

Kaja schloss die Tür und lehnte sich dagegen. Uff, was war denn das? Erst mal duschen, dann denken, beschloss sie.

Nach dem Duschen zog sie sich ihre Joggingkleider an und freute sich darauf, vor dem Laufen mit Mémé noch einen Tee zu trinken und sich mit ihr über all diese wunderlichen Dinge zu unterhalten, die in diesem Haus vor sich gingen. Beschwingt ging sie die Treppe hinunter. Weshalb war sie bloß so guter Laune?, fragte sie sich. Sie bog um die Ecke und stutzte. Das durfte doch nicht wahr sein! Lance saß ganz gemütlich am Küchentisch und Mémé, ja Mémé stellte eben eine Schale Milch vor ihn hin und wünschte ihm guten Appetit.

„Sag mal“, brach es aus Kaja heraus, „bin ich denn hier im Tollhaus? Kennt ihr euch etwa?“ Ihre gute Laune war wie weggeblasen. „Mir reicht es langsam! Komm Zorro, wir gehen laufen!“ Und weg war sie. Zorro musste sich richtig beeilen, um noch durch die Tür zu kommen.

Josephine und der Drache schauten ihr verdutzt nach. Sie wandte sich zu ihm um und schimpfte: „Toll, das hast du ja prima hingekriegt!“ Lance verdrehte nur die Augen und murmelte: „Weiber…“

Kaja rannte zwanzig Minuten wie vom Teufel gejagt den nächstgelegenen Hügel hoch. Erst als sie ganz oben angelangt war, hielt sie inne und schaute ins Tal hinunter. Die frische Luft und die Geräusche des Waldes taten ihr gut. Sie fiel wieder in einen leichten Trab und folgte dem Grat. Langsam beruhigte sie sich wieder, denn sie wusste auch, dass sie ein wenig überreagiert hatte. Aber der Anblick von Mémé, die offensichtlich mit diesem, diesem… Lance auf freundschaftlichem Fuß stand und über seine Anwesenheit nicht im Mindesten erstaunt schien, hatte ihr einen Stich versetzt. Sie war sich so ausgeschlossen vorgekommen, als wüssten alle, was vor sich ging, nur sie nicht. Das war natürlich Blödsinn. Erstens war Mémé ihre Familie, hier war der einzige Ort, wo sie sicher wusste, dass sie dazugehörte, komme was wolle. Und zweitens war ja klar, dass ihre Großmutter wusste, wer oder was sich in ihrem Haus herumtrieb. Und doch hatte es sie getroffen. Vermutlich, weil es sich so ähnlich angefühlt hatte wie bei diesem unseligen Gespräch mit ihrem Abteilungsleiter. Da hatte sie sich auch so hilflos gefühlt. Dieses Gefühl hatte sie sowas von satt! Sie war inzwischen aus dem Wald herausgekommen und genoss die warmen Sonnenstrahlen auf ihrem Rücken, während sie das letzte Teilstück abwärts zurücklegte. Wieder beim Hof angelangt, schaltete sie die Musik in ihrem iPod von „the strokes“ um auf „café del mar“ und absolvierte ihr Stretchingprogramm, während es sich Zorro hechelnd unter einem Baum bequem machte. Als sie fertig war und sich die verschwitzten Haarsträhnen, die sich beim Rennen gelöst hatten, aus dem Gesicht strich, fiel ihr auf einmal der gestrige Abend wieder ein. Ihr wurde ganz heiß, als sie an Tims mehr als eindeutigen Blick dachte. Überhaupt hatte der Abend gestern ein paar überraschende Momente bereitgehalten. Sie hätte gar nicht gedacht, dass er so schnell und fast ein bisschen draufgängerisch die Initiative ergreifen würde und wusste im Moment noch gar nicht, was sie von dieser ganzen Entwicklung halten sollte. Das hat ja jetzt auch Zeit, beschloss sie und ging ins Haus, um sich zum zweiten Mal an diesem Tag unter die Dusche zu stellen. Hoffentlich ohne gleich wieder über den Drachen zu stolpern!

Sie hatte Glück: ohne von irgendwelchen blauschillernden Ungetümen behelligt zu werden, ging sie, nun wieder sauber, ins Atelier hinüber, um Mémé Gesellschaft zu leisten.

„Und, geht's wieder?", wurde sie von ihrer Großmutter freundlich begrüßt.

„Ja ja. Ich bin vorhin nur kurz ausgetickt. War wohl alles ein bisschen viel in den letzten Tagen. Zu sehen, wie du meiner leicht abgewandelten Halluzination eines rosa Elefanten Frühstück servierst, hat mir den Rest gegeben. Ich habe sofort eine mindestens weltumspannende Verschwörung gegen mich gewittert!", erklärte Kaja selbstironisch.

Josephine nickte verständnisvoll und meinte: „Ich wäre auch paranoid, wenn ich in deiner Haut stecken würde. Ist ja kein Wunder, nach dem, was du in den letzten Tagen erlebt hast."

„Da du dieses Ungeheuer zu kennen scheinst, kannst du mir Näheres darüber erzählen?", erkundigte sich Kaja neugierig.

„Hm, lass mich mal überlegen. Viel kann ich dir nicht sagen, das meiste wirst du selbst herausfinden müssen. Aber damit du wenigstens ungefähr eine Vorstellung davon hast, kann ich es dir vielleicht folgendermaßen erklären: Kannst du dich noch an die Krafttiere erinnern, von denen ich dir als Kind erzählt habe, wenn du Angst hattest oder krank warst?"

„Ja klar, mein Krafttier, der Wolf, begleitet mich immer noch. Das sind doch... wie soll ich sagen, tierische Helfer aus dem Astralbereich?"

„Genau. Und bei den Drachen ist es ähnlich. Die Energie hat sich eben anders, nämlich in Drachenform, manifestiert."

„Besser gesagt: die Energie hat sich relativ penetrant manifestiert. Selten so ein überhebliches, von sich selbst eingenommenes Wesen getroffen", grummelte Kaja.

Josephine musste schmunzeln. Sie verstand ihre Enkelin nur zu gut. So war es ihr auch ergangen, als sie Lance zum ersten Mal getroffen hatte.

„Und sonst?"

„Was: und sonst?"

„Mehr kannst du mir nicht sagen?"

„Leider nein. Nur, dass es sich vermutlich lohnt, ihn wenigstens für den Moment in deiner Nähe zu dulden und zu schauen, wohin es dich führt."

„Na toll! Und ich hatte gehofft, du hättest für mich einen Drachenbannzauber!", seufzte Kaja.

„Ich dachte, du machst dir nichts aus meiner Hexerei?", meinte Mémé augenzwinkernd.

„Das war, bevor ich Bekanntschaft mit Lance gemacht habe", schnaubte Kaja.

„Willst du mir helfen, diese Serie Kerzen zu machen?", wechselte Mémé das Thema.

„Oh ja, das wäre sogar sehr gut. Ich habe dir noch gar nicht erzählt, dass ich gestern Abend zusammen mit Tim bei Luc war wegen meinem Auto."

„Genau, er hat sich bestimmt gefreut dich zu sehen. Ist dein Auto wieder in Ordnung? Und hast du dich mit Tim gut unterhalten?"

„Ja sehr. Auf jeden Fall hatte der alte Kauz wieder einen seiner sonderbaren Einfälle. Ich darf als Bezahlung für ihn, und was noch seltsamer ist, auch für Tim, eine Kerze machen. Und er wollte partout nur eine von mir und keine von deinen. Ich habe ihm schon versucht zu erklären, dass ich das nicht so gut kann, aber er wollte nichts davon hören", schloss Kaja achselzuckend.

Mémé konnte sich schon vorstellen, was es mit dieser Kerze für Tim auf sich hatte... Luc, dieser alte Kuppler! Was sie auch nicht ganz verstand, war der Sinn der Aufgabe an und für sich. Allerdings bestand kein Zweifel daran, dass Kaja das schaffen würde. Sie hatte ja wirklich lange genug bei ihr gelernt und mitgeholfen. Es war nur eine Weile her, seit sie die letzten

Kerzen angefertigt hatte. Mémé breitete die ausgewählten und getrockneten Kräuter auf dem Tisch aus und stellte die entsprechenden ätherischen Öle bereit.

In der Zwischenzeit wog Kaja die Wachszutaten, Hartparaffin und Stearinflocken, ab und mischte sie im richtigen Verhältnis in einem großen Topf. Als sie fertig war, stellte sie diesen auf die extra für Mémé übergroß angefertigte Herdplatte und schaltete die zweitniedrigste Stufe ein, damit die Zutaten langsam schmelzen konnten. Dann ging sie hinüber zur alten Werkbank, wo Mémé schon angefangen hatte, die Gussformen zusammenzuschrauben. Kaja half ihr, indem sie die Dochte in der richtigen Länge zurechtschnitt. Der Docht musste jeweils ein gutes Stück länger sein als die endgültige Länge der Kerze, da dieser an einem Querbalken, der von der Decke hing, befestigt und gespannt wurde. So wurde gewährleistet, dass der Docht sprichwörtlich kerzengerade durch die Kerze verlief. Dies sorgte für eine maximale Brenndauer und ein gleichmäßiges Schmelzen des Wachses.

Als alles vorbereitet war, überprüften sie gemeinsam die Temperatur der nun flüssigen Wachsmischung. Jetzt mussten sie nur noch den richtigen Zeitpunkt abwarten. Das Wachs musste abkühlen, bis es gerade noch flüssig genug war, um in die Formen gegossen zu werden. Dann hieß es schnell und präzise zu arbeiten und erst die Kräuter einzurühren und zum letztmöglichen Zeitpunkt die ätherischen Öle hinzuzufügen. Denn machte man diese Schritte zu früh, während das Wachs noch zu heiß war, verdampften die sehr flüchtigen Öle und die Kerze würde nie ihren wunderbaren Duft entfalten. Wartete man zu lange, klumpten hingegen die eingestreuten Kräuter zusammen, was dem optischen Eindruck abträglich wäre.

Sie arbeiteten ruhig Hand in Hand. Ohne viele Worte wusste jede genau, was zu tun war. Kaja staunte, wie leicht ihr die Arbeit von der Hand ging und wie viel Spaß es ihr machte.

Eine Stunde später waren sie fertig. Jetzt mussten die gegossenen Kerzen 48 Stunden auskühlen, bis sie aus ihrer Form befreit wurden und der letzte Schritt, das Kürzen der Dochte und das Signieren, gemacht werden konnte.

Kaja kratzte sich ein paar kleine Wachsspritzer vom Arm, als Mémé aus der Kammer nebenan rief: „Ich habe hier was für dich. Zwei ältere Gussformen, eine passende Spule Kerzendocht und eine fertige Wachsmischung. Die Kräuter und Öle kannst du dir ja im großen Atelier zusammensuchen. Ich gebe dir das alles mit."

„Toll, ich habe schon verzweifelt überlegt, wo ich all diese Dinge herkriegen soll."

„Was ich ganz vergessen habe, Tim war hier, als du joggen warst."

„Du meine Güte, wie viele Eier isst denn der Mann pro Tag", meinte Kaja kopfschüttelnd.

„Er kam nicht wegen der Eier, ich glaube, er wollte dich sehen. Auf jeden Fall hat er ziemlich enttäuscht ausgesehen, als ich ihm sagte, du seiest gerade nicht da."

„Was wollte er denn?"

„Ich glaube, er musste überraschenderweise schon heute wieder zurück in die Schweiz. Er hat dir auf jeden Fall eine Nachricht hinterlassen. Der Zettel liegt auf dem Küchentisch."

„Zettel?", hakte Kaja lachend nach. „Den musstest du ihm wohl geben, oder?"

„Ja, wieso?"

Kaja erzählte ihr lachend die Telefonnummer-Agenda-Episode von gestern Abend.

„Gut, wenn du im Moment meine Hilfe nicht mehr brauchst, gehe ich mal rüber ins Haus und schaue nach, was er wollte. In Ordnung?"

„Geh nur, hier gibt es im Moment nichts mehr zu tun. Ich komme auch gleich. Ich habe dir übrigens noch Tee warm gestellt, nachdem du ja vorhin nicht dazu gekommen bist, welchen zu trinken."

„Danke, du bist ein Schatz!" Sie drückte Mémé einen Kuss auf die Wange und verließ das Atelier.

In der Küche angekommen goss sich Kaja erst mal Tee ein und nahm einen großen Schluck. Mit der Tasse in der Hand ging sie zum Küchentisch hinüber, um den Zettel zu lesen. Wo war eigentlich Zorro geblieben? Sie zuckte die Achseln und vermutete, dass er draußen irgendwelchen Kaninchenjägerträumen nachhing.

„Liebe Kaja. Es war wunderschön gestern Abend und ich hatte viel Spaß…"

Plötzlich hatte sie das Gefühl, jemand schaue ihr über die Schulter. Sie drehte den Kopf. „Waaah", schrie sie und machte einen Satz zur Seite. Direkt hinter ihr hatte der Drache gestanden. Definitiv zu nah für Kajas Geschmack. Durch ihren Schrei hatte sich Lance seinerseits so erschrocken, dass er nun auf der anderen Seite der Küche am Herd klebte. Wenigstens stimmte der Abstand jetzt, wenn sie sich schon mit diesem Ungeheuer im selben Raum aufhalten musste, dachte Kaja befriedigt. Sie polterte los: „Was fällt dir eigentlich ein, dich so anzuschleichen. Du hast mich zu Tode erschreckt!"

„Zu Tode erschreckt, dass ich nicht lache", schnaubte der Drache. „Ich bin ja fast in Ohnmacht gefallen wegen deiner Schreierei! Ich dachte, du wirst in diesem Moment ermordet, abgestochen oder so!", ereiferte er sich.

Kaja bemerkte erstaunt, dass sie sich schon beinahe daran gewöhnt hatte, seine Stimme in ihrem Kopf zu hören. „Und indem du dich zwischen Herd und Dampfabzug klemmst, wolltest du mich retten?", erkundigte sie sich sarkastisch. „Ich sehe schon, Drachen sind auch nicht mehr das, was sie mal waren. Oder vielleicht waren die Schilderungen der Ritter über eure Ungeheuerlichkeit und Stärke schon immer übertrieben.

Es galt ja schließlich, unschuldige Jungfrauen zu beeindrucken", spottete sie weiter.

So würdevoll, wie das für einen zusammengequetschten Drachen möglich war, kletterte er vom Herd und meinte pikiert: „Ich sehe schon, du bist genau so unverschämt wie deine Großmutter. Lies jetzt lieber diesen schmalzigen Liebesbrief von deinem Holden weiter, ich will doch wissen, wie es weitergeht", neckte er sie abschließend.

„Nichts da, schon mal was von Privatsphäre gehört? Wahrscheinlich eher nicht", beantwortete sie die Frage gleich selber, „sonst würdest du ja nicht ungebeten in mein Schlafzimmer spazieren."

„Wie komme ich überhaupt zu der Ehre, dass du mit mir sprichst?", wunderte sich Lance, der es sich auf einem Küchenstuhl bequem gemacht hatte. Fasziniert beobachtete Kaja die schillernden Blautöne, die ineinander flossen. Sobald sie sich konzentrierte, bildeten sich sofort wieder feste Konturen und die Drachengestalt wurde klar erkennbar. Das hatte den Effekt, als würde der Drache den ganzen Raum ausfüllen.

„Mémé meinte, ich würde dich sowieso so schnell nicht wieder los, als kann ich mich auch gleich mit dir abfinden. Das ist weniger anstrengend, du brauchst dir also nichts darauf einzubilden."

„So, so", knurrte er, „hat die alte Hexe wieder mal aus dem Nähkästchen geplaudert!"

Kaja entging der liebevolle Ton zwar nicht, mit dem er Mémé als Hexe bezeichnet hatte, unterbrach ihn dennoch mit scharfer Stimme: „Okay, hier ist Regel Nr. 1, Lance. Sprich nie, hörst du, nie schlecht von Mémé! Ansonsten rede ich kein Wort mehr mit dir, haben wir uns verstanden?"

Der Drache nickte zustimmend. Er dachte sich zwar seinen Teil bezüglich der angedrohten Konsequenzen, doch er schätzte Loyalität sehr und respektierte daher widerspruchslos diese Regel.

„Gut“, sagte Kaja verdutzt. Nanu, das ging ja leicht, vielleicht sollte sie gleich noch ein paar Regeln aufstellen. Sie entschied, sich das für später aufzuheben. Sie war sich sicher, dass es dazu bald wieder eine Gelegenheit geben würde. Abgelenkt durch das Gespräch und das fantastische, sich in jedem Atemzug verändernde Bild des Drachen war ihr entgangen, dass Lance sich Tims Zettel geschnappt hatte.

„…sehr viel Spaß mit dir zusammen“, las der Drache laut vor. „Ich würde unser Treffen gerne bald wiederholen – „

„Gib das sofort her“, schnauzte Kaja wütend und sprang auf ihn zu. Ärgerlicherweise war der Drache definitiv größer als sie. Noch dazu schien sein Arm immer länger zu werden, bis er fast bis an die Decke reichte. Sie versuchte, an seinem Arm hochzuspringen und den Zettel zu fassen zu kriegen. Zack, lag sie auf dem Boden. Offenbar besaß so ein Drachenarm keinerlei Substanz.

Während sie sich hochrappelte, las der Drache ungerührt weiter: „Leider hat mich gestern doch noch ein dringender Anruf erreicht. Ich Dummkopf hatte einem Kollegen die Festnetznummer von hier gegeben, in der Annahme, es würde nicht gerade in diesen Tagen ein Notfall eintreten.“

„Bist du noch zu retten?“, zischte Kaja und ihre Augen blitzten. „Das ist mein Brief, hörst du, meiner!“

Seufzend fuhr der Drache seinen Teleskoparm mit einer fließenden Bewegung ein und überreichte ihr den Brief. „Ist doch eh nur Gesülze, brauchst du denn das wirklich?“

„Was ich brauche, will, möchte oder nicht, geht dich nichts an, zum letzten Mal!“, fauchte sie ihn an.

Lance gab ihr einen Moment Zeit, den Brief fertig zu lesen, der noch Tims Handynummer für Notfälle in Kajas Leben enthielt. Dann sagte er beiläufig: „Geht es mich auch dann nichts an, wenn ich dir helfen könnte, zu erreichen, was du willst?“

Kaja schreckte hoch. Sie war in Gedanken immer noch bei Tim gewesen. „Was sagst du da? Wie meinst du denn das?“

„Wie soll ich dir das erklären“, setzte er an, um gleich auf seine, wie es Kaja schien, imaginäre Armbanduhr zu schauen und zu sagen: „Was, schon so spät, tut mir leid, wir müssen unser Gespräch ein andermal fortsetzen. Ich muss weg, ein dringender Termin!“ Er stand auf und verschwand durch die Türe nach draußen. „Was zum Henker… “ Sie sprang auf und rannte ihm hinterher. Doch der Drache war und blieb verschwunden.

Lance saß währenddessen auf dem Dach in der Sonne und freute sich diebisch, dass sich Kaja jetzt schön über ihn ärgerte. Hehe.

9

„Dieser Drache ist ja wohl das Letzte!", schimpfte Kaja los, als Mémé durch die Tür trat.

„Hat er dich schon wieder geärgert?"

„Der macht den ganzen Tag nichts anderes. Und kaum gibt er den ersten vernünftigen Satz von sich, haut er auch gleich wieder ab. ‚Termine'…", schnaubte sie verächtlich.

Josephine schmunzelte: „Ja ja, er ist gewöhnungsbedürftig, der alte Lance. Er ist übrigens sehr empfänglich für Schmeicheleien, der Gauner. Probier das doch mal, dann wird er vielleicht zugänglicher. Was hast du heute vor?", erkundigte sie sich bei Kaja.

„Ich werde wohl nach dem Mittagessen ins Dorf spazieren, um meinen Wagen bei Luc abzuholen. Den werde ich morgen brauchen, wenn ich zurückfahre."

„Also hast du dich entschieden, morgen abzureisen?"

„Ja, ich denke schon. Ich muss mein Leben wieder auf die Reihe kriegen. Hier konnte ich mir einfach die Auszeit nehmen, die ich so dringend gebraucht habe. Aber auf Dauer bringt es ja nichts, es aufzuschieben."

„Ja, da hast du recht. Und du kannst jederzeit wiederkommen. Aber das weißt du ja", antwortete Mémé und schloss ihre Enkelin liebevoll in die Arme.

Am Nachmittag machte sich Kaja auf den Weg ins Dorf. Mémé hatte ihr noch den kaputten CD-Player mitgegeben, den sie am vorigen Abend vergessen hatte mitzunehmen. Zorro war in der Zwischenzeit auch wieder aufgetaucht und sprang voraus. Plötzlich blieb er stehen, drehte sich um und kläffte scheinbar in die Luft. Kaja schielte nach rechts und entdeckte den erwarteten blauen Schimmer, der Lance' Präsenz ankündigte. „Schon gut Zorro, es ist alles in Ordnung. Mit dem hier musst du dich wohl für eine Weile abfinden", sagte Kaja und kraulte ihn beschwichtigend hinterm Ohr. Zorro winselte und fiepte noch eine Weile weiter, beruhigte sich dann aber erstaunlich rasch. Er war froh und auch ein bisschen stolz, denn er hatte so gut aufgepasst, bis sein Frauchen den Drachen endlich auch entdeckt hatte.

„Wie hast du denn das jetzt angestellt", wollte Lance übellaunig wissen. „Ich versuche jetzt seit drei Tagen, ihm das zu erklären!"

„Wäre ja noch schöner, wenn er sich von jedem dahergelaufenen Ungeheuer sagen lassen würde, ob es nötig ist, mich zu beschützen oder nicht. Ist ja klar, dass er nur auf mich hört, er ist ja auch mein Hund, meiner, wie der Brief meiner war", schoss Kaja zurück. „Die Bedeutung von ‚mein und dein' scheint dir nicht so geläufig zu sein. Das sollten wir ein wenig üben – ich sehe da großes Entwicklungspotential."

Der Drache streckte ihr die Zunge raus. Gut so, dachte Kaja, der soll sich ruhig ein wenig ärgern, er ärgert mich schließlich auch die ganze Zeit. Missmutig kickte sie einen Kiefernzapfen vor sich her.

„Hör auf zu schmollen, Mädchen…"

„Nenn mich nicht Mädchen", brauste sie auf, „das wäre dann Regel Nr. 2!"

Der Drache seufzte: „Na gut, wenn du unbedingt schwierig sein willst, Kaja, wenn dir das genehm ist. Was ich sagen wollt,

Kaja... ." Er betonte ihren Namen so vornehm, dass sie kichern musste. „So gefällst du mir schon besser! Eben, was ich sagen wollte, lass uns doch überlegen, was du als nächstes tun kannst, um diesem, wie heißt er noch gleich, Freddy, eins auszuwischen."

„Ach, darüber weißt du auch schon Bescheid?", fragte Kaja mit einer hochgezogenen Augenbraue.

„Schätzchen", begann Lance, was ihm gleich wieder einen bitterbösen Blick von Kaja einbrachte, „ich bin dir in den letzten Tagen nicht von der Seite gewichen. Da werde ich wohl Bescheid wissen."

„Aha", nahm Kaja diese Aussage zur Kenntnis. „Tja, was soll ich sagen, keine Ahnung, was ich unternehmen soll. Hast du eine Idee?"

„Ich weiß ja nicht genau, ob sich das auf deine Situation anwenden lässt, aber lass' mich dir eine Geschichte erzählen."

„Gut, erzähle, ich habe gerade nichts anderes zu tun, als zu gehen. Du kannst mich also gerne ein wenig unterhalten", lachte sie.

„Als ich noch jung war, vor vielen hundert Jahren, wurden diese Jungdrachenwettkämpfe veranstaltet."

„Wie alt bist du denn jetzt?", fragte Kaja ungläubig.

„Vierhundertsiebenunddreißig Jahre", antwortete Lance.

„437 Jahre", wiederholte Kaja skeptisch.

„Ja, habe ich doch eben gesagt. Willst du die Geschichte nun hören oder nicht?" Als sie nickte, meinte er: „Gut, dann unterbrich mich nicht dauernd mit so belanglosen Fragen. Wo war ich stehen geblieben?"

„Jungdrachenwettbewerbe", half sie ihm weiter.

„Ach ja, genau. Also, das war so: Bei diesen Wettkämpfen mussten wir uns in den verschiedensten Disziplinen messen. Leute erschrecken, Felder in Brand setzen, eine Jungfrau rauben – die schönsten brachten die meisten Punkte ein, wir Drachen sind sehr auf Ästhetik bedacht – Kopfrechnen und von einer Reise in ein fremdes Land berichten. Schliefen die Zuhörer dabei ein, gab's natürlich keine Punkte."

Kaja schüttelte sich und versuchte, einen klaren Kopf zu bekommen. Jungfrauen rauben? Leute erschrecken? Das passte ja wenigstens noch einigermaßen zum Inhalt ihrer Märchenbücher – aber Kopfrechnen und aus einem Reisetagebuch lesen? Da sie sich nicht entschließen konnte, ob sie die Geschichte als reine Fantasterei abtun oder ihr Glauben schenken sollte, beschloss sie, sich einfach mal darauf einzulassen. War ja sowieso ein Witz, sich zu fragen, ob das alles nur eine Fantasiegeschichte sei, wenn der Erzähler allem Anschein nach ein waschechter Drache war. „So viel zum Thema geistige Gesundheit", brummte sie vor sich hin. Da sie nun aber wirklich bereit war, Lance zuzuhören, nicht nur mit den Ohren, sondern mit einem offenen Geist, tauchten bei seinen Worten die schillerndsten Bilder auf. Sie war so verblüfft, dass sie a) den Anschluss der Geschichte verpasste und b) fast im Straßengraben gelandet wäre, wenn Lance sie nicht im letzten Augenblick aufgefangen hätte. Sein Arm fühlte sich kühl und seidig an, doch bevor sie herausfinden konnte, was sie daran so irritierte, ließ er sie wieder los, und der Gedanke war weg.

„Achte gefälligst auf den Weg", brummte er unwirsch.

Kaja musste sich ein Grinsen verkneifen. Offensichtlich war dem Drachen nicht wohl in seiner Haut, wenn er sich ausnahmsweise einmal anständig verhielt.

Und schon hörte sie wieder seine volle Stimme im Kopf und tauchte ein in ein Meer von Farben, sagenhaften Gestalten und Gerüchen, als er fortfuhr: „Einer von uns, Jerry hieß er, hielt sich für den Tollsten überhaupt, mit seinen dunkelblauen Schuppen und den goldenen Zacken am Rückgrat. Er hatte auch Erfolg bei den Frauen, die stehen offenbar auf so was..."

„Bei den Frauen, meinst du jetzt Frauen so wie ich, oder Drachenfrauen?“, unterbrach ihn Kaja.

„Beides, scheint ein universelles Gesetz zu sein. Ihr Menschenfrauen steht ja offensichtlich auch auf diese Kombination.“

„Auf blaue Schuppen und goldene Zacken?“, fragte Kaja ungläubig. „Na ja, ich weiß nicht so recht…“

„Nein, du Dummerchen“, er duckte sich unter Kajas Blick, „bei euch Menschen wäre es dann wohl eher die Kombination blaue Augen und blonde Haare, heißen die nicht ‚Strandjungs'?“

„‚Beachboy' ist wohl der Ausdruck, den du suchst“, kicherte sie.

Lance seufzte: „All diese verschiedenen Sprachen, mir wäre das zu blöd. Da denkt man, hier wird Deutsch gesprochen, und plötzlich ist wieder ein englisches Wort gefragt … das soll mal einer verstehen.“

„Sprichst du denn alle Sprachen?“

„Viele, aber am besten natürlich die universelle Drachensprache – nur würdest du die nicht verstehen. Aber dazu ein andermal, wir kommen ja völlig vom Thema meiner Geschichte ab. Jerry, er war also unverschämt gutaussehend, sogar für Drachenverhältnisse. Schließlich sind wir ja alle speziell schön…“, verzückt betrachtete er sein Spiegelbild im Wasser einer Viehtränke. „Er hatte nur ein Problem. Um seinen Erfolg quasi offiziell bestätigen zu lassen und feiern zu können, musste er die Wettkämpfe, die ab einem gewissen Alter jährlich stattfinden, gewinnen.“

„Wo lag denn da das Problem?“

„Erstens ist das ja keine ‚Mister Drachen Wahl', wo nur das Aussehen bewertet wird. Alle hatten also grundsätzlich eine reelle Chance. Zweitens, und das war das Hauptproblem: Er hatte Angst vorm Fliegen, Reisen in ferne Länder waren für ihn also schwierig. Und zu guter Letzt: Er war strohdumm. Er konnte maximal bis drei zählen, ganz zu schweigen von komplizierten Rechenaufgaben."

„Oh."

„Ja, oh. Zumindest für ihn. Uns freute das natürlich. Wir dachten, jetzt könnten wir endlich sein großes Maul stopfen. Doch zu unserer Verwunderung mussten wir zusehen, wie er den großen Drachenpreis gewann und die schönste Jungfrau nach Hause in seine Höhle führen durfte. Du verstehst sicher, dass unser Ärger groß war. Das konnte einfach nicht mit rechten Dingen zugegangen sein."

„Was habt ihr dann gemacht?"

„Ein paar von uns haben sich zusammengetan, um der Sache auf den Grund zu gehen. Da wir ja nicht wussten, wie er es gemacht hatte, dauerte es eine Weile. Dann beschlossen wir, dass die einzige Möglichkeit die war, dass er die Prüfungsergebnisse, welche in der Burg aufbewahrt wurden, geklaut hatte. In dem Versuch, es zu beweisen, stiegen mein bester Freund Arturo und ich selbst in die Burg ein. Natürlich bei Nacht und Nebel, versteht sich, was auch hervorragend klappte. Offensichtlich hatte man darauf verzichtet, die Burg sorgfältig zu sichern und zu überwachen. Die alten Drachen hatten sich ganz darauf verlassen, dass sich das sowieso niemand trauen würde, aus Angst, aufzufliegen. Das ist so ähnlich wie bei dir. Dieser Freddy wähnt sich auch in Sicherheit, weil er denkt, die ganze Situation sei dir zu peinlich und du seist seinetwegen zu sehr am Boden zerstört, um etwas gegen ihn zu unternehmen. In dieser falschen Sicherheit wiegte sich also die Jury und auch Jerry, wenn auch aus verschiedenen Beweggründen. Nur, jetzt hatten wir zwar bewiesen, dass es möglich war, in die Burg einzusteigen, doch im Grunde hatten wir gar nichts erreicht. Dass Jerry vor dem Wettkampf dasselbe gemacht hatte, konnten wir ja immer noch nicht beweisen. Schweren Herzens beschlossen wir, ihm seinen Spaß als bester Jungdrache ein Jahr zu gönnen und dafür im nächsten Jahr vorbereitet zu sein."

„Wirklich, ich habt euch so lange zurückgehalten? Das könnte ich nicht! Ich bin eher der ‚Mit-dem-Kopf-durch-die-Wand-Typ', oder ich lasse es gleich ganz bleiben."

Der Drache dachte nach. „Das ist ja nicht immer eine schlechte Eigenschaft. Sie verleiht dir auch eine gewisse Zielstrebigkeit. Nur nützt der beste Plan nichts, wenn man den Zeitpunkt falsch wählt."

„Ich finde es einfach recht schwierig, den richtigen Zeitpunkt zu bestimmen", seufzte Kaja.

„Tue zuerst das Notwendige, dann das Mögliche und schlussendlich das Unmögliche – das hat irgend so ein gescheiter Mensch, oder war es gar ein weiser Drache? – einmal gesagt. Und es stimmt. Handelst du mehr oder weniger danach und bleibst gleichzeitig offen und wachsam, wird sich dir die günstige Gelegenheit schon zeigen."

„Hm", antwortete sie, noch nicht ganz überzeugt. Inzwischen waren sie bei Lucs Garage angekommen und Kaja bat Lance: „Kannst du deine Geschichte einen Moment unterbrechen? Du kannst mir den Rest ja auf dem Rückweg erzählen. Es interessiert mich wirklich, wie ihr das angestellt habt."

„Hallo Kaja."

„Oh, hallo Luc, ich habe dich gar nicht kommen sehen", stotterte sie.

„Ja, das dachte ich mir. Führst du jetzt schon Selbstgespräche? Oder diskutierst du mit deinem Hund?", wollte er wissen.

Verdutzt starrte sie ihn an. Sah er Lance etwa nicht? Schnell fing sie sich wieder und meinte scherzhaft: „Ich spreche dauernd mit Zorro, wusstest du das nicht? Bevor ich es vergesse", sie hielt einen Moment inne und begann in ihrer Umhängetasche zu wühlen. „Hier, Mémé schickt dir diesen CD-

Player, er muss repariert werden. Könntest du dir das bitte ansehen und flicken?"

Luc drehte das Gerät in seinen Händen, betrachtete es von allen Seiten und fragte: „Was fehlt ihm denn?"

„Hm, ich glaube es war eine Art Kurzschluss", antwortete sie verlegen. „Aber ich bin sicher, dein magisches Mechaniker-Händchen wird es im Nu wieder richten."

„So so", brummte er. „Und du, bist du schon wieder auf dem Sprung? So wie ich dich kenne, holst du deshalb dein kleines Auto."

„Ja, ich fahre morgen, aber ich komme wieder", versicherte sie ihm.

„Aber erst, wenn du den richtigen, deinen eigenen Weg gefunden hast, gell!"

„Was meinst du damit Luc? Du hast gestern schon so etwas angedeutet." Doch er winkte nur ab. „Nicht jetzt, auf mich wartet noch eine Menge Arbeit. Mach's gut, meine Kleine!"

Mit halbem Ohr hörte Kaja Lance mürrisch murmeln: „Wieso darf er dich ‚Kleine' nennen und ich nicht?! Das ist nicht fair."

„Sch", zischte Kaja Lance zu, worauf Luc sie verwundert musterte. Schnell lächelte sie ihn an und forderte: „Das musst du mir schon noch kurz erklären, du kannst mich doch nicht einfach ohne Antwort hier stehen lassen."

Stattdessen zog Luc sie in seine Bärenpranken und drückte sie fest. „Mach's gut Kaja, bis bald. Du wirst schon wissen, was ich gemeint habe, wenn die Zeit dafür gekommen ist."

Mit diesen Worten ließ er sie los und ging zur Garage. Etwas überrumpelt durch seinen prompten Abgang blickte Kaja ihm stumm nach. Sie runzelte die Stirn. Ich wäre wirklich froh, wenn nicht jeder in Rätseln mit mir sprechen würde, dachte sie.

Schließlich wurde es Lance zu langweilig und er quengelte: „Können wir dann langsam los oder willst du noch mehr Löcher in die Luft starren?“

„Ja, ich komm ja schon.“ Gemeinsam gingen sie zu ihrem kleinen grauen Peugeot hinüber, und Kaja öffnete ihren zwei Begleitern die Tür. Zorro schien sich nicht gerade zu freuen, seinen Platz auf der Rückbank schon wieder teilen zu müssen. Verstimmt rollte er sich in der Ecke zusammen. Sie kramte den Schlüssel unter der Sonnenblende hervor, Luc deponierte ihn immer dort, und warf dem Drachen über den Rückspiegel einen Blick zu.

„Täusche ich mich oder konnte Luc dich tatsächlich nicht sehen?“

„Nur Frauen können mich sehen und auch nur Frauen, denen es bestimmt ist, einem Drachen zu begegnen. Wir geben uns nicht mit jedem ab, und schon gar nicht mit Männern. Die sind zu begriffsstutzig. Vergebliche Liebesmüh, sich um die zu kümmern.“ Er machte eine wegwerfende Handbewegung.

Kaja musste grinsen, das verstand sie nur allzu gut. Was sie hingegen weniger gut verstand, war der Rest der Erklärung. „Du meinst also allen Ernstes, es sei meine Bestimmung, dass ich dir begegnet bin? Herrje, ich muss in meinem letzten Leben wohl eine echte Nervensäge gewesen sein“, stöhnte sie.

„Na hör mal! Weißt du nicht, dass das eine Ehre ist, die nur ganz wenigen zuteilwird?“, entrüstete er sich.

„Ja, ja, reg dich ab. Mir ist auch aufgefallen, dass du in Mehrzahl von *den* Drachen sprichst. Das heißt also, es gibt nicht nur dich?“

Er verdrehte die Augen. „Hast du mir vorhin überhaupt zugehört? Ich müsste ja eine wahre Vielfalt an multiplen Persönlichkeiten besitzen, um all die verschiedenen Drachen, die in der Geschichte vorkommen, zu spielen. Dann wäre ich ja auch wie Jerry!“ Entsetzt über den Gedanken schüttelte er sich, dass die Funken stoben.

„Schon gut, du hast mich ja überzeugt. Pass lieber auf, dass du mein Auto nicht in Brand steckst“, beschwichtigte ihn Kaja lachend. „Es hätte sich ja auch einfach um eine Geschichte handeln können, die dir als Beispiel dient.“

„Das ist auch so, nur hat diese hier einen wahren Hintergrund.“

„Also, schieß los, ich möchte noch hören, wie die Geschichte ausgegangen ist, bevor wir zu Hause sind“, forderte sie ihn auf.

So begann er von neuem, seine Geschichte in Kajas Kopf zu weben. „Wir beschlossen also, ein Jahr verstreichen zu lassen, um dafür beim nächsten Wettkampf umso besser vorbereitet zu sein. Endlich war das Jahr um und der nächste Wettbewerb stand vor der Tür. Jerry besaß die Frechheit, sich jetzt schon bei jeder passenden und unpassenden Gelegenheit als zukünftigen Sieger zu bezeichnen. Obwohl wir anderen natürlich alle schäumten vor Wut, ließen wir uns nichts anmerken und begannen mit unseren Vorbereitungen. Eine Woche vor dem großen Tag brachen wir erneut in die Burg Drachenfels ein und vertauschten das echte Lösungsblatt mit einem falschen. Wir hofften einfach, dass unser Timing passte und Jerry sich die Lösungen nicht schon vorher geholt hatte. Einen Tag vor dem Wettkampf wiederholten wir das Ganze und brachten die richtigen Lösungen wieder an ihren Platz.“

„Natürlich ohne selbst einen Blick auf die richtigen Lösungen zu werfen“, warf Kaja mit ironischem Unterton ein.

„Selbstverständlich“, antwortete Lance indigniert. Diese Kaja war manchmal ein richtiges Fräulein Naseweis. „Soll ich jetzt weiter erzählen oder willst du mich wieder dauernd unterbrechen?“

Kaja schwieg erwartungsvoll.

„Wir kämpften uns alle wieder durch die schwierigen Aufgaben und schwitzten über den Rechenrätseln. Jerry war als Erster fertig, was unseren Verdacht bestätigte, dass er einfach die Resultate auswendig gelernt hatte."

Inzwischen waren sie wieder auf dem Hof angelangt, und Kaja schaltete den Motor ab. Gespannt sah sie den Drachen an: „Und dann, was ist dann passiert?"

„Tja, bei der Preisverteilung kam dann der große Knaller: Jerry wurde Letzter, nicht Erster. Ungläubig hörte er der Rangverkündigung zu. Er wollte schon den Richter unterbrechen, als er sich gerade noch rechtzeitig anders besann. Wie gesagt, er war nicht der Hellste. Aber sogar ihm war klar, dass er einiges zu erklären gehabt hätte, wenn er jetzt protestierte", schloss Lance.

„Wie hat er das wohl mit dem Reisebericht hingebogen?", grübelte Kaja.

„Das haben wir nie herausgefunden. Aber das spielte nun ja auch keine Rolle mehr."

„Auf jeden Fall eine tolle Geschichte", lobte ihn Kaja. Nach einer kurzen Pause fragte sie: „Was habt ihr eigentlich mit den geraubten Jungfrauen gemacht? Gefressen?"

„Gefressen? Drachen sind doch keine Kannibalen", gab Lance entrüstet zurück.

„Was habt ihr denn sonst mit ihnen gemacht? Wozu der ganze Aufwand?", wollte sie irritiert wissen.

„Schon mal versucht, eine Drachenhöhle sauber zu halten?" Lance schüttelte den Kopf. „Ich sage dir, das ist eine schreckliche Arbeit. Die Jungfrauen haben für uns geputzt, gewaschen und gekocht."

„Also Sklaverei!"

„Dafür waren sie gut beschützt", rechtfertigte er sich, „und sie mussten sich nicht mit all diesen aufdringlichen Prinzen herumschlagen."

„Na ja, lassen wir das, wie macht ihr das heute?“

„Wie meinst du das?“

„Ich denke mal, dass die Auswahl an Jungfrauen heute nicht mehr so groß ist.“

„Ja ja, die Kriterien werden heutzutage nicht mehr ganz so streng ausgelegt…“

„Hauptsache, sie kann kochen, oder wie“, spottete Kaja. „Das hätte ich mir ja denken können. So, ich geh jetzt rein, Abendessen mit Mémé und Zeit mit Zorro verbringen.“

„Und das war wohl ein Wink mit dem Laternenpfahl“, meinte Lance trocken.

„Zaunpfahl“, korrigierte Kaja automatisch. „Genau, ich brauche jetzt ein wenig meine Ruhe. Eine letzte Frage noch. Wer hat denn nun schlussendlich den zweiten Wettkampf gewonnen?“

„Na, ich natürlich“, antwortete der Drache.

„So so, dachte ich's mir doch. Natürlich ganz ohne Schummeln.“

Sie ließ den Drachen stehen, der wortlos seine Nägel, besser gesagt, Krallen betrachtete und demonstrativ ihre letzte Bemerkung überhörte.

10

Am Sonntagmorgen war Mémé schon in aller Herrgottsfrüh zum Bäcker gefahren und hatte Pains au Chocolat gekauft, um ihrer Enkelin eine Freude zu machen. Nachdem Kaja fertig gepackt hatte, genossen sie eine letzte gemeinsame Tasse Tee in der Küche.

„Ich rufe dich an, sobald ich in Zürich angekommen bin."

„Da freu ich mich. Und melde dich auch nächste Woche, falls sich bei der Arbeit etwas Neues ergibt", antwortete Mémé besorgt.

„Ist gut, ich glaube allerdings nicht, dass sich an der Situation so schnell etwas ändert", sagte Kaja bedrückt.

„Oh ich bin sicher, dir wird eine Lösung einfallen", ermunterte sie Mémé.

„Ja, kampflos werde ich mich nicht geschlagen geben, das ist mir in diesen Tagen klar geworden", sagte Kaja entschlossen. „So, jetzt müssen wir aber."

Sie stand auf, stellte ihre Teetasse in die Spüle und atmete noch einmal tief den vertrauten Duft von Mémés Kräuterküche ein, wie um ein bisschen davon mit auf ihre Heimreise zu nehmen. Mémé begleitete sie zum Auto und schaute ihrer Enkelin beim Verstauen ihrer Tasche zu. Die Proviantüte und das Handy legte sie auf den Beifahrersitz. Griffbereit sozusagen.

Sie ließ Zorro auf die Rückbank springen und schaute sich suchend nach Lance um.

„Wo ist denn jetzt dieses Vieh bloß“, beschwerte Kaja sich. „Ich dachte, er wollte mitfahren.“

„Mach dir mal keine Sorgen um Lance“, beruhigte die Großmutter sie. „Der taucht schon wieder auf.“

„Wie denn?“, fragte sie skeptisch. „Ich fahr jetzt nämlich, ich will nicht länger warten.“ Sie umarmte Mémé und verabschiedete sich.

„Adieu, und pass gut auf dich auf. Falls sich deine Eltern wider Erwarten mal melden sollten, bestell ihnen einen Gruß von mir.“

„Ja mach ich, dann haben wir wenigstens ein gemeinsames Gesprächsthema“, meinte Kaja ironisch und verzog das Gesicht. „Ciao, mach‘s gut.“ Sie startete den Motor und fuhr ab.

Tief in Gedanken versunken fuhr Kaja auf der Route du Soleil Richtung Norden. Zorro döste ausgestreckt auf dem Rücksitz. Ein lautes „Hallo“ ließ sie aufschrecken, und sie verriss das Lenkrad. Im letzten Moment konnte sie das Auto wieder auf die richtige Spur bringen.

„Sag mal, spinnst du? Ich fahr hier mit 140 Sachen über die Autobahn und du schneist einfach so in mein Auto? Ohne Vorwarnung, nichts?!“

Zu allem Überfluss fing jetzt auch noch Zorro an zu bellen. Er hatte genau gespürt, wie sich sein Frauchen erschrocken hatte und nahm deutlich wahr, wie ihr das Adrenalin durch den Körper rauschte. Und das alles wegen diesem Drachen! Der Hund bellte und legte sich noch etwas mehr ins Zeug, vielleicht verschwand das Ungeheuer dann endlich.

„Zorro, bitte“, rief Kaja nun vollends entnervt und stoppte seine Belleuphorie. Ist ja gut, dann eben nicht, dachte der Hund und rollte sich beleidigt zusammen.

„Ts, ts", machte der Drache missbilligend. „Ich hab mich telepathisch bei dir angekündigt, aber deine intuitiven Leitungen sind ja sowas von verstopft..."

Kaja seufzte. Jetzt redete er schon wie Mémé, das war ja nicht auszuhalten. „Ich war halt mit meinen Gedanken woanders", verteidigte sie sich.

„Hat dir meine Geschichte etwas gebracht?", meinte er versöhnlich.

„Hm, im Moment sehe ich noch keine deutlichen Parallelen."

Jetzt war der Drache an der Reihe zu seufzen. Was waren doch diese Menschenkinder immer begriffsstutzig. Er beschloss, erst einmal abzuwarten und sich in der Zwischenzeit über den Proviant herzumachen. Er wollte soeben nach der Tüte auf dem Beifahrersitz greifen, als sein Schützling wieder anfing zu sprechen.

„Ich werde als nächstes einfach zur Arbeit zurückkehren und von dort aus versuchen herauszubekommen, was die Hintergründe der ganzen Geschichte sind." Sie warf ihm einen Blick zu: „Du weißt schon, zuerst das Notwendige, dann das Mögliche und so weiter. Das hat mir noch eingeleuchtet. He, was machst du da?"

Der Drache biss eben genüsslich in einen Apfel. „Kannst du nicht wenigstens fragen?", schimpfte sie. „Ich hätte dir auch einen abgegeben, wenn du darum gebeten hättest!"

„Siehst du, das habe ich doch sowieso gewusst. Und du warst gerade so schön am Erzählen, da wollte ich dich nicht unterbrechen", redete er sich heraus.

„Blabla", murrte sie. „Wie kommt es eigentlich, dass du den Apfel festhalten und sogar essen kannst?"

„Hä, was meinst du mit dieser Frage?" Lance blickte sie verständnislos an.

„Na ja, als ich bei meinem Versuch, Tims Brief zu ergattern, an deinem Arm hochklettern wollte, habe ich buchstäblich ins

Leere gegriffen. Keine drei Stunden später hast du mich aufgefangen. Und da habe ich deinen Arm deutlich gespürt. Das kam mir gleich so seltsam vor."

„Ach das" antwortete Lance wegwerfend, „das ist leicht zu erklären. Als Astralwesen bin ich nicht an die Gesetze der Materie gebunden – ich muss nur bewusst meine Energien verdichten, so einfach ist das."

„Einfach?" Kaja starrte ihn an.

„Würde es dir etwas ausmachen, auf die Straße zu achten?", erkundigte sich der Drache ungewöhnlich liebenswürdig.

Kaja erschrak und richtete ihren Blick und ihre Aufmerksamkeit wieder pflichtbewusst nach vorn auf die Straße. „Tut mir leid, ich war nur kurz etwas abgelenkt durch deine ‚einfache' Erklärung."

Sie konzentrierte sich wieder mehr aufs Fahren. Nachdem der Drache seinen stibitzten Apfel genüsslich verspeist hatte, tat er es Zorro gleich und rollte sich auf dem Sitz zusammen, um zu schlafen. Fasziniert beobachtete Kaja im Rückspiegel, wie das große Untier immer mehr zu schrumpfen schien, bis er nicht mehr viel größer war als eine Katze. So hatte er bequem Platz.

„Jetzt passt du gut in meine Handtasche", neckte sie ihn. „So bist du ja richtig handlich."

Lance blinzelte sie nur schläfrig unter halbgeschlossenen Lidern an, erwiderte jedoch nichts darauf. Na gut, dachte Kaja achselzuckend, so viel zu meinem erhofften Unterhaltungsprogramm während der Fahrt. Sie drehte das Radio lauter und fuhr in Begleitung der mitreißenden Musik von „Nightwish" der Schweiz entgegen.

Gut sieben Stunden später hielt sie erschöpft in der Straße vor ihrer Wohnung. Sie hatte unterwegs nur einmal kurz angehalten, um auf die Toilette zu gehen und Zorro die Chance zu geben, sich ein wenig die Beine zu vertreten. Müde rieb sie sich die angestrengten Augen. Dann drehte sie sich um, zupfte den Drachen am Schwanz und kraulte Zorro hinterm Ohr, der bereits, seit sie in ihre Straße eingebogen waren, aufgeregt aus dem Fenster schaute.

„Du weißt schon, dass wir wieder zu Hause sind, nicht wahr, mein Kleiner?", sagte sie liebevoll.

Lance räkelte sich und begann, wieder auf seine normale Größe anzuwachsen. Kaja stieg aus und öffnete die Tür, um die beiden rauszulassen. Die Tasche ließ sie vorerst im Auto. Sie wollte mit Zorro noch zur Wiese gehen, damit er sein Geschäft erledigen konnte. Dann musste sie später nicht noch einmal raus. Während sie ihrem Hund zuschaute, wie er jedes Grasbüschel und jeden Strauch nach neuen Duftmarken abklapperte und sich sozusagen informierte, wer in seiner Abwesenheit auf seiner privaten Spielwiese gewesen war, streckte sie sich, um die Steifheit der langen Autofahrt aus ihren Gliedern zu vertreiben. Jetzt war sie wieder in Zürich. Sie vermisste Mémé schon jetzt. Und, wie sie verwundert und ein wenig ärgerlich feststellte, auch Tim schlich sich immer wieder in ihre Gedanken. Sie war zwar froh, dass er sie von ihrem Desaster mit Frédéric abgelenkt und unbewusst ihr doch ziemlich angeschlagenes Selbstbewusstsein aufgebessert hatte, aber das musste jetzt dann auch genügen. Sie hatte im Moment genug andere Sorgen. Da brauchte sie nicht schon wieder einen Mann, der sie ablenkte.

Zurück beim Auto hievte sie sich die schwere Tasche über die Schulter und suchte nach dem Wohnungsschlüssel. Sie war gleich nach Abschluss ihres Studiums, als sie eine feste Anstellung gefunden hatte, hierher nach Wollishofen an den Stadtrand von Zürich gezogen. Nach fast zwölf Jahren Internatsleben und fünf Jahren Studentendasein in einer Viererwohngemeinschaft hatte sie das dringende Bedürfnis nach den eigenen vier Wänden verspürt. Die Wohnung lag im Erdgeschoß. Da sie den Hund hatte, fürchtete sie sich nicht vor

Einbrechern und konnte so einen kleinen Gartensitzplatz ihr Eigen nennen. Zwischen die Ritzen der Steinplatten hatte sie Rosmarin und Thymian gepflanzt. Wenn die Sonne die Steine aufwärmte, erfüllte der Duft der Kräuter die Luft und brachte ein Stück Südfrankreich in ihren Alltag.

Kaja hatte endlich ihre Schlüssel gefunden. Sie trat ein, ließ die Tasche gleich beim Eingang stehen und warf die Schlüssel achtlos auf die Kommode. Nachdem sie sich einen raschen Überblick über ihre Post verschafft hatte, streifte sie sich die Schuhe von den Füßen und ließ sich auf ihr Sofa fallen. Die Wohnung hatte drei Zimmer und eine offene Küche. Das war ungewöhnlich für ein so altes Haus. Doch da eine Wand herausgebrochen worden war, ging die Küche nun direkt ins Wohnzimmer über. Die Möbel stammten zum Großteil von Ikea, bis auf ein paar alte Stücke, die ihr Mémé geschenkt hatte. Den alten Bauernschrank hatte sie eigenhändig restauriert. Sie erinnerte sich an das mühselige Ablaugen und Schleifen des Holzes und wie stolz sie gewesen war, als er nach dem Beizen in neuem Glanz erstrahlt war. Sie legte den Kopf in den Nacken und betrachtete die Stuckatur an der Decke. Da das Haus während der Jugendstilzeit erbaut worden war, waren die Räume hoch und die Fenster riesig. Sie begannen in Kniehöhe und reichten bis fast an die Decke. Von der Küche führte eine kleine Treppe mit fünf Stufen zum Gartensitzplatz. Die Pergola, die sie im ersten Jahr hier angelegt hatte, war dieses Jahr nun endlich komplett überwachsen, so dass sie schon einige Male bei leichtem Regen hatte draußen sitzen können. Das war Kaja extrem wichtig. Nachdem sie sich schon für einen Job entschieden hatte, bei dem sie die meiste Zeit des Tages drinnen verbringen musste, brauchte sie wenigstens in ihrer knapp bemessenen Freizeit die Möglichkeit, an der frischen Luft zu sein, umgeben von Pflanzen. Lance hatte eben seinen Erkundungsgang durch ihre Wohnung beendet und leistete ihr auf dem Sofa Gesellschaft.

Als hätte er ihre Gedanken gelesen, fragte er sie ernsthaft: „Wo verbringst du deine Zeit am liebsten?"

„Draußen", antwortete sie, ohne nachzudenken.

„Und weshalb verbringst du dann die meiste Zeit in geschlossenen Räumen?"

Sie wandte den Kopf um ihn anzusehen. „Man kann sich halt nicht alles aussuchen, irgendwie muss ich ja Geld verdienen."

„Hm, das mit dem Geldverdienen scheint ja gut geklappt zu haben – nur, bist du glücklich dabei?"

„Wohin soll dieses Gespräch führen? Hast du jetzt etwa die Rolle meines Therapeuten übernommen?", wollte sie verärgert wissen.

„Nur so", wich er aus, „ich schau mich mal draußen um." Und schon war er weg.

„Ich bin zufrieden mit meinem Leben, nur dass du's weißt!", rief sie ihm hinterher.

„Ja, so sieht's aus", brummte der Drache vor sich hin, „deshalb nervt dich auch so eine harmlose Frage. Da hab ich wohl ins Schwarze getroffen", bemerkte er zufrieden und ließ sich in den Liegestuhl, der unter dem Rebendach stand, fallen.

Kaja rappelte sich vom Sofa hoch und stand auf, um sich eine Tasse Tee zu kochen. Zum Charme der Wohnung trug sicher auch die alte Küche mit dem Gasherd bei. Das war der Nachteil an diesen alten Häusern: genau wie das Bad war auch die Küche uralt. Doch Kaja liebte gerade diese Besonderheiten. Während der Tee zog, blickte sie sich um. Im Moment herrschte ein ziemliches Chaos. In den letzten paar Wochen war sie vor lauter Arbeit nicht zum Aufräumen gekommen. Sie grinste in Gedanken. Besser gesagt war ihr das eine willkommene Ausrede gewesen, nicht zu viel aufräumen zu müssen. Sie war noch nie ein Ordnungsfanatiker gewesen. Einzig die Küche und das Bad hielt sie peinlich sauber. Die panische Suche nach ihren Unterlagen an besagtem Morgen und ihre darauf folgende überstürzte Abreise danach hatten das Übrige zur nun herrschenden Unordnung beigetragen. Sie seufzte. Lance streckte den Kopf durch die Küchentür.

Der Drache hatte es sich nach seiner kurzen, unautorisierten Wohnungsinspektion und seiner penetranten Fragerei wohl draußen gemütlich gemacht, wie Kaja schmunzelnd feststellte.

Jetzt sah er sie belustigt an und fragte: „Hast du die Seufzerbrücke von Venedig in deine Wohnung verpflanzt?“

„Wieso?“

„Weil ich seit einer Viertelstunde bis auf deine Seufzer, die du in regelmäßigen Abständen von dir gibst, nichts höre. Ich muss schon sagen, ziemlich störend, wenn man versucht, ein Nickerchen zu machen.“

„Tja, dann schau dich doch hier einmal um, diese Unordnung!“

Der Drache zuckte nur verständnislos die Schultern. „Ich finde es hier sehr heimelig, fast schon wie in meiner Höhle.“

Sie blickte ihn finster an. „Ich hause aber im Gegensatz zu dir nicht in einer Höhle! Und wenn ich bis gerade eben noch unschlüssig hin und her überlegt habe, ob ich heute noch aufräumen soll, hast du mir eben das schlagende Argument geliefert, weshalb ich sofort damit anfange sollte. Danke auch vielmals!“

Mit Staubsauger, Putzlappen und Abfallsack bewaffnet machte sie sich unverzüglich ans Werk. Aus den Lautsprechern ihrer Stereoanlage dröhnte in voller Lautstärke „Mano Negra“, ihre favorisierte Putzmusik. Sie konnte von Glück reden, dass sie keine direkten Nachbarn hatte. Die Wohnungen über ihr dienten zwei Architekten als Planungsbüros und standen deshalb das ganze Wochenende über leer. Lance flüchtete vor so viel Arbeitseifer wieder in den Garten, während sich Zorro unter dem Sofa verkroch. Sie war gerade dabei, die Papierwüste auf ihrem Schreibtisch zu sortieren und auszumisten, als ihr plötzlich ein Zettel mit Frédérics Handschrift in die Hände fiel. Sie stutzte. „SuperMan77!", das war wahrscheinlich eines seiner für ihn höchst typischen Passwörter. Die Frage war bloß, zu welchem Gerät oder Programm es gehörte. Und wieso hatte er es aufgeschrieben? Sie runzelte die Stirn. Momentan ergab das für sie wenig Sinn. Sie drehte den Zettel um und entdeckte ein Datum, den 28. September 2012. Das war in drei Wochen, überlegte sie. Dann folgten noch ein Name, der ihr nichts sagte, und eine Telefonnummer. Sie drehte den Zettel zwischen ihren Fingern hin und her und überlegte, was sie damit machen sollte. Schließlich beschloss sie, ihn erst einmal in ihrer Hosentasche sicher zu verwahren. Vielleicht nützte er ihr ja irgendwann noch einmal.

Zwei Stunden später lag Kaja erschöpft in der heißen Badewanne und verspeiste genüsslich die Reste des kalten Pizzabrotes, welches ihr Mémé als Proviant eingepackt hatte.

Zufrieden lehnte sie sich zurück und genoss den aromatischen Duft von Mémés Badeöl. Eigentlich muss ich Lance dankbar sein, beschloss sie. Jetzt habe ich wenigstens wieder eine gemütliche und saubere Wohnung. Sie ließ sich noch etwas tiefer ins Wasser sinken und begann sich gerade ein wenig zu entspannen, als die Luft anfing, bläulich zu schimmern. Das durfte doch wohl nicht wahr sein! Lässig lehnte der Drache am Waschbecken und wich ungerührt dem Waschlappen aus, den sie nach ihm warf.

„Raus mit dir. Ich will jetzt meine Ruhe haben. Du hast hier nichts zu suchen! Wie machst du das überhaupt, immer in geschlossenen Räumen aufzutauchen?! Egal, jetzt gehst du auf jeden Fall wieder!"

Sie stieg aus der Wanne, wickelte sich behelfsmäßig in ein Badetuch und öffnete die Tür.

„Raus jetzt, bevor ich wirklich wütend werde.“

Brummelnd zog Lance ab, sah jedoch ein, dass er wohl einen etwas unpassenden Moment gewählt hatte. Er hatte ganz vergessen, wie heikel weibliche Wesen mit ihrer Badezimmerzeit waren. Fluchend trocknete sich Kaja ab, bürstete ihre Haare mit unsanften Strichen und cremte sich hastig ein. So viel zur Entspannung, dachte sie gereizt. Sie schlüpfte in einen frischen Pyjama und putzte sich die Zähne. Jetzt wollte sie nur noch schlafen. Inzwischen war sie so müde, dass ihr ganzer Körper schmerzte. Barfuß tapste sie in ihr Schlafzimmer, stieg über Zorro hinweg, der auf dem Fußboden lag und kroch in ihr Bett. Sie war schon halb eingeschlafen, als sie etwas an der Schulter stupste.

„Hast du schon einen Plan?“, wollte Lance wissen.

Fassungslos schaute Kaja zu, wie er es sich in ihrem Bett bequem machte. „Sag mal, was machst du da eigentlich?“

„Ich lege mich schlafen. Was hast Du Dir denn gedacht. Und, hast du schon einen Plan?“, wiederholte er seine Frage.

Doch Kaja war einfach zu müde. Sogar zu müde, um ihn aus dem Bett zu werfen, zumal er sich wieder so niedlich klein gemacht hatte. Also murmelte sie nur: „Ich habe mir schon immer eine kleine Drachenkatze gewünscht – schlaf gut.“ Im nächsten Moment war sie eingeschlafen.

11

Der Wecker riss Kaja am nächsten Morgen um 6:30 Uhr aus dem Tiefschlaf. Sie kämpfte mit der Versuchung, ihn einfach abzustellen und noch eine Runde weiterzuschlafen. Doch da sie wusste, dass sie dann frühestens in zwei Stunden wieder munter werden würde, überwand sie sich und rollte sich aus ihrem Bett. Dabei landete sie beinahe auf dem Drachen, der immer noch zusammengerollt neben ihrem Kopfkissen lag und schlief. Was war das für ein Geräusch? Vorsichtig schob sie ihren Kopf näher an den schlafenden Miniaturdrachen heran. Sie glaubte ihren Ohren nicht zu trauen: Der Kerl schnarchte ja! Zugegebenermaßen ziemlich diskret, aber trotzdem. Unsanft schubste sie ihn an. „Wach auf, du schnarchendes Untier."

>„He, spinnst du? Es ist noch viel zu früh, um aufzustehen."

Lance versuchte, einen Zipfel der Decke zu erwischen und sich darunter zu verstecken. Schließlich schienen ihre Worte doch noch in sein schlaftrunkenes Gehirn durchzudringen, und er drehte sich mit blitzenden Augen zu ihr um.

„Ich schnarche nicht, Drachen schnarchen nie", behauptete er hoheitsvoll. Da Kaja jetzt keine Zeit hatte, herumzustreiten, ließ sie die Sache auf sich beruhen.

„Ich gehe mich jetzt duschen und anziehen. Falls du Frühstück willst oder brauchst, kannst du ja nachher in die Küche kommen und mir Gesellschaft leisten."

Sie hatte immer noch nicht herausgefunden, ob er aß, weil er Hunger hatte und etwas zu essen brauchte oder einfach, weil es ihm Spaß machte.

Lance wartete schon auf sie, als sie in die Küche kam. „Willst du etwas Bestimmtes zum Frühstück? Oder brauchst du gar nichts?“, erkundigte sie sich bei ihm, während sie die Kühlschranktür öffnete.

„Eine Schale Milch mit einem Schuss Holunderschnaps wäre ganz nett.“

Sie warf ihm mit hochgezogenen Augenbrauen einen Blick zu. „Alkohol am Morgen? Wärst du ein Mensch, würde ich dich unverzüglich bei den Anonymen Alkoholikern anmelden.“

„Das gilt nicht für uns Drachen, wir haben einen völlig anderen Stoffwechsel“, beeilte er sich zu sagen.

Sie füllte für sich eine Schale mit Cornflakes und goss Milch dazu. Dann füllte sie eine zweite Schale für Lance. „Ich dachte, Astralwesen hätten keinen Stoffwechsel?“

„Siehst du, du kannst mir also unbedenklich Schnaps zum Frühstück servieren!“, stimmte er ihr zu.

„Tja, bleibt nur das Problem, dass ich keinen Holunderschnaps habe. Nimmst du auch mit Whiskey vorlieb?

„Wenn's sein muss“, antwortete der Drache leicht angewidert.

Kaja schnaubte. „Ich verschwende doch nicht meinen guten Whiskey an jemanden, der beim bloßen Gedanken daran das Gesicht verzieht!“

„Vielleicht schaust du mal in deiner Reisetasche nach. Möglicherweise hat dir Josephine ja eine Flasche eingepackt“, sagte er hoffnungsvoll.

Lance sah sie so treuherzig an, dass Kaja lachen musste und sich erweichen ließ. Sie durchwühlte die Tasche, ohne sich große Erfolgschancen auszurechnen und war daher ziemlich überrascht, als sie fündig wurde.

„Offenbar kennt sie dich gut“, brummte Kaja, als sie der Milch einen Schuss des starken Gebräus beigab.

Genießerisch nahm Lance einen großen Schluck. „Danke“, sagte er mit vollem Mund.

„Ja, bitte, bitte.“ Sie setzte sich zu ihm an den Tisch und begann ihre inzwischen ziemlich matschig gewordenen Cornflakes zu löffeln.

„Wann müssen wir los?“, erkundigte sich Lance.

„Wir? Wir müssen gar nicht los. Du bleibst nämlich hier.“

Um ihren Worten mehr Ausdruck zu verleihen, tippte sie ihm mit dem Zeigefinger auf die Brust. „Du bleibst hier und passt auf meine Wohnung auf! Du bist ab jetzt mein persönlicher Hausdrache.“ Mit diesen Worten stand sie auf und räumte den Tisch ab.

Hausdrache, dachte Lance erbost, na warte, wir werden ja sehen, wie ich als Hausdrache funktioniere.

Da vom Drachen gar keine Entgegnung kam, stutzte Kaja und beäugte ihn misstrauisch.

„Ärgerst Du dich gar nicht, dass du hier bleiben musst?“ fragte sie ihn.

„Nein, nein“, versicherte ihr der Drache in trügerisch freundlichem Tonfall.

Unschlüssig betrachtete sie ihn. „Hm, ich traue dir zwar nicht über den Weg, aber ich kann es jetzt nicht ändern. Komm Zorro, wir müssen los.“ Sie schnappte sich die Autoschlüssel und verließ die Wohnung. In der Tür drehte sie sich nochmals um, warf Lance eine Kusshand zu und sagte: „Danke für deine Kooperationsbereitschaft. So muss ich mir wenigstens um dich keine Sorgen machen.“ Und weg war sie.

Verdammt, dachte der Drache, wieso musste sie sich auch bei mir bedanken. Jetzt muss ich mich ja wohl oder übel benehmen. Unartig zu sein wäre einfacher gewesen, grummelte er vor sich hin. Aber das hält mich nicht davon ab, sie zu besuchen, beschloss er, nun um einiges vergnügter.

Auf dem Weg zur Arbeit ging Kaja im Kopf nochmals durch, wie sie vorgehen wollte. Erst einmal musste sie wohl oder übel mit ihrem Chef sprechen. Sie hoffte, wenigstens dem Abteilungsleiter zu entgehen. Grundsätzlich hatte sie nichts gegen die Leute von Qubus, aber diesen neuen Vorgesetzten mit seinen kalten Augen mochte sie nicht. Die Fusion der beiden Firmen schien vernünftig und gewinnbringend für beide Seiten zu sein. Und doch hatte sich seither alles eher ins Negative verändert. Sie überlegte einen Moment. Konnte es sein, dass sie das nur deshalb so empfand, weil sie Probleme hatte mit Veränderungen? Entschieden schüttelte sie den Kopf. Nein, das war definitiv nicht der Grund. Diese Schwierigkeiten hatte sie nur im privaten Bereich. Sonst wäre sie nie so eine gute Informatikerin geworden. In diesem Bereich änderte sich ja laufend alles. Zu ihrer Arbeit fehlte ihr zudem der emotionale Bezug, sah man davon ab, dass sie auf ihre guten Leistungen zu Recht stolz war. Sie verzog das Gesicht zu einer Grimasse. Das hatte ihr auch schon einen Rüffel eingebracht. Sie würde sich zu wenig mit der Firma identifizieren. Ja, ja, ich bin ja nicht verheiratet mit denen, dachte sie. Okay, weiter im Text, danach werde ich mich an meine Arbeit machen und unauffällig versuchen herauszufinden, wo sich das Schwein versteckt.

Und sie beschloss, sich in der Gerüchteküche umzuhören. Das wäre auch nicht schlecht, denn das bedeutete, sie würde sich zum Mittagessen mit Thea treffen. Thea arbeitete in der Postabteilung und war bekannt dafür, dass sie über alles und jeden Bescheid wusste. Vielleicht lässt sie sich ja sogar dazu überreden, eine Runde mit dem Hund zu drehen, wenn ich ihr ein Sandwich spendiere, grübelte Kaja in dem Versuch, alles unter einen Hut zu bringen.

Vor dem Bürogebäude parkte sie ihren Wagen auf einem der internen Besucherparkplätze und trug sich in die dafür vorgesehene Liste ein. Diese Parkplätze waren eigentlich für Mitarbeiter gedacht, welche von einer anderen Zweigstelle kamen, um einen Auftrag zu erledigen oder einer Sitzung beizuwohnen. Doch da die Kontrollen nicht besonders streng waren und sie eine heftige Abneigung gegenüber öffentlichen Verkehrsmitteln hatte, die zudem noch von Zorro geteilt wurde, stellte sie ihren Wagen regelmäßig hier ab.

Sie war froh, dass sie auf dem Weg in ihr Büro erst einmal niemandem begegnete. Zorro machte es sich, wie er es gewohnt war, unter ihrem Schreibtisch gemütlich. Sie startete den Computer und schaute sich auf ihrem Schreibtisch um. Irgendetwas war seltsam. Sie kniff die Augen zusammen und versuchte, das Gefühl zu analysieren, um herauszufinden, was sie störte. Ihre Papiere, das war es. Einige Unterlagen, die sie in der Eile auf ihrem Schreibtisch hatte liegen lassen statt sie vorschriftsmäßig in ihrem Schrank einzuschließen, lagen fein säuberlich gestapelt auf der rechten Seite der Arbeitsplatte. Sie selber machte nie ordentliche Stapel. Wahrscheinlich würde sie das nicht einmal dann schaffen, wenn sie es versuchte. Papiere stapelte sie, wenn überhaupt, völlig chaotisch. Mit gerunzelter Stirn ging sie die Möglichkeiten durch: Entweder hatte die Putzmannschaft gewechselt oder jemand war an ihren Sachen gewesen. Schließlich entschied sie sich für Ersteres, und sei es nur, um das unangenehme Gefühl loszuwerden, in einem zweitklassigen Industriespionagefilm gelandet zu sein. Sie verdrängte diese Gedanken aus dem Kopf und öffnete die Teamagenda auf ihrem Rechner, um herauszufinden, ob ihr Chef da war. Offensichtlich war gleich jetzt ein guter Zeitpunkt, ihn zu treffen. Wenigstens hatte sie es dann hinter sich, versuchte sie sich selbst zu trösten. Sie bedeutete Zorro mit einem Handzeichen, dass er hier auf sie warten sollte und machte sich auf in das Büro ihres Chefs.

„Max, hallo, hast du einen Moment Zeit?"

Ihr Chef blickte auf. Für einen kurzen Augenblick blitzte Erleichterung in seinen Augen auf, bevor er empört fragte: „Was hast du dir dabei gedacht, einfach so zu verschwinden, Kaja?! Ich habe x-mal versucht, dich über dein Handy zur erreichen!"

Sie schwieg betreten. Das hatte sie gestern Abend auch bemerkt, als sie endlich ihre Mailbox abgehört hatte. Max hatte sie bereits am Tag ihrer Abreise zweimal angerufen. Zu diesem Zeitpunkt waren die Nachrichten, die er hinterlassen hatte, noch freundlich und ein wenig von Sorge geprägt gewesen. Sie verstand sich normalerweise sehr gut mit Max. Er war nicht nur ihr Chef, seit sie bei PC-Lux-Solutions angefangen hatte, sondern auch ihr Mentor. Von ihm hatte sie mehr Tricks und Kniffe gelernt als während des ganzen Studiums. Die darauf folgenden Nachrichten waren allerdings immer ungeduldiger geworden, und er hatte etwas von Pikettdienst und Verfügbarkeit erwähnt. Doch sie hatte sich darauf keinen Reim machen können. Schließlich stand ja kein neuer Release an, oder?

Sie widmete ihre Aufmerksamkeit wieder Max, der sie gerade anschnauzte: „Erst war ich ja froh, als ich gesehen habe, dass du es gerade noch geschafft hast, das X3-Programm in die Produktion zu geben. Ich dachte, wenigstens verzögert sich dieses wichtige Projekt durch deine Abwesenheit nicht."

Siedend heiß fiel Kaja ein, dass das X3-Projekt letzte Woche fällig gewesen war. Das hatte sie völlig verschwitzt.

Max fuhr fort: „Ich wusste beziehungsweise dachte, dass du es sicher gründlich getestet hattest. Doch offenbar war dem nicht so! Die ganze Verarbeitung hat lahmgelegen und du warst nicht zu erreichen."

Da sie immer noch komplett verwirrt war, beschränkte sie sich darauf zu sagen: „Es tut mir wirklich leid, Max, ich habe offensichtlich einfach eine Auszeit gebraucht, Deshalb habe ich auch vergessen, das Handy mitzunehmen."

Das stimmte zwar nicht ganz, andererseits stimmte hier so einiges nicht und bis sie wusste, was hier gespielt wurde, spielte sie wohl einfach so gut es ging mit.

„Ich werde mich sofort daran machen, den Fehler zu suchen und zu beheben."

Sie konnte sich zwar immer noch nicht erklären, wie das Programm ohne ihr Zutun in die Produktion gelangt war, aber darum würde sie sich später kümmern müssen.

„Nicht nötig", donnerte Max. „Wir haben Herrn Scherrer geholt, der war ja bis vor kurzem dein Teamkollege. Zum Glück konnte er uns sofort helfen."

„Frédéric, ausgerechnet ihn musstest du um Hilfe bitten?" Fassungslos starrte Kaja ihren Vorgesetzten an.

„Ja meinst du denn, ich hätte das gerne getan? Ich habe es herausgezögert, solange ich konnte. Aber ich konnte dich ja nirgends auftreiben. Schließlich blieb mir keine andere Wahl. Frentzen, der Abteilungsleiter, hat Druck gemacht."

Zum zweiten Mal innerhalb einer Woche saß Kaja wie betäubt auf ihrem Stuhl. Fieberhaft überlegte sie, ob sie Max ins Vertrauen ziehen und ihm erzählen sollte, dass sie das Programm gar nicht in Produktion geschickt hatte. Nein, erst musste sie selber einen besseren Durchblick haben, entschied sie. Es würde ihre Position sowieso nicht nennenswert verbessern, wenn sie ein Versäumnis mit einem anderen entschuldigte, auch wenn der Auslöser ebenfalls nicht ihre Schuld gewesen war. Nur, dafür fehlten ihr ebenfalls die Beweise.

„So, jetzt an die Arbeit", wies Max sie barsch an. Sie stand auf und verabschiedete sich. Sie war schon fast bei der Tür, als er sie zurückhielt: „Kaja, reiß dich ein wenig zusammen, ja? Ich kann dich nicht ewig schützen. Es weht momentan ein rauer Wind.“ Sie nickte nur wortlos und setzte dann ihren Weg fort.

Kaja bemühte sich, ihren kochenden Zorn im Zaum zu halten. Das Letzte, was sie jetzt gebrauchen konnte, war ein Computerabsturz. Zorro hob kurz den Kopf, als sie in ihr Büro trat, und schlief dann gleich wieder weiter, beruhigt, dass sein Frauchen wieder da war. Gut, dachte sie, dann mal auf in den Kampf. Offensichtlich hatte irgendjemand ohne ihr Wissen das Programm in die Produktion geschickt und vorher zudem noch einige Fehler eingebaut. Sie war sich ziemlich sicher, was diesen zweiten Punkt anging. Schließlich hatte sie dieses verflixte Programm eigenhändig stundenlang getestet und auf Herz und Nieren geprüft. Und zwar sowohl am Testserver als auch mit ihrem selbst entwickelten Debugger, einem Fehlersuchprogramm. Nach anfänglichen Schwierigkeiten hatte es dann problemlos alle Verarbeitungsstufen durchlaufen. Noch dazu in einer extrem kurzen Zeit. Es hätte ihre Lohnerhöhung und einen fetten Bonus garantieren sollen. Was also, verdammt noch mal, war schiefgelaufen? Sie würde schon noch dahinter kommen, schwor sie sich grimmig. Aber erst einmal musste sie sich um andere Dinge kümmern.

Sie nahm ein Blatt Papier und machte sich eine To-Do-Liste. Während der Arbeit erstellte sie dauernd Listen. Normalerweise verlegte sie sie jedoch innerhalb der nächsten zehn Minuten. Vielleicht nehme ich besser ein Post-It und klebe es mir an den Monitor, beschloss sie. Dann verliere ich das Ding wenigstens nicht sofort wieder. Plötzlich stutzte sie. Ihr Passwort-Post-It fehlte. Da sie dazu angehalten wurden, alle vier Wochen ein neues Passwort zu wählen, hatte sie sich angewöhnt, immer nur die letzten drei Ziffern zu ändern und die ersten vier beizubehalten. Die drei neuen schrieb sie sich jeweils auf ein Post-It, um sie nicht zu vergessen. Sie konnte sich beim besten Willen nicht jeden Monat auf Anhieb ein neues Passwort merken. Und wer den ersten, gleichbleibenden Teil nicht kannte, für den waren ja auch die notierten Zahlen nutzlos. Zuvor hatte sie es gar nicht bemerkt. Mit dem aktuellen Passwort hatte sie bereits die letzten drei Wochen gearbeitet. Nach diesem Zeitraum hatte sie sich das neue Passwort jeweils eingeprägt. Sie beschloss, das auch gleich auf die Liste zu setzen. Kaja ertappte sich dabei, wie sie ihre Beobachtungen in Kürzeln festhielt, nachdem sie ihre offizielle Arbeit und den noch zu vereinbarenden Termin mit Thea aufgeführt hatte. Ich werde langsam aber sicher paranoid, stöhnte sie. Energisch verdrängte sie alle Gedanken an die Ungereimtheiten, die sich vor ihr auftürmten.

Schließlich nahm sie das Telefon zur Hand und wählte Theas Kurzwahlnummer.

„Interne Postleitstelle, Thea Marquardt, was kann ich für Sie tun?", ertönte Theas rauchige Stimme durchs Telefon.

„Hallo Thea, ich bin's, Kaja."

„Hallo Kaja, das ist aber eine nette Überraschung. Sag mal, was treibst du denn, man hört da ja unglaubliche Sachen!"

„Nicht jetzt Thea, ich erklär dir alles später", antwortete Kaja hastig. „Hast du Lust, Zorro und mich auf unserem Mittagsspaziergang zu begleiten? Ich spendiere dir auch ein belegtes Brötchen", bat sie ihre Kollegin.

„Muss ja wichtig sein, wenn du sogar zu Bestechungsmaßnahmen greifst", kicherte Thea. „Lass mich schnell nachschauen, wann meine Mittagspause anfängt", sagte sie, nun wieder ernst. „Ich sehe hier, dass ich um halb eins weg kann, vorher geht's schlecht."

„Super, dann also um halb eins beim Brunnen. Irgendwelche Brötchenwünsche?"

„Käse", lautete die knappe Antwort. Thea war überzeugte Vegetarierin. „Tschüss."

„Bis dann."

Erleichtert legte Kaja den Hörer auf. Auf Thea war einfach Verlass. Und wenn es jemanden gab, der wusste, was hier vor sich ging, dann sie. Thea ging auf die Sechzig zu und regierte die gesamte Schneckenpost, wie der Briefversand genannt wurde, sowie den elektronischen Mailverkehr. Sie wurde gleichermaßen respektiert wie gefürchtet. Trat man ihr nämlich auf die Füße, konnte es sehr wohl sein, dass plötzlich irgendwelche vertraulichen Informationen, meist privater Natur, die Runde machten. Allerdings ging sie dabei stets so diskret und geschickt vor, dass sie nie offiziell als Quelle enttarnt werden konnte. Verstand man sich hingegen gut mit ihr und tolerierte ihre zahlreichen Marotten, war sie ein loyaler Freund. Gerade in ihrer momentanen Situation war Kaja ungemein froh, sich zu ihren Freunden zählen zu dürfen.

Zufrieden, das Treffen mit Thea in die Wege geleitet zu haben, widmete sich Kaja die nächsten zwei Stunden ihrer aktuellen Arbeit. Sie arbeitete konzentriert an zwei schon bestehenden Programmen, die sie vor einiger Zeit selbst entwickelt hatte. Dementsprechend schnell kam sie mit ihrer Arbeit voran. Als sie fertig war, schaute sie auf ihre Uhr. Erst elf. Dann hatte sie also noch gut anderthalb Stunden Zeit, ein wenig nachzuforschen.

Glücklicherweise war es fast unmöglich, einen Computer zu bedienen, ohne dabei Spuren zu hinterlassen. Sie gab einige Befehle ein und betrachtete dann gespannt das Logbuch des Servers, an dem auch ihr Computer angehängt war. Wo waren nun die Aktivitätsprotokolle versteckt? Ah, genau hier. Sie entdeckte die beiden Einträge mit ihrer Personalnummer da, wo sie sie erwartet hatte. Letzten Donnerstag um 7:30 Uhr hatte sie sich eingeloggt und um 10:42 schon wieder abgemeldet. Genau zehn Minuten nach dem unerfreulichen Gespräch mit ihren Vorgesetzten.

Der nächste Eintrag mit meiner Personalnummer sollte folglich erst heute Morgen auftauchen, überlegte sie. Sie scrollte die lange Liste zweimal hinunter, bis sie fand, was sie suchte. Freitagabend, 21:20 Uhr. Da hatte wohl jemand spät noch gearbeitet. Dann wollen wir mal sehen, was mein Doppelgänger denn so alles an meiner Stelle gemacht hat, dachte sie.

Sie folgte den Einträgen, bis sie die Details vor sich auf dem Bildschirm hatte. Laut Serverangaben hatte sie am Freitagabend das X3-Programm noch ein letztes Mal verändert und dann ohne weiteren Test in die Produktion geschickt. Anschließend hatte sich der geheimnisvolle Unbekannte wieder abgemeldet. Kurz überlegte sie, sich die Details auszudrucken, entschied sich dann aber dagegen und speicherte nur Kopien davon ab. Diese sandte sie per E-Mail an ihren Computer zu Hause. Sobald die Übermittlung beendet war, löschte sie die E-Mail komplett aus ihrem Mailprogramm.

Nur für den Fall, dass... na egal, dann war sie halt einfach paranoid.

Rasch änderte sie ihr Passwort komplett.

So, jetzt hast du Pech gehabt, Freundchen. Ab jetzt gibt's keine Aliasbesuche mehr.

Thea wartete am Brunnen auf sie. Kaja konnte sie schon von Weitem erkennen. Ihre Kollegin hatte eine Vorliebe für knallige Farben und bunt gemusterte Stoffe. Auch heute machte sie keine Ausnahme und trug ein pinkfarbenes Kleid, das mit leuchtenden gelben Blumen bedruckt war. Ihre großen Plastikohrringe hatten dieselbe Farbe wie die Blumen, und um den Hals hatte sie eine Kette aus Türkissteinen geschlungen. Neben Thea hatte Kaja in ihren Jeans und einfachen T-Shirts oft das Gefühl, mit der Umgebung zu verschmelzen und unsichtbar zu sein. Nicht, dass sie das Bedürfnis gehabt hätte, sich selbst so auffällig zu kleiden. Es war einfach der Effekt, den diese schillernde Persönlichkeit auf sie hatte. Sie begrüßten sich mit drei Küsschen, und Kaja händigte ihr das Sandwich aus.

„Avocado mit getrockneten Tomaten und Frischkäse – die reinen Käsebrötchen sahen alle staubtrocken aus“, erklärte Kaja.

„Das ist schon in Ordnung, ich mag das hier gerne“, antwortete Thea und biss herzhaft hinein. Kaja wickelte ihrerseits ein Brötchen aus, Thunfisch mit Sprossen und Peperoni, und fing an zu essen.

„Also, was sind für Gerüchte über mich im Umlauf?“, wollte Kaja zwischen zwei Bissen wissen.

Thea schluckte und erzählte dann: „Du hättest deine Arbeit vernachlässigt, dich an deinen verheirateten Teampartner rangeschmissen und ihn sogar zu Hause belästigt. Zudem warst du, kurz nachdem man dich damit konfrontiert hatte, plötzlich wie vom Erdboden verschluckt – das ist sogar eine Tatsache. Ich habe dich nämlich auch gesucht, aber nicht gefunden. Dieses Verschwinden, welches sich auch erstaunlich schnell herumgesprochen hat, zu schnell sogar für meinen Geschmack, wurde allgemein als ein Schuldbekenntnis deinerseits aufgefasst. Das hättest du dir denken können, Kaja. Das war ein wenig unüberlegt“, schalt Thea sie mit besorgtem Blick.

„Ich war definitiv nicht in der Verfassung, mir solche weitreichenden Gedanken zu machen“, gab Kaja schärfer als beabsichtigt zurück.

„Na na, jetzt beruhige dich erst mal. Allerdings war das nur ein Teil der Gerüchte.“

„Gibt es etwa noch mehr Gerüchte über mich? Na toll“, stöhnte sie, als ihre Freundin bedauernd nickte.

„Ja, es gibt noch mehr, nur waren die schwieriger zu finden, sprich: nicht in aller Munde, was damit zu erklären ist, dass sie ein etwas anderes Licht auf die ganze Sache werfen. Gefallen wird's dir trotzdem nicht", warnte Thea ihre junge Kollegin.

„Egal, erzähl", bat Kaja angespannt.

„Ich will es mal so sagen, ich bin nun ziemlich gut über deine Unterwäsche informiert – du solltest übrigens dringend mal etwas Gewagteres kaufen, Schätzchen – und habe erfahren, dass du eine heiße Nummer sein sollst im Bett."

„Aber wer...?"

„Tja, da kommt wohl nur einer in Frage. Offensichtlich hat er sich doch nicht so belästigt gefühlt."

„Ich glaub' es einfach nicht! Erst bringt er mich in der Chefetage in Verruf und dann prahlt er mit mir als seine Eroberung? Ganz schön dreist! Na warte, bis ich das Max erzähle!" Sie wollte auf der Stelle umkehren und ihrem Ärger bei Max Luft machen.

„Das würde ich an deiner Stelle schön bleiben lassen", meinte Thea und hielt sie am Arm zurück.

„Aber warum? Du hast doch selbst gesagt..."

„..., dass ich Gerüchte gehört habe", beendete sie sanft den Satz.

„Ich kann das doch nicht einfach so auf mir sitzen lassen!"

„Nein", beruhigte Thea sie. „Das nicht. Aber es lohnt sich vielleicht, einen subtileren Weg einzuschlagen. Du solltest erst einmal versuchen herauszufinden, um was es hier eigentlich geht."

„Du hast Recht. Ich bin nur so durcheinander. Seit letzter Woche scheinen sich die Ereignisse zu überschlagen - und offenbar nicht zu meinen Gunsten. Ich hätte gerne mein geregeltes Leben zurück, so wie es vor zwei Wochen war."

„Bist du dir da sicher?"

„Hm", brummte Kaja, „zumindest größtenteils. Auf Frédéric könnte ich allerdings dankend verzichten!"

Sie setzten sich auf eine Bank am Seeufer und beobachteten Zorro, der schwimmend versuchte, die Enten zur erreichen.

„Weshalb erzählst du mir nicht einfach, was wirklich passiert ist?“, forderte Thea sie auf.

Also erzählte Kaja die unschöne Geschichte zum dritten Mal, mit dem Unterschied, dass sie ihren Verdacht bezüglich der Durchsuchung ihres Arbeitsplatzes hinzufügte und die Tatsache erwähnte, dass das X3-Programm ohne ihr Zutun und offensichtlich abgeändert in der Produktion gelandet war.

„Ich muss noch ein wenig nachforschen. Vielleicht kriege ich sogar raus, was genau geändert wurde. Und vor allem, ob es wirklich Frédéric gewesen ist. Allerdings vermute ich das, aufgrund des erforderlichen Passworts. Da wir zusammen gearbeitet haben, ist es sehr wahrscheinlich, dass er es irgendwann aufgeschnappt hat. Ich hab ja auch kein Staatsgeheimnis daraus gemacht. Du weißt ja, wie das bis zur Fusion war. Ich kannte die Passwörter von meinen drei engsten Mitarbeitern und gewechselt wurde einmal alle drei Monate.“

Sie runzelte die Stirn. „Was ich einfach nicht begreife, ist, was Frédéric davon hat. Okay, das mit dem Programm für den Wettbewerb kann ich ja noch nachvollziehen. Auch, dass er offensichtlich das Gefühl hatte, mit mir ins Bett gehen zu müssen, damit er Zugang dazu kriegt. Aber der Rest…“

„In Verruf bringen musste er dich für den Fall, dass du behaupten solltest, er hätte dir dein Programm gestohlen. So konnte er ziemlich sicher sein, dass es dir zu peinlich sein würde, etwas zu sagen, und zudem würde dir jetzt nur schwerlich jemand Glauben schenken.“

„So was Ähnliches hat Lance auch schon gesagt“, murmelte Kaja geistesabwesend.

„Wer ist denn Lance?“, hakte Thea interessiert nach.

„Lance? Hab ich etwa Lance gesagt? Das ist, äh, ein Freund meiner Großmutter“, stotterte Kaja.

Thea schaute sie prüfend an, beschloss dann aber ganz untypisch für sie, nicht weiterzubohren, um Kaja nicht noch mehr aus dem Konzept zu bringen.

„Und trotzdem erscheint mir der Aufwand ein wenig groß, nur wegen dieses Wettbewerbs“, beharrte Kaja.

„Was gab es denn da zu gewinnen?“, fragte Thea.

„Außer Ruhm und Ehre noch 10.000 CHF.“

„Da hast du ein mögliches Motiv.“

„Schon, aber bei seinem Lohn und dem zu erwartenden Bonus?“

„Geld hat auf manche Leute eine unwiderstehliche Anziehungskraft, egal wie viel sie bereits besitzen“, gab Thea zu bedenken.

„Hm, möglich, aber ehrlich gesagt, das glaube ich nicht. Nein, da steckt mehr dahinter. Das habe ich im Gefühl.“

„Was ist denn mit dir los, dass du plötzlich auf dein Gefühl hörst?“, wunderte sich ihre Freundin.

„Keine Ahnung“, gab Kaja zurück. „Es ist trotzdem so. Hör zu, könntest du mir einen Gefallen tun und deine Ohren spitzen? Wenn dir was auffällt, melde dich einfach bei mir. Und bitte behalte meine Spekulationen für dich, ja?“

„Klar, ich werde schweigen wie ein Grab“, grinste Thea, meinte es aber bitterernst.

„Gut, dann lass uns zurückgehen, damit du nicht zu spät kommst.“

Kaja pfiff ihren Hund zu sich, der sich die Sonne auf den Pelz hatte scheinen lassen, und die drei machten sich auf den Rückweg.

Zurück im Büro wollte sie nach ihrem Apfel greifen, den sie am Morgen auf ihren Schreibtisch gelegt hatte. Prompt griff sie ins Leere. Suchend blickte sie sich um und entdeckte zu ihrem Entsetzen Lance, der seelenruhig auf dem Fensterbrett hockte und entspannt seine krallenbesetzten Beine baumeln ließ. Eilig schloss sie die Tür, baute sich vor ihm auf und zischte ihn an:

„Was machst du hier? Ich habe dir doch ausdrücklich gesagt, du sollst auf mich warten. Und gib mir meinen Apfel zurück!"

Sie schnappte sich den Apfel und freute sich über den verdutzten Gesichtsausdruck des Drachen. „Das hättest du nicht gedacht, dass ich so schnell bin, was?"

Seufzend antwortete Lance: „Nein, das hätte ich tatsächlich nicht gedacht. Aber offensichtlich kommen deine Reflexe endlich wieder in Gang. Um auf deine Frage zurückzukommen, ich habe ja auf dich gewartet. Genau hier."

„Genau das ist ja auch das Problem. Nicht hier, sondern zu Hause hättest du warten sollen! Was, wenn dich jemand sieht?"

„Mich sieht aber niemand, außer dir und Josephine, weil sie deine Großmutter und somit mit dir verwandt ist. Hast du irgendwelche Verwandten, die auch hier arbeiten? Nein?" Als sie überrumpelt den Kopf schüttelte, nickte er zufrieden und sagte: „Dachte ich's mir doch!"

„Was mache ich denn jetzt mit dir?", fragte Kaja, nicht wirklich beruhigt von seinen Ausführungen. Sie blickte sich hilfesuchend im Raum um.

Lance machte einen Schritt auf sie zu, drückte sie sanft, aber entschlossen auf ihren Stuhl zurück und meinte leichthin: „Du machst dich jetzt an deine Arbeit und ich schaue mich hier im Haus ein wenig um."

„Du kannst doch nicht einfach…", setzte Kaja an.

„Doch, doch, und wer weiß, vielleicht entdecke ich ja etwas, das dir weiterhilft. Schließlich habe ich ja Übung im Rumschleichen."

Er zwinkerte ihr zu und verschwand durch die Wand. Na toll, dachte Kaja kopfschüttelnd. Das konnte ja heiter werden. Als hätte sie nicht schon genug um die Ohren.

Als sie nach Hause kam, war sie hundemüde. Schnurstracks ging sie zum Herd und brühte sich eine Tasse Tee auf. Während das Wasser kochte, fütterte sie Zorro. Den Drachen am Küchentisch bedachte sie mit einem kurzen Nicken – sie war zu fertig, um schon wieder einen Streit vom Zaun zu brechen.

„Das sind die Emotionen, weißt du?“

„Wie?“

Aufgeschreckt aus ihren Gedanken blickte Kaja ihn an und vergaß ganz, dass sie ihn eigentlich ignorieren wollte.

„Dass du so erschöpft bist, daran sind die heftigen Emotionen schuld, die dich heute und in den letzten Tagen so durchgeschüttelt haben. Das raubt dir deine Energie!“

„Musst du nicht noch irgendwelche Jungfrauen rauben? Ich bin nämlich gerade nicht in Stimmung für ein laienpsychologisches Gespräch mit einem Drachen.“

Ungerührt fuhr er fort: „Du hast die ganzen letzten Jahre Schutzmauern um dich gebaut, um nicht zu viel von deinen Gefühlen zu spüren. Und da du das, wie ich vermute, schon seit deiner Kindheit praktiziert hast, ist dir das erstaunlich gut gelungen. Diese Mauer ist auch der Grund, weshalb du nicht mitkriegst, wenn ich mich bei dir telepathisch anmelde oder wieso du immer noch störrisch das Telefon benutzt um zu sehen, wie es Mémé geht. Du bist an und für sich ein sehr sensibler Mensch, Kaja.“

„Ich bin tough, sonst gar nichts“, murmelte Kaja aufgewühlt.

Schnell trank sie einen Schluck von ihrem Tee, der inzwischen fertig gezogen hatte, und verbrühte sich prompt den Mund. „Aua!“, entfuhr es ihr. „Und weshalb funktioniert diese Taktik plötzlich nicht mehr“, wollte sie etwas unwirsch von Lance wissen.

„Ich vermute, dass es mit dem Schock zusammen hängt, den du letzte Woche gekriegt hast. So ein Vertrauensmissbrauch ist doch ganz schön heftig. Und bei der ganzen Geschichte steht ja auch noch deine Existenz auf dem Spiel. So was geht einem schon an die Nieren. Da muss dein Selbstschutz einen Riss bekommen haben."

„Na toll, auch das noch. Ich war ganz zufrieden so, wie es war!"

„Sei froh, ewig hält so eine Verdrängungstaktik niemand durch. Du hättest auch schwer krank werden oder einen Unfall erleiden können."

Wortlos starrte Kaja ihn einen Moment an, bis sie sagte: „Ich muss nachdenken", und in ihrem Zimmer verschwand.

Das würde zumindest erklären, wieso ich plötzlich wieder Ahnungen habe, so aus heiterem Himmel, dachte sie, als sie ausgestreckt auf ihrem Bett lag. Sie hatte heute Nachmittag noch ein wenig nachgeforscht, aber sie kam einfach nicht wirklich weiter. Sie wusste zwar jetzt, dass es tatsächlich Frédéric gewesen sein musste, der sich ihres Passworts bedient und das X3 in die Produktion gestellt hatte. Allerdings nicht die Endversion, sondern eine der frühen Testversionen. Ziemlich clever, das hätte sie ihm gar nicht zugetraut. Da er damit gerechnet hatte, dass man ihn zur Lösung des Problems rufen würde, wenn sie nicht auffindbar war, hatte er so dafür gesorgt, dass er den Fehler im Nu beheben konnte. Er musste ja nur die fehlerhafte Version durch die Endversion ersetzen. Das erklärte auch den einen Anruf auf ihrem Mobiltelefon mit der unbekannten Nummer. Es hatte sich herausgestellt, dass das die Nummer seines neuen Arbeitsplatzes war. Thea sei Dank hatte sie das so schnell herausgefunden. Nur das Motiv war ihr immer noch nicht klar. Ein persönlicher Rachefeldzug konnte es nicht sein. So gut kannten sie sich gar nicht, dass dieser riesen Aufwand gerechtfertigt gewesen wäre. Nein, beschloss sie zum wiederholten Male, da musste mehr dahinter stecken.

12

Die nächsten Tage verstrichen ereignislos. Der Drache ließ sie weitgehend in Ruhe und unterhielt sie an den Abenden bei einem Glas Wein mit lustigen Geschichten. Kaja wusste nicht so recht, wie viel sie davon für bare Münze nehmen konnte, aber wen kümmerte das schon, wenn der Erzähler ein leibhaftiger Drache war. Das war ja an und für sich schon absurd genug.

Am Donnerstagnachmittag erlebte sie allerdings zum ersten Mal, dass sich auch Lance aus dem Konzept bringen ließ. Kaja hätte sich wohl königlich amüsiert, wenn sie nicht so erstaunt, um nicht zu sagen erschüttert gewesen wäre.

Sie hatte früher aufgehört zu arbeiten, weil sie in der Stadt noch ein Buch kaufen wollte. Es gab da ein kleines Antiquariat, das sie noch nicht kannte und sie hoffte, dort das eine oder andere vergriffene Buch zu finden, das sie schon seit längerem suchte. Zorro hatte sich wie üblich auf dem Rücksitz zusammengerollt, während Lance ausnahmsweise auf dem Beifahrersitz saß.

Direkt bei der Buchhandlung gab es natürlich keine freien Parkplätze. Auf der Suche nach einer Parklücke fuhr sie einmal um die angrenzenden Häuserblocks. Es schien jedoch so, als hätte sie heute kein Glück. Verdrossen fuhr sie auf die Kreuzung zu, die direkt vor der Buchhandlung lag. Von vorne kam eine blonde Frau auf einem klapprigen Fahrrad. Kaja verlangsamte das Tempo ein wenig, um der Fahrradfahrerin die Möglichkeit zum Ausweichen zu geben. Sie wollte eben etwas zu Lance sagen, als sie merkte, dass die Person auf dem Fahrrad nicht etwa ausgewichen war, sondern im Gegenteil mit weit aufgerissenen Augen direkt auf sie zuhielt. Kaja versuchte im letzten Moment gleichzeitig auszuweichen und zu bremsen und rammte beinahe ein geparktes Auto. Doch es war schon zu spät: Mit einem heftigen Knall prallte das Fahrrad auf Kajas Kotflügel und die Fahrerin stürzte wie ein gefällter Baum zu Boden. Außer sich vor Angst stürzte Kaja aus dem Auto und kniete neben der Unbekannten nieder. Aus einer Wunde beim Haaransatz strömte eine erschreckend große Menge Blut.

„Hallo, können Sie mich hören?“, fragte Kaja verzweifelt.

Warum kam denn bloß keiner? Sie könnte jetzt wirklich etwas Hilfe gebrauchen. Die blonde Frau hatte die Augen geschlossen und bewegte sich nicht. Mit fahrigen Händen versuchte Kaja, den Pulsschlag zu ertasten. Okay, offensichtlich war keine Hilfe von Passanten zu erwarten. Sie atmete tief durch und nahm sich zusammen. Schließlich hatte sie ja vor Urzeiten einen Nothelferkurs besucht. Sie drängte die aufkommende Angst zurück und konzentrierte sich darauf, mit einem ganzen Päckchen Papiertaschentüchern und ihrem Halstuch die Blutung am Kopf zu stoppen. Eben hatte sie den behelfsmäßigen Druckverband am Kopf der Unbekannten befestigt, als die junge Frau unvermittelt die Augen aufschlug. Ihr Blick war erst etwas unfokussiert und verwirrt, klärte sich jedoch schnell.

„Wo tut es Ihnen überall weh?“, drängte Kaja sie zum Sprechen. Die junge Frau musste etwa im gleichen Alter sein, stellte sie fest. Die Frau richtete sich langsam auf, bewegte versuchsweise alle ihre Glieder und antwortete: „Nur mein Kopf. Ansonsten habe mich wohl vor allem erschrocken. Die Abschürfung hier ist nicht weiter schlimm.“

Eine Woge der Erleichterung überschwemmte Kaja, die jedoch gleich darauf ihrem aufsteigenden Ärger Platz machen musste.

„Sag mal, bist du auf Drogen oder so? Du bist direkt auf mich zu und vor mein Auto gefahren. Falls du Selbstmordgedanken hegst, lass mich bitte aus dem Spiel!“

„Äh nein, tut mir leid, es war keine Absicht. Aber weißt du, dass da ein Drache in deinem Auto sitzt?“

„Wie?“, fragte Kaja mit einem etwas dümmlichen Gesichtsausdruck.

„Ja, ein Drache. Ich konnte einfach den Blick nicht von diesem wundersamen Wesen abwenden und habe gar nicht auf die Straße geachtet.“

„Äh, das musst du dir eingebildet haben“, sagte Kaja hastig, wobei sie einen raschen Blick auf ihr Auto warf, um herauszufinden, ob Lance zu sehen war. Nein, gut, dachte sie, hoffentlich blieb er verschwunden. Sie wandte sich wieder der Frau am Boden zu.

„Hör mal, lass uns ein wenig zur Seite gehen, falls du das schaffst, damit der Verkehr wieder in Gang kommt, okay?“

Stunden später kam sie erschöpft zu Hause an. Sie war noch mit Miri, so hieß die junge Frau, ins Krankenhaus gefahren, war ihr beigestanden, als die Platzwunde am Kopf genäht wurde, hatte mit ihr die restlichen Resultate abgewartet und sie anschließend nach Hause gebracht. Die ganze Aufregung hatte sie Kraft und Nerven gekostet. Vor allem, da Miri an ihrer Behauptung festhielt, sie hätte einen Drachen im Auto neben Kaja sitzen sehen. Kaja war stur geblieben und hatte sich geweigert, auch nur mit einer Silbe auf dieses Thema einzugehen. Was sich als anstrengender erwies als erwartet. In dieser kleinen Person steckte viel Temperament. Sie hatten ihre Adressen ausgetauscht und Kaja hatte ihr versprochen, den Unfall ihrer Haftpflichtversicherung zu melden. Wegen des Fahrrads, das hinüber war und möglichen späteren körperlichen Nachwirkungen. Miri hatte nichts davon hören wollen. Sie behauptete, ja selber schuld gewesen zu sein, aber Kaja bestand darauf. Sie atmete tief ein und wieder aus, während sie ihre Schultern kreisen ließ, um die Anspannung loszuwerden. Wenigstens war ihr Auto bis auf einen kleinen Kratzer am Kotflügel heil geblieben.

Lance hatte sich die ganze Zeit über nicht blicken lassen, und das war auch gut so. Kaja kochte nämlich vor Wut. Hatte er nicht versprochen, nur sie könnte ihn sehen? Neben dem Schock, den sie heute Nachmittag erlitten hatte, gesellte sich noch ein leises Eifersuchtsgefühl hinzu. Lance war ihr ganz persönlicher Drache. Den musste niemand sonst sehen!

Jetzt im Haus konnte sie seine Anwesenheit beinahe körperlich spüren. Die Luft summte buchstäblich vor blauer Energie. Wo war er denn bloß? In der Küche und im Wohnzimmer offensichtlich nicht. Sie bewegte sich Richtung Schlafzimmer und kam an der Tür zum Arbeitszimmer vorbei, die einen Spalt offen stand. Sie erblickte Lance, der inmitten eines Berges zerknüllten Papiers saß und auf einem altertümlich anmutenden Federhalter herumkaute. Obwohl der Anblick, den er gerade bot, sie zum Lachen reizte, blitzte sie ihn böse an, als sie eintrat und ihn zur Rede stellte: „Kannst du mir vielleicht erklären, wie das passieren konnte? So was wie heute möchte ich nämlich so bald nicht mehr erleben!“

Lance blickte auf und raufte sich seine inexistenten Haare. „Glaub mir Kaja, ich habe nicht die geringste Ahnung! So etwas ist mir noch nicht passiert, mehr noch, ich wusste gar nicht, dass das möglich ist!“

„Dann hast du also gehört, was sie behauptet hat.“

„Ja, vor Schreck bin ich dann gleich hierher geflüchtet und habe angefangen, Berechnungen zu erstellen.“

Schweigend kniete sich Kaja nieder und strich eines der zerknüllten Blätter glatt. Fremdartige Zeichen bedeckten das Papier, und sie starrte es an, ohne einen Sinn darin zu erkennen. „Berechnungen?“

„Ja, zumindest so was Ähnliches – ähnlich wie Wahrscheinlichkeitsberechnungen. Aber es gibt keine passende Formel“, fuhr er fort, unverständliches Zeug vor sich hinmurmelnd. „Hör zu, Kaja, ich muss dringend weg. Ich komme so schnell wie möglich wieder, wenn ich weiß, was hier vor sich geht.“

Kaja nickte nur und verließ das Zimmer.

Ein wenig später tigerte Kaja ruhelos in ihrer Wohnung umher. Sie wusste nicht so recht, was sie mit sich anfangen sollte. Deutlich konnte sie spüren, dass Lance fort war. Offensichtlich hatte sie sich schon mehr an seine Anwesenheit gewöhnt, als sie sich eingestehen wollte. Bei ihren Problemen in der Arbeit war sie auch noch nicht wirklich weitergekommen. Zwar fühlte sie genau, dass die ganze Sache einen bedeutungsvolleren Hintergrund hatte, als es auf den ersten Blick schien, doch sie kam einfach nicht dahinter. Noch viel frustrierender war, dass sie nicht wusste, wie sie weiter vorgehen sollte, um dem Ganzen auf die Spur zu kommen. Zorro blickte ihr unruhig bei ihrer Wanderung durch die Wohnung nach. Frustriert ließ sie sich aufs Sofa sinken. Einer plötzlichen Eingebung folgend sprang sie wieder auf und ging zu ihrer Jacke, die an der Garderobe bei der Tür hing. Sie durchwühlte die Taschen und suchte nach dem Zettel, den Tim ihr bei seiner überraschenden Abreise hinterlassen hatte. Schließlich fand sie das Gesuchte und kehrte mit dem Stück Papier und dem schnurlosen Telefon bewaffnet zu ihrem Ausgangspunkt auf dem Sofa zurück. Nur kurz zögerte sie, wählte dann aber entschlossen Tims Nummer. Sie wurde sonst noch verrückt, wenn sie sich mit niemandem unterhalten konnte. Ihr ging einfach zu viel im Kopf herum. Vorsorglich hatte sie sich schon darauf eingestellt, mit seinem Anrufbeantworter zu sprechen und war daher umso überraschter, als er bereits beim ersten Klingeln abnahm.

„Ja?“, ertönte seine fragende Stimme durch den Hörer.

„Sag mal, hast du das Telefon ständig in der Hand?“

„Kaja, bist du das wirklich? Du wirst es kaum glauben, aber ich wollte dich eben anrufen – deshalb hatte ich mein Handy tatsächlich schon in der Hand.“

Verdutzt blinzelte sie, bis ihr einfiel, dass er sie ja nicht sehen konnte. „Äh, ja, das ist wirklich ein Zufall.“

„Ja, ja, Zufall oder nicht, das ist hier die Frage“, meinte er mit bedeutungsschwerer Stimme.

„Hör doch auf“, lachte Kaja. „Du hörst dich ja schon an wie Mémé. Weshalb wolltest du mich denn anrufen?“, fragte sie neugierig.

„Um deine schöne Stimme zu hören“, schlug er neckend vor.

„Ja, ja, ich hab mir auch schon überlegt, eine Telefonsexlinie zu betreiben, mit dieser Stimme“, frotzelte sie. „Jetzt mal im Ernst, was war der Grund?“

„Ich bin heute Abend zufälligerweise bei meinen Eltern zu Hause, sprich in Zürich. Da dachte ich, vielleicht hättest du Lust, mit mir am See spazieren zu gehen und ein Bier zu trinken?“

Weggehen? Heute noch? Kaja überlegte kurz. Eigentlich hatte sie schon ihre bequemen Sachen zum zu Hause rumhängen an. Ach was soll's, beschloss sie spontan. Schließlich hatte sie ja einen Zuhörer gewollt, und sie konnte ihm genauso gut während eines Spaziergangs alles erzählen.

„Also, was ist jetzt? Oder kommt das ungelegen?“

„Nein, nein, ich musste mich nur schnell überwinden, mich nochmals ausgehfertig zu machen. Aber Zorros Dankbarkeit wird keine Grenzen kennen“, fügte sie noch hinzu.

„Also dann, ich hole dich in einer Viertelstunde ab.“

„Mach mal zwanzig Minuten daraus, okay? Dann besteht wenigstens der Hauch einer Chance, dass ich dann auch fertig bin."

Schnell wusch sie sich das Gesicht und schminkte sich neu. Du meine Güte, jetzt mache ich mich schon schön für Tim, dachte sie. Sie schnitt eine Grimasse, kam aber nicht gegen ihr Bedürfnis an, sich möglichst vorteilhaft zu präsentieren. Vielleicht nahm er sie dann ja ausnahmsweise als Frau wahr und nicht als den Dreckspatz von früher. Plötzlich fiel ihr der Abend in Frankreich ein, als er sich einen Kuss gestohlen hatte. Kaja überlief es siedend heiß. O Gott, das hatte sie ja fast vergessen. Nicht dass es ihr nicht gefallen hätte, aber sie hatte im Moment wirklich keine Energie für solche Spielchen. Zudem hatte sie ganz gerne selber das Wie, Wann und Wo in der Hand. Sie musste über sich selber lachen. Wahrscheinlich maß sie diesem kleinen Zwischenfall sowieso zu viel Bedeutung zu und er hatte das Ganze schon wieder vergessen.

Mit dieser Annahme lag Kaja allerdings mehr als falsch. Genau genommen hatte es Tim nicht geschafft, auch nur einen Tag nicht an Kaja zu denken. Offensichtlich hatte er sich in den kleinen, nein, verbesserte er sich in Gedanken, als er auf dem Weg zu Kajas Wohnung war, großen Wildfang verliebt. Er war noch nie verliebt gewesen. Er hatte zwar schon einige Freundinnen gehabt. Doch aufgrund seiner Arbeit hatte sich nie mehr als eine flüchtige Affäre ergeben. Das war ihm auch immer recht gewesen so. Nur keine zu engen Bindungen. Er dachte immer, er hätte das so gewählt. Aber offensichtlich war ihm nur die Richtige noch nicht über den Weg gelaufen. Tja, dann sah er wohl besser zu, dass Kaja auch zu diesem Schluss kam. Er schmunzelte. Irgendwie hatte er so eine dunkle Ahnung, dass sie seine Geduld ziemlich strapazieren könnte. Er schob die hin und her springenden Gedanken in seinem Kopf zur Seite und beschloss, einfach ihre Gegenwart zu genießen und zu schauen, wie sich der Abend entwickelte.

Als es an der Tür klingelte, warf Kaja nervös einen letzten Blick in den Spiegel. Zorro veranstaltete schon einen lauten Freudentanz vor der noch geschlossenen Türe und Kaja beeilte sich, sie zu öffnen. Tim wurde regelrecht überrannt von dem eifrigen Fellbündel.

„Uff“, japste er und schob den Hund ein wenig zur Seite, ließ aber seine Hand hinter Zorros Ohren und kraulte ihn, während er Kaja begrüßte. Erleichtert stellte sie fest, dass er offensichtlich nicht da anknüpfen wollte, wo er das letzte Mal aufgehört hatte und entspannte sich ein wenig.

„Lass uns zu Fuß zum See gehen“, bat sie, „es ist ja nicht weit.“

„Ja, das habe ich mir auch schon überlegt.“

Er hakte sich freundschaftlich bei ihr unter und sie machten sich auf, Richtung See. Zorro lief vor ihnen auf dem Gehsteig, seine helle Rute leuchtete durch die städtische Dunkelheit, erhellt durch die Straßenlaternen. Es war ein ausgesprochen lauer Septemberabend, auch wenn sie froh war, ihre dicke Jacke angezogen zu haben.

Eine Weile gingen sie wortlos nebeneinander her und genossen den Spaziergang, bis Kaja das Schweigen brach und fragte: „Weshalb musstest du denn so plötzlich abreisen?“

Sie merkte, wie er kurz zögerte, bevor er antwortete. „Ein Freund von mir ist gestorben.“

Betroffen schwieg Kaja. Sie wusste nicht genau, wie sie auf diese Mitteilung reagieren sollte. Vorsichtig fragte sie: „Ist er verunglückt?“

„Nein, Krebs. Ich war also nicht ganz unvorbereitet. Aber man hofft schlussendlich doch immer noch auf ein Wunder“, schloss er leise, mehr zu sich selbst als an Kaja gewandt. Kaja nahm seine Hand und drückte sie leicht.

„Tut mir leid, dass ich das wieder aufgewühlt habe, ich wusste ja nicht ...“, sie brach ab und schaute ihn an. Er lächelte und erwiderte den Druck ihrer Hand.

„Schon gut. Ich bin froh, dass ich es dir erzählt habe. Aber lass uns jetzt nicht diesen schönen Abend verderben. Das bringt ihn auch nicht wieder zurück. Ich bin sicher, Sandro, so hieß mein Freund, ist jetzt an einem friedlichen Ort. Vor allem an einem Ort ohne Schmerzen.“

Seine Augen schimmerten dunkel im Licht der Straßenbeleuchtung, als sie ihn prüfend musterte. Eins musste man ihm ja lassen: Unter seinem ansprechenden Äußeren verbarg sich mehr, als man auf den ersten Blick vermutete. Plötzlich wurde Kaja bewusst, dass sie über den Mann an ihrer Seite so gut wie nichts wusste. Sie spürte zwar die Vertrautheit zwischen ihnen, die wohl zum größten Teil aus der gemeinsam verbrachten Kindheit herrührte, aber sie kannte nur den Jungen aus ihrer Erinnerung. Den Schritt ins Erwachsenenleben hatten sie beide unabhängig voneinander gemacht. Sie spürte, wie sie auf einmal neugierig wurde zu entdecken, was für ein Mann aus dem Jungen von damals geworden war.

Seine Stimme riss sie aus ihren Gedanken.

„Wie ist es dir so ergangen bei der Arbeit?“, fragte er ehrlich interessiert.

Auf diese Frage hatte Kaja gewartet. Ruhig erzählte sie ihm alles, was sich in der Zwischenzeit ereignet und was sie herausgefunden hatte. Schließlich schilderte sie ihm ihre Vermutung, dass in der ganzen Firma etwas schieflief, nicht nur bei ihr.

„Wie kommst du denn darauf?“, hakte er nach.

„Erstens sehe ich sonst keinen Sinn dahinter. Wenn sie wollten, hätten sie mich schon feuern können, Gründe dafür hätten sie ja genug.“

„Nur wegen dieses Wettbewerbs?“ Ungläubig runzelte er die Stirn.

Etwas verspätet fiel Kaja ein, dass sie ihm ja verschwiegen hatte, weswegen Frédéric sie bei ihren Vorgesetzten verleumdet hatte und auch, dass sie mit diesem Arschloch zusammengewesen war. Ein Verhältnis gehabt hatte, korrigierte sie sich. Sie wurde rot und war heilfroh, dass es so dunkel war.

„Also ... wie soll ich sagen ... da war noch etwas."

„Was denn", ermunterte Tim sie.

Also erzählte sie ihm auch noch den Rest der Geschichte.

„Ich bin sprachlos wegen so viel Niederträchtigkeit." sagte Tim fassungslos. „Kein Wunder, dass unsere Gattung so einen schlechten Ruf hat", grummelte er erbost.

„Unsere Gattung?" Kaja schaute ihn fragend an.

„Na, die Männer."

„Ach so", kicherte Kaja und merkte, dass sie sich ein wenig entspannte.

„Dieses Schwein", brach es aus ihm hervor.

„Ja, das weiß ich jetzt auch", antwortete Kaja ein wenig bissig. „Zum Glück war es nur eine Affäre", sagte sie und merkte verwundert, als sie es aussprach, dass das stimmte.

Offenbar war sie gar nicht verliebt gewesen in ihn. Sonst würde das Ganze viel mehr schmerzen. Sie fühlte sich zwar gedemütigt und, mehr noch, wütend. Wütend darüber, dass er aus irgendeinem Grund ihren Namen in den Dreck gezogen hatte und sie schlecht machte bei Fremden wie bei Freunden. Sie schaute zu Tim hinüber und versuchte herauszufinden, wie er über ihre weiteren Eröffnungen dachte.

„Bist du jetzt schockiert?", fragte sie ein wenig distanziert, weil sie merkte, dass sie enttäuscht sein würde, wenn dem so wäre.

„Schockiert? Wieso sollte ich schockiert sein?", fragte er verwundert. „Nein, ich bin nur wütend, dass jemand dein Vertrauen auf eine so miese Art und Weise missbraucht!"

Kaja atmete erleichtert auf. „Also“, fuhr sie fort. „Wenn es nur gegen mich gerichtet wäre, hätten sie genug in der Hand, um mir problemlos zu kündigen. Das macht also keinen Sinn, denn das haben sie nicht getan. Und zweitens habe ich so ein Gefühl.“

Sie warf ihm einen Blick zu, um zu sehen, wie er auf ihre letzte Aussage reagieren würde. Doch Tim war nicht umsonst in der Nähe von Mémé groß geworden, so dass er nicht mit der Wimper zuckte, sondern lediglich fragte: „Und was hast du jetzt vor?“

Frustriert fuhr sich Kaja mit den Händen durch die Haare und kickte einen Stein ins Wasser. Zorro hechtete hinterher. „Ich wünschte mir, jemand würde mir sagen, was ich als nächstes tun soll.“

„Ja richtig“, neckte Tim sie, „Du bist ja so gut im Anweisungen befolgen.“

„Hm, na ja, das stimmt schon, normalerweise tue ich mich da schwer“, gab sie zu, ein verschmitztes Lächeln im Gesicht. „Nur momentan weiß ich einfach nicht weiter.“

Er überlegte kurz und meinte dann: „Ich habe einen Freund, Simon, den könnte ich dir mal vorstellen. Er besitzt eine private Ermittlungsfirma. Vielleicht kann der dir weiterhelfen.“

„So was wie ein Detektiv?“

„Ja, das könnte man wohl so nennen. Ich habe allerdings keine Ahnung, ob er sich mit firmeninternem Mobbing auskennt.“

„Observiert der nicht viel mehr untreue Ehepartner und so?“, wunderte sich Kaja.

„Ich weiß es ehrlich gesagt nicht so genau, was sein Gebiet ist. Ich habe ihn auch schon lange nicht mehr gesehen.“ Er zuckte etwas hilflos mit den Achseln. „Meine vielen Auslandreisen sind zwar toll, fördern allerdings das Sozialleben in der

Schweiz nicht sonderlich. Aber wenn du denkst, es könnte etwas bringen, rufe ich ihn an, dann könnt ihr euch treffen."

„Hm, einen Versuch wäre es auf jeden Fall wert", stimmte Kaja ihm zu. „Ja, rufe ihn doch bitte an, schildere ihm kurz die Lage. und wenn er meint, er könnte uns bzw. mir", verbesserte sich Kaja schnell, „helfen, würde ich gerne einmal mit ihm reden. Ich wäre allerdings froh, wenn du es dir auch einrichten könntest zu kommen." Unsicher schaute sie ihn an.

„Ja klar, er ist ja schließlich mein Freund", versicherte er ihr. „Ich habe dir ja gesagt, die nächsten zwei Monate bin ich in der Schweiz und", er deutete augenzwinkernd eine Verbeugung an, „stehe zu Ihren Diensten."

„Ach du", sie gab ihm einen kleinen Schubs, um die plötzlich wieder aufkommende Spannung zwischen ihnen etwas aufzulockern. Nimm dich zusammen, ermahnte sie sich streng. Du hast keine Zeit für Spielchen. Schon gar nicht mit einem deiner wenigen besten Freunde.

Tim beobachtete, wie sich ihr Gesichtsausdruck verschloss. Schade, er hätte sie zu gerne wieder geküsst. Das letzte Mal war ihm noch deutlich in Erinnerung. Aber irgendetwas sagte ihm, es diesmal dabei zu belassen, ihre Gesellschaft zu genießen und sich in Geduld zu üben.

„Durst?", neckte er sie, als sie vor einem der Restaurants mit Seeblick angekommen waren.

„Immer", antwortete sie und hakte sich bei ihm unter.

13

Bereits am nächsten Morgen rief Tim Kaja an. „Hör mal, ich habe Simon bereits erreicht und er denkt, dass er dir helfen kann."

„Wirklich? Das wäre fantastisch!" Kaja wurde ganz aufgeregt. „Was macht er denn nun genau?"

„Das erklärt er dir am besten selber. Er wohnt allerdings auch in Bern. Deshalb wollte ich dich fragen, ob du dieses Wochenende herkommen möchtest. Dann könnten wir das gleich mit dem Besuch der Ausstellung kombinieren. Natürlich nur, wenn du nicht schon was anderes vor hast.", fügte er hastig hinzu.

„Ja, warum nicht. Ich würde mich freuen", antwortete sie. Lance glänzte immer noch durch Abwesenheit, und alleine kam sie hier sowieso nicht weiter.

„Gut, wir treffen uns morgen um zehn Uhr in Bern, am besten am Bahnhof. Du kannst mich dort abholen, dann können wir zusammen weiterfahren."

„Gute Idee, mir hat schon davor gegraut, mich alleine mit dem Auto in Bern zurechtfinden zu müssen. Und den Bahnhof werde ich wohl knapp noch finden", machte sie sich über sich selber lustig.

Kaum hatte sie aufgehängt, klingelte das Telefon schon wieder. Sie warf einen Blick aufs Display und erkannte die interne Nummer von Thea. Verwundert nahm Kaja ab und fragte, sich, ob ihre Freundin wohl etwas herausgefunden hatte. „Hallo Thea, gibt's was Neues?"

„Hey Kaja. Ich wollte dich bloß informieren, dass die Programme, die für den Wettbewerb eingereicht worden sind, jetzt bereits auf dem Testserver B liegen."

„Ja und jetzt?" Kaja wusste nicht so recht, was sie mit dieser Information anfangen sollte.

„Ich dachte bloß, es ist vielleicht nützlich für dich, wenn du das weißt. Könnte ja sein, dass du noch Korrekturen an deinem Programm vornehmen musst", antwortete Thea. „Tschüss, bis dann" war das Letzte, was Kaja von ihrer Freundin hörte, dann ertönte das Freizeichen.

Thea hatte einfach aufgehängt. Was sollte das denn jetzt, fragte sich Kaja kopfschüttelnd. Sie hatte ja schlussendlich gar nichts eingereicht, da Frédéric ihr Programm gestohlen hatte. Moment mal, klar, indirekt hatte sie etwas eingereicht. Eigentlich könnte sie es ihm mit gleicher Münze heimzahlen und einige Fehler einbauen. Doch dann seufzte sie. Was würde das schon nützen. Fehler konnten korrigiert werden und gewonnen hätte sie nichts. Und Zugriff auf seinen Computer, besser gesagt zu seinen Passwörtern hatte sie auch nicht. Außer… Aufgeregt stand sie auf und begann unruhig wie ein Tiger im Käfig in ihrem kleinen Büro auf und ab zu gehen. Außer, er fühlte sich so sicher, dass er die Passwörter noch nicht geändert hatte! Sie blickte auf die Uhr. Momentan war er sicher noch am Arbeiten. Also konnte sie es noch nicht ausprobieren. Das System erlaubte keine Doppelanmeldungen. Aber in einer halben Stunde war Mittagszeit und die war ihm heilig, wie Kaja wusste. Zudem war Frédéric in einer Hinsicht oberkorrekt: Er loggte sich immer vorschriftsmäßig aus, wenn er seinen Arbeitsplatz verließ.

„Komm", rief sie Zorro zu, der unter ihrem Tisch lag und döste. „Wir gehen heute ein wenig früher raus."

Zorro hatte sich noch nicht hingelegt, als Kaja schon vor ihrem Computer Platz genommen hatte und sich erwartungsvoll die Hände rieb. Jetzt mal überlegen. Sein Hauptpasswort war MAC347, jedenfalls die letzten drei Wochen über. Sie tippte die Kombination ein – nichts geschah. Gut, dachte sie. Vielleicht hatte er ja die letzten drei Ziffern verändert. Das hatte er zuweilen auch gemacht, nachdem sie ihm ihr System erläutert hatte. Bei der Erinnerung daran wurde sie wieder wütend. Augenblicklich begann es in den Computerlautsprechern zu knistern. Tief durchatmen, befahl sie sich streng. Sie konnte es sich nicht leisten, ausgerechnet jetzt diese Kiste abstürzen zu lassen. Sie verdrängte die heftigen Emotionen in den hintersten Winkel ihres Bewusstseins und überlegte angestrengt. Beim vorigen Passwortzyklus war die Nummernfolge MAC473 gewesen, dann müsste es jetzt eigentlich MAC734 sein. Schnell gab sie die neue Lösung ein. Wieder nichts, es war zum aus der Haut fahren. Das hieß mit ziemlicher Sicherheit, dass er sein Passwort komplett geändert hatte. Also konnte es alles Mögliche sein. Sie hatte noch genau einen Versuch, dann wurde sein Account automatisch gesperrt und die interne elektronische Security würde sich die Ursache für die drei fehlgeschlagenen Anmeldeversuche genauer ansehen. Und ziemlich schnell herausfinden, dass die Versuche von ihrer Maschine aus getätigt worden waren. Mist, verdammter! Denk nach Kaja, denk nach! befahl sie sich. Plötzlich hatte sie eine Eingebung. Sie hatte doch noch diesen Zettel, den sie bei sich zu Hause bei ihrer Aufräumaktion gefunden hatte. Aufgeregt kramte sie in ihrer Umhängetasche herum. Hier hatte sie ihn irgendwo verstaut, nachdem sie ihn beinahe, gut versteckt in ihrer Jeans, mitgewaschen hatte. Wo war er bloß? Kurz entschlossen kippte Kaja den ganzen Inhalt der Tasche auf den Teppichboden. Ohne sich um die herumkullernden Stifte, Tampons, Taschentücher und Münzen zu kümmern, klaubte sie den kleinen Zettel hervor, der unter ihrem Schlüsselbund hervorlugte. Genau, Superman77, das musste es sein. Sie gab das Passwort ein und schloss die Augen, bevor sie die Entertaste drückte. Als das erwartete „Pling“, welches Zugriffsverweigerungen begleitete, nicht ertönte, öffnete sie vorsichtig die Augen. Wunderbar, es hatte geklappt, freute sie sich und begann aufgeregt mit den Fingern auf den Tisch zu trommeln. So weit so, so gut, und wie weiter? Sie warf einen schnellen Blick auf ihre Uhr. Jetzt musste sie sich ein wenig beeilen. Nicht, dass Frédéric plötzlich von seiner Mittagspause zurückkehrte und sich ebenfalls beim System anzumelden versuchte. Doch ihr blieben schätzungsweise noch mindestens zehn Minuten. Sie musste unbedingt überprüfen, ob sein Passwort, das ihm den Zugang zum Testserver B sicherte, noch dasselbe war. Die Chancen dafür standen relativ hoch, da diese Passwörter nicht so häufig gewechselt werden mussten. Ja, geschafft, sie war auf dem Testserver. Schnell meldete sie sich wieder ab. Erst vom Testserver, dann verließ sie das System gänzlich und meldete sich erneut an, diesmal unter ihrer eigenen Kennung.

Kaja nahm wieder ihre Wanderung durchs Büro auf. Das war ja alles schön und gut, nur, was wollte sie jetzt eigentlich erreichen? Fehler einzubauen wäre unsinnig. Die konnten schließlich relativ einfach behoben werden. Zudem widerstrebte es ihr zutiefst, ihre eigene Programmierkunst zu verunstalten. Sie blieb vor dem Fenster stehen und starrte ins Leere. Plötzlich kam ihr ein Geistesblitz. Was wäre, wenn sie es nicht mit Fehlern spickte, sondern im Gegenteil noch ein wenig aufmöbelte? Es war ja schließlich ein Buchhaltungsprogramm und hatte mit Überweisungen zu tun. Fieberhaft ging sie im Geist die schier unendlichen Möglichkeiten der Computertechnologie durch. Genau, so könnte es klappen, beschloss sie. Allerdings musste sie jetzt noch herausfinden, wo Klein-Freddys neues Büro lag. Sie wollte die ganze Sache ungern von ihrem eigenen Computer aus machen, selbst wenn sie nicht glaubte, dass er dieses kleine Detail, welches sie einzubauen gedachte, bemerken würde. Geschweige denn, dass er sie beschuldigen würde, etwas damit zu tun zu haben. Dafür stand für ihn zu viel auf dem Spiel. Nichtsdestotrotz wollte sie kein unnötiges Risiko eingehen. Sie suchte im Intranet das Büro raus, es lag im Gebäude nebenan im dritten Stock. Hinein kam sie da problemlos, da die beiden Bürokomplexe über einen gemeinsamen Eingang verbunden waren. Aber sie hatte keine Ahnung, wer dort drüben sonst noch arbeitete. Und vor allem, wann die anderen jeweils nach Hause gingen. Frustriert kickte sie ein Stück zerknülltes Papier durch den Raum. Zorro verstand das als Aufforderung zum Spielen und hechtete hinterher, wobei er tollpatschig den Papierkorb rammte und diesen umstieß. Die ganze Anspannung löste sich, und Kaja musste angesichts des Tohuwabohus in dem kleinen Raum lauthals lachen. Als sie sich ein wenig beruhigt hatte, bugsierte sie ihren Hund zurück an seinen Platz und begann, das Durcheinander zu beseitigen und ihre Tasche wieder einzuräumen. Als sie einigermaßen Ordnung geschafft hatte, überlegte sie, was noch an Arbeit auf sie wartete. Eigentlich hatte sie alles, was vor dem Wochenende fertig sein musste, bereits erledigt. Sie konnte also genauso gut nach Hause gehen und dort in aller Ruhe ihren Plan weiter ausarbeiten. Hier wurde sie nur verrückt, in diesem engen kleinen Büro, wo sie doch vor lauter Aufregung kaum stillsitzen konnte. Sie fasste einen Entschluss und ging zu Max.

„Ja?“, fragte dieser, ohne von seinen Papieren aufzusehen, als sie sachte klopfte und ihren Kopf durch die geöffnete Tür streckte.

„Ich bin’s, wollte mich nur kurz abmelden, habe noch einen Arzttermin.“

Er blickte überrascht hoch. „Bist du krank? Geht es dir nicht gut?“

„Nein, nein“, beruhigte sie ihn, „nur eine Routineuntersuchung beim Frauenarzt.“

„Ach so, klar, geh nur“, beeilte er sich verlegen zu sagen.

Als Kaja sein Büro wieder verließ, musste sie sich sehr anstrengen, nicht laut herauszuprusten. Sie hatte ihn nicht gerne angeschwindelt, aber das war der einzige plausible Grund, der ihr eingefallen war, wo sie zudem sicher sein konnte, dass er nicht nachfragen würde. In diesem Punkt reagierten selbst in dieser angeblich so aufgeklärten Zeit alle Männer gleich. Kaum ließ man auch nur die kleinste und harmloseste Bemerkung fallen, die mit den natürlichen Funktionen des weiblichen Körpers zusammenhing, wurden sie rot - zumindest an den Ohren, wie man bei Max gerade gut hatte beobachten können - und wechselten verlegen das Thema. Männer, schnaubte sie.

Zuhause angelangt, machte sie sich als erstes einen großen Krug Zitronenlimonade und ließ sich mit einem Glas in der Hand auf dem Liegestuhl ihrer Pergola nieder. Sie ließ ein paar Mal ihre Schultern kreisen, um die Spannung zwischen den Schulterblättern zu lockern und setzte sich dann auf, um ihre Idee in ihren Laptop, den sie mit nach draußen genommen hatte, zu hämmern. Die folgenden drei Stunden verbrachte sie konzentriert vor dem Bildschirm und unterbrach ihre Arbeit nur, um hin und wieder einen Schluck zu trinken. Schließlich speicherte sie ihre Arbeit und streckte sich. Sie war ganz steif vom langen Sitzen auf dem dafür denkbar ungeeigneten Liegestuhl. Beim Blick auf die Uhr sah sie, dass es bereits fünf Uhr war. Wie immer beim Programmieren hatte sie jegliches Zeitgefühl verloren. Jetzt brauche ich nur noch Klein-Freddys Kontoangaben, murmelte sie vor sich hin. Die musste sie heute Abend vom Computersystem der Personalabteilung abrufen. Das hieß, sie musste noch eine weitere Viertelstunde miteinberechnen, um sich dort reinzuhacken. Das passte ihr gar nicht. Sie hatte zwar keine Sorge, dass sie das nicht schaffen könnte, aber der Gedanke daran, sich länger als nötig unbefugt in einem fremden Büro aufzuhalten, störte sie. Moment mal! Sie hatte ihm vor ein paar Wochen ja selbst einmal Geld überwiesen. Und zwar aus dem bescheuerten Grund, weil sie dumme Kuh das Gefühl gehabt hatte, er hätte sie zu oft eingeladen. Dümmer geht's nicht, ärgerte sich Kaja. Hauptsache, Frau fühlt sich unabhängig und emanzipiert, haha. Sei's drum, jetzt wird es mir vielleicht gute Dienste erweisen, beschloss sie. Sie öffnete den Browser und stellte die Verbindung zum Internet her. Schnell gab sie die Adresse ihrer Bank ein und loggte sich ins E-Banking ein. Ungeduldig wählte sie die Rubrik „verarbeitete Zahlungen" und begann, sich durch die Datenflut zu kämpfen, da sie sich nicht mehr erinnerte, wann genau es gewesen war. Halt, sie scrollte ein wenig zurück. Jetzt hätte sie den Eintrag beinahe übersehen. Hektisch kopierte sie seine Kontoangaben, speicherte sie in der Zwischenablage und meldete sich mit einem Seufzen korrekt vom E-Banking ab. Die Vorfälle in letzter Zeit hatten sie wohl vorsichtig werden lassen. Früher hätte sie einfach lax die Sicherheitsempfehlungen ignoriert und nur den Browser geschlossen.

Kaja kehrte zurück zu ihrem Programm und baute die Kontoinformationen ein. Ein letztes Mal ließ sie das Programm durchlaufen und prüfte es auf Fehler. Nichts. Zumindest ihr Fehlersuchdurchlauf konnte nichts finden. Das war schon ziemlich gut. Sie durfte sich hier auf keinen Fall Fehler erlauben. So. Mehr konnte sie von hier aus nicht machen. Sie würde sich in der Nacht wohl die Zeit nehmen müssen, auf dem Testserver einen Testlauf durchzuführen. Das ließ sich einfach nicht umgehen. Also speicherte sie ihre Arbeit auf einem USB-Stick und steckte ihn dann in ihre Hosentasche. So würde sie ihn nicht vergessen können. Jetzt musste sie sich aber beeilen, wenn sie noch bei Tageslicht joggen wollte.

Fast war sie schon durch die Tür, Zorro dicht auf den Fersen, als das Telefon klingelte. Wer konnte das wohl sein, fragte sich Kaja. Die Nummer auf dem Display des Telefons war ihr gänzlich unbekannt. Kurz rang sie mit sich, ob sie es einfach klingeln lassen oder abnehmen sollte, doch schließlich siegte die ihr eigene Neugierde.

„Ja, hallo?"

„Hallo, bist du es Kaja? Ich bin es, Miri!"

Überrascht antwortete Kaja: „Wer? Ach ja, klar, tut mir leid. Ich habe nur einen Moment gebraucht, bis ich den Namen zuordnen konnte. Ich bin fürchterlich schlecht im Namen merken", fügte sie entschuldigend hinzu. „Wie geht es dir? Eigentlich wollte ich mich auch noch melden und mich nach deinen Verletzungen erkundigen, aber irgendwie ging heute alles drunter und drüber."

„Das macht doch nichts", versicherte ihr Miri. „Es geht mir heute schon viel besser. Hör zu, hättest du Lust, mit mir den Abend zu verbringen? Ich möchte zwar noch nicht ausgehen, aber du könntest zu mir nach Hause kommen", sprudelte es aus ihr hervor.

„Äh", Kaja war kurz überfordert. In ihrem Kopf überschlugen sich die Gedanken. Heute Abend passte schlecht. Wenn sie ihren Plan wirklich in die Tat umsetzen wollte, musste sie das heute tun. Außer, sie würde Miri mitnehmen, um… Ja, um was eigentlich? Um sie zu bitten, Schmiere zu stehen? Um ihr bei etwas Halblegalem, oder, korrekter ausgedrückt, Illegalem zu helfen? Wohl eher nicht. Sie kannte die Frau ja kaum. Wollte sie etwa schon wieder jemandem komplett Fremden vertrauen? Das ist es ja, flüsterte eine Stimme in ihrem Kopf, sie ist dir nicht fremd. Im Gegenteil. Sogar beängstigend vertraut. Unsinn. Sie verdrängte die Stimme aus ihrem Kopf.

„Kaja, bist du noch dran?" Miris Stimme holte sie wieder in die Gegenwart zurück. „Es war nur so eine Idee, wenn du nicht willst, verstehe ich das gut." Ihre Stimme klang jetzt plötzlich unsicher und weniger lebhaft.

Kaja ging auf, dass sie offensichtlich zu lange gebraucht hatte, um zu antworten, weshalb sie sich beeilte zu sagen: „Ich finde es eine gute Idee Ich würde mich freuen. Nur, dieses Wochenende ist ganz schlecht, aber wie wäre es mit Montagabend?"

„Ja, toll, Montag geht auch. Meine Adresse hast du ja. Um sieben Uhr?"

„Passt mir gut. Kann ich meinen Hund mitbringen?"

„Solange er keine Angst vor meiner Katze hat", scherzte Miri, „gerne."

Als Kaja und ihr vierbeiniger Partner schließlich vom Joggen zurück waren, war es draußen schon stockdunkel. Nachdem sie sich geduscht und umgezogen hatte, setzte sie sich an den Küchentisch und versuchte, ihre Gedankenflut im Kopf zu ordnen. Den USB-Stick mit dem Programm-Teilstück, das sie einfügen wollte, hatte sie sicher in ihrer Hosentasche verstaut. Jetzt musste sie sich nur ein Herz fassen und endlich losfahren, damit sie die Sache hinter sich bringen konnte. Doch sie zögerte. Wirklich zu dumm, dass Klein-Freddy in den anderen Gebäudekomplex versetzt worden war. Sie hatte einfach keine Ahnung, wer dort arbeitete, und ihre Anwesenheit zu dieser Tageszeit zu rechtfertigen wäre selbst bei Arbeitskollegen schwierig. Wenn doch bloß Lance hier wäre. Da wäre der Drache einmal zu etwas nütze und ausgerechnet dann ist er weg, schimpfte sie still vor sich hin. Er hätte vorausgehen können, um herauszufinden, ob noch irgendjemand am Arbeiten war. Sie seufzte. Immerhin war Freitag. Da bestand wenigstens eine kleine Chance, dass selbst die extremen Workaholics sich für kurze Zeit von ihrem Arbeitsplatz trennten, um sich ins Nachtleben zu stürzen. Was zum Teufel... Das Deckenlicht in der Küche barst mit einem lauten Knall und die Luft um sie herum summte und knisterte spannungsgeladen.

„Lance?" Staunend erkannte Kaja seine Umrisse auf dem Sofa, wenn auch nicht ganz so klar wie sonst.

„Was machst du denn hier? Ich dachte, du hättest wichtige Fragen zu klären?"

Lance starrte sie böse an. „Das ist richtig. Und ich hatte es eben geschafft, eine Audienz bei der ältesten Drachin zu kriegen, als du mich gerufen hast! Jetzt muss ich mich nochmals ganz hinten anstellen. Weißt du, wie lange das dauert?", fragte er aufgebracht.

„Offensichtlich ca. 24 Stunden, wenn du es jetzt gerade geschafft hättest", antwortete Kaja leicht belustigt. „Aber ich habe dich gar nicht gerufen. Auch wenn ich zugeben muss, dass du mir wie gerufen kommst", schloss sie augenzwinkernd.

„Klar hast du mich gerufen", schnauzte er sie an. „Deine Worte waren: ‚wenn Lance bloß hier wäre', was so viel heißt wie: Du brauchst mich."

Verblüfft starrte Kaja ihn an. Schließlich klappte sie ihren Mund wieder zu und meinte versöhnlich: „Tut mir leid, ich wusste nicht, dass du dann auf der Stelle erscheinst wie ein Flaschengeist."

„Wenn du mir mehr über dich und Drachen im Allgemeinen erklärt hättest, wäre das nicht passiert", konnte sie sich nicht verkneifen, hinzuzufügen.

Den letzten Teil ihrer Aussage ignorierend, gab er steif Auskunft: „Es ist meine Pflicht, schließlich bist du mein Schützling."

„Gut, wenn das so ist und du schon mal hier bist, dann lass uns keine Zeit verlieren. Zorro, du bleibst ausnahmsweise hier, verstanden?"

Der Hund kommentierte das mit einem verzweifelten Heuler und verlegte sich dann, als er merkte, dass er Kaja nicht umstimmen konnte, darauf, sich mit einem finsteren Gesichtsausdruck unterm Sofa zu verkriechen. Kaja drehte sich zum Drachen um, schlüpfte in ihre Jacke, die über dem Stuhl gehangen hatte und sagte zu ihm: „Komm, wir müssen los."

„Wohin denn? Moment mal, du führst doch etwas im Schilde!"

„Ich kläre dich auf dem Weg auf, nun mach schon."

Kaja verschwendete keine Zeit damit, Lance die Autotür zu öffnen und verließ sich darauf, dass er nach Drachenart einstieg. Bis Lance das klar wurde, hatte Kaja schon den Motor gestartet. Eilig materialisierte er sich neben ihr auf dem Beifahrersitz.

„Kriege ich jetzt endlich eine Erklärung, was meine Anwesenheit so dringend erfordert?", wollte er übelgelaunt wissen.

In knappen Worten umriss sie ihm ihren Plan und schloss mit den Worten: „Du gehst vor und schaust dich um, um herauszufinden, wo noch Leute arbeiten. Ich möchte, wenn möglich, niemandem über den Weg laufen. Dann kommst du zurück und holst mich. Während ich das Programm... hm, sagen wir... ‚vervollständige'", sie grinste kurz, „kannst du vor dem Büro Wache halten und mich warnen, falls jemand kommt." Zufrieden mit ihrem Plan entspannte sie sich für das erste Mal an diesem Abend ein wenig und lehnte sich zurück.

Fassungslos starrte Lance sie an. „Ich soll für dich Schmiere stehen? Und dafür hast du mich gerufen?"

„Wieso bist du denn so wütend? Ich bin sicher, du kannst auch noch ein andermal mit dieser Drachenfrau sprechen. Und ich sagte ja schon, ich habe dich nicht absichtlich gerufen. Wenn ich mich genau erinnere, habe ich dich überhaupt nie gebeten, dich in mein Leben einzumischen."

Den letzten Satz sagte sie schärfer als beabsichtigt. In einem etwas versöhnlicheren Tonfall meinte sie: „Aber jetzt, wo du schon mal hier bist, sehe ich nicht ein, weshalb du mir nicht bei meinem Vorhaben behilflich sein kannst. Und wenn du ehrlich bist, findest du die ganze Sache mindestens so aufregend wie ich, oder täusche ich mich da?"

Lance brach in Gelächter aus und hob resigniert die Hände: „Okay, ich gebe es auf. Dann helfe ich dir halt. Obwohl, eigentlich bin ich ja dazu da, dir seelischen Beistand zu leisten und nicht dafür, dich auf eine kriminelle Laufbahn zu bringen."

„Für meinen was?", fragte Kaja irritiert. „Irgendwie kann ich mir nicht viel darunter vorstellen." Sie schüttelte ihre langen braunen Haare und warf sie über die Schulter zurück.

„Diese Aktion hier ist jetzt auf jeden Fall wichtiger. Überhaupt bist du nicht ganz unschuldig an meiner Idee. Schließlich hast du mich mit deiner Geschichte erst darauf gebracht."

„Klar", schnaubte er entrüstet, „jetzt bin ich auch noch schuld daran, dass du auf die schiefe Bahn gerätst." Verstimmt wandte er sich ab und schaute aus dem Fenster.

„Was hast du mit dieser Drachenfrau zu besprechen?", erkundigte sich Kaja, um ihn ein wenig abzulenken.

„Es heißt nicht Drachenfrau, sondern Drachin", belehrte Lance sie. „Und sie ist auch nicht irgendeine Drachin, sondern die älteste, was sie zu unserem Oberhaupt macht."

Beeindruckt versuchte Kaja, diese Aussage zu verstehen. „Dann ist sie so was Ähnliches wie eure Königin?"

„Ja, nur dass sie nicht regiert. Drachen lassen sich nicht sonderlich gut regieren. Sie berät uns. Ich muss mit ihr sprechen, weil ich ihren Rat brauche, bezüglich dieser jungen Frau, die vor dein Auto gefahren ist und behauptet, sie hätte mich gesehen!"

„Ach ja, Miri. Wir haben vorhin miteinander telefoniert. Am Montagabend treffen wir uns."

Alarmiert blickte Lance sie an. „Du hast noch Kontakt zu ihr?", entfuhr es ihm.

„Ja klar, warum auch nicht?"

„Mir wäre es lieber, du würdest damit warten, bis ich mehr weiß."

„Jetzt sei nicht albern. Da ist doch nichts dabei. Ich habe sowieso schon das Gefühl, ich würde sie ewig kennen. Aber lassen wir das für den Augenblick, wir sind da."

Sie stieg aus und atmete die kühle Nachtluft ein. Jetzt war es also soweit. Sie straffte entschlossen die Schultern und machte sich auf den Weg, Lance folgte dicht hinter ihr. Beim Eingang wollte sie schon mit Hilfe ihrer Personalkarte eintreten, als sie plötzlich innehielt. Wenn sie ihre Karte benutzte, würde das im System erscheinen. Nicht gut. „Lance, du kommst doch hier auch ohne meine Hilfe rein, oder?"

„Ja klar", meinte der Drache und demonstrierte es sogleich, indem er durch die Betonwand verschwand und gleich wieder auftauchte.

„Muss schon praktisch sein, dein Talent."

„Hör auf zu meckern und sei froh. Sonst hätte ich dich schlecht begleiten können. Und nachdem du mir noch nicht gefolgt bist, könntest du mein Talent wohl selber gebrauchen. Wie kommst du rein?"

„Wie wahr. Geh zum Notausgang im ersten Stock, dort gibt es eine Tür, die nicht gesichert ist, weil dort immer alle zum Rauchen raus gehen. Versuche, ob du die aufbringst von innen."

„Geht klar", kam Lance' prompte Antwort.

Kaja schlich sich am Gebäude entlang und stieg zwei Feuerleitern hoch, die an der Wand angebracht waren. Die Tür vor ihr öffnete sich mit einem leisen Klicken. „Sehr zuverlässig, mein Drache", lobte sie ihn. „Okay, hör zu. Ich verschwinde hier erst mal nach links, in mein eigenes Büro, während du hier nach rechts gehst, zwei Treppen rauf und dann dem Gang folgst bis zum Raum Nr. 341. Wenn du herausgefunden hast, was wir wissen müssen, kommst du wieder hierher."

„Zu Befehl, Madame", antwortete Lance nicht übermäßig begeistert und trottete davon.

„Und ja nicht zu schnell, man könnte ja sonst noch ins Schwitzen kommen“, kommentierte Kaja seinen Abgang ironisch, bevor sie sich umwandte, um in ihrem Büro auf seine Rückkehr zu warten.

Lance war nur so langsam losgeschlendert, um Kaja ein wenig zu ärgern. Das hatte sie verdient, sein kleiner, ungestümer Schützling. Aber sobald er im Treppenhaus verschwunden war, huschte er wie der Blitz los und merkte sich genau, wo noch Licht brannte. Dort hielt er jeweils kurz inne, um nachzusehen, wer im Raum war und was die Person gerade machte. Die Putzkolonne war hier offensichtlich mit ihrer Arbeit fertig und verließ gerade das Stockwerk. Ansonsten entdeckte er nur noch in zwei Büros Licht. Das eine war leer. Lance fragte sich, ob hier nur jemand vergessen hatte, das Licht zu löschen, als er bemerkte, dass der Computer noch lief. Er runzelte die Stirn. Das konnte sich als verhängnisvoll erweisen. Sollte die Person zurückkehren, während Kaja sich in Freddys Büro schlich, würden sie womöglich aufeinander treffen. Da musste er sich noch etwas einfallen lassen. Im zweiten besetzten Büro saß eine Frau in ihre Arbeit vertieft. So unbemerkt, wie er gekommen war, verließ er das Stockwerk wieder und kehrte zu Kaja zurück.

„Also, wie sieht’s aus? Was hast du herausgefunden?“, begrüßte sie ihn ungeduldig.

Lance berichtete ihr, was er ausgekundschaftet hatte und schloss mit den Worten: „Das einzige Problem ist der verlassene Arbeitsplatz – was machst du, wenn du dieser Person in die Arme läufst?“

Kaja tat seine Bedenken mit einem Schulterzucken ab. „Wahrscheinlich hat nur jemand vergessen, das Licht und den Computer abzuschalten. Soll ja vorkommen.“

Lance gab sich jedoch nicht zufrieden mit dieser Erklärung. Er trat vor Kaja und versperrte ihr den Weg.

„Was ist denn jetzt los? Lass mich die Sache endlich hinter mich bringen. Ich dachte, du würdest mir helfen!“, fauchte sie ihn an, ziemlich ungeduldig vor lauter Anspannung.

„Ich helfe dir ja. Deshalb wäre mir wohler, du würdest mir deinen Plan erläutern, für den Fall, dass du jemandem begegnest.“

„Hör mal, es ist zwar nicht ideal, wenn mich jemand sieht, aber ich habe schließlich die Berechtigung, mich in diesem Gebäude aufzuhalten. Ich bin eine Angestellte dieser Firma, wie alle anderen auch.“

„Und du willst wirklich deinen Plan aufs Spiel setzen, nur weil dir nichts Besseres einfällt als auf dein Recht zu pochen, hier zu sein, ohne jeden ersichtlichen Grund?“, fragte er unerwartet sanft.

Kaja hielt einen Moment inne, wahrscheinlich weil er plötzlich so freundlich und ruhig gesprochen hatte. Leider hatte das, was er sagte, etwas für sich, musste sie ärgerlich zugeben. Ihr Blick fiel auf einen Stapel Papiere und ihren aktuellen Projektordner, und sie hatte den rettenden Einfall. Sie schnappte sich die Unterlagen und erklärte Lance: „Sollte ich jemandem über den Weg laufen, wird es so aussehen, als müsste ich jemandem etwas vorbeibringen. Zufrieden?“

„Hm, ja, das sollte gehen. Dann mal los.“ Pff, dachte Lance, zum Glück hat die Samthandschuhnummer funktioniert.

Kaja versicherte sich noch ein letztes Mal, dass sich der USB-Stick sicher verstaut in ihrer Hosentasche befand und atmete tief durch.

Wünsch mir Glück, Drache, von dem könnte ich heute Abend wirklich ein Quäntchen gebrauchen, dachte sie stumm.

Lance blinzelte ihr aufmunternd zu. Sie straffte die Schultern, schlug den gleichen Weg wie Lance vorhin ein und hoffte, keine unliebsamen Überraschungen zu erleben. Ohne Zwischenfall erreichten sie Freddys Büro.

„Stell dich bitte an die Tür und warne mich, falls jemand kommt“, bat sie ihren Begleiter flüsternd.

„Mach ich. Du brauchst übrigens nicht zu flüstern. Denk einfach das, was du sonst laut sagen würdest. Ich kann deine Stimme genauso im Kopf hören wie du meine.“

Verblüfft starrte sie ihn an. „Ja, dachtest du denn, das sei eine Einbahnstraße?“, fragte er ungeduldig. „Nun mach schon, dann kann ich heim zu meinem Holunderschnaps!“

Das war ja wiedermal typisch für Lance, regte sich Kaja auf und wandte sich genervt von ihm ab und ihrer Mission zu. Was genau das war, was Lance mit seiner flapsigen Bemerkung erreichen wollte.

Sie setzte sich an den Schreibtisch und startete den Computer. Es schien eine Ewigkeit zu dauern, bis sie von der Maschine aufgefordert wurde, Frédérics Personalnummer und sein Passwort einzugeben. Als würde man zuschauen wollen, wie Wasser anfängt zu kochen, kam Kaja plötzlich als Vergleich in den Sinn. Das dauerte auch immer ewig und drei Jahre. Gebannt schaute sie auf den Bildschirm und atmete erleichtert auf, als das Login bestätigt wurde. So, die erste Hürde wäre geschafft. Sie war kurz in Versuchung, in seinen E-Mails rumzuschnüffeln. Streng rief sie sich selbst zur Ordnung. Gerade noch rechtzeitig, wie es schien. Als sie ein wenig schuldbewusst zu Lance hinüberschielte, sah sie ihm an, dass er genau mitgekriegt hatte, womit sie beinahe ihre knapp bemessene Zeit vertrödelt hätte. Diese verflixte Standleitung im Kopf zu haben hatte offensichtlich nicht nur Vorteile, wie sie langsam merkte. Also wandte sie sich wieder den wichtigen Dingen zu. Sie doppelklickte das Symbol des Testservers auf der Benutzeroberfläche und meldete sich auch hier problemlos an. Kurz überflog sie die Liste der hier abgelegten Programme und machte sich auf die Suche nach ihrem eigenen. Das stellte sich als einfacher heraus als gedacht, denn Frédéric hatte sich nicht einmal die Mühe gemacht, einen eigenen Namen für das Programm zu finden. Nachdem sie den ganzen Nachmittag zu Hause an dem Programm gearbeitet hatte, fand sie sich schnell wieder in der Codierung zurecht. Als sie die Stelle gefunden hatte, die sie suchte, steckte Kaja den mitgebrachten Speicherstift in die dafür vorgesehene Öffnung und kopierte die mitgebrachten Daten an der richtigen Stelle ins Programm. Die vertraute Arbeit beruhigte ihre aufgeregten Nerven, und sie begann mit den üblichen Vorbereitungen für einen kleinen Testlauf. Der anschließende Test ergab keinerlei Fehler. Einen großen Testdurchgang zu starten, wagte sie nicht. Ein solcher hatte immer zusätzliche Meldeprotokolle zur Folge, die jemandem auffallen konnten. So scrollte sie den Programmcode noch einmal hinunter und überflog ihn mit geübten Augen. Plötzlich stutzte sie. Das war doch nicht möglich!

In dem Moment wurde sie von Lance gestört. „Psst, ich habe ein Geräusch gehört."

Angestrengt lauschte Kaja einen Moment. Schließlich gab sie es auf. „Ich höre nichts. Ich muss jetzt weitermachen, so oder so."

Mit diesen Worten wandte sie sich wieder dem Rechner zu und hörte nur noch nebenbei, dass der Drache sagte, er wolle sich draußen auf dem Flur einmal umsehen. Ungläubig starrte Kaja auf den flimmernden Bildschirm. Dieser Dummkopf hatte nicht mal das Kürzel geändert, welches jeder Programmierer am Ende jeder Zeile als Kommentar einsetzte, damit nachvollziehbar blieb, wer was programmiert hatte. Hier stand „KJM" – was für Kaja Josephine Meyer stand. Und bis jetzt war das offensichtlich auch niemandem aufgefallen. Angewidert von so viel Faulheit und Gedankenlosigkeit gab sie den „Suchen und Ersetzen"-Befehl ein und ließ automatisch all ihre Kürzel durch Klein-Freddys ersetzen. So, jetzt war es beinahe geschafft. Sie musste nur noch mit diesem veränderten Programm den ursprünglichen Quellcode überschreiben. Dafür borgte sie sich eine der Super User-Identitäten ihrer Freunde beim Support und entschuldigte sich in Gedanken dafür. Aber sie hatte keine andere Wahl. Anders fand sie nicht heraus, wo das Original abgespeichert war. Im Nu erschienen die gewünschten Informationen auf dem Bildschirm, so dass sie die Daten ersetzen konnte. Sie hatte so konzentriert gearbeitet, dass sie gar nicht bemerkt hatte, dass ihr Begleiter noch nicht wieder aufgetaucht war. Umso dringlicher vernahm sie plötzlich seine Stimme in ihrem Kopf.

„Kaja, pass auf, da kommen zwei Leute."

Verflucht, dachte sie, ausgerechnet jetzt, wo sie es fast geschafft hatte. Sie bückte sich, um unter dem Tisch den USB-Stick herauszuziehen, und stieß sich prompt den Kopf an der Tischplatte. Es gab einen dumpfen Knall und Kaja konnte sich gerade noch zusammennehmen, um nicht laut aufzustöhnen. Gleichzeitig hörte sie Stimmen im Gang.

„War da was?"

Kaja runzelte die Stirn. Das war eine Frauenstimme. Und offensichtlich war sie auch besorgt, dass da jemand sein könnte. Seltsam. Egal, sie musste sich schnell was einfallen lassen. Mit einem Tastenbefehl fuhr sie den Computer hinunter, mit der anderen Hand drückte sie die Austaste des Bildschirms und ließ sich ohne zu zögern unter den Tisch sinken. Keine Sekunde zu früh. Diesmal hörte sie eine männliche Stimme.

„Ich schau mal nach."

„Du bist so mutig", hörte sie die Frauenstimme kichern.

Popeye und seine Freundin Wilma? Kaja verdrehte die Augen. Inzwischen waren die beiden Unbekannten so nahe, dass Kaja ihre Schritte auf dem dicken Teppich hörte, der im Flur ausgelegt war. Angespannt verharrte sie in ihrem Versteck und wagte kaum zu atmen. Die Tür wurde eine wenig weiter aufgeschoben und sie spürte, wie jemand ins Zimmer trat.

„Hier ist niemand, da hat wohl nur jemand vergessen, das Licht zu löschen."

Ja, ja, dachte Kaja, nun geh schon. Es war nicht sonderlich bequem hier unten.

„Dann löschen wir es doch einfach", ertönte die Frauenstimme in einem verführerischen Tonfall.

Unvermittelt wurde es dunkel im Raum. Das kam Kaja grundsätzlich entgegen, da so das Risiko schwand, entdeckt zu werden. Noch lieber wäre es ihr allerdings gewesen, die beiden wären endlich von hier verschwunden. Doch für den Moment schien das Glück Kaja verlassen zu haben. Anstelle des gewünschten Geräuschs von sich entfernenden Schritten hörte sie, wie sich die zweite Person, offensichtlich die Frau, in den Raum schob.

„Mein Held, komm her, hast du mich vermisst?"

Zum Teufel, was lief denn da ab? Jetzt küssten sich die beiden auch noch, so wie sich das anhörte. Die Situation war so grotesk, dass Kaja sich nur unter Aufbietung ihrer ganzen Willenskraft davon abhalten konnte, hysterisch loszukichern. Der immer lauter werdenden Geräuschkulisse nach zu schließen gingen die zwei auf dem Schreibtisch ziemlich zur Sache... Was hatte Lance gesagt, die Kommunikation zwischen ihnen funktioniere in beide Richtungen? Dann war jetzt definitiv der Zeitpunkt gekommen, diese Aussage auf die Probe zu stellen.

Sie konzentrierte sich mit aller Kraft auf Lance und legte ihre gesamte Energie, die ihrer immer größer werdenden Panik entsprang, hinein. „Lance, ich brauch hier mal dringend deine Hilfe!"

„Aua, was schreist du denn so, ich bin doch nicht taub. Was ist los, bist du entdeckt worden?"

„Tut mir leid", antwortete Kaja zerknirscht und fragte sich gleichzeitig belustigt, wie ein zerknirschter Gedanke wohl aussah. Kopfschüttelnd rief sie sich zur Ordnung. Für solche philosophischen Fragen war später wirklich noch genug Zeit. Jetzt musste sie erst einmal diese ungebetenen Gäste loswerden.

„Nein, ich wurde noch nicht entdeckt, ich habe momentan ganz andere Probleme." Nämlich, nicht unter diesem Tisch begraben zu werden, denn der Tisch schien dem Gewackel nicht mehr lange standhalten zu können. „Ich erzähle dir alles lang und breit, wenn wir draußen sind. Aber erst einmal brauche ich ein Ablenkungsmanöver."

„Okay", kam es von Lance zurück, „kommt sofort."

Nur wenige Sekunden später ertönte vom Gang her ein gewaltiges Getöse und Gezische.

„Was war das?"

Erschreckt hielten die beiden Unbekannten in ihrer Knutscherei inne.

„Komm, lass uns von hier verschwinden. Nicht, dass uns noch jemand erwischt! Ich weiß nicht einmal, in wessen Büro wir eigentlich gelandet sind", meinte die Männerstimme.

Kajas Augen hatten sich inzwischen an die Dunkelheit gewöhnt. Als die beiden verstohlen aus dem Raum schlüpften, wagte sie es, einen schnellen Blick auf die beiden zu werfen. Das war ja Sabine, Max' Assistentin, und Oli, der oberste Projektleiter von Qubus, die rechte Hand des Abteilungsleiters. Na, das wird selbst Thea überraschen, wenn ich ihr das am Montag erzähle.

„Die Luft ist jetzt rein", teilte ihr Lance kurze Zeit später mit.

Umständlich kroch Kaja unter dem Schreibtisch hervor und versuchte, die Blutzirkulation in ihren Beinen wieder anzuregen. Mit einem kurzen Blick vergewisserte sie sich, dass sie nichts vergessen hatte, was ihre Anwesenheit später verraten könnte. Zufrieden packte sie ihre Alibiunterlagen zusammen, ging zur Tür und schaute sich auf dem Gang vorsichtig um. Erleichtert, dass tatsächlich niemand mehr zu sehen war, machte sie sich auf den Rückweg. Am liebsten wäre sie gerannt vor lauter Anspannung. Doch sie nahm sich zusammen, bis sie wieder draußen an der frischen Luft war. Lance wartete schon beim Auto. Sie stürmte auf ihn zu, nahm ihn an den Händen und tanzte übermütig um ihn herum.

„Wir haben's geschafft, wir haben's geschafft!", freute sie sich.

„Hm", brummte er, „das stimmt schon. Nur wenn dich jetzt zu guter Letzt noch jemand sieht, wie du mitten in der Nacht wie Rumpelstilzchen um deinen Wagen hüpfst und Selbstgespräche führst, fördert das deine Karriere vermutlich auch nicht wirklich."

„Spielverderber", maulte sie, stieg aber, nun ein wenig ruhiger, ins Auto und fuhr mit ihrem schillernden Begleiter neben sich nach Hause.

Zorro begrüßte Kaja wie wild, während er für den Drachen nur einen verächtlichen Blick übrig hatte.

„Ja mein Kleiner, musstest du hier ganz alleine warten, du Armer!"

Sie ließ sich neben dem Hund am Boden nieder und begann, ihn am Bauch zu kraulen. Zorro räkelte sich wohlig während Lance hinter Kajas Rücken Grimassen schnitt.

„Lass das, du großes Untier!", schalt Kaja ihn.

Sie konnte seinen verdutzten Gesichtsausdruck im Rücken spüren, genauso, wie sie vorher gemerkt hatte, wie er mit den Augen rollte. Kaja ließ von Zorro ab und lächelte ihn herausfordernd an.

„Du kannst dein Riesenmaul wieder zuklappen, bevor ich Angst vor deinen Reißzähnen kriege", neckte sie ihn. „Was hast du denn gedacht, was das für Auswirkungen haben würde, als du mir geraten hast, mich wieder mehr auf meine Intuition zu verlassen?"

Insgeheim war sie allerdings ebenso überrascht wie Lance, dass es gleich auf Anhieb so gut klappte. Na ja, zumindest bei Lance, schränkte sie ihre Überlegungen ein.

Sie schnappte sich den Holunderschnaps von der Anrichte und goss zwei großzügig bemessene Gläser ein. „Hier, Herr Drache, bitteschön, Ihr Lieblingsgetränk. Danke vielmals, dass du so gut aufgepasst hast. Du scheinst dich ja doch noch als recht nützlich zu erweisen."

Mit hochgezogenen Augenbrauen nahm Lance das Glas entgegen und beobachtete Kaja, die ihr Glas in einem Zug leerte. Stirnrunzelnd betrachtete er seinen eigenen Schnaps und fragte sich, wie das kommen konnte, dass er jetzt plötzlich als Bodyguard für seinen Schützling fungierte, anstatt ihr zu helfen, ihre Bestimmung im Leben zu finden. Er musste allerdings zugeben, dass er diese Umschreibung seiner Aufgabe schon immer reichlich überzogen gefunden hatte. Wer glaubte heutzutage noch an Bestimmung? Schließlich zuckte er mit den Achseln und stürzte den Schnaps hinunter. Lance drehte sich zu Kaja um, während er ansetzte: „Ich mach mich dann wieder auf den Weg. Hallo, was machst du da eigentlich?" Kaja hatte eben das dritte Glas geleert und wollte sich soeben ein viertes einschenken. „Sag mal, willst du dich auf möglichst schnellem Weg sturzbetrunken machen?"

Lachend winkte sie ab. „Nein, nein. Ich bin nur ein wenig überdreht und möchte ein bisschen feiern."

„Ein bisschen ist gut", brummte er. „Ich hoffe, du hast wie ich eine Drachennatur, sonst geht's deinem Kopf morgen fürchterlich", neckte er sie augenzwinkernd.

„Ach, das hatte ich ja ganz vergessen!"

Entschlossen setzte sie das Glas ab und machte sich sofort daran, ein Alka Seltzer im Wasser aufzulösen.

„Wieso, was ist denn morgen? Ich dachte, nach eurer seltsamen Zeitrechnung ist morgen Samstag und somit ein Ausschlaftag?"

„Ja das stimmt schon, aber ich habe mich morgen mit Tim verabredet und zwar in Bern, da, wo er wohnt. Das heißt, ich muss hier ziemlich früh weg."

In Gedanken schon bei dem Treffen morgen, ließ sie abwesend ihren Blick durchs Wohnzimmer schweifen. Doch als Lance in ihr Blickfeld kam, stutzte sie.

„Was ist los, mächtiger Drache? Du schaust so grimmig."

„Nichts ist los", antwortete er verstimmt. „Es gefällt mir nur nicht, dass du dich mit ihm triffst und ich nicht dabei bin, um auf dich aufzupassen."

„Was soll denn das nun wieder? Tim kenne ich schon mein Leben lang. Da gibt es nichts, wovor du mich beschützen müsstest. Er ist wie der große Bruder, den ich nie hatte."

„Großer Bruder, ha, dass ich nicht lache! So sah das mit dem Kuss aber nicht gerade aus."

Zu ihrem Ärger merkte Kaja dass sie rot wurde. Langsam aber sicher wurde sie wütend. Richtig wütend.

„Ich sehe schon, du spionierst mir tatsächlich nach. Und ich dachte wirklich, du hättest dich gebessert. Gut für dich, dass du morgen nicht da bist – ich hätte dich nämlich sowieso nicht mitgenommen!"

Er schnaubte verächtlich. „Wie wenn du mich zurückhalten könntest!"

Kaja wollte gerade zu einer weiteren scharfen Erwiderung ansetzen, als ihr plötzlich ein Gedanke kam, der sie innehalten ließ. Könnte es sein... überlegte sie und fragte dann gleich laut: „Kann es sein, dass der Herr Drache eifersüchtig ist?"

„Ich? Eifersüchtig?" Vor lauter Entsetzen über ihre Frage war seine Stimme ein paar Oktaven höher geklettert.

„Pah, mach doch was du willst. Aber komm nachher nicht an und sage, ich hätte dich nicht gewarnt!"

Mit diesen Worten drehte er sich um wie eine beleidigte Diva und rauschte aus dem Zimmer.

„Ein eifersüchtiger Drache", sinnierte Kaja verzückt und starrte ihm hinterher.

Dieses Wissen ließ sich sicher irgendwann mal gewinnbringend einsetzen, wenn er wieder einmal gar zu selbstgefällig wurde. Sie grinste. Schließlich raffte sie sich auf, machte in der Küche halbwegs Ordnung und taumelte dann, ausgelaugt von der ganzen Aufregung, erschöpft, aber zufrieden ins Bett.

14

Am nächsten Morgen wachte Kaja überraschend fit auf. Sie hatte tief und traumlos geschlafen. Sie blieb noch einen Moment unter der Decke liegen und warf einen Blick aus dem Fenster, welches immer weit offen stand. Sie brauchte einfach so viel frische Luft wie möglich und hasste nichts mehr als geschlossene Fensterläden. Deshalb konnte sie jetzt auch ungehindert den strahlend blauen Himmel bewundern. Sehr gut, dann würde sie eine angenehme Fahrt nach Bern haben. Kaja freute sich auf den Tag, der vor ihr lag. Einerseits war sie gespannt auf Tims Freund, auch wenn sie sich keine großen Hoffnungen machte, dass er ihr weiterhelfen konnte. Sie wusste ja selbst nicht einmal genau, wonach sie eigentlich suchte. Zudem freute sie sich darauf, Tim wiederzusehen, wenn sie ehrlich war. Allerdings fand sie das gleichzeitig ein wenig beängstigend. Es ließ sich nicht leugnen, dass zwischen ihnen eine gewisse Anziehungskraft herrschte, die früher nicht da gewesen war.

Du Dummkopf, schalt sie sich. Das ist ja kein Wunder, das ist jetzt auch beinahe zehn Jahre her. Entschlossen schlug sie die Bettdecke zurück und stellte sich der herbstlich kühlen Morgenluft. Zum Glück waren es nur einige Schritte ins Badezimmer. Sofort schaltete sie ihren kleinen Heizbläser ein. Immer noch bibbernd schlüpfte sie unter die Dusche und drehte den Hahn auf, bis das Wasser so heiß war, dass sie es gerade noch knapp ertragen konnte. Zehn Minuten später war sie fertig und wickelte sich in das bereitgelegte Handtuch.

Während Zorro sein Frühstück verschlang, packte sie ihre Tasche. Ihre Agenda und ihr Handy hatte sie schon verstaut, so dass sie nur noch ein paar Müsliriegel aus dem Schrank nahm und in die Tasche stopfte. Mit einer vollen Wasserflasche unterm Arm und Zorros Leine in der Hand ging sie zur Tür. Zorro sprang freudig voraus, und die beiden machten eine kurze Runde zur Hundewiese. Da sie früh aufgestanden war und mit wenig Verkehr rechnete, nahm sie sich die Zeit, noch ein wenig mit ihm zu spielen. Schließlich musste er nachher lange genug im Auto sitzen. Während sie beobachtete, wie Zorro übermütig dem Ball nachjagte, fiel ihr wieder ein, wie viel Spaß er immer bei Mémé hatte. Bedauernd stellte sie fest, dass Zorro im Grunde genommen kein Stadthund war, auch wenn sie sich bemühte, ihm möglichst viel Abwechslung zu bieten. Sie nahm den Ball von Zorro in Empfang und warf ihn erneut. Sie selber würde eigentlich auch lieber auf dem Land wohnen. Aber jeden Tag zur Arbeit in die Stadt pendeln, das konnte sie sich auch nicht vorstellen. Wenn ich nur selbständig wäre, seufzte sie. Aber das war sie nun mal nicht. Sie verscheuchte die lästigen Gedanken aus ihrem Kopf. Es hatte keinen Zweck, über Dinge nachzugrübelnd, die sich nicht ändern ließen. Ein letztes Mal warf sie den Ball, bevor sie sich auf den Rückweg machten.

Endlich waren sie unterwegs. Zuerst hatte sie noch einmal in die Wohnung zurückkehren müssen, um ihren Autoschlüssel zu holen. Zorro hatte ihre Abwesenheit natürlich dazu genutzt, die Nachbarskatze durch sämtliche Gärten zu jagen, was dazu geführt hatte, dass sie den aufgeregten Katzenbesitzer in einem viertelstündigen Gespräch hatte beruhigen müssen. Der soll bloß froh sein, dass Zorros Husky-Erbe nicht noch mehr durchschlägt, brummte sie, verstimmt über die Verzögerung, als sie den ersten Gang einlegte und aus der Parklücke fuhr. Sonst wäre seine geliebte Katze jetzt nämlich mausetot. Sie kicherte. Zorro spitzte aufmerksam die Ohren.

„Du weißt genau, dass es um dich geht, du kleiner Racker. Ich sollte dir eigentlich die Ohren langziehen!“, sagte sie streng und bemühte sich, ein ernstes Gesicht zu machen.

Seine einzige Reaktion bestand darin, nach einer Fliege, die sich ins Auto verirrt hatte, zu schnappen. Als er die Aussichtslosigkeit seines Unterfangens bemerkte, ließ er sich der Länge nach auf die Rückbank fallen.

„Ich sehe schon, du bist beeindruckt.“

Sie warf einen Blick in den Rückspiegel und sah gerade noch, wie der Hund ihr unter hochgezogenen Augenbrauen einen amüsierten Blick zuwarf. Wider Willen musste sie lachen.

Eineinhalb Stunden später war Kaja guter Dinge. Der Verkehr war, wie erwartet, nicht allzu schlimm und sie kam gut voran. Vor einer Weile hatte sie an einer Autobahnraststätte kurz angehalten und einen Kaffee zum Mitnehmen gekauft. Nach einem Blick auf die Uhr sah sie, dass sie gut in der Zeit lag und ausnahmsweise sogar einmal pünktlich ankommen würde. Sie verschob die Uhr an ihrem Handgelenk ein wenig, sie war zu weit nach vorn gerutscht. Kaja liebte diese alte Uhr mit dem geschmeidigen, vom vielen Tragen schon weich gewordenen Lederarmband über alles. Mémé hatte sie ihr geschenkt, als sie ihr Studium erfolgreich abgeschlossen hatte. Voller Freude hatte sie damals den Fehler gemacht, ihren Eltern davon zu erzählen. Natürlich am Telefon. Ihre Eltern waren schon immer viel zu beschäftigt gewesen, um ihrer einzigen Tochter einen Besuch abzustatten. Auch wenn es sich um die Abschlussfeier an der Uni handelte. Schließlich wäre sofort der Weltfrieden in Gefahr, wenn Herr und Frau Diplomat drei Tage abwesend wären, dachte Kaja zynisch. Das hielt ihre Eltern, beziehungsweise ihre Mutter, jedoch in keiner Weise davon ab, sich in ihr Leben einzumischen.

„Kaja", hatte sie mit ihrer durchdringenden Stimme gesagt, oder vielleicht umschrieb das Wort „befohlen" die Realität besser, „dieses Geschenk kannst du nicht annehmen. Du wirst es ihr bei der nächsten Gelegenheit einfach zurückgeben!"

„Aber warum denn?", hatte Kaja verwirrt wissen wollen.

„Diese Uhr ist sehr wertvoll und gehört zur Erbmasse. Bei Josephines Tod", sie nannte ihre Mutter konsequent nur beim Vornamen, „geht sie dann erst einmal an mich. Dann werde ich entscheiden, ob diese Uhr das Richtige ist für dich."

„Aber Mémé ist doch noch fit und munter! Wie kannst du da von solchen Dingen wie Erbmasse sprechen?!", hatte Kaja verstört gefragt.

„Jetzt werde mal nicht gleich sentimental, tu einfach, was ich dir sage", war die unfreundliche Antwort ihrer Mutter gewesen.

Was dann folgte, daran erinnerte sich Kaja nur zu gut.

„Nein", hatte sie erwidert und einfach aufgehängt.

Das war eines der ersten Male gewesen, dass sie sich ihrer Mutter offen widersetzt hatte. Sie war heute noch froh, dass sie das getan hatte. Mémés Freude darüber, dass ihr das Geschenk so gut gefiel, war mehr als genug Entschädigung für den ganzen Ärger gewesen. Das Verhältnis zu ihren Eltern hatte sich allerdings noch um eine paar Grad mehr abgekühlt, falls das überhaupt möglich war. Kaja seufzte. Na ja, sie hatte vielleicht nicht gerade Bilderbucheltern, dafür aber hatte sie Mémé. Sie strich nochmals versonnen über das weiche Leder und richtete dann wieder ihre gesamte Aufmerksamkeit auf die Straße.

Eine Stunde später war von Kajas guter Laune nicht mehr viel übrig. Sie stand auf der Autobahn im Stau, 20 km vor Bern, und in dieser Minute war sie bereits zu spät für ihre Verabredung mit Tim. Verdammt! Sie schlug gereizt mit der flachen Hand aufs Lenkrad, um ihrem Unmut Luft zu machen. Sofort gab das Autoradio seinen Geist auf. Kaja wollte gleich nochmals losfluchen, als sie sich eines Besseren besann und hektisch in der Tasche nach ihrem Handy fischte. Hoffentlich war wenigstens das noch funktionstüchtig, überlegte sie besorgt. Puh, gerade nochmal Glück gehabt. Sie tippte Tims Nummer ein und wartete.

„Tim? Hallo? Gut, dass ich dich erreiche!"

„Wieso, was ist denn los? Du rufst jetzt aber nicht an, um abzusagen, oder? Sonst wäre ich nämlich ernsthaft enttäuscht", meinte er mit dramatischer Stimme.

„Nein, aber ich schaffe es wieder einmal nicht, pünktlich zu sein. Ich stehe hier im Stau und es geht gar nichts mehr. Und nachdem ich soeben mein Autoradio zum Erliegen gebracht habe, wage ich nicht zu hoffen, dass mein Handy viel länger überlebt. Ich glaub nämlich, ich werde mich gleich noch mehr aufregen. Egal, ich komme einfach so schnell ich kann! Melde mich bei dir, sobald ich beim Bahnhof bin. Tschüss!"

Ein wenig erschlagen von all den hervorsprudelnden Infos konnte Tim gerade noch ein „Kein Problem, warte hier auf dich", hervorbringen, dann hatte sie schon aufgehängt.

Erleichtert ließ Kaja ihr Handy auf den Beifahrersitz fallen und entspannte sich. Sie kramte aus dem Chaos, welches das Handschuhfach beherbergte, die CD von „Nightwish" hervor und schob sie in den CD-Player. Gespannt wartete sie auf das Einsetzen der Musik, begann mit den Fingern den Rhythmus des ersten Liedes aufs Lenkrad zu trommeln und die Melodie zu summen. Schließlich hielt sie inne. Was stimmte denn jetzt wieder nicht? Ich habe ja vielleicht ein Gedächtnis wie ein Sieb, ärgerte sie sich. Der ist ja vorhin kaputt gegangen. Verärgert kurbelte sie das Fenster hinunter und atmete tief die kühle Herbstluft ein. Zorro war beim Geräusch des elektrischen Fensterhebers aufgesprungen und zwängte jetzt seinen Kopf an Kajas Rückenlehne vorbei ins Freie.

„Das genießt du, was?", fragte Kaja und kraulte ihn im Nacken.

Endlich schien wieder ein wenig Bewegung in die endlose Wagenkolonne zu kommen. Vielleicht würde sie es trotzdem noch heute nach Bern schaffen.

Eine gute Dreiviertelstunde später parkte sie den Wagen vor dem Bahnhof. Geschafft. Nur dass sie jetzt müde, abgekämpft und schlecht drauf war statt wie geplant strahlend, fit und gut gelaunt. Da ließ sich jetzt auch nichts daran ändern. Sie klappte den Autositz nach vorn, ließ Zorro herausspringen und drehte sich mit ihrer Tasche in der Hand schwungvoll um. Und prallte mit einer breiten Männerbrust zusammen.

„Was zum Teufel…"

Sie versuchte zurückzuweichen, war aber zwischen der Autotür und dem Unbekannten eingeklemmt. Wenn doch bloß die Sonne nicht so blenden würde. Sie legte den Kopf in den Nacken, um besser sehen zu können und verlor prompt das Gleichgewicht. Haltsuchend klammerte sie sich reflexartig an der Jacke des Mannes fest.

„Wenn ich gewusst hätte, dass du mir zur Begrüßung gleich um den Hals fällst, hätte ich dich schon eher zwischen zwei Autos eingeklemmt", ertönte eine belustigt klingende Stimme.

„Tim", sagte sie erleichtert, „ich hatte gehofft, dass du das bist."

Als sie merkte, dass sie sich immer noch an ihn klammerte, ließ sie ihn abrupt los.

„Allerdings wäre ich genau in der richtigen Stimmung, auf jemanden einzuprügeln!", stellte sie fest. Ungnädig fragte sie: „Was sollte das überhaupt, ich habe dir doch erst vor kurzem gesagt, du sollst dich nicht anschleichen."

Sie schubste ihn zur Seite und zwängte sich an ihm vorbei. Er hob abwehrend die Hände.

„Ich habe dich gesehen, als du angekommen bist und wollte sehen, ob du Hilfe brauchst."

Misstrauisch beäugte sie ihn. „Hilfe? Wobei denn? Mein Auto einzuparken?“

„Wer weiß, was ihr Frauen immer so mit euch rumschleppt. Ich wollte mich sozusagen als Träger anbieten.“ Er grinste sie entwaffnend an.

Kaja spürte, wie sich ihr Herzschlag beschleunigte. Sie zwang sich, tief durchzuatmen und hoffte, ihre Wangen waren nicht so rot, wie sie sich anfühlten.

„Ich dachte, wir fahren gleich weiter? Ich bin nur ausgestiegen, um dich zu suchen.“

„Wir treffen uns mit Simon in einem Café hier in der Nähe. Ich habe ihn angerufen, nachdem du mir gesagt hast, du würdest im Stau stehen. So müssen wir nicht erst zu seiner Wohnung fahren, das spart Zeit.“

„Oh, okay, gute Idee.“

Sie war ein wenig verblüfft darüber, wie gut Tim alles so flexibel neu organisiert hatte. Widerwillig musste sie sich eingestehen, dass er sich offenbar wirklich Mühe gab, dass dieser Tag ein Erfolg werden würde. Zu ihm sagte sie jedoch nur spitz: „Da ich ja offensichtlich ein hilfsbedürftiges Frauchen bin, dass viel zu viel unnötigen Krimskrams mit sich herumschleppt, darfst du gerne meine Tasche tragen.“

Ohne mit der Wimper zu zucken schwang er sich die Tasche über die Schulter, als würde er das täglich machen, mit einer Damenhandtasche durch Bern zu spazieren. „Sehr wohl, Madame!“ Seine Augen blitzen amüsiert.

„Und nenn mich nicht Madame. Was ist das mit euch Männern, dass ihr solche Mühe habt, euch meinen Namen zu merken.“

„Da hast du recht“, brummte er, „Hexe passt besser!“, was ihm sofort einen Fausthieb in die Rippen einbrachte. Auf die Gefahr hin, einen weiteren Schlag einstecken zu müssen, neckte er sie, in der Hoffnung, mehr über seine allfällige Konkurrenz in Erfahrung zu bringen: „Welche Männer außer mir haben denn noch Probleme mit deinem Namen?“

„Lance“, setzte sie an, um gleich darauf ausweichend zu antworten: „Vergiss es. Ich habe nur so vor mich hin geredet.“

Tim glaubte ihr zwar kein Wort, beschloss dann aber, das Thema auf sich beruhen zu lassen. Gegen Kajas Sturkopf kam er sowieso nicht an, das wusste er aus Erfahrung. Schließlich kannte er sie lange genug. „Lass uns gehen. Simon wartet sicher schon.“

Er führte sie zu einem kleinen Café wenige Gehminuten vom Bahnhof entfernt. Es herrschte eine zwanglose Atmosphäre in dem alten Lokal. Auf der linken Seite standen zwei lange Holztische, offenbar dazu gedacht, viel Platz zum Essen zu bieten und gleichzeitig Raum für Begegnungen zu lassen. Dem Eingang gegenüber blickte man durch eine Glasfront auf einen hübschen kleinen Innenhof, der im Sommer wohl als Biergarten diente. Im Inneren waren vor den Fenstern alte Sofas platziert worden. Offensichtlich ein begehrter Platz am Samstagmorgen, um bei Kaffee und „Gipfeli“ die Tageszeitung zu lesen. Einige der Anwesenden hatten sich allerdings zusammengesetzt und nutzten die schachbrettartige Oberfläche der Bistrotischchen für ein morgendliches Spiel. Durch eine Tür, die in einen Nebenraum führte, schallten lautes Gelächter und die unverkennbaren Geräusche eines ernstzunehmenden Tischfußballturniers. Rechterhand befand sich die gläserne Theke, die mit grob gezimmerten Holzplanken eingefasst war. Auf großen Tafeln waren das Tagesmenu, die täglich gleichbleibenden Snacks und die Getränke aufgeführt. Begleitet von dem Satz: Wir bedienen Sie gerne an Ihrem Platz. Kaja konnte sich kaum sattsehen und war sich nicht sicher, ob sie in einem Studententreffpunkt oder einem Philosophenlokal gelandet war. Aus den Lautsprechern, die gut sichtbar links und rechts von der Bar aufgestellt waren, ertönte in angenehmer Lautstärke die Musik vom Buena Vista Social Club. Kaja liebte diese Musik, die Lebensfreude und Melancholie so perfekt miteinander verschmolz. Unwillkürlich lächelte sie und fing an, die vertraute Melodie mitzusummen. Tim fing ihr Lächeln auf und erwiderte es. Es war richtig gewesen, ihr diesen Ort hier, sein Lieblingslokal, wenn er in der Schweiz war, zu zeigen. Er fasste sie sanft am Arm und beugte sich ein wenig vor, um sicher zu gehen, dass sie ihn verstand. Kaja war so beschäftigt damit, die verschiedenen Eindrücke zu ordnen, dass sie erst gar nicht bemerkte, dass Tim mit ihr sprach. Erst als sie seinen warmen Atem an ihrem Ohr spürte und ihr Herz einen Purzelbaum schlug, hörte sie ihn belustigt fragen: „Hörst du mir überhaupt zu?“

Betroffen drehte sie sich zu ihm um und wollte sich für ihre Unaufmerksamkeit entschuldigen. Dieser Gedanke war im nächsten Augenblick allerdings schon wieder vergessen. Durch ihre abrupte Drehung kam sie so dicht vor ihm zu stehen, dass sie seine Körperwärme spüren konnte. Sie legte den Kopf ein wenig in den Nacken und starrte ihn an. Anscheinend unfähig, sich zu bewegen oder sich zu äußern. Sekunden oder Minuten verstrichen auf diese Weise, ohne dass sich einer der beiden rührte. Kaja hätte beim besten Willen nicht sagen können, wie viel Zeit vergangen war. Seine Nähe brachte sie völlig aus dem Konzept und weckte in ihr ein Gefühl, von dem sie gar nicht gewusst hatte, dass es existierte. Wie das sprichwörtliche Kaninchen vor der Schlange, schoss es Kaja in einem Anflug von Galgenhumor durch den Kopf. Wenigstens schien es ihm nicht besser zu ergehen. Diese Beobachtung entspannte sie so weit, dass sie schmunzeln musste. Sie trat einen Schritt zurück und stieß ihm gleichzeitig ihren Zeigefinger in die Brust, in der Hoffnung, dass er auf diese Weise nicht merken würde, dass sie vor ihm zurückgewichen war. Kaja gab prinzipiell nie nach und sie lief auch nie vor irgendetwas weg. Na ja, zumindest fast nie, korrigierte sie sich im Stillen, als sie an ihre Flucht nach Frankreich dachte.

„Wolltest du mir nicht Simon vorstellen? Ist er hier?“

„Das wollte ich dir eben mitteilen, bevor du mich mit deinem Zauberbann belegt hast“, brummte er barsch.

Kaja warf ihm einen Blick zu, um herauszufinden, ob er verärgert aussah. Der Ton seiner Stimme ließ definitiv darauf schließen. Sie beschloss, seine verwirrende Bemerkung genauso zu ignorieren wie den unfreundlichen Tonfall und sämtliche irritierenden Gefühle, welche er offensichtlich bei ihr auslöste. Sie hakte nach: „Und? Wo ist er denn?“

„Er sitzt dort drüben und spielt gerade noch eine Partie Schach. Lass uns hinübergehen, damit er weiß, dass wir hier sind. Dann lässt er sich vielleicht nicht ganz so viel Zeit, den anderen schachmatt zu setzen.“

Kaja folgte ihm zwischen den Leuten hindurch und fragte verwundert: „Wieso bist du so sicher, dass er gewinnen wird?“

„Weil ich nie jemanden kennengelernt habe, der Simon schlagen könnte. Aber warte nur ab, du wirst es gleich selbst sehen.“

Froh stellte sie fest, dass seine Stimme nicht mehr ganz so brummig klang. Was immer es auch gewesen war, was ihn geärgert hatte, es schien sich verflüchtigt zu haben.

Er begrüßte einen Mann mit dunklen, militärisch kurz geschnittenen Haaren und markanten Gesichtszügen, die fast streng wirkten. Sie schätzte ihn auf Mitte Dreißig.

„Hey Simon, wie geht’s?“

„Hey Tim, hallo. Lass mich nur kurz diese Partie zu Ende bringen, dann habe ich Zeit für euch.“

„Bitte, wegen uns musst du dich nicht beeilen“, versicherte ihm Kaja hastig und stockte. Sie starrte in das durchdringlichste stahlblaue Augenpaar, das sie je gesehen hatte. Er musterte sie und war offenbar zufrieden mit dem, was er sah. Er nickte zustimmend zu niemand Bestimmtem, und wandte sich wieder dem Spiel zu.

„Wenn du mir deine Autoschlüssel gibst, parke ich in der Zwischenzeit schnell dein Auto um, das steht ja noch in der Kurzparkzone des Bahnhofs. Sonst wird das ein teurer Ausflug“, riss Tim sie brüsk aus ihren Gedanken.

Dankbar übergab sie ihm ihre Autoschlüssel und sah ihm nach, wie er sich einen Weg nach draußen bahnte. Was war nur mit Tim los? Solche Stimmungsschwankungen kannte sie gar nicht von ihm, dafür war normalerweise sie zuständig. Sie schüttelte ihre Überlegungen mit einem Achselzucken ab und bückte sich, um herauszufinden, ob unter dem Tisch genug Platz für Zorro vorhanden war. Theoretisch war genug Platz. Praktisch war dieser Platz allerdings schon besetzt. Von einem wunderschönen Malinois, wie die kurzhaarigen belgischen Schäferhunde hießen. Freundlich und dennoch wachsam blickte dieser sie aus gelben Augen an.

Sie streckte den Kopf über die Tischplatte und fragte: „Simon, ist das dein Hund?“

„Ja“, kam die knappe Antwort des konzentrierten Spielers.

Kajas Kopf verschwand wieder unter dem Tisch und sie wandte sich respektvoll dem großen Hund zu. Sie hielt ihm die Hand hin, damit er daran schnuppern konnte. Inzwischen war auch Zorro neugierig geworden und versuchte, sich unter den Tisch zu zwängen. Kaja erwischte ihn gerade noch am Halsband und schob ihn zurück in die Ecke hinter einen freien Stuhl.

„Hier ist zu wenig Platz, um zu spielen. Du musst dich ein wenig gedulden.“

Der andere schien bis jetzt zwar ganz verträglich zu sein, doch sie kannte ihn schließlich nicht. Und Zorro neigte sowieso dazu, sein Begrüßungszeremoniell recht stürmisch zu gestalten. Kaja ließ eine Hand auf dem Nacken ihres Hundes ruhen und wandte ihre Aufmerksamkeit Simon und dem Spiel zu.

„Schachmatt", verkündete er gerade.

Ungläubig starrte Kaja auf das Brett. Sogar sie, die quasi keine Spielpraxis besaß, konnte mühelos feststellen, dass seine Aussage den Tatsachen entsprach.

Verblüfft fragte sie ihn: „Wie hast du das bloß geschafft, in so kurzer Zeit? Ihr hattet doch gerade eben erst angefangen."

„Reine Taktik", lachte er. Wo vorher pure Konzentration sein Gesicht beherrscht hatte und seine Züge recht streng aussehen ließ, wirkten sie jetzt verspielt und weich, als er sich über seinen Sieg freute.

„Setz dich doch", meinte er und deutete auf den freigewordenen Platz.

Sie ließ sich auf den Stuhl sinken und wartete darauf, dass er etwas sagte. „Du bist also Kaja", stellte er fest und schaute sie nochmals prüfend an. Langsam begann sein intensiver Blick sie nervös zu machen.

Als ihr das bewusst wurde, fragte sie ärgerlich: „Ist mir seit heute Morgen eine Warze am Kinn gewachsen oder suchst du in meinem Gesicht etwas Bestimmtes?"

Simon grinste. „Ich sehe schon, dein Hund ist nicht der Einzige, der die Zähne zeigen kann. Dann wünsche ich Tim mal viel Glück…"

Nun vollends verwirrt, wollte Kaja wissen: „Viel Glück bei was? Was hat denn Tim damit zu tun?"

„Hm, sagen wir mal so. Tim bittet selten um einen Gefallen und schon gar nicht für eine Frau. Da er es diesmal aber getan hat, war ich neugierig auf diese Frau, die ihm offenbar sehr wichtig ist. Deshalb habe ich dich wohl ein wenig intensiv gemustert. Tut mir leid, falls es dir unangenehm war. Es gehört zu meinem Beruf, Menschen schnell einschätzen zu können."

„Und, zufrieden mit dem, was du gesehen hast?", fragte sie ein wenig spöttisch. „Ich muss dich aber leider enttäuschen,

Tim und ich, wir sind nur gute Freunde. Wir kennen uns schon ewig."

„Wir werden sehen", antwortete Simon rätselhaft. „Aber jetzt zu dir. Am besten erzählst du mir alles von Anfang an, dann habe ich schneller den Durchblick."

„Wollen wir nicht auf Tim warten?"

„Ich bin sicher, er kommt gleich. Und er kennt den Anfang der Geschichte bestimmt schon."

„Da hast du recht."

Bevor sie jedoch mit ihrer Erzählung anfangen konnte, erschien eine junge Frau, die hier offensichtlich bediente, an ihrem Tisch und nahm ihre Wünsche auf. Kaja bestellte für sich einen Cafe Latte und für Tim gleich einen mit. Als sich die Kellnerin von ihrem Tisch entfernte, raunte Kaja Simon belustigt zu: „Jetzt verstehe ich, weshalb extra an der Tafel steht, dass hier bedient wird. Bei dem Tempo käme man sonst ja leicht auf die Idee, man müsste es sich selber an der Theke holen."

Schmunzelnd stimmte er ihr zu. Sie lehnte sich vor und stützte sich mit den Unterarmen auf der Tischplatte ab. Sie hatte das Ganze jetzt schon so oft erzählt, dass ihr die Geschichte immer unwirklicher vorkam. Als nächstes fange ich wahrscheinlich mit den Worten *Es war einmal* an und mache daraus eine Märchenstunde. Sie schnitt eine Grimasse. „Was ist denn?", erkundigte sich Simon interessiert. Sein forschender Blick aus den stahlblauen Augen hatte keine Sekunde nachgelassen. Sie sagte es ihm, und sie lachten zusammen. Kaja entspannte sich und begann zu erzählen.

Tim war unterdessen draußen unterwegs. Nachdem er Kajas Auto umgeparkt hatte, beschloss er, erst einmal ein paar Runden um den Block zu drehen. Er brauchte dringend die Abkühlung durch die Herbstluft und die Ablenkung, die die Bewegung mit sich brachte. Er hatte vorgehabt, Kaja ausschließlich kameradschaftlich zu begegnen. Immerhin hatte er ja gemerkt, dass sie im Moment offensichtlich nur seine Freundschaft wollte. Und diese Sache zwischen ihm und Kaja war ihm sehr wichtig, wie ihm von Tag zu Tag mehr bewusst wurde. Er konnte sich nicht erinnern, wann ihm das letzte Mal etwas so wichtig gewesen war. Er wollte die Sache langsam angehen, um jede Chance zu nutzen, ihr näher zu kommen. Der überraschende und zufällige Körperkontakt mit ihr vorhin hatte ihn allerdings völlig aus dem Konzept gebracht. Genervt fuhr er sich durch seine dichten braunen Haare. Es war völlig unmöglich, dass eine solche Anziehungskraft, wie er sie jedes Mal spürte, wenn er sie auch nur anschaute, einseitig war. Missmutig kickte er eine Glasscherbe vor sich her. Offensichtlich doch, sagte er sich düster. Frustriert fluchte er leise vor sich hin. Doch dann hellte sich seine Miene auf. Es hielt ihn schließlich keiner davon ab, zu versuchen, dies zu ändern. Zufrieden, dass er sich das, wie die letzten Tage schon, vor Augen geführt hatte, streckte er sich und machte sich auf den Weg zurück zum Café.

Als Tim sich zu den beiden an den Tisch setzte, war Kaja mit ihrer Geschichte schon fast fertig.

„Wo hast du denn so lange gesteckt?“, wunderte Kaja sich.

Tim murmelte etwas von den Schwierigkeiten, in einer Großstadt einen Parkplatz zu finden.

„Das scheint ja offensichtlich noch schlimmer zu sein als in Zürich“, antwortete Kaja zerstreut. Zorro, der inzwischen gemerkt hatte, dass auch Tim wieder da war, quetschte sich zwischen der Wand und dem Stuhl hindurch, um ihn zu begrüßen. Dabei kippte er in seinem Ungestüm die Zuckerdose vom Tisch. Kaja schaffte es gerade noch, sie aufzufangen, bevor sie zu Boden fiel.

„Gute Reflexe“, kommentierte Simon sichtlich beeindruckt.

Verlegen meinte Kaja: „Pures Anfängerglück. Lass mich jetzt noch zu Ende erzählen. Diesen Teil kennt auch Tim noch nicht.“

Sie lehnte sich zurück und lächelte Tim an. Sie freute sich, dass er wieder da war und ihnen Gesellschaft leistete, merkte sie. Es fühlte sich einfach richtig an. Leicht irritiert blickte sie ihn verstohlen an. Genau diese Verwirrung konnte sie momentan gar nicht gebrauchen. Sie riss sich zusammen und fasste für die beiden Männer ihre Erlebnisse des vergangenen Abends zusammen. Natürlich ließ sie Lance' Beteiligung weg und verharmloste die ganze Aktion ein wenig. Nichtsdestotrotz war ihr anzumerken, dass sie stolz auf ihren Plan war.

„Das Einzige, das ich noch nicht ganz verstanden habe, ist folgendes: Was bewirkt denn deine Programmänderung nun eigentlich?" Fragend blickten die beiden sie an.

„Ach so, das habe ich ja noch gar nicht erklärt." Sie lachte. „Natürlich, dann macht das Ganze noch nicht viel Sinn. Der Clou an der ganzen Sache ist folgender: Wie ich erwähnt habe, handelt es sich um ein Buchhaltungsprogramm. Jetzt ist es so, dass die meisten Zahlungen, wenn sie ein- oder ausgebucht werden, keine runden Beträge sind. Diese werden dann auf fünf Rappen genau auf- oder abgerundet."

Sie warf einen kurzen Blick in die Runde. „Alles klar bis hierher?" Als die beiden nickten, fuhr sie fort: „Das ist auch richtig so und wurde schon immer so gehandhabt. Ich habe jedoch das Programm dahingehend verändert, dass erstens konsequent nur abgerundet wird, und zweitens, dass die Rappenbeträge, welche beim Abrunden anfallen, direkt auf Klein-Freddys Konto verbucht werden. Genial, nicht?" Erwartungsvoll blickte sie ihre zwei Zuhörer an.

„Ich glaube, ich stehe auf der Leitung", meinte Tim stirnrunzelnd. „Bis jetzt habe ich nur begriffen, dass du diesem Arschloch zu mehr Geld auf dem Konto verhilfst. Wo bleibt da deine Genugtuung, um nicht zu sagen, deine wohl verdiente Rache?"

Er schaute ratlos erst Simon und dann Kaja an.

„Ich denke, ich kann dir das erklären“, ließ sich Simon plötzlich vernehmen. „Ich vermute, du planst, dieses Detail, sobald das Programm einige Zeit in der Produktion gelaufen ist, deinen Vorgesetzten zu enthüllen.“

Verblüfft starrte Kaja ihn an. „Das ging ja fix. Ich dachte nicht, dass du da so schnell draufkommst. Respekt.“

„Ach was!“

Mit einer lässigen Handbewegung tat er ihr Kompliment ab. „Das war die einzig mögliche logische Schlussfolgerung. Ich frage mich nur, bei was genau ich dir helfen soll? Du scheinst das ja ganz gut selber im Griff zu haben.“

„Kaja vermutet, dass hinter diesen ganzen Vorkommnissen mehr steckt als nur ein Egotrip eines Mitarbeiters“, schaltete Tim sich ein.

„Stimmt genau“, pflichtete sie ihm bei. „Ich erklär dir gleich, was mich stutzig gemacht hat. Aber jetzt erst mal zu dir. Ich habe immer noch keine genaue Vorstellung davon, was du eigentlich machst. Tim hat mir zwar erzählt, du seist als so eine Art privater Ermittler tätig, aber ich kann mir da nichts Genaues darunter vorstellen.“

„Soll ich ihr die lange oder die kurze Version erzählen?“, fragte Simon Tim scherzhaft.

„Gibt’s da noch eine lange Version?“, witzelte sein Freund. „Du musst wissen, Simon ist kein Freund großer Worte. Er drückt sich gerne kurz und knapp aus“, meinte er augenzwinkernd zu Kaja.

„Oh, du Armer. Dann habe ich dich sicher komplett erschlagen mit meiner ellenlangen Geschichte“, meinte sie betreten.

„Und sie ist noch nicht einmal ganz zu Ende erzählt“, stöhnte Simon in gespielter Verzweiflung.

Alle drei brachen in Gelächter aus und konnten sich erst wieder beruhigen, als Zorro aufgeregt an Kaja hochsprang und es selbst Simons wohlerzogener Hund nicht mehr unter dem Tisch aushielt.

„Ist gut jetzt, Tsar. Du kannst dich wieder hinlegen."

„Du auch, Zorro, Platz."

Nachdem einigermaßen Ruhe eingekehrt war, wurden sie wieder ernst und Simon fasste sein Tätigkeitsgebiet in ein paar kurzen Sätzen zusammen.

„Grundsätzlich stimmt das, was dir Tim erzählt hat. Wir, das heißt mein Partner und ich, führen tatsächlich eine private Ermittlungsfirma. Allerdings machen wir einerseits weniger als ein Privatdetektiv. Wir kümmern uns z.B. nicht um das Überwachen von untreuen Ehepartnern. Andererseits bieten wir mehr. Konkret ausgedrückt ermitteln wir verdeckt in Wirtschaftsangelegenheiten. Zudem kann man uns für Personenschutz engagieren."

„Bodyguards?"

„Genau, du hast es erfasst."

Da er ihre Miene richtig deutete, meinte er schnell: „Das klingt faszinierender, als es in Wirklichkeit ist. Genau genommen ist die Schweiz ein sehr sicheres Land. Oft sind wir mehr pro forma angestellt, oder als Aufpasser von Kindern reicher bzw. einflussreicher Leute. Aber lassen wir das. Ich kann mir nicht vorstellen, dass du wegen eines Bodyguards nach Bern gefahren bist."

Sie lachte. „Nein, da hast du recht. Aber das mit den Ermittlungen im Wirtschaftssektor klingt vielversprechend. Ich erzähl wohl am besten noch schnell den Rest, dann kannst du entscheiden, ob du was für mich tun kannst."

Sie fasste alle seltsamen Ereignisse nochmals zusammen und hob die vielen Ungereimtheiten hervor.

„Auf den ersten Blick sieht es tatsächlich so aus, als sollte nur meine Person in Misskredit gebracht werden, offensichtlich durch Freddy. Doch so viel Schlauheit, um sich so was auszudenken, traue ich Klein-Freddy ganz einfach nicht zu. Wenn es aber um mehr gehen sollte, fehlt mir das Motiv. Ehrlich gesagt nehme ich keine so wichtige Position in der Firma ein, auch wenn ich eine der besten Entwicklerinnen bin, als dass sich dieser Aufwand für mich alleine lohnen würde. Zudem habe ich von verschiedenen Seiten von ähnlichen Fällen in der Firma gehört. Und immer betraf es ehemalige PC-Lux-Solutions Mitarbeiter. Das hat mich aufhorchen lassen. Ich kann mir allerdings auch so nicht erklären, wieso sie den betreffenden Personen nicht einfach kündigen."

„Wenn ich dich also richtig verstehe, soll ich versuchen herauszufinden, ob bei euch in der Firma was faul ist, richtig?", stellte Simon fest.

„Tja, ehrlich gesagt hatte ich keine konkrete Vorstellung davon, wie du mir helfen könntest, als ich heute Morgen abgefahren bin. Aber nachdem ich jetzt weiß, was genau dein Arbeitsgebiet ist, wäre das natürlich toll."

Sie zuckte ein wenig überfordert mit den Schultern und war Tim einen fragenden Blick zu. „Oder, was meinst du?"

Er lächelte sie an. „Ja, so ungefähr habe ich mir das vorgestellt."

Zu Simon gewandt meinte er: „Ich wusste, du würdest mich nicht enttäuschen, auch wenn der Auftrag bis jetzt reichlich vage formuliert ist."

„Das bin ich gewöhnt, das ist normal in unserem Metier. Gut, dann wäre ja alles geklärt. Was machen wir jetzt?", fragte Simon zufrieden.

„Ich nehme Kaja nachher mit zur Ausstellung und zeige ihr meine Bilderserie von der Geisterbäreninsel."

„Genau, ich bin schon ganz gespannt. Allerdings wäre Zorro froh, wenn wir vorher noch einen Spaziergang machen würden. Der Arme hatte heute noch nicht viel Bewegung."

„Was dagegen, wenn ich mich euch anschließe?", erkundigte sich Simon bei den beiden, sah dabei aber explizit Tim an.

„Nein, überhaupt nicht", antwortete dieser lachend. „Solange du uns nachher alleine weiterziehen lässt."

Stirnrunzelnd blickte Kaja vom einen zum anderen. Intuitiv spürte sie, dass eben über mehr gesprochen worden war, als es den Anschein machte. Da ihr beim besten Willen jedoch nicht aufging, was das war, sagte sie nur: „Klar, komm doch mit. Dein Hund freut sich bestimmt auch. Wie heißt er noch mal? Tsar?"

„Ja, genau. Tsar."

Stolz tätschelte er seinem Hund, der unter dem Tisch hervorgekommen war, als er die Aufbruchsstimmung gespürt hatte, die Flanke. Mit den Hunden im Schlepptau verließen sie das Lokal. Sie waren noch keine hundert Meter weit gekommen, als Tim plötzlich umkehrte und ihnen zurief: „Geht nur weiter, ich komme gleich nach."

Verdutzt schauten Simon und Kaja sich an. „Wo will er denn hin?"

„Keine Ahnung. Vielleicht hat er was vergessen."

„Egal, er ist bestimmt gleich zurück."

Tim tauchte dann aber doch eine ganze Weile nicht auf, so dass sie sich an der Aare auf eine Bank setzten und auf ihn warteten. Weitere fünf Minuten später kam er völlig außer Atem bei ihnen an. „Ich dachte", keuchte er, „ihr habt vielleicht auch Hunger." Er schwenkte eine braune Papiertüte durch die Luft.

„Ich muss schon sagen, du hast ganz brauchbare Ideen", lobte Kaja ihn lachend. „Nur die entsprechende Kondition fehlt dir noch", neckte sie ihn und versuchte, ihm die Tüte zu klauen.

„Nichts da, Hände weg! Dann muss ich wohl öfters mit dir joggen gehen", grinste er.

Er griff in den Papiersack und förderte drei Sandwiches zu Tage. Eines davon warf er gleich Simon zu.

„Hier, für dich, ein Schinken-Eier-Sandwich."

Er warf einen Blick in die Tüte. „Jetzt ist noch ein Thunfisch- und ein Käsebrötchen übrig", teilte er mit und blickte Kaja fragend an.

„Thunfisch", kam die prompte Antwort.

Er händigte ihr das Gewünschte aus und widmete sich dann seinem eigenen Sandwich. Einträchtig saßen sie zusammen und verspeisten ihr Picknick. Simon und Kaja auf der Bank, Tim hatte auf einem alten Baumstrunk gegenüber Platz genommen. Die Hunde hatten sich inzwischen angefreundet und tobten zusammen am Ufer im Wasser.

„Mmm, wie bist du eigentlich zu deinem Job gekommen?", wollte Kaja zwischen zwei Bissen wissen. „Ist ja nicht gerade eine alltägliche Beschäftigung."

„Das stimmt", lachte er. „Hm, das ist eben die lange Version, aber gut, ich versuch's mal, kurz zusammenzufassen."

„Siehst du, ich hab's ja gesagt, selbst Lebensgeschichten werden kurz und knapp zusammen gefasst", witzelte Tim.

„Unterbrich ihn jetzt nicht, wenn er schon mit ein wenig mehr rausrückt", gab Kaja amüsiert zurück.

„Ruhe auf den billigen Plätzen. Wollt ihr die Geschichte jetzt hören? Tim kennt sie ja eigentlich schon."

„Oh, ich würde mir um nichts auf der Welt entgehen lassen wollen, sie noch einmal zu hören", beeilte sich Tim zu sagen.

„Okay, also erst habe ich die Matura gemacht und dann bin ich an die HSG, die Hochschule St. Gallen, um Wirtschaftsinformatik zu studieren."

„Alle Achtung, die gilt ja als ziemlich anspruchsvoll", kommentierte Kaja.

„Stimmt. Allerdings habe ich das Glück, dass mir Lernen sehr leicht fällt."

„Dann geht's dir so wie mir", grinste Kaja. „Aber erzähl weiter, ich wollte dich nicht unterbrechen."

„Nach dem Abschluss des Studiums war ich allerdings ziemlich ratlos. Ich wollte nämlich auf keinen Fall in irgendeiner Bank als Projektleiter versauern. Während meiner zahlreichen Praktika konnte ich selbst miterleben, wie mühsam diese Jobs sind. Ständig wird von der oberen Etage, die wohlgemerkt nicht viel Ahnung von der Materie hat, die Richtung geändert oder zwei Tage alte Entscheidungen werden wieder verworfen. So könnte ich niemals arbeiten, auch jetzt nicht."

„Ich kenne das Problem gut", stimmte Kaja ihm zu. „Auf jeden Fall in letzter Zeit. Vor der Fusion war das anders", fügte sie etwas wehmütig hinzu.

„Also beschloss ich, etwas völlig anderes zu machen und bewarb mich bei der Polizei."

„Bei der Polizei?", fragte Kaja verblüfft. „Wieso das denn?"

„Weil Simon eigentlich ein Adrenalin-Junkie ist", erklärte Tim, der geduldig zugehört hatte, mit einem Augenzwinkern.

„Da ist was Wahres dran", stimmte Simon ihm zu. „Ich bin immer auf der Suche nach einem Abenteuer. Nur so abenteuerlich, wie sich das manch einer vielleicht vorstellt, ist es bei der Polizei nicht. Das meiste ist Routinearbeit, begleitet von einer unvorstellbaren Menge Papierkram, und die restliche Zeit verbringt man mit dem zwielichtigeren Teil der Gesellschaft. Obwohl die Situation hier in der Schweiz im Vergleich zu anderen Ländern ja noch harmlos ist."

„Was genau hast du denn bei der Polizei gemacht?"

„Tja, das läuft so. Erst absolviert man die Polizeischule und dann musst du dich hochdienen. Das Ganze ist streng hierarchisch geregelt. Da gibt es keine Überholspur. So habe ich ein paar Jahre Streifendienst und ähnliche sogenannte niedere Dienste versehen, bis ich endlich die von mir gewünschte Empfehlung für die Hundestaffel gekriegt habe."

„Ah, und da hast du Tsar her", schloss Kaja augenblicklich.

„Genau. Tsar, und genau genommen auch meine weitere Karriere habe ich der Polizei zu verdanken. So gesehen haben sich die sechs Jahre trotz allem gelohnt. Grundsätzlich passe ich nämlich überhaupt nicht in diese Strukturen. Ich habe mehr als einmal einen Verweis eingefangen, weil ich mich, wie es so schön hieß, nicht unterordnen konnte und mich einem direkten Befehl meines Vorgesetzten widersetzt hatte. Dazu kam, dass ich, als ich endlich mein Ziel erreicht hatte, bei den Hundeführern zu arbeiten, ziemlich enttäuscht war von den Ausbildungsmethoden."

„Ich dachte, die Polizei bilde ihre Hunde so vorbildlich aus?", fragte Kaja mit einem Stirnrunzeln.

„Tja, das dachte ich auch. Und teilweise stimmt es auch. Ich habe von dem einen Ausbildner, Josef hieß er, extrem viel gelernt und vieles mitnehmen können. Aber es ist auch eine Tatsache, dass mit sehr viel Druck gearbeitet wird und sehr festgefahrene Vorstellungen davon existieren, wie lange die jeweiligen Ausbildungsschritte dauern dürfen, unabhängig von den Stärken und Schwächen des jeweiligen Hundes. Versteh mich nicht falsch, ich habe auch hohe Ansprüche an meinen Hund und mir ist bewusst, dass Polizeihunde im Ernstfall einfach funktionieren müssen, so dass da nicht viel Spielraum für Experimente bleibt. Nur denke ich, wäre es für alle Beteiligten einfacher, wenn man nach der Grundausbildung gezielt erst die Gebiete vertieft, wo der Hund seine Stärken hat und somit sein Selbstvertrauen stärkt. Auf dieser Basis ist es dann viel einfacher an den schwächeren Seiten zu arbeiten. Josef hat so gearbeitet und mir praktisch aufgezeigt, was mir theoretisch schon vage bewusst war. Doch vielen anderen fehlte einfach das Gespür für die Hunde, so dass ihnen nichts anderes übrig blieb oder besser gesagt dass sie gar nichts anderes kennenlernen wollten als Ausbildung nach Schema F aus dem Lehrbuch. Ich glaube, das hat mich am meisten geärgert. Diese offenkundige Weigerung auch nur in Erwägung zu ziehen, dass man etwas auf verschiedene Weisen erreichen kann."

„Das verstehe ich gut", pflichtete Tim ihm bei.

„Das würde halt gleichzeitig auch bedingen, sich mit sich selber auseinanderzusetzen und an sich zu arbeiten. Und das ist etwas, was den meisten widerstrebt. Es läuft schlussendlich immer auf dasselbe hinaus, nicht? Nur ja nicht über den eigenen Tellerrand gucken", regte Kaja sich auf.

„Genau. Dazu kam noch, dass die Hunde einzeln im Zwinger warten mussten, bis sie zum Einsatz kamen. Und ich konnte mich schlecht von meiner Vorstellung trennen, Tsar unter meinem Schreibtisch liegen zu lassen." Er grinste.

„Ich glaube fast, Simons Vorstellung von Polizeihunden war ein wenig von Kommissar Rex geprägt", teilte Tim Kaja mit vertraulicher Stimme mit, auf die Fernsehserie anspielend.

„Ja, ja, macht euch ruhig lustig", grollte Simon. Doch auch er konnte sich ein Schmunzeln nicht verkneifen. „Langer Rede kurzer Sinn, ich blieb also so lange dabei, bis Josef pensioniert wurde und verabschiedete mich dann von der Polizei. Tsar nahm ich selbstverständlich mit."

„Spannend. Nur erklärt das immer noch nicht, wie du zu deiner Firma gekommen bist."

„Stimmt. Erst habe ich mir eine Auszeit von zwei Monaten gegönnt, während der ich mir überlegte, was ich jetzt mit meinem Leben anfangen will. Schließlich kam mir die Idee, die Inhalte meiner beiden Ausbildungen und Tätigkeiten miteinander zu verbinden. Deshalb sind wir auch auf Wirtschaftsdelikte spezialisiert. Nebenbei bilden wir auch Hunde aus, für unseren eigenen Bedarf und für einige wenige ausgewählte Partnerfirmen. Ich selbst komme leider nicht mehr dazu. Inzwischen bin ich schon froh, wenn mir genügend Zeit bleibt, um mit Tsar zu trainieren."

„Aber wer arbeitet mit den Hunden? Hast du denn jetzt nicht dasselbe Problem wie bei der Polizei? Ich meine, es lag ja auch dort an den einzelnen Leuten und nicht grundsätzlich am System."

„Ich habe den Vorteil, dass ich mir meine Leute gezielt nach ihrer Eignung als Hundeführer aussuchen kann. Und ich konnte Josef überreden, bei mir als Teilhaber einzusteigen."

„Ach so, ja dann..." Kaja und Tim lachten gleichzeitig.

„Klingt auf jeden Fall enorm spannend", meinte Kaja schließlich.

„Das ist es auch. Du kannst uns gerne einmal besuchen kommen im Verlauf der Ermittlungen. Dann bekommst du einen direkten Einblick in unsere Arbeit."

„Ermittlungen. Das klingt so ernst", stöhnte Kaja. „Das bringt mich dazu, zu hoffen, dass mein Verdacht begründet war und ich diese ganze Aufregung nicht umsonst verursacht habe. Ein anderer Teil von mir wünscht sich, ich würde mir das alles nur einbilden, so dass alles beim Alten bleibt."

„Ich glaube schon, dass dein Verdacht eine tatsächliche Grundlage besitzt. Und so wie es vorher war, wird es sowieso nicht mehr. Dazu ist schon zu viel passiert, hat sich zu viel verändert", erinnerte Tim sie sanft.

Stumm blickte Kaja auf den Fluss und schaute den tobenden Hunden zu. Veränderungen, dachte sie und hatte auf einmal auch Lance' Bild deutlich vor Augen.

„Du hast recht", gab sie schließlich zu. „Ich könnte nicht einmal sagen, was sich mehr im Wandel befindet. Ich selbst oder das Leben um mich herum."

„Ich denke, alles und jeder verändert sich ständig. Nur dass wir uns dieser Tatsache oft nicht bewusst sind", antwortete Tim.

Kaja schaute ihm in die Augen und hatte plötzlich das Gefühl, die Zeit stehe still. Sie hätte nicht gedacht, dass Tim sie so gut verstand und sogar in Worte fasste, was ihr bis gerade eben nur undeutlich bewusst gewesen war.

Simon, der bemerkte, dass sich die Stimmung völlig geändert hatte, räusperte sich. „Tut mir leid, dass ich euch bei eurem tiefgründigen Gespräch unterbreche, aber ich muss los. Deine Handynummer habe ich ja, Kaja, und du weißt auch, wo du mich erreichen kannst. Ich rufe dich an, wenn sich etwas ergibt oder mir noch Informationen fehlen."

„Ja, mach das bitte. Und nochmals vielen Dank für deine Hilfe. Ich weiß das wirklich sehr zu schätzen."

„Keine Ursache. Wie gesagt, ich erweise Tim gerne einen Gefallen", setzte er mit einem bedeutungsvollen Grinsen zu seinem Freund hinzu. Er rief Tsar, der auch prompt kam, und verließ die beiden. Kaja erwischte Zorro gerade noch am Halsband, bevor er seinem neugewonnenen Freund folgen konnte.

„Hast du gesehen, kleiner Schlingel, so würde das theoretisch funktionieren. Herrchen pfeift, Hund kommt."

Als Antwort schüttelte sich Zorro das Wasser aus dem Pelz. „Iih, muss das sein, Zorro? Jetzt sind wir alle nass", schimpfte sie erbost.

„Wenigstens bist du jetzt ausnahmsweise mal nicht der einzige Dreckspatz", witzelte Tim.

„Du traust dich ja was", gab sie drohend zurück und machte Anstalten, ihn ins Wasser zu schubsen.

„Erbarmen!", lachte Tim. „Wir wollten doch noch zur Ausstellung."

„Hm, okay, aber aufgeschoben ist nicht aufgehoben." Grummelnd ließ Kaja von ihm ab. Insgeheim war sie ganz froh, einen Vorwand zu haben, seinen Arm wieder loszulassen. Direkter Körperkontakt mit Tim hatte momentan einen erschreckend verwirrenden Einfluss auf ihr Befinden und ihr Denkvermögen.

Auf dem Weg zur Ausstellung brachten sie Zorro ins Auto. Er würde hier auf sie warten. In die Ausstellung konnte er ohnehin nicht mit, und da es bereits Herbst war und die Sonne nicht mehr so viel Kraft hatte, würde er sich im Auto sicher wohl fühlen.

„Willst du mit dem Tram fahren oder sollen wir zu Fuß gehen?"

„Ach lass uns doch zu Fuß gehen. Dann wird mir wenigstens wieder warm."

Spontan hakte sie sich bei ihm unter. Fünf Minuten später wünschte sie sich jedoch, sie hätte es gelassen. Nicht dass es nicht angenehm gewesen wäre, im Gegenteil. Durch den Stoff ihrer Jacke konnte sie die Wärme spüren, die von ihm ausging. Auch bemerkte sie den schwachen Duft seines Rasierwassers und von etwas anderem. Es roch so angenehm und urtümlich vertraut, dass sie sich zusammenreißen musste, um nicht ihre Nase tief in seiner Jacke zu vergraben. Gerade diese Vertrautheit brachte Kaja völlig aus dem Konzept. Stumm lief sie eine ganze Weile neben ihrem Begleiter her. Tim schielte auf ihren dunklen Haarschopf hinunter. Er wurde aus ihr einfach nicht schlau: Er hatte sich gefreut, als sie sich bei ihm eingehängt hatte, doch er hatte auch genau gespürt, als sie begonnen hatte, sich gefühlsmäßig vor ihm zu verschließen. Das gefiel ihm gar nicht.

„Trauerst du diesem Freddy noch nach?", brach es plötzlich aus ihm heraus. Diese Frage hatte ihm schon lange auf der Zunge gebrannt.

Erstaunt blickte Kaja zu ihm hoch. „Freddy, wie kommst du denn darauf?"

„Na ja, du bist so still. Und da hab ich mich eben gefragt…", rechtfertigte er sich.

Prüfend schaute Kaja ihn an und fasste dann einen Entschluss. „Ich war nie in Freddy verliebt. Es hat eben einfach eine Zeitlang ganz gut gepasst, das ist alles. Nichtsdestotrotz werde ich nicht gerne hintergangen, egal von wem. Auch eine Affäre setzt ein gewisses Maß an Vertrauen voraus."

„Aha", war alles was Tim darauf erwiderte. Jetzt hatte er die Antwort, die er hören wollte, doch mehr Details waren nicht nötig. Er bekam schon einen dicken Hals, wenn er nur daran dachte, wie dieser Betrüger Kaja angefasst hatte. Was, wie er sich sehr wohl bewusst war, eine ziemlich archaische Denkweise war. Nie hätte er gedacht, dass er überhaupt die Veranlagung zu Eifersucht hatte, schon gar nicht in Bezug auf verflossene Liebhaber. Doch wenn es um Kaja ging, galten offensichtlich plötzlich völlig neue Regeln. Er seufzte.

„Lass uns das Thema wechseln. Tut mir leid, dass ich überhaupt davon angefangen habe."

„Soll mir recht sein, ich will sowieso viel lieber noch mehr von deiner Arbeit wissen", erwiderte sie lächelnd.

Ein paar Strähnen hatten sich aus ihrem Pferdeschwanz gelöst, und sie nutzte die Gelegenheit, ihre Haare zu bändigen und somit einen Vorwand zu haben, ihren Arm aus seinem zu lösen. Jetzt fehlte ihr zwar definitiv das Gefühl seiner Nähe, doch wenigstens konnte sie wieder einigermaßen klar denken. Hoffte sie zumindest... Den Rest des Weges bombardierte Kaja Tim mit Fragen über seine Arbeit und die Ausstellung.

„Gnade!", flehte Tim lachend, der es fast nicht geschafft hatte, alle Fragen zu beantworten. „Jetzt kannst du dir gleich selbst ein Bild von der Geisterbäreninsel und ihren Bewohnern machen. Wir sind da."

Sie standen vor einem hohen Backsteingebäude.

„Ist das eine Galerie?", wunderte sie sich.

„Hm, so ähnlich. Das Haus gehört zum zoologisch-botanischen Institut der Universität Bern. Ein ehemaliger Professor von mir ist ein Fan des Great-Bear-Regenwaldes, dieses Kanadischen Naturreservats, zu welchem auch die Geisterbäreninsel gehört. Ich pflege immer noch sporadisch Kontakt mit ihm, und als ich ihm letztes Jahr erzählte, dass ich eine Forschungsreise dorthin plane, hat er mir diese Ausstellung organisiert. Aber jetzt komm, lass uns reingehen."

Er führte sie durch eine große Eingangshalle, wo einige Leute vor einem Schalter Schlange standen, um Eintrittskarten zu erstehen.

„Damit müssen wir uns zum Glück nicht aufhalten", meinte er mit einem jungenhaften Grinsen und zog sie am Ärmel Richtung Treppe. Übermütig sprang er in großen Sätzen, immer zwei Stufen auf einmal nehmend, die alte hölzerne Treppe hoch. Kaja bemühte sich, mit ihm Schritt zu halten und beglückwünschte sich im Stillen zu ihrem regelmäßigen Lauftraining. So blieb es ihr wenigstens erspart, schnaufend wie ein Walross hinter Tim her zu rennen. Zwei Stockwerke weiter stieß sie keuchend hervor: „Sind wir denn nun bald da oder ist dieses Haus verhext? Diese Stufen wollen ja kein Ende nehmen!"

Tim lachte, meinte dann aber aufmunternd: „Nur noch zwei Etagen, dann haben wir's geschafft."

Ergeben nahm Kaja die Verfolgungsjagd von Tim wieder in Angriff, bis sie tatsächlich zuoberst unterm Dach angelangt waren.

„Hallo Tim. Das nenne ich aber eine Ehre, der Künstler persönlich."

„Hallo Frank", begrüßte er den Türsteher, der eben eine Gruppe lärmender Vierzehnjähriger abgefertigt und die Billetts kontrolliert hatte. „Ich möchte dir jemanden vorstellen."

Er zog Kaja zu sich heran und legte ihr den Arm um die Taille. „Das ist meine Freundin Kaja. Sie will sich meine Arbeit ansehen. Können wir rein?"

Kaja hatte sich unwillkürlich versteift, als Tim sie als seine Freundin vorgestellt hatte. Andererseits, was sollte er sonst sagen, beruhigte sie sich. Jede andere Erklärung würde zu lange dauern und auch zu weit führen. Oder stellte er etwa alle Frauen so vor, die er hierher mitbrachte? Resolut schob sie diesen störenden Gedanken weg und versuchte, sich zu entspannen. Freundlich lächelte sie den Türsteher an, während sie ihn unauffällig musterte. Frank war ein beleibter Mann mit rot leuchtenden Hängebacken und einem wirr nach allen Seiten abstehenden grauen Haarschopf. In seinen goldgrünen Augen blitzte es schalkhaft. „Soso, dann rein mit euch und viel Spaß ihr beiden."

„Vielen Dank, hat mich gefreut, Sie kennenzulernen", antwortete Kaja höflich und folgte Tim durch die Tür.

Insgeheim dachte sie, dass Frank aussah wie ein Leuchtturmwächter. In diesen erheiternden Gedanken vertieft schenkte sie dem Raum erst gar keine Beachtung. Erst als sie mittendrin stand, blickte sie sich um und hielt erstaunt inne. Der Ausstellungsraum war riesig. Dunkle Holzbalken, die die hohen, halb abgeschrägten Wände stützten, erinnerten daran, dass man sich im Dachgeschoß befand. Auf allen vier Seiten waren große Mansardenfenster, die die Nachmittagssonne ungehindert einließen. Da geeigneter Platz an den Wänden spärlich gesät war, hatte man große Stellwände aufgestellt, um Tims Werke ins beste Licht zu rücken.

„Kaja, kommst du?"

Sie wandte ihre Aufmerksamkeit ihrem Begleiter zu, der gerade erst bemerkt hatte, dass sie ihm nicht weiter gefolgt war. Lachend drehte sie sich im Kreis.

„Dieser Raum ist wunderschön. Wie geschaffen für eine Ausstellung wie die deine."

Sie deutete auf die Fotografien, die am nächsten hingen. „Die Bilder fügen sich harmonisch ein und bilden trotzdem einen deutlichen Kontrast zu der alten Bauweise des Gebäudes."

„Danke. Ich bin auch sehr zufrieden." Belustigt musterte er ihre immer noch verwunderte Miene. „Was hattest du denn erwartet? Einen kahlen, seelenlosen Betonbunker?", neckte er sie.

„Ach, ich weiß nicht", verlegen wandte sie den Blick ab. „Ich habe mir keine konkreten Gedanken gemacht, aber unbewusst war das wohl meine Befürchtung." Sie schnitt eine Grimasse. „Ich kann diese unterkühlten und zu Tode gestylten Kunstanlässe nicht ausstehen", gestand sie.

Tim lachte und nahm ihre Hand. „Ich auch nicht. Aber jetzt komm. Ich habe dir doch eine Privatführung versprochen!"

Er führte sie von Bild zu Bild und ließ ihr jeweils Zeit, die Fotografien in Ruhe zu betrachten, bevor er ihr erzählte, wie die Bilder entstanden waren und was darauf zu sehen war. Dabei sparte er nicht mit amüsanten Anekdoten über kleinere und größere Missgeschicke, die ihm während der Arbeit passiert waren. Er deutete auf eine Bildserie, die aus vier kleineren Aufnahmen bestand. In vier Schritten sah man, wie ein großer weißer Bär ans Ufer der Insel schwamm und aus dem Wasser kletterte. Auf dem letzten Bild, das leider nicht ganz scharf war, im Gegensatz zu den andern, blickte der Bär direkt in die Kamera.

„Während ich diese Bilder schoss, befand ich mich auf meinem Schlauchboot ziemlich nahe der Insel. Ich konnte mein Glück nicht fassen, dass da dieser Bär, ich habe ihn übrigens Papa Joe getauft…"

„Du hast ihnen Namen gegeben?", hakte Kaja ungläubig nach und kicherte.

„Klar, was glaubst du denn", antwortete er in gespieltem Ernst.

„Wie konntest du die Tiere überhaupt auseinanderhalten?"

„Tja, einerseits ist die Population ja leider nicht sehr groß und dazu kommt, dass jeder Bär seine ganz besonderen Merkmale hat. Entweder die Art, sich zu bewegen oder die Musterung der Schnauze oder wie Papa Joe, um ihn als Beispiel zu nehmen, ein

Riss im Ohr. Vermutlich hat er bei einem Kampf nicht gut genug aufgepasst. Man muss allerdings schon einiges an Geduld aufbringen und sich die Zeit nehmen, wirklich mit den verschiedenen Tieren vertraut zu werden, damit einem die feinen Unterschiede zwischen den einzelnen Tieren auffallen."

„Offensichtlich besitzt du einen unerschöpflichen Vorrat an Geduld", stellte Kaja beeindruckt fest. Sie beugte sich vor, an Tim vorbei, um das letzte Bild besser betrachten zu können.

„Das habe ich bis jetzt auch gedacht", murmelte Tim, der sich gerade bemühte, sich zusammenzureißen, um nicht sein Gesicht tief in Kajas dunklem Haarschopf zu versenken. Ein paar vorwitzige Haare, die sich offensichtlich nicht von dem Bändigungsversuch des Haargummis beeindrucken lassen hatten, kitzelten seine Nase, und er konnte den Duft des blumigen Shampoos riechen, das sie am Morgen benutzt haben musste. Abrupt richtete sie sich auf, nichtsahnend, welchen Aufruhr sie in seinem Innern ausgelöst hatte.

„Erzählst du mir jetzt, wieso das letzte Bild so verwackelt ist?", fragte sie, begierig darauf, die Geschichte zu hören.

Tim musste lachen, als er den Eifer in ihrer Stimme hörte. „Würde ich ja gerne, wenn mich nicht so ein kleiner Dreckspatz mit Zwischenfragen ablenken würde."

„Ja, ja", erwiderte sie ungeduldig. „Also?" Erwartungsvoll blickte sie ihn an.

„Wie gesagt, ich befand mich auf diesem Schlauchboot und versuchte, den Bären möglichst gut vor die Linse zu kriegen. Da ich nicht mehr paddeln wollte, um Papa Joe auch ja nicht in die Flucht zu treiben, stellte ich mich an den äußersten Rand des Schlauchboots. In meinem Eifer und mit der Kamera vor den Augen merkte ich gar nicht, dass ich mich nach jedem Bild unbewusst noch ein wenig mehr vornüber neigte, bis das Boot schließlich, den physikalischen Gesetzen folgend, unter mir nach hinten wegrutschte. Ich Held fiel ziemlich unelegant ins

Wasser. In meinem Schreck muss ich wohl ein Geräusch gemacht haben, das Papa Joes Aufmerksamkeit geweckt hat. Und offenbar hatte ich im Fallen geistesgegenwärtig den Auslöser gedrückt."

„Wie hast du die Bilder denn überhaupt retten können? Wurde nicht alles nass?"

„Irgendwie habe ich es geschafft, die Kamera über meinem Kopf außer Reichweite des Wassers zu halten. Ich bin dann spuckend und hustend zum Boot geschwommen und habe noch vom Wasser aus die Kamera mit einem Tuch, das ich immer griffbereit im Boot liegen hatte, abgetrocknet und in ihrer wasserdichten Box verstaut."

„War das Wasser so gemütlich?", fragte Kaja, sichtlich bemüht, nicht laut herauszuprusten.

„Bäh!" Tim streckte ihr die Zunge raus.

„Natürlich war das Wasser kalt, ich weiß nicht mehr, wann meine Zähne zuletzt so laut geklappert haben."

Jetzt konnte Kaja sich definitiv nicht mehr beherrschen und lachte so laut, dass einige der Besucher sich missbilligend nach ihr umdrehten. „Verzeih mir, aber die Vorstellung, wie du da ins Wasser geplumpst bist, ist einfach unglaublich lustig."

Jetzt musste Tim doch auch grinsen. „So im Nachhinein betrachtet stimme ich dir zu. In dem Moment allerdings habe ich vom Bären bis zu meiner Arbeit alles verflucht, einschließlich mich selbst."

„Und Papa Joe? Ist er geflüchtet?"

„Nein, eben nicht. Das war ja das Allerbeste. Der hat sich umgedreht und hingehockt und zugeschaut, wie sich dieses armselige Menschlein zurück in seinen schwimmenden Untersatz hievte", schnaubte Tim, was bei Kaja einen erneuten Heiterkeitsausbruch auslöste. „Los komm, genug gelacht für den Moment. Es gibt noch mehr zu sehen."

Eine Stunde später stand Kaja wie gebannt vor dem letzten Bild. Es zeigte eine Szene im Abendlicht, eine Mutter mit ihren zwei spielenden Jungtieren im Vordergrund.

„Was ist mit dir“, fragte Tim, als Kaja nur stumm das Bild betrachtete. Kaja schreckte aus ihrer Versunkenheit auf und drehte sich zu ihm um.

„Ich bin ganz einfach hingerissen von deinen Bildern. Sie berühren meine Seele…“, sie brach ab und versuchte, die richtigen Worte für ihre Empfindungen zu finden. „Man kann die Geduld und die Zeit erkennen, all die harte Arbeit, die nötig war, um zu diesen Aufnahmen zu kommen. Und doch sind sie von einer Leichtigkeit, dass klar erkennbar ist, mit wie viel Hingabe und Liebe zum Leben sie gemacht wurden.“ Sie verstummte.

Fassungslos starrte Tim sie an. Das hatte er nicht erwartet. Dass ihr die Bilder gefallen würden, das schon. Aber dass sie tatsächlich erkennen würde, was seine Arbeit für ihn bedeutete und was ihn überhaupt dazu bewegte – nein, das hatte er nicht erwartet. Verdammt, sie hatte es sogar besser vermocht in Worte zu fassen, als er selbst das gekonnt hätte. Während er noch darüber nachgrübelte, drehte sich Kaja spontan um und fiel ihm um den Hals.

„Ich glaube, ich verstehe jetzt, weshalb du freiwillig frierend im Regen ausharrst, ins eiskalte Wasser fällst, brütender Hitze standhältst, gegen Moskitos kämpfst, dich von Beutelsuppe und Dosenfutter ernährst und an die unmöglichsten Orte reist.“ Ihre Stimme brach und sie wurde sich bewusst, was sie da eigentlich machte.

Tim merkte sofort, dass sie sich verspannte und gab sie widerstrebend frei. Was hatte diese Frau nur an sich, dass sie sich so gut anfühlte. Er brauchte dringend frische Luft. Schon wieder. Heute schien er ständig das Bedürfnis zu haben, draußen rumzurennen.

Kaja war einen Schritt zurückgetreten und gab vor, das Bild noch einmal genau zu studieren. Himmel, der Mann war vielleicht gefährlich! Wenn sie nicht aufpasste, würde sie sich noch daran gewöhnen, in seinen Armen zu liegen. Nun mal langsam, ermahnte sie sich selber. Ich sollte erst einmal mein Leben in den Griff kriegen, bevor ich mir erlaube, solche Dinge überhaupt zu denken. Und der Mann war ja sowieso ständig unterwegs auf Reisen. Das war das Letzte, was sie wollte, hielt sie sich vor Augen und dachte dabei an ihre Eltern, die, seit sie denken konnte, immer unterwegs waren und Wichtigeres zu tun hatten, als ihre Tochter aufwachsen zu sehen. Der Schmerz, der immer, wenn sie sich dessen bewusst wurde, an die Oberfläche kam, verdrängte erfolgreich jede romantische Regung.

So fragte sie etwas schroffer als beabsichtigt: „Wollen wir los? Zorro wartet bestimmt schon ungeduldig."

Tim bemerkte ihren Stimmungsumschwung, beschloss dann aber, nicht darauf einzugehen. Sie würde ihn schon aufklären, wenn sie das wollte. So sagte er nur: „Einverstanden. Nachher können wir ja etwas zum Essen besorgen."

„Schon wieder Hunger", necke Kaja ihn und kniff ihn spielerisch in die Seite.

Gemeinsam verließen sie das Universitätsgebäude und machten sich auf den Rückweg zu Kajas Wagen. Tim fiel auf, dass die Schatten aus Kajas Augen wieder verschwunden waren und war beruhigt. Allerdings kam er nicht umhin, sich zu fragen, was wohl die Ursache gewesen sein konnte. Er betrachtete ihr Profil und ertappte sich bei dem Gedanken, wie sie sich in seinen Armen wohl anfühlen würde. Nein, verbesserte er sich, er wusste ja, wie es sich anfühlte. Und zwar schon, seit sie ihm heute Morgen vor dem Bahnhof in die Arme gelaufen war. Und jetzt verfolgte ihn die Erinnerung daran schon den ganzen Tag. Er konnte an gar nichts anderes mehr denken als daran, wie er sie wieder dahin bekam. Dauerhaft. Ganz unschuldig war er an dem, was passiert war, als er sie abgeholt hatte, ja nicht. Er hatte sich so gefreut, sie wiederzusehen, dass er gar nichts weiter gedacht hatte, als so schnell wie möglich so nahe wie möglich bei ihr zu sein.

Der Herbstwind hatte ein wenig aufgefrischt und zerzauste Kajas Haare. Eine vorwitzige Strähne fiel ihr immer wieder in die Augen. Schließlich konnte Tim sich nicht mehr zurückhalten und strich ihr die Strähne mit zwei Fingern sachte aus dem Gesicht. Kaja zuckte weg und blieb stehen, während Tim, der sich wie ein ertappter Schuljunge fühlte, rasch seine Hand zurückzog.

„Tut mir leid, ich wollte dich nicht erschrecken", murmelte er verlegen. Himmel! Er benahm sich wie ein stotternder Sechzehnjähriger. Es war ja nicht so, als wären sie einander völlig fremd. Kajas Gesicht brannte, wo seine Finger sie gestreift hatten. Schnell wandte sie den Blick von Tim ab und sagte, bemüht, ihrer Stimme einen möglichst neutralen Ton zu verleihen: „Schon gut, wir sind gleich da, Zorro hat uns schon bemerkt." Frustriert beeilte er sich, Kaja einzuholen. Inzwischen hatte sie schon das Auto erreicht und befreite Zorro aus dem Auto. Völlig außer sich vor Freude sprang er ungestüm an seinem Frauchen hoch, so dass sie rückwärts stolperte und direkt an Tims Brust landete. Dieser konnte sein Glück kaum fassen.

Fürsorglich schloss er seine Arme um ihre Taille und flüsterte ihr ins Ohr: „Flüchtest du etwa vor mir, Kaja?"

„Natürlich nicht!", fauchte sie entrüstet zurück und versuchte ein wenig verspätet, sich aus dieser unfreiwilligen Umarmung zu lösen. Eine unfreiwillige Umarmung, die viel angenehmer ist, als sie sein sollte, dachte sie unmutig.

„Lass mich los", befahl sie ein wenig panisch.

Prompt ließ er sie los und fragte: „Und? Hungrig?"

„Ich, also…“, Kajas Gedanken überschlugen sich. „Tut mir leid, ich muss gehen, es ist schon später, als ich dachte.“ Aus einem Impuls heraus legte sie ihre Hand auf seine Wange. „Danke für den schönen Tag. Deine Bilder sind wundervoll.“ Hastig zog sie ihre Hand zurück. „Ich muss los.“

Sie traute sich selbst nicht genug, um ihm mehr als nur einen schnellen Blick zuzuwerfen, bevor sie sich abrupt umdrehte, den völlig verwirrten Zorro wieder ins Auto verfrachtete und selber einstieg. Sie hatte den Motor schon gestartet, als Tim an die Scheibe klopfte. Sie ließ das Fenster hinunter und blickte ihn fragend an.

„Und du flüchtest doch vor mir“, beharrte er.

Sie warf ihm einen finsteren Blick zu, ließ das Fenster wieder hochfahren und fuhr weg.

15

Stöhnend erwachte Kaja am Sonntagmorgen. Versuchsweise öffnete sie ihre Augen einen Spalt, schloss sie jedoch gleich wieder, da das helle Sonnenlicht, das durch ihr Fenster fiel, unerträglich grell war. In ihrem Kopf hämmerte es unerbittlich. Angestrengt versuchte sie, sich zu erinnern, was dazu geführt hatte, dass sie völlig verkatert um zehn Uhr morgens noch in ihrem Bett lag. Doch es blieb ihr keine Zeit, sich darüber weiterführende Gedanken zu machen, da Zorro sich winselnd mit den Vorderpfoten auf ihr Bett stellte und ihr mit seinen Zähnen die Decke wegzog. Der Arme, dachte sie, er muss sicher dringend raus. Schwungvoll setzte sie sich auf, nur um im nächsten Moment wieder auf die Matratze zu sinken und ihren schmerzenden Kopf zu halten. Offensichtlich war heute eine etwas langsamere Gangart angesagt, murmelte sie mürrisch vor sich hin. Zorro im Schlepptau wankte sie verschlafen zur Glastür, die auf den Gartensitzplatz hinaus führte. Sie ließ den Hund hinaus, damit er sich auf dem kleinen Rasenstück, das an ihre Pergola anschloss, erleichtern konnte. Das machte sie zwar nicht gerne, aber im Moment fühlte sie sich außer Stande, mit ihm auch nur vors Haus, geschweige denn bis zur Hundewiese zu gehen. Selber begab sie sich schnurstracks in die Küche, um einen starken Espresso zu kochen und ein Alka Seltzer einzuwerfen. Besser gleich zwei, beschloss sie. Während sie darauf wartete, dass der Kaffee aufkochte, füllte sie sich ein großes Glas mit kühlem Leitungswasser und trank es in großen Schlucken leer.

Inzwischen war sie einigermaßen munter. Schlagartig fiel ihr der gestrige Tag wieder ein. Bilder und Emotionen stürzten auf sie ein, so wie es ihr schon auf der ganzen Heimfahrt gestern ergangen war. Sie hatte das Gefühl gehabt, in einen Strudel von Ereignissen geraten zu sein, auf den sie absolut keinen Einfluss hatte. Kaja hatte es nicht geschafft, der Gedankenflut, die durch ihren Kopf raste, Einhalt zu gebieten. Selbst als sie ihre Heimfahrt unterbrochen hatte, um mit Zorro spazieren zu gehen, war es nicht besser geworden. Dabei war das sonst ein absolut zuverlässiges Mittel, um sie abzulenken und zu beruhigen. Sie runzelte deprimiert die Stirn. Gestern war eigentlich so ein erfolgreicher unterhaltsamer Tag gewesen. Doch sie hatte zu ihrem Unmut entdeckt, dass sie ganz und gar nicht immun war gegen die unerwartete Anziehungskraft, die von Tim ausging. Und das versetzte sie regelrecht in Panik. Besonders seit ihr bewusst geworden war, dass er ständig in der Weltgeschichte umherreiste. Wie ihre Eltern…

Sie verfolgte diesen Gedanken nicht weiter und schweifte ab zum restlichen Verlauf des Abends. Endlich zu Hause angekommen hatte sie es sich mit einer Familienpackung Chips und einer Flasche Pinot Grigio bequem gemacht und wahllos irgendwelche Sendungen geschaut, nur um sich abzulenken. Kaja blickte sich in der Küche um und entdeckte die Weinflasche neben dem Herd. Himmel, hatte sie wirklich alleine so viel Wein getrunken? fragte sie sich, als sie den kümmerlichen Rest Wein in der Flasche betrachtete. Kein Wunder, dass sich ihr Kopf anfühlte, als würde eine Herde Büffel darin rumtrampeln.

Sie stand auf und wollte den übrig gebliebenen Wein, kaum mehr als ein halbes Glas, eben wegleeren, als hinter ihr ein Geräusch ertönte.

„Ts, ts“, machte es spöttisch.

Langsam drehte sich Kaja um und meinte aufgebracht: „Du! Was willst du denn hier? Ich dachte, du wolltest erst morgen zurückkommen?“ Demonstrativ wandte sie sich ab.

„Ich freue mich auch, dich zu sehen“, gab Lance in gleichbleibend spöttischem Tonfall zurück. Als Kaja keine Anstalten machte, ein Gespräch zu beginnen, seufzte er. „Die Angelegenheit ließ sich schneller klären, als ich dachte.“

„Schön für dich und jetzt lass mich in Ruhe“, erwiderte Kaja unbeeindruckt.

„Hallo, was ist denn mit dir los? Die Sache geht ja vor allem dich etwas an, oder liege ich da falsch?“ Jetzt klang seine Stimme mehr als nur ein bisschen verärgert.

Sie unterbrach ihre intensive Musterung der Fensterscheiben und warf ihm einen Blick zu. Der Drache platzte fast vor Selbstbewusstsein. Es war offensichtlich, dass er Neuigkeiten mitgebracht hatte. Sein Pech, dass sie im Moment absolut nicht in Stimmung war, sich mit einem Drachen zu unterhalten. Schließlich hatte sie Wichtigeres zu tun, auch wenn ihr beim besten Willen nicht gleich einfallen wollte, was. Deshalb meinte sie nur patzig: „Schön, dass du wieder da bist. Ich habe nur leider gerade keine Zeit für dich.“

Lance, der sich soeben den übrig gebliebenen Wein einverleiben wollte, hielt mitten in der Bewegung inne und setzte die Flasche wieder ab. „Was hast du denn so Wichtiges zu tun? Ich dachte, der Sonntag sei euer Freizeittag oder wie auch immer ihr Menschen das nennt?“

„Ach, so dies und das“, antwortete sie ausweichend, in der Hoffnung, er werde nicht nachfragen. Was bei diesem starrsinnigen Drachen eine ziemlich vergebliche Hoffnung war. „Das klingt nicht besonders dringend“, entgegnete er prompt.

Da riss ihr endgültig der Geduldsfaden, welcher heute Morgen sowieso schon ziemlich dünn war. „Was geht dich das an. Wenn ich sage, ich habe keine Zeit, dann hast du das so zu akzeptieren!“, fauchte sie. Wütend stieß sie sich von der Küchenzeile ab und schlug sich prompt den Ellbogen an. „Autsch.“

Lance konnte sich ein schadenfrohes Grinsen nicht verkneifen. „Das kommt davon, wenn man seinen Drachen nicht mit dem gebührenden Respekt behandelt“, kommentierte er ihr Jammern.

Als sie darauf nichts entgegnete, sondern nur entschlossen in Richtung ihres Zimmers marschierte, rief er ihr hinterher: „Gut, wenn du den heutigen Tag lieber damit verbringen willst, dich in Selbstmitleid zu ertränken, bitte. Lass dich von mir nicht abhalten. Es bestünde sonst vielleicht noch die Gefahr, dass ich dich aufheitern könnte.“

Kaja würdigte ihn keines Blickes mehr und verschwand in ihrem Zimmer.

Lance machte es sich am Küchentisch gemütlich und setzte die Weinflasche an seine Schnauze, um den letzten Schluck lautstark hinunterzuschlürfen. Wie lange würde es wohl dauern, bis sie sich eingekriegt hatte? Eigentlich erwartete er, dass sie sich in Kürze beruhigt hatte, allerdings konnte sein Schützling ab und zu eine erstaunliche Sturheit an den Tag legen. Kein Wunder, dachte er, ein glucksendes Lachen in der Kehle. Schließlich war sie Josephines Enkelin.

Während es Lance sich gut gehen ließ, hatte Kaja in aller Hast ein paar Kleider aus dem Schrank gezerrt, sich angezogen und war mit Zorro Joggen gegangen. Sie hatte in ihrem Ärger gar nicht mehr an ihren immer noch brummenden Schädel gedacht. Doch erstaunlicherweise tat ihr die Bewegung an der frischen Luft gut. Auf ihre Laune hatte das allerdings noch nicht abgefärbt. Was fiel diesem Drachen eigentlich ein! Er meinte doch tatsächlich, er könnte sich ein Urteil über sie erlauben. Als ob ihn jemand um seine Meinung gefragt hätte! Sie hatte wirklich momentan genug Schwierigkeiten in ihrem Leben, ohne dass sich jemand einmischte und versuchte, sich wichtig zu machen. Jemand war gut. Ein Drache. Das sagte ja schon alles. Zumindest alles über meinen Geisteszustand, dachte sie ironisch.

In ihren inneren Monolog vertieft legte sie Kilometer um Kilometer zurück. Zorro war völlig entzückt über den Verlauf, den dieser, zumindest aus Hundesicht nicht besonders vielversprechende Morgen, genommen hatte. Aufgedreht sprang er an Kaja hoch und riss sie so aus ihren trüben Gedanken.

Sie blieb stehen und neckte ihn: „Hoppla, das gefällt dir wohl, Zorro. Man könnte fast meinen, Lance und du habt ein Abkommen getroffen."

Beleidigt wandte der Hund sich ab, der nächsten Mäusespur zu. Kopfschüttelnd betrachtete sie ihn. Manchmal könnte ich schwören, er versteht jedes Wort, murmelte sie. Genießerisch schloss sie die Augen und hielt ihr Gesicht der Sonne entgegen. Offenbar hatte sie den größten Teil des gestern im Übermaß genossenen Alkohols ausgeschwitzt. Ihr Kopf war auf jeden Fall wieder einigermaßen klar. Und, wie sie sich eingestehen musste, war Lance' Taktik recht geschickt gewesen. Er hatte sie auf jeden Fall erfolgreich von ihren Sorgen abgelenkt, ihren Ärger angefacht und sie so in die Aktion getrieben. Sie seufzte. Er steckte bestimmt mit Josephine unter einer Decke. Die hatte selbstmitleidige Phasen wann immer möglich auch gleich in den Anfängen erstickt. Kaja schnitt eine Grimasse. Und was jetzt? Jetzt konnte sie genauso gut nach Hause gehen und sich mit diesem impertinenten Drachenvieh auseinandersetzen. Was wohl, wie ihr aufging, genau Lance' Plan gewesen war. Ein paar halbherzige Verwünschungen ausstoßend setzte sie sich wieder in Bewegung und machte sich auf den Heimweg.

Eine Stunde später kam Kaja frisch geduscht und um einiges besser gelaunt in die Küche und setzte Teewasser auf. Lance saß immer noch bequem am Küchentisch, allerdings hatte er die leere Flasche Wein gegen eine halbvolle Whiskeyflasche eingetauscht.

„Das ist nicht zufälligerweise mein Whiskey?“, fragte sie ihn streng.

„Tja, ich weiß nicht, keine Ahnung. Die stand hier einfach so rum und ein Name steht nicht darauf. Da musste ich mich dieser einsamen, verlassenen Flasche einfach annehmen.“ Er grinste spitzbübisch.

„Du Ärmster. Du musstest dich also ungewollt um den Whiskey kümmern. Aber du hast Glück, denn jetzt bin ich ja da und entbinde dich von deiner Verantwortung“, spottete sie und versteckte die Flasche kurzerhand im Schrank.

„He, was soll das?“, regte er sich auf.

Ungerührt stellte sie eine Tasse dampfenden Tees vor ihn hin. „Du schüttest das Zeug ja sowieso runter wie Wasser. Dann kannst du auch gleich Tee trinken.“ Sie füllte sich ebenfalls eine Tasse mit dem heißen Gebräu.

Lance schnüffelte an seiner Tasse und verzog das Gesicht. „Bäh. Ich glaube sogar, wir Drachen können krank werden von so gesundem Zeugs.“

„Ich werde dich hingebungsvoll pflegen“, versprach sie ihm mit zuckersüßer Stimme und einem strahlenden Lächeln.

„Wie ich sehe, geht es dir wieder besser“, brummte er.

„Hm, ja, und das habe ich unter anderem dir zu verdanken“, gab sie widerwillig zu.

Ungewöhnlich bescheiden winkte der Drache ab. „Nix da. Ich hab dich nur gezwungen, dich in Aktion zu setzen. Alles andere hast du selbst geschafft. Willst du darüber reden?“

„Da gibt’s nichts zu reden. Aber du wolltest doch große Neuigkeiten loswerden?“ Fragend blickte sie ihn an.

„Denk nur nicht, ich merke nicht, wenn du vom Thema ablenkst. Aber nun gut. Da ich wirklich Spannendes erfahren habe, lass ich dir das mal durchgehen."

„Jetzt hör schon auf, dich so aufzuplustern", lachte Kaja. „Du platzt ja sonst gleich, wenn du deine Geschichte nicht bald loswirst."

Lance grinste. „Gut, gut, da hast du auch wieder recht. Also. Ich habe dir ja gesagt, ich würde mich bei der großen Drachin erkundigen, was es damit auf sich hat, dass Miri mich sehen konnte. Als ich es dann endlich geschafft hatte, eine Audienz zu erhalten, wurde ich in einen prächtigen Raum geführt. Die Wände waren komplett mit einem großen Mosaik bedeckt, das in allen Farben schillerte…" Der Drache verlor sich völlig in der Beschreibung dieses offensichtlich prachtvollen Palastes.

Kaja hörte eine Weile geduldig zu, bis sie ihn schließlich lachend anflehte: „Hör auf. Mir tun ja schon die Augen weh von all der Pracht, wenn ich sie mir bloß vorstelle. Komm endlich auf den Punkt. Was hat es mit Miri auf sich?"

Lance tat ein wenig beleidigt, weil sie ihn unterbrochen hatte, kam aber ihrer Bitte nach. „Offensichtlich kommt das alle paar hundert Jahre vor, dass es Drachenschwestern gibt. Diese Drachenschwestern sind durch ein geteiltes Schicksal miteinander verbunden."

„Drachenschwestern." Kaja probierte das Wort ein paar Mal aus, der Klang war seltsam vertraut, während ihr Verstand damit nur wenig anfangen konnte. Plötzlich kam ihr ein Gedanke. „Bist du in dem Fall auch Miris Drache?", fragte sie eifersüchtig. Sie hatte nämlich absolut keine Lust, Lance mit irgendjemandem zu teilen. Wenn sie sich schon mit diesem Drachenvieh und seinen klugen Sprüchen rumschlagen musste, wollte sie ihn auch ganz für sich alleine haben.

„Nein", beruhigte Lance sie. „Ich bin Gott sei Dank nur für dich zuständig!"

„Was soll denn das wieder heißen?“ entrüstete sich Kaja.

Ungewöhnlich diplomatisch antwortete er: „Nun ja, ich denke, wir zwei haben genug miteinander zu tun, da möchte ich mich nicht noch um jemand anderen kümmern.“

„Ja, ja.“ Abgelenkt versuchte sie, die Neuigkeiten zu verdauen. „Drachenschwestern. Wie viele denn? Nur Miri und ich? Oder erwartet mich schon der nächste Verkehrsunfall? Ich habe überhaupt keine Lust, was weiß ich wen kennenzulernen. Mit Miri scheine ich mich allerdings überraschend gut zu verstehen“, grübelte sie.

„Es handelt sich immer um drei Schwestern, deren Leben miteinander verknüpft sind.“

„Also doch noch ein Unfall. Und wenn ich die Dritte im Bunde nicht kennenlernen möchte?“, fragte Kaja bockig.

Lance lächelte und meinte: „Dir wird wohl nichts anderes übrig bleiben. Gewisse Dinge im Leben entziehen sich unserem Einfluss.“

Das brachte Kaja erst einmal zum Verstummen.

„Was du aus diesen Begegnungen machst, bleibt selbstverständlich dir überlassen“, versuchte der Drache sie zu beruhigen. „Schließlich hast du ja immer noch deinen freien Willen.“

„Ja, das kann ich mir vorstellen. Ungefähr genauso frei, wie ich dich gerufen haben soll“, schnaubte sie.

Lance runzelte die Stirn. Er begriff nicht ganz, weshalb sich Kaja so aufregte. Ihre Stimmung schien wieder am selben Tiefpunkt angelangt zu sein wie am Morgen. „Sag mal, was ist denn los mit dir? Du wirst doch nicht etwa anfangen zu heulen?“ Etwas unbeholfen ließ er sich neben ihr auf dem Sofa nieder und nahm Kaja in die Arme.

„Nein“, schniefte sie. „Ich heule nie“, behauptete sie und musste gleichzeitig anfangen zu lachen, weil ihr klar wurde, wie dumm diese Bemerkung war, wenn ihr doch die Tränen übers Gesicht liefen.

„So gefällst du mir schon viel besser", antwortete Lance, bemüht, dieses kleine Anzeichen von Heiterkeit zu erhalten. „Aber jetzt erzählst du mir besser endlich, was dich schon die ganze Zeit so durcheinander bringt. Ich dachte eigentlich, du würdest dich über meine Neuigkeiten freuen. Schließlich warst du von Anfang an Miri sehr zugetan, obwohl du sie ja praktisch noch gar nicht kennst."

„Du hast ja recht." Kaja schnäuzte sich und atmete tief durch. „Objektiv betrachtet finde ich das auch toll. Ich bin auch gespannt und neugierig. Aber gleichzeitig habe ich einfach das Gefühl, völlig die Kontrolle über mein Leben und meine Gefühle zu verlieren."

„Und du kontrollierst dein Leben gerne, richtig?"

„Ja, auch wenn es bescheuert klingt, wenn es so laut ausgesprochen wird. Ich habe gerne mein Leben im Griff. Besser gesagt muss ich das ja auch. Nur dann kann ich sicher sein, dass alles seinen gewohnten Lauf nimmt."

„Und wieso ist das so wichtig für dich?", hakte Lance behutsam nach, obwohl er die Antwort darauf wusste. Wichtig war, dass sie selbst ihre Beweggründe herausfand und verstand. Nur so würde es ihr möglich sein, diese Muster zu ändern.

„Weil... – ach, ich weiß auch nicht."

Sie machte eine Pause, bemüht, ihre Gedanken zu ordnen, was bei ihrem momentanen Gefühlsaufruhr nicht so einfach war.

„Als ich klein war, habe ich immer bei Mémé gelebt. Das war wunderschön, wirklich. Ich wäre nirgends lieber gewesen. Aber ich habe mich immer danach gesehnt, dass meine Eltern bei mir wären. Doch sie waren immer fort, im Ausland, mal da und mal dort. Wenn sie dann zu einem ihrer seltenen Besuche kamen, habe ich mich immer so sehr bemüht, ihnen zu gefallen. Ich dachte, wenn ich mich nur genug anstrengen würde, würden sie mich mitnehmen."

Ihre Stimme verlor sich, als sie so weit in die Vergangenheit reiste.

„Nicht, dass ich von Mémé weggewollt hätte. Ich glaube, ich war mir gar nicht darüber im Klaren, dass das die Konsequenz gewesen wäre, hätten sie mich tatsächlich mitgenommen. Ich wollte doch nur erreichen, dass meine Eltern mich genug lieb haben, um mich mitzunehmen und ihr Leben mit mir zu teilen. Aber es war nie gut genug. Im Gegenteil. Immer hatten sie etwas an mir oder an Mémés und meinem Leben auszusetzen. Ich habe mich jahrelang so hilflos gefühlt, denn ich hatte keine Möglichkeit, etwas zu ändern. Deshalb habe ich mir geschworen, dafür zu sorgen, dass es nie mehr dazu kommt, dass ich mich so fühlen muss."

Erschöpft beendete Kaja ihre Überlegungen.

„Und jetzt denkst du, dein ganzes Leben gerät aus den Fugen, weil du zwei neue Leute kennenlernst", fragte Lance nicht unfreundlich, aber etwas verwundert.

Niedergeschlagen blickte Kaja ihn an. „Nein, es ist nicht nur das. Es ist eher der Tropfen, der das Fass zum Überlaufen bringt."

„Welches Fass?", fragte er verwirrt. „Irgendwie kann ich dir nicht ganz folgen."

Kaja schaute ihn amüsiert an. „Das ist nur so eine Redensart. Was ich damit ausdrücken will, ist, dass mein Leben in den letzten zwei Wochen völlig aus den Fugen zu geraten scheint. Erst der Ärger mit Klein-Freddy und der Firma, was mich schon beinahe dazu gebracht hat, zu kündigen. Aber was dann? Und jetzt auch noch mein Problem mit Tim…"

„Welches Problem mit Tim?", fragte Lance scharf. Jetzt war es an ihm, sie eifersüchtig anzustarren.

„Ich mag ihn. Sehr."

„Und das ist ein Problem für dich? Umso besser für mich, dann muss ich mir wenigstens keine Sorgen machen“, meinte Lance zufrieden.

„Das ist nicht lustig“, ärgerte sie sich. „Er war mal mein bester Freund.“

„Und jetzt ist er das nicht mehr?“

„Doch, momentan schon noch. Aber da ist noch mehr. Auf jeden Fall mehr als früher.“

„Mehr was?“, hakte er nach, obwohl er es eigentlich gar nicht so genau wissen wollte.

„Mehr Gefühle... ach, was weiß ich!“

„Und wieso macht dir das so Kopfzerbrechen? Ich nehme ja nicht an, dass du dich wegen meiner Wenigkeit zurückhältst“, antwortete Lance in der Hoffnung, sie würde eben das bestätigen.

„Nein, sicher nicht. Überhaupt, was solltest denn du damit zu tun haben?“

Verständnislos blickte sie ihn an.

„Aber verstehst du denn nicht? Tim ist Fotograf!“

Fragend schaute er sie an.

„Und was ist daran so verwerflich? Deine Stimme klingt, als hättest du mir soeben eröffnet, er sei ein hauptberuflicher Gauner.“

„Er reist das halbe Jahr in der Weltgeschichte umher“, eröffnete sie ihm mit tonloser Stimme. „Wie meine Eltern. Ich könnte es nicht ertragen, wenn er die Hälfte der Zeit nicht da wäre. Immer weg. Weit weg von mir. Ohne mich. Keine gemeinsamen Erlebnisse, sich immer wieder fremd sein...“

„Du klingst ja, als wolltest du ihn gleich heiraten“, stellte Lance entsetzt fest.

Bestürzt schaute Kaja ihn an. „Heiraten? Um Himmels willen!“

Nicht wirklich beruhigt setzte der Drache nach: „Das hört sich für mich aber schon so an. Wieso solltest du dir sonst über unfertige Eier den Kopf zerbrechen?“

„Ungelegte Eier“, verbesserte sie ihn automatisch.

„Was?“

„Die Redewendung heißt, sich über ungelegte Eier den Kopf zerbrechen, aber egal“, winkte sie leicht entnervt ab. „Ich wäre froh, wenn du jetzt mit deinen Späßen aufhören und meine Sorgen ernst nehmen könntest, wenn ich dir schon mein Herz ausschütte!“

„Dann vergiss ihn doch einfach, wenn dir das alles jetzt schon Sorgen macht“, meinte er hoffnungsvoll.

Schließlich hatte Kaja ja ihn. Da brauchte sie nicht so einen jungen Schnösel. Männer waren im Normalfall sowieso nicht zu gebrauchen. Männliche Drachen natürlich ausgenommen. Er hatte seine Schützlinge gerne für sich alleine.

„Das habe ich ja schon versucht. Es klappt einfach nicht. Es ist ja auch nicht so, dass es mir nur Sorgen macht. Im Gegenteil. Ich glaube, es könnte sogar klappen. So richtig klappen. Vielleicht lagst du gar nicht so falsch mit deiner Heiratsfrage“, gab sie zu. „Nicht dass ich heiraten möchte, wirklich nicht. Aber ich habe das Gefühl, das mit Tim könnte sich zu etwas wirklich Gutem entwickeln.“

Sie machte eine Pause und dachte daran, wie gut Tim sie zu verstehen schien, wie er ihr ungefragt seine Hilfe angeboten und auch unverzüglich umgesetzt hatte, Tim, wie er sie zum Lachen brachte, wie gut es sich in seinen Armen angefühlt hatte. Sie setzte zu einer erneuten Erklärung an.

„Wenn er mich in den Arm nimmt, ist es, wie wenn ich nach Hause kommen würde. Und das, das macht mir am meisten Angst.“

Lance sah ein, dass er so nicht weiterkam. Ihr vorletzter Satz hatte ihn regelrecht alarmiert. Wenn sein Schützling bei diesem... wie hieß er noch gleich, Tim, das Gefühl hatte, angekommen zu sein, musste er das Ganze wohl ein wenig ernster nehmen. Was gleichzeitig bedeutet, dachte er missmutig, dass ich meinen Schützling unterstützen muss und meine eigenen Wünsche einfrieren kann. Manchmal war das ja schon ein Scheißjob, ein Drache zu sein.

Er seufzte. Kaja seufzte. Sie blickten sich an und brachen in ein befreiendes Gelächter aus.

Als sie sich wieder beruhigt hatten, rekapitulierte Lance: „Erstens: Du kennst Tim schon ewig. Also solltest du eigentlich wissen, ob du ihm vertrauen kannst."

„Schon, aber doch nicht in dieser Hinsicht."

„Still. Ich habe mich jetzt endlich durchgerungen, dich ernst zu nehmen, also unterbrich mich nicht."

„Yes, Sir", antwortete Kaja ein wenig spöttisch.

„Zweitens: Probiere es doch einfach aus und genieße es, solange es gut ist für dich."

„Aber wenn es nicht klappt, dann verlier ich sicherlich auch seine Freundschaft."

„Ruhe! Ich bin noch nicht fertig. Und überhaupt, offensichtlich hast du auch die letzten paar Jahre ohne seine von dir so hoch geschätzte Freundschaft ganz gut überlebt."

„Aber...", wollte Kaja entrüstet entgegnen.

„Nichts da aber. Ich habe recht und du weißt es. Und drittens: Jetzt in diesem Moment läufst du nicht Gefahr, dass er dich verführt oder dich heiratet oder was weiß ich du dir gerade in deinem hübschen Kopf vorstellst. Und selbst wenn, kannst du nicht mit Sicherheit sagen, was dabei rauskommen würde, oder?"

„Nein, das nicht aber... ."

„Ich will jetzt kein ‚aber' hören. Sondern nur, dass dir bewusst wird, dass du dir im Moment völlig unnötig Sorgen machst über eine völlig hypothetische Situation, die vielleicht niemals eintritt. Und an der du, auch wenn du es wolltest, jetzt in diesem Moment auch überhaupt nichts ändern kannst. Jetzt sag mir nochmals, welchen Sinn macht es, sich Sorgen zu machen?“

„Hm, überhaupt keinen“, gab Kaja verblüfft und ein wenig überwältigt zu. „Wenn du mir das so erklärst, macht das völlig Sinn. Nur interessiert das meine Gedanken herzlich wenig, wenn sie so einen Aufstand in meinem Kopf veranstalten“, schloss sie ein wenig kläglich. „Irgendwie sind wir jetzt völlig vom Thema abgekommen, oder? Eigentlich waren wir ja bei meinen sogenannten Schwestern. Nur, was bringt mir das jetzt?“

Lance zuckte mit den Schultern. „Prophezeiungen sind nicht mein Gebiet. Ich denke, das wirst du schon alleine rausfinden müssen.“

„Ist ja wieder typisch“, schnaubte Kaja amüsiert. „Erst großes, wichtiges Gerede von geteiltem Schicksal und dann nicht weiterwissen. Na ja, egal. Ich treff mich jetzt morgen erst mal mit Miri, alles Weitere wird sich dann ja zeigen, wenn du recht hast.“

Lance nickte zufrieden und meinte: „So ist’s recht. Das ist die richtige Einstellung.“

„Und wie stell ich jetzt meine sinnlosen Gedanken, die durch meinen Kopf jagen, ab?“

„Na, lenk’ dich ab, beschäftige dich mit irgendetwas. Obwohl, du kannst dich natürlich auch hinsetzen und meditieren“, grinste Lance.

„Meditieren?“, prustete Kaja. „Ohmm“, begann sie, nur um gleich darauf wieder loszukichern. „Nein danke. Ich glaube, da wähle ich lieber die von dir vorgeschlagene Beschäftigungstherapie“, beschloss sie und verschwand im Schlafzimmer.

Sie ließ sich aufs Bett fallen und starrte an die Decke. Das Gespräch mit Lance hatte sich ja erstaunlich gut entwickelt, auch wenn sie immer noch nicht genau wusste, wie sie mit der Situation umgehen sollte. Sie seufzte. Aber sie hatte ja versprochen, mit dem Trübsal blasen aufzuhören und sich mit etwas abzulenken. Nur womit? Sie runzelte die Stirn. Ihr fiel auf, dass es seit langem das erste Mal war, dass sie kein aktuelles dringliches Projekt bei der Arbeit hatte, welches sie auch noch nach Büroschluss beschäftigte. Die letzten paar Monate hatte sie auch zu Hause noch nächtelang am Computer gesessen, um Programme zu entwickeln und die jeweiligen Deadlines zu schaffen. Wenn sie es recht bedachte, war ihr noch gar kein neues Projekt zugeteilt worden. Abrupt setzte sie sich auf. Und ließ sich gleich wieder in ihr Kissen zurückfallen. Das fiel wohl auch in die Kategorie, sich unnötig aufzuregen. Heute würde sie an ihrem projektlosen Zustand wohl nichts mehr ändern können. Aber gleich morgen würde sie bei Max anklopfen und ihn fragen, was denn als nächstes anliege. Nur war mit dieser Entscheidung das Problem, wie sie sich jetzt ablenken sollte, immer noch nicht gelöst.

„Offensichtlich brauchst du ein Hobby, Kaja", schimpfte sie halblaut mit sich selbst. Ihr Blick fiel auf eine von Mémés Kerzen. Das war die Idee. Sie musste ja noch ihre Schulden bei Luc begleichen. Sie schnitt eine Grimasse. Diese beinhalteten ja auch eine Kerze für Tim. Egal. Kerzen fabrizieren würde sie sicher ablenken. Und schließlich hatte Mémé ihr in weiser Voraussicht ja alles Nötige dafür mitgegeben. Mit neuem Elan sprang sie vom Bett auf und machte sich auf die Suche nach den erforderlichen Zutaten.

Einige Stunden später war sie der Verzweiflung nahe und schimpfte lautstark wie ein Rohrspatz vor sich hin. In ihrem Überschwang hatte sie vergessen, dass ihr nicht wie bei Mémé ein ausgeklügeltes Atelier mit sämtlichen erforderlichen Hilfsmitteln und Tricks zur Verfügung stand, sondern eben nur eine kleine offene Küche, dazu gedacht, sich etwas Essbares zu kochen und nicht etwa, Wachs zu schmelzen, Kräuter einzurühren, halt eben Kerzen zu machen. Abgesehen davon, dass sie zwei ihrer nicht gerade zahlreichen Pfannen ruiniert hatte, kämpfte sie noch dazu mit dem Problem, die Dochte am Boden der Gussformen zu befestigen, damit sie sie wenigstens von Hand gerade ziehen konnte. Als sie endlich das Gefühl hatte, ihr letzter Versuch mit Sekundenkleber könnte von Erfolg gekrönt sein, fiel ihr auf, dass sie zumindest zwei Arme zu wenig hatte, um gleichzeitig den Docht zu spannen und das heiße Wachs einzugießen.

„Ein Tintenfisch müsste man sein“, grummelte sie.

Entschlossen klemmte sie sich die Form zwischen die Knie und packte den Docht mit den Zähnen. So verrenkt rutschte sie auf ihrem Stuhl zum Herd und betete im Stillen, dass das Wachs bitte, bitte, noch flüssig genug sei. Zu allem Elend hatte sich Lance auch noch entschlossen, ihr mit klugen Ratschlägen Gesellschaft zu leisten.

„Meinst du nicht, das ist ein wenig gefährlich? Wenn dir das heiße Wachs danebengeht?“

„Mrpf“, kam es von Kaja, die mit dem Docht zwischen den Zähnen einfach keine bessere Verwünschung zustande brachte.

Vorsichtig setzte sie zum letzten Versuch an und begann, das heiße Wachs in die Form zu gießen. Alles schien zu klappen, bis der Sekundenkleber offensichtlich der Hitze des Wachses nachgab und der Docht sich vom Boden der Gussform löste. In einem Schwall ergoss sich die heiße Masse auf Kajas Jeans, während sie schwungvoll und hollywoodreif mitsamt dem Stuhl nach hinten kippte.

„Waah, ist das heiß“, rief sie aus.

„Hab ich’s dir nicht gesagt“, brachte Lance gerade noch besserwisserisch zustande, bevor er in lautes Gelächter ausbrach.

Finster beäugte Kaja ihn, während sie sich hochrappelte. „Das ist nicht lustig“, fauchte sie. „Ich versuche hier gerade, produktiv zu sein!“

„Ach komm schon. Allzu heiß war das Wachs offensichtlich nicht mehr und dein Gesichtsausdruck war einfach köstlich! Und außerdem, den Zweck hat es ja erfüllt, ob du die Kerzen jetzt fertig hast oder nicht.“

Kaja bemühte sich, ihren finsteren Blick beizubehalten und gab es schließlich auf.

„Du hast recht“, lachte sie. „Nur schade um das Wachs. Da die Kräuter schon drin waren, kann ich den Rest nicht mehr verwenden“, meinte sie bedauernd.

„Welchen Rest?“, kicherte der Drache, was ihm einen weiteren bösen Blick von Kaja einbrachte.

„Na ja, es hilft wohl nichts. Ich mach hier erst einmal alles sauber und starte den nächsten Versuch besser vorbereitet.“

Erschöpft ließ sich Kaja auf ihr Sofa sinken und schaltete den Fernseher ein. Die letzten zwei Stunden hatte sie damit verbracht, das verspritzte Wachs vom Parkett zu kratzen, ihre Hosen zu bügeln, um die Flecken aus dem Stoff zu entfernen, nicht zu reden vom Rest der Küche. Missmutig schaute sie an sich herunter. Sie trug zwar inzwischen saubere Hosen, ihre Arme und vermutlich auch ihr Gesicht wiesen aber immer noch Spuren des missglückten Kerzengießversuchs auf. Egal. Jetzt würde sie erst mal ihre bestellte Pizza essen (es konnte schließlich keiner erwarten, dass sie nach dieser Küchenputzaktion auch noch kochen würde) und dem Fernseher die Aufgabe überlassen, sie abzulenken.

Viel später setzte sie sich blinzelnd auf. Der Fernseher lief immer noch. Ein rascher Blick auf die Uhr ihres hoffnungslos veralteten Videorekorders bestätigte ihr, dass es bereits ein Uhr nachts war. Sie hätte sich gar keine Sorgen über benötigte Ablenkung machen müssen, stellte sie fest. Offenbar war sie, nachdem sie die Hälfte ihrer Pizza vertilgt hatte, über dem lahmen Fernsehprogramm eingeschlafen. Wo war denn der Rest ihres Abendessens hingekommen, überlegte sie stirnrunzelnd und blickte sich suchend um, als ihr Blick auf die leere Pizzaschachtel fiel.

„Zorro und ich haben sie uns geteilt, es macht dir doch nichts aus? Sah nicht so aus, als ob du sie noch wolltest, so wie du auf dem Sofa geschnarcht hast."

„Ich schnarche nicht", behauptete Kaja indigniert. „Und glaub ja nicht, dass ich es nicht merke, wenn du versuchst, dich bei meinem Hund einzuschleimen!", fügte sie ungnädig hinzu. „Ich geh jetzt ins Bett. Und wag es ja nicht, dich an meiner Whiskyflasche zu vergreifen!"

Der Drache rollte gespielt verzweifelt mit den Augen und schnitt eine Grimasse.

„Und mach keine Gesichter hinter meinem Rücken", setzte sie noch hinzu, ohne sich umzudrehen.

16

Am nächsten Morgen war Kaja ausgesprochen früh im Büro. Offensichtlich hatte sie gestern vor dem Fernsehen endlich den Schlaf nachholen können, den sie dringend nötig gehabt hatte. So war sie heute um sechs Uhr schon putzmunter gewesen und hatte sich voller Tatendrang mit Zorro in den nebligen und leider noch immer dunklen Tag gestürzt. Das hatte aber weder der Spielfreude des Hundes noch Kajas guter Laune geschadet. Im Gegenteil, sie war gespannt auf heute Abend, auf das Treffen mit Miri. Sie war sich noch nicht so sicher, ob sie das Thema Drachen überhaupt anschneiden wollte. Eigentlich hatte sie keine Lust, sich gleich in den ersten fünf Minuten als Geisteskranke zu qualifizieren.

Andererseits, überlegte sie, hatte Miri Lance von der ersten Minute an sehen können und offenbar als Realität akzeptiert. Kaja seufzte. Lance, der alte Gauner, würde wahrscheinlich wieder meinen, sie mache sich zu viele Sorgen über Dinge, die sie nicht ändern könne. Womit er noch dazu Recht hätte. Ärgerlich. Resolut schob sie die Gedanken an den Abend beiseite.

Ich habe ja schließlich noch andere Sorgen, um welche ich mich kümmern muss, erinnerte sie sich und beschloss, den Stier gleich bei den Hörnern zu packen.

Sie sprang von ihrem Stuhl auf und machte sich auf den Weg zu Max' Büro. Leer, verdammt! Konnte denn im Moment nicht auch einmal einfach etwas klappen?!

Sie steckte den Kopf durch die nächste Tür und wandte sich an Max' Assistentin: „Anna?"

Schuldbewusst schreckte Anna hoch. Als sie allerdings sah, dass es sich nur um Kaja handelte, wandte sie sich unverzüglich wieder dem Sudoku auf ihrem Tisch zu. „Ja", kam es ziemlich schroff.

„Äh, ich wollte nur fragen, ob du weißt, wo Max steckt?"

„Weg", kam es knapp zurück.

„Wie, was heißt weg?", hakte Kaja irritiert nach.

„Wüsste zwar nicht, was dich das angeht, aber na gut. Er ist für einige Tage bei einer Weiterbildung."

„Und von wem krieg ich jetzt meinen nächsten Auftrag?"

„Woher soll ich das wissen", antwortete Anna sichtlich gelangweilt und zog ihren widerlichen Kaugummi in die Länge. Demonstrativ fing die Assistentin an, sich wieder mit ihrem Zahlenrätsel zu beschäftigen.

Völlig perplex und kein bisschen klüger verließ Kaja das Büro. Was war die Kuh auch so zickig? Schließlich wollte sie nur wissen, welchem Projekt sie zugeteilt worden war. Nachdem sie letzte Woche alle kleinen Pendenzen abgearbeitet hatte, war sie das erste Mal seit langem praktisch arbeitslos. Kaja hielt inne. Arbeitslos. War sie jetzt schon paranoid oder wurde sie tatsächlich planmäßig von den großen Aufträgen ferngehalten? Was heißt hier großen, schnaubte sie, von allen trifft es wohl eher. Und in drei Wochen ist Qualifikationsgespräch. Das sieht dann natürlich spitzenmäßig aus, wenn ich die vergangenen zwei Monate nichts vorzuweisen habe.

„Bist du also auch schon drauf gekommen?", ertönte neben ihr plötzlich eine körperlose Stimme.

„Lance?“ Sie drehte sich um und entdeckte den Drachen auf einem Aktenschrank sitzend.

„Pst!“ Warnend hob er einen krallenbewehrten Finger an seine schuppenbedeckten Lippen.

„Was ist denn jetzt los?“ Kaja war nun vollends verwirrt. Dabei hatte der Tag doch so vielversprechend begonnen.

„Ich dachte, es kann dich niemand sehen und hören außer mir?“

„Schon, aber dich hören und sehen sie, wie du mit einem Aktenschrank sprichst. Ich bin sicher, das fördert deinen Ruf als zuverlässigen und geistig gesunden, belastbaren Mitarbeiter sehr, hihi.“

Tatsächlich wurde sie schon von jemandem besorgt gemustert.

„Na du, strenges Wochenende?“ Uff, zum Glück nur Thea, heute in einem leuchtend roten Kleid kombiniert mit knallgelben hochhackigen Pumps.

„Wow, du siehst toll aus“, versuchte Kaja erst abzulenken. „Äh, wieso meinst du?“

„Na ja, ich meinte nur zu hören, wie du mit dir selber sprichst.“

„Äh das, ja, ich bin nur nochmals meine To-do-Liste im Kopf durchgegangen.“ Sie grinste. „Oder offenbar nicht nur im Kopf, wie es scheint. Was machst du denn hier?“

„Dich suchen“, kam die prompte Antwort von Thea.

„Das trifft sich ja gut, ich wollte dich auch noch anrufen. Mittagessen?“

„Okay, also bis um zwölf, vorher kann ich nicht weg.“

Damit drehte sie sich um und winkte Kaja auf ihrem Weg zur Treppe noch kurz zu. Ein roter Wirbelwind unterwegs, dachte Kaja lächelnd bei sich.

„Uff, noch mal gut gegangen“, meinte Kaja zu Lance.

„Du tust es schon wieder“, ermahnte Lance sie leicht genervt.

„Was denn“, fragte sie geistesabwesend, mit ihren Gedanken schon wieder ganz wo anders. „Laut mit mir sprechen. Wie oft habe ich dir schon gesagt, dass denken reicht!“

„Ach ja, stimmt, ist nur sehr ungewohnt für mich.“

„Dann gewöhne dich lieber mal schnell daran, wenn du noch länger hier arbeiten möchtest.“

Fragend blickte Kaja zu Lance hinüber und beschloss dann, dieses Gespräch lieber in ihr eigenes Büro zu verlegen, als hier auf dem Flur stehenzubleiben. In wenigen Schritten war sie in ihrem Büro und wollte, den Blick auf ihre Uhr gerichtet, gleich wieder mit Lance zu sprechen beginnen. Dieses Mädchen ist manchmal so etwas von stur, dachte Lance kopfschüttelnd bei sich und legte ihr flink eine Hand auf den Mund, bevor sie auch nur einen Pieps machen konnte.

„Was…“, sie dachte ihre Verwünschung nicht zu Ende, sondern starrte nur verwundert auf die Person, die ihr gegenüber an Frédérics altem Arbeitsplatz saß. Der Mann trug einen teuren Anzug, kombiniert mit weißen Turnschuhen. Seine nicht ganz kurzen Haare hatte er, wie es schien, mit mindestens einer Tube Gel zum momentanen Inlook, den Kaja persönlich absolut daneben fand, nach vorne über die Stirn gekämmt. Seine Krawatte hatte er nachlässig über seinen Stuhl gehängt, der oberste Knopf seines rosa Hemdes stand offen. Rosa, man stelle sich vor, das stand ja nun wirklich den wenigsten Männern, aktuelle Mode hin oder her. Er gehörte definitiv nicht zu ihnen. Doch er fühlte sich offensichtlich wohl und hatte sich beinahe schon häuslich eingerichtet.

„Hallo, ich bin Michael.“ Er kam ihr mit ausgestreckter Hand entgegen, ein Zahnpastalächeln im Gesicht. Kaja ergriff sie und wollte schon mehr oder weniger freundlich fragen, was er denn hier zu suchen hätte, als er fortfuhr: „Ich bin sicher, wir werden uns gut verstehen. Ich habe schon viel von dir und deinen Talenten gehört.“ Er grinste anzüglich.

Kaja erstarrte. „Wie bitte?", fragte sie in ihrem frostigsten Tonfall, obwohl sie innerlich bereits kochte. Mit aller Willenskraft versuchte sie, ihrer Wut nicht freien Lauf zu lassen, aus Angst, ihr Computer könnte dabei drauf gehen.

„Kanalisieren", hörte sie Lance Stimme wie aus weiter Ferne in ihrem Kopf.

„Na, du weißt schon", antwortete dieser Michael frech und hatte noch dazu den Nerv, ihr vielsagend zuzuzwinkern.

Kaja war inzwischen kurz vor der Explosion, als ihr endlich klar wurde, was ihr manchmal doch recht hilfreicher Drache versucht hatte, ihr mitzuteilen. Sie zwang sich zur Ruhe und machte einen Schritt auf den widerlichen Michael zu.

„Bist du etwa mein neuer Partner?", fragte sie schmeichelnd und glättete sein Hemd mit zwei Fingern, während sie ihn schrittweise in die Richtung seines Arbeitsplatzes und weg von ihrem eigenen schob.

„Ja genau", stammelte dieser, freudig überrascht, dass all die fantastischen Gerüchte über Kaja tatsächlich der Wahrheit zu entsprechen schienen. Mann oh Mann, die ging ja ran!

„Und du meinst, wir würden auf allen Gebieten gut zusammenarbeiten?"

Michael, der offensichtlich ein gutgenährtes Ego hatte, entging der schlecht versteckte Sarkasmus in Kajas Stimme.

„So ist es." Auch entging ihm, dass er inzwischen mit dem Rücken zu seinem Schreibtisch stand, eingeklemmt zwischen der Tischplatte und Kaja. Diese konzentrierte sich kurz darauf, mental eine Schranke zwischen den beiden Arbeitsplätzen, die sich gegenüber standen, zu errichten, während sie mit einschmeichelnder Stimme bat: „Erzähl mir doch genau, was du von mir schon weißt, ich höre das so gerne."

„Du liebst also Dirty Talk, soll mir recht sein…"

Weiter kam er nicht, denn Kaja hatte sich seinen Arm, den sie bis vor kurzem noch spielerisch gekrault hatte, geschnappt und ihm auf den Rücken gedreht. „Jetzt hör mir mal gut zu, Freundchen! Du schnappst dir jetzt sofort deine Sachen und verschwindest aus meinem Büro!"

Zorro, der den Austausch bisher interessiert verfolgt hatte, ließ ein dumpfes Grollen hören.

„Aber Frentzen hat mich hier eingeteilt", jammerte der nun nicht mehr so gutgelaunte Michael. „Und ruf deine Bestie zurück!" Diesmal war die Panik in seiner Stimme deutlich zu hören.

„Es ist mir völlig egal, wer wen wo eingeteilt hat!", zischte sie. „Ich weiß nur eins genau, dass ich sicher nicht mit einem chauvinistischen Stück Scheiße mein Büro teile! Und jetzt hau ab!"

Mit diesen Worten ließ sie ihrer Wut freien Lauf und schubste ihn durchs halbe Büro. Mit einem einzigen Knacken gaben sein Bildschirm und vermutlich auch der zugehörige Rechner den Geist auf.

„Was zum…?" Fassungslos starrte Michael den Computer an.

„Oh", meinte Kaja, zu ihrer vor Zucker triefenden Stimme zurückkehrend, „wie schade, so wie's aussieht, hat sich das Problem erledigt. Schließlich brauchst du einen funktionierenden Computer zum Arbeiten."

Entsetzt blickte Michael von ihr zum Rechner und wieder zurück. Wenn er nicht selbst gewusst hätte, dass sie ihn die ganze Zeit festgehalten hatte, hätte er fast vermutet, dass sie das absichtlich gemacht hatte. Panisch raffte er seine Sachen zusammen und stürzte aus dem Zimmer. In der Tür drehte er sich noch einmal um und blaffte sie, außerhalb des Büros und somit vermeintlich außerhalb von Zorros Reichweite, an: „Das wirst du noch bereuen, du frigide Kuh!"

Sofort loderte Kajas Wut wieder hell auf. „Jetzt hab ich aber Angst!" Zufrieden registrierte sie am Gepiepse aus seiner

Jackentasche, dass jetzt wohl auch noch sein Handy den Geist aufgegeben hatte.

„Wäre vielleicht besser, du hättest Angst“, ereiferte sich Michael, hochrot im Gesicht. „Ich wäre mir an deiner Stelle nicht zu sicher, dass du noch lange hier arbeitest!“

Alarmiert schaute sie nochmals zu ihm zurück.

„Tja, hättest du nicht gedacht, dass ich solche Informationen habe“, grinste er hämisch. „Pech gehabt, jetzt fühle ich mich nicht mehr danach, sie mit dir zu teilen.“

Kaja stand auf, dicht gefolgt von ihrem treuen Beschützer, und knallte ihm demonstrativ die Türe vor der Nase zu. Sie ließ sich schwer auf ihren Stuhl fallen und seufzte: „Was ist bloß mit meinem Leben los?“ Der Hund stupste sie mit der Nase an und drehte sich dann um, um Kaja seinen Ball, der unter dem Tisch lag, zu holen. Das brachte sie unerwarteterweise zum Lachen.

„Na Kleiner, du denkst wohl, wenn der Ball dich aufheitert, wird das wohl auch bei Frauchen funktionieren?“ Liebevoll knuddelte sie seine Ohren. Begeistert wedelte Zorro mit dem Schwanz. Genau, dachte er, und siehst du, es hat funktioniert.

„Offensichtlich funktioniert es“, bestätigte ihm Kaja auch auf der Stelle. Triumphierend äugte der Hund zu Lance und meinte: „Siehst du, mich versteht sie auch!“

„Ja ja, meinetwegen, du Flohhotel, aber lass uns jetzt in Ruhe, wir haben wichtige Dinge zu besprechen.“ Beleidigt verzog sich Zorro wieder unter den Tisch. Stirnrunzelnd blickte Kaja zu ihrem Drachen.

„Bist du jetzt etwa an der Reihe, Selbstgespräche zu führen?“

„Ich?“ Jetzt war es an Lance, verwirrt zu schauen. „Wieso, ich habe mit Zorro gesprochen.“

„Jaja, blabla. Können wir uns jetzt Wichtigerem zuwenden?“, fragte sie genervt, in der Annahme, Lance mache sich lustig über sie.

„Genau das meinte ich doch gerade“, antwortete Lance pikiert und schüttelte den Kopf über das extrem beschränkte Vorstellungsvermögen seines Menschen.

Kaja beschloss, Lance und sein Gefasel zu ignorieren, als ihr Handy klingelte. Simon. Was wollte denn der? Ob er schon was herausgefunden hatte? Nein, dazu war ja noch gar keine Zeit.

„Willst du denn nun das Telefon abnehmen und herausfinden, was er wirklich will, oder übst du dich lieber im Rätselraten?“, fragte Lance amüsiert. Schnell beeilte sich Kaja, den Anruf zu beantworten.

„Ja, hallo?“

„Hey, hier ist Simon, alles klar bei dir?“

„Hmhm“, antwortete Kaja unbestimmt. „Was brauchst du denn?“

„Ich wollte nur kurz fragen, ob du deinen Badge morgen entbehren könntest.“

„Meinen Badge? Du meinst von der Arbeit?“

„Genau. Es könnte nämlich sein, dass ich mich einmal vor Ort umsehen muss, und da wäre das natürlich hilfreich.“

„Äh, ja klar. Hast du denn schon etwas herausgefunden?“

„Nichts Konkretes. Ich bin erst dabei, ein paar Spuren zu verfolgen und lose Fäden zu verknüpfen“, antwortete er ausweichend. „Ich komme heute Abend bei dir vorbei und hol den Badge ab, okay?“

„Ja klar. Beziehungsweise nein, blöd, ich bin heute Abend nicht zu Hause, Mist.“

„Leg ihn einfach auf den Küchentisch. Ich hole ihn dann ab.“

„Okay, mach ich“, antwortete Kaja, ohne weiter darüber nachzudenken. „Bis dann.“

„Ja, Tschüss.“

„Na dieser Simon wird auch immer interessanter“, gab Lance seine Beobachtungen zum Besten.

„Wieso? Was meinst du denn?“, fragte Kaja irritiert.

„Na ja, wir Drachen können ja wie du weißt problemlos durch verschlossene Türen gelangen. Aber ich bin mir ziemlich sicher, dass ihr Menschen da so eure Schwierigkeiten damit habt." Er machte eine kleine kunstvolle Pause. „Oder bist du da die Einzige, die den Trick noch nicht raus hat?", neckte er Kaja, die prompt einen zusammengeknüllten Papierball nach ihm warf. Lachend wich er dem Geschoss aus.

„Ich werde ihm wohl einfach die Tür offen lassen. Ich bin sicher, das hat er damit auch gemeint."

„Glaube ich nicht. Sonst hätte er dich sicher explizit darum gebeten, um sicher zu sein, dass er den Weg zu dir nicht umsonst macht. Ich bin dafür, du schließt ab und schaust mal, was passiert."

„Hey, Simon will mir doch helfen. Da werde ich es ihm doch nicht extra schwer machen."

„Ja, ich weiß das ja. Krieg dich wieder ein. Ich dachte nur, es wäre interessant zu sehen, wie er es anstellt", verteidigte sich der Drache.

„Mal sehen", war das Einzige, was Kaja darauf antwortete.

„Und was liegt jetzt an?", erkundigte er sich neugierig.

„Ehrlich gesagt, ich habe keine Ahnung. Aber bevor ich mir den Kopf zerbreche, habe ich erst noch etwas Wichtiges zu erledigen." Mit diesen Worten stand sie auf, schnappte sich Michaels rosa-violett gestreifte Krawatte und marschierte damit aus dem Büro. Lance huschte hinterher, neugierig, was sie vorhatte.

„Fehlen nur noch die Mickymäuse auf dieser Krawatte", murmelte sie angewidert vor sich hin. „Hast du ein bestimmtes Ziel?", wollte ihr Begleiter wissen.

„Das wirst du gleich sehen", speiste sie ihn ab. Sie war am Ende des Gangs angelangt und bog nach rechts in einen halboffenen Raum ab, der einerseits als Pausenraum diente und auf der anderen Seite die Bürogeräte beherbergte, die allen gemeinsam zur Verfügung standen. Zum Beispiel der Farblaserdrucker, die Kopiermaschine, das Faxgerät und zu guter Letzt auch ein Schredder. Auf diesen steuerte sie jetzt zu und fütterte ihn in einer fließenden Bewegung mit Michaels Krawatte.

„So", konstatierte sie zufrieden, „das wäre erledigt. Was jetzt?"

„Äh, du bist der Boss", antwortete Lance ungewöhnlich zurückhaltend. Sie hatte ihn eben ziemlich beeindruckt. So entschlossen und entscheidungsfreudig kannte er seinen Schützling gar nicht. Kaja warf ihm wegen dieser ungewöhnlichen Ansage einen ungläubigen Blick zu, der so viel heißen sollte wie: wer's glaubt wird selig, äußerte sich aber nicht dazu. Auf dem Weg zurück ins Büro meinte Lance stichelnd: „Vielleicht solltest du diesen Michael ein wenig in der Nähe behalten, er bringt offensichtlich nur das Beste in dir zum Vorschein." Anstelle einer Antwort zersprang eine Neonröhre über ihren Köpfen.

„So so, nur das Beste", antwortete Kaja. Ihre Mundwinkel zuckten, während sie sich bemühte, einen ernsten Gesichtsausdruck beizubehalten.

„Aha", stellte Lance fest. „Nachdem du jetzt den Dreh raus hast, wie du die Zerstörung im Rahmen behalten kannst, fängt es dir an, Spaß zu machen."

Kaja streckte ihm die Zunge raus, konnte aber nicht verhindern, dass sich ein zufriedenes Lächeln auf ihr Gesicht stahl.

„Du siehst aus, als wärst du eine Katze, die gerade den Schlüssel zum Wagen des Milchmanns gefunden hat."

Kaja verbesserte ihn kichernd: „Wie eine Katze, die gerade Sahne geleckt hat. Ich sollte deine Sprüche sammeln und veröffentlichen. Die würden weggehen wie warme Semmeln."

„Was hat jetzt Brot mit Büchern zu tun?" Lance wirkte sichtlich irritiert. Kritik war noch nie seine Stärke gewesen.

Kaja, die das inzwischen auch schon gemerkt hatte, winkte nur lachend ab und meinte: „Schmoll jetzt nicht, wir haben Wichtigeres zu tun. Zumindest ich. Ich muss herausfinden, wo Max steckt, was hier bezüglich meiner Anstellung läuft und dann treffe ich mich ja auch schon mit Thea."

Frustriert legte Kaja den Telefonhörer auf. Sie hatte versucht, Max anzurufen. Aber offensichtlich war es unmöglich, Max zu lokalisieren. Wie vom Erdboden verschluckt. Weiterbildung als Abwesenheitsgrund war ja schön und gut. Nur, was für eine Weiterbildung? Wo sollte die stattfinden? Und wann war wieder mit ihm zu rechnen? Auf alle diese Fragen konnte, oder treffender gesagt: wollte ihr keiner eine Antwort geben. Zusätzlich hatte sie das Gefühl, absichtlich hingehalten zu werden. Nachdem sie sich endlich überwunden hatte, auch Frentzen anzurufen, hatte die doofe Kuh von einer Sekretärin sie mit der Auskunft, ihr Chef sei den ganzen Tag bei wichtigen Sitzungen, abgewimmelt. Und den Nerv, einfach in sein Büro zu platzen, um selber festzustellen, ob diese Aussage den Tatsachen entsprach, hatte sie momentan einfach nicht. Sie seufzte. Und als ob das noch nicht genug wäre, schlichen sich immer wieder Tim und der Kuss in ihr Gedächtnis. Der Kuss?!? Da war ja noch gar kein Kuss gewesen! Mal abgesehen von dem kleinen, den er sich an ihrem ersten Abend in Frankreich gestohlen hatte. Und dieser nicht ganz ernstzunehmende, fast schon unschuldige Versuch hatte nun so gar nichts gemein mit den Bildern in ihrem Kopf und den Gefühlen, die dabei in ihrem Bauch und an anderen Stellen ihres Körpers ausgelöst wurden. Sie seufzte. Jetzt hatte sie schon erotisch angehauchte Tagträume, die Tim einschlossen. Das wurde ja immer besser. War sie womöglich unbewusst zu einem schwärmenden Teenie mutiert, der keine Kontrolle über sich selbst hatte? fragte sie sich angewidert.

„Das ist ja schon bald nicht mehr jugendfrei, was in deinem Kopf vorgeht…“ machte Lance sich denn auch prompt lustig.

„Wirst du wohl still sein und vor allem raus aus meinem Kopf!“

Sie spürte, wie ihre Ohren heiß wurden. Na toll, jetzt wurde sie auch noch rot und das nur, weil ein Fabelwesen, das es eigentlich gar nicht geben durfte, sie auf den Arm nahm. Schwups, befand sie sich in eineinhalb Metern Höhe über dem Boden.

„Hey, was soll das? Lass mich sofort runter!“

Worauf sie prompt ziemlich unsanft auf ihrem Hinterteil landete. „Sag mal, spinnst du?!“

„Du hast doch gesagt, ich soll dich auf den Arm nehmen und dann willst du gleich wieder runter“, verteidigte Lance sich.

Zorro schien die ganze Situation als eine Aufforderung zum Spielen zu verstehen und beeilte sich, mit Anlauf auf Kajas Bauch zu springen, um ihr begeistert das Gesicht zu lecken. „He, runter da!“

„Was ist denn hier los“, ließ sich eine amüsierte Stimme von der Tür vernehmen.

„Oh, äh, Thea, komm doch rein.“ Kajas Wangen brannten. „Zorro hatte nur eben seine verrückten fünf Minuten.“

„Unfair“, grummelte Zorro neben ihr. „Ich wollte doch bloß mitspielen.“

„So sind sie eben, die Menschen“, antwortete Lance ihm, verständnisvoll nickend. „Nie wissen sie, was sie wollen.“

„Ruhe jetzt Zorro, hör mit dem Gequietsche auf, wir gehen ja schon raus.“

Sie fuhr ihren Computer runter, schnappte sich ihren Badge und die Hundeleine und verschwand mit Thea nach draußen, einen vor Freude hektisch auf- und abspringenden Zorro im Schlepptau.

Diesmal hatte sich Thea um die Verpflegung gekümmert, und so gönnten sie Zorro am Ufer der Limmat seinen Auslauf, während sie versuchten, zwischen den einzelnen Bissen eine halbwegs zusammenhängende Konversation zustande zu bringen.

„Hm“, grinste Kaja mit vollem Mund. „Lunchmeetings haben so ihre Tücken“, nuschelte sie weiter.

Thea musste erst fertig kauen, bevor sie einigermaßen verständlich antworten konnte. „Mhm, du hast recht.“ Sie schluckte noch den Rest hinunter, bevor sie vorschlug: „Vielleicht genießen wir einfach schweigend unsere tollen Biobrötchen, garantiert ohne Genmanipulation, mit Auslauf, ohne Antibiotika oder Spritzmittel, dafür jede Menge Joghurtsauce bzw. grobkörnigem Löwensenf und mit allerlei anderen höchstgeheimen Zutaten“, fügte sie im Tonfall eines Marktschreiers auf dem Jahrmarkt an, „und unterhalten uns auf dem Rückweg.“

„Okay, ist vermutlich effizienter“, stimmte Kaja ihr lachend zu, bevor sie den nächsten großen Bissen ihres Truthahnbrötchens mit Senf, Gurken und schwarzen Oliven in Angriff nahm.

Satt und zufrieden setzten sie sich auf eine Bank. Es war schon merklich kühler geworden, und obwohl die Sonne schien, verhinderte eine schwache Brise, dass es sich allzu viele Leute draußen gemütlich machten. Im Sommer war hier um die Mittagszeit jeweils eine halbe Völkerwanderung im Gang. Jetzt spazierten hier nur ein paar vereinzelte Geschäftsleute, die versuchten, ein paar wenige Sonnenstrahlen zu schnappen, bevor die Novemberdepressionen über sie herein brachen, Hundespaziergänger, an denen Zorro seine Freude hatte, eine Mutter, die mit ihrem Kleinkind Enten fütterte und sie beide.

„So, jetzt erzähl mal, wieso wolltest du mich sprechen?“, wollte Thea von Kaja wissen.

„Erzähl ruhig du zuerst. Du bist mich ja schließlich extra suchen gekommen."

„Das spielt doch keine Rolle. Aber okay, dann mach ich den Anfang."

„Das klingt jetzt aber ziemlich bedeutungsschwer", merkte Kaja an, bei der sich langsam, aber sicher ein flaues Gefühl im Magen breit machte. „Ich komme mir vor wie in der Schule, wenn man zum Rektor zitiert wurde und absolut keine Ahnung hatte, warum. Ich hatte immer schon präventiv ein schlechtes Gewissen, ob gerechtfertigt oder nicht." Kaja seufzte. „Also los, spuck's schon aus!"

„Würde ich ja", antwortete Thea belustigt. „Wenn du kurz deine Kindheitserinnerungen beiseiteschieben kannst, fange ich gerne an. Ganz so dramatisch, wie du dir das jetzt vielleicht ausmalst, ist es nicht."

„Da bin ich nicht so sicher", antwortete Kaja mit einem halbherzigen Lächeln. „Der Tag hat schon ziemlich dramatisch begonnen. Aber davon später. Ich halt jetzt meinen Schnabel und lasse dich endlich sprechen."

„Wer's glaubt", schnaubte Thea vergnügt. „Okay, also erstens geht das Gerücht um, dass einigen der diensältesten Angestellten gekündigt werden soll. Nein, falsch, das war jetzt nicht ganz richtig ausgedrückt. Man will sie loswerden. Aber natürlich nicht mit einer offiziellen Kündigung, da müssten sie ja zum Teil noch monatelang Löhne bezahlen oder sogar die eine oder andere ziemlich hohe Abfindung."

„Loswerden?", hakte Kaja ungläubig nach. „Wie meinst du das denn jetzt?" Im Geiste sah sie schon, wie Informatiker reihenweise um die Ecke gebracht wurden.

„Nein, nein", beeilte sich Thea, sie zu beruhigen, als sie ihren entsetzten Gesichtsausdruck sah. „Nicht was du denkst. Hast du zu viele schlechte Thriller geguckt oder einfach zu wenig geschlafen, dass du gleich so paranoid bist?"

„Tja, bei dem, was mir in der letzten Zeit so passiert, darf man wohl auch ein wenig Paranoia entwickeln", verteidigte sich Kaja.

„Wie auch immer, dann hätte ich wohl nicht gesagt, es sei nicht so dramatisch oder?"

„Du hast recht, obwohl, bis jetzt klingt es dramatisch genug und passt zu dem, was ich heute schon alles erlebt habe. Aber davon später. Jetzt erzähl erst einmal weiter."

„Die Absicht ist wohl, die Leute dazu zu bringen, freiwillig ihre Verträge zu lösen. Dann ist die Firma aus dem Schneider."

„Das könnte denen so passen!", schimpfte Kaja. „Was soll denn zum Beispiel einer wie Edi machen?", ereiferte sie sich.

Edi war das Urgestein von PC-Lux-Solutions, seit Gründung der Firma war er schon dabei und unbezahlbar, was seinen Wissensschatz über dynamische Datenbanken anging. Doch obwohl er sich über die Jahre immer weitergebildet hatte, glaubte Kaja nicht, dass er leicht einen anderen Job finden würde. Schließlich war er schon fast sechzig. Und selbst wenn er eine neue Anstellung fand, war immer noch die Frage, wie er sich darin einfinden würde. Zumal er selber nicht gerade die einfachste Person war. Man musste schon ein ziemlich dickes Fell haben, um ihn überhaupt ein wenig näher kennenzulernen. Er pflegte sich alle möglichen Störungen mit seinem ätzenden Zynismus vom Leib zu halten. So hatte er seine Ruhe und konnte seine Arbeit tun. Kaja hatte sich in ihrem ersten Jahr ziemlich schwer getan mit ihm und war ihm möglichst aus dem Weg gegangen. Irgendwann war sie allerdings auf seine Hilfe bei einem Projekt angewiesen gewesen. Sie hatte wirklich keine Ahnung gehabt, an wen sie sich sonst wenden könnte. Sie hatte schon alles versucht, sämtliche Mitarbeiter gefragt, ihren alten Uniprofessor ausfindig gemacht, im Netz selbständig nach Lösungen gesucht, nichts hatte sie weiter gebracht. Also hatte sie ihren ganzen Mut zusammengenommen und war in die

Höhle des Löwen eingedrungen, was an sich schon eine harte Prüfung war. Sein Büro glich nämlich mehr einer gesundheitsgefährdenden Müllhalde, wenn man die alten Pizzaschachteln, die Coladosen und die Unmengen Papier, die irgendwie das Ganze zu einem riesigen Kunstwerk verbanden, betrachtete, die sich in jeder verfügbaren Ecke auftürmten. Das hatte sie ihm auch an den Kopf geworfen, als er sie erst mit einem unfreundlichen Knurren wegschicken wollte, erinnerte sich Kaja belustigt. Sie hatte ihn einen Biohazard genannt und gesagt, sie werde ihm das Gesundheitsamt vorbeischicken, falls er ihr nicht helfen würde. Was natürlich ein reiner Bluff war, was sowohl Edi als auch Kaja wussten, aber offenbar hatte ihr Ideenreichtum und ihr Mut gereicht, um ihm genug Respekt abzugewinnen. Er hatte sich bereiterklärt, ihr zu helfen. Von da an hatte sie regelmäßig mit ihm zusammengearbeitet, nicht nur, wenn sie Hilfe bei einem eigenen Projekt gebraucht hatte, sondern auch einige Male mit ihm im Team. Mit einem wehmütigen Lächeln dachte sie an den sonderbaren Kauz und nahm sich vor, bald wieder einmal bei ihm in seiner Höhle, wie er sein Büro selber ab und zu scherzhaft nannte, vorbeizuschauen. Sie hatte ein wenig ein schlechtes Gewissen, weil sie sich schon so lange nicht mehr bei ihm gemeldet hatte.

„Hörst du mir noch zu?“, unterbrach Thea ihren Gedankengang.

„Ja, tut mir leid, bin kurz abgeschweift.“

„Das war nicht zu übersehen“, grinste ihre Freundin, „aber das kenne ich ja von dir. Also, weiter im Text. Spannend an der ganzen Geschichte, um nicht gleich zu sagen verdächtig, denn so langsam entwickle selbst ich einige paranoide Tendenzen“, fügte sie mit gerunzelter Stirn hinzu, „ist, dass sämtliche Mitarbeiter, die plötzlich Probleme kriegen oder laut den Gerüchten bald kriegen werden, ursprünglich zu PC-Lux-Solutions gehörten.“

„Warte mal, heißt das, kein einziger Qubus-Mitarbeiter ist betroffen?", unterbrach Kaja sie ungläubig.

„Genau, und… " Thea zögerte und warf einen Blick zu Kaja hinüber, nicht sicher, ob sie weitersprechen sollte oder nicht.

Kaja fing den Blick auf und meinte trocken: „Na los, spuck's schon aus. Ich kann es schon verkraften." Als Thea immer noch rumdruckste, meinte sie: „Okay, lass mich raten. Mein Name taucht auch auf dieser inoffiziellen Kündigungs- oder eben Nicht-Kündigungsliste auf. Und vermutlich ziemlich weit oben."

„Ja." Erleichtert, dass es endlich ausgesprochen war, ließ sich Thea gegen die Bank zurückfallen. „Hast du denn auch schon davon gehört?"

„Na ja, ich konnte es mir einfach denken, nach dieser ganzen getürkten Geschichte mit meinem X3-Programm und der Sache mit Klein-Freddy… Kommt noch dazu, dass es mir so ein Schleimbeutel heute Morgen direkt ins Gesicht gesagt hat, ich hätte hier keine Zukunft mehr."

„Was? Wer denn? Und wann war denn das? Wir haben uns ja am Morgen gerade noch gesehen."

„Tja, diese Überraschung hat mich erwartet, als ich an meinen Arbeitsplatz zurückgekehrt bin. In Gestalt eines äußerst charmanten Herren namens Michael", erzählte Kaja sarkastisch. „Er scheint bereits einiges über mich gehört zu haben und war der Überzeugung, wir würden uns sozusagen schon ewig kennen und könnten gleich zum intimeren Teil unserer Zusammenarbeit übergehen."

Schockiert hörte Thea zu. „Wie, Zusammenarbeit, intimerer Teil? Ich blicke da immer noch nicht ganz durch."

„Du erinnerst dich doch sicher, was du mir bei unserem letzten Treffen erzählt hast? Dass die firmeninterne Gerüchteküche mich als heißen Feger mit lockerer Moral handelt?"

„Das hast du jetzt aber nett ausgedrückt“, schmunzelte Thea. „Ja, klar erinnere ich mich.“

„Tja, auf jeden Fall wurde dieser Michael wohl von Frentzen, ich nehme an zumindest dieser Teil seiner Geschichte stimmt, angewiesen, mein neuer Arbeitskollege zu werden. Als Ersatz für Frédéric.“

„Klein-Freddy“, verbesserte Thea prompt.

„Klein-Freddy. Michael hatte diese Gerüchte offensichtlich auch gehört und tatsächlich geglaubt.“

„Pfffh“, prustete Thea, „was hat der denn geraucht? Dachte der echt, seine Teenieträume werden wahr?“

„Keine Ahnung.“ Kaja seufzte.

„Und?“

„Was und?“

„Na, was hast du ihm geantwortet? Ich nehme ja nicht an, dass du angefangen hast, deine Bluse aufzuknöpfen!“

Kaja musste lachen. „Fast.“

„Was?“ Thea klang ernsthaft schockiert.

„Reg dich ab. Doch nur, bis ich nahe genug an ihm dran war, um ihm seinen Arm auf den Rücken zu drehen und ihn eher unfreundlich aus der Tür zu bugsieren. Zorro hat kräftig mitgeholfen.“

Zorro, der sich, müde von der vergeblichen Entenjagd, zu den Füßen der beiden Frauen hingelegt hatte, wedelte mit der Schwanzspitze, als er seinen Namen hörte.

„Ja, von dir rede ich, du Großer. Warst ganz tapfer heute“, bestätigte Kaja nochmals und tätschelte seinen Kopf. Sie wandte sich wieder Thea zu. „Wie du dir ja vorstellen kannst, war er nicht sehr erfreut über die Entwicklung der Dinge und hat mir zum Abschied noch einige unfreundliche Sachen an den Kopf geworfen. Unter anderem eben, dass ich sowieso nicht mehr lange für die Firma arbeiten werde. Ich nehme nicht an, dass das für meine Ohren bestimmt war, aber er konnte wohl in seinem Frust sein loses Mundwerk nicht halten."

„Und hat dich das nicht total umgeworfen das zu hören? Und jetzt bestätige ich das sogar noch. Mein Gott, wie kannst du nur so ruhig bleiben?"

„Ich weiß auch nicht. Zum einen kam es ja nicht ganz unerwartet, nach all den Vorkommnissen der letzten Wochen. Zum andern kann ich ja momentan sowieso nichts tun außer abwarten und Tee trinken. Es ändert ja nichts an der Situation, wenn ich mir jetzt einen Stress mache." Das war jetzt fast ein wenig dick aufgetragen, dachte Kaja bei sich, nachdem ich gestern um diese Zeit ein nervliches Wrack war vor lauter Sorgen. Doch als sie in sich hinein spürte, merkte sie überrascht, dass es stimmte und sie sich tatsächlich einigermaßen entspannt fühlte.

Ungläubig starrte Thea sie an. „Sag mal, warst du während deiner Abwesenheit in einem Meditationskurs oder was?"

„Nein, nur bei meiner Großmutter. Obwohl, die hat manchmal diese Wirkung auf andere. Aber lassen wir jetzt mal meine momentane Gemütsverfassung. Viel wichtiger ist doch die Frage, weshalb das alles?"

„Wie meinst du das?" Immer noch ein wenig fassungslos ob der so lockeren Kaja stand die sonst so blitzschnelle Thea voll auf der Leitung.

„Na, überleg doch mal. Erst dachte ich ja, das Ganze sei ein persönlicher Rachefeldzug gegen mich. Aber anscheinend bin ich ja nicht die einzige Betroffene."

„Nein", stimmte Thea ihr zu. „Und offensichtlich nur wir ehemaligen PC-Lux-Solutions-Leute."

„Eben. Kommt dir das nicht spanisch vor? Vor allem so kurz nach der Fusion?"

„Die ist doch schon mindestens ein halbes Jahr her."

„Das ist in Bezug auf die Entwicklung einer Firma nicht lange, wenn du es dir genau überlegst“, beharrte Kaja.

„Okay, nehmen wir mal an, du hast recht, dass die Qubus-Seite dahintersteckt. Es macht absolut keinen Sinn. Was haben sie davon, wenn sie einige der besten Mitarbeiter vergraulen?“

„Das ist es ja, was ich meine. Da muss noch mehr dahinterstecken. Dieser Satz verfolgt mich schon seit dieser Sache mit Klein-Freddy. Ich komme bloß nicht darauf, was dieses ‚mehr' sein könnte!“

Die Freundinnen diskutierten noch einen Moment lang, entwarfen verschiedene Szenarien, nur um sie dann gleich wieder als untauglich zu verwerfen. Schließlich meinte Thea bedauernd: „Ich muss wieder. Ich bin, soweit ich weiß, zumindest noch nicht auf dieser Liste. Und ehrlich gesagt würde ich das für den Moment gern so beibehalten. Sprich, unauffällig bleiben und meine Arbeitszeiten einhalten.“

„Versteh ich doch“, antwortete Kaja und hakte sich bei Thea ein, als sie den Rückweg einschlugen.

Kurz bevor sie bei dem imposanten Betongebäude ankamen, hielt Thea inne und fragte: „Weshalb wolltest du mich eigentlich sprechen?“

„Ach ja, fast hätte ich es vergessen! Hast du eine Ahnung, wo Max steckt? Es heißt, er sei auf einer Weiterbildung. Aber als ich an verschiedenen Orten nachgefragt habe, um Veranstaltungsort und Inhalt dieser Fortbildung in Erfahrung zu bringen, bin ich auf Granit gestoßen.“ Fragend blickte sie Thea an.

Diese zuckte nur mit den Schultern. „Keine Ahnung. Aber ich kann mal meine Fühler ausstrecken. Ich melde mich bei dir, sobald ich mehr weiß.“

„Okay, danke. Und lass uns das bald mal wiederholen.“

„Ja klar, immer gerne. Apropos Treffen – sehen wir uns Mitte der Woche am Firmenball?“

„Ist das diesen Mittwoch?“ Missmutig dachte Kaja nach. „Ich muss da wohl auftauchen.“

„Wieso, ist da was Spezielles?“

„Ich bin nominiert für den SuperBrain-Preis, der jedes Jahr verliehen wird.“

„Wow, ja dann sehen wir uns da.“

Wenig begeistert nickte Kaja.

17

Den Rest des Nachmittags verbrachte Kaja unmotiviert in ihrem Büro. Das war etwas, was sie noch nie hatte ausstehen können – im Büro anwesend sein zu müssen, ohne etwas zu tun zu haben. Schrecklich. Sie versuchte noch über ein paar Arbeitskollegen herauszufinden, in welcher Weiterbildung Max abgeblieben war. Ihre Anstrengungen erbrachten allerdings, wie sie erwartet hatte, keinen Erfolg, so dass sie es schließlich aufgab. Sie surfte noch eine Weile ziellos im Web umher, bis sie um vier Uhr definitiv genug hatte.

„Das bringt ja hier nichts. Komm Zorro, wir machen noch eine Runde im Wald. Am Abend sind wir beide bei Miri eingeladen. Dann haben wir wenigstens unser Fitnessprogramm schon absolviert."

„Hab' mich schon gewundert, wie lange du noch hier rumsitzen wolltest", ließ sich Lance plötzlich aus dem Nichts vernehmen.

„Du kannst echt froh sein, dass ich mit starken Nerven ausgerüstet bin", seufzte Kaja, als er sich langsam neben ihr materialisierte. „Sonst müsstest du nämlich immer mit dem Riechsalz rumrennen."

„Aber, aber, das sind wir Drachen doch gewöhnt, von unseren zartbesaiteten Jungfrauen! Und was dich betrifft, gib's doch zu, du hast dich schon an mich gewöhnt – hast du mich etwa vermisst?" Er klimperte übertrieben mit seinen langen Wimpern.

Kaja verdrehte gespielt genervt die Augen, während sie ihre Sachen packte. „Träum weiter, mein Schöner. Obwohl, wenn ich's mir recht überlege, dafür, dass du normalerweise so aufdringlich und mitteilungsbedürftig bist, hast du dir einen denkbar langweiligen Nachmittag ausgesucht, um mit deiner diskreten Abwesenheit zu glänzen. Was hast du denn gemacht?"

„Och, dies und das", antwortete der Drache ausweichend.

Kaja zuckte mit den Schultern. „Na dann erzählst du es mir eben nicht, auch gut. Zorro und ich machen uns jetzt auf den Heimweg und gehen dann noch eine Runde laufen. Kommst du mit?"

„Was, ich soll joggen?", fragte Lance entgeistert.

Kaja grinste. „Das muss ich mir merken. Frag den großen starken Drachen, ob er sich körperlich betätigen will und sofort bricht ihm der kalte Schweiß aus. Dein Gesichtsausdruck eben war einfach köstlich. Wieso eigentlich? Du könntest ja einfach neben uns her schweben. Ist das anstrengend?", wollte sie neugierig wissen, während sie Zorro ins Auto springen ließ.

Angewidert verzog Lance das Gesicht. „Das ist unter jeder Drachenwürde."

„Aha." Kaja konnte nicht aufhören zu grinsen. Lance hatte inzwischen auf dem Beifahrersitz Platz genommen und blickte hoheitsvoll aus dem Fenster.

„Du bist einfach eine Memme", ließ sich Zorro bellenderweise vom Rücksitz vernehmen.

Der Drache beschloss, den Einwurf zu ignorieren und Kaja, die ihn wieder einmal missverstanden hatte, beruhigte ihn: „Keine Sorge, Kleiner. Wir zwei lassen uns von diesem faulen Drachen nicht aufhalten."

Zwei Stunden später waren Kaja und Zorro zurück vom Joggen. Während Kaja schnell unter die Dusche hüpfte, ließ sich

Zorro, erschöpft und glücklich vom Rennen, auf seine Decke im Wohnzimmer fallen. Lance schmollte wohl noch immer. Kaja konnte ihn auf jeden Fall nirgends entdecken. Was wohl nicht allzu viel zu bedeuten hatte bei einem Wesen, das es erstens gar nicht geben dürfte und das zweitens die halbe Zeit sowieso unsichtbar war, dachte sie bei sich. Was heißt die halbe Zeit. Für alle anderen war er immer unsichtbar. Existierte nicht einmal. Und jetzt war sie doch tatsächlich auf dem Weg zu einer Frau, die ihren Drachen auch sehen konnte. Ungläubig schüttelte sie den Kopf und zog wahllos ein paar durchgesessene Jeans aus dem Schrank. Fertig angezogen stellte sie sich vor den Spiegel und schminkte sich flüchtig, ein wenig Lidschatten, ein bisschen Mascara.

So, das sollte genügen. Ohne einen zweiten Blick in den Spiegel zu werfen eilte sie zu ihrem Schreibtisch und begann im Durcheinander, das dort herrschte, nach Miris Adresse zu suchen. Sie war schon leicht hektisch, als sie den Zettel schließlich unter der Zeitung von heute fand. Schmiede Wiedikon. Nicht unbedingt die Gegend, die sie sich selbst zum Wohnen ausgesucht hätte. Sie zuckte mit den Schultern. Aber sie hatte ja auch extrem Glück gehabt mit ihrer Wohnung. Und überhaupt. Wie kam sie dazu, Miri nach der Wahl ihres Wohnorts zu beurteilen? Das lag wohl daran, dass sie ein wenig nervös war vor diesem Treffen. Schließlich kannte sie die Frau ja kaum.

„Doch, du kennst sie – schon immer." Da war sie wieder, diese Stimme.

„Okay", sagte Kaja laut zu sich selbst. „Erst siehst du Fabelwesen am helllichten Tag, dann hörst du Stimmen, es wird immer besser!"

„Führst du wieder Selbstgespräche?", ließ sich Lance vernehmen, der jetzt deutlich sichtbar auf dem Sofa rumhing, in einer seiner blauschimmernden Klauen nachlässig ein Glas haltend.

Mit hochgezogener Augenbraue fragte Kaja: „Ich nehme nicht an, dass das Wasser ist in deinem Glas?"

Ihren Gesichtsausdruck imitierend zog der Drache auch eine Augenbraue hoch und antwortete: „Du liegst richtig. Ich habe mir ein Gläschen Holunderschnaps von meiner Freundin Josephine genehmigt. Die weiß wenigstens, dass man einen Drachen mit dem nötigen Respekt behandelt."

„Ach komm, jetzt steig von deinem hohen Ross herunter. Ich gönn dir doch deinen Holunderschnaps", meinte sie versöhnlich. Sie konnte es sich aber nicht verkneifen, ein „meistens jedenfalls" nachzuschieben. „Jag Simon bitte keinen Schrecken ein, wenn er vorbei kommt, okay?"

„Moment, was meinst du damit? Ich dachte, ich komme mit zu Miri?"

„Nein, Lance. Das mach ich jetzt mal schön alleine. Du bist immer noch mein Drache und ich will dich nicht unbedingt teilen. Schließlich hab ich auch all den Ärger mit dir alleine", schloss sie scherzhaft. „Wenn Miri und ich tatsächlich eine tiefergehende oder weiterführende, oder wie auch immer man das nennen soll, Verbindung haben, möchte ich das gerne für mich rausfinden."

„Hm, na gut. Kann ich verstehen. Dann verbringe ich meinen Abend mit meinem Freund hier", meinte er und schwenkte das Glas.

„Was ist denn los?" Kaja drehte sich zu Zorro um, der sich von hinten angeschlichen hatte und ihren Pulli zwischen den Zähnen versuchte, sie sanft in Richtung Futternapf zu ziehen. „He, ich komm ja schon. Ich vergess doch die Raubtierfütterung nicht", versicherte sie ihm lachend.

Nachdem Zorro seinen Napf leer gefressen hatte, schnappte sie sich die Hundeleine und schlüpfte in ihre Windjacke.

„Haben wir nochmal Glück gehabt, was, Zorro? Jetzt regnet es nämlich, da wären wir ganz schön nass geworden, wenn wir jetzt Laufen gegangen wären."

Die beiden legten den kurzen Weg zum Auto in einem Sprint zurück. Nach zehn Minuten waren sie in der näheren Umgebung von Miris Wohnung. Als sie einen freien Parkplatz erspähte, parkte sie trotz des strömenden Regens ihr Auto gleich an Ort und Stelle.

„Jetzt werden wir halt trotzdem noch nass, was Zorro?"

Sie kannte sich hier einfach nicht genug aus und wollte nicht riskieren, dass sie sich noch verfuhr bei der Suche nach einem näheren Parkplatz. Das konnte einem hier nämlich leicht passieren bei diesen vielen Einbahnstraßen. So gut zumindest kannte sie das Quartier. Zwei Straßen weiter und einige Liter Wasser später, so erschien es zumindest Kaja, stand sie vor einem schmutziggrauen hohen Wohnblock. Zorro drückte sich sofort in den Türeingang, um sich so gut es ging vor dem ekligen Regen zu schützen.

„Schönwetterhund", schnaubte Kaja belustigt und beugte sich dann vor, um Miris Name auf einer der Klingeln zu finden. Sie läutete und wartete nervös. Erst geschah gar nichts, doch dann hörte sie, wie jemand in großen Sprüngen die Treppe herunterkam. Ein Schlüssel drehte sich im Schloss und Miri öffnete die Tür, ein wenig außer Atem.

„Hey, tut mir leid, es dauert immer ein Weilchen, bis ich vom vierten Stock hier unten bin. Und eine Gegensprechanlage gibt's hier nicht. Aber dafür ist es günstig. Herrje, ich quassle dummes Zeug, nicht? Und das bei diesem Wetter, komm rein!"

„Ja, tut mir leid, ich, wir sind ein wenig nass, Zorro und ich. Ich hoffe, das macht dir nichts aus?", fragte Kaja hastig.

„Nein nein", beeilte sich Miri zu versichern, während sie gemeinsam die alte Holztreppe in Angriff nahmen. Zorro eilte voraus, begeistert davon, an einem neuen Ort zu sein, den er erkunden konnte.

„Du hast's gut mit deinen vier Beinen", meinte Miri lachend, als sie ihn gerade noch um die nächste Kurve flitzen sah. Oben angekommen bot sich den beiden ein lustiges Bild. Zorro schien in vollem Lauf gestoppt zu haben. Ihm gegenüber stand eine riesige, rotgetigerte Katze, fast halb so groß wie der nicht gerade zu klein geratene Zorro, und fauchte ihn warnend an.

„Äh, und du hast dir Sorgen um deine Katze gemacht?", wollte Kaja mit einem schiefen Lächeln wissen. „Das ist ja ein Riesenv…", gerade noch rechtzeitig schluckte sie das Vieh hinunter.

„Sag es ruhig, Riesenvieh", bestätigte Miri grinsend. „Das ist Chili, ein Maine Coon Kater."

„Wow, ich bin beeindruckt!"

„Und so wie's aussieht Zorro auch", fügte sie lachend hinzu. Miri bückte sich und hob Chili mit Schwung hoch. „So, lass uns reingehen."

Kaja folgte ihr in die Wohnung mit einem immer noch etwas zögerlichen Zorro auf den Fersen.

„Du kannst deine Jacke an einen der Haken im Gang hängen", ertönte Miris Stimme aus einem anderen Zimmer.

Kaja blickte sich suchend um und entdeckte einige farbige Garderobehaken an der Wand. Das waren ja alles verschiedene Tierköpfe. Fabeltiere, wie Kaja feststellte, als sie genauer hinschaute. Da gab es einen Troll, verschiedene Elfen, ein Einhorn... Und natürlich, wie könnte es auch anders sein, auch ein feuerspeiender Drache fehlte nicht. Sie folgte dem Gang, bis sie in einem kleinen Zimmer stand, das offensichtlich als Wohn- wie auch als Schlafzimmer diente. Über das Bett war nachlässig eine Tagesdecke geworfen, bestickt mit unzähligen kleinen Blumen. Auf jedem freien Fleck standen Töpfe mit Blumen, Farnen und anderen Pflanzen. In einer Ecke blühte ein Baum.

Der billige Novilonboden war geschickt unter verschiedenen Flickenteppichen versteckt. Schräg gegenüber vom Bett, gleich neben dem Fenster, stand ein abgewetztes Sofa, davor eine alte hölzerne Transportkiste, die auf dem Kopf stand und offensichtlich als Wohnzimmertisch funktionierte. Im Moment war er völlig mit Bastelsachen vollgestellt, soweit Kaja das beurteilen konnte.

„Sag mal, hast du etwa die Haken deiner Garderobe selbst gemacht?“, rief sie in den angrenzenden Raum. Miri wirbelte ins Wohnzimmer.

„Tja, ich, ja“, sie zupfte verlegen an ihrem riesigen pinkfarbenen Sweatshirt. In Kombination mit den schwarzen Leggins und den kurzen weißblonden Locken, die ihr Gesicht umrahmten, sah Miri selber ein wenig aus wie eine Elfe, dachte Kaja. Eine kurvige Elfe allerdings, dachte Kaja zwischen Neid und Bewunderung schwankend.

„Ja? Sind das alles deine Kreationen? Und das da?“ Kaja deutete auf die Wand hinter dem alten Fernseher. Durch eine angedeutete Waldlichtung bekam der Betrachter den Eindruck, in einem Phantasieland gelandet zu sein.

„Ja, die mache ich in meiner Freizeit.“

„Verkaufst du die auch?“ Sie hielt inne, unsicher, ob Miri das überhaupt schätzte, wenn sie sie gleich mit so persönlichen Fragen überfiel. „Tut mir leid, das geht mich überhaupt nichts an“, fügte sie deshalb hinzu. „Deine Sachen und überhaupt dein ganzer Stil gefällt mir einfach sehr gut.“

„Nein, nein, das ist schon okay. Ich freu mich sehr, dass es dir gefällt. Aber meinst du wirklich, dass jemand das auch kaufen würde?“

„Keine Ahnung. Ich bestimmt. Ich würde es auf jeden Fall darauf ankommen lassen.“

„Hm. Lass mich auf jeden Fall erst mal hier die Sachen wegräumen. Sonst kann ich den Tee ja gar nirgends hinstellen.“

„Kann ich dir etwas helfen? Wir können sonst auch in der Küche Tee trinken und uns unterhalten. Dann musst du hier nicht extra alles aufräumen."

Miri lachte laut. „So spricht jemand, der noch nie meine Küche gesehen hat. Komm mit."

Sie ging voraus. Neugierig folgte Kaja ihr. Jedenfalls bis zur Tür. Die Küche war nämlich nur mit Miri darin bereits schon mehr als voll. Der kleine Raum war komplett ausgefüllt mit einem großen amerikanischen Kühlschrank und einer kleinen, altmodischen Küchenzeile mit zwei Herdplatten. Über dem Abwaschbecken befand sich ein winziges Fenster, auf dessen Fensterbrett sich Töpfe mit frischen Kräutern befanden. Miri drehte sich um, ein Tablett mit einem Krug dampfendem Tee darauf sowie zwei schon etwas angeschlagene Tassen. Kaja konnte gerade noch rechtzeitig ausweichen.

„Ups, das war knapp, nicht schon wieder ein Zusammenstoß", meinte Miri.

„Ach ja, wie geht es eigentlich deinen Verletzungen? Tut mir leid, dass ich nicht früher gefragt habe. Ich war zu beschäftigt damit, deine Wohnung zu bestaunen."

„Das ist schon okay. Ich bin es nicht gewohnt, dass jemand so begeistert ist von meiner Wohnung, das übertrifft alle guten Besserungswünsche. Mal abgesehen davon, dass schon fast alles verheilt ist." Sie drehte den Kopf ein wenig, um Kaja die Narbe zu zeigen, die tatsächlich schon sehr schön aussah, wenn man von dem großen, inzwischen gelbschillernden Bluterguss rundherum mal absah.

„Nur so nebenbei, wie geht es eigentlich deinem Drachen? Es wundert mich, dass er nicht mitgekommen ist."

Kaja zog eine Augenbraue hoch. „Hatten wir uns nicht darauf geeinigt, dass da kein Drache war?"

Miri grinste. „Nö, so wie ich das in Erinnerung habe, hast du darauf bestanden, dass da kein Drache war. Und ich habe irgendwann einfach aufgehört, dich mit Fragen über ihn zu löchern. Das heißt nicht, dass ich meine Meinung geändert habe. Ich weiß schließlich, was ich gesehen habe."

„Und das sagt jemand, der sich zu diesem Zeitpunkt gerade erheblich den Kopf gestoßen hatte", stöhnte Kaja gespielt verzweifelt. „Aber okay, wenn du darauf bestehst, können wir auch über imaginäre Drachen sprechen."

Miri warf ein Kissen nach ihr, dem sie lachend auswich. Nachdem der Heiterkeitsausbruch vorüber war, nahmen beide etwas verlegen einen Schluck Tee. „Also, ich freu mich so oder so, dass du vorbeigekommen bist. Mir kommt es nämlich so vor, als würden wir uns schon ewig kennen."

„Mir auch", erwiderte Kaja spontan und etwas verwundert. „Ist das nicht seltsam?"

„Auch nicht seltsamer als einen Drachen im Bekanntenkreis zu haben, oder?" Miri blickte sie bedeutungsvoll an. „Versteh mich nicht falsch, aber können wir das Theater nicht aufhören? Für so was bin ich einfach zu ungeduldig", schloss sie temperamentvoll. „Ich will dir deinen Drachen ja nicht wegnehmen."

Kaja wurde rot. „Ja ich weiß, entschuldige. Es ist nur so, dass dieses Drachenthema für mich extrem persönlich ist. Und ich bin es überhaupt nicht gewohnt, mit irgendjemandem darüber zu sprechen. Ich kann mich ja nicht einmal mit Mémé darüber unterhalten, ohne schnippisch zu werden. Und ich kann ja zu einem gewissen Grad noch akzeptieren, dass er zu mir gehört. Aber wenn jetzt plötzlich andere Leute auch noch anfangen Lance, so heißt er, zu sehen, das macht das Ganze einfach ein kleines bisschen zu real."

„Wer ist denn Mémé?", wollte Miri wissen.

„Mémé ist meine Großmutter."

„Und sie sieht deinen Drachen auch?"

„So wie es scheint habe ich den Drachen von ihr sozusagen geerbt", antwortete Kaja mürrisch. „Siehst du, kaum spreche ich über Lance, vergesse ich meine guten Manieren und werde völlig unleidig. Ich kann es auch kaum fassen, dass ich dir all diese Dinge erzähle und du völlig ungerührt dasitzt."

„Tja, ich glaube, wenn ich nicht eine eigene Vorgeschichte hätte und letzte Woche tatsächlich zum ersten Mal einen Drachen gesehen hätte, würde ich wohl auch nicht so locker drauf sein. Aber wie es nun einmal ist, habe ich bereits einige Drachenerfahrung."

„Du klingst, als würdest du einfach über ein exotisches Haustier sprechen", stellte Kaja amüsiert fest.

„Auf keinen Fall", verteidigte sich Miri entrüstet. „Ich nehme an, du konntest selber bereits feststellen, dass die Drachen einen eigenen Kopf haben."

„Das kannst du wohl laut sagen", seufzte Kaja übertrieben.

„Siehst du? Deshalb habe ich mich auch gewundert, dass, wie hast du ihn genannt, Lance?"

„Genau."

„Dass Lance nicht mitgekommen ist."

„Ich hab den einen oder anderen Trick von Mémé gelernt", gab Kaja zu. „Heute Abend allerdings hat es gereicht, dass ich ihn darum gebeten habe, zu Hause zu bleiben."

„Okay, ich bin beeindruckt."

„Aber was ist denn nun mit deiner Drachenerfahrung? Hast du einen eigenen Drachen? Oder hast du ein Wochenendseminar besucht, ‚Wie finde ich einen Drachen'?", scherzte Kaja.

Miri gluckste. „Ich hatte einen, als ich klein war."

Miris Blick wanderte in die Ferne, in ihre Kindheit zurück. Kaja holte sie zurück mit der Frage: „Und wo ist er dann hin?"

„Oh, ich weiß nicht mehr genau. Irgendwann war sie, es war ein weiblicher Drache oder besser gesagt ein Drachenmädchen, einfach weg. Aber ich könnte dir gar nicht mehr genau sagen, wann das war. Oder weshalb sie verschwand. Sie war meine beste Freundin." Sie zuckte mit den Schultern. „Ich denke das war so in der Zeit, als ich zwischen vier und zehn Jahren alt war.“ Sie sprang auf, ein Bündel Energie, unfähig, länger stillzusitzen. Während sie in dem kleinen Raum hin und her lief, erzählte sie einige lustige Episoden aus ihrer Kindheit. „Einerseits war dieses Drachenmädchen furchtbar altklug und auch entsetzlich weise, was ich oft fürchterlich fand.“

„Wieso denn das?“

„Na ja, weil sie mich halt oft davon überzeugte, dass meine Mama schon recht hatte, wenn ich wieder einmal Unsinn getrieben hatte. Und meistens hat sie das noch so hingekriegt, dass ich sogar selber zu dem Schluss gekommen bin.“

„Kommt mir bekannt vor. Und stell dir vor, wenn dir das als Kind schon gegen den Strich gegangen ist, wie’s mir jetzt geht mit Lance“, brummte Kaja.

Miri setzte sich kurz zu Kaja auf das Sofa und tätschelte ihr mitfühlend den Arm.

„Du Arme. Aber wenn der Rest zwischen dir und deinem Drachen auch ähnlich ist wie bei mir, habt ihr bestimmt jede Menge Spaß miteinander, oder? Maxi hat mir nämlich bei vielen Gelegenheiten auch geholfen, Streiche auszuhecken und zu perfektionieren.“

„Das stimmt“, gab Kaja lachend zu und dachte sogleich an die Nacht, als sie zusammen in der Firma eingebrochen waren.

Ihr Gedankengang wurde von Miri unterbrochen, die inzwischen wieder aufgesprungen war und einen Stapel Karten flink zwischen ihren Fingern umherwirbelte. „Nur, was mir immer noch nicht klar ist, wieso kann ich Lance sehen? Der ist ja schließlich dein Drache, oder? Oder gibt’s sowas wie Gemeinschaftsdrachen?“

„Sicher nicht. Also, keine Ahnung. Aber Lance ist definitiv mein Drache!“ Kaja wurde ein wenig rot, als sie merkte, wie vehement sie gesprochen hatte. „Sorry, tut mir leid. Ich weiß ja, du willst ihn mir nicht wegnehmen. Aber offensichtlich habe ich trotz meiner widersprüchlichen Gefühle Lance gegenüber einen gewissen Besitzanspruch entwickelt“, schloss sie ein wenig lahm.

Miri lächelte sie verständnisvoll an, legte die großen Karten wieder an ihren Platz auf dem Fensterbrett und schenkte Tee nach. „Also, ich wär fuchsteufelswild geworden, hätte ich auch nur vermutet, dass noch jemand anders meinen Drachen sehen kann. Nachdem wir das jetzt geklärt haben, können wir uns aber doch nochmal dieser Frage zuwenden. Nur, wie sollen wir das herausfinden?“

„Wie wäre es mit einem Wochenendseminar zum Thema ‚1001 Fragen und Antworten zu Drachen‘?“ Die beiden prusteten los.

Als sie sich wieder einigermaßen beruhigt hatten, hakte Miri nach: „Kann das sein, dass du eine leichte Abneigung gegen Wochenendkurse hast?“

„Na ja, nicht grundsätzlich. Nur wenn du darauf achtest, welche Ausbildungen oder Seminare in gewissen Zeitungen angeboten werden: ‚Werde Schamane über Nacht‘ oder ‚Weißes Hexenwissen in einem Tag‘ und so weiter, das kann ich einfach nicht ernst nehmen.“

„Du glaubst nicht an solche Dinge?“, wollte Miri interessiert wissen.

„Nein. Doch. Ach, es ist kompliziert zu erklären.“

Miri ließ sich wieder gegenüber von Kaja in ihren Sessel fallen.

„Na los, erzähl schon. Ich habe Zeit – und du?“

„Okay, okay, überredet. Es ist ein wenig abgefahren. Aber nachdem wir uns ja schon, als wäre es das Normalste der Welt, über Drachen unterhalten, passt das ganz gut hier hin, denke ich zumindest.“

„Da hast du vermutlich recht“, stimmte ihr Miri ungeduldig zu.

„Mémé, meine Großmutter, die ich vorhin erwähnt habe, sie ist das, was Leute vor allem früher gemeinhin als Hexe bezeichnet haben.“

„Das ist ja cool.“

„Ja, echt cool, vor allem als Zwölfjährige, wenn dich deine Schulkameraden alle als Hexenbalg verspotten“, antwortete Kaja sarkastisch.

„Oh“, meinte Miri ein wenig kleinlaut.

„Ist schon okay. Heute könnte ich mich damit bei Cocktailpartys interessant machen, da jeder zumindest ein bisschen auf der esoterischen Welle reitet. Jeder hat mindestens einen indianischen Traumfänger zuhause, oder, je nach Geldbeutel, eine Visionssuche gemacht oder ist mit den ach so spirituellen Delphinen geschwommen.“

Gespielt verstohlen warf Miri einen Blick auf ihren eigenen Traumfänger, der gut sichtbar über dem Bett hing. Kaja, die ihrem Blick gefolgt war, ließ ihrerseits ein betroffenes „Oh“ hören.

„Hör zu, tut mir leid, ich bin manchmal ein Trampel, Diplomatie gehörte noch nie zu meinen Stärken. Und das, obwohl meine Eltern beide im diplomatischen Dienst stehen.“

Miri musste lachen. „Ehrlich gesagt, ich musste einfach dahin schauen. Ich fühle mich allerdings von deiner Beschreibung nicht persönlich angesprochen. Ich denke, ich weiß schon was du meinst, diese Feierabend-Erleuchteten.“

„Eben, und obwohl ich keinerlei Autorität besitze, über dieses Thema eine Meinung abzugeben, erlaubt dir die Tatsache, dass du Lance siehst und einen eigenen Drachen hattest, sicherlich den Besitz eines Traumfängers“, blödelte Kaja. Miri streckte ihr die Zunge heraus.

„Erzähl jetzt endlich weiter.“

„Also, Mémé praktiziert den alten Glauben, kennt sich hervorragend mit Heilkräutern aus, spricht mit Pflanzengeistern, und wenn jemand im Dorf ein Problem hat, bei dem er nicht weiter weiß, landet er irgendwann bei Mémé und schüttet ihr sein Herz aus. Und verlässt sie wenig später wieder mit einem besseren Gefühl. Zumindest das, wenn nicht sogar mit einem Lösungsansatz zu seinen Problemen. Bei ihr habe ich meine ganze Kindheit über gelernt und gesehen, dass es so etwas wie Feierabendhexen, wenn wir bei diesem Begriff bleiben wollen, nicht gibt. Es ist eine Haltung im Leben, die kannst du nicht einfach an- und ablegen, wie du gerade Lust hast."

„Und du? Hast du auch so einen engen Bezug zur Natur und zur Göttin?", wollte Miri wissen.

„Hm, nein. Ich bin sowas wie Mémés lebenslanges Projekt. Nicht, dass sie versuchen würde mich zu bekehren oder so", beeilte sie sich hastig zu sagen. „Es ist mehr so, als würde sie versuchen, mir einen Zugang dazu zu verschaffen. Und natürlich war und bin ich immer damit konfrontiert, wenn ich bei ihr bin. Aber eben, bisher habe ich mich als ziemlich resistent erwiesen. Ich denke, dass ich mich durch die Pöbeleien in der Kindheit ziemlich abgeschottet habe von all diesem intuitiven Zeug."

„Aha."

„Was aha?"

„Nun, vermutlich ist das momentan ziemlich im Umbruch, seit du dich mit dem Drachen herumschlagen musst, oder?"

„Tja, da könntest du Recht haben", stimmte Kaja ihr widerwillig zu.

„Spannend. Aber eigentlich sind wir ziemlich von unserer dringenderen Frage weggekommen. Wieso sehe ich deinen Drachen?"

„Ich hab da eine Idee. Besser gesagt, ich habe Lance gefragt, beziehungsweise zur Rede gestellt." Sie grinste. „Ich wollte schließlich auf der Stelle wissen, wieso eine wildfremde Person plötzlich mein ganz privates Monster sieht."

„Und? Was hat er gemeint?“

Erwartungsvoll setzte sich Miri im Sessel auf und verschränkte die Beine zum Schneidersitz.

„Erst wusste er es auch nicht. Dann ist er losgezogen, um den Drachenrat zu befragen.“

„Drachenrat?“ Miri schaute etwas verwirrt drein.

„Vergiss es“, meinte Kaja lachend. „Das ist eine andere lange Geschichte und wir wollten doch auf den Punkt kommen.“

„Stimmt.“

Kaja gab Miri einen kurzen Abriss von dem, was Lance in Erfahrung gebracht hatte. Als sie geendet hatte, wiederholte Miri ungläubig: „Drachenschwestern?“

„Ja, ich weiß, es klingt ziemlich fantastisch. Andererseits“, begann sie nach einer kleinen Pause, „sind Drachen als Haustiere ja sowieso nicht normal zu nennen.“

Miri grinste. „Stimmt. Und sei bloß froh, dass Lance nicht hier ist. Ich bin nicht sicher, wie erfreut er wäre, wenn er das eben gehört hätte.“

„Was?“

„Na, das mit dem Haustier.“

„Ach, das würde ihm bloß gut tun“, kicherte Kaja. „Ab und zu ein Tritt an das königliche Drachenschienbein hält sein überschäumendes Ego im Zaum.“

„Und wie sollen wir jetzt unsere dritte Schicksalsschwester finden?“

„Hm, da wusste Lance auch keine Antwort. Ich kann nur hoffen, ich fahr nicht gleich noch jemanden über den Haufen.“

„Solche Situationen machen mich wahnsinnig“, entfuhr es Miri, die ihre Wanderung in dem kleinen Zimmer wieder aufgenommen hatte. „Wo du nichts anderes machen kannst als darauf warten, dass etwas passiert, während man keine Ahnung hat, was genau, wie, wo oder wann.“

„Das kannst du laut sagen“, pflichtete Kaja ihr bei. „Das Verrückte ist, dass sich das im Moment auf alle Teile meines Lebens übertragen lässt.“

„Wie meinst du denn das?“

„Ich habe da eine ziemlich seltsame Phase bei der Arbeit.“

„Was arbeitest du denn überhaupt?“

„Ich erzähle es dir gleich. Ich hab nur erst eine freche Frage.“

„Okay, ich liebe freche Fragen, los“, forderte Miri sie auf.

„Hast du schon was gegessen?“

„Nein, ich wusste ja auch nicht genau, wie lange unser Treffen gehen würde, deshalb habe ich leider auch nichts vorbereitet“, meinte sie bedauernd. „Eigentlich blöd von mir, nachdem ich ja schon die ganze Zeit das Gefühl hatte, meine älteste und beste Freundin würde zu Besuch kommen.“

„Du auch?“ Kaja blickte sie erstaunt an.

„Ja, dabei kann ich gar nicht behaupten, ich würde das Gefühl kennen. Ich habe eigentlich keine beste Freundin, nie gehabt.“

„Tja, das kenn ich. Aber mir ging’s genauso.“

„Na ja, nachdem wir jetzt wissen, dass wir so was wie Drachenschwestern sein sollen, macht das ja auch Sinn. Ich bin gespannt, wie Schwester Nummer drei sein wird. Ob wir uns mit ihr auch gleich auf Anhieb so gut verstehen“, sinnierte Miri. „Aber jetzt wollen wir uns erst mal um unsere dringlicheren Probleme kümmern. Pizzaservice?“

„Gute Idee. Für mich einmal Pizza Hawaii.“

„Brr.“ Miri schüttelte sich. „Früchte auf der Pizza, das ist ja grauenhaft.“

„Ist es nicht und du kriegst auch nichts ab davon“, drohte Kaja.

Zorro, der bei dem Wort Pizza aufgehorcht hatte und schon befürchtete, diese Androhung gelte ihm, drehte sich winselnd zu Kaja um und legte ihr eine Pfote in den Schoss. „Ich habe nicht dich gemeint. Natürlich kriegst du deinen Teil.“

Miri, die das Zwischenspiel beobachtet hatte, konnte sich ein Lachen nicht verkneifen.

„Ja, ja, ich weiß, ich sollte ihm keine Pizza füttern, aber ich konnte ihm noch nie widerstehen und jetzt ist er schon hoffnungslos verzogen." Kaja schnitt eine Grimasse.

„Ich habe gar nichts gesagt."

„Nein, aber gegrinst."

„Schon, nur aus einem anderen Grund."

„Weswegen denn?", wollte Kaja wissen.

„Tja, der Grund, wieso ich immer Thunfischpizza bestelle, heißt Chili", gab Miri zu und deutete auf den riesigen Kater, der sich trotz seiner Größe lautlos angeschlichen hatte und jetzt auf dem Fensterbrett thronte. Ab und zu ließ er ein warnendes Fauchen hören, wenn er den Eindruck hatte, Zorro würde ein Ohr zu sehr in seine Richtung drehen.

Miri bestellte telefonisch die Pizzas und holte eine Flasche Rotwein aus ihrer winzigen Küche. Kaja machte es sich bequem und die beiden hoben ihre Gläser.

„Na dann. Auf uns, unsere neue Familie."

„Auf unsere neue Familie."

Gleichzeitig nahmen sie einen Schluck und strahlten einander an. „Ich hab mir immer schon Schwestern gewünscht", gab Miri zu.

„Ich hab unsere Nachbarn auch immer um ihre große laute Familie beneidet", antwortete Kaja ihr.

„Wie sie wohl so ist?"

„Wie wer ist?"

„Unsere andere Schwester."

„Das werden wir ja hoffentlich bald erfahren. Macht keinen Sinn, sich jetzt darüber den Kopf zu zerbrechen."

„Hört, hört, was für weise Drachenworte", spottete Miri gutmütig.

„Ich gebe es ja zu“, lachte Kaja. „Das ist auf Lance‘ Mist gewachsen. Aber ich habe in den letzten Tagen herausgefunden, dass weise Drachenworte durchaus etwas für sich haben.“

„Das ist ja das Ärgerliche“, meinte Miri schmunzelnd. „Natürlich hat er Recht. Und trotzdem bin ich extrem ungeduldig, das ist einfach mein Naturell. Zudem find ich es total spannend, Vermutungen anzustellen.“

„Grundsätzlich geht es mir genauso. Nur kann ich dann manchmal gar nicht mehr aufhören, und ein Szenario jagt das nächste in meinem Kopf.“

„Das ist dann anstrengend.“

„Genau.“

Zwanzig Minuten später klingelte es an der Tür. Miri sprang auf, ihren Kater dicht auf den Fersen, gefolgt von Zorro, unter Einhaltung eines Sicherheitsabstands von eineinhalb Metern. „Soll ich mitkommen?“, rief Kaja Miri hinterher.

„Nein, nein, bleib ruhig sitzen. Wir sind gleich wieder da.“

„Pass auf, dass dir die Raubtiere nicht alles klauen, bis du wieder oben bist.“

Als sich die Tür wieder öffnete, verteilte sich ein leckerer Pizzaduft in dem kleinen Wohnzimmer.

„Irgendwie erinnert ihr mich an die Bremer Stadtmusikanten“, witzelte Kaja, „fehlt bloß noch der Hahn…“

„Danke auch“, schnaubte Miri gespielt empört, „was mich dann zum Esel machen würde.“ Kaja schnappte sich ihre Pizzaschachtel, bevor es Miri einfallen konnte, ihr zur Strafe das Essen vorzuenthalten.

In einträchtigem Schweigen teilten sie miteinander das Essen. Erst nachdem sie beide fast fertig waren, nahm Miri das Gespräch wieder auf. Mit halbvollem Mund fragte sie: „Was ist denn nun los bei dir in der Arbeit.“

Kaja schluckte den letzten Bissen herunter und leckte sich die fettigen Finger ab. „Hättest Du ein Glas Wasser für mich? Der Wein ist sehr lecker, aber ich muss ja leider noch fahren."

„Aber klar doch, ich habe noch Apfelschorle, Tee, Kaffee oder natürlich Wasser, allerdings nur Leitungswasser. Was möchtest du?"

„Wasser reicht völlig, danke."

Miri verschwand in der Küche, um ein Glas Wasser zu holen, während Kaja wieder einmal die letzten paar Wochen ihres Lebens rekapitulierte.

„Jetzt hab ich diese Geschichte schon so oft erzählt, dass ich bald ein Buch darüber schreiben könnte."

„Mach doch. Ausgeschmückt als Thriller verkauft sich das bestimmt gut."

„Woher willst du denn das wissen."

„Ich lese selber viel und zudem arbeite ich in einer Buchhandlung."

„Du arbeitest in diesem kleinen Buchladen an der Ecke, wo wir den Unfall hatten?"

„Genau."

„Was für ein Zufall: An dem Tag, an dem wir zusammengestoßen sind, wollte ich genau dort hin! Da hätte uns das Schicksal also auf jeden Fall zusammengeführt."

„Vielleicht auch nicht." Miri druckste herum. „Ich arbeite meistens im Hintergrund. Ich mache die Bestellungen, die Buchhaltung, den ganzen administrativen Teil halt. Die Buchhandlung gehört meinem Onkel."

„Das ist ja toll: freier Zugang zu allen Büchern", schwärmte Kaja.

„Ehrlich gesagt, es geht so. Mein Onkel und ich sind nicht gerade das Dream-Team. Er ist der geizigste Mensch auf Erden. Er mag mich nicht besonders, was zugegebenermaßen auf Gegenseitigkeit beruht."

„Wieso arbeitest du denn da?"

„Ich hatte zu dem Zeitpunkt, als ich bei ihm angefangen habe, absolut kein Geld, einige Schulden und brauchte dringend einen Job. Ich nehme mal an, ich sollte ihm dankbar sein dafür", brummte Miri. „War ich auch, die ersten paar Wochen. Bis mir aufging, dass er mir die Stelle offenbar nur angeboten hatte, um mich konstant unter seiner Fuchtel zu haben und mich fertig zu machen."

„So schlimm?", fragte Kaja erschüttert.

„Ziemlich. Ich darf kaum Kundenkontakt haben, weil er es als eine Schande ansieht, wie ich rumlaufe, wie ich aussehe, wie ich spreche – ich würde ihm die Kundschaft vergraulen. Wenn ich einen Fehler mache… " Miri schluckte und blickte zur Seite.

„Was dann?"

Miri riss sich zusammen und straffte die Schultern. „Dann folgen endlose Monologe darüber, wie dumm ich bin und dass das die gerechte Strafe ist, weil meine Mutter eine Sünde begangen hat – nämlich die, mit meinem Vater zu schlafen, ohne dass sie verheiratet waren, und dann auch noch schwanger zu werden dabei."

„Aber...", Kaja suchte nach den passenden Worten, was gar nicht so einfach war, „ihm ist schon bewusst, dass wir mittlerweile im 21. Jahrhundert leben – welchem das 20. vorangegangen ist – und nicht im Mittelalter?", schloss sie dann ungläubig.

„Puh", atmete Miri hörbar aus. „Tut mir leid, mich nimmt das immer unglaublich mit. Ich weiß, dass ich das einfach von mir abprallen lassen sollte, aber ich kann einfach nicht anders. Ich nehme es immer persönlich." Sie schnäuzte sich geräuschvoll die Nase.

„Ich kann das gut verstehen. Ist ja schon schwierig genug, wenn man sich solche Dinge ab und zu anhören muss. Wenn ich mir vorstelle, das jeden Tag mitmachen zu müssen, oje oje."

„Ich bin da vermutlich auch speziell empfindlich", fügte Miri hinzu. „Es ist nämlich so, dass ich Lernschwierigkeiten habe. Oder besser gesagt, hatte. Schule war für mich immer eine echte Tortur."

„Lernschwierigkeiten? Wie meinst du das genau?"

„Ich war Legasthenikerin. Ich konnte Buchstaben nicht auf die Reihe kriegen, und mit Zahlen haperte es auch."

„Und was hast du dann gemacht?"

„Die ersten paar Jahre wurde es kontinuierlich besser. Meine Mutter hatte irgendwo gelesen, dass Yoga helfen würde. Offensichtlich liegt eine mögliche Ursache in einer schlechten Verbindung zwischen den beiden Gehirnhälften. Und Yoga verbessert das."

„Und, hat es geholfen?"

„Erstaunlicherweise ja. Es hat mir auch immer viel Spaß gemacht. Ich erinnere mich, dass Maxi und ich jeweils zusammen Yoga geübt haben. Du kannst dir vielleicht vorstellen, wie lustig ein zusammen gefalteter Drache aussieht", grinste Miri.

Kaja musste bei der Vorstellung lachen.

„Nur leider starben meine Eltern dann bei einem Autounfall und ich musste zu meinem Onkel und meiner Tante ziehen. Ab da war es aus mit Yoga und Maltherapie, überhaupt fertig mit Kind sein. Aber lassen wir dieses Thema jetzt. Ich möchte jetzt lieber noch ein wenig den Abend genießen."

Die beiden blieben noch eine Stunde sitzen, bis sich Kaja irgendwann schweren Herzens aufraffte. „Ich geh jetzt dann mal lieber. Sonst komm ich morgens überhaupt nicht aus dem Bett. Obwohl, wenn ich es mir so richtig überlege, spielt das keine so große Rolle", schloss sie ein wenig trübsinnig.

„Das denke ich mir auch jeden Abend, vermutlich bin ich deshalb so eine Nachteule. Typische Vermeidungshaltung. Solange ich nicht ins Bett gehe, kann der Morgen nicht kommen." Miri zog eine Grimasse. „Aber hey, lass uns doch wieder etwas abmachen. Dann haben wir was, worauf wir uns freuen können."

„Gute Idee, Donnerstagabend, diesmal bei mir?", fragte Kaja.

„Donnerstag, Donnerstag, ich habe um elf noch was abgemacht, aber vorher könnte ich schon zu dir kommen, wenn das für dich okay ist?"

„Ja klar. Und wer weiß, vielleicht wissen wir schon, wer die dritte im Bunde ist?", meinte Kaja schelmisch.

„Das wär schön, tschüss, komm gut nach Hause."

„Ja, mach's gut."

Miri blickte Kaja vom offenen Fenster aus noch nach, wie sie mit Zorro, der freudig an ihr hochsprang, zum Auto lief. Sie beobachtete, wie sie den Hund auf die Rückbank springen ließ, selber einstieg und schließlich wegfuhr. Sie ließ ihre Gedanken zu dem gerade gemeinsam verbrachten Abend zurückwandern. Schön war es gewesen. Und sie hatte sich einmal nicht so rastlos gefühlt. Auch wenn es ein wenig irritierend war, mit jemand anderem über Drachen zu sprechen. Das war eine Premiere. Noch nicht mal ihre Mutter hatte verstanden, dass Maxi keine eingebildete Freundin einer kindlichen Fantasie war, so viel ihre Mutter auch sonst verstanden hatte. Sie seufzte. Es war auf seltsame Weise schmerzhaft und tröstlich zugleich. Schmerzhaft, weil der betreffende Drache zu Kaja gehörte und nicht zu ihr. Schnell schob sie das Gefühl des Verlassen-worden-seins beiseite und konzentrierte sich auf den tröstlichen Teil: Endlich das Gefühl zu haben, nicht die Einzige zu sein, die offensichtlich ein wenig verrückt war. Ein kalter Windstoß riss sie aus ihren Gedankengängen. Sie hatte gar nicht gemerkt, dass sie immer noch am offenen Fenster stand. Fröstelnd rieb sie sich über ihre Arme und schloss resolut das Fenster.

Als Kaja zuhause ankam, lief sie mit Zorro noch schnell zu seiner Wiese und wartete, bis er sein Geschäft erledigt hatte. Sie ließ den Abend im Geist Revue passieren. Miri war eine der nettesten Personen, die sie je kennengelernt hatte. Und alles war so unkompliziert.

Tief in Gedanken versunken schloss sie die Tür auf, trat in ihre Wohnung ein und fand Lance erwartungsvoll mit einem missbilligenden Gesichtsausdruck auf der Couch sitzend vor. „Auch schon zu Hause“, meinte er gedehnt.

„Äh ja – wüsste zwar nicht, was dich das angeht, wann ich nach Hause komme, aber ja, ich bin auch schon zu Hause“, antwortete Kaja leicht irritiert.

„Na hör mal, ich mach mir schließlich Sorgen um dich. Fast hätte ich in den Drachennotruf-Modus geschaltet.“

Kaja verdrehte die Augen. „Du hättest ja nur kurz vorbeischauen müssen, dann hättest du gewusst, dass ich einen wunderbaren Abend genossen habe.“

„Du hast mir gesagt, ich soll mich raushalten“, antwortete Lance indigniert.

„Wie wenn dich das jemals davon abgehalten hätte, zu tun, was du möchtest“, schnaubte Kaja.

„Und, wie war es denn so?“

„Gut, wirklich gut.“ Erschöpft ließ sich Kaja neben ihm aufs Sofa fallen. Sie begann, die Flasche Rotwein zu spüren, die sie zusammen geleert hatten. „Wir haben geredet und geredet und Pizza gegessen und geredet.“

Jetzt war es Lance der laut hörbar schnaubte. „Frauen… ob Menschen- oder Drachenfrauen, es ist doch immer dasselbe.“

Kaja kicherte. „So sind wir eben.“

„Und, ist wenigstens etwas dabei rausgekommen?“

„Was sollte denn rauskommen dabei? Wir haben uns einfach besser kennengelernt. Es ist ja nicht so, dass wir drei dazu bestimmt sind, auszuziehen und die Welt zu retten, oder?“

„Hm, keine Ahnung. Immerhin redest du schon ganz selbstverständlich von euch dreien – irgendwelche Geistesblitze gehabt, wer die dritte im Bunde sein könnte?“

„Wir haben beide keinen blassblauen Schimmer. Wir kennen niemanden, auf den die Beschreibung passen könnte“, frotzelte Kaja.

„Was für eine Beschreibung denn?“, wollte Lance interessiert wissen.

„Na, du weißt schon: Chaos im Leben, nicht ganz normal im Kopf und von Drachen besessen“, antwortete sie leichthin, was ihr einen Knuff von Lance einbrachte. „So, jetzt lass mich schlafen gehen“, meinte sie, als sie sich gähnend vom Sofa erhob.

„Nichts da, jetzt warte noch kurz. Ist dir nichts aufgefallen?“

„Aufgefallen?“

Kaja rieb sich die Augen und blickte sich in ihrem Wohnzimmer um.

„Na, dein Badge ist weg.“

„Klar ist er weg. Simon hat ja gesagt, er würde ihn abholen“, erwiderte sie ein wenig ungeduldig.

„Schon, die Frage ist nur, wie er das gemacht hat. Du hast ja abgeschlossen, als du gegangen bist – und jetzt, als du nach Hause gekommen bist, wieder aufgeschlossen… “ Lance ließ seine Beobachtungen im Raum stehen. Schließlich drang seine Botschaft durch Kajas benebeltes Gehirn.

„Oh.“

„Wie hat er es denn gemacht?“, wollte sie verwundert wissen.

Lance antwortete mit einer Gegenfrage: „Was hast du gemeint, ist sein Beruf? Professioneller Dieb?“

„Äh, nein, nicht dass ich wüsste.“

„Auf jeden Fall war er in weniger als drei Minuten hier drinnen und genauso schnell wieder draußen.“

„Spannend“, sinnierte Kaja. „Ich geh jetzt trotzdem schlafen.“

Lance schaute ein wenig enttäuscht, dass seine Neuigkeiten nicht mehr Aufregung verursacht hatten, fügte sich dann aber und verschwand ebenfalls in Kajas Schlafzimmer, um auf seinen Schützling zu warten. Auf Kajas Kissen. Das verstand sich ja wohl von selbst.

18

„Hey, was ist denn los?“

Verwirrt blickte Lance Kaja nach, die gerade hektisch vom Badezimmer ins Schlafzimmer rannte und wieder zurück, während sie ungeschickt versuchte, mit einer Hand einen Ohrring an ihrem Ohrläppchen zu befestigen. Mit der anderen zerrte sie ungeduldig am Reißverschluss ihres knielangen grünblauglänzenden und ziemlich tief ausgeschnittenen Trägerkleidchens rum.

„M bn zspet drn!“, brummte sie ziemlich unverständlich, da sie sich eine Haarspange zwischen die Lippen geklemmt hatte.

„Jetzt entspann dich erst mal, stell dich hier hin und atme tief durch“, befahl Lance.

Während er ihr gentlemanlike den Reißverschluss zuzog, beruhigte er sie: „Es ist noch eine halbe Stunde hin bis zu dieser Preisverleihung, um den Verkehr kümmere ich mich und es wird sowieso keiner daran denken, auf die Uhr zu schauen, wenn du in diesem“, er suchte nach den passenden Worten, um seine schlecht versteckte Missbilligung und gleichzeitige Bewunderung auszudrücken, „diesem erstklassigen Fummel auftauchst.“

Kaja musste trotz ihrer Anspannung lachen und verdrehte die Augen.

„Danke“, sagte sie. „Wenn du mal arbeitslos sein solltest, kannst du dich immer noch als Kammerdiener verpflichten“, fügte sie mit einem frechen Grinsen hinzu.

„Da du mir locker und frech lieber bist als unsicher und ängstlich, tue ich jetzt einfach so, als hätte ich deinen letzten Satz nicht gehört.“ rief er Kaja hinterher, die bereits ihren Mantel übergezogen hatte und sich in ein Paar High Heels zwängte.

Als sie sich schwankend aufrichtete und bereits jetzt schmerzhaft das Gesicht verzog, lächelte er zufrieden.

„Ja, das hätte ich mir ja denken können, dass du das lustig findest“, schimpfte sie halbherzig.

Sie warf Zorro, der heute Abend ausnahmsweise zu Hause bleiben musste, einen Hundekuchen zu, schnappte sich ihr Tussihandtäschchen und versuchte, so elegant wie möglich zum Auto zu eilen. So gut das eben ging in zehn Zentimeter hohen Absätzen, wenn man das letzte halbe Jahr nie Gelegenheit gehabt hatte zum Üben. Kaum saßen sie im Auto, streifte sie sich die Schuhe wieder von den Füßen. Auf Lance fragenden Blick meinte sie nur: „Ich kann mit denen so schlecht fahren!“

Lance fing an, vor sich hin zu pfeifen.

„Ja, ja, ich weiß, selber schuld, bla bla.“ „Aber die Wirkung ist unbezahlbar, oder?“

Zufrieden registrierte sie, dass jetzt der Drache an der Reihe war, die Augen zu verdrehen.

Kaum zu glauben, aber anscheinend hatte Lance tatsächlich seinen Einfluss auf den Stadtverkehr geltend gemacht, denn bereits fünfzehn Minuten später waren sie nicht nur beim Kongresshaus angekommen, welches die Firma extra für den Firmenball gemietet hatte, sondern hatten sogar einen Parkplatz direkt vor dem Eingang.

Sie stieg aus, drehte sich zu Lance um und warf ihm eine Kusshand zu. „Manchmal bist du dein Gewicht in Gold wert!“

„Ich weiß", antwortete der Drache selbstgefällig. Schon musste sie die ersten bekannten Gesichter begrüßen.

„Hey Kaja, schön, dich zu sehen!"

„Hallo Sonja, gleichfalls", antwortete Kaja leicht angestrengt. Sie konnte Sonja nicht leiden. Was durchaus auf Gegenseitigkeit beruhte, einen aber offenbar nicht vor belanglosem Smalltalk rettete. Nachdem die obligatorischen Küsschen ausgetauscht worden waren, fragte Sonja: „Hast du noch jemanden mitgebracht?"

Angestrengt versuchte Sonja, jemanden hinter Kaja zu entdecken sah aber einfach niemanden.

„Wie? Wovon redest du?"

„Na, ich habe doch eben gesehen, wie du jemandem eine Kusshand zugeworfen hast."

„Kusshand?" Irritiert blickte Kaja zurück zum Auto, bis ihr der kurze Wortwechsel mit Lance einfiel. „Äh, ich verabschiede mich immer so von meinem Auto. Auf diese Weise wird es mir nicht geklaut", schloss sie ein wenig lahm, aber etwas Besseres war ihr auf die Schnelle nicht eingefallen.

„Ach so... ich dachte schon, du kommst in Begleitung deiner neuesten Eroberung. Man hört ja so einiges!" Sonja lächelte zynisch.

Kajas momentane Irritation ging schnellstens in eiskalte Wut über. Nur Lance' beruhigende Präsenz in ihrem Rücken hielt sie davon ab, tätlich auf Sonja loszugehen. „Ach ja?", brachte sie schließlich mit einem süßlichen Lächeln auf den Lippen hervor. „Neidisch?"

Sie ließ Sonja stehen, die ihr mit offenem Mund nachstarrte.

„Ihr Gesichtsausdruck war doch mehr wert als der abgebrochene Fingernagel, den dir ein Faustkampf mit dieser Zicke sicher eingebracht hätte", flüsterte der Drache in ihrem Kopf. Kaja musste laut kichern, was einige erstaunte Blicke von den umstehenden Personen zur Folge hatte.

„Ich dachte, du wolltest möglichst nicht auffallen“, neckte der Drache sie, was ihm einen Ellbogenstoß einbrachte. Oder einbringen sollte. Nur war es so, dass sie stattdessen einen zufällig neben ihr stehenden Mann in die Magengrube traf.

„Wow, hallo?!“

Kaja wurde purpurrot. „Entschuldigung! Das tut mir aber leid. Was bin ich auch immer so ungeschickt!“

„Ts ts“, hörte sie den Drachen in ihrem Kopf.

„Und du bist jetzt still!“, zischte sie ihm zu. Leider hörbar auch für ihr Opfer.

„Wie war das jetzt?“

Kaja schloss die Augen und betete still, dass es nicht noch schlimmer werden würde.

„Äh, nichts, ich hab nur mit mir selber gesprochen. Geht's wieder?“

Der Mann sah sie nur entgeistert an, als wären ihr plötzlich zwei Köpfe gewachsen und entfernte sich hastig aus ihrer unmittelbaren Nähe.

„Na toll“, brummte sie, „jetzt bin ich ab sofort nicht nur die Büroschlampe, sondern auch noch verrückt!“

Lance konnte sich kaum noch halten vor Lachen und schnappte nach Luft. Kaja konzentrierte sich und versuchte, den Drachen zu ignorieren. So gut das eben ging mit jemandem, der einem nicht von der Seite wich, fast zwei Meter groß und blauschillernd war. Zumindest für sie. Sie zog eine Grimasse.

„Aber, aber Mädchen. Mit diesem Gesicht machst du die umwerfende Wirkung deines Kleides zunichte!“

„Thea“, rief sie erfreut aus. „Ich dachte, ich würde dich nie finden in diesem Gewühl!“

„Mich hättest du sicher gefunden“, lachte ihre Freundin. „Ich habe schließlich nicht umsonst dafür gesorgt, dass ich heute Abend unübersehbar bin.“

Sie drehte sich im Kreis, damit Kaja ihr leuchtend orangerotes Kleid gebührend bewundern konnte. Ihre Haare hatte sie dramatisch dunkelrot gefärbt und mit einigen goldenen Nadeln hochgesteckt.

„Wow. Du hast dich wieder einmal selbst übertroffen!", lobte Kaja ihren Auftritt pflichtbewusst.

„Danke. Aber heute kann ich das Kompliment zurückgeben."

„Nur heute?", fragte Kaja gespielt schmollend.

„Na ja, dein üblicher Aufzug aus Jeans, Turnschuhen und T-Shirt ist keine große Konkurrenz", urteilte Thea freimütig.

„Weiß ich ja, ich nehme dich bloß ein wenig hoch", antwortete Kaja und hakte sich bei ihr unter.

„Aber was sehe ich da? Du hast noch gar nichts zu trinken", meinte Thea. „Das geht ja gar nicht!" Mit einer fließenden Bewegung nahm sie einem zufällig vorbeikommenden Kellner ein Glas Champagner vom Tablett und drückte es Kaja in die Hand. „Diesen Anlass überlebst du nur angetrunken", erklärte sie bestimmt.

„Ich befürchte, du hast recht", stimmte Kaja ihr zu.

„Natürlich hab ich recht, ich habe immer recht", grinste Thea. Sie hob ihr Glas zum Toast. „Auf einen unvergesslichen Abend!"

Kaja prostete ihr zu und murmelte: „Können wir unvergesslich umwandeln in unauffällig?"

„Nichts da", protestierte Thea. „Los, lass uns einen Platz finden, du musst ja schließlich noch einen Preis abholen."

Ein wenig unmotiviert folgte Kaja Thea in den großen Saal, in dem erst die Preise verliehen werden würden und nachher die Balleröffnung stattfand. Ball ist auch ein zu großes Wort für das Rumgehopse, welches nachher hier stattfinden wird, dachte Kaja missbilligend bei sich. Obwohl sie bei Mémé aufgewachsen war, war sie doch genug Diplomatentochter, um den Unterschied zwischen einer Party und einem Ball zu kennen. Aber das war typisch für die Entwicklung, welche im letzten Jahr in ihrem früher mal so heißgeliebten Unternehmen stattgefunden hatte. Nicht kleckern, sondern klotzen. Zumindest nach außen.

„Du trinkst nicht genug, hör endlich auf, vor dich hinzubrüten und versuche wenigstens so auszusehen, als hättest du Spaß", wies Thea sie zurecht und blickte missbilligend auf das noch fast volle Glas.

„Du hast recht."

„Das hatten wir schon", meinte Thea ironisch. „Jetzt musst du nur noch so tun, als würdest du mir tatsächlich glauben."

„Okay, okay, ich geb mich geschlagen!" Kaja stürzte heldenhaft ihren Champagner hinunter und tauschte ihr leeres Glas sofort gegen ein volles aus.

„Lässt du mich auch etwas davon haben?", tönte Lance' Stimme in ihrem Kopf. Da Kaja erstens abgelenkt war durch all die Leute um sie herum und zweitens das hastig geleerte Glas Champagner begann, seine Wirkung zu entfalten, zischte sie zwar leise, aber doch hörbar: „Kannst du dich nicht selber um deine Getränke kümmern?"

„Sag mal, was ist eigentlich mit dir los, Kaja?"

Perplex wandte sich Kaja wieder zu Thea um, die sie einigermaßen besorgt musterte.

„Was?"

„Na ja, du führst in letzter Zeit ständig Selbstgespräche – stehst du dermaßen unter Stress?"

„Selbstgespräche? Stress?"

Etwas hilflos versuchte Kaja, ihrer Freundin geistig zu folgen, bis ihr aufging, dass sie wohl schon wieder laut mit Lance gesprochen hatte. Ein schneller Blick zu ihrem Drachen bestätigte ihre Befürchtung. Sie nahm sich zusammen und fauchte ihm gedanklich zu: „Halt dich einmal zurück, verflixt nochmal!"

„Ich? Du bist doch diejenige, die alles in die große weite Welt herausplärrt!“, kam es grummelnd zurück. Kaja ignorierte ihn und meinte mit einem Lächeln an Thea gewandt: „Ist vermutlich nur die Aufregung vor der Preisverleihung. Hast du auch ein Glas Wasser für mich?“

Thea, die immer noch eine skeptische Miene zur Schau trug, beschloss, das Thema für den Moment auf sich beruhen zu lassen und machte sich auf die Suche nach einem Glas Wasser. „Schau, ich glaube, sie fangen endlich an“, meinte Kaja, als Thea zurückkam.

Bis alle ruhig waren, dauerte es allerdings noch gut zehn Minuten. Kaja lehnte sich zusammen mit Thea am Rande des Saals an die Wand. Für sie hatte der Preis an Glanz verloren in Anbetracht der Vorgänge in der Firma, auch wenn sie nach wie vor stolz war auf ihre Arbeit, für die sie heute Abend ausgezeichnet werden würde. Zum Glück hatte es sich Lance zur Aufgabe gemacht, Kaja abzulenken. So bekam sie nur am Rande mit, wie ein Name nach dem anderen aufgerufen wurde und die Leute je nach Naturell verlegen oder selbstbewusst nach vorne gingen. Sie war ganz froh darüber. Ihrem Drachen gegenüber hätte sie das natürlich nie zugegeben.

Sonst bekommt er endgültig den Größenwahn, dachte sie bei sich und musste schmunzeln.

Lance entging das natürlich nicht und wurde sofort misstrauisch: „Was gibt’s denn da zu grinsen?“

Sie wollte sich eben eine schlagfertige Ausrede einfallen lassen, als ihr Name aufgerufen wurde.

„Gerade noch davon gekommen“, grummelte der Drache in ihrem Kopf. Selbstbewusst ging sie nach vorne, ignorierte alle Anwesenden außer dem Qubus-Oberhaupt, der ihr den Preis übergab und ihr noch drei unerwünschte Küsschen auf die Wange drückte.

Eineinhalb Stunden später war die Preisverleihung vorüber und der vergnügliche Teil der Veranstaltung konnte beginnen. Kaja hatte allerdings nach den ersten beiden Aufforderungen zum Tanzen genug. Ihre beiden Tanzpartner hatten tatsächlich gemeint, sie würde auf zweideutige Komplimente hereinfallen und grapschende Hände von praktisch fremden Männern auf ihrem Körper schätzen. Lance hatte beide kommentarlos über seinen Fuß stolpern lassen, so dass sie sich gar nicht erst hatte überlegen müssen, wie sie sie am besten loswurde. Nachdem sie ihren Preis, eine CD, auf dem das Programm, mit welchem sie gewonnen hatte, gespeichert war, die von einem großen Granitstein gehalten wurde, in der Garderobe abgeholt hatte, machte sie sich wieder auf die Suche nach Thea. Wie Thea schon selbst festgestellt hatte, war sie in der Menge dank ihrer leuchtenden Kleidung unschwer auszumachen. Kurz bevor sie ihre Freundin erreicht hatte, meinte Lance telepathisch: „Bist du sicher, dass sie keine Jungfrau mehr ist? Ich könnte noch eine gebrauchen… Vor allem eine, die so paradiesvogelmäßig daher kommt."

Kaja kicherte.

„Darf man mitlachen?", wollte Thea interessiert wissen.

„Ähm, lassen wir's einfach dabei, dass ich soeben jemanden sehr schmeichelhaft über dich sprechen gehört habe."

„Oh", meinte Thea darauf nur und errötete doch tatsächlich ein wenig.

„Du, hör mal", unterbrach Kaja ihren Gedankengang hastig, um zu verhindern, dass Thea weiter nachforschte, wer denn genau das gewesen sei. „Ich ruf mir ein Taxi und gehe nach Hause. Mein Auto hole ich dann morgen ab. Noch mehr zweideutige Einladungen halte ich heute einfach nicht mehr aus."

„So schlimm?", wollte Thea mitfühlend wissen.

„Schlimmer! Wir sehen uns dann im Büro, okay?"

„Ja klar, komm gut nach Hause."

„Mach ich. Und du amüsiere dich noch gut!"

In der Eingangshalle stand eine Gruppe junger Männer um die Champagnerbrunnen herum und vertrieb sich die Zeit mit Trinken und Zigaretten. Dementsprechend war die Stimmung feuchtfröhlich. Kaja dachte sich nichts dabei und wollte gerade an der Gruppe vorübergehen, als sich ihr einer der Männer in den Weg stellte.

„Na, wen haben wir denn da?"

Nein, seufzte Kaja innerlich auf. Ausgerechnet einer der beiden, mit denen sie getanzt hatte, musste dabei sein. Wie hieß er noch gleich? Krampfhaft versuchte sie sich an seinen Namen zu erinnern. Peter oder Paul? Egal. Sie wollte nur endlich nach Hause. Aber offensichtlich blieb ihr in letzter Zeit auch gar nichts erspart.

„Na, wenn das nicht unsere Eisprinzessin ist", ließ sich eine zweite Stimme vernehmen.

Irritiert drehte sich Kaja zu dem Sprecher um. Scheiße, Michael. Nicht der schon wieder! Schwach nahm sie wahr, dass Lance sich ein wenig seitlich hinter ihr postiert hatte und ihr mit seiner vor Energie strotzenden Präsenz den Rücken stärkte. Obwohl sie mehr als nur ein wenig genervt war, ließ sie sich nichts anmerken und fragte Michael mit betont gelangweilter Stimme: „Habe ich mich bei unserem letzten Zusammentreffen irgendwie unklar ausgedrückt?" Sie legte ihre Stirn in Falten, als würde sie angestrengt überlegen.

„Nein, ich glaube nicht! Deshalb wünsche ich euch jetzt allen einen schönen Abend."

Sie wandte sich zum Gehen. Doch Michael stellte sich ihr in den Weg und packte sie am Arm. Offensichtlich hatte der Alkohol sein Erinnerungsvermögen doch beträchtlich getrübt, stellte Kaja verwundert fest. Sie konnte es nicht glauben, dass er sich schon wieder mit ihr anlegen wollte. Offensichtlich hatte sie ihn empfindlich in seinem männlichen Stolz verletzt, was ihn unvorsichtig werden ließ.

„Vielleicht liegt es aber auch nur daran, dass er jetzt Rückendeckung von seinen Kumpels hat“, warnte Lance sie gedanklich.

Stimmt. Kaja hatte gar nicht bemerkt, dass die anderen Typen, die noch da waren, inzwischen einen engen Kreis um sie gebildet hatten. Ob sie Michael bewusst Unterstützung bei was auch immer geben oder einfach nur nichts verpassen wollten, war Kaja im Moment noch nicht ganz klar. Sie beschloss, dass es ihr ganz einfach egal war. Sie hatte definitiv genug von dieser Scheiße.

„Lass meinen Arm los! Sofort!“, zischte sie Michael an.

„Hättest du wohl gerne“, grinste er anzüglich.

Sie spürte, wie Lance seine Energie noch ein wenig ausdehnte und ihr beistehen wollte.

„Lass nur“, signalisierte sie ihm, diesmal nicht hörbar für die anderen. „Ich schaff das. Du hast mir doch was beigebracht, weißt du noch?“

Sie zwinkerte ihm kurz zu, bevor sie sich wieder Michael zuwandte. Kaja blickte bedeutungsvoll auf seine Hand, mit der er sie immer noch festhielt, um ihm noch eine Chance zu geben. Als er keine Anstalten machte, ihrer Aufforderung nachzukommen, fokussierte sie all ihre Wut und schubste ihn mit voller Kraft in den nächsten Champagnerbrunnen. Die Gläser stürzten unter ihm mit großem Getöse und Geklirre um. Die anderen Männer brachten sich hastig vor dem spritzenden Champagner in Sicherheit.

Kaja blickte sich kurz nach Lance um und meinte mit einem schelmischen Grinsen im Gesicht: „Sieht so aus, als könnten wir endlich nach Hause gehen.“

Der Drache konnte sich gar nicht entscheiden, ob er lauthals loslachen oder vor Bewunderung für seinen Schützling erstarren sollte. Zuerst der Streit und dann der Lärm hatten einige Schaulustige angelockt.

„Nun mach schon“, forderte Kaja ihn mit einer ungeduldigen Kopfbewegung auf. „Lach endlich und lass uns gehen, sonst gibt es hier gleich den nächsten Stau!“

Hinter ihr begannen die ersten Leute zu klatschen. Doch sie blickte sich nicht um und verließ mit hocherhobenem Kopf und schwingenden Hüften das Kongresshaus, den unsichtbaren, schallend lachenden Drachen an ihrer Seite.

19

Am nächsten Morgen wachte Kaja erstaunlich ausgeruht auf. War wohl eine gute Idee, vor dem Einschlafen ein Alka Seltzer zu schlucken und eine Flasche Wasser zu trinken, dachte sie bei sich. Sie warf einen Blick auf den Wecker, erst halb sechs. Kein Wunder, dass es draußen noch stockdunkel war. Weshalb war sie denn aufgewacht? Ihr Blick fiel auf ihr Handy, das auf dem Nachttisch lag. Es blinkte aufgeregt, was hieß, dass sie eine Textmitteilung bekommen oder einen Anruf verpasst hatte. Um diese Zeit, wunderte sie sich und streckte den Arm aus, um das Telefon zu fassen zu kriegen. Sie versuchte, Lance, der es sich wieder einmal auf ihrem Kopfkissen bequem gemacht hatte, dabei nicht zu stören – und verlor prompt das Gleichgewicht. Sie landete auf dem Drachen, der in seinem Schock, so abrupt geweckt zu werden, gleich blaues Feuer spuckte und wild um sich schlug. Das Ganze artete in einem wilden Gerangel aus, da sich beide miteinander in der Bettdecke verwickelten. Als Kaja sich endlich befreien konnte, hatte sich Lance soweit beruhigt, dass anstelle des Feuers nur noch schwacher Rauch aus seinen Ohren quoll. Dafür funktionierte sein Mundwerk prächtig, und er bedachte seinen Schützling mit den farbigsten Ausdrücken.

„…werde Gefahrenzulage verlangen, ist ja nicht zum Aushalten…, Frauen…“ Kaja griff nach dem Glas Wasser, das sie immer beim Bett stehen hatte und goss es ihm kurzerhand über den Kopf.

„He...!"

„Ruhe jetzt. Es tut mir leid, dass ich dich so unverhofft geweckt habe. Aber das ist noch lange kein Grund, so einen Aufstand zu machen."

„Und wofür war das Wasser?", wollte Lance schnaubend wissen.

„Ach, ich habe erst kürzlich herausgefunden, dass etwas Abkühlung ganz nützlich ist im Zusammenhang mit aufgebrachten oder lästigen männlichen Wesen", meinte sie mit einem schelmischen Seitenblick.

„Wieso bist denn du überhaupt schon wach? Du bist ja normalerweise nicht so der ‚Morgenstund-hat-Goldmund'-Typ, wenn ich das richtig beobachten konnte in den letzten knapp zwei Wochen."

„‚Morgenstund hat Gold *im* Mund'", verbesserte Kaja automatisch. Dann blickte sie auf und meinte: „Das war es ja, was ich eben herausfinden wollte!" Sie warf einen bedeutungsvollen Blick auf die zerknüllte Decke am Boden. „Das heißt, bevor wir unsere Verwicklungen hatten."

„Dein Handy wolltest du? Sag das doch gleich, dann kann ich dir behilflich sein, ohne dass du auf mir landest." Lance grinste anzüglich und warf ihr das Handy zu.

„Du bist unmöglich, weißt du das?", fragte sie kopfschüttelnd, musste sich aber ein Schmunzeln verkneifen. Sie schaute auf das Display ihres Handys. Ein verpasster Anruf. Wer, um Himmels willen, wer rief sie so früh am Morgen an? Sie drückte eine Taste, um die Liste der verpassten Anrufe zu sehen. Simon. Das musste wichtig sein. Sie drückte eine weitere Taste und hielt das Telefon ans Ohr, um seine Nachricht auf dem Anrufbeantworter abzuhören.

„Hey Kaja, hoffe, ich habe dich nicht geweckt! Hör zu, ich bin da an etwas dran, deshalb meistens unterwegs. Falls du mich erreichen willst, kannst du das unter dieser Nummer.“ Er ratterte eine Nummer herunter, während Kaja wie wild gestikulierte, in der Hoffnung, Lance würde einen Stift und Papier auftreiben. Ein hoffnungsloses Unterfangen. Es ging schon weiter im Text. „… falls du irgendeinen Vorgesetzten hast, dem du vertraust, wär es toll, wenn ich diesem ein paar Fragen stellen könnte. Also dann, du weißt ja jetzt, wie du mich erreichen kannst.“

Die Mitteilung war zu Ende und Kaja trennte die Verbindung. Seufzend richtete sie sich auf und streckte ihren Rücken durch. Ganz ohne Nachwirkungen war der gestrige Champagnergenuss wohl doch nicht. Sie würde die Nachricht nachher gleich nochmals abhören und die neue Nummer von Simon aufschreiben. Sie war jetzt definitiv wach, also beschloss sie, gleich aufzustehen und sich erst mal Kaffee aufzubrühen. Vielleicht wurde sie dann schlau aus Simons kryptischem Text.

Eine halbe Stunde später saß sie, bereits angekleidet, um ins Büro zu gehen, am Küchentisch, vor sich einen Becher dampfenden Kaffee. Die Nummer hatte sie fein säuberlich auf einen Block geschrieben. Darunter hatte sie eine Liste der dringendsten Fragen aufgelistet:

Wer hat die Fusion der beiden Firmen initiiert?

Wer könnte die Details der damit zusammenhängenden Verträge kennen?

Gibt es noch andere Angestellte, welche in letzter Zeit Ähnliches erlebt haben?

Zu welcher Firma haben sie ursprünglich gehört?

Wo ist Max???

Max war der einzige Vorgesetzte, der Kaja im Zusammenhang mit dem Wort „Vertrauen“ in den Sinn kam. Nur nutzte ihr diese Erkenntnis herzlich wenig, wenn sie keine

Ahnung hatte, wie sie ihn erreichen konnte. Sie stand auf und goss sich eine weitere Tasse Kaffee ein. Die dampfende Flüssigkeit in der Hand lehnte sie sich an den Herd und blickte zu Lance hinüber, der sich bestens mit seinem Holunderschnaps und einer Partie Patience amüsierte.

„O du großer weiser Drache, hast du vielleicht irgendwelche Ideen, wie ich Max finden könnte?"

„Hä?" Geistesabwesend blickte Lance auf. „Sprichst du mit mir?"

„Nein, mit all den anderen hundert Drachen, die hier sind", antwortete sie ironisch. „Logisch spreche ich mit dir. Würde ich zumindest. Wenn der Herr nicht schon früh am Morgen zu beschäftigt wäre, um sich um meine trivialen Probleme zu kümmern."

„He, ich war doch derjenige, der eine Ladung kaltes Wasser abbekommen hat beim Aufwachen. Was ist denn deine Rechtfertigung für deine plötzliche schlechte Laune?", beschwerte sich Lance.

„Ich mache mir Sorgen um Max! Und außerdem habe ich einen leichten Kater. Nicht schlimm, aber genug spürbar, um eine latent vorhandene schlechte Stimmung auszulösen. Und überhaupt. Ich brauche keine Rechtfertigung. Du hast dir das schließlich selber ausgesucht, mir nicht mehr von der Seite zu weichen. Wie sagt man so schön? Mitgegangen, mitgehangen." Jetzt musste sie doch grinsen.

„Jaja, was weißt du schon über Bestimmung", maulte der Drache.

„Ich werde wohl bald mehr wissen, wenn das alles stimmt, was du mir über meine Schwestern und mich erzählt hast." Sie schnitt eine Grimasse. „Wenigstens das ist ein Lichtblick, Miri kommt heute Abend."

„Das hast du mir ja gar nicht erzählt?"

„Aber ich erzähl es dir jetzt", meinte Kaja knapp.

„Heißt das, ich werde heute Abend wieder mal in die Verbannung geschickt?"

„Ja, ich denke, heute Abend wirst du wie so oft irgendwo in einem Hauseingang oder unter einer Brücke schlafen müssen", zog sie ihn auf. Als sie Lance' gekränkten Blick sah, beeilte sie sich hinzuzufügen: „Von mir aus kannst du gerne hier sein. Ich bin sicher, Miri wird sich freuen, dich kennen zu lernen."

„Echt?" Der Drache schien sich ehrlich zu freuen. Aufgeregt fing er an, zwischen Wohnzimmer und Küche hin und her zu flitzen, während er unverständliche Dinge vor sich hin murmelte.

„Versteh mich richtig, ich bin mit Miri verabredet – und zwar nicht, damit wir dich gemeinsam anhimmeln können."

Nicht einmal dieser Kommentar konnte seine Freude trüben. Kaja war sich nicht einmal sicher, ob er sie überhaupt gehört hatte. Sie seufzte. Sah ganz so aus, als ob sie das Rätsel um Max alleine lösen musste. Sie packte ihre Sachen zusammen, schob ihre Notizen zu den anderen Papieren in die Tasche und schlüpfte in ihre Jacke. „Zorro, nun komm schon" rief sie ungeduldig und klimperte mit ihrem Schlüsselbund. Der kontrollierte zum dritten Mal, seit er Frühstück gekriegt hatte, ob er vielleicht nicht doch ein paar Kügelchen von seinem Trockenfutter übersehen hatte. Auf ihren Ruf und das vertraute Geräusch der Schlüssel hin sprang er jedoch mit einem Satz zur Tür und die beiden zogen los. Zuerst zu Zorros Wiese, dann zu Kajas Auto, welches immer noch vor dem Kongresshaus stand, und damit ins Büro.

Nachdem Kaja sich wieder einen Besucherbadge geholt hatte - sie musste dringend Simon erwischen, noch einmal konnte sie die Ausrede vom vergessenen Badge nicht bringen - begab sie sich erst einmal auf direktem Weg zu Thea.

„Hallo Heldin", wurde sie begrüßt.

Verwirrt blickte Kaja ihre Freundin an. „Heldin?"

„Na klar. Wenn du meinst, dass dein heldenhafter Abgang unentdeckt geblieben ist, bist du falsch gewickelt. Und du wolltest einen unauffälligen Abend, soweit ich mich erinnere."

„Ach das", meinte sie verlegen. „Das war doch nichts."

„Nein, überhaupt nichts", grinste Thea. „Es wurden nur bereits Wetten abgeschlossen."

„Wetten abgeschlossen?" Erst blickte Kaja noch verständnislos, bis ihr aufging, was Thea meinte. Ebenfalls grinsend fragte sie: „Ich hoffe, du hast wenigstens gewonnen."

„Ja klar, was meinst denn du? Und zwar nicht wenig."

Kaja schnitt eine Grimasse. „Typisch. Vermutlich haben mehrheitlich die Männer mitgewettet, die, wenn sie nicht sowieso davon überzeugt waren, dass ein Mädchen wie ich wohl kaum gegen einen richtigen Mann ankommt, zumindest aus Männersolidarität auf meinen Gegner gesetzt haben."

„Exakt", bestätigte Thea ihr. „Und ich habe mich wohlweislich gehütet, sie vom Gegenteil zu überzeugen, da ich selbst natürlich auf dich gesetzt hatte." Thea blickte ausgesprochen zufrieden drein.

„Sag mal, wer hat denn die ganze Wetterei so schnell angeleiert?"

„Och, keine Ahnung", antwortete Thea und lächelte ein unschuldiges Mona-Lisa-Lächeln.

„Ja richtig. Krieg ich einen Anteil an deinen Wetteinnahmen?", wollte Kaja grinsend wissen.

„Nichts da – aber ich lade dich zum Mittagessen ein, hast du Zeit?", schlug Thea stattdessen vor.

„Das trifft sich gut, dasselbe wollte ich dir vorschlagen. Ich brauche nämlich dich und deinen unschlagbaren Wissensschatz, um ein paar Dinge zu klären, die mir seltsam vorkommen."

„Was denn zum Beispiel?", erkundigte sich Thea neugierig.

„Zum Beispiel", Kaja hielt inne und schaute sich im Postraum um. „Lass uns das später besprechen, ich muss los."

Demonstrativ blickte sie auf ihre Armbanduhr. „Also dann, bis halb eins am selben Ort wie immer.“ Und schon war sie weg.

Thea blickte ihr verdutzt nach. In der letzten Zeit benahm sich Kaja immer sonderbarer. Sie schüttelte den Kopf. Na ja, sie wird schon ihre Gründe haben, dachte sie bei sich.

Im Büro angekommen setzte sich Kaja an ihren Schreibtisch, warf Zorro, der es sich schon auf seinem Platz bequem gemacht hatte, einen Hundekuchen zu und wartete darauf, dass ihr Computer startete. Geistesabwesend griff sie nach dem Stapel Post-it Zetteln, die immer an der rechten Ecke ihres Arbeitsplatzes auf ihren Einsatz warteten - und griff ins Leere. Irritiert blickte sie auf und starrte auf die leere Tischplatte. Was war denn nun schon wieder los? Sie erblickte das Gesuchte auf der linken Seite zuoberst auf ihrer Ablage. Wie sind denn die dahin gekommen? Vermutlich war es nur die Putzfrau, versuchte sich Kaja zu beruhigen. Aber so ganz glaubte sie ihrer eigenen Erklärung selber nicht mehr. Sie rieb sich das Gesicht.

Lange mach ich das nicht mehr mit, murmelte sie vor sich hin. Da wird man ja definitiv paranoid! Einige Minuten später murmelte sie weiter: Sieht so aus, als müsste ich das auch nicht mehr viel länger mitmachen. Sie hatte inzwischen ihren elektronischen Projektordner geöffnet, in der festen Erwartung, dort drin endlich den nächsten ernstzunehmenden Auftrag zu finden. Doch im Ordner herrschte noch immer dieselbe gähnende Leere wie gestern und die Tage davor. In ihrem Postfach sah es ähnlich aus. Keine E-Mails mit einem neuen Auftrag. Und auch keine E-Mail von Max. Toll. Hm, freie Zeit war ja schön und gut, nur nützte einem das gar nichts, wenn man die Zeit im Büro verbringen musste. Sie versuchte nochmals, Max zu erreichen, während sie nervös durch ihr kleines Büro tigerte. Vergeblich. Nicht einmal der Anrufbeantworter schaltete sich auf seinem Handy ein. Sie beendete noch die zwei letzten offenen Produktbeschreibungen. Irgendetwas stimmte nicht, wenn sie ohne

Probleme sämtlichen Papierkram erledigen konnte und absolut nichts mehr pendent war. Im Normalfall kam man im schnelllebigen Gebiet der Informatik überhaupt nie dazu, vernünftige Produktbeschreibungen fertigzustellen, da man bereits Hals über Kopf im nächsten Projekt steckte.

Sie seufzte, gab ihre Wanderung durchs Zimmer auf und setzte sich wieder vor ihren Rechner. Da sie Max nicht erreichen konnte, musste sie wohl oder übel in den sauren Apfel beißen und sich direkt bei ihrem unsympathischen Abteilungsleiter melden, um ein neues Projekt zugeteilt zu bekommen. Sie drang genau bis ins Vorzimmer ihres „Chefchefs“ durch, bei seiner Assistentin blieb sie hängen. Genervt legte sie den Hörer zwei Minuten später auf. Sie solle sich per E-Mail melden und den neuen Auftrag elektronisch im Auftragsordner in Empfang nehmen.

Danke vielmals, dann kann ich mir jetzt ja auch selber eine Beschäftigung suchen. Ruhelos sprang sie wieder auf, als plötzlich Lance vor ihr stand. Da sie sein unbemerktes Aufkreuzen zu allen möglichen und unmöglichen Zeiten inzwischen gewohnt war, hielt sie sich gar nicht erst damit auf, erstaunt zu wirken, sondern begann gleich, ihre Frustration an ihm auszulassen.

„Schönes Leben, das du da hast. Einfach auf- und abtauchen wann und wo es dir passt, keine Verpflichtungen, freien Zugang zu Spirituosen…“.

Lance bremste ihren Redeschwall, indem er ihr ein Paket Karten unter die Nase hielt. „Lust auf eine Partie Mau-Mau?“, fragte er, ohne auf ihre Anschuldigungen einzugehen.

Solchermaßen entwaffnet musste Kaja lachen, und ein Teil der Anspannung wich. „Mau-mau! Das habe ich ja ewig nicht mehr gespielt.“

„Umso besser für mich“, grinste Lance. „Dann merkst du vielleicht nicht, wenn ich schummle.“

„Du schummelst?“

„Alle Drachen schummeln! Das gehört zum Drachendasein wie für euch Menschen das Atmen.“

„Oh, so schlimm?“

„Lass uns anfangen“, meinte Lance, der diese Diskussion offensichtlich nicht vertiefen wollte.

Knapp nach halb eins traf Kaja ein wenig außer Atem und um einiges besser gelaunt als noch vor zwei Stunden am abgemachten Treffpunkt ein. Thea wartete schon, einen Kebab und ein Falafelsandwich in der Hand. „Hier, ich habe euch Raubtieren etwas Gutes mitgebracht“, kommentierte Thea und überreichte ihr den Kebab.

„Danke, das riecht himmlisch!“

„Du kommst spät, hast du so viel Arbeit?“

„Arbeit? Nein, im Gegenteil, ich äh, musste mir die Zeit mit...“, fieberhaft dachte Kaja nach, „mit Solitär vertreiben.“ Uff, man musste schon auf Zack sein, wenn man Zeit erklären wollte, die man mit einem Drachen verbrachte.

Diesmal setzten sie sich auf eine Bank in einem kleinen Park, ganz in der Nähe vom Büro. Thea, die von Natur aus neugierig war, wollte zwischen zwei Bissen Falafel sofort wissen, was Kaja diesmal auf dem Herzen hatte.

„Mm, du erinnerst dich doch noch an unser letztes Gespräch?“, brachte Kaja mit dem Mund voll knapp heraus.

„Ja, genau.“

„Wir hatten doch darüber diskutiert, wem ähnliches passiert ist wie mir. Hast du da schon was rausgefunden?“

Thea nahm sich diesmal die Zeit, runterzuschlucken und einen Schluck Wasser zu trinken. „Ja, das habe ich tatsächlich und ich war überrascht, wie viele es dann schlussendlich waren, als ich eine Liste zusammengestellt hatte. Wenn man es so tröpfchenweise hört, mal hier, mal da etwas, dann kommt schnell das Gefühl auf, es seien Einzelfälle.“

„Auf wie viele bist du denn schlussendlich gekommen?“, wollte Kaja gespannt wissen.

„Auf zwölf.“

„Zwölf?! Aber das sind ja…“

„... über ein Drittel der alten PC-Lux-Solutions-Besatzung.“

„Das wäre meine nächste Frage gewesen. Bei wem waren die, ich nenne sie jetzt mal Opfer, auch wenn ich diese Bezeichnung nicht mag, ehemals angestellt?“

„Opfer ist schon das richtige Wort“, bekräftigte Thea. „Auch wenn ich verstehe, weshalb du den Ausdruck nicht magst. Es ist schließlich nie angenehm, sich selbst als Opfer zu sehen.“

„Egal“, unterbrach sie Kaja ungeduldig. „Psychoanalyse können wir später machen, zum Beispiel, wenn ich keinen Job mehr habe“, schob sie mit einem ironischen Unterton in der Stimme dazwischen. „Also?“ Erwartungsvoll schaute sie Thea an.

„Gut. Bis auf zwei waren alles ehemalige Arbeitskollegen von uns. Dazu kommt, dass komplett alle weiblichen Programmiererinnen dabei sind.“

„Jasmine auch? Und Natasha?“

„Alle. Es hatte wohl schon seine Gründe, dass ihr einerseits mit Arbeit eingedeckt und zusätzlich noch mit neuen von Qubus stammenden Teamkollegen versehen wurdet.“

„Stimmt, so hatten wir praktisch keinen Kontakt mehr miteinander.“

Kaja stöhnte genervt. „Ich dachte immer, mir könnte so was nie passieren.“

„Sag niemals nie…“, ließ sich eine Stimme in ihrem Kopf vernehmen. Kaja verdrehte die Augen. Typisch, dass er genau im passenden Moment ausnahmsweise einmal ein korrektes Sprichwort zum Besten gab. Diskret blickte sie sich um, ob Lance auch tatsächlich anwesend war oder nur in ihrem Kopf rumspukte. Nein, sie konnte keine Spur von ihm entdecken und wandte ihre Aufmerksamkeit wieder Thea zu.

„Jetzt sei doch mal nicht so hart mit dir selber", meinte diese gerade fürsorglich, da sie das Augenrollen logischerweise auf Kaja selbst bezogen hatte. „Gegen ein solches Komplott sind sozusagen alle machtlos." Sie dachte einen Moment nach und musste dann grinsen. „Ich vermute sogar schwer, dass die Männer noch schneller auf den ganzen Trick reingefallen sind als die Frauen. Die haben sie, wenn ich das richtig mitgekriegt habe, nämlich mit weiblichen Gegenspielern zusammengetan. Jede Einzelne davon jung, langhaarig und langbeinig, verstehst du, was ich meine?"

Jetzt musste Kaja doch grinsen. „Tja, wenn man das Ganze mit ein bisschen Abstand betrachtet, was zugegebenermaßen nicht ganz einfach ist, wenn man selbst betroffen ist, ist es schon fast komisch."

„Genau. Und da wir jetzt über den Jammerpart hinweg sind", Thea brachte sich vor Kajas spielerischem Boxhieb ans andere Ende der Sitzbank in Sicherheit „ist doch wahr, dann können wir uns jetzt darum kümmern, was wir dagegen unternehmen wollen."

„Hm, ich habe schon was unternommen", antwortete Kaja.

„Ach, ja? Was denn?"

Kaja erzählte ihr kurz von Simon, ließ Tim absichtlich so gut es ging weg, schließlich hatte sie ihn während der letzten Tage recht erfolgreich aus ihren Gedanken verbannt und wollte das auch so beibehalten. Als sie mit ihren Ausführungen zu Ende war, wollte Thea wissen, was er denn bis jetzt herausgefunden hatte.

„Soviel ich weiß noch nicht viel. Es ist auch erst ein paar Tage her, dass ich ihn um Hilfe gebeten habe. Er hat mich allerdings heute Morgen kurz angerufen, er schien ziemlich in Eile", fügte sie hinzu und fuhr fort, „er wollte wissen, ob ich einen vertrauenswürdigen Vorgesetzten habe, um mit diesem ein paar dringende Fragen zu klären. Was mich auf das Thema Max zurückbringt. Verständlicherweise war er der Einzige, der mir auf Anhieb in den Sinn kam. Allerdings ist Max nach wie vor wie vom Erdboden verschluckt."

„Das stimmt", schaltete sich Thea ein. „Es ist mir nämlich trotz meiner Verbindung zu unserer privaten Cyber-Unterwelt von PC-Lux-Solutions", sie musste selbst grinsen, als sie das sagte, „nicht gelungen, herauszufinden, wo er sich gerade weiterbilden soll", schloss sie in einem bedauernden Tonfall.

„Findest du das nicht seltsam? Ich meine, im Allgemeinen werden Weiterbildungen inklusive Kontaktmöglichkeiten im Intranet festgehalten. Na ja, zumindest die der Chefetagen."

„Genau. Also wenn du mich fragst, gibt es keine Weiterbildung."

„Aber…", Kaja stockte. „Meinst du, er ist freigestellt worden?"

„Möglich", meinte Thea zweifelnd. „Er ist allerdings auf der besagten Kündigungsliste, von der ich dir erzählt habe, nicht aufgetaucht."

„Hm", Kaja überlegte angestrengt. „Wenn ich doch bloß seine Handynummer hätte. Oder zumindest wüsste, wo er wohnt." Es war schon seltsam. Jetzt arbeitete sie doch schon seit einigen Jahren mit Max zusammen und wusste eigentlich überhaupt nichts über ihn.

„Was das angeht, kann ich dir weiterhelfen", unterbrach ihre Freundin ihren Gedankengang. Kaja fuhr herum und sah sie mit großen Augen an. Mit einem stolzen Grinsen im Gesicht überreichte ihr Thea einen Zettel. „Ich wollte es dir lieber in Papierform geben und nicht durchs Netz schicken. Wer weiß, wer das wieder mitgekriegt hätte."

„Aber wie…?"

„Jetzt schau nicht so erstaunt. Ich habe schließlich meine Quellen. Und einen guten Draht zur HR-Abteilung“, fügte sie hinzu.

Kaja legte den Kopf schief und schaute sie prüfend an, während sie mit einer Hand Zorro hinterm Ohr kraulte. Da hatte sich doch ein Unterton in Theas Stimme eingeschlichen, beim letzten Satz. „Wer ist denn dein Kontakt?“, wollte sie neugierig wissen.

„Ach, du weißt schon... Thomas“, antwortete sie ausweichend und machte eine vage Handbewegung. Allerdings hatte sich eine verräterische Röte über ihren Hals ausgebreitet.

„Und?“, bohrte Kaja nach.

„Nichts. Nein, wirklich! Okay, wir waren ein paarmal aus, na und?“

„Aber das ist doch toll“, begeisterte sich Kaja. „Lädst du mich auch zur Hochzeit ein?“ Seit Kaja Thea kannte träumte diese von ihrer eigenen, möglichst baldigen Hochzeit. In Weiß. Diesen Teil konnte sich Kaja kaum vorstellen. Das mit der eigenen Familie hingegen schon. Sie wünschte sich wirklich, Thea würde endlich den Mann ihrer Träume finden.

„Jetzt mal langsam mit den jungen Pferden“, lachte Thea. „So weit sind wir noch lange nicht.“ Sie warf demonstrativ einen Blick auf ihre Uhr und meinte: „Was, schon so spät? Ich muss dringend los.“

Kaja musste über diesen schlecht kaschierten Versuch, das Thema zu wechseln, lachen. „Schon gut, ich lass dich ja in Ruhe. Aber beim nächsten Mal kommst du mir nicht so leicht davon!“ Zorro sprang auf, als er die Aufbruchsstimmung der beiden spürte und sprang aufgeregt um die zwei Frauen herum. „Lass das, du Schlitzohr!“, rügte ihn Kaja liebevoll.

„Du meldest dich, wenn du Max erreichst, ja?“

„Ja klar“, versicherte ihr Kaja.

Auf dem Rückweg zum Büro ging Kaja im Kopf nochmals alle Informationen durch, die sie bis jetzt gesammelt hatte. Mit halbem Auge beobachtete sie Zorro, der die kleine Parkanlage nach Essensresten durchkämmte, als plötzlich aus heiterem Himmel Lance auftauchte und ihr eine Pranke um die Schulter legte.

„Hey du", lächelte Kaja ihn an. „Ich muss mich wohl schon ziemlich an dich gewöhnt haben. Du schaffst es nur noch selten, mich zu erschrecken."

Entrüstet blickte Lance sie an. „Du willst mich wohl in meiner Drachenehre kränken?!"

„Nichts liegt mir ferner", versicherte sie ihm eilig, obwohl sie dabei ein wenig grinsen musste. „Im Ernst, das war ausnahmsweise nicht meine Absicht." Sie wurde kurz abgelenkt von ihrem Hund, der schon bis zum Hals in einem Abfalleimer steckte. „Hey, komm da weg!", rief sie Zorro zu. Keine Reaktion. Typisch. Sie rannte auf ihn zu, um ihn wegzuscheuchen. „Vorwärts jetzt. Du kriegst ja wohl genug zu fressen." Zorro blickte sich noch einmal wehmütig zu seinem Schlaraffenland um und sah gar nicht überzeugt aus, während er ihr missmutig hinterher trottete. „Hilfst du mir, ein wenig Ordnung in das Chaos in meinem Kopf zu bringen?", fragte sie Lance.

„Ich glaube, ich muss mir diesen Tag rot im Kalender anstreichen", meinte Lance, „mein Schützling bittet mich tatsächlich um Hilfe."

„Jetzt sei schon ruhig", brummte Kaja, „sonst ziehe ich die Frage wieder zurück!" Was den Drachen jedoch unbeeindruckt ließ und ihn nicht daran hinderte, ein Siegestänzchen aufzuführen, bis Kaja in sein Lachen einfiel.

20

Den Schlüssel zwischen die Zähne geklemmt, eine große Einkaufstasche in einer Hand und ihren Laptop in der anderen, versuchte Kaja gerade ihre Wohnungstür aufzustoßen, als Zorro auch schon wie wild durch den schmalen Spalt an ihr vorbei ins Innere der Wohnung stürmte, so dass ihr beinahe alle Einkäufe runtergefallen wären.

„Sag mal und sonst geht's bei dir?“, rief sie ihm leicht genervt hinterher, nur um gleich darauf von ihrem blauglitzernden Drachenfreund zur Seite geschoben zu werden. Kopfschüttelnd blickte sie den beiden hinterher und schob sich die Einkaufstüte im Arm zurecht. Nachdem sie im Büro eine weitere Stunde vergeblich auf einen elektronischen Auftrag gewartet hatte, hatte es ihr gereicht. Kurz entschlossen hatte sie ihre Sachen gepackt und sich auf den Weg ins nächste Einkaufszentrum gemacht. Schließlich kam heute Miri zu Besuch und sie wollte gerne später etwas kochen, damit sie nicht wieder auf den Pizzaservice zurückgreifen mussten. Und nachdem in ihrem Kühlschrank gähnende Leere herrschte, war der Sack in ihrem Arm randvoll mit frischen, leckeren Dingen und süßen, klebrigen kleinen Teilchen gefüllt. Endlich drinnen in der Wohnung stellte sie die Tüte auf die Ablage und wandte sich ihrer Post zu. Werbung und eine Zeitung. Beides kommt gleich ins Altpapier, beschloss sie, als ihr Blick am Wohnzimmertisch haften blieb. Sie ging näher heran, um herauszufinden, was das war, was ihre Aufmerksamkeit geweckt hatte. Ihr Zutritts-Badge! Wie kam denn der hierher? Irritiert blickte sie sich um.

„Vermutlich auf demselben Weg, wie er dich auch verlassen hat", ließ sich Lance lakonisch vernehmen, der sich, wie es aussah, mit Zorro um eine Tüte Chips stritt. Hatte sie die nicht eben erst gekauft? Bevor sie diesen Gedanken weiterverfolgen konnte, entdeckte sie unter dem Badge einen kleinen Zettel: ‚Hat alles geklappt, halte dir den morgigen Abend frei, holen dich morgen Abend ab (20:00 Uhr), Lagebesprechung', stand da im Telegrammstil.

Wir? fragte sie sich, zuckte dann mit den Schultern und mutmaßte, dass er wahrscheinlich einen seiner Mitarbeiter mitbringen würde. Morgen Abend hatte sie bis jetzt sowieso noch nichts vor und es wurde langsam Zeit, dass ein wenig Bewegung in die ganze Geschichte kam. Ihr Blick fiel wieder auf ihre zwei Mitbewohner.

„Aber hallo? Was ist denn hier los?" Keine Reaktion. Die beiden waren völlig damit beschäftigt, den Inhalt eben dieser Chipstüte (es war tatsächlich dieselbe, welche sie vor einer knappen Stunde erst gekauft hatte) in sich hineinzustopfen. Kurz entschlossen trat sie zwischen die beiden Kampfhähne und packte beide am Kragen. Zorro jaulte wehleidig auf, während sich Lance natürlich nach Drachenmanier sofort aus ihrem Griff befreite und in der hintersten Ecke des Wohnzimmers wieder auftauchte.

„Habe ich vielleicht endlich eure Aufmerksamkeit, meine Herren?" Kaja konnte sich nicht entscheiden, ob sie weinen oder lachen sollte. Quer durchs ganze Zimmer lagen Papierfetzchen und Chipskrümel verstreut. Zorro hatte sich mit hängenden Ohren und schuldbewusstem Gesichtsausdruck in seinem Korb verkrochen, während der Drache versuchte, mit einem möglichst unbeteiligten Gesichtsausdruck beschäftigt aus dem

Fenster zu starren, als ob das Ganze mit ihm überhaupt nichts zu tun hätte.

„Lance? Ich höre?" Kaja blickte ihn herausfordernd an und schaute ihn streng an.

„Ich? Was habe ich damit zu tun?"

„Dein unbeteiligtes Getue kannst du dir sparen. Schließlich wurdest du in flagranti mit deinem ganzen Kopf in der Chipstüte ertappt!"

„Frag doch Zorro?", maulte er.

„Tja, mit dir ist das Sprechen aber einfacher und zudem weiß ich zwar, dass mein Hund ein Chipsmonster ist, andererseits wüsste ich wirklich nicht, wie er die Chipstüte aus der Einkaufstasche hätte klauen sollen, ohne den ganzen Rest herunterzureißen!" Um ihr Argument zu unterstreichen, warf sie einen bedeutungsvollen Blick auf die scheinbar unberührte Einkaufstüte auf der Ablage neben der Spüle.

„Okay, okay! Wenn du mir also unbedingt die Rolle des Bösewichts aufdrängen willst, bitte." Scheinbar tiefgekränkt wandte er sich ab und schaute wieder aus dem Fenster.

„Nein, nein, so einfach kommst du mir nicht davon", schimpfte sie, hielt dann jedoch unsicher inne, als sie eine große Träne über sein schuppiges Gesicht rollen sah. „Lance?", fragte sie und trat einen Schritt näher. Nur um sofort ein verräterisches schalkhaftes Funkeln in seinen Augen zu entdecken. Sie konnte nicht anders. Wider Willen musste sie grinsen. „Ich sollte dich fürs Fernsehen anmelden. Das war ja schon fast oscarreif!"

„Siehst du und es hat funktioniert, ich wollte dich zum Lachen bringen!"

„Und da hast du dir gedacht, du veranstaltest mit Zorro ein Wettessen?"

„Genau! Und stell dir vor, was für ein Opfer ich dafür gebracht habe, ich mag Chips nämlich nicht einmal!", schloss er ernsthaft.

Ungläubig schüttelte Kaja den Kopf. „Weißt du was?"

„Was denn?"

„Mach das nächste Mal doch einfach einen schlechten Witz, wenn Du mich aufheitern willst", schloss sie ein wenig ungnädig, bevor sie sich daran machte, das Chaos aus ihrem Wohnzimmer zu entfernen.

Sie hatte es gerade geschafft, nach der Putzaktion, bei welcher Lance' Beitrag darin bestanden hatte, nicht im Weg zu sein, noch ein wenig Gemüse klein zu schneiden und einen Dip aus Sauerrahm und einigen frischen Kräutern aus ihrem kleinen Garten zu zaubern, bevor es an der Tür klingelte. Rasch trocknete sie sich ihre Hände an einem Geschirrtuch ab, warf den beiden Chaoten einen drohenden Blick zu, nur ja die Pfoten bzw. Klauen von dem Dip zu lassen und beeilte sich, Miri die Tür zu öffnen.

„Hallo Schwesterchen", wurde sie von Miri mit einem verschmitzten Lächeln im Gesicht begrüßt. Erleichtert, dass die unkomplizierte Stimmung, welche von Anfang an zwischen ihnen geherrscht hatte, offensichtlich anhielt, bat Kaja sie herein. Zorro, der wohl beschlossen hatte, für sein Verhalten von vorhin genug Zeit in seinem Korb verbüßt zu haben, stürzte sich begeistert auf Miri. Nachdem er genug getätschelt worden war, ging er zur Haustür, welche immer noch offenstand, und schaute hinaus. Da er nichts entdecken konnte, drehte er sich zu den beiden Frauen um und blickte sie erwartungsvoll an. „Nein, Chili konnte heute nicht…" „Chili kommt heute nicht…" begannen beide gleichzeitig, unterbrachen sich, schauten einander an und prusteten los.

„Das fängt ja schon vielversprechend an", schaltete sich Lance ungefragt ein.

„Du sprichst also mit Tieren?"

„Klar", antwortete Miri. „Aber das weißt du ja bereits, das ist ja bei Kaja auch so."

„Schon, nur streitet Kaja es ab", antwortete er.

„Ich streite gar nichts ab, es ist einfach eine Tatsache."

„Äh, und wie würdest du das von vorhin denn nennen?"

„Ach das, ich wusste einfach, was er denkt?"

„Aha." Miri öffnete schon den Mund und wollte noch etwas hinzufügen, beschloss aber, nicht auf dem Offensichtlichen herumzureiten. Schließlich war sie nicht gekommen, um sich mit ihrer unverhofft gefundenen Schwester zu streiten. Obwohl, dazu waren Schwestern ja da, überlegte sie sich plötzlich, beschloss aber, diese Erkenntnis zu einem späteren Zeitpunkt zu überprüfen. „Ich habe frischgepressten Apfelsaft mitgebracht, ich hoffe du magst den."

Kaja wollte schon mit dem üblichen „das wär doch nicht nötig gewesen" antworten, überlegte es sich dann aber anders und sagte: „Toll, genau das Richtige für heute Abend", was Miri offensichtlich freute.

Kaja setzte die kleine Schale mit dem Dip, den Teller mit den kleingeschnittenen Gurken- und Karottenstückchen zusammen mit zwei Gläsern und dem Apfelsaft auf ein Tablett. „Lass uns nach draußen gehen."

„Du hast einen Garten?", fragte Miri begeistert.

Kaja schnitt eine Grimasse. „Na ja, Garten ist eine ein wenig übertriebene Bezeichnung. Eher ein großer Balkon mit ein wenig Grasbewuchs", meinte sie und zwinkerte Miri zu.

„Besser als keinen Balkon und kein Grünzeug", antwortete diese, als sie sich mit einem Seufzer auf einer der Liegen niederließ. Unaufgefordert gesellte sich Lance zu ihnen mit einem weiteren Glas in der Hand, Zorro im Schlepptau. „Darf ich?", fragte er mit einem Blick auf Miri und hielt erwartungsvoll sein Glas Kaja hin, die am Einschenken war.

„Klar", beeilte sich Miri zu sagen. „Schließlich haben wir es ja sozusagen dir zu verdanken, dass wir uns kennengelernt haben."

Sichtlich zufrieden mit dieser Aussage machte er es sich gegenüber den beiden Frauen auf dem Rand des Rasens bequem. Erwartungsvoll schauten sie ihn an und warteten, bis Lance schließlich verwirrt fragte: „Wartet ihr auf etwas?“

„Na, hast du uns denn nichts zu sagen?“

„Ich? Nein. Ich würde mich doch nie in euer Treffen einmischen wollen. Tut einfach so, als wäre ich gar nicht da.“

Kaja ließ bedeutungsvoll ihre Augen über seinen glänzenden Drachenkörper wandern, der im Moment in seiner vollen Größe da saß. „Klar, schließlich bist du ja auch einfach zu übersehen, um nicht zu sagen unsichtbar“, witzelte sie. Sie wandte sich Miri zu um sie zu fragen, wie sie die letzten Tage verbracht hatte, als Lance sie auch schon unterbrach.

„Was ich doch noch wissen wollte – wer ist denn dein Drache?“

„Wusste ich's doch“, meinte Kaja und verdrehte die Augen.

„Wer war mein Drache, muss es korrekterweise heißen“, antwortete Miri wehmütig.

Irritiert hakte Lance nach: „War?“, was ihm einen bösen Blick von Kaja einbrachte.

„Merkst du denn nicht, dass sie das traurig macht? Musst du auch noch darauf herumreiten?“

Der Drache wollte erklären warum, überlegte es sich dann jedoch anders und wartete darauf, dass Miri fortfuhr.

„Sie hieß Maxi. Ich bin mit ihr zusammen aufgewachsen.“ Versonnen blickte Miri ins Leere, was auf schöne Erinnerungen schließen ließ.

„Maxi?“, fragte Lance freudig. „Die kenne ich. Eine schöne elegante Drachin mit violett glänzenden Schuppen?“

„Genau! Du kennst sie? Wie geht es ihr? Was macht sie so?“

„Klar kenne ich sie. Kannte ich sie“, verbesserte er sich schnell.

„Wann hast du das letzte Mal mit ihr gesprochen?“ Miri war völlig aus dem Häuschen.

„Ach“, er machte eine vage Handbewegung, „das wird vor sicher fünfzig Jahren gewesen sein. Du weißt ja, wie das ist bei uns Drachen.“

„Oh“, antwortete Miri. Kaja, die Miris Enttäuschung spürte, beeilte sich das Thema zu wechseln.

„Habe ich dir schon vom Firmenball erzählt?“

„Nein, wie war es denn“, nahm Miri den Themenwechsel dankbar an.

Eine Stunde später hatte ihr Kaja sämtliche peinliche Einzelheiten des vergangenen Abends in den buntesten Farben geschildert und die beiden saßen kichernd und schon etwas angeheitert vor dem letzten Glas Wein.

Plötzlich fragte Kaja: „Hast du schon Hunger? Soll ich jetzt kochen? Oder…“

„Oder was? Essen brauche ich eigentlich nicht so dringend, du hast mich schon ganz gut mit diesem Gemüse hier abgefüttert.“

„Ich habe dir doch von Mémé erzählt.“

„Ja, deine Großmutter.“

„Genau. Ich weiß nicht, ob ich es erwähnt habe, aber unter anderem stellt sie auch eigenhändig Duftkerzen her mit Kräutern aus dem eigenen Garten. Wenn ich da bin, helfe ich ihr immer dabei. Ich liebe es, den Duft des heißen Wachses, der sich mit den Aromen der getrockneten Kräuter mischt, zu riechen. Diese Arbeit gibt mir immer so viel Ruhe und erinnert mich an glückliche Winterabende mit Mémé.“

„Macht man Kerzen nur im Winter?“

„Nein, inzwischen stellt sie rund ums Jahr Kerzen her, da ihr Geschäft sehr gut läuft. Aber der Winter bietet sich natürlich grundsätzlich an. Erstens wird es bei der Arbeit ziemlich warm, das Wachs muss ja flüssig sein, und zweitens verbringt man gezwungenermaßen mehr Zeit drinnen, da es ja früh dunkel wird."

„Klingt total spannend. Zeigst du mir mal, wie das geht?"

Kaja musste lachen. „Auf diese Frage habe ich gehofft. Ich habe nämlich einem Freund versprochen, für ihn eine Kerze zu machen. Und nachdem mein erster Versuch ein ziemliches Desaster war, wollte ich dich fragen, ob du nicht Lust hast, mir zu helfen?" Hoffnungsvoll blickte sie ihre Freundin an.

„Aber klar. Gerne sogar."

„Super, dann lass uns reingehen und ich suche alle Sachen zusammen, die wir brauchen."

Als sie zusammen die Überreste ihres Apéros reintrugen, fragte Miri: „Wieso wurde dein letzter Versuch ein Desaster? Hast du es schon lange nicht mehr gemacht?"

„Hm, das auch", murmelte Kaja, die kopfvoran in einem Küchenschrank steckte und nach etwas suchte. „Vor allem aber war mir nicht klar, wie ideal Mémés Atelier inzwischen eingerichtet ist. Da geht dir praktisch jeder Schritt wie von selbst von der Hand. Und das hier", sie gestikulierte in ihrer Küchen-/Wohnzimmerkombination herum, „ist nicht unbedingt das, was ich eine Werkstatt nennen würde."

„Okay, ja, das sehe ich", stimmte Miri ihr zu, während sie den Blick neugierig durch die Wohnung schweifen ließ.

Kaja, die den Blick bemerkte, sagte zu ihr: „Schau dich ruhig überall um. Aber wenn du eine Führung möchtest, musst du dich bis nachher gedulden."

„Du kannst es wohl kaum erwarten, bis wir fertig sind", beobachtete Miri. „Vor lauter Vorfreude oder weil du es hinter dich bringen möchtest?"

„Ein wenig von beidem, wenn ich ganz ehrlich bin. Bei Mémé zu Hause gehört es einfach dazu, aber hier, wo das Ganze zu so einer komplizierten Geschichte wird, fällt es mir schwer, mich dazu durchzuringen. Und jetzt habe ich es schon eine Weile vor mir her geschoben."

„Jetzt hast du ja mich als moralische Unterstützung."

„Hoffentlich auch deine tatkräftige", scherzte Kaja.

„Ja klar, das natürlich auch."

„Hier, riech mal." Kaja reichte ihr einige kleine braune Papiertüten. „Das da ist Lavendel, das hier müssten Orangenblüten sein und das hier", sie unterbrach kurz, um ihre Nase in die Tüte zu stecken, „ach ja, Rosmarin."

„Himmlisch", war Miris einziger Kommentar. Während Kaja systematisch die verschiedenen Zutaten für die Wachsmischung abwog und in einem großen alten Topf miteinander vermischte, erklärte sie Miri die einzelnen Schritte, Mémés Stimme im Ohr, wie sie es ihr als Kind erklärt hatte. Miri hörte ihr interessiert zu und unterbrach sie nicht. Als das Wachs am Schmelzen war, holte Kaja noch verschiedene Fläschchen mit ätherischen Ölen hervor.

„So, jetzt kommt der kreative Teil. Welche Duftnote wollen wir den Kerzen geben?" Zum Glück hatte ihr Mémé drei Formen mitgegeben, so konnte sie Miri als Dank für ihre Hilfe wenigstens eine der Kerzen mitgeben.

„Nach welchen Kriterien gehst du da vor?"

„Hm, es kommt darauf an", antwortete Kaja, auf den Schmelzvorgang im Topf konzentriert. „Sind die Kerzen für den Verkauf gedacht, überlegt man grundsätzlich mal, welche Emotionen am meisten Leute ansprechen. Wie zum Beispiel Weihnachten, Entspannung, etwas Belebendes, Liebe... verstehst du, was ich meine?"

„Klar, also ziemlich nüchterne und wirtschaftlich geprägte Überlegungen."

„Ja, schließlich sollen die Kerzen sich gut verkaufen, also muss man sich auch solche Gedanken machen. Und den Leuten fällt es leichter, sich für einen Titel zu interessieren und erst dann daran zu riechen und zu entscheiden, ob es ihnen gefällt oder nicht. Viele kommen nach der ersten Kerze wieder, kommen ins Gespräch mit Mémé und bekommen dann eine persönliche Mischung.“ Kaja grinste stolz. „Mémé ist ein alter Fuchs, wenn es um den Verkauf geht. Allerdings glaube ich, ihren Erfolg verdankt Mémé vor allem der Tatsache, dass sie sich wirklich Mühe gibt, mit dem Duft das gewünschte Thema zu treffen. Dort kommen dann ihr Händchen mit den Kräutern und ihre intuitive Erfassung von den verschiedenen Stimmungen zum Tragen.“

„Darauf ist sie bestimmt bei den personifizierten Kerzen noch mehr angewiesen.“

„Das stimmt. Dafür hat sie aber spezifischere Informationen darüber, was die Person wirklich sucht. Das finde ich persönlich fast einfacher, als zu einem Thema eine Duftmischung zu finden, welches viele Menschen anspricht.“

„Hm, kann ich mir vorstellen. Jeder assoziiert schließlich etwas anderes mit bestimmten Gerüchen.“

„Genau. Weihnachten zum Beispiel ist relativ einfach, da es zumindest in unseren Breitengraden oft mit ähnlichen Gewürzen in Verbindung steht wegen der ganzen Backerei. Ab da wird’s dann schwierig.“

„In dem Fall lass uns anfangen“, sagte Miri einfach.

Kaja stellte ein kleines Schälchen für die Kräutermischung bereit und begann, Miri einen kurzen Einblick in Lucs Leben zu geben. Als sie fertig war, fragte sie Miri: „So, jetzt weißt du einiges über ihn. Lass es dir durch den Kopf gehen und schau einmal, was dir dazu einfällt.“

„Ich? Aber ich habe doch gar keine Erfahrung in solchen Dingen“, wehrte Miri ab.

„Musst du auch nicht. Überlege dir einfach, was dein erster Eindruck ist, was Luc in seinem Leben gebrauchen könnte. Ich schlage dann dazu Kräuter vor, du riechst an ihnen und sagst mir, ob das deinem Gefühl nach passt."

„Für jemanden, der vorgibt, keinen Zugang zu seiner intuitiven Seite zu haben, bist du aber mit ganzem Herzen dabei."

„Endlich hört sie das mal von jemand anderem als nur von mir", schaltete sich Lance ins Gespräch ein.

„Ruhe auf den billigen Plätzen", rief Kaja vergnügt. „Das ist schließlich ganz was anderes."

„Aha", meinten der Drache und Miri unisono und verdrehten beide die Augen.

„Schluss jetzt, Miri muss sich konzentrieren", rügte Kaja, konnte sich ein belustigtes Grinsen jedoch nicht verkneifen. Sie war selbst überrascht, wie viel Spaß sie bei der ganzen Sache hatte. Das war der beste Abend seit langem. Okay, vielleicht bis auf ihr letztes Treffen mit Tim. Tim. Tims Kerze musste ja auch noch gemacht werden. Schnell schob sie den Gedanken weg, das konnte jetzt ja gut noch fünf Minuten warten. Sie wandte sich wieder Miri zu, die tief in Gedanken versunken da saß. „Also, was meinst du?"

„Als Erstes ist mir etwas Aufhellendes in den Sinn gekommen. Weil du ja gesagt hast, dass er oft ein wenig grummelig ist?" Mit einem fragenden, etwas unsicheren Lächeln im Gesicht schaute sie Kaja an, gespannt auf deren Feedback.

„Das ist gut, stimmt, du hast recht." Kaja schüttelte den Kopf. Schon spannend, wie man oft das Offensichtliche übersah, wenn man jemanden zu gut kannte. Mit gerunzelter Stirn stand Kaja vor ihren Kräutertüten. Offenbar unzufrieden mit dem, was sie sah, verschwand sie wortlos in ihrem Schlafzimmer. Als sie wieder zurückkam, spielte ein zufriedenes Lächeln um ihre Mundwinkel, in der Hand hatte sie ein paar getrocknete Zweige mit Blättern daran. „Riech mal hier und sag mir, was du denkst."

Miri nahm die getrockneten Kräuter vorsichtig und roch daran. „Hm, perfekt. Und was ist es? Ich bin nicht gerade mit einem grünen Daumen gesegnet, deshalb habe ich keine Ahnung, was es ist."

„Zitronenmelisse von letztem Sommer."

„Wächst das auch draußen bei deinem Sitzplatz?"

„Nein, die habe ich letztes Jahr aus Frankreich mitgebracht, als ich Mémé besucht habe."

„Deinen Erzählungen nach habe ich den Eindruck, als wäre deine Großmutter ein Mensch, den ich gerne kennenlernen möchte."

„Also, nicht dass du das jetzt falsch verstehst", fügte sie nach einem Moment hinzu, als Kaja nichts darauf antwortete. „Ich wollte mich nicht selber einladen."

„Nein, nein, so habe ich das auch nicht aufgefasst", beeilte sich Kaja zu sagen, die eben beschäftigt gewesen war, das heiße Wachs umzurühren. „Das wäre doch eine gute Idee. Wir könnten mal zusammen hinfahren. Aber jetzt lass uns erst einmal die Öle und Kräuter für die verschiedenen Kerzen auslesen. Fällt dir noch was zu Luc ein?"

„Hm, etwas, das Klarheit bringt?"

„Klarheit? Wie meinst du das jetzt genau?", fragte Kaja mit gerunzelter Stirn nach.

Miri suchte nach Worten. „Klarheit im Sinne von: weniger zerstreut. Mir ist schon klar, dass er ziemlich den Durchblick hat, nur ist er ab und zu zerstreut, wenn ich dich richtig verstanden habe?"

„Perfekt." Sie nahm eines der Öle zur Hand und hielt es Miri unter die Nase.

„Genau. Und das kenne sogar ich: Pfefferminze", lachte sie.

„Gut, Kerze Nummer 1 wäre entschieden. Kerze Nummer 2…"

„Für wen ist denn die?"

„Die, äh, die ist auch für einen äh, Freund“, antwortete Kaja wenig überzeugend. Wenig hilfreich war auch, dass Lance im Hintergrund anzüglich zu pfeifen anfing.

„Ach so, so ein Freund“, stichelte Miri vergnügt und zwinkerte Lance verschwörerisch zu. Kaja blieb stumm und blickte stur in ihren Wachstopf, den sie wieder einmal umrührte. „Na ja, nachdem du dich ja weigerst, über diesen Freund zu sprechen, kann ich dir auch schlecht bei der Auswahl der Kräuter helfen.“ Nach einem Moment, während dem Kaja immer noch keinen Kommentar abgegeben hatte, wollte sie wissen: „Wie kommt es denn, dass dieser unwichtige Freund eine Kerze kriegt?“

„Das hat Luc so beschlossen“, gab Kaja grummelnd zur Antwort.

„Aha.“

„Was: Aha?“

„Nichts, einfach Aha.“

„Also gut. Er heißt Tim, war während meiner Kindheit mein bester Freund, dann habe ich ihn lange nicht mehr gesehen und bei meinem letzten Ausflug zu Mémé bin ich ihm zufällig wieder über den Weg gelaufen.“

„Und?“

„Was und? Immer noch nicht zufrieden?“

„Ja, du hast ja auch die Hälfte und so wie ich das sehe die bessere Hälfte der Geschichte ausgelassen“, ließ sich Lance vernehmen.

„Ruhe da hinten.“ Mit gespielter Verzweiflung wandte sie sich an Miri: „Hat man mit einem Drachen wirklich kein Anrecht mehr auf eine Privatsphäre?“

„Hm, nein. Und mit mir als Freundin auch nicht“, scherzte Miri. „Also los, spuck‘s schon aus.“

Kaja wählte eines der Duftöle aus, roch erst selbst daran und reichte es dann Miri. „Dieses Gefühl vermittelt er mir jetzt.“

„Wärme, Geborgenheit, Verlässlichkeit“, stellte Miri fest. „Passt bis jetzt ganz gut zum Thema bester Freund.“ Sie blickte fragend zu Lance, welcher wissend lächelte und unmerklich den Kopf schüttelte.

„Die ersten beiden Adjektive stimmen – beim dritten, der Verlässlichkeit bin ich mir nicht so sicher. Es ist übrigens Sandelholzöl, das mit genau diesen Gefühlen in Verbindung gesetzt wird.“ Kaja seufzte.

„Hm, Sandelholz – ein sehr sinnlicher Duft. Wieso bist du dir nicht sicher mit der Verlässlichkeit? Hat er dir Anlass zur Annahme gegeben, dass er unzuverlässig ist?“

„Nein, so habe ich das nicht gemeint. Was in mir vorgeht, wenn ich in seiner Nähe bin, hat nichts mit Verlässlichkeit zu tun. Das ist viel mehr ein kompletter Gefühlsaufruhr.“

Nach dieser Offenbarung beschloss Miri, die Sticheleien erst einmal zu lassen und fragte: „Hast du ihn denn wieder gesehen, seit du aus Frankreich zurück bist?“

„Ja, sogar schon zweimal.“

„Das ist doch toll? Oder nicht?“

„Ja, es war jedes Mal toll. Und genau das macht mir eine Heidenangst!“ Kaja beschloss, für heute erst einmal genug über Tim gesprochen zu haben und suchte rasch noch Kräuter, um die Kerze fertigzustellen. „Das kommt auch noch dazu. Erkennst du es?“

„Mir kommt Pizza in den Sinn, war das deine Absicht?“, fragte Miri frech, die gemerkt hatte, dass nun Kaja das Bedürfnis hatte, das Thema zu wechseln.

„Kann ich verstehen, das ist Rosmarin, in jedem Pizzagewürz zu finden.“

„Und wieso bekommt der Mann eine Pizzakerze? Soll das vielleicht ein Wink mit dem Zaunpfahl sein, was du dir zum Abendessen wünschst?“

„Auch nicht falsch, wenn er es so versteht“, kicherte Kaja. „Nein, das habe ich von Mémé gelernt: Rosmarin ist eine starke Schutzpflanze.“

„Hm, schutzbedürftig hörte sich der Mann aus deiner Beschreibung ja nicht gerade an. Obwohl, über sein Aussehen hast du dich ja auffällig ausgeschwiegen“, konnte es Miri nicht lassen, hinzuzufügen.

„Groß, breitschultrig, strahlend blaue Augen, dunkle Haare, muss ich weitersprechen oder reicht das, um dir den Mund wässrig zu machen“, konterte Kaja geschickt.

„Oh“, war alles, was Miri dazu einfiel. Und was um Himmels willen hielt Kaja davon ab, sich Hals über Kopf in eine Affäre mit diesem offensichtlichen Mr. Perfect zu stürzen? fragte sie sich ein wenig neidisch. Schnell schüttelte sie die dunklen Gedanken ab und tröstete sich, dass sie ja in einer Stunde unterwegs sein und sicher auch endlich den Mann ihrer Träume treffen würde.

Ihr Gedankengang wurde von Kaja unterbrochen, die etwas sagte. „Schutz deshalb, weil er die ganze Zeit unterwegs ist und wilde Bären besucht.“

Miri bemerkte die unterschwellige Spannung, die in der leicht dahingesagten Aussage steckte, sofort. Also hier lag der Hund begraben. Miri stellte fest, dass es, obwohl es sich anfühlte, als würden sie sich schon ewig kennen, noch viele Bereiche in Kajas Leben gab, von denen sie keine Ahnung hatte. Aber das ließ sich ja ändern. Sie bemerkte, dass Kaja noch eine dritte Mischung zusammengestellt hatte. „Für wen ist denn die dritte Kerze?“

„Für dich.“

„Für mich? Lass mich mal riechen“, forderte Miri aufgeregt.

„Nichts da, du kannst dann an der fertigen Kerze riechen und entscheiden, ob du den Duft magst oder nicht. Wenn nicht, kann ich dir ja jederzeit eine neue machen.“

„Wow, das hätte ich jetzt nicht erwartet."

„Das ist ja das Schöne am Schenken", versicherte Kaja ihr. „So, jetzt brauche ich aber deine Hilfe. Siehst du, hier am Boden der Gussformen habe ich das eine Ende der Dochte befestigt, das andere Ende an diesem Bambusstab. Jetzt wäre ich froh, wenn du den Bambusstab so halten könntest, dass alle drei Dochte leicht angespannt sind und ganz gerade zur Decke zeigen. Das ist mir nämlich beim letzten Versuch alleine nicht gelungen."

„Klar, gib her." Während Miri die Dochte spannte, füllte Kaja das flüssige Wachs in die Formen.

„Und jetzt kommen die Kräuter dazu?"

„Die kommen erst ganz am Schluss rein, wenn das Wachs kurz vor dem Erstarren ist, das heißt, so kühl wie möglich und so flüssig wie nötig, sprich: ziemlich zähflüssig. Gerade so, dass du die Kräuter und das Öl noch darunterziehen kannst. Wenn wir es jetzt gleich hinzufügen würden, würden die ätherischen Öle einfach verdampfen und das Aroma der Kerze wäre viel schwächer."

Beeindruckt hörte Miri zu und versuchte, sich so viel wie möglich zu merken. „Soll ich dich mal ablösen?", fragte Kaja.

„Das wäre toll, mit der Zeit wird das ganz schön anstrengend!", stellte Miri fest.

Während sie warteten, meinte Kaja: „Hättest du Lust, am Samstagmorgen mit Zorro und mir einen langen Spaziergang zu machen? Ich hole dich auch ab! Ich muss wieder mal raus und meinen Kopf durchlüften."

Miri fragte vorsichtig: „An welche Zeit hast du denn gedacht?"

„Ich bin jeweils recht früh unterwegs, aber ich kann mich anpassen. Was wäre dir denn recht?"

„Ich bin morgen Abend noch weg und es wird wahrscheinlich später…"

Kaja fiel ein, dass sie ja morgen auch verabredet war, mit Simon. „Ich auch, also gehen wir einfach ein wenig später. Zehn Uhr?“

Miri schluckte. Normalerweise stand sie samstags frühestens um halb elf auf. Tapfer antwortete sie jedoch: „Klar, kein Problem. Läute einfach ein paarmal, für den Fall, dass ich noch unter der Dusche stehe.“ Oder im Bett liege, dachte sie im Stillen.

„Super!“ Kaja tupfte mit einem Finger vorsichtig in das zähflüssige Wachs. „So, jetzt müssen wir uns beeilen. Kannst du hier wieder übernehmen?“ Sie überreichte Miri den Bambusstab und begann mit geübten Handbewegungen, erst die Kräuter in das Wachs zu streuen und mit einem Holzspan darunterzuziehen, bis sie am Ende von jedem Öl ein paar Tropfen hinzufügte. „So, jetzt dauert es noch ungefähr fünf Minuten, dann können wir die Dochte abschneiden.“

Miri warf einen Blick auf ihre Uhr. „Was, schon so spät. Ich muss dann auch gleich gehen. Wir treffen uns noch auf einen Drink, ein paar Kollegen und ich.“

„Nette Leute?“

Miri antwortete nicht darauf, sondern beugte sich vor, um an ihrer eigenen Kerze zu schnuppern. „Toll, einfach toll. Und was ist da jetzt drin?“

„Rosenblätter und Orangenblütenöl.“

„Aha. Seltsam, ich hätte mich gar nicht so als Blumenmädchen gesehen.“ Es war Miri anzumerken, dass sie den Duft zwar umwerfend fand, jetzt aber, da sie wusste, was da so gut duftete, sich nicht sicher war, ob sie das gut finden sollte.

„Jetzt mach nicht so ein Gesicht“, zog Kaja sie auf. „Es ist ja nur eine Kerze. Keine Persönlichkeitsanalyse.“

„Das hat aber bei den zwei anderen Kerzen etwas anders geklungen“, maulte Miri. „Ich gebe ja zu, ich mag den Duft.

Besser gesagt, ich finde ihn sensationell. Aber ich bin mir nicht sicher, was das über mich aussagt."

„Mach dir nicht so viele Gedanken. Wie gesagt, es ist mir einfach so eingefallen. Und wie du weißt, bin ich nicht so ein intuitives Wesen wie du."

Miri schaute bei Kajas Erklärung ungläubig zu Lance hinüber. Der tat jedoch so, als bekäme er von all dem nichts mit und gab vor, seine Krallen zu inspizieren. Gut, dann eben nicht. Ignorieren konnte sie auch gut. Vor allem offensichtlich nicht anwesende Drachen. „So, tut mir leid, aber ich muss jetzt los, sonst finde ich die anderen nie mehr."

Kaja, ein wenig überrumpelt von diesem plötzlichen Aufbruch, hakte nochmals nach: „Also, dann bleibt's dabei, Samstagmorgen um zehn Uhr?"

„Ja, ich freu mich, bis dann." Miri schnappte sich ihre Handtasche, schlüpfte in ihre Jacke, tätschelte dem schlafenden Zorro den Bauch und drückte Kaja zum Abschied kurz. Und weg war sie.

„Besonders gut erzogen hat ihr Drache sie ja nicht", ließ sich der Drache vernehmen, kaum war Miri aus der Tür.

„Was?" Irritiert blickte Kaja Lance an.

„Typisch. Du hast wieder einmal überhaupt nichts mitgekriegt."

„Was nicht mitgekriegt?"

„Na, dass sie gegangen ist, ohne sich von mir zu verabschieden. Ts ts!"

„Jetzt krieg dich ein, du hast dich ja so unauffällig verhalten, dass selbst ich dich beinahe vergessen hätte. Und es ist ja nicht so, dass ich ein großartiges Abschiedszeremoniell gekriegt hätte. Dass dir das überhaupt aufgefallen ist, ich dachte, du wärst die ganze Zeit mit Fellpflege beschäftigt gewesen."

„Also ich muss doch schon bitten! Drachen haben Schuppen, kein Fell. Und überhaupt, wir Drachen sind multitaskingfähig."

Kaja prustete los. „Ja klar. Das behaupten alle Männer. Hat nicht ganz danach ausgesehen, als sie vorhin deine Unterstützung gesucht hat."

Als sie Lance' überraschten Gesichtsausdruck sah, schmunzelte sie. „Das hättest du nicht gedacht, dass ich das mitgekriegt habe. Das nennt man eben die hohe Kunst der Multitaskingfähigkeit! Aber so sehr ich unser Geplänkel auch genieße, könntest du mir nicht hier kurz helfen aufzuräumen?"

„Äh, mir fällt da gerade ein, ich habe auch noch einen Termin…"

„Nichts da, hiergeblieben!" Aber zu spät. Kaja sprach nur noch zu sich selbst. „Termin. Wer's glaubt! Vermutlich mit meinem Kopfkissen", schnaubte sie und machte sich ans Aufräumen.

„Du kannst wieder aus deinem Loch hervorkommen", rief Kaja ins leere Wohnzimmer hinein, wo sie es sich auf dem Sofa mit ihren süßen Teilchen, die bis jetzt unbeachtet auf dem Küchentresen gestanden hatten, gemütlich gemacht hatte. Sie streckte sich und stellte fest, dass sie sich seit langem wieder einmal richtig entspannt und zufrieden fühlte. Muss wohl an Miris Besuch liegen, beschloss sie.

„Drachen wohnen manchmal in Höhlen, meistens in Burgen oder Schlössern aber sicher nie in Löchern", klärte Lance sie beleidigt auf, als er sich neben ihr auf der Couch materialisierte.

„Ja, ja, wie auch immer", antwortete sie friedfertig. Heute Abend hatte sie keine Lust, sich ihre friedliche Stimmung von ihrem Drachen verderben zu lassen, auch wenn sie das gegenseitige Geplänkel meistens genoss. Sie ließ den letzten Schluck Wein in ihrem Weinglas kreisen. „Du, sag mal, hast du Miris Drache wirklich vor 50 Jahren zuletzt gesehen?"

„Wieso fragst du?", wollte Lance vorsichtig wissen.

„Na, weil Miri mir erzählt hatte, sie sei mit Maxi aufgewachsen, also 1:1, sprich Maxi war damals noch ein kleiner Drache.

Dann konntest du sie ja unmöglich vor 50 Jahren getroffen haben. So alt ist Miri schließlich noch nicht", schloss sie mit einem Grinsen.

„Ach so, das meinst du. Auch wenn Miri den Eindruck hatte, Maxi sei gleich alt wie sie selbst, war Maxi zu dem Zeitpunkt mindestens 132 Jahre alt. So alt müssen wir nämlich mindestens sein, um einen Schützling zu übernehmen. Das ist natürlich, gemessen an einem Drachenleben, nicht viel, also machte sie bestimmt einen sehr jungen Eindruck."

„Aha." Irgendwie hatte es ja schon etwas Surreales, hier mit einem Drachen zu diskutieren und seine Erklärungen ohne die geringsten Zweifel für bare Münze zu nehmen. Aber egal. Solche Überlegungen lohnten sich nicht, wenn man morgens schon gar nicht mehr darüber nachdachte, ob das Ding neben einem auf dem Kopfkissen ein Stofftier war oder nicht. Kaja gähnte. Der Drache fiel prompt mit ein. „Lass uns ins Bett gehen, morgen ist auch noch ein Tag", schlug er vor.

„Gute Idee. Und versuch mich daran zu erinnern, Max auf seinem Handy anzurufen. Vielleicht kann ich Simon dann abends gleich mitteilen, wo er ihn erreichen kann."

„Klar", antwortete Lance, der allerdings seine Zweifel hatte, ob es so einfach werden würde.

In der Zwischenzeit war Miri in der verrauchten Bar bei ihrem vierten Tequila angekommen und fragte sich ernsthaft, was in aller Welt sie dazu bewogen hatte, für das hier einen sehr entspannten Abend mit Kaja abzubrechen. Die Musik war schlecht und wie immer viel zu laut, und vor lauter Rauch sah man kaum die Hand vor den Augen. Schnell leckte sie sich das Salz von ihrem Handrücken, kippte den Tequila und biss in die Zitrone. Das Gute war, dass die Zunge nach dem zweiten Shot jeweils schon komplett taub war. Gelangweilt musterte sie die mehr oder weniger motiviert tanzenden Leute, wenn dieses Gewippe überhaupt Tanzen genannt werden konnte. Das war ja heute wieder mal eine vergebliche Aktion gewesen, hierherzukommen. Plötzlich spürte sie eine Hand auf ihrer Hüfte.

„Und? Hast du mich heute schon vermisst?“, flüsterte ihr eine Stimme ins Ohr.

Genervt dachte sie: Heute? Wohl eher die letzten zwei Wochen. Sie wandte sich demonstrativ ab, obwohl sie trotz ihrer Verstimmung die Hitze seiner Hand bemerkte und spürte, wie sich das Kribbeln in ihrem Bauch zu einem Buschfeuer entwickelte.

„Lass doch diese Spielchen! Du freust dich doch auch, mich zu sehen“, brummte er und zog sie näher an sich ran. „Lass uns gehen.“ Miri seufzte innerlich. Vielleicht hat es sich ja doch gelohnt, dachte Miri, wunderte sich aber doch kurz, wieso sie sich nicht mehr freute. Sie drehte sich zu dem Mann um, hakte sich bei ihm ein und ließ sich von ihm nach draußen in die dunkle Nacht führen.

21

Freitagmorgen versuchte Kaja mehrmals vergeblich, Max auf seinem Handy zu erreichen.

„Der Teilnehmer ist momentan nicht erreichbar, piep, piep, piep…"

Langsam machte sie sich wirklich Sorgen um ihren Chef. Sie hatte keine Ahnung, wo er stecken konnte. War ihm vielleicht etwas passiert? Kaja trank ihren Kaffee aus und machte sich lustlos fürs Büro fertig. Heute würde wohl wieder so ein langweiliger Tag in der Firma werden. Immer noch hatte sie keinen neuen Auftrag. Sie seufzte. Das konnte sie am wenigsten leiden. Dieses bloße Absitzen von Anwesenheitszeit machte sie immer halb wahnsinnig. Zum Glück war das die letzten Jahre praktisch nie vorgekommen, weil sie immer mit irgendeinem spannenden Projekt beschäftigt gewesen war. Gedankenverloren spielte sie mit ihrem Schlüssel. Na ja, es half ja alles nichts, sie musste jetzt wohl los. Zorro wartete schon wedelnd an der Tür.

„Dir ist das egal, was?", meinte sie mürrisch, konnte sich aber ein Lächeln nicht verkneifen, als sie seinen erwartungsvollen Blick sah. „Hast ja recht, für dich ändert sich ja tatsächlich nichts. Im Büro auf dem Boden zu liegen ist immer gleich spannend, ob ich jetzt arbeite oder am Computer Sudokus löse. Los komm, lass uns gehen."

Nach zwei Stunden Nichtstun stieß sie sich frustriert vom Schreibtisch ab. „Aargh! Ich kann das nicht länger!"

„Was kannst du nicht länger?", wollte Lance unbekümmert wissen. Er saß ganz entspannt auf der Fensterbank, als würde er seit einer Ewigkeit dort sitzen.

„Du hast wirklich etwas von einer Katze", gab ihm Kaja stattdessen zur Antwort.

„Katze?" Ausnahmsweise wirkte der Drache ehrlich verblüfft.

„Ja, Katzen sehen auch immer so aus, als würden sie schon seit Stunden wenn nicht Tagen in derselben Position da sitzen, liegen, was auch immer." Sie machte eine unbestimmte Handbewegung. „So, ich gehe jetzt zum Abteilungsleiter", sie musste sich kurz schütteln, „brr, auch wenn ich absolut keine Lust habe, aber das hier ist ja kein Zustand."

„Was denn?" Abgelenkt kaute Lance auf Kajas Pausenbrötchen herum. Genervt riss sie es ihm aus der Hand, warf einen Blick darauf und gab es ihm wieder zurück. Sie war ja nicht heikel, aber ein von einem Drachen angenagtes Brötchen sah wirklich nicht sehr appetitlich aus.

„Wieso musst du dich ausgerechnet an meinem Lunch vergreifen, wenn du ja eigentlich sowieso nur von Drachenenergie lebst", wollte sie wissen.

Lance zuckte mit den Schultern. „Hm, ich weiß nicht, es lag halt einfach da und sah so lecker aus."

„Ach ist ja auch egal, ich geh jetzt auf jeden Fall."

„Warte, halt, stopp, so entschlussfreudig kenne ich dich ja gar nicht! Erzähl doch mal, um was es geht."

„Nein, ich hab jetzt keine Zeit, sonst lässt mich meine Entschlussfreude, wie du das so schön genannt hast, wieder im Stich!"

Verblüfft schaute Lance der verschwundenen Kaja hinterher. „Sag mal, du Fellknäuel, weißt du, was los ist?" Zorro schaute ihn nur mit hochgezogenen Augenbrauen an. „Ja, ja, ist ja schon gut, ich hätte ihr besser zuhören sollen“, gab der Drache zu.

„Ich dachte, du weißt sowieso alles? Angeber, puh!“ Mit diesen herablassend gemurmelten Worten drehte sich Zorro auf die andere Seite und schickte sich an, seinen Büroschlaf fortzusetzen.

Kaja war unterdessen bei der Sekretärin des Abteilungsleiters angekommen, welche genauso aussah wie die Assistentin, die für Max arbeitete. Obwohl sie total angespannt war, kam ihr der absurde Gedanke, dass diese Sekretärinnen wohl alle per Internet von derselben Sekretärinnenschule bestellt worden waren. Fast hätte sie laut losgelacht. Aber sie riss sich zusammen. Wohl nicht die beste Idee, wenn sie gerade die Assistentin überreden wollte, sie zum Abteilungsleiter zu lassen.

„Ja?“, kam die gelangweilte Frage der Assistentin.

Wahrscheinlich geklont, dachte Kaja bei sich und biss sich auf die Innenseite ihrer Unterlippe, um ein Grinsen zu unterdrücken. „Ich hätte ein dringendes Anliegen, das ich mit dem Abteilungsleiter besprechen sollte.“

„Ach ja? Haben Sie einen Termin?“

„Nein, aber wie ich schon sagte, es ist dringend.“

„Das sagen alle“, gab die Sekretärin unbeeindruckt zurück. „Ohne Termin keine Besprechung.“

„Und für wann können Sie mir einen Termin geben?“, fragte Kaja, mühsam ihre Ungeduld in Zaum haltend.

„Schicken Sie mir eine Mail mit einer Terminanfrage, das wird nächste Woche bearbeitet, und wenn Sie Glück haben, kriegen Sie Ende nächster Woche einen Termin.“

„Aber ich stehe ja jetzt vor Ihnen. Da können Sie doch jetzt schnell nachschauen, wann der schnellstmögliche Termin ist“, beharrte Kaja.

„So steht es aber nicht im Ablaufprotokoll.“

Entgeistert starrte Kaja die Assistentin an. „Das ist jetzt aber nicht Ihr Ernst?!“

„Doch“, gab diese gelangweilt zurück.

Kaja spürte, dass sie langsam aber sicher mit ihrer Geduld am Ende war. Sie würde sich jetzt wohl nicht von dieser Wichtigtuerin aufhalten lassen, nachdem sie schon ihren ganzen Mut dafür zusammen genommen hatte, um hier aufzutauchen. Kurz entschlossen drehte sie sich um und marschierte auf die Bürotür des Abteilungsleiters zu.

„Sie können nicht einfach…“

Doch Kaja hörte sie schon gar nicht mehr.

Vorsichtig schloss sie die Tür hinter sich. Seit sie die Schwelle tatsächlich übertreten hatte, war ihr gar nicht mehr so mutig zu Mute. Ach was, schalt sie sich selbst. Einfach so tun als ob, hatte Lance gesagt. Unbewusst straffte sie ihre Schultern und wandte sich um.

„Hallo, meine Liebe. Das trifft sich ja gut, dass Sie hier sind. Ich wollte sowieso dringend mit Ihnen sprechen“, meinte ein ölig lächelnder Abteilungsleiter, der am Schreibtisch gesessen hatte, ihr jetzt aber mit großen Schritten entgegenkam und ihr die Hand hinstreckte.

Meine Liebe? Dringend sprechen? Geflissentlich übersah Kaja seine ausgestreckte Hand und versuchte angestrengt, sich ihre Irritation nicht anmerken zu lassen. Was wurde denn hier gespielt?

„Abwarten und Tee schlürfen, wie der Engländer sagen würde“, flüsterte Lances Stimme im Kopf.

„Trinken“, verbesserte Kaja automatisch. „Was machst du denn hier?“

„Ich habe gedacht, ich leiste dir ein wenig Schützenhilfe. Hier scheint etwas faul zu sein.“

Kaja war erleichtert. „Ich bilde mir das also nicht nur ein?“, antwortete sie telepathisch. „Ich komme mir gerade vor wie der sprichwörtliche Wurm am Angelhaken. Das gefällt mir gar nicht."

„Kaja, Kaja. Ich muss gestehen, Ihr Verhalten erstaunt mich doch ein wenig, nachdem Ihre Qualifikationen, die Ihnen Ihr Vorgesetzter bescheinigt hatte, so ausgezeichnet sind. Aber vielleicht haben Sie da ja ein wenig auf die bewährte Art und Weise nachgeholfen?", meinte er in zweideutigem Tonfall und zwinkerte ihr auf unangebrachte Weise vertraulich zu.

Kaja war wie vor den Kopf geschlagen. Als sie keine Anstalten machte, auf seine schmierigen Andeutungen einzugehen, kippte seine Stimmung augenblicklich. Verärgert sagte er: „Schließlich würde das erklären, weshalb sie Max mit Telefonanrufen verfolgen!"

„Ist es jetzt etwa schon verboten, seinen Vorgesetzten anzurufen?", fragte sie, sichtlich irritiert, während ihr die Frage durch den Kopf schoss, woher er das überhaupt wusste. Hatte sich Max etwa beschwert? Das konnte sie sich nicht vorstellen. Das wäre in der Tat sehr interessant zu wissen, bestätigte ihr Lance lautlos. Offenbar glaubte er auch nicht, dass Max hinter diesen Anschuldigungen steckte.

„Natürlich ist das nicht verboten. Allerdings ist es schon etwas außergewöhnlich, dies auf einer privaten Handynummer zu tun, während der Betreffende auf Fortbildung weilt. Ich glaube kaum, dass seine Frau erfreut wäre, das zu erfahren." Das wurde ja immer spannender. Kaja wusste genau, dass Max nicht verheiratet war. Sie wollte gerade etwas dazu sagen, als Lance warnend ihren Arm drückte.

„Warte erst mal ab, vorauf das hinausläuft. Du musst ja nicht gleich alle Karten auf die Tafel legen."

„Tisch – aber du hast recht", stimmte sie ihm zu und ließ sich nichts anmerken. Offenbar hatte der Abteilungsleiter nichts von ihrem telepathischen Austausch gemerkt und fuhr ungebremst in seinem Monolog fort. „Umso unverständlicher ist dieses

Verhalten, wenn man bedenkt, dass Sie gerade erst eine Verwarnung wegen sexueller Belästigung erhalten haben."

Kaja spürte, wie das Blut an ihrer Halsschlagader zu pulsieren begann, und in ihren Ohren rauschte es verdächtig.

„Tief durchatmen", wies der Drache sie eindringlich an. Kaja atmete aus, versuchte sich innerlich von dieser ganzen beschissenen Situation zu distanzieren und bekam gerade noch das Ende des Vortrages mit.

„Deshalb sehen wir keine andere Möglichkeit, als Sie mit sofortiger Wirkung zu entlassen. Natürlich bedauern wir es, jemanden mit Ihren Fähigkeiten zu verlieren, aber Ihr Verhalten lässt uns keine andere Wahl. Wenn man es genau nimmt, ließ die Qualität Ihrer Arbeit in letzter Zeit sowieso deutlich nach", schloss er mit einem hämischen Grinsen.

Kaja kontrollierte mit größter Mühe ihren Zorn. Dass sie immer noch keine sichtbare Reaktion zeigte, schien den Abteilungsleiter nun doch zu irritieren.

„Haben Sie denn gar nichts dazu zu sagen?"

„Wo ist Max?", fragte sie mit zusammengebissenen Zähnen, die einzige klar formulierte Frage, welche ihr Gehirn im momentanen Zustand produzierte.

Kopfschüttelnd sah sie der unangenehme Mann an. „Ich sehe schon, dieses Gespräch führt zu nichts. Zwei unserer Sicherheitsleute werden Sie an Ihren Arbeitsplatz begleiten, wo Sie Ihre persönlichen Sachen zusammenpacken dürfen."

Entgeistert blickte Kaja ihn an. „Sie meinen das tatsächlich ernst!"

„Natürlich meine ich das ernst, was glauben Sie denn? Ah, hier kommt ja bereits Ihre Begleitung … wenn Sie mich jetzt entschuldigen würden, ich habe noch zu tun."

Fassungslos blickte Kaja den zwei eintretenden Sicherheitsleuten entgegen, die auf sie zukamen.

„Wenn Sie bitte mitkommen würden?", sagte der eine nicht unfreundlich, allerdings in einem Tonfall, der klar machte, dass es weniger eine Bitte als ein Befehl war.

„Was soll ich denn jetzt tun?", flüsterte sie ihrem Drachen zu.

„Mitspielen, zumindest für den Moment", meinte dieser und tätschelte ihr mitfühlend die Schulter, bevor er unauffällig verschwand.

Im Büro waren bereits Techniker damit beschäftigt, ihren Computer umzuprogrammieren, während Zorro unsicher auf seiner Decke saß und nicht wusste, was von ihm erwartet wurde. Kaja beruhigte ihn kurz und kraulte ihn hinterm Ohr. „Alles ist gut Zorro, hast du gut gemacht." Sie packte ihre paar Habseligkeiten in eine der Kartonschachteln, die man ihr zur Verfügung gestellt hatte. „Wie aufmerksam", dachte sie sarkastisch. Zum Glück habe ich meinen Laptop heute Morgen zu Hause vergessen. Sonst hätten sie bei dem sicher auch noch die Festplatte gelöscht, dachte sie erbittert. Sie scheuchte Zorro von seinem Platz auf, um die zusammengelegten Kunstfelldecken aufzuheben. Schließlich holte sie, nach einer kurzen Diskussion mit einem ihrer Aufpasser, noch ihre Kaffeetasse aus dem Pausenraum und stellte sie in die Kiste. Die Decken klemmte sie sich unter den linken Arm, mit dem rechten hielt sie die Kartonschachtel umklammert. Sie nickte den beiden Sicherheitsleuten zu und machte sich auf den Weg zum Ausgang, Zorro im Schlepptau.

Eben wollte sie sich mit einem knappen Nicken verabschieden und durch das Drehkreuz quetschen, als einer der beiden sagte: „Sie haben noch etwas vergessen, Frau Meyer."

„Was ist denn jetzt schon wieder", antwortete sie gereizt.

„Ihren Badge, bitte."

Ach so. Klar. Was denn sonst. Hatte Simon wohl doch recht, mit seiner Voraussicht. Dem würde sie heute Abend auch was zu erzählen haben! Nachdem sie einen Moment lang mit ihren ganzen Sachen gekämpft hatte, um an ihren Badge zu kommen, ließ sich der eine Wachmann endlich dazu herab, ihr wenigstens die Kiste abzunehmen.

„Danke“, murmelte sie und tauschte den Badge gegen ihre Kartonschachtel aus.

Kaja schleppte ihr Gepäck zum Auto (zum Glück war sie heute wieder einmal mit dem Auto gekommen) und verstaute alles darin. Zorro schaute sie von seinem Stammplatz auf dem Rücksitz erwartungsvoll an. Wider Willen musste Kaja lachen.

„Aus deiner Sicht läuft der heutige Tag wohl super, hm? Kaum drei Stunden im Büro und wir sind schon wieder draußen. Das gefällt dir, was? Du fragst dich sicher, was wir jetzt wohl Tolles machen!“ Sie setzte sich hinters Steuer, startete jedoch den Motor nicht. Gute Frage, was machen wir jetzt? Schließlich haben wir nicht jeden Tag unverhofft frei. Sie horchte einen Moment in sich hinein. Frei. In ihrem Kopf und in ihrem Bauch tummelten sich gerade die unterschiedlichsten Emotionen. Ärger, ja, Unsicherheit, ja, Angst, ja, aber auch, wie sie erstaunt feststellte, eine große Portion dieses Freiheitsgefühls. Na ja, wenn man es genau betrachtete, war das so erstaunlich auch wieder nicht. Schließlich hatte es ihr die ganze letzte Zeit nicht mehr sonderlich gefallen, hier zu arbeiten. Was ja auch kein Wunder war. Nur dass sie Thea nicht mehr so oft sehen würde, machte ihr zu schaffen. Allerdings konnte sie Thea auch außerhalb der Arbeit treffen. Das konnte ihr schließlich keiner verbieten. Zufrieden mit ihrer Idee drehte sie sich zu Zorro um, der tapfer versuchte Lance zu ignorieren, welcher neben dem Hund Platz genommen hatte.

„Auch wieder da?“, fragte sie gut gelaunt.

„Ja und wie ich sehe, hast du meine Abwesenheit genutzt, die positiven Seiten des Ganzen zu entdecken“, meinte der Drache zufrieden.

„Ganz genau. Deshalb fahren wir jetzt nur kurz nach Hause zum Umziehen und machen dann einen Ausflug.“ Zorro, der das Wort Ausflug kannte und Kajas unternehmungslustige Stimmung spürte, startete ein Bellkonzert.

„Ruhe jetzt“, donnerte Kaja mit einem unterdrückten Grinsen in der Stimme und fuhr los.

22

Zuhause stellte Kaja die Kartonschachtel erst einmal auf den Küchentisch. Sie ging zum Wohnzimmertisch, wo ihr Laptop stand, und machte ihn an. Sie wollte noch schnell Thea eine E-Mail schreiben und ihr in kurzen Worten erklären, was passiert war. In der Zeit, die der Computer brauchte, um hochzufahren, tauschte sie ihre Bürojeans gegen ein paar bequeme khakifarbene Cargohosen und ergänzte ihre Garderobe mit einer flauschigen, faserpelzgefütterten Strickjacke, welche den Herbstwind abhalten sollte. Sie rief das Mailprogramm auf und musste grinsen, als sie sah, dass sich bereits eine Mail von Thea in ihrem Posteingang befand.

„Habe gehört, dich hat's jetzt auch erwischt? Warte auf Details. M. schon erreicht?", stand da im Telegrammstil.

Wieso wundere ich mich eigentlich, Thea weiß doch immer alles als Erste. Sie schrieb kurz eine Antwort im Stehen und schlug vor, am nächsten Montag zusammen Mittagessen zu gehen. Dann schmierte sie sich noch ein Erdnussbutter-Senf-Sandwich, welches sie mit Salat, Gurken, Schmelzkäse und Schinken belegte.

„Meins", sagte sie scharf, als sie aus dem Augenwinkel heraus sah, wie sich Lance mit begehrlichem Blick ihrem Brötchen näherte.

„Spielverderber", maulte er.

„Ich glaube kaum, dass es zu deinen Aufgaben gehört, mir permanent das Essen zu klauen."

Sie füllte noch eine alte Vittel-Flasche mit Leitungswasser, als das Telefon klingelte. Sie warf einen Blick auf das Display, um die Nummer zu sehen. 0033 – Frankreich… Wer konnte denn das sein? Mémés Nummer war es nicht, nicht mal eine Nummer aus der Nähe, was zum Glück die Möglichkeit, dass Mémé etwas zugestoßen war und man sie deshalb zu erreichen versuchte, auch ziemlich einschränkte. Eigentlich wollte ich gerade gehen, dachte sie, hin und her gerissen, ob sie rangehen sollte. Schließlich siegte doch die Neugier. „Meyer?"

„Kaja, hier spricht deine Mutter."

„Oh, hallo Maman", antwortete Kaja mit wenig Begeisterung. „Von wo rufst du denn an? Ich dachte, ihr seid irgendwo im Indischen Ozean?" und ergänzte im Stillen: oder anderswo weit weg, so weit weg wie möglich.

„Wir wurden eingeladen auf diesen Empfang in Paris bei...", ihre Mutter ratterte irgendwelche Namen herunter, die Kaja nicht das Geringste sagten.

Als es in dem Redeschwall ihrer Mutter eine klitzekleine Unterbrechung gab, schaltete sich Kaja blitzschnell dazwischen und unterbrach sie abrupt: „Und weshalb rufst du mich an?"

„Ich werde mich doch wohl noch erkundigen dürfen, wie es meiner einzigen Tochter geht! Und nachdem du uns nicht mehr anrufst, habe eben ich zum Hörer gegriffen."

Das war Maman live. Immer die ganze Situation umdrehen und versuchen, Schuldgefühle zu wecken. Kaja hatte das so satt. Früher hatte sie oft angerufen. Ihre Eltern hatten ihr jedoch mehr als einmal zu verstehen gegeben, dass sie zu beschäftigt seien, Zeit mit ihrem Kind am Telefon zu verplempern.

Deshalb antwortete sie jetzt nur knapp und mit ein klein wenig boshafter Befriedigung in der Stimmung: „Mir geht's gut, allerdings wurde ich heute gerade fristlos entlassen und weiß noch nicht genau, was ich jetzt machen werde."

Was einen erneuten Monolog ihrer Mutter startete, in dem es vor allem darum ging, was Kaja alles falsch gemacht haben musste, dass es so weit hatte kommen können. Kaja hielt den Hörer einen Meter weg vom Ohr. Das meiste, was ihre Mutter sagte, kannte sie schließlich schon und sie hatte nicht vor, sich das alles noch einmal anzuhören. Lance blickte sie mitfühlend an und sie schnitt ihm eine Grimasse.

In der nächsten Sekundenpause schaltete sie sich wieder dazwischen und sagte kurz: „Mémé lässt dich grüßen und danke fürs Anrufen, aber ich muss jetzt leider los." Sie wartete die Antwort gar nicht erst ab und hängte auf. „Puh, geschafft. Das hätte ich heute nicht auch noch gebraucht." Niemand, nicht einmal der Abteilungsleiter, schaffte es, sie in kürzester Zeit so runterzuziehen wie ihre Mutter. „So, jetzt können wir endlich los." Sie schnappte sich ihren Proviant und wunderte sich dabei kurz, wie ihr Brötchen so lange überlebt hatte mit diesem gefräßigen Drachen an ihrer Seite.

„Na hör mal", wehrte er sich, „ich klau doch nicht dein Sandwich, wenn diese, diese…" er suchte nach einem Wort.

„Rabenmutter?", half Kaja ihm weiter, schon ein wenig besser gelaunt. Erleichtert stimmte er ihr zu.

„Ja, Rabenmutter. Das ist glaube ich das Wort, das ihr Menschen dafür benutzt. Auch wenn ich nicht weiß, was ihr Menschen gegen Raben und ihre Eltern habt. Aber ich schweife wieder einmal ab. Wenn diese Rabenmutter dich nervt, klaue ich nicht auch noch dein Essen", schloss der Drache verlegen.

Kaja ging auf ihn zu und drückte ihn ganz fest. „Wenn du dir Mühe gibst, wie gerade eben, bist du richtig süß!"

„Süß, ich doch nicht! " wehrte Lance prompt entsetzt ab und fauchte furchterregend, um seinen Worten Nachdruck zu verleihen. „Gehen wir jetzt endlich?"

Am Türlersee angekommen ließ Kaja Zorro von der Leine und genoss die Strahlen der Herbstsonne auf ihrem Gesicht. Jetzt im Herbst und noch dazu unter der Woche waren angenehm wenig Leute hier an dem kleinen See und der Hund konnte sich nach Lust und Laune austoben. Kaja war froh, dass sie ihre dicke Jacke angezogen hatte. Trotz der Sonne war es durch den Wind empfindlich kalt. Sie beobachtete ein paar Enten, die in Paaren auf dem Wasser schwammen. Ob Tim heute Abend wohl auch mitkam, wenn sie sich mit Simon traf?

Du bist schon eine doofe Kuh. Wie wenn du im Moment nicht schon genug um die Ohren hättest, auch ohne romantische Verstrickungen, schalt sie sich selbst. Sie war schon gespannt, was das Treffen heute Abend ergeben würde. Auch war sie neugierig, in welche Richtung sich ihr Leben sonst entwickeln würde. Als die Worte des Abteilungsleiters schlussendlich zu ihr durchgedrungen waren, das war ungefähr zu dem Zeitpunkt passiert, als sie ihr Büro räumen musste, war ihre erste Reaktion gewesen, sich heute Nachmittag gleich zu Hause hinzusetzen und Bewerbungen zu schreiben. Stattdessen hatte sie sich von ihrem Hund zu einem Ausflug hinreißen lassen.

Ein Lächeln erschien auf ihrem Gesicht, als sie Zorro bei einer seiner ergebnislosen Verfolgungsjagden nach den Enten beobachtete. „Fall nicht wieder ins Wasser", rief sie ihm übermütig zu. Als Welpe hatte er sich auf diesem See einmal voller Tatendrang auf den zugefrorenen See gewagt. Und war prompt im Eis eingebrochen. Zum Glück war er damals noch so klein, dass sie ihn mit einiger Mühe am Nackenfell aus dem eisigen Wasser fischen konnte. Aber jetzt war ja erst Herbst und von Eis keine Spur.

Kaja war froh, dass sie jetzt nicht zu Hause saß und kopflos Bewerbungen schrieb. Sie wollte erst einmal versuchen herauszufinden, was sie denn jetzt machen wollte. Wieder einen vergleichbaren Job, zumindest inhaltlich, wie bisher? Oder etwas ganz anderes? Sie schüttelte den Kopf, sie wusste es einfach nicht. Kaja hatte das unbestimmte Gefühl, dass die ganze Aufregung für die Katz gewesen wäre, wenn sie einfach so weiter machen würde wie bisher – bis zum nächsten Ärger.

Sie seufzte. Vielleicht sollte sie noch einmal Mémé besuchen. Allerdings wusste sie auch ohne dahinzufahren, was sie ihr sagen würde: Finde heraus, was dir wichtig ist und tue es….

„Und? Was möchtest du gerne machen?“, meldete sich der Drache zu Wort.

„Ich dachte, ich schreibe eine Autobiographie über mich und mein Leben mit meinem Drachen“, antwortete sie“, ohne eine Miene zu verziehen.

„Ha ha, sehr witzig!“

„Und ich dachte schon, es würde mir gelingen, dich ein einziges Mal in die Irre zu führen!“

„Da musst du dir aber schon etwas mehr Mühe geben“, antwortete Lance lachend. „Rede doch mal mit Miri darüber“, schlug er vor.

„Mit Miri?“

„Ja, mit Miri, du siehst sie doch morgen.“

„Ja, schon. Ich weiß nur nicht, ob sie das so brennend interessiert.“

„Sie ist doch deine Schwester. Deine Drachenschwester. Und für so etwas sind Schwestern doch da.“

„Hm, ja. Und wieso findest du, dass das eine gute Idee ist?“

„Hm, sagen wir es so. Mit mir kannst du nicht darüber reden. Ich gebe dir vermutlich in etwa dieselbe Antwort, die du von Josephine kriegen würdest. Und Miri hilft dir vielleicht, mal endlich das Chaos in deinem Inneren zu ordnen.“

„Chaos, ja?“, brummelte sie. „Okay, vielleicht hast du recht. Dann kann ich mich ja heute Abend ganz darauf konzentrieren, die Welt zu retten“, meinte sie theatralisch.

Sie war aus unerfindlichen Gründen nervös. Nachdem sie am Nachmittag nach Hause gekommen waren, hatte sie sich eine lange Dusche gegönnt, sich die Haare gewaschen und geföhnt, neues Makeup aufgelegt und hin und her überlegt, welche Jeans sie anziehen sollte. Während alldem hatte sie sich mehr oder weniger erfolgreich eingeredet, sie würde einfach den unverhofft freien Nachmittag für eine längst überfällige Beauty-Session nutzen und dass ihre ganzen Aktionen überhaupt nichts mit der Möglichkeit zu tun hatten, dass heute Abend eventuell Tim auftauchen könnte. Das hatte leider nicht ganz geklappt. Was auch nicht wirklich geholfen hatte, war der herumlungernde Drache, der sowieso schon eingeschnappt war, weil sie ihn heute Abend nicht mitnehmen wollte, Zorro hingegen schon, und deshalb die ganze Zeit bei jeder passenden Gelegenheit mit einem verächtlichen Schnauben ein „Wer's glaubt" zum Besten gab.

Punkt acht Uhr läutete es an der Tür. Das mussten Simon und hoffentlich auch Tim sein. Sie schlüpfte in ihre alte, abgetragene und heißgeliebte Lederjacke, schnappte sich Zorros Leine und verließ mit dem Laptop unter dem Arm ihre Wohnung. Prompt stolperte sie fast über Simon, der dicht vor der Tür stand.

„Simon!"

„Kaja! Hast du jemand anders erwartet?", fragte er belustigt. „Wir sind doch verabredet, oder?"

„Äh, ja", stotterte sie. „Klar habe ich dich erwartet. Ich dachte bloß…"

„Tim lässt sich entschuldigen, falls du den vermisst. Er stößt vielleicht später zu uns, er musste noch einen Termin wahrnehmen." Simon ließ seinen Blick anerkennend über Kajas Erscheinung gleiten. „Aber ich kann dir versichern, er wäre begeistert, wenn er dich jetzt sehen könnte!"

„Ich… äh, danke. Hast du genug Platz in deinem Auto für ein zweites Untier, oder soll ich dir in meinem Auto nachfahren?“, lenkte sie vom Thema ab.

Simon schmunzelte über diesen offensichtlichen Versuch. „Kein Problem, ich bin mit unserem Geschäftswagen hier. Ich habe sogar eine zweite Transportbox in meinem Auto. Die Hunde kommen sich also sicher nicht in die Quere.“

„Super! Und wo wollen wir hin?“

„Ich dachte, du könntest etwas vorschlagen. Ich bin schließlich Berner und kenne mich hier nicht so aus“, antwortete er mit einem verschmitzten Grinsen in breitestem Berner Dialekt.

Schnell überlegte Kaja. „Lass uns ins Irish Pub gehen. Um diese Zeit sollte es noch nicht allzu laut sein, und wenn wir Lust haben, können wir noch eine Runde Darts spielen, wenn wir mit der Detektivarbeit fertig sind.“

„Darts?“, fragte er zweifelnd?

„Ja, du wirst sehen, es macht Spaß – ähnlich wie Schach spielen, nur dass ich hier wenigstens eine kleine Gewinnchance habe“, zog sie ihn auf.

„Okay, ich gebe mich geschlagen. Du musst mich einfach lotsen.“

Sie hatten Glück und fanden in nicht allzu großer Entfernung zum Pub einen Parkplatz. Der Einfachheit halber beschlossen sie, die Hunde, die ganz friedlich in ihrer jeweiligen Box lagen, vorerst im Auto zu lassen und im Anschluss noch kurz an den See zu gehen, um sie herumtoben zu lassen.

Simon hielt ihr die Tür auf und sie traten in die urige Gemütlichkeit des Lokals ein. Es handelte sich um ein typisches Pub mit einer Bar in der Mitte der Wand gegenüber des Eingangs, Sitznischen entlang der restlichen Wände, einem Billardtisch in der einen Ecke und zwei Dartsscheiben. Simon bestellte sich ein Guinness, während Kaja lieber einen Cider, einen Apfelwein wollte.

„Für dich auch eine Portion Fish & Chips?“, wollte Kaja wissen.

„Gibt’s das denn hier?“

„Ja klar. Richtig gute sogar. Also?“

„Gerne.“

„Woher kommen denn diese anglikanischen Einflüsse?“, wollte Simon amüsiert wissen. „Das hätte ich nicht erwartet von jemandem, der so unter dem Einfluss der Grande Nation aufgewachsen ist“, meinte er, auf Frankreich anspielend.

„Ach, der Einfluss ist bei mir nicht so groß. Meine Großmutter denkt da mehr global, und schlussendlich habe ich wohl zu viel tolerantes Schweizerblut in mir“, lachte Kaja.

Als sie fertig gegessen und versucht hatten, die fettigen Finger mehr oder weniger erfolgreich an den untauglichen Servietten sauber zu wischen, kam Simon auf den eigentlichen Grund ihres Treffens zu sprechen.

„Hat sich bei dir noch etwas getan?“, wollte er von Kaja wissen.

„Tja, das könnte man wohl so sagen.“ Sie erzählte ihm, wie sie wiederholt und jedes Mal vergeblich versucht hatte, Max zu erreichen. Sie beschrieb ihm detailliert alles, was sie von Thea erfahren hatte. Und schlussendlich natürlich auch von ihrer überraschenden und fristlosen Kündigung heute Nachmittag. Als sie geendet hatte, nickte er. „Sind das überhaupt Neuigkeiten für dich?“, fragte Kaja.

„Teils, teils. Aber jetzt sag erst mal, wie geht es dir denn jetzt? So ohne Job?“

„Tja, ich weiß nicht recht. Je nach Stimmung überwiegt mal das eine oder das andere Gefühl.“ Sie spielte mit den Bierdeckeln. „Seit der Fusion wurde die Arbeitsatmosphäre spürbar schlechter – auf die Dauer wird das nicht mal von spannender Arbeit wettgemacht. Und jetzt gegen Schluss hatte ich ja nicht einmal das mehr."

„Was hattest du nicht mehr?"

„Ich habe keine neuen Aufträge mehr bekommen. Und nichts stresst mich mehr, als meine Zeit im Büro abzusitzen und nichts zu tun zu haben."

„Das verstehe ich", stimmte Simon ihr zu.

„Langer Rede kurzer Sinn, ich finde die Kündigung grundsätzlich unter jeder Sau und hier wird definitiv ein krummes Ding gedreht, auch wenn ich noch nicht weiß, was genau. Aber, und das ist ein großes Aber, ich fühle mich auch so frei wie schon lange nicht mehr. Ich denke, das kommt von dem Gefühl, dass jetzt wieder alles möglich ist. Im Guten wie auch im Schlechten. Ich habe die Wahl, zu entscheiden, was ich mit meinem Leben in nächster Zeit anfangen möchte. Klingt ziemlich pompös, was?" Verlegen lächelte sie ihn an.

Simon schüttelte den Kopf. „Nein, das denke ich nicht. Man sagt schließlich nicht umsonst, Krisen seien Chancen. Und da ich deinen Worten entnehme, dass du nicht gleich am Hungertuch nagst, wenn Ende des Monats ausnahmsweise kein Gehaltsscheck eintrifft, kann ich aufhören, mir Sorgen um dich zu machen", grinste er.

„Stimmt. Ich schwimme zwar nicht in Geld, aber ein, zwei Monate komme ich schon über die Runden", pflichtete sie ihm zufrieden bei. „Aber jetzt mach's nicht so spannend und erzähle schon, was du herausgefunden hast."

„Tja, also konkrete Beweise für das, was ich dir jetzt erzähle, habe ich bis jetzt noch keine. Ich glaube aber, dass das Ganze auf Folgendes hinausläuft: Die ganze Geschichte fängt, wie du schon erraten hast, mit der Fusion der beiden Firmen an. Als Außenstehender bekam man das Bild vermittelt, dass es ein freundschaftlicher Zusammenschluss zweier sich ergänzender

Firmen war. Quasi als logische Folge vorangegangener erfolgreicher Zusammenarbeit bei verschiedenen Projekten."

„Das stimmt doch gar…"

„Warte, lass mich erst ausreden. Ich sagte bewusst, es sei das Bild, das der Öffentlichkeit so präsentiert wurde."

„Genau, wir hatten vorher nämlich praktisch nichts mit denen zu tun!", konnte sich Kaja nicht verkneifen einzuwerfen.

„Die Ausgangslage war offensichtlich so: PC-Lux-Solutions hatte talentierte und vor allem auch hochmotivierte Mitarbeiter. Die Erträge der Firma reichten wohl, um die Firma am Laufen zu halten, nicht jedoch dazu, sie aus eigener Kraft zu vergrößern. Also wurde nach Geldgebern und möglichen Partnern gesucht. Qubus war zwar eine finanzstarke Firma, hatte aber ständig Probleme, Aufträge termingerecht abzuwickeln. Obwohl sie finanziell gut da standen, geizten sie bei den Löhnen und den Mitarbeitervergünstigungen."

„Und so ist es natürlich schwierig, gute Leute zu bekommen. Insbesondere in unserer Branche mit Google als leuchtendem Beispiel", murmelte Kaja, die langsam erkannte, auf was Simon hinaus wollte.

„Genau. Das erklärt die schlechte Arbeitsmoral oder die Skrupellosigkeit einiger ihrer Mitarbeiter."

„Wie bei Klein-Freddy."

„Wie bei Klein-Freddy. Nun, man könnte meinen, Qubus hätte die Chance nutzen wollen, in den eigenen Reihen aufzuräumen, doch leider unterscheidet sich die Chefetage von Qubus in Sachen Moral nicht wesentlich von ihren Angestellten. Wie sagt man so schön, der Apfel fällt nicht weit vom Stamm, das gilt wohl auch hier. Nachdem Qubus PC-Lux-Solutions nicht einfach aufkaufen konnte…"

„Weshalb denn nicht?"

„Na, PC-Lux-Solutions hatte keine Schulden und konnte somit nicht zum Verkauf gezwungen werden. Sie hatten nur nicht genug Geld, um aus eigener Kraft zu expandieren. Verkaufen wollten sie auf keinen Fall. Auf jeden Fall vermute ich, und jetzt kommen wir wirklich in den Bereich der reinen Spekulationen, haben die beiden einen vorläufigen Vertrag abgeschlossen, in welchem in irgendeiner Form festgelegt ist, wie sich die Zusammenarbeit in Zukunft gestaltet bzw. unter welchen Umständen wer mehr zu sagen hat."

„Sorry, aber das war mir jetzt zu hoch. Ich bin schon ganz konfus", meldete sich Kaja zu Wort.

„Okay, lass mich ein Beispiel nennen: Wir könnten vertraglich festlegen, dass beide Seiten sich verpflichten, Deadlines einzuhalten."

„Was ja an sich selbstverständlich sein sollte", murmelte Kaja.

„Ja, aber um das geht es hier nicht. Hör zu: Wenn übers ganze Jahr verteilt mehr Mitarbeiter von Qubus oder umgekehrt von PC-Lux-Solutions Projekte in den Sand setzen, kriegt der andere Vertragspartner ein prozentual höheres Mitspracherecht."

„Bis jetzt macht die Sache ja völlig Sinn, aber ich sehe das Problem nicht..." Simon wartete, bis Kaja zu Ende gedacht hatte. „Ah, jetzt sehe ich, was du meinst mit der schlechten Arbeitsmoral: Wenn ich dafür sorgen kann, dass es so aussieht, als würden ehemalige PC-Lux-Solutions Mitarbeiter schlechte Arbeit abliefern, ist Qubus am Ende des Jahres praktisch doch der alleinige Besitzer. Und das noch dazu, ohne etwas dafür zu bezahlen." Ungläubig schüttelte sie den Kopf. „Raffiniert."

„Na ja, so raffiniert nun auch wieder nicht. Schließlich haben sie bis Ende des Jahres beinahe alle guten Mitarbeiter verloren – der eigentliche Wert von PC-Lux-Solutions. Aber soweit haben sie vermutlich gar nie gedacht, die Herren Manager."

Gedankenverloren spielte Kaja mit ihrem inzwischen leeren Glas. „Oder sie wollen sie dann einfach bei der nächstbesten

Gelegenheit gewinnbringend verkaufen. Das könnten sie doch dann, oder? Wenn sie die Entscheidungsmehrheit haben."

„Stimmt. Daran habe ich noch gar nicht gedacht. Das müsste dann allerdings schnell gehen. Bevor jemand darauf kommt, dass im vergangenen Jahr so viele Projekte den Bach runter gegangen sind."

Kaja überlegte. „Mir kommt da gerade ein Gedanke. Ich müsste das allerdings nachprüfen. Mist, ich kann ja da nicht mehr rein." Sie trommelte mit den Fingern auf die Tischplatte.

„Was hast du dir denn überlegt?", wollte Simon wissen.

„Ich bin mir nicht sicher. Aber die Projekte, bei denen etwas schief gegangen ist, waren meiner Meinung nach alles interne. Das heißt, von denen würde ein Außenstehender vermutlich gar nichts mitkriegen."

„Das ist ja schlau eingefädelt."

„Noch schlauer. Denn wenn es bei den anderen schiffbrüchigen Programmen gleich gemacht geworden ist wie bei meinem, existiert ja der korrekte Code noch. Sie müssen also, nachdem sie die ‚Verantwortlichen' wie mich zum Beispiel rausgeworfen haben, einfach den fehlerhaften Teil der Programmierung wieder in den ursprünglichen Zustand versetzen."

„Ich wusste, weshalb ich mich mit dir treffen wollte", grinste Simon. „Auf all das wäre ich noch lange nicht gekommen."

Kaja strahlte. „Es tut gut, dieses Rätsel endlich zu lösen, auch wenn es nur schrittweise geschieht. Ich dachte gerade daran, dass uns vermutlich noch bis Montag Zeit bleibt, zumindest von meinem fehlerhaften Programm den Code zu kopieren und dann nochmals, nachdem sie ihn wieder ändern."

„Nur bringt uns das auch nicht weiter. Wenn wir sie damit konfrontieren, können sie einfach behaupten, nichts weiter gemacht zu haben, als deine Fehler zu beheben", wandte Simon ein.

„Stimmt." Entmutigt lehnte sie sich in ihrem Stuhl zurück.

„He, nicht so leicht aufgeben. Das tust du beim Programmieren ja auch nicht."

„Du hast recht."

„Ich habe so das Gefühl, als würden wir die benötigten Beweise nur in diesem Vertrag finden. Wenn meine Vermutung stimmt und sich der Verdacht bestätigt, dass mehrere ehemalige PC-Lux-Angestellte Ähnliches erlebt haben wie du, könnten wir ein Muster aufzeigen."

„Das könnte ein Ansatz sein."

„Ich habe allerdings das Problem, dass wir den Vertrag nirgends auf dem Server gespeichert finden konnten."

„Auf dem Server gespeichert… Du meinst…", fragend blickte sie ihn an.

„Du vermutest richtig." Simon konnte sich ein kleines selbstzufriedenes Lächeln nicht verkneifen.

„Du hast dich in den Server der Firma gehackt."

„Ganz genau. Zugegebenermaßen nicht ich persönlich, dazu reichen meine Kenntnisse leider bei Weitem nicht aus. Aber einer unserer Mitarbeiter ist ein echtes Ass darin, sich in anderer Leute Netzwerke zu wühlen."

„Dem würde ich zu gerne mal ein paar Tage über die Schulter blicken", grinste Kaja.

„Nur zu, ich habe dir ja gesagt, du kannst gerne einmal vorbeikommen."

„Ich nehme dich beim Wort, ich habe jetzt ja massenhaft freie Zeit." Plötzlich wieder ernst geworden, meinte sie: „Um noch einmal auf unser eigentliches Thema zurückzukommen, was hast du denn jetzt vor, um an diesen Vertrag zu kommen?"

„Nun, ich denke, ich werde den heiligen Hallen deines ehemaligen Arbeitgebers mal einen Besuch abstatten. Und du wirst mir dabei helfen."

„Helfen? Nur zu gerne. Aber ich komme ja nicht einmal mehr selber hinein", antwortete sie perplex.

„Nicht?“ Simon hob bedeutungsvoll seine Augenbrauen und hielt ihr einen täuschend echt aussehenden Badge hin.

„Du hast ihn kopiert!?!“

„Aber klar. Deshalb musste ich deinen doch auch für kurze Zeit ausleihen.“

„Apropos ausleihen: Mir ist immer noch nicht ganz klar, wie du in meine Wohnung gekommen bist“, erwiderte Kaja herausfordernd.

„Berufsgeheimnis“, gab er verschmitzt zurück. „Um wieder auf den Badge zurück zu kommen…“

„Und ganz nebenbei vom Thema abzulenken…“

„Er ist auf eine Frau namens Calamity Jane programmiert. Also nicht auf deinen Namen.“

„Wie hast du denn das gemacht?“

„Na ja, wir dachten uns, wenn wir nun schon mal im System sind, können wir auch eine neue Mitarbeiterin erfassen.“

Kaja schüttelte nur noch ungläubig den Kopf. „Gut, das wär also geklärt. Wann hast du denn vor, das zu machen?“, wollte sie wissen.

„Ich möchte gerne erst noch versuchen, ein paar lose Fäden zu verknüpfen. Ich gebe dir so bald wie möglich Bescheid. Allerdings wäre ich froh...“, er druckste ein wenig herum.

„Ja?“

„Ich wäre froh, wenn du mit von der Partie sein könntest. Das ist zwar etwas außergewöhnlich, aber ich traue dir zu, die Nerven zu behalten, schließlich bist du ja schon mal auf eigene Faust losgezogen.“

Insgeheim dachte Kaja an Lance und seine Unterstützung bei diesem letzten nächtlichen Auszug. Ganz so alleine war sie nicht gewesen. Aber das konnte sie Simon ja schlecht auf die Nase binden.

Er fuhr fort: „Es würde die ganze Sache vereinfachen, jemanden dabei zu haben, der ortskundig ist. Natürlich können wir uns die Gebäudepläne beschaffen und so weiter – das schützt allerdings nicht immer vor bösen Überraschungen."

„Okay. So weit so gut. Jetzt ist aber vor allem noch eine wichtige Frage offen: Wo steckt Max?"

„Hm, ich würde einfach mal alles, was dir bis jetzt aufgefallen ist, im Gedächtnis behalten, aber ich würde mir im Moment noch nicht allzu viele Sorgen machen. Du warst ja, wenn ich mich recht erinnere, auch einfach für ein paar Tage verschwunden, als du deine Großmutter in Frankreich besucht hast, oder?"

„Wahrscheinlich hast du recht", stimmte ihm Kaja nicht ganz überzeugt zu. Sie hatte einfach so ein flaues Gefühl in der Magengegend, wenn sie an Max dachte. So ein Gefühl, als wäre etwas ganz und gar nicht in Ordnung. Sie seufzte. So oder so, sie konnte sowieso nichts anderes machen, als auf seinen Rückruf zu warten und Augen und Ohren offen zu halten. Da kam ihr plötzlich ein Gedanke. „Ich könnte Thea darauf ansetzen nachzuprüfen, ob ich recht habe mit meiner Theorie von den internen Projekten, die misslungen sind. Sie könnte auch unauffällig herausfinden, was mit den verantwortlichen Angestellten weiter passiert ist."

„Gute Idee. Frage sie vielleicht einfach nicht per E-Mail an. Wer weiß, wer das sonst noch liest."

Sie warf ihm einen leicht genervten Blick zu, der besagte: „Ich bin kein kompletter Idiot."

Simon beeilte sich zu sagen: „Das ist mir schon klar. Aber manchmal vergisst man auch Dinge, die man weiß."

„Dein Verehrer ist endlich aufgetaucht", tönte Lance Stimme plötzlich in ihrem Kopf.

„Mein wer?", wollte sie überrascht wissen und sprach aus Versehen laut, was Simon prompt dazu veranlasste, sie verwundert anzuschauen. „Nichts, ich hab nur laut mit mir selber gesprochen." Sie wurde zum Glück durch Tims Ankunft davon abgehalten, noch weiteren Unsinn zu erzählen.

„Hey, hey, ist die Verschwörung noch voll im Gange?“, wollte er wissen.

„Hey, setz dich zu uns.“ Simon war aufgestanden, und die beiden Männer klopften sich freundschaftlich auf die Schultern. Danach beugte sich Tim zu Kaja hinab, drückte ihr einen Kuss auf die Wange und nahm sie kurz in den Arm. „Lange nicht gesehen“, meinte er lässig.

„Tja, mein Leben steht momentan auch Kopf“, witzelte sie, um ihre Verlegenheit zu überspielen.

„Du wirst rot, du wirst rot“, sang der Drache, unhörbar für die anderen.

„Stimmt gar nicht“, zischte Kaja, obwohl das Brennen hinter den Ohren ihre Worte Lügen strafte.

„Was stimmt nicht?“, wollte Simon wissen. „Oder führst du immer noch Selbstgespräche?“

„So ähnlich.“

„Ts, ts, Du bist wieder einmal überhaupt nicht bei der Sache, dann geh ich jetzt wohl lieber wieder.“

„Super Idee“, antwortete Kaja, diesmal telepathisch. „Will jemand von euch etwas zu trinken?“, fragte Kaja ihre beiden Begleiter und stand auf, um sich an die Bar zu begeben.

„Für mich nochmals ein Guinness.“

„Mach zwei draus“, fügte Tim hinzu. Die beiden sahen ihr nach, als sie sich entfernte. „Tolle Frau, die du dir da ausgesucht hast“, meinte Simon schließlich.

„Hm, ja, noch habe ich sie ja nicht“, antwortete Tim mit einem deutlich ungeduldigen Ton in der Stimme. „Und ich bin sicher, sie wäre begeistert, wenn sie unsere Diskussion hören würde. Frau, haben – das klingt ja fast nach einem Neandertaler, der seine Frau in seine Höhle schleppt.“

„Obwohl, das wäre vermutlich nicht einmal die schlechteste Idee, dann könnte sie mir zumindest nicht immer davonrennen.“ Frustriert schüttelte Tim den Kopf.

„So ungeduldig kenne ich dich ja gar nicht", meinte Simon mit einem Seitenblick auf seinen Freund.

Gestresst fuhr sich Tim mit seiner Hand übers Gesicht. „Ich weiß, ich weiß. Mich hat auch noch nie jemand so durcheinandergebracht wie Kaja. Aber ich vermute, dass sie mein Beruf bzw. die dadurch bedingten Abwesenheiten abschrecken. Sie trägt da ein familiäres Trauma mit sich rum, könnte man sagen. Und in spätestens zwei bis drei Wochen muss ich wieder los. Eine Fotoreportage auf Island. Ein Kollege von mir fällt krankheitsbedingt aus und hat mich angefragt, ob ich den Auftrag übernehmen könnte. Ich habe zugesagt."

„Und jetzt bist du hin- und her gerissen, ob du es vorher überhaupt noch versuchen sollst oder nicht oder doch…"

„Genau…"

„Das war vielleicht ein Andrang. Kann mir hier kurz einer von euch Helden helfen?"

„Klar!" Tim sprang auf und nahm ihr die zwei Guinness ab. Kaja hatte sich inzwischen ein wenig gefangen und freute sich einfach nur, Tim zu sehen. Zum ersten Mal schob sie energisch alle beunruhigende Gedanken und „was wäre wenn's" aus ihrem Kopf und beschloss, den Abend zu genießen. „So, wer nimmt es gegen mich auf beim Dartsspielen?"

Nach drei vergnüglichen Runden Darts, welche Kaja zu ihrer großen Zufriedenheit alle herausragend gewann, verließen sie das Pub und holten ihre Hunde aus Simons Auto. Am See angekommen ließen sie Zorro und Tsar frei. Beide stürzten sich blitzartig zusammen ins nächste Gebüsch, wo es wahrscheinlich verlockende Essensreste zu fressen gab.

„He, raus da", riefen alle drei Menschen und wurden von den Vierbeinern geflissentlich ignoriert.

„Lasst uns einfach zügig weitergehen, dann kommen die beiden sicher gleich nach", meinte Kaja, die ihren Zorro nur zu gut kannte. „Im Herbst mag ich den Zürichsee am liebsten. Den meisten Leuten ist es dann nämlich schon zu kühl und man hat die Uferpromenade so schön für sich alleine." Übermütig balancierte Kaja auf dem Steinmäuerchen, das am Ufer entlang lief.

Alle paar Meter raschelte es, wenn die am See wohnhaften Ratten ihren Mondscheinsnack unterbrechen mussten. Zorro und Tsar hatten alle Pfoten voll zu tun, die kleinen Nager zu verfolgen.

„Kaja, würde es dir etwas ausmachen, mit Tim nach Hause zu fahren?", ließ sich Simon vernehmen.

„Nein, überhaupt nicht. Wenn es Tim nichts ausmacht?" Sie warf ihm einen fragenden Blick zu.

„Kein Problem."

„Dann verlass ich euch jetzt, muss morgen früh raus." Er nahm Kaja in den Arm und drückte sie. „Ich melde mich bei dir, okay."

„Geht klar. Bis dann und danke für alles!"

„Keine Ursache." Simon drehte sich um und machte sich, begleitet von Tsar, auf den Weg zu seinem Wagen.

„So und jetzt zu dir. Du hast mich ja ganz schön alt aussehen lassen beim Dartsspielen heute Abend", beschwerte Tim sich mit einem Zwinkern in den Augen und verwuschelte ihr freundschaftlich die Haare. So war es zumindest gedacht. Doch irgendwie konnte er seine Hand nicht mehr dazu bringen, diese seidige dunkle Haarpracht loszulassen und zog Kaja immer näher an sich heran. Diese konnte vor lauter Aufregung und Anspannung kaum mehr atmen und starrte wie gebannt auf seine schön geschwungenen Lippen. Überdeutlich nahm sie seine Hand an ihrem Hinterkopf war, alle ihre Nervenenden leisteten gerade Überstunden. Sie erwartete einen spielerischen Kuss – das war auch das, was Tim vorhatte. Nur ein kleiner Kuss konnte ja nicht schaden. Doch dieser Vorsatz löste sich in dem Moment auf, als ihre Lippen sich berührten. Feuer jagte durch Kajas Bauch, und sie krallte sich am Stoff seiner Jacke fest. Seine Bartstoppeln kratzten über ihre Wangen und sie biss ihn erst verspielt, dann fester in die Unterlippe, was Tim dazu veranlasste, ihren Mund noch stürmischer zu erkunden. Kaja konnte nicht mehr klar denken und schmiegte sich noch dichter an ihn. Tim drückte sie mit seinem Körper an den rauen Stamm eines der alten Bäume und hinterließ mit seinem Mund eine glühende Spur auf ihrer Haut. Von ihrem Mund zum Ohr den Hals hinunter, bis Kaja wieder die Initiative ergriff, sein Gesicht zu sich drehte und seinen Mund erkundete. Er roch so gut. Sie konnte einfach nicht genug kriegen und versuchte, unter seiner Jacke nackte Haut zu finden. Gar nicht so einfach bei diesen kalten Temperaturen. Schließlich musste sie kichern und gab auf.

„Was ist denn so lustig?“, wollte Tim wissen, seine Nase in ihren duftenden Haaren vergraben.

„Zu viele Kleider.“

„Zu viele Kleider?“

„Ja, ich komm nicht durch bei all diesen Schichten.“

Er nahm ihre Hände, die immer noch kalt waren, auch wenn sie am restlichen Körper glühte und meinte grinsend: „Ist vielleicht auch ganz gut so, wenn ich die Temperatur deiner Eispfoten in Betracht ziehe.“

Sie antwortete trocken: „Ich glaube, das wäre das geringste deiner Probleme. Puh…“ Sie atmete hörbar aus.

„Da muss ich dir recht geben.“ Er fuhr sich durch die Haare. Verlegen lächelten sie sich an, beide unsicher, wie es jetzt weitergehen sollte. Zorro nutzte diesen Augenblick, um endlich wieder auf sich aufmerksam zu machen, und stupste Kaja mit der Schnauze an. Froh um die Ablenkung beugte sie sich hinunter, um ihn hinter den Ohren zu kraulen.

„Na du Großer, hast du schon alle Ratten und Mäuse verscheucht?“ Zorro bellte auffordernd. „Ist ja gut, wir kommen ja schon." Entschuldigend wandte sie sich an Tim: „Er hat sein Abendessen noch nicht gekriegt, da wird er irgendwann ungeduldig."

Tim, der den Wink mit dem Zaunpfahl verstand, nickte nur und meinte: „Dann lass uns nach Hause fahren." Dankbar für die Atempause hängte sich Kaja bei ihm lose ein und versuchte, ihre Gedanken zu ordnen. Daran war jedoch nicht zu denken. In ihrem Kopf tobten immer noch die Hormone, so dass sie beschloss, bei ihrer bisherigen Taktik zu bleiben und einfach den Abend zu genießen.

Sie legten den Weg zu ihrer Wohnung schweigend zurück. Dort angekommen wusste Kaja nicht, ob sie ihn noch hereinbitten sollte oder nicht. Tim nahm ihr die Entscheidung ab. „Kommst du klar? Ich muss weiter, ich fahre heute Abend noch nach Bern zurück und es ist schon ziemlich spät." Jetzt, wo es entschieden war, dass sie nicht bei ihr zu Hause da weiter machen würden, wo sie am See aufgehört hatten, spürte Kaja eine leise Enttäuschung.

Lass das, schalt sie sich. Eben wusstest du noch nicht mal, ob du das überhaupt willst oder nicht. „Gute Heimfahrt", wünschte sie ihm und drückte ihm schnell einen unverfänglichen Kuss auf die Wange, bevor sie wie der Blitz aus dem Auto kletterte.

Geschafft, dachte sie, als plötzlich seine Stimme ertönte: „Hast du nicht etwas vergessen?"

„Zorro", rief sie aus und wurde knallrot im Gesicht. Sie entließ ihren Hund aus dem Kofferraum. „Pass auf dich auf", sagte sie zu Tim und schloss resolut die Autotür.

Das hatte er ja wiedermal sauber hingekriegt, ärgerte sich Tim über sich selber. Erst bei Simon rumjammern, er wüsste nicht, was er machen sollte, um sich dann bei der erstbesten Gelegenheit auf Kaja zu stürzen. Er hatte keine Ahnung, ob sich das auf seine langfristigen Pläne, er musste schmunzeln, als ihm seine eigene Wortwahl auffiel, negativ oder positiv auswirken würde. Gefallen hatte es ihr, da war er sich sicher. Auch wenn er nicht wusste, ob sie sich auch wie vom Blitz getroffen fühlte, wie das bei ihm selber der Fall war. Na ja, vielleicht war es gar nicht schlecht, jetzt wusste sie wenigstens, was sie verpasste. Diesen typisch männlichen Gedanken konnte er sich nicht verkneifen. Musste er ja auch nicht, stellte er fest und grinste den Rest der einstündigen Fahrt selbstzufrieden vor sich hin.

„Und, hattest du einen schönen Abend“, wollte Lance mit einem wissenden Grinsen in seinem Drachengesicht wissen.

„Äh, ja, ich hoffe aber sehr, du hast mir nicht nachspioniert.“

„Nachspioniert, ts ts. Als ob das nötig wäre, bei diesem Honigkuchenpferdgrinsen im Gesicht. Das kann ja nur eines heißen...“

„Und das wäre?“, wollte Kaja leicht verstimmt wissen. Es brachte sie immer noch aus dem Konzept, dass dieser Drache in ihr las wie in einem offenen Buch. Hatte sie denn keinerlei Recht mehr auf Privatsphäre, seit dieser Drache aufgetaucht war? fragte sie sich halb empört, halb belustigt und ließ sich auf ihr Sofa fallen. Um sich tatsächlich aufzuregen war sie nämlich viel zu gut gelaunt.

„Ich werde ja wohl noch ein geküsstes Mädchen erkennen“, meinte er verdrießlich. Erstaunt wegen seines Tonfalls blickte Kaja fragend zu Lance. „Ist ja gut, schau mich nicht so an. Ich bin zwar inzwischen davon überzeugt, dass dieser Tim gut für dich ist, aber freuen muss ich mich ja nicht auch noch gleich. Vielleicht später“, brummte er ein wenig übellaunig. „Sehr viel später“, setzte er hinzu.

„Vielleicht so in 724 Jahren?“, zog Kaja ihn auf.

Seine Mundwinkel zuckten. „Vielleicht.“ Er hatte sich in der Zwischenzeit neben sie gesetzt und beobachtete scheinbar konzentriert seine riesigen Drachenpranken, die hin und her wippten. Kaja stieß ihn in die Rippen. Inzwischen hatte sie den

Dreh raus. Wenn er nicht auf sie achtete und sie sich konzentrierte, konnte sie ihn berühren und fasste nicht mehr nur ins Leere. „He, das kitzelt!“

„Ja, das war auch meine Absicht“, konterte sie und machte weiter, bis sie sich mit einem hysterisch lachenden Drachen auf dem Boden wälzte.

Hilflos hob er die Hände. „Ich gebe auf, okay, ich lache ja schon.“

Kaja kicherte inzwischen auch unkontrolliert. Sie half ihm vom Boden auf und fragte: „Besser jetzt?“

„Viel besser.“

„Gut, du bist und bleibst ja mein Drache, hoffe ich zumindest.“

„Keine Angst. So schnell wirst du mich nicht wieder los“, versicherte er ihr.

Wieder ernst geworden, meinte sie: „Du bist übrigens überzeugter als ich.“

„Überzeugter von was? Ich kann dir nicht ganz folgen.“

„Na davon, dass Tim gut für mich ist. Da bin ich mir nicht so sicher.“

„Frauen…“ Lance verdrehte die Augen.

„Was soll denn das wieder heißen?“

„Na, du kommst so gut gelaunt wie selten nach Hause, hast offenbar das Zusammensein mit ihm sehr genossen und das Einzige, was dir dann einfällt, ist, dir über mögliche eventuelle Probleme den Kopf zu zerbrechen, die vielleicht gar nie eintreten werden, und als Resultat ist die ganze gute Laune dahin. Statt dass du deinen niedlichen Hintern einfach auf direktem Weg ins Bett beförderst und noch ein Weilchen auf Wolke Sieben schwebst.“

„Ach, wenn es doch nur so einfach wäre…“, setzte Kaja an.

„Doch, genau so einfach ist es. Probleme, vor allem hypothetische Probleme sind mit Garantie auch morgen noch da. Nur mit dem Unterschied, dass du, wenn du jetzt zurück in den Gute-Laune-Modus schaltest, morgen frisch und ausgeruht bist und ein paar heiße Träume mehr im Gepäck hast, sollten tatsächlich mal düsterere Zeiten anbrechen."

Kaja öffnete den Mund, um etwas zu erwidern, schloss ihn dann aber gleich wieder. Dieser Drache konnte ziemlich überzeugend wirken, wenn er wollte. „Dann befolge ich wohl besser deinen Rat", lachte sie.

„Gut. Nachdem wir uns jetzt gegenseitig aufgemuntert haben, lass uns ins Bett gehen und Gute-Laune-Träume träumen", meinte er mit einem Augenzwinkern.

23

Irgendetwas schrillte penetrant in ihrem Kopf. Verdrießlich zog sich Miri die Decke über den Kopf und wünschte sich zum hundertsten Mal, seit sie in dieser Wohnung wohnte, dass die Wände nicht gar so hellhörig wären. Dann würde sie wenigstens nicht mitkriegen, wenn samstags in aller Herrgottsfrüh beim Nachbarn das Telefon läutete. Und das bei ihren dröhnenden Kopfschmerzen. Wieso zum Teufel nahm denn niemand dieses Telefon ab? Frustriert rieb sie sich die verklebten Augen und setzte sich auf. Das war gar nicht das Telefon. Das war ihre Türklingel. Scheiße! Sie hatte sich ja zu diesem Spaziergang mit Kaja verabredet. Irgendwie hatte die Idee vorgestern Abend besser geklungen als zum jetzigen Zeitpunkt. Miri schlug die Decke zurück, was Chili, der offenbar geduldig auf ihrem Bett gewartet hatte, bis sie aufwachte, mit einem Fauchen quittierte. Empört sprang er vom Bett und verschwand in der winzigen Küche.

Als die Türklingel nochmals schellte, murmelte sie ein verärgertes „Komm ja schon" und hetzte zum Fenster. Sie riss es auf und rief hinunter: „Kaja, bist du's?" Unten sah sie, wie Kaja einen Schritt zurück machte und zu ihrer Wohnung hoch sah.

„Hallo? Bist du startklar?"

„Äh, so gut wie. Warte, ich werfe dir den Schlüssel hinunter, dann kannst du hier oben auf mich warten, bis ich ganz fertig bin", krächzte sie.

Ein breites Grinsen erschien auf Kajas Gesicht. „Mach das.“ Sie warf ihr den Schlüssel hinunter, den Kaja geschickt fing. Miri wartete nicht ab, bis Kaja im Haus verschwand, sondern begann hektisch, ein paar Kleider zusammenzusuchen und verschwand unter der Dusche, in der Hoffnung, so ein wenig schneller von den Toten aufzuerstehen.

Als sie barfuß mit Jeans und T-Shirt bekleidet aus dem Badezimmer kam, duftete es nach Kaffee, und auf dem winzigen Küchentisch lagen frische Brötchen. Miri rubbelte sich noch schnell die kurzen Locken trocken und ließ sich schräg gegenüber von Kaja auf den Klappstuhl fallen. „Aufgewacht bin ich in der Hölle und direkt aus der Dusche im Himmel gelandet?“ Sie nahm einen Schluck heißen Kaffee. „Himmlisch auf jeden Fall. Diesen Trick muss ich mir merken. Oder war das der Drachenservice?“

Kaja lachte. „Drachenservice, schön wär‘s. Na ja, nachdem ich dich offensichtlich geweckt hatte und du sowieso noch duschen musstest, hatte ich genug Zeit, die Brötchen zu organisieren. So als Wiedergutmachung fürs aus dem Schlaf reißen sozusagen. Und als ich dann noch deinen hawaiianischen Kaffee entdeckt hatte, konnte ich nicht widerstehen, uns eine Kanne davon aufzubrühen.“

„Das verstehe ich, eins meiner kleinen Laster, dieser Kona-Kaffee. Sündhaft teuer. Aber auch sündhaft gut.“ Sie nahm noch einen Schluck und schloss genussvoll die Augen.

„Spät geworden gestern?“, erkundigte sich Kaja beiläufig.

„Kann man wohl sagen“, murmelte Miri in ihren Kaffee hinein. Tatsächlich hatte sie gehofft, jemanden kennenzulernen, der sie von dem Mann, den sie am Donnerstag getroffen hatte, ablenken könnte. Oder eben diesem Mann wieder über den Weg zu laufen. Von dem sie wohlgemerkt nicht einmal den Nachnamen kannte. Eins von beidem halt. Was ziemlich jämmerlich war, wie Miri sich selbst eingestand. So war sie den ganzen Abend in ihrer Lieblingsbar abgehangen und hatte den ganzen Inhalt ihrer Brieftasche gegen Alkohol eingetauscht. Zum Glück hatte sie nicht so viel Geld dabei gehabt, sonst würde sie sich jetzt bestimmt noch viel schlechter fühlen. Sie seufzte und schüttelte die unerfreulichen Gedanken ab. „Und du? Was hast du gestern so gemacht?", wandte sie sich an Kaja, die geduldig gewartet hatte, bis sie ihren Kaffee getrunken hatte.

„Das ist eine lange Geschichte, glaub mir. Die erzähle ich dir am besten unterwegs", meinte Kaja mit einem Grinsen im Gesicht. „Ich hatte gestern einen extrem ereignisreichen Tag."

„Also dann, lass uns gehen, das klingt ja spannend."

Sobald sie im Auto waren, löcherte Miri Kaja mit Fragen. Kaja begann mit dem geschäftlichen Teil. Sie fügte auch noch die Schlussfolgerungen hinzu, welche Simon und sie inzwischen gezogen hatten und füllte die Stellen aus, welche Miri noch nicht bekannt waren.

„Eins verstehe ich nicht", meinte Miri, als sie aus dem Auto stiegen.

„Was denn?", fragte Kaja, die eine Frage nach möglichen Gründen für die seltsamen Vorgänge in der Firma erwartete. Sie ließ Zorro aus dem Wagen springen, der freudig bellend um die kleine Gruppe herumsprang, missbilligend beobachtet von Lance, der überraschenderweise noch den ganzen Morgen nichts gesagt und so getan hatte, als sei er unsichtbar.

„Macht dich denn deine Kündigung nicht völlig fertig? Ich meine, was machst du denn jetzt?"

Kaja war selber immer noch überrascht, dass sie die Sache mit der Kündigung nicht mehr stresste. „Zum einen bin ich in der glücklichen Situation, dass ich ein kleines bisschen Geld gespart habe, mir also einen oder sogar zwei Monate Zeit lassen kann, mich zu entscheiden, was ich machen möchte bzw. mir einen Job zu suchen. Zum anderen hat es mir zumindest im letzten halben Jahr auch überhaupt nicht mehr gefallen in der

Firma. Klar, ich hatte einige Freunde da. Aber die kann ich auch außerhalb der Arbeit treffen, wenn mir etwas daran liegt." Sie bogen auf einen mit Gras bewachsenen Waldweg ein. Die Herbstluft war wunderbar frisch und das heruntergefallene Laub raschelte unter ihren Füßen.

„Ja, das stimmt. Zumindest die, die dir wirklich wichtig sind. Und, hast du schon eine Idee, bei welcher Firma du dich bewerben möchtest?"

„Hm, eigentlich nicht. Ich kenne natürlich in der Branche einige Unternehmen, die in Frage kämen. Aber irgendwie habe ich das Gefühl, diese unerwartete Kündigung stellt eine Chance dar, etwas gänzlich anderes zu machen."

„Hört, hört, sie hört doch tatsächlich auf ihr Gefühl", neckte sie der Drache, der sich nun doch entschieden hatte, sich am Gespräch zu beteiligen.

„Ja ja, reib es mir nur unter die Nase", schnaubte Kaja. Wieder an Miri gewandt meinte sie: „Was ich sagen will, ist, dass ich mir unter normalen Umständen gar nie so konkret Gedanken darüber gemacht hätte, ob das, was ich mache, auch das ist, was ich wirklich machen möchte. Vielleicht wäre ich in fünfzehn Jahren eines Morgens aufgewacht und hätte mich gefragt, ob das jetzt alles war."

„Aber du hast dich doch aus freien Stücken für diese Ausbildung und diesen Beruf entschieden, oder nicht?" Miri schien sie noch immer nicht ganz zu verstehen.

„Schon. Und ich mache meine Arbeit auch gerne. Das sagt aber noch nichts darüber aus, ob ich mein Leben ausschließlich mit Programmieren verbringen möchte. Angestellt. Bei einer großen Firma."

„Was wären denn die Alternativen?"

„Mich weiterbilden, Computergames entwerfen, als Freelancer zu arbeiten, was weiß ich..."

„Duftkerzen herstellen, Kräuter ziehen..."

„Was?“ Perplex blieb Kaja abrupt stehen, so dass Miri fast in sie hineingelaufen wäre.

„Passt doch auf“, grummelte der Drache. Zorro, der das Durcheinander spürte, kehrte besorgt von seinem Ausflug ins Unterholz zu der kleinen Gruppe zurück und bellte aufgeregt.

Von einem kleinen Seitenweg nahte in schnellem Trabtempo ein fuchsfarbenes, nicht allzu großes Pferd mit einer schlanken Reiterin. Die Reiterin parierte ihr Pferd in den Schritt durch, was diesem nicht allzu sehr gefiel. Es wurde zwar langsamer, begann aber dafür nervös auf der Stelle zu treten. Kaja zerrte Zorro, der zum Glück mit seiner Kläfferei aufgehört hatte, am Halsband an den Wegrand.

„Hier geht es nicht weiter. Das ist alles Privatbesitz“, herrschte die Reiterin die kleine Gruppe unfreundlich an. „Und ich wäre froh, wenn ihr euren Drachen zurückpfeifen könntet, der macht mir mein Pferd noch ganz verrückt!“ Mit diesen Worten wendete sie ihr Pferd elegant auf der Hinterhand und galoppierte davon. Miri konnte sich gerade noch ducken, als kleine Kieselsteine in ihre Richtung spritzten.

„Du meine Güte, die war ja vielleicht unfreundlich!“, regte Kaja sich auf. „Was denkt die eigentlich, wer sie ist?“

„Äh, Kaja“, unterbrach sie eine perplex dreinblickende Miri.

„Was denn?“ Kaja wollte sich lieber noch eine Weile über diese unerfreuliche Begegnung aufregen.

„Ich sage dir das jetzt nur ungern, aber…“

„Ja, was denn?“ Ungeduldig blickte sie zu Miri.

„Ich denke, wir haben soeben unsere andere Schwester kennengelernt.“

„Schwester? Ich habe doch gar keine… Du meinst…?“

„Genau. Die dritte der Drachenschwestern.“ Für einen Moment herrschte Stille. Nur die Eichelhäher ließen sich nicht stören und stritten fröhlich weiter. Schließlich brachte Kaja heraus: „Das darf doch nicht wahr sein. Und ich hatte so gehofft, dass die dritte im Bunde genau so unkompliziert und nett ist wie du!“

„Vielleicht ist sie das ja auch.“

„Wie bitte? Warst du eben gerade nicht anwesend? Das war ja wohl kaum freundlich zu nennen.“

„Wer weiß, vielleicht hatte sie ja ihre Gründe. Und schließlich begegnet man ja nicht täglich einem Drachen. Eventuell hat sie das etwas aus dem Konzept gebracht.“

„Diesen Eindruck hatte ich allerdings nicht“, brummte Kaja verdrießlich.

Damit hatte Kaja nicht einmal so unrecht. Die Frau regte sich nämlich so über die Eindringlinge in „ihrem“ Wald auf, dass ihr zuerst gar nicht auffiel, dass sie soeben einen leibhaftigen Drachen gesehen hatte. Genau genommen war es natürlich nicht ihr Wald, auch wenn sie das soeben behauptet hatte. Sie wusste gar nicht, wem dieses Waldstück gehörte. Es war ihr auch egal. Wichtig für sie war, dass sich meistens keine Menschenseele bis hierher verirrte.

„Findest du das nicht ungerecht, Fuks, dass wir nirgends unsere Ruhe haben?“

Das kleine Pferd zuckte mit seinem linken Ohr in ihre Richtung, behielt aber gleichzeitig einen gefährlich aussehenden Baumstrunk im Blick. Die Frau ahnte das Ausweichmanöver voraus und legte den äußeren Schenkel an, um ihn am Wegspringen zu hindern und ihm Sicherheit zu vermitteln. Abwesend tätschelte sie seinen Hals. Sie wusste wirklich nicht, was diese beiden jungen Frauen mit dem neurotischen Hund und diesem unmöglichen blauschillernden Drachen hier in ihrem Wald machten. Hier gab es doch überhaupt nichts Spannendes zu sehen. Sie runzelte die Stirn. Irgendetwas stört sie, wenn sie an die Gruppe zurückdachte. Unvermittelt hielt sie das Pferd an. Fuks schnaubte unwillig. Ein Drache? Meine Güte, ich glaube, ich sollte mal zum Arzt. Meine Paranoia scheint ja recht extreme Züge anzunehmen. Das kleine Pferd zuckte nochmals mit dem Ohr, diesmal mit dem andern und warf dann den Kopf hoch. Sie schüttelte ungläubig den Kopf und ließ Fuks antraben.

Was die Frau nicht bemerkt hatte, war, dass der Drache auf dem furchterregenden Baumstrunk gesessen hatte und ihren Fuchswallach ausführlich befragt hatte. „Hallo, ich bin Lance, ein Drache."

„Ach, danke vielmals für die Aufklärung", schnaubte das kleine Pferd verächtlich. „Da wäre ich sonst nie darauf gekommen."

Lance beschloss, den Sarkasmus zu ignorieren. Schließlich hatte er eine Mission zu erfüllen. „Sag mal, wie heißt denn eigentlich deine Reiterin", erkundigte er sich beiläufig.

Misstrauisch beäugte ihn das Pferd. „Und was geht dich das an? Sie gehört zu mir", stellte es fest. „Und ich bringe sie jetzt vor dir in Sicherheit." Der Wallach wollte wegspringen, wurde aber vom festen Schenkeldruck seiner Reiterin und ihrem beruhigenden Zuspruch daran gehindert.

„Nachdem du immer noch da bist, könntest du mir ihren Namen doch verraten, ich verspreche auch, euch danach in Ruhe zu lassen." Zumindest für den Moment, fügte er im Stillen hinzu.

Der Wallach legte die Ohren an. „Lass bloß Sierra in Ruhe, sonst kriegst du es mit mir zu tun!"

„Ich schätze Loyalität hoch ein", antwortete der Drache gelassen. „Und danke."

Fuks warf den Kopf hoch und trabte davon. Lance blickte den beiden nach. Dem großen Drachen sei Dank, dass sie nicht Nicole hieß oder einen anderen häufig vorkommenden Namen trug. Mit Sierra sollte doch wohl etwas anzufangen sein.

„Lance?" Kaja drehte sich einmal um ihre Achse und suchte ihren Drachen. Der natürlich passenderweise wieder einmal verschwunden war, wenn sie ihn dringend brauchte. „Typisch!

Da wird's spannend und wir könnten ihn dringend brauchen und er verschwindet einfach!"

„Was machen wir denn jetzt?", wollte Miri wissen.

„Wie meinst du das?"

„Na ja, offensichtlich sind ja unsere Leben irgendwie über diese Drachengeschichte miteinander verknüpft."

„Ja, das haben wir schon festgestellt, und?" Kaja wusste selbst nicht, weshalb sie so zickig klang.

„Jetzt haben wir sie endlich gefunden, die dritte, und wissen nicht einmal, wie sie heißt, oder wo sie wohnt", antwortete Miri geduldig.

„Da hast du recht", gab Kaja ihr widerstrebend recht. „Ich muss zugeben, dass dieses Zusammentreffen am heutigen Morgen wohl eine Neuigkeit zu viel war in den letzten 24 Stunden. Und eigentlich tue ich mich mit Änderungen jeglicher Art ziemlich schwer. Tut mir also leid, wenn ich unausstehlich war."

„Ist denn noch mehr passiert, als du mir bis jetzt erzählen konntest?", wollte Miri erstaunt wissen und ignorierte den Rest der Aussage geflissentlich.

„Das könnte man wohl so sagen", antwortete Kaja mit einem schiefen Grinsen. „Lass' uns zurückgehen. Vielleicht fällt uns bei einem Sandwichstopp auch ein, wie wir diese geheimnisvolle Pferdefrau ausfindig machen könnten."

„Okay. Essen klingt gut."

„Finde ich auch", ließ sich Lance aus dem Off vernehmen.

„Was ist denn das jetzt", frotzelte Kaja, „eine Konferenzschaltung auf Drachenart?"

Miri musste kichern. Wieder einigermaßen gut gelaunt machten sich die drei auf den Rückweg.

Sie hatten beschlossen, die Brötchen, die sie in einer der wenigen kleinen Bäckereien, welche es in Zürich noch gab, gekauft hatten, bei Kaja zu Hause zu essen. Sie waren nicht mehr in Stimmung gewesen, sich großartig Gedanken zu machen, wo sie noch hingehen könnten. „Ich wusste gar nicht, dass ich schon wieder solchen Hunger habe“, ließ sich Miri mit vollem Mund vernehmen.

Kaja bemühte sich, ihren Bissen erst hinunterzuschlucken, ehe sie erwiderte: „Das kommt von der ungewohnten Bewegung an der frischen Luft.“

„Stimmt.“ Miri machte eine schulbewusste Miene. „Ich bin tatsächlich nicht so viel draußen, wie ich sollte.“

„Wie ich möchte“, belehrte Kaja sie.

„Das ist doch eigentlich meine Aufgabe“, zog Miri sie auf.

„Was denn?“

„Na, dir zu sagen, was du zu tun oder zu lassen hast, zumindest bezüglich deiner Intuition.“

„Ich dachte, das sei seine Aufgabe?“, fragte Kaja und wedelte mit dem Sandwich in der Hand unbestimmt in Lance Richtung, der vor einem Glas Holunderschnaps saß.

„Äh“, Miri druckste herum. „So könnte man das auch nennen. Ich vermute, indirekt habe ich diese Aufgabe von ihm zugeschoben bekommen.“

„Solange du nicht zu herrisch wirst...“, neckte Kaja sie freundlich.

Sie war erleichtert, dass Kaja ihr Geständnis auf die leichte Schulter nahm. „Also, rück schon raus mit der Sprache. Was war denn gestern noch so alles los, abgesehen von deiner Kündigung.“

„Wir haben noch einen Spaziergang um den Türlersee gemacht…“ begann Kaja.

„Das meinte ich nicht“, unterbrach sie Miri stirnrunzelnd.

„Weiß ich doch, ich wollte dich nur etwas aufziehen“, grinste Kaja. „Ich habe mich doch mit Simon getroffen, das hatte ich dir ja schon erzählt, oder?“

„Ja, und?“

„Tim wollte auch noch kommen. Er musste aber erst noch etwas erledigen. So um zehn ist er zu uns gestoßen." Kaja erzählte das alles praktisch im Zeitlupentempo.

„Tim, ist das der, für den du die dritte Kerze gemacht hast?"

„Genau der." Kajas Gesicht hatte einen verträumten Ausdruck angenommen.

„Meinst du, ich kann das Ganze beschleunigen, wenn ich sie schüttle?", erkundigte sich Miri, die vor Neugier fast platzte, bei Lance.

„Du kannst es versuchen. Wetten würde ich nicht darauf. Ich musste ihr gestern Abend, als sie nach Hause gekommen ist, auch alles aus der Nase ziehen. Und danach war meine Beute noch mehr als gering."

„Immerhin weiß ich jetzt, dass sie überhaupt nach Hause gekommen ist", konstatierte Miri.

„Würdet ihr beide wohl aufhören, über mich zu sprechen, als wäre ich gar nicht hier?"

„Bist du auch nicht wirklich. Du schwebst irgendwo hoch über uns auf einer rosaroten Wolke", gab Miri schlagfertig zurück.

Kaja hob abwehrend die Hände und musste lachen. „In Ordnung. Ich gebe mir Mühe, auf den Punkt zu kommen. Erst habe ich die beiden beim Darts buchstäblich in den Boden gerammt", an diesem Punkt ihrer Erzählung entschlüpfte Kaja ein selbstzufriedenes Grinsen, „und dann sind wir noch mit den Hunden spazieren gegangen."

„Bis jetzt höre ich noch nichts, was die rosa Wolke rechtfertigt", unterbrach Miri ungeduldig.

„Wenn du mich endlich aussprechen lassen würdest, wüsstest du es schon längst", neckte Kaja sie. „Simon hat sich dann irgendwann diskret verabschiedet und Tim und ich sind alleine weitergegangen." Ihre Augen nahmen wieder einen träumerischen Ausdruck an. „Dann hat er mich geküsst. Haben wir uns geküsst“, verbesserte sie sich.

„Und?“

„Nichts weiter. Er hat mich dann noch nach Hause gebracht und das war’s.“

„Ja, aber hat es dir gefallen? Hast du Engel singen gehört, dein Herz verloren, erzähl schon, ich will einfach alles wissen!“ Schließlich gab es in ihrem eigenen Leben momentan nicht allzu viel Romantik.

„Engel singen? Das war eher ein Vulkanausbruch. Praktisch unkontrollierbar. Fantastisch. Erschreckend! Und was mein Herz angeht…“ Kaja seufzte.

„Hier ist der Punkt, wo sie wieder mal ihren Kopf die ganze Arbeit machen lässt, obwohl sie von ihrem Herz spricht“, mischte sich Lance ungefragt ein.

„He, das ist unfair. Ich verlass mich sehr wohl auf mein Gefühl. Ich bin nur dagegen, Lust gleich mit etwas Bedeutenderem zu verwechseln. Vor allem, wenn mein Kopf weiß, dass mein Herz dabei in Gefahr sein könnte.“

„Oje, du Arme. Und du Glückliche.“ Miri kam nicht umhin festzustellen, dass sie ein klein wenig neidisch war. Sicher, sie gönnte Kaja ihre Romanze von ganzem Herzen. Nur hätte sie nichts dagegen gehabt, selber auch in eine verwickelt zu sein.

„Ich weiß einfach nicht, was ich denken soll.“

„Genau das ist der Punkt. Vielleicht solltest du in dieser Sache einfach überhaupt nicht denken“, brummte Lance.

„Genieß das Ganze doch einfach vorerst mal. Sorgen kannst du dir immer noch machen, wenn es soweit kommen sollte, dass Sorgen nötig sind.“ Lance warf Miri einen anerkennenden Blick zu und nahm einen genüsslichen Schluck Holunderschnaps.

„Falls du ein Drachenpraktikum machen möchtest, melde dich einfach. Du bist definitiv zum Drachenpraktikanten qualifiziert.“

Kaja warf ihm einen finsteren Blick zu. Zu Miri gewandt meinte sie: „Du hast recht. Ich versuch es ja. Gestern Abend war auch ein Resultat von einfach genießen und möglichst wenig denken. Ob das schlau war, wird sich zeigen.“

„Und schon meldet sie Zweifel an!“

„Wenn du nichts Konstruktives beizutragen hast, kannst du dich auch in deine Höhle verkriechen“, schnauzte Kaja ihn an, die es langsam satt hatte, sich seine neunmalklugen Sprüche auf ihre Kosten anzuhören. Sofort rollte sich Lance beleidigt zusammen und schrumpfte auf seine Katzengröße.

„Jetzt hast du seine Gefühle verletzt“, meinte Miri besorgt. „Aber gut, ich versteh dich auch. Meine Drachin früher hat meine Geduld auch oft strapaziert. Hat ihm die Kerze denn gefallen?“

„Ich habe sie ihm noch gar nicht gegeben. Ich dachte erst, er würde gar nicht kommen, als Simon mich alleine abgeholt hat.“

„Dann wirst du ihn ja bald wiedersehen“, meinte Miri hoffnungsvoll.

„Hm, ja“, antwortete Kaja unbestimmt. „Ich werde wohl bald einmal Simon in seiner Firma besuchen. Dann bin ich sowieso in Bern und kann auch gleich noch kurz bei Tim vorbeischauen.“

Sieh an, sieh an. Kaja hatte dem Thema offensichtlich schon mehr Gedanken gewidmet, als sie sich selbst eingestand, dachte Miri bei sich. Sie wollte jedoch nicht darauf herumreiten und wechselte das Thema.

Also nahm sie sich das letzte verbliebene Brötchen und betrachtete es kritisch.

„Willst du das nun essen oder wissenschaftlich untersuchen?“

„Ich habe mir nur überlegt, wie ich es am besten teile. Es sei denn, du möchtest nichts mehr davon?“

„Vielfraß. Du kannst es haben. Ich hätte da allerdings so ein Spezialwerkzeug, falls du es trotzdem teilen möchtest."

„Spezialwerkzeug?"

„Ja, du weißt schon, diese Dinger, die man Messer nennt? Ich glaube, ich habe so eins irgendwo."

„Ach du", lachte Miri und warf ein Kissen nach ihr.

„Eine Kissenschlacht? Darf ich mitmachen?", fragte Lance eifrig und wuchs auf der Stelle zu seiner tatsächlichen Größe heran.

„Nein, darfst du nicht", wies Kaja ihn zurecht. „Und jetzt sei nicht gleich eingeschnappt, ich wollte nämlich noch etwas mit Miri besprechen."

„Dass ihr überhaupt noch Worte übrig habt, verwundert mich doch ein wenig."

„Wir sind eben Mädchen", konterte Miri zuckersüß.

„Wie wenn das zu übersehen wäre", murmelte der Drache, allerdings vorsichtshalber sehr leise.

„Was wolltest du denn besprechen? Unsere Drachenschwester?"

„Nein", antwortete Kaja, korrigierte sich dann aber, „oder doch, aber erst später. Erst möchte ich etwas anderes von dir wissen. Gerade vor unserer denkwürdigen Begegnung mit unserer angeblichen Schwester haben wir doch darüber gesprochen, in welche Richtung ich mich beruflich bewegen könnte. Und da hast du etwas gesagt, was ich nicht ganz verstanden habe."

„Ja, ich weiß was du meinst. Ich hatte nur deiner Liste von Möglichkeiten die Punkte Kräuter und Duftkerzen hinzugefügt. Das sind schließlich auch Dinge, die du gut kannst und gerne machst. Diesen Eindruck hatte ich auf jeden Fall das letzte Mal, als ich hier war."

„Hm." Gedankenverloren stand Kaja auf und ging zu dem großen Fenster, das auf den kleinen Gartensitzplatz führte.

„Stimmt", meinte sie schließlich und kehrte zu ihrem Platz auf dem Sofa zurück. „Nur, was mache ich dann mit den Kerzen? Und nach Frankreich ziehen möchte ich eigentlich nicht unbedingt."

„Wer sagt denn etwas davon, dass du nach Frankreich ziehen sollst? Wenn die Leute diese Dinge in Frankreich kaufen, kaufen sie sie bestimmt auch hier."

Zweifelnd blickte Kaja Miri an. „Und wo würde ich meine Kräuter ziehen?"

„Na, in deinem Garten."

Da musste Kaja lachen. „So sehr ich deinen Optimismus schätze. Aber dieser Garten ist definitiv zu klein und zu schattig für dieses Vorhaben."

„Schade!" Enttäuscht sank Miri in ihr Kissen zurück. Doch sie ließ sich nicht so schnell entmutigen. „Dann ziehst du halt um", meinte sie pragmatisch.

„Umziehen? Stopp, stopp, stopp. Das gehört eindeutig in die Kategorie zu viele Veränderungen auf einmal. Ich liebe meine Wohnung!"

„Na schön", lenkte Miri ein. „Versprich mir einfach, dir das Ganze einmal durch den Kopf gehen zu lassen."

Kaja schnitt eine Grimasse. „Ich befürchte, das ist ja das Problem. Diese Idee kriege ich bestimmt nicht mehr so schnell aus meinem Kopf. So, jetzt zum nächsten Punkt auf ihrer Traktandenliste. Unsere Schwester. Beziehungsweise die Frau, die wir dafür halten." Kaja atmete einmal tief durch. „Ich weiß gar nicht, weshalb mich diese Begegnung so aufwühlt. Schließlich kommen wir zwei ja total gut aus. Dann sollte es auch mit ihr gut klappen."

„Ja, Schwestern sind schließlich immer ein Herz und eine Seele", ließ sich Lance mit sarkastischer Stimme vernehmen.

„Wie viele Schwestern hast du denn", wollte Miri interessiert wissen.

„Sieben", erzählte der Drache stolz. „Und wir streiten uns jeden Tag, wenn wir Zeit dafür finden."

„Das gehört zu deinem Charakter. Du streitest einfach gerne", sagte Kaja. „Können wir jetzt zum eigentlichen Thema zurückkehren?"

„Wenn du weiterhin so unfreundlich bist, sage ich dir auch nicht, was ich rausgefunden habe." An dieser Stelle schaltete sich Miri ein, die bis dahin fasziniert dem amüsanten Schlagabtausch gelauscht hatte. Hocherfreut, dass ihm wenigstens eine der beiden zuhörte, fing er an, seine Begegnung mit dem kleinen Fuchswallach zu schildern.

„Sierra? Was ist das denn für ein seltsamer Name."

„Keine Ahnung", meinte Miri. „Aber dein Drache hat recht. Zum Glück für uns trägt sie einen seltsamen Namen. So sollte sie einfacher zu finden sein."

„Du hast recht", sinnierte Kaja. Inzwischen war auch sie neugierig geworden. „Ich werde mich gleich dahinter klemmen und versuchen, ob ich auf elektronischem Weg etwas über Sierra rausfinden kann."

„Und wenn wir wissen, wo sie wohnt? Was wollen wir dann machen?"

Soweit hatte Kaja noch gar nicht überlegt. Schließlich hatte sie erst vor ca. zwei Minuten aufgehört, sich über die fremde Frau aufzuregen. Unschlüssig zuckte sie mit den Schultern. „Keine Ahnung. Aber ich nehme an, uns wird schon etwas einfallen. Vielleicht hat ja auch mein toller Drache eine Idee", meinte sie liebevoll und kraulte ihn unterm Flügel.

„Wurde auch Zeit, dass dir das wieder einmal auffällt", brummte dieser schmollend.

„Bleibst du zum Abendessen?", wollte sie von Miri wissen.

„Was ist schon wieder Zeit zum Essen?", fragte Miri entsetzt.

„Nein, noch nicht, ich wollte es nur wissen, weil ich noch einkaufen gehen muss." Erleichtert streckte sich Miri kurz und meinte dann: „Danke für die Einladung. Aber ich sollte wohl langsam nach Hause gehen. Aufräumen und so. Lass uns nächste Woche nochmals sprechen, vielleicht wissen wir bis dahin mehr."

„Gut, dann geh ich noch joggen. Kommst du mit, Lance?"

„Äh, ich, ich muss mich von den heutigen Strapazen noch erholen", war seine lahme Ausrede.

„Faulpelz. Aber das sollte ich inzwischen wohl wissen."

24

Die folgenden Tage verbrachte Kaja mit der völligen erfolglosen Suche nach Sierra. Sie fand wohl Unmengen von Daten zu dem Ausdruck, sogar 110 Einträge im Telefonbuch, doch sie schaffte es einfach nicht, die Suche mehr einzugrenzen. Dazwischen machte sie lange Spaziergänge und wälzte Ideen im Kopf oder ließ es vorsichtig einige Minuten lang zu, dass sie Tim vermisste. Dann stellte sie es jedoch immer konsequent ab, indem sie sich ihren vielen Ideen zuwandte.

Dienstagabend war sie dermaßen frustriert über ihre erfolglose Suche, dass sie zum Telefonhörer griff und Simon anrief. „Du, sag mal“, wollte sie wissen, als sie sich begrüßt hatten. „Ihr macht doch auch Personen ausfindig?“

„Ja, die ganze Zeit. Um was geht es denn? Schuldet dir jemand Geld?“

„Nein“, sie zögerte, „es handelt sich um etwas Privates.“

„Um einen Mann?“, wollte er unumwunden wissen. Schließlich wollte er Kaja nicht dabei helfen, sich auf jemand anderen zu konzentrieren als auf Tim. Kindisch vielleicht, aber seine erste Loyalität gehörte nun mal seinem Freund.

„Nein, es geht um eine Frau, die ich kenne“, sie fand diese Schwindelei gerechtfertigt, schließlich ging es sozusagen um ihre Schwester. „Ich kenne sie von früher, habe aber keine Ahnung, wo sie wohnt und wie sie mit Nachnamen heißt.“

„Einen Vornamen hast du aber?“

„Ja, das schon.“

Simon wollte sich schon Notizen machen, als ihm eine Idee kam. „Du wolltest doch sowieso mal herkommen und dir hier alles ansehen.“

„Ja, würde ich sehr gerne.“

„Dann komm doch gleich morgen vorbei, dann zeige ich dir kurz wie das geht, und du kannst deine Suche selber starten, wie klingt das?“

„Das wäre toll. Dann krieg ich gleich noch einen tieferen Einblick in eure Arbeit.“

„Konntest du deinen Chef erreichen?“

Betreten musste Kaja zugeben, dass sie die vergangenen Tage gar nicht versucht hatte, ihn zu erreichen. „Macht nichts. Wir haben ja auch gesagt, es gibt noch keinen Grund, uns Sorgen zu machen. Also dann, bis morgen um zehn Uhr“, meinte Simon und verabschiedete sich.

Kaja hängte auf. Bevor sie der Mut verließ, kramte sie ihr Handy hervor und schickte Tim eine SMS. „Lädst du mich morgen zum Abendessen ein? In Bern?“

Kajas Herz hüpfte vor Aufregung. Sie redete sich ein, dass das ausschließlich damit zu tun hatte, dass sie morgen Simons Arbeitsplatz sehen würde und sehr wahrscheinlich dem Geheimnis von Sierra auf die Spur käme. Mit Tim hatte das gar nichts zu tun. Überhaupt nichts.

„Weißt du, wenn Selbstbetrug eine olympische Disziplin wäre, würdest du glatt die Goldmedaille gewinnen“, spottete Lance. Sie war dann doch klug genug, nicht auf seine Bemerkung einzugehen.

Was ziehe ich denn morgen an, überlegte sie hektisch.

„Das ist wirklich eine Frage von außerordentlicher Wichtigkeit, wenn man bedenkt, dass du morgen eine Securityfirma besuchst und ein bedeutungsloses Abendessen mit Tim hast“, ließ sich Lance vernehmen. Er fläzte sich auf Kajas Bett und beobachtete sie, wie sie ratlos vor ihrem Kleiderschrank stand.

„Ach du, sei doch still. So bist du mir keine große Hilfe.“ Ist ja auch idiotisch, von einem Drachen eine Modeberatung zu erwarten, sonst sehe ich am Ende noch aus wie ein mittelalterliches Burgfräulein.

„Das habe ich gehört“, ertönte Lances Stimme belustigt.

„Ich rufe jetzt Miri an. Das bringt wahrscheinlich mehr“, beschloss Kaja.

„Kannst du vorbeikommen? Es ist sozusagen ein Notfall“, bat Kaja am Telefon.

„Ja klar, mache ich. Ich muss später aber nochmal weg.“

„Nochmal weg?“ Verwirrt blickte Kaja auf ihre Armbanduhr. Fast acht Uhr. „Du bist wohl wirklich eine Nachteule.“

„Mm“, gab Miri unbestimmt zur Antwort. „Soll ich jetzt kommen oder nicht?“

„Ja gerne, du bist ein Schatz!“, meinte Kaja erleichtert.

Schon eine Viertelstunde später stand Miri vor der Tür. „Das war ja schnell“, begrüßte Kaja sie erfreut.

„So, wo brennt's denn?“, wollte Miri wissen und folgte Kaja in die Wohnung.

„Ach, am besten kommst du gleich mit in mein Schlafzimmer. Ich hoffe, dass ich morgen von Tim zum Essen eingeladen werde.“

„Was heißt denn, du hoffst?“

„Na ja, ich habe mich quasi selber eingeladen, per SMS – aber bis jetzt habe ich noch keine Antwort bekommen.“

„Dabei hat sie ihn vor Urzeiten angefragt. Es ist mindestens schon eine halbe Stunde her…“, stichelte Lance, der immer noch auf ihrem Bett lag. Kaja streckte ihm die Zunge raus und Miri musste sich ein Schmunzeln verkneifen.

„Was machst du denn morgen in Bern?“

„Ach, das habe ich dir vor lauter Aufregung noch gar nicht erzählt!“

„Ach was, du bist aufgeregt?“, mischte sich Lance wieder ein.

„Okay, okay, ich bin aufgeregt. Und das ist alles nur deine Schuld“, behauptete sie und tippte Lance vorwurfsvoll an die Brust.

„Meine? Weshalb denn?“, entrüstete sich dieser.

„Du hast mir doch den Tipp gegeben, das Ganze einfach zu genießen.“

„Das vielleicht schon. Aber da hattest du dich ja schon verguckt in diesen Tim. So was nennt man Schadensbegrenzung“, verteidigte er sich.

„Könnt ihr zwei Streithähne jetzt vielleicht mal aufhören“, ging Miri dazwischen. „Dann könnten wir uns nämlich endlich unserer Kleiderfrage hier widmen.“ Sie zog eine dunkelblaue Jeans aus dem Schrank und ein silbergraues langärmliges Oberteil, das einen weiten Halsausschnitt besaß. „Versuchs mal damit“, meinte sie und hielt Kaja die beiden Kleidungsstücke hin.

Zweifelnd sah sie auf die beiden Kleidungsstücke in ihrer Hand. „Ich weiß gar nicht, ob ich dieses T-Shirt überhaupt schon einmal getragen habe.“

„Na, dann wird’s ja wohl Zeit“, meinte Miri resolut und schob sie ins Badezimmer.

„Und? Wie findest du es?“ Kaja drehte sich einmal um ihre eigene Achse. Der Halsausschnitt reichte beinahe von Schulter zu Schulter und ließ einen schönen Ausblick auf Kajas Hals und ihre Schlüsselbeinpartie frei. Der weiche Stoff fiel locker bis zur Taille und schmiegt sich schimmernd an die sanften Kurven von ihrem Körper. Die Jeans saß tief auf der Hüfte und betonte ihr gut trainiertes Hinterteil, ohne es platt zu drücken.

„Also ich würde dich auf jeden Fall auf der Stelle ins Bett zerren wollen, wenn ich ein Mann wäre. Hast du noch hochhackige Schuhe dazu?“

„Ich dachte an meine hohen Stiefel. Mit denen kann ich notfalls auch eine längere Strecke gehen, wenn‘s denn sein muss.“

„Ich dachte, du wolltest Abendessen gehen und nicht schon wieder Wanderferien machen?“

„Ich bin gerne auf alle Eventualitäten vorbereitet“, antwortete Kaja verlegen. Miri hatte inzwischen aus den Tiefen von Kajas Schrank noch einen ellenlangen und dünnen, blaugrünen Schal gefischt, den sie ihr jetzt um den Hals wickelte. „So, und jetzt hol noch deine Stiefel, damit wir uns einen Eindruck vom kompletten Bild machen können.“

Nochmals stellte sie sich vor ihren beiden Freunden auf. „Perfekt“, meinte Miri. „Bequem und praktisch und gleichzeitig cool und sexy.“

„Und was meint mein Drachenberater dazu?“

„Hm, solange du die Jacke anbehältst, ist alles wunderbar“, meinte dieser unwirsch.

Kaja musste schmunzeln. „Gut, wenn du es zu gefährlich findest, ist es definitiv super! Danke vielmals, ohne dich hätte ich eine Ewigkeit gesucht.“

„Kein Problem, dafür sind doch Schwestern da“, meinte Miri und umarmte Kaja.

„Jetzt waren wir richtig schnell. Möchtest du noch einen Tee, bevor du gehst?“

„Ja gerne. Dann kannst du mir auch gleich erzählen, was du bei Simon machst.“

Mit einem bedeutungsvollen Blick auf Lance meinte sie: „Stimmt, wir wurden ja unterbrochen.“

„Schon seltsam, wie schnell ich mich wieder daran gewöhnt habe, einen Drachen um mich herum zu haben“, meinte Miri, die wie Lance Kaja ihre Tasse hinhielt, damit sie ihnen einschenkte.

„Mal schauen, wie schnell sich unsere Schwester daran gewöhnt."

„Heißt das, du hast rausgefunden, wer sie ist und wo sie wohnt?"

Kaja verzog das Gesicht. „Nein, eben nicht. Deshalb habe ich vorhin verzweifelt Simon angerufen. Ich weiß, dass seine Firma auch Personen ausfindig macht. Das ist eigentlich der Grund, weshalb ich morgen in unsere schöne Hauptstadt reise. Tim ist dann sozusagen meine Belohnung." Kaja kicherte. „Was machen wir eigentlich, wenn wir rausgefunden haben, wo sie wohnt? Ich meine, wir können ja schlecht anrufen und sagen: Hallo, wir sind drei Drachenschwestern und du bist die Dritte im Bunde. Die lässt uns ja auf der Stelle in die Psychiatrische Klinik verfrachten! Ich hätte mich ja bald selbst eingeliefert", gab Kaja zu bedenken.

„Nein, ich dachte auch eher, dass wir dann auf gut Glück zusammen mit Lance zu ihr raus fahren und sie daran festnageln, dass sie Lance sieht. Zum Glück ist er ja nicht zu übersehen. Für uns, meine ich."

„Das war bei dir ja richtig einfach. Da musste ja eher noch ich überredet werden", erinnerte Kaja sich.

„Halte mich auf jeden Fall auf dem Laufenden", bat Miri. Sie stand auf und stellte ihre leere Tasse in das Spülbecken. „Ich muss jetzt leider los", meinte sie mit einem bedauernden Blick auf ihre Uhr.

Kaja sprang auf. „Ja, klar. Danke für deinen Notfalleinsatz!" Die beiden umarmten sich, wobei Zorro auch noch seine Streicheleinheiten abbekam. Kaja blickte ihr durchs Fenster hinterher. Wo wollte Miri um diese Zeit an einem Dienstagabend wohl hin? Fragend schaute sie zu Lance hinüber. Der hatte aber eine gänzlich unbeteiligte Miene aufgesetzt und schaute scheinbar fasziniert auf den Grund seiner Teetasse. Sie kannte ihren Drachen inzwischen gut genug um zu wissen, dass er offenbar nicht vorhatte, ihr diese Frage zu beantworten. Sie zuckte mit den Schultern. Bei einem der nächsten Treffen würde Kaja sie einfach fragen. Schließlich hatte sie Miri jetzt ständig mit ihren eigenen Problemen in den Ohren gelegen. Das musste sich sowieso ändern, nahm sie sich fest vor.

Miri war unterdessen unterwegs zu ihrer Stammkneipe und fragte sich bestimmt schon zum zehnten Mal, warum sie schon wieder einen gemütlichen Abend bei Kaja unterbrochen hatte nur für die Möglichkeit, sich einen Typen zu angeln. Ein Psychologe hätte ein tolles Forschungsobjekt in mir, dachte sie genervt. Egal, jetzt war sie ja sowieso schon da.

25

Kaja war auf dem Weg nach Bern und stand wieder einmal im Stau. Dabei war sie schon zu spät losgefahren. Und außerdem hatte sie immer noch nichts von Tim gehört, was auch nicht gerade dazu beitrug, ihre Stimmung zu heben. Sie drehte die Lautstärke ein wenig höher. Diesmal hörte sie sich eine alte CD von Massive Attack an, was bestens zu ihrer Laune passte. Und zum Stau. Das konnte ja gar nichts werden mit Tim, wenn er in Bern war und sie in Zürich. Sie würde in kürzester Zeit wahnsinnig werden.

„Er ist ja sowieso nicht oft in Bern", mischte sich Lance ein. Offenbar hatte er sich wieder einmal in ihre Gedanken eingeklinkt. „Nein, du hast das immer noch nicht richtig verstanden: Solange du deine Gedanken nicht bewusst als privat deklarierst, höre ich dich genauso gut denken, wie wenn du laut sprechen würdest", verteidigte sich ihr schillernder Begleiter.

„Okay, hab schon verstanden. Du kannst also nichts dafür."

„Genau."

„Und was genau an deiner Bemerkung soll mich jetzt aufheitern? Das ist ja unter anderem mein Problem, dass er so oft unterwegs ist. Und wenn er dann mal da ist, sitzt er in Bern."

„Während du ja unwiderruflich und ständig an Zürich gekettet bist", bemitleidete sie der Drache und nickte dazu traurig mit dem Kopf.

„Hä? Was willst du jetzt damit sagen?“ Irritiert blickte Kaja zu Lance hinüber und merkte deshalb erst im letzten Moment, dass die Kolonne vor ihr praktisch zum Stillstand gekommen war. Sie trat heftig auf die Bremse und schaffte es knapp, einen Zusammenstoß mit ihrem Vordermann zu vermeiden.

„Himmel, Mädchen! Mir passiert ja nichts, aber ich fände es ganz schön schade, wenn du dich jetzt im Auto zerquetschen ließest! Reiß dich zusammen!“

„Dann lenk mich nicht mit so aufreibenden Themen ab“, fauchte Kaja zurück, die sich selbst ganz schön erschrocken hatte.

Lance wartete ab, bis sein Schützling sich wieder etwas beruhigt hatte und es schien, als hätte sie keine Konzentrationsprobleme mehr. „Ich meinte ja nur, dass dich niemand zwingt, in Zürich zu bleiben. Schließlich steht dir auch beruflich eine Umorientierung bevor, der ideale Zeitpunkt also, sich darüber Gedanken zu machen, wo du sonst noch wohnen könntest. Oder vermehrt auf Reisen zu gehen. Oder Tim möchte umziehen. Oder…“

„Ist ja gut, ich sehe schon, was du meinst. Ich tue wieder einmal so, als wäre die Situation, so wie sie jetzt ist, in Stein gemeißelt und übersehe geflissentlich, dass es an mir liegt, daran etwas zu ändern.“

„Äh... ja“, antwortete der Drache, etwas überfordert von der Tatsache, dass Kaja auf Anhieb verstanden hatte, was er meinte.

„Jetzt schau nicht so“, forderte sie Lance auf, den sie, wohlweißlich aus dem Augenwinkel, beobachtet hatte. „Ich mache mir ja schließlich selber auch Gedanken. Und ein wenig von dem, was wir zusammen besprechen, bleibt ja doch hängen, ob ich das nun will oder nicht.“

Sie lächelte verschmitzt. „Du hast recht. Aber im Moment drehen sich meine Gedanken eben oft im Kreis, gerade weil so viel in meinem Leben im Wandel ist. Und normalerweise kriege ich bereits bei einer einzelnen, winzigen Veränderung die Krise. Also gib mir etwas Zeit, und ja, bemitleiden darfst du mich auch."

„Das würde dir wohl so gefallen", stichelte Lance, insgeheim aber hochzufrieden mit ihr. Eigentlich hatte er sie noch fragen wollen, ob sie schon über Miris Vorschlag nachgedacht hatte, Kerzen zu produzieren und zu verkaufen. Aber er beschloss, das Thema Zukunftspläne erst mal auf sich beruhen zu lassen.

„Meinst du, unser Plan, dich einfach unserer anderen Schwester vorzustellen, klappt?", unterbrach sie seine Gedanken.

„Hm, ich kann mir nicht vorstellen, dass es nicht klappen sollte", meinte er mit einem Achselzucken. „Ich glaube nicht, dass sie da viel Mitspracherecht haben wird."

„Sind wir denn so überzeugend, Miri und ich? Oder so schlimm?"

Lance lachte schallend. „Nein. Aber schließlich hattest du ja auch nicht groß die Möglichkeit, dich gegen mich zu wehren oder gegen die Bekanntschaft mit Miri."

„Stimmt auch wieder." Sie war schon ganz kribbelig, wenn sie daran dachte, dass sie es mit großer Wahrscheinlichkeit bald herausfinden würde. Das heißt, falls sie es heute überhaupt noch nach Bern schaffen würde, dachte sie genervt, den Stau vor sich betrachtend.

Eine halbe Stunde zu spät bog sie endlich auf den Firmenparkplatz von Cerberus Security Services ein. Sie stand vor einem unauffälligen, großen Gebäude irgendwo am Rand der Industrie von Bern. Suchend blickte sich um und versuchte herauszufinden, wo der Haupteingang lag. Sie zuckte mit den Schultern und ließ Zorro herausspringen. „Kommst du nicht mit?", fragte sie Lance, der zusammengerollt auf dem Rücksitz liegen blieb.

„Nö, ich schlafe noch eine Runde, ich lenke dich sowieso nur ab.“

„Kluge Idee, na dann, schlaf gut!“

Sie schlug die Tür zu und brachte Zorro, welcher aufgeregt herumsprang, mit einigen gemurmelten Worten zur Ruhe. Dann beschloss sie, das Gebäude einfach zu umrunden. „Na Kleiner, weißt du, wo es hier rein geht?“, fragte sie, ohne wirklich eine Antwort zu erwarten. Zorro stürmte allerdings sofort los. Kaja blieb gar nichts anderes übrig, als ihrem Hund hinterher zu rennen. Sie bog um die Ecke und stand plötzlich vor einem Zaun, der ein großes, offenbar zum Gebäude gehörendes Grundstück umschloss. Sie entdeckte eine große Wiese und mehrere Bereiche, die mit Holzschnitzeln bedeckt waren und offenbar zum Hundetraining dienten. Direkt anschließend an das Industriegebäude waren einige längliche Holzbaracken zu sehen. Zorro winselte ungeduldig. Er stand am Maschendrahtzaun und drückte sich die Nase platt bei seinen Versuchen, irgendwie zu seinen Artgenossen zu kommen. Diese bewegten sich frei in der Gruppe in einem zusätzlich abgetrennten Bereich. Die Hunde hatten sie schon entdeckt. Nur zwei von ihnen hielten die beiden Fremden für wichtig genug, um zu bellen. Kaja blickte am Zaun entlang und entdeckte ein Tor, an dem eine Klingel angebracht war. Sie drückte drauf und wartete. In der Zwischenzeit nahm sie vorsichtshalber Zorro an die Leine. Sie wollte nicht, dass er sich vor lauter Übermut mitten ins Getümmel stürzte. Kaja wartete noch einen Moment und wollte sich gerade auf die Suche nach einem anderen Eingang machen, als die Türe der mittleren Baracke aufging und ein älterer Mann mit langen weißen Haaren, welche am Hinterkopf zu einem Pferdeschwanz zusammengefasst waren, den Kopf herausstreckte. „Was wollen Sie hier? Das hier ist Privatgelände“, blaffte er.

„Gehört das denn nicht zu Cerberus? Ich suche den Eingang.“ Vorsichtshalber fügte sie noch hinzu: „Ich bin mit Simon verabredet.“ Als sie Simons Namen nannte, hellte sich die finstere Miene des Alten sichtbar auf.

„Kaja?“

„Genau, die bin ich.“

„Du kannst hier hereinkommen. Behalte deinen Hund aber vorsichtshalber erst an der Leine. Später kann er dann schon zu den anderen raus.“ Er verschwand kurz wieder in der Tür. Offenbar, um den Türöffner zu betätigen. Einige Sekunden später summte es und das Tor öffnete sich unter dem Druck von Kajas Hand mit einem deutlichen Klicken. Sie drückte es ganz auf, rief Zorro zur Ordnung, der schon wieder ganz begeistert an der Leine ziehen wollte und trat ein. Hinter ihr schwang das Tor lautlos wieder zu und schloss mit einem lauten Klick. Der alte Mann, der mit seinen langen weißen Haaren, seiner Jeans und Lederkluft aussah wie ein Trapper, kam ihr entgegen. Diesmal mit einem freundlichen Lächeln im Gesicht.

„Simon hat mir schon viel von Ihnen erzählt und Tim hat auch schon von Ihnen gesprochen. Seltsame Geschichten erleben Sie ja, muss man schon sagen.“

Kaja war einigermaßen verblüfft über diese Wandlung in kürzester Zeit. Schließlich hatte er sie zuerst nicht gerade freundlich begrüßt. Sie musste auch nicht lange auf eine Erklärung warten.

„Der Haupteingang ist eigentlich auf der anderen Seite. Dort gibt es auch einen sogenannten Empfangsbereich mit freundlichen Mitarbeitern und einer Kaffeemaschine.“ Er beschrieb diese Dinge, als würden sie aus einem anderen Universum stammen.

Was sie vermutlich auch taten, dachte Kaja, als sie ihn musterte. „Ich hab‘s nicht so mit Kundenkontakt. Hunde sind mir da wesentlich lieber. Dein Glück, dass du deinen dabei hattest“, schmunzelte er, wie selbstverständlich zum Du wechselnd. Kaja musste einfach zurück lächeln. Sie vermutete, dass es sich bei ihrer Begleitung um Simons Partner Josef handelte und sein Stimmungswandel wohl eher mit der Nennung von Simons Namen zusammenhing. Der Mann war ein richtiges Original. Er und Luc würden sich sicher prächtig verstehen.

Sie waren gerade beim Haupteingang angekommen, als Simon heraus trat. „Hallo Kaja, hast du es endlich geschafft?"

„Ja, endlich. Ich habe ewig lang in diesem blöden Stau festgesteckt."

„Kein Problem, du hast mich ja per SMS auf dem Laufenden gehalten und zusätzlich haben sie den Stau sogar im Radio gemeldet. Scheint tatsächlich ein größeres Problem gewesen zu sein. Hör zu, ich muss jetzt gleich weg. Aber du wirst ja eine Weile hier sein. Josef hast du ja offensichtlich schon erfolgreich kennengelernt…"

„Wieso erfolgreich?"

„Normalerweise reißt er den Leuten erst den Kopf ab und fragt sie dann nach ihren Wünschen", grinste Simon.

„Irgendwer muss ja hier nach dem Rechten sehen, wenn du ständig Detektiv spielst", grummelte Josef zurück.

Simon wandte sich wieder Kaja zu. „Wenn du und Josef fertig seid, kannst du dich beim Empfang melden. Rosalind bringt dich dann rauf zu Toby. Er kann dir eine Einführung geben in die Vermisstensuche. Danach sollte ich wieder zurück sein."

„Okay, bis dann."

„Tschüss."

„So", fing Josef an. „Willst du jetzt gleich hoch gehen oder möchtest du dir noch gerne die Hunde ansehen? Wenn dein Hund sich mit meinem verträgt, könnten die dann zusammen raus."

„Ich möchte gerne zuerst zu den Hunden. Und wenn Zorro den Rest der Zeit bei dir bleiben kann, umso besser."

Eine Stunde später saß Kaja neben Toby an seinem Computer und konnte nur noch staunen, als sie sah, wie dieser sich in unglaublicher Geschwindigkeit in die verschiedensten öffentlichen Ämter reinhackte. Sie war ziemlich verwundert, als sie sah, wie einfach das war. „Haben die denn keine Firewall?"

„Du würdest dich wundern, wie schlecht öffentliche Stellen ihre Geheimnisse schützen. Vor allem kleine Gemeinden sind da absolut unterversorgt. Meistens haben sie schon irgendeine kleine Firewall – aber ich bin ja auch ein Profi auf diesem Gebiet und mir steht erstklassiges Material zur Verfügung", schloss er stolz.

„Und wie sieht der berufliche Werdegang zum Hacker denn aus?", fragte sie fasziniert.

„Na ja, es gibt eigentlich zwei Wege. Angenommen, du möchtest Hackerin werden. Für dich wäre es kein Problem, sozusagen ‚on the job' das Nötige zu lernen. Mit Computern kennst du dich ja aus und programmieren kannst du auch noch. Das wäre sozusagen die saubere Lösung."

„Und die zweite?"

Er grinste. „Oder du machst es so wie ich und bringst dir alles autodidaktisch bei. Dann lässt du dich erwischen, weil du in einem Anfall von Größenwahn nicht alle deine Spuren sorgfältig verwischt hast. Der Geschädigte bietet dir an, für ihn zu arbeiten – oder aber er droht, gegen dich Anzeige zu erstatten."

„Ich nehme an, Simon hat dir einen Job angeboten und du hast dankend angenommen."

Er grinste spitzbübisch und fuhr sich durch die verstrubbelten dunklen Haare, die nach allen Seiten abstanden. „Genau." Er rollte seinen Bürostuhl ein Stück zur Seite, um Kaja Platz zu machen. „So, jetzt bist du dran."

Als Erstes rief sie eine Karte der Region auf, wo sie ihre Wanderung unternommen hatten. Dann bestimmte sie mehr oder weniger willkürlich einen Radius. Da sie keine Ahnung hatte, wie weit man auf einem durchschnittlichen Ausritt kam, musste sie mit Vermutungen vorlieb nehmen. Sie ging aber davon aus, dass es nicht so viel weiter war, als wenn man zu Fuß unterwegs war. Dann suchte sie die nächstgelegenen Ortschaften raus und notierte sich die zuständigen Melderegister. Kaja hatte Glück: Schon bei ihrem dritten Versuch, einer Gemeinde in der Nähe von Stein a. Rhein nahe der Schweizer Grenze, fand sie eine Sierra Küng. Offensichtlich wohnte sie mit einem Markus Widmer zusammen. Über diesen fanden sich auch im Netz mehrere Artikel. Er handelte offenbar sowohl mit Pferden als auch mit Maschinen. „Danke“, meinte Kaja. „Jetzt habe ich immerhin eine Adresse.“ Schnell schrieb sie sich die Adresse und die zugehörige Telefonnummer auf einem Zettel. Kaja überlegte gerade, ob sie auf der Stelle ihr Glück versuchen und dort anrufen sollte, als sie merkte, dass Toby offensichtlich etwas fragen wollte, anscheinend aber nicht wusste, wie er es anstellen sollte. „Was ist denn?“

„Hm“, druckste er immer noch rum.

„Jetzt rück schon raus mit der Sprache.“

„Simon meinte, wenn wir früh fertig sind, sollte ich dir noch unser Buchhaltungsprogramm vorstellen. Es zickt in letzter Zeit immer öfter rum.“

„Ja klar, her damit. Ich weiß zwar nicht, ob ich da etwas helfen kann, aber anschauen kann ich es mir auf jeden Fall.“ Sie setzte sich wieder hin und starrte auf den Bildschirm. „Das ist ja eins von unseren Programmen! Besser gesagt, eines, das ich dieses Jahr geschrieben habe.“ Sie holte den Programmiercode des Programms an die Oberfläche, so dass sie es bearbeiten konnte. „Ich geb es ja nur ungern zu, aber hier hatte ich so richtig gepfuscht.“

Kaja hatte die zwei Stellen gefunden, wo sie einen Teil des Codes komplett löschte und mit der korrekten Version wieder füllte.

„Jetzt sollte es eigentlich klappen", schloss sie nach einer knappen Viertelstunde. „Ich habe zu Hause einen Patch", sie runzelte die Stirn, „den hättet ihr eigentlich automatisch zugeschickt bekommen müssen. Egal, ich schicke euch das Flickprogramm auf jeden Fall. Einfach auf die Festplatte aufspielen, das Programm startet dann von selbst. Nur für den Fall, dass ich heute doch noch etwas vergessen habe." Irgendetwas spukte in ihrem Hinterkopf herum. Doch sie kriegte den Gedanken einfach nicht zu fassen.

In dem Moment piepste ihr Handy. Kaja überlegte schon, erst später nachzusehen, wer ihr eine Textmitteilung geschickt hatte, bis ihr einfiel, dass sie ja immer noch auf Tims Antwort bezüglich des gemeinsamen Abendessens wartete. Also fischte sie ihr Handy aus der Jacke, die sie über die Rückenlehne ihres Stuhls gehängt hatte. „Gerne!!! Musste noch umdisponieren. Wann und wo?" Das wurde aber auch Zeit! Schnell textete sie zurück: „Hol mich doch bei Simon ab. Ich rufe dich an, wenn wir fertig sind." Sie war beeindruckt. Er hatte ihr zuliebe tatsächlich seine Pläne geändert. Mit weitaus besserer Laune wandte sie sich wieder Toby zu. „Und, was kannst du mir sonst noch zeigen?"

In der nächsten Stunde wurde sie von Toby durch den ganzen Betrieb geführt. Mitarbeiter gab es nicht sehr viele. Zumindest keine, die permanent anwesend waren.

„Wir haben viele freie Mitarbeiter. Die Firma ist immer noch im Aufbau. Der Sektor Wirtschaftsspionage, das ist das Gebiet, in dem ich mehrheitlich tätig bin, ist stärker als man denkt. Eine große Nachfrage besteht auch bei den Alarmanlagen. Doch diese Mitarbeiter haben meist einen Heimarbeitsplatz, da sie ja sowieso oft auswärts unterwegs sind. Da würde es wenig Sinn machen, wenn sie erst hierher fahren und dann gleich wieder ins Auto steigen müssten, um zu ihrem ersten Auftrag zu gelangen. Die Abteilung Personenschutz besteht komplett aus freien

Mitarbeitern. In diesem Bereich haben wir einfach nicht häufig genug Aufträge. Die meisten Aufträge dieser Art erhalten wir zum Beispiel während des WEFs in Davos. Und selbst da bringen die meisten ihre eigenen Leute mit. Das ist leider das Problem, wenn man in der sicheren Schweiz eine Sicherheitsfirma betreibt", schloss er seine Ausführungen mit einem kleinen Scherz.

„Na ja, ich für meinen Teil bin ganz froh, dass es in der Schweiz im Vergleich zu anderen Ländern nicht so oft nötig ist, mit einem Bodyguard rumzulaufen." Sie schnitt eine Grimasse. Wenn sie sich überlegte, wie oft sie sich mit Lance stritt, nicht auszudenken, wenn eine wildfremde Person ihr auf Schritt und Tritt folgen würde. „Was muss ich unter dem Bereich Wirtschaftsspionage verstehen? Simon hat es mir zwar schon einmal erklärt, doch ich konnte mir nicht alles merken."

„Eigentlich ist dieser Begriff ein wenig missverständlich. Schließlich betreiben wir keine Wirtschaftsspionage. Zum größten Teil ist unsere Aufgabe präventiver Art, sprich, wir sichern die Firmen. Das heißt, die Gebäude sowie die Computer- und Serverumgebung, so dass es für andere so gut wie unmöglich ist, überhaupt etwas auszuspionieren. In selteneren Fällen besteht der Verdacht schon, dass etwas unrechtmäßig entwendet wurde. Heutzutage geschieht das eben oft auf dem elektronischen Weg. Unser Job ist es dann, nachzuweisen, wer wie wo was unrechtmäßig entwendet hat."

„Da bringst du ja einschlägige Erfahrung mit", neckte Kaja ihn. „Und die Hunde?"

„Die Hunde sind ganz Josefs Gebiet", ertönte hinter ihr Simons Stimme. „Und meine", fügte er hinzu. „Allerdings habe ich nicht immer so viel Zeit für den Hundebereich, wie ich eigentlich gerne hätte."

„Du bist also ein typisches Opfer deines eigenen Erfolgs?"

„Ja, so könnte man es auch nennen. Seid ihr fündig geworden?"

„Ich denke schon. Sicher weiß ich es aber erst, wenn ich sie wieder sehe. Das Führerscheinfoto, das wir gefunden haben, ist ziemlich undeutlich." Kaja grinste spitzbübisch. „Schon eine tolle Sache, eure Ausrüstung und Tobys Fertigkeiten."

Toby grinste mit. „Du wirst es nicht glauben, Kaja. Aber richtig gut wurde ich erst, als ich bei Simon in die Lehre gegangen bin."

„Du musstest dir im Studium wohl irgendwie die Zeit vertreiben, was?", stichelte Kaja.

Simon lachte verlegen, was bei diesem großen und sonst so selbstsicher wirkenden Mann richtig nett anzusehen war. Er beschloss, nicht darauf einzugehen. „Konntest du irgendetwas beim Buchhaltungsprogramm herausfinden?", wechselte er geschickt das Thema. Jetzt war es an Kaja, verlegen zu werden. „Ja, ja, es läuft jetzt endlich, wie es sollte. Ähm, ich hatte das Programm geschrieben. Offensichtlich nicht besonders sorgfältig." Wieder hatte sie das Gefühl, dass ihr dazu etwas einfallen sollte.

„Wann war denn das?"

„Was war wann?"

„Na, wann hast du das Produkt entwickelt?"

„Ich weiß nicht, ca. vor einem dreiviertel Jahr. Warum?"

„Es ist mir nur so aufgefallen. Schon wieder ein Programm von dir mit Fehlern. Entweder programmierst du tatsächlich lausig, aber den Eindruck hatte ich von deinen Ausführungen her eigentlich nicht, oder jemand hat dir schon damals ins Handwerk gepfuscht."

„Klein-Freddy! Ich bringe ihn um! Das würde auch erklären, weshalb ihr den Patch nicht gekriegt habt! Sobald die ersten Beschwerden eingingen, habe ich mich natürlich sofort an die Arbeit gemacht und ein kleines Programm geschrieben, welches sämtliche vorhandenen Fehler beseitigt. Das haben wir dann an alle Kunden verschickt, die unser Produkt bereits gekauft hatten. Zumindest bin ich davon ausgegangen. Jetzt denke ich eher, dass keiner unserer Kunden meinen Patch je erhalten hat." Sie fluchte leise und begann, auf ihr Handy einzutippen.

„Wem schreibst Du denn?"

„Ich möchte nur nicht, dass ich das wieder vergesse. Wenn ich zu Hause bin, sende ich allen Kunden den Patch nochmals elektronisch zu."

„Du arbeitest nicht mehr für diese Firma", erinnerte Simon sie.

„Ich weiß", antwortete sie gereizt. „Nichtsdestotrotz hänge ich immer noch an der Firma, zumindest an meinem alten Team. Und wenn wir es irgendwie schaffen, diese dunklen Machenschaften aufzudecken, dann wäre es schön, wenn PC-Lux-Solutions wenigstens noch ein paar zufriedene Kunden aufweisen kann. Zudem geht es hier auch um meinen Ruf als Programmentwicklerin. Ich kann einfach nicht zulassen, dass fehlerhafte Versionen im Umlauf sind, die ich programmiert habe." Simon nickte verstehend.

„Hunger?", fragte Simon, als sie fertig war. Kaja blickte auf die Uhr. Überrascht stellte sie fest, dass es schon zwei Uhr nachmittags war.

Zu ihrer Verwunderung führte er sie nicht zur Würstchenbude, welche sie auf ihrer Fahrt durchs Industriequartier entdeckt hatte, sondern auf die Rückseite des Gebäudes, wo sie durch eine unauffällige Tür direkt ins Innere der mittleren Baracke gelangten. „Wurde aber auch Zeit", wurden sie unwirsch von Josef begrüßt. „Selber schuld, wenn es jetzt kalt ist."

„Hör nicht auf ihn", kommentierte Simon seinen Ausbruch. „Er weiß sehr gut, dass wir alle ungeregelte Arbeitszeiten haben. Aber er führt sich gerne auf wie eine gute Hausfrau."

Bei diesen Worten flog eine Holzkelle in Richtung Simon, der sich gerade noch bücken konnte.

„Hm, das duftet aber gut“, meinte Kaja vermittelnd.

„Ganz die Diplomatentochter“, neckte Simon sie.

„Jetzt lass mal das Mädchen in Ruhe essen“, mischte sich Josef wieder ein. Er stellte beiden einen Teller dampfender Polenta mit viel Käse und Gemüse hin.

„Und, hat sich Zorro benommen?“

„Der war ganz zufrieden. Er hat mit Tsar das ganze Gelände erkundet. Beziehungsweise, Zorro hat erkundet und Tsar hat aufgepasst, dass Zorro seine Besucherbefugnisse nicht übertritt.“ Kaja musste lachen, als sie sich ihren Hund vorstellte, der mit seinem Aufpasser im Schlepptau von A nach B alles Wichtige erschnüffelte.

„Hast du Zeit und Lust, am Nachmittag noch etwas mit den Hunden zu arbeiten?“, erkundigte sich Simon. „Oder willst du gleich zurückfahren, damit du nicht wieder im Stau stecken bleibst?“

„Nein, ich habe noch genug Zeit. Ich treffe mich heute Abend mit Tim.“

„Aha.“

„Nichts Aha. Wir gehen essen. Obwohl ich nicht weiß, ob ich überhaupt Hunger haben werde, wenn ich hier so köstlich versorgt werde.“ Sie schob sich begeistert noch eine Gabel voll in den Mund. „Ich dachte, ist ja blöd, wenn ich schon mal in Bern bin, mich nicht zu melden.“ Kaja merkte, dass sie viel zu viel plapperte und beeilte sich, das Thema zu wechseln. „Hundetraining ist eine super Idee.“ Simon grinste in sich hinein. Das schien ja prächtig zu laufen für Tim.

Beim Kaffee schnitt Simon plötzlich ein ganz anderes Thema an. „Bist du immer noch arbeitslos?“

Verwundert schaute Kaja ihn an. „Wenn du es so nennen willst, ja. Obwohl ich mich selber nicht als arbeitslos sehe. Ich könnte ja woanders arbeiten, wenn ich möchte. Ich würde sicher eine Stelle finden."

„Genau. Deshalb dachte ich, ich muss dich bald fragen, sonst bist du wieder anderweitig beschäftigt. Ich habe mir überlegt, ob du bei uns miteinsteigen möchtest. Wir brauchen dringend jemanden, der Sicherheitsprogramme mit uns entwickelt. Und bis jetzt habe ich einen sehr guten Eindruck von dir."

Kaja war etwas überrumpelt. „Ich weiß nicht, Spaß machen würde mir das sicher. Allerdings bin ich im Moment dabei, mein Leben neu zu planen..." Was eine etwas harmlose Umschreibung der Tatsache war, dass es in ihrem Leben momentan drunter und drüber ging.

„Du musst dich ja nicht sofort entscheiden."

„Müsste ich dann in Bern arbeiten?"

„Ich habe mir überlegt, dass du das meiste von zu Hause aus machen könntest. Aber ab und zu wäre sicher deine Anwesenheit hier erforderlich. Meine Idee wäre es, dich zumindest anfangs als freiberuflichen Mitarbeiter zu engagieren. Du hättest also immer die Möglichkeit, einen Auftrag abzulehnen, wenn du keine Zeit oder keine Lust hast."

„Grundsätzlich würde es mir sehr gefallen, bei Cerberus zu arbeiten. Kann ich es mir trotzdem noch überlegen?"

„Ja klar", meinte Simon, nur um sie gleich zu necken: „Reichen fünf Minuten Bedenkzeit?"

Kaja lachte. „Das ist vielleicht ein wenig kurz. Aber Ende dieser Woche gebe ich dir Bescheid, okay?"

„Ja, damit kann ich leben." Er streckte seine Hand aus und sie schlug ein.

„So, wollt ihr den Nachmittag jetzt damit verbringen zu quasseln, oder machen wir noch etwas Sinnvolles?", wollte Josef wissen.

Am Nachmittag drückte sich sogar noch die Sonne ein wenig durch die Wolken und Zorro arbeitete begeistert mit. So begeistert, dass Kaja ein wenig ein schlechtes Gewissen hatte, dass sie nicht regelmäßiger mit ihm trainierte.

„Schon vergessen? Du bist gerade in der beneidenswerten Position zu entscheiden, wie du dein zukünftiges Leben gestalten möchtest. Wie viel Zeit du womit verbringen möchtest und all das." Lance hatte sich unbemerkt von den anderen zu ihnen gesellt.

„Stimmt. Und auch wieder nicht. Wenn ich versuche, etwas Eigenes auf die Beine zu stellen, braucht das bestimmt viel Zeit und viel Energie." Nachdenklich blickte sie in die Ferne. Die Sonne stand schon recht tief am Horizont und einige Schleierwolken vollendeten das Bild eines schönen Herbstabends.

„Weißt du, wenn du Dinge tust, die du gerne machst, gibt dir das auch Energie."

„Vielleicht", antwortete Kaja. Sie wandte sich an Simon, der gerade eine Apportierübung mit Zorro durchführte. „Ich rufe jetzt Tim an, dass er mich abholt. Wir sind ja hier bald fertig, oder?"

„Ja, mach das. Bist du nicht mit dem Auto hier?"

„Doch, aber es ist einfacher für mich, Tim hinterher zu fahren. Bis ich mich in Bern zurechtgefunden habe, ist Mitternacht vorbei", witzelte sie.

Simon, kurzzeitig abgelenkt durch ihre Frage, hatte gar nicht bemerkt, dass Zorro mit dem Apportierholz im Maul weggeschlichen war. „He, bring das wieder zurück", rief er.

Zorro dachte gar nicht dran und drehte freudig Runde um Runde mit seiner Beute. Kaja musste einfach lachen, als sie seinen stolzen Gesichtsausdruck sah.

„Zorro, hier", rief sie. Nicht, dass es in irgendeiner Weise mehr genutzt hätte als Simons Befehle.

Er kam zu ihr und meinte: „Am besten wir ignorieren ihn. Dann verliert er den Spaß am Spiel. So, weißt du schon, ob du für uns arbeitest?“

„Du bist auch kein bisschen penetrant, oder?“

„Ich? Nein, wie kommst du denn darauf?“ Er grinste spitzbübisch. „Sieht so aus, als könntest du dir deinen Anruf sparen.“

„Was bringt dich auf diese Idee?“, fragte Kaja, die eben Zorro zu fassen gekriegt hatte und nichts sehen konnte, weil ihr ihre langen dunklen Haare die Sicht versperrten.

„Sieh mal, wer da kommt…“

Kaja schaute auf und ein breites Lächeln erhellte ihr Gesicht. „Tim! Was machst denn du schon da? Ich wollte dich eben anrufen und dir Bescheid geben, dass wir gleich fertig sind.“

„Ich war schon unterwegs, und da dachte ich, ich komme einfach schon mal vorbei und leiste euch noch ein wenig Gesellschaft.“ Die beiden Männer begrüßten sich mit einem Handschlag.

„Hallo Grünschnabel, nicht auf Bärenjagd heute?“, wollte Josef wissen und überreichte Tim einen Kaffee.

„Danke. Nein, heute nicht. Bin heute mit einer Hexe verabredet“, antwortete er mit einem schelmischen Seitenblick in Kajas Richtung.

„Ich verfrachte dann schon mal Zorro ins Auto“, kam es schnell von Kaja.

Das hätte sie auch nachher machen können. Aber sie war auf einmal so aufgeregt, wenn sie an den heutigen Abend dachte, dass sie einfach einen kurzen Moment für sich brauchte.

„Du drückst dich doch nicht etwa?“, wollte der Drache von ihr wissen.

Kaja wurde rot. „Nein.“ Obwohl, ganz kurz hatte sie mit dem Gedanken gespielt.

„Gut", antwortete der Drache zufrieden. „Und vergiss nicht, ich möchte einen genauen Rapport haben inklusive aller saftigen Details. Dafür verschwinde ich jetzt auch und lasse euch zwei Turteltäubchen alleine. Wir sehen uns morgen im Laufe des Tages bei dir zu Hause."

„Wie überaus freundlich", schnaubte Kaja dem herrischen Drachen hinterher. Vergeblich. Dieser hatte sich schon in einer glitzernden blauen Sternenwolke, begleitet von ein paar Rauchschwaden, davon gemacht.

Nachdem sie sich verabschiedet hatten, natürlich nicht, ohne dass Kaja Simon hoch und heilig versprechen musste, sich das mit dem Jobangebot gründlich zu überlegen, schlenderten sie gemeinsam zu ihren Autos. „Ist das okay, wenn ich dir einfach hinterher fahre? Ich kenne mich in Bern in der Innenstadt so gar nicht aus", entschuldigte sich Kaja. Verdammt, sie bekam einfach ihre Nervosität nicht in den Griff. Tief durchatmen, befahl sie sich.

„Komm mal her", sagte Tim in weichem Tonfall und zog sie am Ärmel ihrer Jacke näher zu sich ran. „Ich konnte dich noch gar nicht richtig begrüßen." Er schloss sie fest in die Arme. Kaja erwartete einen ähnlich stürmischen Kuss wie am Freitagabend. Stattdessen überraschte Tim sie mit einem sanften, aber bestimmten Kuss. Er nahm ihr Gesicht zwischen seine Hände und knabberte zum Abschluss sanft an ihren Lippen, was einen wahren Feuersturm in Kajas Adern auslöste. Tim löste sich von ihr und trat einen Schritt zurück, um ihr ins Gesicht zu sehen. „Besser?", wollte er wissen.

„Hm." Kaja musterte ihn. „Zumindest eine Frage ist jetzt geklärt."

„Ach ja?"

„Ja", antwortete sie bestimmt, drückte ihn resolut mit dem Rücken gegen die Seitenwand seines Autos und küsste ihn nochmals. Das vorher hatte nicht gereicht. Es war ein guter

Anfang gewesen, aber gereicht hatte es bei weitem nicht. Diesmal war sie diejenige, die sich von ihm löste. „Jetzt ist es besser“, meinte sie mit einem zufriedenen Grinsen im Gesicht. „Fahren wir?“

„Boah. Lass mir noch einen Moment Zeit zum Luft holen.“

Im Auto merkte Kaja, wie sie sich schon wieder begann, Sorgen zu machen über alle möglichen Möglichkeiten und Unmöglichkeiten. „Nicht jetzt!“, beschloss sie. Entschlossen schob sie ihre Lieblings-CD von Pink in die Stereoanlage und drehte die Lautstärke voll auf. Solchermaßen abgelenkt war sie einigermaßen verwirrt, als sie hinter Tim parkte und weit und breit kein Restaurant entdeckte.

„Ich dachte, du wolltest mich füttern?“, wollte sie wissen, als sie aus dem Auto stieg.

„Genau. Darf ich bitten, Erlebnisküche chez Tim.“

„Erlebnisküche?“, fragte Kaja und entließ Zorro aus dem Kofferraum ihres Autos.

„Was so viel heißt wie dass du mithelfen darfst beim Kochen“, grinste Tim spitzbübisch.

„Und dein Job ist, mein Kochen zu überwachen?“

„So ungefähr, autsch“, jaulte er, als Kaja ihm spielerisch den Ellbogen in die Rippen rammte. Er bückte sich noch einmal und holte zwei große Einkaufstüten aus dem Auto.

„Hier wohnst du also.“ Kaja blickte gespannt an der eher nichtssagenden Fassade des Hauses empor.

„Ja, im Moment schon. Ich habe die Wohnung noch nicht so lange.“ Er schloss die Tür auf und ging hinter Kaja ins Treppenhaus. „Die Sache ist die, dass mir die Wohnung nicht so gut gefällt. Ich habe immer das Gefühl, ich sei hier nur vorübergehend. Dazu kommt noch, dass ich im letzten halben Jahr viel unterwegs war. Egal, du kannst dir ja gleich selbst ein Bild davon machen, was ich meine.“ Im zweiten Stockwerk hielt er vor der ersten Wohnungstüre. Er schloss auf und hielt Kaja die Türe auf. Ungeduldig drängelte sich Zorro an ihnen vorbei und erkundete sofort die Wohnung.

Oh ja, Kaja wusste auf der Stelle, was er meinte. Im Flur und im ersten, ansonsten offensichtlich ungenutzten Zimmer standen noch stapelweise Umzugskisten und setzten Staub an. Der Flur führte geradeaus am winzigen, orange gefliesten Badezimmer vorbei in die offene Küche, die zur rechten Seite hin ins Wohnzimmer überging. Vereinzelt waren Fotografien mit Stecknadeln an die Wand gepinnt. Die Küche war klein, den Fliesen nach ebenfalls aus den siebziger Jahren, hellgrün und weiß, aber sauber und funktionell eingerichtet. Das Wohnzimmer war der gemütlichste Teil der Wohnung. Zwei alte Ledersessel luden dazu ein, sich vor den Fernseher zu setzen und auszuspannen. Am Boden lag ein abgenutzter Perser. In einer Ecke lagen etliche National Geographics fein säuberlich aufeinander gestapelt. „Du siehst, so richtig gemütlich ist es hier noch nicht. Auf jeden Fall nicht überall." Entschuldigend hob er die Hände.

„Na ja, ich habe dir auch nicht so richtig viel Zeit gegeben, hier klar Schiff zu machen. Und eigentlich sind es ja vor allem der Eingangsbereich und dieses eine Zimmer, welches nicht eingerichtet ist. Oder ist das dein Schlafzimmer?"

„Nein, mein Schlafzimmer ist auf der anderen Seite", lachte er. „So, bist du bereit für ein wenig Erlebniskochen?" Herausfordernd grinste er sie an. „Zorro wartet auf jeden Fall gespannt darauf, so wie's aussieht." Er deutete auf den Hund, der es sich nach seiner Erkundungstour durch die Wohnung in einer Ecke der Küche gemütlich gemacht hatte.

„Kommt drauf an", antwortete sie misstrauisch. „Und du kannst lange warten", meinte sie mit einem Seitenblick auf ihren Vierbeiner. „Ich habe genau gesehen, wie Josef dich gefüttert hat." Zorro quittierte diese Aussage mit einem extra treuherzigen Blick, während er den Kopf auf seine Pfoten legte.

„Kochst du lieber Tomatensauce oder kümmerst du dich um das Salatdressing?“

„Salatdressing. Darf ich?“, fragte sie, wartete seine Antwort aber nicht ab, sondern bückte sich gleich zum Kästchen, wo sie Öl und Essig vermutete. Gut. Olivenöl extra vergine in Bioqualität und ein duftender Balsamico waren schon mal vorhanden. Sie stand wieder auf und warf einen ebenso prüfenden Blick in den Gewürzschrank. Italienische Kräutermischung und Kräutersalz. Bestens. „Hast du Ketchup? Und Milch?“

„Yep“, erklang es aus den Tiefen der Papiertüten.

„Perfekt. Dann kriegst du jetzt eine Spezial-Balsamico-Salatsauce à la Kaja“, informierte sie ihn. Tim war inzwischen fertig mit Auspacken und hatte eine Flasche Rotwein zutage befördert. „Als Zeitvertrieb, oder wenn uns die Worte ausgehen“, meinte er mit einem verschwörerischen Zwinkern in den Augen.

„Ich wüsste sonst auch noch andere Dinge, die wir machen könnten, wenn uns die Worte ausgehen“, murmelte Kaja leise vor sich hin.

„Was hast du gesagt?“

„Nichts. Ich nehme gerne ein Glas von dem Merlot.“

Während Tim Zwiebeln für die Tomatensauce schnitt, machte Kaja schnell die Salatsauce. Drei Esslöffel Balsamico, ein Esslöffel Olivenöl, ein Spritzer Ketchup und einen großen Schluck Milch. Würzen – fertig.

„Offenbar hast du dir den besseren Job ausgesucht“, schloss Tim, als er sah, dass sie bereits entspannt auf der Küchenablage saß.

„Ich muss ja noch den Salat putzen“, beruhigte sie ihn.

Tim streute einen Kaffeelöffel Zucker über die gedünsteten Zwiebeln und wartete, bis der Zucker karamellisierte. Dann löschte er das Ganze mit ein wenig Weißwein ab und wartete, bis der Wein praktisch komplett eingekocht war. Kaja hatte inzwischen die Büchse mit den Pelati geöffnet und goss den ganzen Inhalt in die Pfanne. Tim fügte zweieinhalb Deziliter Gemüsebouillon hinzu. „So, jetzt muss das Ganze für eine halbe Stunde köcheln. Länger wäre zwar besser, aber je nachdem, was uns unser Hunger diktiert, reicht zur Not auch eine halbe Stunde. Dass du Thunfisch magst, weiß ich inzwischen – magst du auch Mais?"

„In der Sauce?"

„Genau."

„Keine Ahnung. Mais mag ich eigentlich ganz gerne. In der Tomatensauce habe ich das noch nie ausprobiert."

„Es ist einfach super!", schwärmte Tim. „Wenn du dich weiter um den Salat kümmerst, bereite ich schon einmal das Dessert vor."

„Gut, das ist ein Deal." Sie schälte also süße Paprika, einen halben Apfel und die Gurke und schnitt alles in kleine Stücke. Dann fügte sie noch eine Frühlingszwiebel hinzu und natürlich den grünen Salat. Als sie fertig war, drehte sie sich zu Tim um und schaute über seine Schulter. Er rührte soeben flüssige Schokolade unter etwas, das aussah wie eine Mischung aus Zucker und Ei. „Sieht lecker aus, riecht lecker."

„Schmeckt auch lecker", bestätigte er. Sie beugte sich vor und leckte einen Spritzer Schokolade von seinem Mundwinkel.

„Stopp, stopp, stopp", wehrte er sie ab. „Wenn du wieder so anfängst wie vorher beim Auto, essen wir heute nichts mehr."

Sie lachte und trat mit erhobenen Händen einen Schritt zurück. „Ich hör ja schon auf. Wo hast du denn gelernt, so gut zu kochen?"

„Wenn man wie ich so oft von Suppe aus der Tüte und Porridge leben muss, schätzt man es umso mehr, wenn es wieder richtiges Essen gibt. Und da ich schlecht immer nach Hause zu Mama gehen kann, habe ich selber kochen gelernt. Außerdem kommt es gut an bei den Mädchen", neckte er Kaja. Er öffnete die Kühlschranktür und schob das vorbereitete Dessert hinein.

„Das glaub ich gern", brummte sie.

„So, ich setze jetzt das Wasser für die Spaghetti auf, dann können wir in einer Viertelstunde essen."

Kaja setzte sich auf einen der Ledersessel und begann, in einer Schachtel mit herumliegenden Fotos zu stöbern. Tim warf einen Blick auf sie. Sie sah wirklich wieder zum Anbeißen aus. Er wollte sie haben. Gerne nackt. In seinem Bett… Zudem genoss er einfach ihre Gesellschaft. Nur hatte er ihr immer noch nicht gesagt, dass er in zwei Wochen bereits wieder abreisen würde. Für die nächsten vier Wochen. Er seufzte. Vielleicht konnte sie ja mitkommen? Er würde sie fragen. Bald. Nach dem Essen. Oder so.

„Was hast du denn da fotografiert? Das sieht ja witzig aus." Froh, von seinen Grübeleien und erotischen Fantasien abgelenkt zu werden, ging Tim zu Kaja hinüber. Er warf einen Blick auf das Bild. Es zeigte einen riesigen Elchbullen, der gerade versuchte, seinen Kopf mit den riesigen Schaufeln durch den Eingang eines im Vergleich winzig aussehenden knallgelben Zeltes zu stecken. Er musste lachen, als er an diesen Vorfall dachte.

„Das ist Paul."

„Paul?"

„Ja, Paul. Das war bei einer Fotoreportage in Schweden."

„Ich dachte, Elche seien äußerst scheue Tiere?"

„Sind sie normalerweise auch. Bei diesem handelte es sich um ein junges und sehr neugieriges Exemplar. Wir haben relativ lange Zeit an dieser Stelle gecampt, die sich anscheinend mitten in seinem Revier befand. An diesem Tag fand er es offensichtlich an der Zeit, sich diesen seltsamen gelben Bau, in dem tagtäglich Leute verschwanden oder zu anderer Zeit wieder herauskrochen, einmal aus der Nähe anzuschauen."

„Es war aber keiner von euch drin, oder?“, fragte Kaja fasziniert, obwohl sie gleichzeitig überlegte, ob der zweite Teil des Teams männlich oder weiblich gewesen war. Was völlig idiotisch war. Schließlich hatte sie die letzten zehn Jahre ja auch nicht enthaltsam gelebt. Trotzdem. Er würde ja wieder auf Tour gehen. Bis jetzt war sie davon ausgegangen, dass er mehrheitlich alleine unterwegs war.

„Nein, Sven, mein Führer und gleichzeitig Auftraggeber war schon in aller Herrgottsfrühe aufgestanden, um Vorräte einzukaufen, und ich kehrte gerade von meinem morgendlichen Erkundungsgang zurück. Wie du dir denken kannst, habe ich mich ziemlich erschrocken. Ich war jedoch geistesgegenwärtig genug, schnell noch abzudrücken. Allerdings nicht sehr professionell, deshalb ist das Bild auch nicht ganz scharf.“

„Was ist dann passiert?“, wollte Kaja wissen, inzwischen so gefangen genommen von der Geschichte (und ja, auch durch das Wissen, dass sein Partner ein Sven bzw. ein Mann war, beruhigt), dass sie keine Zeit mehr für absurde eifersüchtig angehauchte Gedanken hatte.

„Ich war scheinbar nicht der Einzige, der sich erschrocken hat.“ Sie wurden unterbrochen von dem Geräusch des kochenden Wassers. „Warte kurz. Ich erzähl die Geschichte gleich zu Ende. Ich werfe nur schnell die Spaghetti ins Wasser.“

Er erhob sich aus der Hocke und ging hinüber zum Herd. Geschickt öffnete er die Packung und maß gefühlsmäßig die richtige Menge ab. Einige Male rührte er um, bis alle Spaghetti brav im Wasser verschwunden waren. Während er in der Küche beschäftigt war, beobachtete Kaja ihn.

Es gefiel ihr, dass er sich bei allem, was er tat, ganz auf diese eine Sache konzentrierte. Ob er im Bett wohl auch so war? Kaja spürte Schmetterlinge im Bauch.

Tim wandte sich wieder Kaja zu und lehnte sich neben dem Herd lässig an den Tresen. „Wo war ich stehen geblieben?“

„Du hattest gerade den neugierigen Elch erschreckt", half sie ihm belustigt weiter.

„Genau. Er sprang also erschreckt zurück und wollte wegrennen. Was er auch gemacht hat. Nur leider mitsamt unserem Zelt. Eine seiner Schaufeln hatte sich in den Zeltschnüren verfangen."

„Dann ist er mitsamt eurem Zelt inklusive Inhalt auf und davon gerannt?" Kaja konnte gar nicht mehr aufhören zu lachen mit diesem Bild vor Augen.

„Zum Glück löste sich die Schnur und er schleifte es nur ein paar Meter weit. Von ihm sah ich nur noch eine Staubwolke. Das wäre es noch gewesen, wenn er mir auch noch meinen Schlafsack geklaut hätte. Es war so schon schlimm genug. Unser Platz war das reinste Chaos. Sozusagen dem Erdboden gleichgemacht. Ich habe den Rest des Tages damit verbracht, unser Lager wieder aufzubauen."

„Ist er wieder gekommen?"

„Das war das Erstaunlichste von allem. Trotz diesem Erlebnis ist er wieder aufgetaucht. Nur dass wir diesmal besser vorbereitet waren."

„Wie denn?"

„Wir haben einen Elektrozaun um unser Lager gemacht. In Bärengebieten ist das Standardverhalten. Nur gibt es dort nicht so viele Bären, deshalb hatten wir anfangs darauf verzichtet. Das hielt Paul, so haben wir ihn schließlich getauft, nicht davon ab, immer wieder in unsere Nähe zu kommen. Er hatte, kurz bevor ich beim ersten Mal dazu gekommen bin, von unserem Porridge genascht. Hat ihm offensichtlich geschmeckt. Apropos schmecken, ich glaube, die Nudeln sind al dente."

Er fischte einige Spaghetti aus dem Wasser und brachte sie zu Kaja, damit sie sie probieren konnte.

„Mmh, gut, wird auch Zeit. Von dem Duft der Tomatensauce läuft mir nämlich schon das Wasser im Munde zusammen.“

Während des Essens erzählte Kaja Tim von Simons Vorschlag, für ihn freiberuflich zu arbeiten.

„Und? Machst du es?“

Kaja spielte mit ihrer Gabel. „Ich weiß es noch nicht“, gab sie zu. „Bei mir ist im Moment alles so im Umbruch, dass ich gar nicht weiß, wo mir der Kopf steht. Ich möchte einfach nicht vorschnell entscheiden und mir so andere Möglichkeiten verbauen. Das Essen ist übrigens sehr lecker“, fügte sie mit vollem Mund hinzu.

„Danke, ich bin froh, dass es dir schmeckt.“ Zufrieden sah er ihr zu, wie sie sein Essen vertilgte. „Ich verstehe deine Bedenken bezüglich des Jobangebots. Andererseits, wäre in dieser Situation der Vorschlag von Simon nicht ideal? Nachdem er dich als Freelancer beschäftigen würde, könntest du jederzeit Aufträge auch ablehnen. Oder ganz aussteigen.“

„Na ja, aber er will mich sicherlich nicht als Freelancer beschäftigen, damit ich ihm dann dauernd absage. Offensichtlich braucht er jemanden.“

„Oh, er braucht ganz sicher jemanden, sonst hätte er dich nicht gefragt. Aber du weißt ja gar nicht, ob du dann nicht doch Zeit und Lust hättest, einige Projekte für ihn durchzuziehen. Falls nicht, ist das sein Problem. Wenn er dieses Risiko nicht eingehen möchte, muss er halt jemanden fest anstellen.“

„Hm, so gesehen hast du Recht.“

„Logisch habe ich recht, und wenn ich möchte, dass du mal mit mir mitkommst, wenn ich auf Fototour gehe, müssen Simons Projekte eben warten“, meinte Tim frech und schob seinen leeren Teller zur Seite.

Belustigt blickte Kaja zu Tim hinüber. „Was macht dich denn so sicher, dass ich mitkomme?“

Tim beugte sich ein wenig über den Tisch und blickte ihr intensiv in die Augen. „Sicher bin ich mir nicht. Aber ich werde nichts unversucht lassen, um dich zu überzeugen. Und ich kann sehr überzeugend sein."

Kaja glaubte ihm aufs Wort. Sie konnte sich kaum von seinem Blick lösen. Seine Augen wirkten in dem gedämpften Licht des Wohnzimmers fast schwarz. Wie aus dem Nichts hatte sich eine elektrisierende Spannung zwischen ihnen aufgebaut. Kaja wurde plötzlich unsicher und wollte wegsehen, als Tim über den Tisch griff und seine Hand an ihren Hinterkopf legte.

„Wir waren vorhin noch nicht fertig", murmelte er an ihrem Mund und küsste sie stürmisch.

Das Blut jagte durch Kajas Adern. Erst als eine Gabel polternd vom Tisch fiel, ließen sie voneinander ab. Beide atmeten heftig. Kaja versuchte, einen klaren Kopf zu bekommen. Irgendwie war alles verschwommen.

Tim stand auf und reichte ihr die Hand. „Komm", sagte er nur und führte sie in sein Schlafzimmer.

Irgendwann später, Sekunden, Minuten, Lichtjahre – Kaja hätte es nicht sagen können, selbst wenn ihr Leben davon abhängig gewesen wäre, kuschelte sie sich unter seine Decke, während Tim sich um das Dessert kümmerte. Sie war so entspannt, dass sie aufpassen musste, in der Zwischenzeit nicht einzuschlafen. Wie ein Film lief in ihrem Kopf nochmals das gerade Erlebte ab. Sie streckte sich gerade wohlig wie eine zufriedene Katze, als Tim aus der Küche zurückkam. Bekleidet einzig mit seinen Boxershorts und in der Hand einen weißen Teller mit einem kleinen Schokoladenkuchen.

„Ihr seht beide zum Anbeißen aus. Ich kann mich gerade nicht entscheiden, auf was ich mich zuerst stürzen soll", meinte sie gespielt verzweifelt.

„Ich würde den Kuchen nehmen. Der ist schön warm und voller Überraschungen. Zugegebenermaßen nicht das einzige überraschend Schöne hier“, gab er zu, als Kaja sich im Bett aufrichtete.

Plötzlich wieder verlegen zog sie die Decke ein wenig höher und rettete sich in den Angriff. „Gib her, ich habe schon wieder einen Bärenhunger.“

„Das habe ich gemerkt“, witzelte Tim. Kaja wollte schon zu einer schlagfertigen Erwiderung ansetzen, als sie den weichen, noch fast flüssigen Kern des Küchleins entdeckte. „Das schmeckt ja fantastisch“, seufzte sie begeistert.

„Ich habe übrigens, als ich den Kuchen geholt habe, Zorro kurz raus gelassen. Jetzt schläft er zufrieden im Wohnzimmer.“

„Danke“, murmelte sie mit vollem Mund. Als sie alles verputzt hatten, wollte Kaja schon aufstehen, um den leeren Teller in die Küche zu tragen.

Doch Tim nahm ihn ihr aus der Hand und stellte ihn mit einer fließenden Bewegung unter das Bett. Kraftvoll schob er sich über Kaja und senkte den Kopf, um ihr einen heißen, nach Schokolade duftenden Kuss zu geben, während er seine Hand an ihrem nackten Körper von den Rippen über ihre Hüfte gleiten ließ. „Wo waren wir stehen geblieben?“

26

Kaja wachte auf. Offenbar war es noch früh am Morgen. Draußen wurde es langsam hell. Sie kuschelte sich tiefer in die Laken und näher an Tim. Normalerweise übernachtete sie in der ersten Nacht nicht bei ihren neuen Liebhabern. Sie fand es immer schwierig, bereits in diesem Stadium einer Beziehung mit der unvermeidlichen Morgenroutine konfrontiert zu werden. Seltsamerweise machte ihr das in diesem Fall nichts aus. Gut, vielleicht auch nicht so seltsam. Schließlich hatte sie in ihrer Jugend während der langen Sommerferien oft genug bei seiner Familie übernachtet. Sie musste schmunzeln, als sie an die Abenteuer dachte, die sie damals zusammen erlebt hatten. Trotz der wohligen Wärme des Bettes musste sie jetzt dringend aufs Klo. Vorsichtig, um Tim nicht zu wecken, stieg sie aus dem Bett. Sie würde ihn schon noch aufwecken, dachte sie und lächelte voller Vorfreude.

Als sie aus dem Bad kam, blieb ihr Blick an seinem Schreibtisch hängen. Inzwischen war definitiv der neue Tag angebrochen und das Tageslicht erhellte den Raum. Sie entdeckte einen neuen Reiseführer über Island. Neugierig trat sie näher und nahm das Buch in die Hand. Dabei fiel etwas heraus und segelte zu Boden. Sie bückte sich und hob es auf. Ein Flugticket. Merkwürdig. Hatte er ihr nicht erzählt, seine nächste Arbeit würde ihn nach Brasilien führen? Obwohl Island eigentlich besser zu dem passte, was er ihr bis jetzt erzählt hatte. Schließlich saß er die ganze Zeit in dieser nordischen Kälte rum. Sie schaute aufs Datum. Das war ja bereits nächste Woche! Unbeweglich stand sie da und starrte die auf dem Ticket gedruckten Informationen an, als könnte sie die Zahlen dazu bewegen, sich zu verändern. Doch es blieb kein Zweifel: Tim würde Ende nächster Woche bereits wieder weg sein. Die Vorstellung schnürte ihr den Hals zu. Na, das hatte ja nicht lange gedauert, bis die Realität sie eingeholt hatte.

Du gewöhnst dich wohl besser dran, meinte sie ein wenig zynisch zu sich selber. Nur, wollte und konnte sie sich daran gewöhnen? Kaja wusste es beim besten Willen nicht. Sie wusste nur, dass sie hier raus musste und allein sein wollte. Und das möglichst schnell. Leise suchte sie ihre Sachen zusammen und zog sich an. Sie war schon an der Haustüre, als sie zögerte. Sollte sie ihm nicht noch eine Nachricht hinterlassen? Einerseits fand sie, er hätte es verdient, gar nichts zu wissen – andererseits war sie gestern das erste Mal seit langem so richtig glücklich gewesen. Hin- und hergerissen zwischen dem Wunsch, ihm ihr Verlassenheitsgefühl heimzuzahlen und dem Bedauern, eine schöne, eben erst entstandene Verbindung einfach wieder einzureißen, eilte sie auf Zehenspitzen zurück, um eine kurze Notiz auf seinem Schreibtisch zu hinterlassen.

Gerade als sie fertig war und den Post-it Zettel auf das Flugticket kleben wollte, wachte Tim auf. Ausgerechnet. „Was machst denn du schon auf?“, brummte er schlaftrunken und rieb sich die Augen. Er setzte sich ein wenig auf im Bett und musterte sie genauer. „Du bist ja schon angezogen.“

Sie wandte den Blick ab und murmelte: „Ich muss jetzt los. Danke für alles.“

„Du willst schon gehen, aber… Das glaub ich einfach nicht. Du kannst jetzt nicht einfach wieder kommentarlos verschwinden.“ Seine Stimme klang aufrichtig empört und Kaja wurde wütend. Wenn jemand das Recht hatte empört zu sein, dann war das schließlich sie.

„So“, fragte sie in schneidendem Tonfall. „Das hättest du dir vielleicht überlegen sollen, als du beschlossen hast, mir die Tatsache zu verschweigen, dass du selber nächste Woche bereits wieder verschwindest.“ Demonstrativ hielt sie das Flugticket hoch.

„Mist. Ich wollte es dir noch erzählen.“

„Ach ja, wann denn? Vielleicht einen Tag vorher?“

„Nein, sicher nicht. Und überhaupt ist das was anderes. Ich verschwinde ja nicht, wie du das nennst. Das ist meine Arbeit.“

„Das kann schon sein. Trotzdem hätte ich es gerne gewusst, bevor...“, sie brach ab und wusste nicht recht weiter. „Halt einfach vor all dem.“ Sie machte eine alles umfassende Geste mit ihrem rechten Arm.

„Hätte es denn etwas geändert?“

„Ja... nein.. vielleicht... ach, keine Ahnung. Aber das werden wir jetzt wohl nie wissen.“ Kaja stürmte aus dem Zimmer, rief nach Zorro, der den verbalen Schlagabtausch misstrauisch beobachtet hatte, und verließ einige Sekunden später die Wohnung.

Tim ließ sich in sein Kissen zurückfallen. Na fabelhaft, dachte er. Das hast du ja toll hingekriegt, ganz toll. Er seufzte. Dann schlug er die Decke zurück und entdeckte Kajas Schal, der darunter versteckt gewesen war. Er nahm ihn in die Hand und senkte seine Nase in den weichen Stoff. Der Schal roch nach Kaja und ihrem Parfum. Verdammt!

Kaja fuhr blindlings den Weg zu Simons Firma. Sie dankte Josef nochmals fürs Zorro hüten vom gestrigen Tag und bat ihn, Simon auszurichten, dass sie für ihn arbeiten wolle.

„Willst du ihm das nicht selber sagen?“ Er warf einen Blick auf seine Uhr. „Er sollte gleich hier sein. Normalerweise trinken wir um acht einen Kaffee zusammen.“

„Danke, das ist lieb von dir. Aber ich muss heute noch viel erledigen und der Verkehr ist immer sehr unberechenbar Richtung Zürich.“ Darauf konnte sie jetzt wirklich verzichten: Kaffeepause mit Tims besten Freund!

„Aha. Na dann, bis zum nächsten Mal und gute Heimreise“, antwortete Josef. Er kratzte sich am Kopf und dachte bei sich, dass die jungen Leute manchmal doch sehr kompliziert waren. Zum Glück habe ich das hinter mir, dachte er kopfschüttelnd und machte sich daran, den Kaffee aufzusetzen.

Als sie endlich auf der A1 Richtung Zürich fuhr, atmete sie auf. Wenn sie Glück hatte, konnte sie in einer knappen Stunde zu Hause sein und sich in ihrem Bett verkriechen. Das half immer und gegen alles. Zumindest, solange man am Schlafen war.

„Verdrängungsschlaf nennt man das“, erklärte ihr ihr hilfsbereiter Drache eifrig, als sie zu Hause angekommen war und kommentarlos im Bett verschwinden wollte.

„Das ist mir egal. Verdrängung hin oder her – geschlafen habe ich auf jeden Fall nicht viel letzte Nacht. Also werde ich mich jetzt für eineinhalb Stunden aufs Ohr hauen. Solange wirst du dich ja wohl noch gedulden können.“

„Ooookay“, meinte Lance gedehnt. „Da ist offensichtlich jemand ziemlich gereizt.“

„Du bist aber auch wirklich ein Schnellmerker“, gab Kaja sarkastisch zurück.

„Dafür muss ich kein Schnellmerker sein. Wenn du ein Drache wärst, würden dir kleine Flammen aus den Nüstern schießen beim Sprechen.“

„Geht das denn?“ Kaja war kurzfristig von ihrer Grübelei abgelenkt, als sie sich das Bild vorstellte. Wider Willen musste sie laut lachen. „Das musst du mir irgendwann zeigen. Aber ich bin wirklich müde. Du kannst mich ja wecken, wenn ich nicht von selbst aufwache.“

Zufrieden, dass zumindest die Verzweiflung aus dem Gesichtsausdruck seines Schützlings verschwunden war, ließ er sie in Ruhe und fand sich damit ab, dass er noch eine Weile auf seinen Rapport über die Geschehnisse der letzten 24 Stunden warten musste. Vielleicht rief Miri ja später an, dann könnte sie das Wecken übernehmen. Er schickte mal eine entsprechende telepathische Mitteilung los. Das war zwar nach Drachenregeln nicht ganz legal, schließlich war er für Kaja zuständig. Aber er fand, dass die Berechtigungen wohl ähnlich übergreifend sein mussten, wenn diese zwei anderen Frauen ihn auch sehen konnten.

Um elf klingelte tatsächlich das Telefon. Zwar etwas später, als Lance es sich gewünscht hatte, aber hey, man konnte nicht alles haben. Das merkte er spätestens dann, als Kaja keinerlei Anstalten machte, von dem Klingeln aufzuwachen. Nach dem fünften Klingeln hatte er sich endlich dazu durchgerungen, selber den Hörer abzunehmen. „Hallo“, er musste sich räuspern. „Hallo, wer ist da?“

„Äh, Lance, bist du das? Oder bin ich etwa falsch verbunden?“

„Nein, nein“, antwortete er unwirsch. „Das bin ich. Ich hole nur schnell Kaja ans Telefon.“

Während Miri wartete, überlegte sie, ob Lance wohl immer das Telefon abnahm. Wäre ausgesprochen praktisch.

„Nein, das mach ich nur ausnahmsweise“, vernahm sie seine Stimme durch den Hörer. „Ich bin schließlich keine verdammte Sekretärin“, schnaubte er.

„Teilst du gerade Nettigkeiten aus?“, kam Kajas Stimme hinzu. Sie nahm Lance den Hörer aus seiner Pranke. „Hallo Miri. Was gibt’s?“

„Das wollte ich dich fragen. Ich habe allerdings nicht viel Zeit, ich bin in meiner morgendlichen Zehnminutenpause.

Mein Onkel kriegt ein Koller, wenn ich nicht pünktlich wieder zurück bin."

„Sklaventreiber." Kaja erschrak. Offenbar war sie doch noch nicht ganz wach. „Entschuldigung. Das ist mir jetzt so rausgerutscht."

Miri lachte. „Kein Problem. Diese Beschreibung trifft es ziemlich genau. Soll ich nach der Arbeit vorbeikommen? Ich bin heute schon um vier fertig."

„Das wär toll. Ich habe einiges zu erzählen", versprach Kaja.

Als sie fertig telefoniert hatte, machte sie sich erst einmal eine große Tasse Kaffee. Sie musste Miri unbedingt fragen, wo sie diesen tollen hawaiianischen Kaffee her hatte. Ihr eigener schmeckte nur noch halb so gut, seit sie diesen gekostet hatte. Nach ihrer verspäteten Morgenroutine zog sie sich an, um mit Zorro spazieren zu gehen. Lance, der immer noch auf ihre Berichterstattung wartete, teilte sie mit, er müsste mitkommen, wenn er die Geschichte gleich hören wollte. Missmutig fügte er sich seinem Schicksal und kam sich gleichzeitig total heroisch und aufopfernd vor.

Kaja, die ausnahmsweise seine Gedanken mitbekommen hatte, schüttelte belustigt den Kopf. „Das nennt man neugierig", berichtigte sie ihn.

Er schnitt eine Grimasse. Als sie eine Weile unterwegs waren, meinte Lance: „Okay, ich gebe es zu, ich bin neugierig. Wie ist es denn gelaufen?"

„Schlecht", antwortete Kaja betrübt.

Als sie nicht weiter erzählte, fragte er ungeduldig: „Geht's denn eventuell auch ein wenig genauer?"

Mit einem Seufzer raffte Kaja sich auf und erzählte ihm, was sie alles erlebt hatte. Als sie geendet hatte, sagte Lance: „Ich fasse noch einmal alles zusammen. Dir hat Simons Firma gefallen." Als sie nickte, fuhr er fort: „Du hast ziemlich sicher rausgefunden, wo du diese Sierra finden kannst?" Wieder ein

Nicken. „Du hast ein Computerproblem erfolgreich gelöst, einen Job angeboten bekommen, einen friedlichen Abend und eine heiße Nacht mit Tim verbracht?“ Ein drittes Nicken folgte. „Der einzige Dämpfer war, dass du herausgefunden hast, dass er früher als erwartet arbeiten muss? Und jetzt ist alles, was dir zu den vergangenen 24 Stunden einfällt, es sei schlecht gelaufen?“

„Äh ja, eigentlich schon… wenn man es allerdings so darstellt, wie du das eben getan hast, kommt es mir auch ein wenig... wie soll ich sagen... überzogen vor?“

„Puh, bin ich froh, dass dir das auch aufgefallen ist.“

„Kein Grund, mit mir zu schimpfen“, wehrte sie sich.

„Doch, ich muss schon ein wenig schimpfen. Ist schließlich alles eine Frage der Perspektive. Man muss…“

„Okay, ich hab verstanden, ich gebe mir Mühe“, lachte sie.

„Hmpf. Schon besser.“ Lance war offensichtlich noch nicht überzeugt. „Und wann rufst du ihn an?“

„Gar nicht.“

„Gar nicht? Aber ich dachte, du hättest mir eben gerade zugestimmt.“

„Schon. Aber auch wenn ich sehe, dass mein gestriger Tag gar nicht so schlecht war“, sie verbesserte sich, „sehr gut verlaufen ist, stresst es mich trotzdem, dass er nächste Woche schon wieder weg ist. Und immer mal wieder weg sein wird. Dass er mit mir nicht darüber gesprochen hat, war auch nicht gerade hilfreich oder vertrauensbildend.“

„Und jetzt denkst du, ein Schweigegelübde Tim gegenüber löst dein Problem?“

Kaja warf ihm einen genervten Blick zu. „Nein, natürlich nicht. Ich möchte nur erst mein Leben einigermaßen in den Griff kriegen. Ich habe das Gefühl, wenn sonst nicht alles so in der Schwebe ist, kann ich mich eher mit meinen Gefühlen für Tim auseinandersetzen. Vielleicht finde ich dann zu einem entspannteren Umgang mit seinen Abwesenheiten. Und wenn er sich in der Zwischenzeit ein wenig sorgt oder ärgert, weil ich mich nicht melde, na ja, geschieht ihm das recht“, fügte sie mit einem boshaften Blitzen in den Augen hinzu. Insgeheim musste Lance ihr recht geben.

Als Miri um kurz nach sechzehn Uhr eintraf, überfiel Kaja sie gleich mit den Worten: „Stell dir vor, ich habe ziemlich sicher herausgefunden, wo unsere Drachenschwester wohnt. Sollen wir unser Glück versuchen und rausfahren?“

Miri war gleich Feuer und Flamme für diese Idee. „Ja, lass uns fahren.“

„Ich habe gehofft, dass du das sagst. Ich habe schon Brötchen geschmiert und Wasserflaschen gefüllt, die Reise kann also losgehen.“

„Ist es denn so weit weg?“ wunderte sich Miri, während sie den Proviant beäugte.

Kaja lachte. „Nein, eigentlich nicht. Die Adresse ist ganz in der Nähe von dem Wald, wo wir sie getroffen haben. Was eigentlich logisch ist, sie war ja mit dem Pferd unterwegs. Aber ich habe heute den ganzen Tag noch nichts gegessen. Ich kann ja schlecht die ganze Fahrt neben dir essen und dir nichts anbieten. Also habe ich die doppelte Portion gemacht.“

Im Handumdrehen waren sie unterwegs. Miri stellte aufgeregt eine Frage nach der anderen, bis Kaja sie irgendwann lachend unterbrach und meinte: „Ich weiß doch auch nicht mehr. Ich habe nur diese Adresse, und vielleicht wohnt sie ja gar nicht dort oder nicht mehr oder es ist die falsche Sierra, was weiß ich.“

Nach einer Stunde hielten sie vor einem unscheinbaren Riegelhaus. Kaja stellte den Motor ab. Sie sahen sich an. „Was war jetzt unser Plan?“ Sie kicherten albern, aus Nervosität und Vorfreude.

„Sieh mal", Miri zeigte auf ein Schild, das an der direkt an das Haus anschließenden Scheune angebracht war. „Reitunterricht."

„Möchtest du plötzlich reiten lernen?"

„Ich nicht, aber du." Miri grinste. „Wir könnten den Reitunterricht doch als Vorwand nehmen, mit ihr ins Gespräch zu kommen. Sonst hält sie uns noch für Staubsaugervertreter oder Missionare, wenn wir einfach grundlos an der Tür klingeln."

„Du hast recht. Aber wieso möchte ich reiten und nicht du?"

„Ach, du hast einfach mehr Erfahrung mit großen Tieren. Schau dir doch mal Zorro an."

„Zorro?"

„Immerhin ist er deutlich größer als Chili", verteidigte sich Miri.

Kaja verdrehte die Augen. „Also los, versuchen wir unser Glück. Lance, du hältst dich im Hintergrund, bis ich dir ein Zeichen gebe."

„Was für ein Zeichen denn? Gebärdensprache, Rauchzeichen, Morsezeichen", zählte er Mithilfe seiner krallenbewehrten Finger auf.

„Ich rufe dich einfach, du Kasper!"

„Ach so."

„Lass uns gehen, sonst verlässt mich noch der Mut", drängte Miri.

„Du musst ja nicht reiten", murmelte Kaja. Sie stiegen aus und läuteten an der Haustüre. Erst passierte eine Weile gar nichts. „Sollen wir nochmals klingeln?", fragte Miri mit einem nervösen Seitenblick. Statt zu antworten drückte Kaja nochmals auf die Klingel.

„Sierra, gehst du an die verdammte Tür?", schrie jemand, der Stimme nach offensichtlich ein Mann. Dann wurde die Tür aufgerissen. „Ja", fragte der Mann unfreundlich.

„Äh, wir suchen…"

Miri rammte Kaja den Ellenbogen in die Rippen und unterbrach sie. „Meine Freundin hier interessiert sich für Reitunterricht."

„Ja, ich würde gerne reiten lernen", plapperte Kaja drauflos, „diese großen Tiere haben mich schon immer fasziniert."

Doch der Mann hörte gar nicht mehr zu. „Sie ist hinten, durch das erste Scheunentor durch." Und schon war er wieder im Haus verschwunden.

„Das war ja jetzt eben nicht gerade kundenfreundlich", stellte Miri fest. „Egal, komm, lass uns gehen." Sie sprangen die drei Stufen, die zur Haustür führten, hinunter und gingen zum hinteren Scheunentor.

Mit einigem Probieren bekamen sie die Scheunentüre sogar auf. Da sie keinen Lichtschalter fanden, blieb ihnen nichts anderes übrig, als sich im Dunkeln durch die Scheune zu tasten und dann mit dem nächsten Tor zu kämpfen. Kaja schimpfte leise vor sich hin. Endlich standen sie im Hof. Er war sauber gefegt und von beiden Seiten blickten verschiedene Pferde, die gemeinsam in kleinen Gruppen in Ausläufen standen, interessiert auf den kleinen Reitplatz, wo Sierra gerade damit beschäftigt war, ein weißes Pony zu longieren.

Die Frau warf ihnen bei ihrem Erscheinen nur einen kurzen Blick zu und rief: „Hallo, ich bin gleich bei Ihnen", und konzentrierte sich dann wieder voll auf ihre Arbeit mit dem kleinen Pferd. Miri und Kaja stellten sich zu den Pferden und beobachteten Sierra, während sie die neugierigen Pferdenasen streichelten, die sich ihnen entgegenstreckten.

„Du hast ja gar keine Angst vor Pferden", stellte Kaja fest.

„Nein, Angst habe ich nicht. Ich möchte nur nicht unbedingt auf ihnen reiten", grinste Miri. „Obwohl, wenn es so ein kleines wäre", sie deutete auf das Pony auf dem Reitplatz, „könnte ich es mir noch überlegen."

„Bist du endlich fertig? Wir wollten doch noch weg“, bellte es aus einem Fenster des Wohnhauses. Sierra ignorierte den Einwurf stoisch und arbeitete weiter. Wütend wurde das Fenster wieder zugeknallt.

Fünf Minuten später senkte Sierra die Gertenspitze gegen den Boden und machte zwei kleine Schritte rückwärts, was den Schimmel offenbar dazu veranlasste, auf der Stelle kehrtzumachen und zu Sierra zu kommen. Sie schob ihm ein wohlverdientes Leckerli ins Maul und kraulte ihm den Mähnenkamm. Schließlich verließ sie mit dem Pony die Reitbahn und führte es zu einem der Ausläufe. Dort zäumte sie es ab, öffnete das Tor und entließ es mit einem freundschaftlichen Klaps auf die Kruppe zu seinen Kollegen. Auf dem Weg zu den zwei Frauen bückte sie sich, um die lange Longiergerte aufzuheben, die sie vorhin dort fallengelassen hatte. Dabei fielen ihr die feuerroten Locken ins Gesicht. Sie strich sie mit einer flüssigen Bewegung zurück und richtete sich auf.

„Hallo zusammen, ich bin Sierra.“ Sie streckte die Hand aus und begrüßte die beiden mit einem kräftigen Händedruck. Irgendetwas war hier seltsam. Kannte sie die beiden nicht? Und wieso hatte sie gleich bei beiden einen elektrischen Schlag verpasst gekriegt? Das hatten die beiden offensichtlich auch gemerkt, den Seitenblicken nach zu urteilen, welche sie sich zuwarfen.

Kaja übernahm das Wort. „Ja, hallo. Mein Name ist Kaja und das hier ist Miri. Ich wollte mich wegen dem Reitunterricht erkundigen und da kamen wir zufällig hier vorbei…“

Sierra war irritiert. Zwar hatte sie öfters solche Interessenten, aber irgendetwas passte hier nicht zusammen. Tonfall und Aussage, oder Aussage und Körpersprache? Sie blinzelte. Hatte sie richtig gesehen? Saß da ein Drache auf Kajas Schulter? Sie schüttelte ungläubig ihren Kopf. So einen hatte sie doch erst kürzlich gesehen. Im Wald. Groß. Jetzt wusste sie auch wieder, woher ihr die beiden bekannt vorkamen!

„Lasst uns nochmals starten. Weshalb seid ihr hier?“

„Eben…“, wollte Kaja nochmals zu ihrer Reitstundengeschichte starten, bis ihr auffiel, dass Sierra wie gebannt auf ihre rechte Schulter starrte. Sie drehte ein wenig den Kopf. „Lance! Ich habe dir doch gesagt, du sollst warten! Nicht immer gleich mit der Tür ins Haus fallen.“

„Du sprichst mit ihm?“, war von Sierra erleichtert zu hören.

„Äh ja“, antwortete Kaja verlegen.

„Und das beruhigt dich?“, wollte Miri verwundert wissen.

„Na ja, dann bin ich entweder gar nicht verrückt oder zumindest nicht alleine mit meiner Verrücktheit. Also, was wollt ihr wirklich?“

Kaja und Miri sahen sich an. „Wir würden gerne mit dir über den Drachen sprechen. Das heißt, natürlich nur, wenn du Zeit hast. Sonst können wir gerne ein andermal wieder kommen.“

„Es scheint euch ja ziemlich wichtig zu sein“, stellte Sierra belustigt fest. Sie wurden wieder durch die Männerstimme unterbrochen. „Das ist Markus, mein Lebenspartner“, erklärte sie hastig. „Er hat viel um die Ohren, er brüllt sonst nicht so. Markus, komm doch kurz her“, brüllte sie zurück.

Erstaunlich schnell stand der Mann da. Die beiden anderen Frauen bedachte er nur mit einem kurzen Blick. „Können wir dann?“

„Tut mir leid, du musst leider alleine gehen. Die beiden schreiben eventuell einen Artikel über meine Arbeit.“

„Über deine Arbeit? Sag ihnen, sie sollen besser über meine Firma schreiben. Das mit deinem Reiten bringt ja sowieso nichts ein.“

„Fällt dir nichts auf an den beiden?“, wollte Sierra wissen und ignorierte alles andere, was er gesagt hatte, geflissentlich.

„Was soll mir schon auffallen? Soll ich vielleicht auch lieber da bleiben, dann kann ich besser Auskunft geben."

Sierra winkte ab. „Nein, nein, ich regle das schon."

„Ja, wir würden gerne erst mit Sierra alleine sprechen", sprang Miri ihr zu Hilfe.

Unzufrieden ging Markus wieder.

„Danke", sagte sie zu Miri gewandt. „Also, nachdem Markus gleich weg sein wird, können wir gerne hier bleiben. Kommt, ich mache euch einen Tee." Sie ging voraus auf eine kleine Tür zu.

„Siehst du", flüsterte Miri Kaja zu, „Sie scheint ja ganz nett zu sein." Mehr konnten sie nicht besprechen.

„Das ist meine Sattelkammer. Es ist zwar nicht sehr warm hier drin, dafür sind wir ungestört." Sie machte sich gleich daran, einen Wasserkocher zu füllen und stellte drei angeschlagene Tassen und eine Auswahl an verschiedenen Kräutertees auf den Tisch.

„Hättest du vielleicht etwas Hochprozentiges?", wollte Lance wissen. Er hatte seine normale Größe angenommen und schaute sie mit seinem harmlosesten Blick an.

Sierra hatte allerdings noch keine Gelegenheit gehabt, ihn so genau zu betrachten und konnte das offensichtlich nicht würdigen. „Herr im Himmel, du bist ja groß. Und du sprichst auch! Ich fasse es nicht." Sie war sich plötzlich nicht mehr so sicher, auf was sie sich da eigentlich eingelassen hatte. Ihre Sattelkammer schien mit jeder Minute mehr zu schrumpfen. Überwältigt ließ sie sich auf einen der Stühle fallen.

„Ich habe dir doch gesagt, ich würde mit dem Drachen sprechen", meinte Kaja, etwas verwirrt über Sierras heftige Reaktion. Allerdings war die erste Reaktion im Wald etwas zu ruhig gewesen, überlegte sie.

„Schon", antwortete sie unwirsch. „Ich spreche auch mit meinen Pferden. Trotzdem antworten sie mir nicht. Auf jeden

Fall nicht mit einer Stimme in meinem Kopf." Sie schüttelte besagten Körperteil und flüchtete sich dann in ihre Gastgeberroutine. „Tee? Und nein, bevor du nochmal fragst, ich habe leider tatsächlich nur Tee", gab sie Lance Bescheid, nicht ohne noch einmal ungläubig den Kopf zu schütteln. „Ich glaube es nicht, jetzt diskutiere ich schon mit dem Vieh", murmelte sie zu sich selbst.

„He, das habe ich gehört."

Jetzt grinste sie doch. „Empfindlich auch noch – Männer halt. Falls du überhaupt männlich bist."

Lance plusterte sich im Brustbereich ein wenig auf.

„Okay, definitiv männlich."

Die anderen beiden lachten.

„Was ist denn so lustig?"

„Na, du. Einerseits bist du völlig geschockt und dann streitest du gleich mit ihm. Was zugegebenermaßen bei Lance ziemlich einfach ist."

„Ein wenig reizbar, der Bursche, wie?"

„Genau."

„He, ich kann auch gehen, wenn das jetzt nicht aufhört", entrüstete sich dieser.

„Nein, bleib bloß da. Sonst müssen wir nur hinterher alles nochmals erzählen. Darf ich vorstellen, das ist Lance, mein Drache", stellte Kaja ihren Begleiter vor. „Lance, das ist Sierra, allem Anschein nach die dritte im Bunde."

„Jetzt komme ich mir gleich vor wie bei der Gründung der Eidgenossenschaft", witzelte Sierra, streckte aber dann zögerlich die Hand aus und schüttelte Lance die Pranke. Die beiden anderen warfen sich einen Blick zu.

Schließlich fasst sich Kaja ein Herz. „Bist du bereit für eine fantastische Märchenstunde?"

Sierra lehnte sich zurück. „Na, viel fantastischer kann es ja kaum werden. Der Drache sitzt ja schon da."

„Warte ab.“

„Also, ich weiß gar nicht genau, wo ich beginnen soll.“

„Vielleicht fang ich besser an? Schließlich musstest du es mir schon erklären“ übernahm Miri das Erzählen.

„Dir musste ich ja praktisch nichts erklären. Du kanntest dich ja schon aus mit Drachen. Aber klar, gern kannst du alle Zusammenhänge erklären.“

Also fasste Miri in knappen Sätzen zusammen, wie sie einander kennengelernt und was sie bisher miteinander erlebt hatten. So knapp es eben ging. Es dauerte fast eine Stunde, bis sie mit der Geschichte fertig war, obwohl Sierra sich sehr zurückhielt und praktisch keine Zwischenfragen stellte.

Erst am Schluss wollte sie etwas verständnislos wissen: „Und was hat das jetzt alles mit mir zu tun? Versteht mich nicht falsch, ich finde eure Geschichte spannend und ich freue mich, dass ich euch kennengelernt habe.“ Was, wie sie erstaunt feststellte, der Wahrheit entsprach. Normalerweise war sie ein eher reservierter Mensch, der sich in der Gegenwart von fremden Menschen nicht sehr wohl fühlte. „Nur… ich habe definitiv keinen Drachen in meiner Nähe. Auf jeden Fall keinen der interessanten Art.“

In dem Moment hörten sie Markus, der über den Hof rief: „Sierra, du musst noch die Einladungen fertig machen.“

Genervt verdrehte sie die Augen. Die beiden anderen warfen sich einen bedeutungsvollen Blick zu. „Komme gleich!“ Sie nahm den Faden wieder auf: „Wie gesagt, keine Zauberdrachen in meinem Leben, dafür habe ich sonst genug am Hals.“

„Das verstehen wir ja“, beeilte sich Miri zu sagen. „Wir gehen auch gleich wieder. Was es mit dir zu tun hat, wissen wir, wie gesagt, auch nicht so genau. Ich habe ja auch keinen Drachen. Lance gehört definitiv hauptsächlich zu Kaja. Aber aus irgendeinem Grund können wir beide ihn auch sehen. Und wir sind der Überzeugung, dass das kein Zufall sein kann.“

„Vielleicht können alle Frauen ihn sehen und ihr habt es nur noch nicht gemerkt“, meinte Sierra hoffnungsvoll. Beide schüttelten den Kopf. Sierra ignorierte die beiden. „Ich hab’s. Ihr habt ja vorhin gehört, ich muss noch Einladungen schreiben. Wir geben eine kleine Party für Kunden von uns. Kommt doch auch. Dann kann ich mich mit eigenen Augen davon überzeugen, ob andere den Drachen auch sehen.“

Kaja wollte schon ablehnen. Lance war schließlich keine Zirkusattraktion, die man vorführen konnte. Da mischte sich der Drache unerwartet selbst ein. „Klar kommen wir. Danke für die Einladung.“ Verblüfft blickte Kaja ihn an.

„Lass sie doch. Wenn sie das braucht? Und du kannst ja Ablenkung gebrauchen, oder irre ich mich?“, flüsterte er seinem Schützling zu.

„Autsch. Das ging jetzt aber unter die Gürtellinie. Aber du hast leider recht. Wieder einmal.“

„Nicht schmollen“, meinte er und kitzelte sie. Sie konnte gerade noch einen Lachanfall unterdrücken. Die kleine Diskussion hatte unbemerkt von den anderen stattgefunden. Hatte wohl doch etwas Gutes, dass Lance ihr ganz privater Drache war, stellte sie mit einer kindischen Befriedigung fest. Miri hatte inzwischen sowieso schon zugesagt und war gerade dabei, ihre beiden Telefonnummern auf ein Stück Papier zu kritzeln. Sierra steckte den Zettel ein und meinte bedauernd: „Ich habe leider keine Zeit mehr. Aber ich freue mich, wenn ihr übernächstes Wochenende kommen könnt.“

„Gerne. Und du meldest dich, falls du zufällig mal in Zürich bist, versprochen?“

„Okay“, antwortete Sierra und dachte bei sich, dass sie sowieso praktisch nie vom Stall weg kam, geschweige denn bis nach Zürich.

„Sie war doch ganz nett“, stellte Miri fest, sobald sie im Auto saßen.

„Hm, ja“, musste Kaja wohl oder übel zugeben. „Sie lässt sich ganz schön herumkommandieren von ihrem Freund. Oder war das sogar ihr Mann?“

„Stimmt.“

„Da wäre ich aber ganz schnell weg“, behauptete Kaja.

„Ich weiß nicht. Findest du nicht, dass das ein etwas hartes Urteil ist? Schließlich wissen wir gar nichts über die beiden oder ihre Beziehung.“

„Mir reicht, was ich gesehen habe. Schrecklich!“

Miri warf Kaja einen Seitenblick zu. „Du bist manchmal ganz schön arrogant, weißt du das?“

Kaja wollte das schon empört abstreiten, gab dann aber ein wenig niedergeschlagen zu: „Vermutlich hast du recht. Überhaupt bin ich wohl die Letzte, die irgendwelche klugen Kommentare zum Thema Beziehungen abgeben sollte.“ Einen Moment lang sagte keine der beiden etwas.

Schließlich fragte Miri vorsichtig: „Hat das geklappt mit Tim gestern?“

„Ja, das könnte man wohl so nennen“, antwortete Kaja trübsinnig.

„War der Sex so schlecht?“, fragte Miri mit weit aufgerissenen Augen.

Kaja musste lachen. „Nein, ganz im Gegenteil!“

„Was ist denn dann das Problem?“

„Na ja, um den heiteren Grundton dieser Unterhaltung zu bewahren, würde ich das Problem so umschreiben, dass ich in der näheren Zukunft, sprich in den nächsten paar Wochen, wohl nicht mehr in den Genuss von genanntem guten Sex kommen werde.“

„Wieso das denn?“

„Weil der Held der Geschichte nächste Woche nach Island abreist.“

„Wie? Aber ich dachte, er muss erst in gut zwei Monaten nach Brasilien?“

„Offenbar haben sich seine Pläne geändert“, sagte Kaja düster.

„Und jetzt?“

„Keine Ahnung. Heute Morgen bin ich erst mal wütend aus seiner Wohnung gestürmt und jetzt, jetzt bin ich vor allem ratlos.“ Sie seufzte. „Ich werde ihn mir für den Moment wohl aus dem Kopf schlagen und mich mit dem Problem befassen, wenn er wieder hier ist. Jetzt kann ich sowieso nichts ändern.“

„Mitfahren möchtest du nicht?“

„Ehrlich gesagt, nein. Dafür bin ich viel zu wütend. Er hat mir weder von seinen Plänen erzählt, noch hat er mich eingeladen, ihn zu begleiten. Zudem bin ich gerade dabei, mein ganzes restliches Leben umzukrempeln oder es krempelt sich gerade von selbst um... was da zutreffender ist, weiß ich selber auch nicht“, ergänzte sie, „da möchte ich nicht einfach mittendrin nach Island abhauen.“

Sie hielt inne und konzentrierte sich auf die Straße. Es hatte soeben angefangen zu regnen, und auf einen Schlag hatten offenbar die meisten Autofahrer vergessen, wie man Auto fährt. Sie überholte geschickt einen besonders ängstlichen Autofahrer und fädelte sich wieder in die Spur ein.

„Wenn das zwischen euch etwas werden soll, kann es sowieso nicht sein, dass du einfach dein Leben auf ihn ausrichtest. Das müsste schon auf Gegenseitigkeit beruhen.“

„Eben. Genau!“ Froh, dass Miri sie verstand, lächelte sie ihr zu.

Kaja hatte eben Miri bei ihrer Wohnung abgeladen, als ihr Mobiltelefon klingelte. Es war eine ziemlich aufgeregte Sierra am anderen Ende. „Hör zu, gilt eure Einladung noch? Ich denke, ich bin morgen Abend in Zürich…“, sie beendete den Satz nicht.

„Äh, ja klar, soll ich dir eine SMS schicken, wo ich wohne?"

„Gerne. Das wäre super."

„Gut, dann komm doch so um sieben, ich koche was für uns. Ich sage Miri Bescheid, vielleicht hat sie auch Zeit."

„Du weißt gar nicht, was für einen Gefallen du mir tust!", bedankte sich Sierra und legte auf.

Etwas verdutzt blickte Kaja auf ihr Handy. Was war denn das jetzt gewesen? Sobald sie zu Hause angekommen war, informierte sie Miri. „Ja, ich habe auch Zeit – zumindest bis zehn Uhr", fügte sie eilig hinzu. „Soll ich was mitbringen?"

„Keine Ahnung, ich habe mir noch gar keine Gedanken gemacht, ich rufe dich morgen an, wenn mir noch was einfällt."

„Gut, bis dann."

Kaja legte auf und stellte sich erst einmal unter die Dusche.

27

Sauber und wohlig warm eingepackt in ihre bequemsten Trainingssachen setzte sich Kaja, mit einem Block Papier und Bleistiften bewaffnet, im Schneidersitz aufs Sofa. Neben sich auf dem Wohnzimmertisch hatte sie eine Tafel dunkle Schokolade liegen und ein Glas Milch stehen.

„Sieht so deine Vorstellung von einem gesunden Abendessen aus?“, rügte Lance sie, der vom Schlafzimmer herbeigeschlendert kam.

Ohne von ihren Papieren aufzusehen antwortete sie: „Der Holunderschnaps steht neben dem Herd, bedien dich.“

Überrascht blickte der Drache sie an. „Dann ist mit deiner Mahlzeit natürlich alles in Ordnung“, beeilte er sich zu sagen und holte sich die Flasche, bevor Kaja es sich anders überlegen konnte. „Was machst du denn überhaupt“, wollte er interessiert wissen. „Es ist ganz ungewohnt, dich ohne Laptop zu sehen.“

„Ich wollte erst mal ein Brainstorming auf Papier machen. Das geht mir leichter und direkter von der Hand. Aber ich werde meinen Laptop wohl doch noch brauchen, um einige Dinge zu recherchieren.“ Schließlich hob sie den Kopf und bemerkte seinen fragenden Blick. „Ich will einige Ideen niederschreiben, was ich in beruflicher Hinsicht mit meinem Leben anfangen möchte und die dann nach ihrer Machbarkeit auswerten.“

„Dann lass ich dich wohl besser in Ruhe arbeiten." Kaja nickte nur zerstreut, in Gedanken bereits wieder bei ihren Notizen.

Lance hatte die Flasche Holundergeist geleert und rollte sich an Zorros Fell gekuschelt zusammen. „Muss das sein?", knurrte der Hund. Als er aber merkte, dass Kaja ihm keine Aufmerksamkeit schenkte und Lance ihn wie meistens ignorierte, ließ er resigniert den Kopf zurück auf sein Hundekissen sinken und schlief weiter, mit dem kleinen Drachen an seiner Seite.

Zwei Stunden später richtete sich Kaja auf und streckte ihre verkrampften Glieder.

„Ich kann es drehen oder wenden wie ich will, wenn ich mehr als nur programmieren möchte, konkreter gesagt, auch etwas mit Pflanzen und/oder Kerzen machen möchte, brauche ich ein neues Zuhause", sagte sie laut. Sie hörte den Wörtern zu, die im Zimmer nachhallten. „Ein neues Zuhause. Irgendwie gefällt mir der Klang dieser Worte besser als noch vor ein paar Wochen. Nur nützt mir das herzlich wenig, solange ich keine passende Alternative habe."

„Immerhin weißt du jetzt, was du suchst", gab Lance pragmatisch zurück, der aus seinem Nickerchen aufgeschreckt war. Er streckte sich und nahm seine normalen Ausmaße an. Leider hatte er nicht bedacht, dass er sich so dicht bei dem Hund befand. Prompt jaulte Zorro auf, weil der Drache auf seinem Schwanz saß. Er fing wütend an, Lance zu verbellen.

„Was ist denn los?", fragte Kaja zerstreut.

„Er hat meine Rute eingeklemmt!"

„Pass bitte besser auf Zorro auf", wies sie ihren Drachen zurecht.

Verblüfft schaute Zorro zu Kaja, um sich gleich darauf Lance zuzuwenden. „Sie hat mich verstanden, ich meine genau verstanden. Nicht nur so ungefähr."

„Ja, unsere Kleine lernt dazu“, stimmte ihm Lance, der inzwischen ein Stück vom Hund abgerückt war, zufrieden zu.

Schließlich blickte Kaja auf. „Sagt mal, ihr beiden, seid ihr jetzt komplett übergeschnappt?“

Die beiden sahen sich verdutzt an und fingen dann an zu lachen bzw. zu bellen.

„Finde ich ja schön, wenn ihr ausnahmsweise einer Meinung seid, aber ich versuche hier zu arbeiten“, sagte sie streng, oder tat zumindest so. Es war sowieso vergebliche Liebesmüh. Keiner der beiden schenkte ihr Beachtung. Kopfschüttelnd wandte sie sich wieder ihren Papieren zu. Ein Objekt mit großem Garten und ohne direkte Nachbarn hat unbestreitbar seine Vorzüge, grübelte sie.

Im Laufe des nächsten Tages durchforstete sie die verschiedensten Immobilienseiten im Internet. Es war allerdings eine ziemlich ermüdende Suche. Entweder waren die Objekte reizlos (nein, sie wollte nicht in ein Reihenhäuschen ziehen) oder sprengten finanziell gesehen komplett den Rahmen. Deshalb war sie ziemlich erleichtert, als irgendwann gegen Mittag ihr Telefon klingelte.

Es war Simon. „Hör zu, wir haben doch darüber gesprochen, dass ich die Verträge, die damals zwischen PC-Lux-Solutions und Qubus geschlossen wurden, in elektronischer Form nirgends ausfindig machen konnte. Und das, obwohl es mir inzwischen gelungen ist herauszufinden, dass eure Rechtsabteilung sich im gleichen Gebäude befindet und auch in euer Server-Netzwerk eingebunden ist.“

„Hast du denn eine Ahnung, wo sich das Original befinden könnte?“

„Es ist vielleicht ein wenig weit hergeholt, aber ich denke, es könnte sich in der Chefetage in einem Tresor befinden.“

„Meinst du?“ Kaja war nicht sehr überzeugt.

„Es ist nur so ein Gefühl im Bauch, das mir sagt, ein Versuch könnte sich lohnen.“

„Okay.“ Dagegen ließ sich nicht viel sagen. Nicht, wenn man Mémé als Großmutter und einen schillernden blauen Drachen zur Seite hatte. „Brauchst du mich dazu?“

„Ehrlich gesagt, wenn deine Nerven das verkraften, wäre ich froh, wenn du mitkommen könntest. Ich habe natürlich Pläne von dem Gebäude. Aber jemanden mit Ortskenntnissen dabei zu haben ist immer sehr hilfreich. Vor allem, wenn etwas schief gehen sollte. Allerdings ist es auch illegal…“

„Hm, ich war ja schon mal zu nachtschlafender Zeit da und es ging alles glatt.“

„Ja, allerdings warst du damals auch noch da angestellt und hättest dich noch irgendwie mit Überstunden rausreden können.“

„Stimmt. Aber das Risiko gehe ich ein“, antwortete Kaja mit einem Schulterzucken.

„Gut. Hast du heute Abend Zeit? Ich bin bereits in Zürich.“

„Heute Abend?“ Sie warf Lance einen fragenden Blick zu. Der nickte. „Ja, wieso nicht. Ist vielleicht das Beste, wenn ich gar nicht zu viel Zeit habe, über unser Vorhaben nachzudenken. Holst du mich ab?“

„Ich komme um acht zu dir, dann können wir noch die Details durchgehen.“

„Prima.“ Sie legte auf und wandte sich Lance zu. „Du hältst mir wieder den Rücken frei?“

„Ja klar“, gab er eifrig zur Antwort. Nichts liebte er mehr als ein wenig Aufregung.

„Jetzt muss ich nur noch Sierra und Miri Bescheid geben, dass das heute Abend nichts wird. Hoffentlich finden wir einen anderen Termin.“

Das stellte sich zum Glück als problemlos heraus. Schnell war ein anderer Abend gefunden.

Nachdem sie durch Simons Anruf an ihre alte Firma erinnert worden war, beschloss sie, wieder einmal ihr Glück bei Max zu versuchen. Sie wurde allerdings, wie schon die Male zuvor, direkt zu seiner Mailbox umgeleitet. Langsam aber sicher machte sie sich ernsthaft Sorgen. Sie tippte Theas Nummer ein. Vielleicht wusste die etwas Neues zu berichten.

„Hallo Fremde“, wurde sie begrüßt. „Du warst ja wie vom Erdboden verschluckt.“

„Ich weiß“, gab Kaja kleinlaut zu. „Ich musste das alles erst einmal ein wenig verdauen.“

„Das ist doch logisch, ich zieh’ dich nur ein bisschen auf“, antwortete Thea lachend. „Und? Was gibt’s?“, wollte sie in ihrer direkten Art wissen.

„Du meinst, abgesehen von meinem Interesse über dein Wohlbefinden?“, frotzelte Kaja.

„Genau. Also, rück raus mit der Sprache.“

„Auf die Gefahr hin, mich zu wiederholen: Hat Max sich gemeldet? Oder hast du eine Ahnung, wo er stecken könnte?“

„Nein, tut mir leid. Ich habe keine Ahnung. Der ist tatsächlich wie vom Erdboden verschluckt. Niemand weiß etwas, und die Chefetage, die inzwischen wohlgemerkt hauptsächlich aus Qubus-Mitarbeitern und zwei sehr unsympathischen Ehemaligen von PC-Lux-Solutions besteht, beharrt auf ihrer Darstellung, er sei auf einer ausgedehnten Weiterbildung.“ Sie sprach inzwischen mit gedämpfter Stimme. „Sie feuern einen fähigen Mitarbeiter nach dem andern. Es wundert mich wirklich, dass ich noch eine Stelle habe.“

„Da siehst du wieder einmal, wie unersetzlich du bist“, versuchte Kaja die Stimmung aufzuheitern.

„Ja, ja“, meinte Thea wegwerfend. „Ich schreibe auf jeden Fall ein Bewerbungsschreiben nach dem anderen, in der Hoffnung, dieser schlechten Arbeitsatmosphäre zu entfliehen.“

„So schlimm?“

„Schlimmer", kam es nüchtern zurück.

„Sag mal", wechselte Kaja das Thema, „steht heute am späteren Abend eine Sondersitzung oder sowas an?"

„Lass mich kurz nachschauen. Nein, heute nicht. Wieso?"

„Das willst du lieber nicht wissen. Ich erzähle es dir ein andermal, wenn die Wände bzw. Leitungen keine Ohren haben." Thea verstand den Wink und verabschiedete sich kurz darauf.

Am Abend wartete sie ungeduldig darauf, dass es acht Uhr wurde. Sie wollte endlich loslegen. Die geplante Aktion machte sie offenbar doch nervöser, als sie erwartet hatte. Am Nachmittag hatte Miri sie noch angerufen. Diese Gelegenheit hatte sie genutzt, um ihr zu erzählen, dass sie ernsthaft über ihren Vorschlag mit dem selbständigen Duftkerzen-Unternehmen nachdachte und bereits nach passenden Objekten suchte. Miri freute sich und versprach, ihrerseits die Augen offen zu halten. Sie traf sich später mit Sierra. Vielleicht wusste die etwas.

Als Simon pünktlich um acht eintraf, wollte Kaja am liebsten gleich loslegen. „Langsam, wir wollten doch nochmal alles durchgehen", bremste er sie. „Darf ich noch kurz reinkommen?"

„Äh, ja klar", meinte sie verlegen und ließ ihn in die Wohnung eintreten. „Tut mir leid. Ich bin doch aufgeregter, als ich gedacht habe. Möchtest du etwas trinken?"

„Ja gerne. Und falls du noch ein Brötchen oder so für mich hättest…?"

„Denkt der eigentlich, das ist eine Tankstelle", meckerte Lance, der Simon misstrauisch beäugte.

„Psst. Im Großen und Ganzen erinnert er mich sehr an einen gewissen Drachen, nur dass dieser spätestens jetzt nach etwas Alkoholischem schreien würde", wies sie ihn zurecht.

Simon, der die kleine Gartenterrasse betrachtet hatte, drehte sich zu ihr um. „Hast du was gesagt?"

Mist. Hatte sie etwa wieder einmal laut gesprochen? Schnell wandte sie sich Simon zu und meinte leichthin: „Nein, ich murmle nur manchmal vor mich hin."

Ungläubig schaute er sie an. Um ihn abzulenken, hielt sie ihm das Schinkenbrötchen, welches sie schnell fabriziert hatte, unter die Nase. Es funktionierte. „Möchtest du ein Glas Wasser dazu oder etwas anderes?"

Da er den Mund bereits voll hatte, bedeutete er ihr gestikulierend, dass er sehr gerne Wasser hätte. Was Kaja sehr erleichterte. Sie wusste gar nicht, was sie ihm sonst hätte anbieten können. Tee vielleicht. Nicht gerade ein Männergetränk. Sie musste schmunzeln.

„Genau. Und wieso krieg ich es dann immer vorgesetzt?"

Diesmal achtete sie darauf, die Worte nur gedanklich loszusenden. „Weil dein bevorzugtes Alternativgetränk Whiskey oder Schnaps ist. Oder willst du allen Ernstes behaupten, du möchtest das nächste Mal lieber Wasser als Tee?"

Als Lance beleidigt schwieg und sich wegdrehte, musste sie schmunzeln. „Jetzt krieg dich wieder ein, hör besser gut zu bei der Besprechung, dann kannst du mich besser beschützen."

Das schien das Stichwort zu sein, das ihn aus seiner Schmollecke rausriss. Er setzte sich in eine Ecke des Wohnzimmers, um ja nichts von dem Gespräch zu verpassen.

Sie gingen noch ein letztes Mal alles durch. Anhand der Pläne, die Simon mitgebracht hatte, beschrieb Kaja die Beschaffenheit des Gebäudes mit allen seinen Hindernissen. „Gut, wie wir reinkommen wissen wir, zumindest in der Theorie. Bei diesem Eingang hier", sie deutete auf eine Stelle des Gebäudes, „sitzt auch kein Portier. Das ist nur ein kleiner Nebeneingang. Über diese Treppe kommen wir rauf in den zweiten Stock."

„Das ist eine gute Idee mit dem Nebeneingang. Ich war mir nicht sicher, ob es nur ein Notausgang ist", freute sich Simon.

„Wenn wir im zweiten Stock angekommen sind, kommt eigentlich die einzige kritische Stelle."

„Wieso kritisch?"

„Weil hier viele Mitarbeiter sind, die auch mal länger bleiben, um zu arbeiten oder so."

„Oder so?" Fragend zog Simon seine Augenbrauen hoch.

„Na ja, wie ich bei meinem letzten nächtlichen Besuch feststellen konnte, sind unsere Büros vielseitig nutzbar." Sie grinste.

„Okay, ich verstehe. Na dann hoffen wir mal, dass heute alle ausgeflogen sind."

„Genau. Wenn wir diese Ebene ohne Zwischenfall hinter uns gebracht haben, stehen wir in diesem Treppenhaus und gelangen über die Treppe einen Stock höher in die Chefetage." Sie tippte mit dem Zeigefinger auf den betroffenen Planausschnitt. „Von da an überlasse ich alles Weitere dir, ich habe keine Ahnung, wie ich etwas finden soll, von dem ich keine Ahnung habe, was es sein könnte."

„Wir suchen einen Vertrag, der um den Zeitpunkt herum datiert ist, wo deine Firma mit Qubus fusioniert hat."

„Nicht das genaue Datum?", wunderte sich Kaja.

„Kann auch sein. Kann aber auch sein, dass das, was wir suchen, zu einem späteren Datum erstellt wurde."

„Aha. Na gut. Und wenn es sich im Tresor befindet?"

„Das kannst du ruhig mir überlassen."

„Bist du jetzt auch noch unter die Panzerknacker gegangen?", scherzte sie.

„So in etwa. Unser Glück ist, dass der Tresor am restlichen Netzwerk hängt..."

„Im Ernst? Aber – dann kann ja jeder, der deine Talente besitzt..."

„...diesen umprogrammieren. Genau."

Kaja konnte nur den Kopf schütteln über so viel Dummheit oder so viel Glück, je nachdem, wessen Seite man gerade betrachtete. „Wissen die denn das nicht? Man sollte meinen, eine Computerfirma würde solche Möglichkeiten in Betracht ziehen!"

„Sollte man meinen. Zu ihrer Verteidigung muss vielleicht gesagt werden, dass im Vergleich zu anderen Ländern in der Schweiz Betriebsspionage auf elektronischem Weg immer noch eine Seltenheit ist. Und der durchschnittliche Panzerknacker hat nicht meine Möglichkeiten zur Verfügung. Zumindest noch nicht. Und das macht die Leute halt nachlässig und bequem."

„Offensichtlich. Wollen wir jetzt los?"

Simon warf einen prüfenden Blick auf seine Uhr. „Jetzt ist es kurz nach neun. Lass uns noch eine halbe Stunde warten. Dann sind wir ungefähr um zehn Uhr da. Ich habe mich noch gar nicht bei dir bedankt, dass du unser Angebot angenommen hast", meinte er, um sie ein wenig abzulenken.

Sie lachte. „Ich danke dir. Schließlich muss ich auf diese Weise nicht gleich am Hungertuch nagen, sollten sich meine anderen Pläne nicht so schnell entwickeln."

„Was sind denn das für andere Pläne?"

Sie erzählte es ihm und merkte dabei, wie die Idee immer mehr ein Eigenleben entwickelte. Details, die sie sich vorher noch gar nicht so genau überlegt hatte, nahmen Form und Gestalt an.

„Kann ich so eine Kerze mal sehen? Oder hast du keine da?"

„Doch, doch." Sie ging hinüber zum Einbauschrank. Natürlich stand Tims Kerze zuvorderst. „Hier." Sie reichte sie Simon.

„Die ist ja riesig. Und sie riecht toll."

„Na ja, es werden natürlich nicht alle so groß werden. Das ist ein Geschenk für…", sie brach ab.

„Für wen, sagtest du?", fragte Simon abgelenkt nach, da er immer noch die Kerze bewunderte.

„Diese hier ist für Tim, ich konnte sie ihm nur noch nicht geben.“ Ihr Gesichtsausdruck verschloss sich. „Wenn du möchtest, kannst du sie mitnehmen, dann kann er sie bei dir abholen“, meinte sie leichthin.

Irgendetwas war da schief gelaufen. Da war sich Simon sicher. Er blickte sie forschend an, beschloss dann aber, es auf sich beruhen zu lassen. Vorerst zumindest. „Lieber nicht“, antwortete er. „Ich hätte Angst, dass sie mir kaputt geht. Ich kann mir auf jeden Fall gut vorstellen, dass sich für Produkte dieser Art ein Markt findet. Aber als Erstes brauchst du wohl eine Produktionsstätte.“

„Du bringst es auf den Punkt. Ich bin am Suchen. Aber das wird wohl noch eine Weile dauern.“

Nach einem erneuten Kontrollblick auf die Uhr stand Simon auf. „Komm, lass uns gehen. Genug gewartet.“

Knapp zwanzig Minuten später hielten sie auf einem Parkplatz in einer Seitenstraße der Firma. „Bist du bereit?“

Kaja sah Simon zweifelnd an. „Ich glaub schon, keine Ahnung. Das werden wir gleich rausfinden, nicht?“

„Du kannst immer noch hier bleiben. Du hast mir ja schon sehr geholfen, indem du mir die Pläne erklärt hast.“

„Nein, ich komme mit. Zwei Paar Augen sehen mehr als eines.“

„Gut.“ Sie stiegen aus. Tsar wartete im Auto. Simon schlang sich eine schmale Tasche um die Hüften. Sie trugen beide normale Alltagskleidung, Jeans und einen dunklen Pulli, um nicht aufzufallen.

„Ich geh schon mal vor“, ließ sich Lance vernehmen. Und weg war er.

Ohne Probleme gelangten sie durch die Badgekontrolle, auch wenn es ein wenig eng war zu zweit. Kaja unterdrückte ein hysterisches Kichern und führte Simon dann die Treppe hoch in den ersten Stock. „Zwei Leute kommen runter“, warnte sie der Drache frühzeitig. Geistesgegenwärtig zog sie Simon in die Damentoiletten.

„Was…“

„Sch!“ Sie hielt einen Finger an den Mund. In diesem Moment hörte auch Simon die Schritte. Schnell schob sie Simon in eine der Kabinen, für den Fall, dass einer der Vorbeigehenden eine Frau sein sollte, die dringend aufs Klo musste. Aber sie hatten Glück. Die Schritte entfernten sich rasch treppab.

„Du hast ja Ohren wie ein Luchs“, stellte Simon beeindruckt fest.

„Ich tue, was ich kann“, murmelte Kaja undeutlich. „Lass uns weitergehen.“ Ohne weitere Zwischenfälle gelangten sie in den ersten Stock und weiter ins nächste Treppenhaus. Bevor sie die Treppe hinaufstiegen hielt Kaja einen Moment inne. „Lance, ist alles klar bei dir? Wir kommen jetzt rauf.“

„Niemand da.“

Sie wandte sich an Simon. „Jetzt sind wir gleich da.“ Sie nahmen immer zwei Stufen auf einmal und befanden sich im Nu im obersten Stockwerk. „Nett haben die's hier“, stellte Kaja fest, als ihre Füße beinahe im Teppich verschwanden.

„Die Aussicht ist auch nicht schlecht“, stimmte Simon ihr zu.

„Wolltet ihr nicht etwas suchen?“, ließ sich Lance aus einem der Büros vernehmen.

„Los, machen wir uns auf die Suche“, meinte Simon auch gleich.

Kaja konnte nur heimlich die Augen verdrehen über die beiden Männer. Lance hatte es sich inzwischen mit der Jack-Daniels Flasche, die auf dem Schreibtisch stand, bequem gemacht und bediente sich ungeniert. Sie hoffte nur, dass Simon nicht auffiel, wie der Inhalt der Flasche immer weniger wurde.

„Am besten untersuchst du die Ordner und andere Papiere, die du findest, und ich kümmere mich um den Safe. Achte einfach darauf, dass du alles wieder so hinlegst, wie es war.“

„Geht in Ordnung. Was hast du mit dem Tresor eigentlich angestellt?“, wollte sie wissen, während sie einen Stapel nach dem anderen durchblätterte.

„Ich habe einfach das Passwort geändert und zwar für die Zeit zwischen heute 22 Uhr und morgen früh um 3 Uhr. Ich dachte mir, das sollte uns Zeit genug geben.“

„Raffiniert.“

„Ich glaube, ich muss mal zum Augenarzt. Oder früher ins Bett“, ließ sich Simon vernehmen.

„Weshalb denn?“ Kaja blickte verwundert auf.

„Ich könnte schwören, dass die Whiskeyflasche noch dreiviertel voll war, als wir reingekommen sind und jetzt ist nur noch weniger als die Hälfte da.“ Er schüttelte den Kopf.

„Vielleicht hat das Licht dir einen Streich gespielt“, meinte sie leichthin.

Während sie Lance gedanklich zu zischte: „Finger weg, oder wir fliegen noch auf.“

„Spielverderber.“

„Hilf mir lieber!“

„Im Tresor ist nichts.“ Simon klang enttäuscht.

„Ich hab da vielleicht was.“ Kaja hielt Simon einen dicken Stapel zusammengehefteter Papiere hin. Er blätterte sie kurz durch.

„Ist es das, was wir suchen?“

„Könnte sein. Ich mache mir auf jeden Fall Kopien davon.“ Er zog eine kleine schmale Digitalkamera aus seiner Bauchtasche und fing an, in schneller Folge die Seiten zu fotografieren. Sie suchten noch eine Weile weiter. Schließlich gaben sie auf.

„Ich denke, wir haben jetzt wirklich jeden Ordner durchsucht und das Dokument, das du gefunden hast, sah recht vielversprechend aus. Lass uns von hier verschwinden, bevor uns unser Glück noch im Stich lässt.“

„Soll mir recht sein.“

Sie schob den letzten Stapel Papiere zurecht und warf noch einen prüfenden letzten Blick durch das Büro. Da es im Großen und Ganzen identisch war mit dem Büro des Abteilungsleiters, in dem sie ihre Kündigung erhalten hatte, durchlebte sie im Geiste nochmals diese unwirkliche Szene. Sie stutzte. Das war es, was sie Simon schon die ganze Zeit sagen wollte und immer wieder vergessen hatte. Er war schon vorausgegangen. Sie beeilte sich, möglichst schnell zu ihm aufzuschließen. Als sie ihn eingeholt hatte, fasste sie ihn am Ärmel, so dass er stehenbleiben musste. „Ich weiß es jetzt endlich wieder“, sprudelte es aus der aufgeregten Kaja heraus.

„Was auch immer es ist, toll, aber jetzt sei erst mal still. Nicht dass wir auf den letzten Metern noch erwischt werden.“

Erschrocken und auch ein kleines bisschen beleidigt folgte Kaja Simons Anweisungen. Es machte es nicht besser, dass Lance ausnahmsweise Simons Meinung war. „Hör auf zu schmollen, er hat recht. Ich hatte eben auch etwas gehört. Jetzt ist zum Glück alles wieder ruhig.“

Fünf Minuten später saßen sie wieder im Auto. Sie hatten eben noch einem patrouillierenden Securitas-Angestellten ausweichen können. Glücklicherweise hatte Simon ihn im letzten Moment entdeckt, gerade als sie aus dem Gebäude treten wollten. Angespannt hatten sie gewartet, bis er um die nächste Gebäudeecke verschwunden war. Als Lance grünes Licht gegeben hatte, in Simons Augen natürlich Kaja, waren sie so schnell sie sich trauten, ohne auf zufällige Beobachter allzu auffällig zu wirken, in der Seitenstraße verschwunden, wo sie geparkt hatten.

„Uff, ich glaube, eine Karriere könnte ich daraus nicht machen. Ich wäre innerhalb von kürzester Zeit ein nervliches Wrack“, stöhnte Kaja.

„Dafür hast du dich aber gut geschlagen“, lobte Simon sie. „Und jetzt erzähl schon, was dir vorhin wieder eingefallen ist.“

„Meine Kündigung beruhte ja auf der Aussage, ich würde meinen Chef, also Max, sexuell belästigen. Das ist ja an sich schon blanker Unsinn.“

„Okay, und weiter?“

„Dies soll besonders Max‘ Ehefrau stören.“

„Bis jetzt klingt die Geschichte immer noch stimmig“, meinte Simon, was ihm einen finsteren Blick von Kaja einbrachte. „Ich meine ja nur, als Geschichte. Als erfundene Geschichte. Die wird durch eine eifersüchtige Ehefrau nur glaubwürdiger.“

„Das ist genau der springende Punkt.“

„Er ist nicht verheiratet?“, hakte Simon mit hochgezogenen Augenbrauen nach.

„Er ist nicht nur nicht verheiratet, er interessiert sich auch überhaupt nicht für Frauen.“

„Oh. Das nimmt der ganzen Geschichte natürlich einiges von ihrer Glaubwürdigkeit“, gab Simon zu. „Gibt es denn noch mehr Unstimmigkeiten?“

„Auf jeden Fall Details, die mir jetzt, im Zusammenhang gesehen, doch zu denken geben. Der Abteilungsleiter wusste zum Beispiel, dass ich seit Tagen versuche, Max zu erreichen. Er hat es so dargestellt, als hätte sich Max beschwert, nur macht das zusammen mit dem Rest, den er offensichtlich erfunden hat, keinen Sinn.“

„Hm.“ Simon dachte nach. „Das würde heißen“, meinte er schließlich, „dass dein Abteilungsleiter erstens weiß, wo Max sich aufhält und zweitens Zugang zu Max‘ Telefon hat. Nicht gut.“ Er schüttelte den Kopf. „Lass uns zurück zu dir fahren, dann kannst du mir noch ein paar Angaben machen, die ich benötige.“

„Du meinst…“

„Im Moment meine ich gar nichts. Aber es sieht so aus, als wäre die ganze Sache ernster, als ich dachte“, antwortete er grimmig. In gedrücktem Schweigen fuhren sie zurück zu Kajas Wohnung. „Ich brauche seine Wohnadresse, und vor allem seine Handynummer, auf der du schon die ganze Zeit versucht hast, ihn zu erreichen.“

„Und was wirst du damit machen?“

„Wir werden versuchen herauszufinden, wo er sich zuletzt aufgehalten hat. Und dann schauen wir weiter.“ Als er ihren besorgten Ausdruck in den Augen wahrnahm, drückte er kurz ihren Arm. „Wir werden ihn schon finden. Mach dir keine allzu großen Sorgen.“

Als sie wieder alleine waren, regte Kaja sich auf: „‚Mach dir keine Sorgen.‘ Was soll ich denn sonst machen?“ Sie warf die Hände in die Luft und ging aufgeregt in ihrem Wohnzimmer auf und ab.

„Kannst du nicht auch mal was sagen?“, fauchte sie Lance an.

„Ähm, ich dachte, ich bin lieber still, nachdem meine Ratschläge nicht viel anders klingen als seine. Machen kannst du im Moment sowieso nichts. Also kümmere dich lieber um dein neues Heim, das du noch finden musst, und um deine restlichen Projekte. Kurz gesagt: lenk dich ab!“

Kaja wollte schon kampfeslustig etwas erwidern, doch irgendwie war ihre Energie verpufft. Müde setzte sie sich aufs Sofa und nahm eines der großen Kissen in den Arm.

„Komm lieber ins Bett, bevor du noch hier einschläfst“, mahnte sie der Drache. Sie folgte ihm ins Bett und schubste ihn von ihrem Kissen. Überraschenderweise schlief sie sofort ein.

28

Am nächsten Tag beschloss Kaja, Miri in der Buchhandlung einen Überraschungsbesuch abzustatten. Nachdem sie am Morgen während ihrer Joggingrunde mit Zorro (Lance hatte sich herausgeredet mit der Begründung, er hätte sich wegen ihr schon die ganze Nacht um die Ohren schlagen müssen) ihre Pläne im Kopf hin und her gewälzt hatte, war sie zu dem Schluss gekommen, dass sie, wenn sie tatsächlich ihr eigenes Unternehmen starten wollte, wohl oder übel Mémés Angebot annehmen musste, das sie ihr bei ihrem letzten Besuch gemacht hatte. Das hieß, sie würde wieder einmal für einen Kurztrip nach Frankreich fahren. Am Telefon wollte sie das nicht besprechen. Nur hatte sie eigentlich keine Lust, wieder alleine dorthin zu fahren.

„Ich bin doch dabei. Du brauchst keine andere Begleitung", hatte Lance protestiert.

„Ich dachte daran, Miri zu fragen, ob sie Lust hätte, mitzukommen."

„Das ist natürlich ganz was anderes", antwortete er begeistert. Er hatte schon befürchtet, sie würde Tim einladen.

„Das habe ich mir schon gedacht, dass dich die Aussicht auf zwei weibliche Wesen, die mit dir unterwegs sind, umstimmen wird", lachte sie. „Du bist ziemlich berechenbar, weißt du das?"

Lance zog es vor, vornehm zu schweigen.

Im Buchladen angekommen konnte sie Miri nirgends entdecken. Sie beschloss, ein wenig die Bücher zu durchstöbern und zu warten, bis sie auftauchte. Es erschien jedoch nur ein mürrisch dreinschauender Mann, der sie mit Argusaugen beobachtete und offenbar nur darauf wartete, dass sie ein Buch fallen ließ oder eine Seite umknickte. Der Laden war ziemlich lieblos eingerichtet. Seltsam, dachte Kaja. Sie hätte erwartet, dass Miri den Laden mit ihrem künstlerischen Geschick in ein kleines Fantasiereich verwandelt hatte. Potential hatte der Laden grundsätzlich mit den alten hölzernen, von den Jahren nachgedunkelten Bücherregalen. Aber die lieblos arrangierten Bücher und der braungrüne Teppich vermittelten erfolgreich das Gefühl, unerwünscht zu sein.

„Lance, kannst du nicht rauskriegen, wo Miri steckt und ob sie Zeit hat, nach vorne zu kommen? Ich möchte nicht unbedingt diesen verkappten Gefängniswärter fragen. Sonst kriegt sie womöglich noch Ärger." Lance signalisierte ihr seine Zustimmung und machte sich unbemerkt auf die Suche.

In kürzester Zeit war er wieder zurück. „Sie ist im Lager. Im Moment kann sie nicht nach vorne kommen. Aber in einer halben Stunde macht sie Mittagspause. Wenn du so lange warten kannst, trifft sie sich am Brunnen mit uns."

Kaja warf einen Blick auf die Uhr. Sie könnte in der Zwischenzeit ja etwas zu essen besorgen. „Gut. Dann lass uns von hier verschwinden, bevor diesem Aufpasser noch etwas auffällt, was ihm nicht passt."

Eine halbe Stunde später trafen sie sich vor dem großen Brunnen. Kaja hatte Nudelsalat und ein Olivenbaguette besorgt. Miri entschuldigte sich wortreich. „Tut mir leid, ich hätte dich gerne begrüßt. Aber ich hatte heute Morgen wieder einmal Streit mit meinem Onkel und in der Folge werde ich jeweils ins Lager verbannt."

„Kein Problem. Ich hatte schon so etwas vermutet. Deshalb habe ich auch Lance zu dir geschickt."

„Ganz praktisch, so ein Drache", grinste Miri. „Kann man den auch leihen?"

„He, Moment mal! Ich bin nicht hauptberuflicher Botenjunge!" empörte sich Lance und ließ kleine Flammen aus seinem Maul schießen. „Soweit kommt's noch", schimpfte er weiter vor sich hin.

Belustigt schauten die beiden Frauen dem Drachen zu, wie er sich aufplusterte und vor sich hin schimpfte. Schließlich wandte sich Kaja wieder Miri zu.

„Um was ging es denn bei eurem Streit?"

„Ach, nichts Besonderes. Ich habe nur wieder einmal einen Vorstoß gewagt und ihn gefragt, ob ich nicht die Buchhandlung ein wenig umgestalten könnte. Ich finde es einfach trostlos, so wie es ist."

„Genau das ist mir durch den Kopf gegangen, als ich vorhin im Laden stand", stimmte Kaja ihr zu. „Und ich habe mich gefragt, weshalb nichts von deinem Dekorationstalent zu entdecken ist."

Miri seufzte. „Bücher sind eine ernst zu nehmende Materie. Wozu meine heidnischen Kreationen nicht passen", wiederholte sie in perfekter Imitation der nörgelnden Stimme ihres Onkels.

„Heidnisch? Nicht im Ernst."

„Doch. Das war sein voller Ernst. Ich muss dazu sagen, dass mein Onkel und meine Tante sehr religiös sind."

„Trotzdem. Außerdem hättest du ja für die Buchhandlung etwas anderes machen können."

„Logisch. So, jetzt genug von mir. Was verschafft mir die Ehre deines Besuchs?", lenkte Miri das Gespräch geschickt weg von ihren Verwandten.

„Ich wollte dich sehen, dir alle Neuigkeiten mitteilen und dich zu einem Urlaub einladen."

„Hoppla. Das sind ja ganz schön viele Dinge. Urlaub?"

„Na ja, es handelt sich mehr um ein Wochenende. Ich möchte meine Großmutter besuchen."

„Die in Frankreich? Die Lance auch kennt?"

„Genau. Kommst du mit?"

„Wann denn?"

„Dieses Wochenende. Ich weiß, es ist etwas kurzfristig. Aber unter der Woche arbeitest du ja und am Wochenende danach sind wir auf Sierras Party eingeladen."

„Ach ja richtig. Hm."

„Hast du keine Lust?"

„Doch, doch. Unbedingt. Es ist nur, ich sollte eigentlich arbeiten diesen Samstag. Und ich glaube nicht, dass ich bei der momentan vorherrschenden Stimmung frei kriege", antwortete Miri enttäuscht.

„Und wenn du leider krank wirst?", schlug Lance mit unschuldiger Stimme vor.

„Lance!", entrüstete sich Kaja, obwohl ihr der Gedanke auch kurz gekommen war. „Miri kann in Teufels Küche kommen."

„Genau! Das ist die Idee. So machen wir's." Miri war hin und weg von dieser Idee. „Freitagmittag muss ich dringend nach Hause, weil mir sterbenselend ist."

„Bist du dir da auch sicher?"

„So sicher wie schon lange nicht mehr. Ich war seit Ewigkeiten nicht mehr weg."

„Gut, dann hole ich dich um eins bei dir zu Hause ab, dann können wir gleich los. Nimm einen warmen Pullover und eine Regenjacke mit. Man weiß nie, wie das Wetter wird."

„Mach ich. Jetzt muss ich aber los! Sonst komme ich noch zu spät zurück zum Sklaventreiber."

„Miri braucht auch dringend einen anderen Job, so wie ich das sehe“, murmelte Kaja, als sie ihr mit Lance nachsah, wie sie über die Straße eilte.

„Kommt Zeit, kommt Rat“, meinte Lance nur kryptisch. „Willst du Sierra nicht auch einladen?“

„Ehrlich gesagt glaube ich nicht, dass sie Zeit hat, so kurzfristig alles stehen und liegen zu lassen.“

„Da könntest du recht haben“, stimmte Lance ihr zu.

„Zudem wird es dann langsam auch ziemlich eng in meinem Peugeot, wenn man bedenkt, dass die Rückbank von einem Drachen und einem großen Hund in Anspruch genommen wird.“

„Ich könnte mich ganz klein machen und mich bei einer von euch auf den Schoß setzen“, meinte er eifrig.

„Ja, richtig.“ Kaja konnte es sich lebhaft vorstellen und verdrehte amüsiert die Augen.

Zu Hause sah sie, dass ihr Mobiltelefon blinkte. Zwei verpasste Anrufe. Beide von Tim. Allerdings hatte er keine Nachricht hinterlassen. War vielleicht auch besser so, beschloss sie. Sie würde ihn auf jeden Fall nicht zurückrufen. Der sollte jetzt erst mal nach Island gehen. Nachher würde sie weitersehen. Resolut verdrängte sie alle aufsteigenden Bilder an die mit Tim verbrachte Nacht und ignorierte einigermaßen das sehnsuchtsvolle Ziehen in ihrem Bauch. Sie hatte schließlich ihr Leben zu organisieren.

Sie beschloss, Mémé zu überraschen und verzichtete darauf, sie anzurufen. Sie überstand einen Anruf ihrer Eltern, die ihr einen viertelstündigen Monolog darüber hielten, wie sie es anstellen sollte, wieder einen vernünftigen Job zu finden. Freelancer bei einer Sicherheitsfirma war offensichtlich nicht ihre Vorstellung eines sinnvollen Jobs, bemerkte Kaja nachher mit einem ironischen Lächeln auf den Lippen zu Lance.

„Ich glaube sie denken, ich bin jetzt als Türsteher angestellt.“

Aber auch wenn es kein erfreuliches Gespräch gewesen war, stresste es Kaja nicht mehr so schlimm wie früher. Befriedigt stellte Lance fest, dass sie ihre gute Laune rasch wieder fand und weiter an ihren Plänen arbeitete.

Kurz vor dem Abendessen meldete sich Simon ganz kurz. „Es sieht so aus, als sei uns das Glück hold gewesen. Du hast tatsächlich den Vertrag zwischen den beiden Firmen entdeckt."

„Und, hast du einen Anhaltspunkt für die seltsamen Vorgänge in der Firma gefunden?", wollte Kaja gespannt wissen.

„Könnte sein. Ich hatte noch keine Zeit, mich mit den juristischen Spitzfindigkeiten zu befassen. Aber so wie es aussieht, läuft es darauf hinaus, dass tatsächlich nach Ablauf eines Jahres der erfolgreichere Teilhaber die Aktienmehrheit von 51% erhält. Das gibt diesem dann natürlich freie Hand."

„Okay, und was hat das mit Max zu tun?"

„Das weiß ich noch nicht. Ich hoffe aber, dass wir ihn das bald selber fragen können."

„Heißt das, du hast ihn gefunden?"

„Noch nicht. Aber wir konnten feststellen, dass sein Handy in unbestimmten Abständen nach einem Netz sucht. Ich vermute, er oder jemand anders stellt es von Zeit zu Zeit an und wieder aus."

„Und jetzt?"

„Jetzt warten wir und hoffen, dass es bald wieder angestellt wird, damit wir das Handy orten können."

„Immer diese Warterei. Ich hoffe bloß, wir machen uns umsonst Sorgen", sagte Kaja.

„Ja, das hoffe ich auch", antwortete Simon, was nicht unbedingt dazu beitrug, Kaja zu beruhigen.

Die restliche Zeit bis Freitagmittag verging wie im Flug. Miri wartete bereits vor ihrer Wohnung auf der Straße.

„Toll, dass es klappt", begrüßte Kaja sie.

„Ich freu mich auch. Ich hatte solches Glück, ich konnte meine alte Nachbarin überreden, auf Chili aufzupassen."

„Stimmt, der muss ja auch versorgt sein. An Chili hatte ich überhaupt nicht gedacht."

„Ja, den kann ich schlecht mitnehmen, so wie du Zorro mitnimmst. Aber eben, ich hatte Glück und Frau Weber ließ sich erweichen."

„Stört dich das nicht, wenn jemand nur widerwillig deine Katze versorgt?"

„Ach, sie tut nur so. Tatsache ist, sie liebt ihn heiß und innig, verwöhnt ihn Tag und Nacht und ich darf ihn nach dem Wochenende wieder auf Diät setzen. Sie nörgelt nur rum, damit der Eindruck entsteht, sie hätte immer noch ein vielbeschäftigtes Leben."

„Dann ist ja gut. Richte dich ruhig bequem ein, wir werden einige Stunden unterwegs sein."

Miri drehte sich im Beifahrersitz um und begrüßte Lance und Zorro, bevor sie sich die Schuhe von den Füßen streifte und sich wohlig streckte. „Ich habe Autoreiseproviant dabei." Sie bückte sich und zog aus ihrem Rucksack verschiedene Packungen. „Mikado und Schokoreiswaffeln, Fruchtsaft, heißen Kona-Kaffee, Äpfel, und als Krönung verschiedene Käse- und Schinkenbrötchen."

Kaja lachte.

„Magst du diese Dinge nicht?"

„Doch, aber schau mal nach in der Tasche hinter meinem Sitz." Miri griff danach und sah hinein. Jetzt musste auch sie lachen. Exakt dieselben Dinge, ohne den Kaffee, dafür noch ein paar Energy-Müsliriegel und einige Flaschen Wasser.

„So tollen Kaffee habe ich nicht", meinte Kaja freimütig. „Ich habe ehrlich gesagt gehofft, du würdest welchen mitnehmen."

„In dem Fall habe ich den Auftrag ja erfüllt. Willst du gleich eine Tasse?“

„Gerne.“

„Mag deine Großmutter Kaffee?“

„Diesen hier bestimmt.“

„Dann ist ja gut. Ich habe ihr eine Tüte mitgebracht, als Gastgeschenk.“

„Tatsächlich?“, wollte Kaja ein wenig neidisch wissen. „Das wäre doch nicht nötig gewesen.“

„Doch, sicher ist das nötig. Schließlich komme ich durch dich und Mémé zu einem lang vermissten Urlaub.“

Nach einer Weile merkte Kaja unschuldig an: „Die Hälfte reicht für Mémé sicherlich auch.“

Miri grinste. „Keine Angst, ich habe dir auch welchen mitgebracht.“

Kaja grinste verlegen zurück. „Ertappt. Dein Kaffee macht einfach süchtig und bringt offenbar meine schlechtesten Seiten zum Vorschein. Du musst mir keinen schenken. Wenn du mir sagst, wo ich ihn kaufen kann, besorg ich ihn mir selber.“

„Okay, ich schreibe dir die Bezugsadresse auf, wenn wir wieder zurück sind. Aber die Packung, die ich dir zugedacht habe, darfst du trotzdem behalten.“

„An uns denkt wieder einmal niemand, typisch!“, beschwerte sich Lance.

„Genau“, fiel Zorro winselnd mit ein, der ausnahmsweise einmal einer Meinung war mit dem Drachen.

Kaja verdrehte die Augen. „Miri, kannst du bitte Lance einen Apfel reichen und Zorro mit einem dieser Riesenhundekekse zufriedenstellen?“

„Klar.“ Sie bückte sich in den Fußraum, um in der Tasche zu wühlen. Aus Kajas Proviant fischte sie einen Apfel und den besagten Hundekeks. Zorro war hell begeistert, was man von Lance nicht gerade behaupten konnte.

„Ein Apfel? Ist das dein Ernst?"

„Die klaust du mir doch immer. Deshalb dachte ich, du würdest dich freuen."

Konsterniert betrachtete Lance die Frucht, bis er schließlich mit schicksalsergebener Miene hineinbiss.

„Ich weiß gar nicht, was du hast", ließ sich ein zufrieden kauender Zorro vernehmen, „ist doch toll!" Jetzt war Lance an der Reihe, entnervt die Augen zu verdrehen.

Acht Stunden später, nach zahlreichen verputzten Brötchen und Süßigkeiten, stiegen sie ziemlich steif aus Kajas kleinem Peugeot. Lance verschwand auf der Stelle in einem hellblauen Sternennebel, während Zorro sich sofort daran machte, die Gegend zu erkunden.

„Das Gepäck können wir erst mal im Auto lassen. Wir holen es dann später." Zusammen gingen sie auf das kleine Haus zu.

„Es ist wunderschön hier." Miri hielt inne und betrachtete verzückt die ganze Umgebung.

Kaja atmete tief durch und sog die schon kühle Herbstluft ein. „Ja, das stimmt. Ich muss auch jedes Jahr hierher zurückkommen, um meine Batterien aufzuladen." Sie verstummte. „Zu mehr hat es die letzten paar Jahre leider nie gereicht. Komm, lass uns nachsehen, ob Mémé überhaupt zu Hause ist."

„Hast du uns denn nicht angemeldet?"

„Nein, ich wollte sie überraschen. Wobei, wenn ich es recht bedenke, wollte ich das das letzte Mal, als ich hergekommen bin, auch schon. Und trotzdem hatte sie mich erwartet." Sie runzelte die Stirn.

„Intuition", beschloss Miri. „Wie auch immer. Wir werden es ja gleich herausfinden. In der Küche brennt auf jeden Fall Licht, also wird sie wohl hier sein."

Kaja stieß die alte Holztür auf. Ihr Eintreten ließ die beiden Leute in der Küche schuldbewusst auseinander fahren. Mémé hatte sich als Erste wieder gefasst, sprang sogleich vom

Küchentisch auf und eilte zu Kaja, um sie zu begrüßen und in die Arme zu schließen. „Da ist ja noch jemand“ bemerkte sie. „Kommt nur herein.“

Miri, die eine solch freundliche Begrüßung nicht gewohnt war, trat verlegen in die Küche. Mémé ließ ihr sogleich eine ähnliche Umarmung zukommen wie Kaja und drückte sie fest an sich. „Ich bin Josephine, und du musst eine Freundin von Kaja sein.“

„Ja, das bin ich. Ich bin Miri.“

„Setzt euch doch erst mal. Kaja, wie du siehst, habe ich gerade Besuch. Das ist Luc“, fügte sie an Miri gewandt hinzu.

„Sollte es mir diesmal wirklich gelungen sein, dich mit meinem Besuch zu überraschen?“ fragte ihre Enkelin erstaunt. Mémé schaute doch tatsächlich ein wenig verlegen.

„Offensichtlich.“

Kaja schaute sie ungläubig an.

„Ich war ein wenig abgelenkt in letzter Zeit“, verteidigte sie sich.

Kaja schmunzelte und blickte demonstrativ zu Luc, welcher seinerseits demonstrativ seine Hände betrachtete. „Ja, das kann ich mir gut vorstellen.“

„Wollt ihr einen heißen Tee?“, lenkte Mémé ihre Gäste ab.

„Das wäre schön“, schaltete sich Miri ein, die sich bis jetzt im Hintergrund gehalten hatte.

„Ich geh‘ dann mal“, brummte Luc.

„Nein, bleib doch noch“, meinte Kaja und fasste seine Hand. „Ich habe auch noch deine Kerze im Auto.“

„An die hast du gedacht?“, freute er sich.

„Na klar.“

„Und diesem jungen Kerl, wie heißt er noch gleich?“

„Tim“, half Kaja ihm weiter, darauf bedacht, einen leichten Tonfall beizubehalten, „nein, die muss ich ihm noch geben. Wenn ich ihn das nächste Mal treffe.“

„Ich hätte gedacht, du würdest ihn mitbringen, wenn du das nächste Mal kommst“, schaltete sich Mémé ein. Entschuldigend wandte sie sich an Miri: „Das heißt nicht, dass du nicht herzlich willkommen wärst.“

Miri lächelte sie an. „Ich weiß. So habe ich’s auch nicht aufgefasst.“

Kaja murmelte etwas unverständlich: „Ich hole jetzt schnell die Kerze.“

Luc stand auf und küsste Josephine kurz auf die Wange. „Ich geh gleich mit zum Auto und nachher nach Hause. Ihr habt bestimmt viel zu besprechen.“

„Mais bien sûr.“ Sie küsste ihn zurück und strich ihm mit offensichtlicher Zuneigung eine widerspenstige weiße Haarsträhne aus dem Gesicht.

„Wie lange läuft denn das schon zwischen euch?“, wollte Kaja wissen, als sie nebeneinander zum Auto gingen.

„Hm, das fragst du am besten deine Großmutter“, murmelte er in seinen Bart.

„Ja, ja, das werde ich sicher auch“, antwortete sie ungeduldig. „Aber jetzt habe ich eben dich zuerst alleine in die Finger gekriegt.“

„Ich kann dir den genauen Zeitpunkt gar nicht nennen.“ Jetzt schaute er sie direkt an. „Ich bewundere Josephine schon seit ewigen Zeiten. Du ahnst nicht, wie glücklich ich jetzt gerade bin. Nur… ist das für dich auch okay?“

Kaja spürte einen Moment in sich hinein und ordnete die verschiedenen Gefühle und Gedanken, die in ihr drin durcheinander wirbelten. Dann grinste sie ihn an. „Ich finde es wunderbar. Ich hatte nur nicht damit gerechnet. Ihr seid beide ziemliche Geheimniskrämer!“

Luc wurde rot. Das hielt ihn jedoch nicht davon ab, zu kontern: „Du bist kein bisschen besser. Was ist denn nun mit Tim?“

Sie seufzte. „Wie ein Pitbull, richtig? Du lässt einfach nicht locker."

Luc ließ sich jedoch nicht ablenken, sondern blickte sie nur erwartungsvoll an. Schließlich gab sie es auf.

„Ich mag Tim sehr, nur nützt mir das ja herzlich wenig, wenn er die ganze Zeit unterwegs ist, oder?"

Luc runzelte die Stirn. „Unterwegs?"

„Ja, im Moment ist er gerade nach Island unterwegs. Und dann ist Brasilien geplant und dann was weiß ich."

„Ich verstehe."

Kaja war erleichtert, dass sie nicht mehr erklären musste. Sie öffnete die Autotür und beugte sich nach vorne, um Lucs Kerze herauszunehmen. Sie hatte sie in ein weiches Tuch eingeschlagen, damit sie während des Transports gut geschützt war. „Hier, ich hoffe, sie gefällt dir."

Er schlug den Stoff ein wenig zurück und atmete das Aroma ein. „Mmh, Pfefferminze… und Zitronenmelisse, ein wenig feiner? Im Hintergrund?"

„Genau. Magst du das?"

„Sehr. Ich werde sie gleich heute Abend das erste Mal anzünden."

„Also dann, ich geh wieder rein. Vielleicht sehen wir uns ja morgen", verabschiedete sich Kaja.

„Ja, und bring' deine hübsche Freundin mit."

Kaja lachte. „Lass das bloß nicht Mémé hören."

„Deine Großmutter steht über solchen Dingen."

„Da könntest du auch wieder recht haben."

Als sie reinkam, waren Miri und Josephine in ein angeregtes Gespräch vertieft. Ria, die weiße Katze, hatte es sich inzwischen auf Miris Schoß bequem gemacht. Miri war offensichtlich durch und durch ein Katzenmensch, dachte Kaja schmunzelnd. Lance hatte es sich ebenfalls am Tisch bequem gemacht, vor sich auf dem Tisch eine Flasche seines geliebten Holunderschnaps', und war in eine Partie Patience vertieft. Sie streifte mit dem Kopf eines der getrockneten Kräuterbüschel, welches an den dicken Balken aufgehängt war, und kleine Lavendelblüten rieselten herab. Mémé blickte auf und fragte: „Und? Hat sie ihm gefallen?"

„Sie?", fragte Kaja etwas verwirrt zurück.

„Na, die Kerze natürlich. Dass ihm Miri gefällt, ist wohl klar", antwortete sie verschmitzt. Miri blickte verlegen von einem zum anderen.

„Ich bin froh zu sehen, dass du das alte Schlitzohr durchschaut hast. Und dass ihm das bewusst ist, finde ich sogar noch besser", grinste Kaja vielsagend. Zu Miri gewandt meinte sie: „Mach dir nichts draus. Das war nur ein Scherz auf Lucs Kosten, nicht auf deine." Miri entspannte sich wieder und lachte mit. „Um auf deine Frage zurück zu kommen. Ja, die Kerze hat ihm gut gefallen."

„Was für eine Kerze hast du ihm denn gemacht?"

„Pfefferminze und Zitronenmelisse." Sie deutete auf ihre Freundin. „Miri hat mir dabei geholfen. Sie hat auch die Kräuter mit ausgesucht."

„Eine von dreien. Die Zahl drei war immer schon machtvoll", konstatierte Mémé gedankenverloren. „Wer ist denn die dritte im Bunde? Wisst ihr das schon?"

„Ja, seit kurzem", schaltete sich Miri ein. Sie schilderten Mémé die zufällige Begegnung und wie sie Sierra nach langem Suchen ausfindig gemacht hatten.

„Lange? Mir scheint, ihr habt sie relativ schnell gefunden", stellte Josephine fest.

„Hm, rückblickend gesehen hast du recht. Aber wir waren so gespannt und neugierig, dass es uns wie eine Ewigkeit vorgekommen ist."

„Und ich bin mal gespannt, wie sich das mit euch dreien weiterentwickelt", gab Mémé zu.

„Ich kann mir einfach immer noch nicht vorstellen, was das Ganze soll. Ich meine, wir sind ja nicht die Drei Musketiere oder so.“

„Wer weiß“, kicherte Miri. „Nein, jetzt im Ernst. Wir sind ja hier nicht in einem Fantasy-Roman und müssen zu dritt die Welt retten. Ich bin natürlich sehr froh, dass ich dich kennen gelernt und in dir eine gute Freundin gefunden habe. Sierra kenne ich noch nicht so gut, aber sie scheint auch in Ordnung zu sein. Aber was jetzt?“

„Sierra ist wirklich sympathisch. Aber du hast Recht, wozu? Und das Ganze mit dem Drachen?“

Josephine hatte den beiden jungen Frauen eine Weile schweigend zugehört und dabei den Drachen beobachtet, der scheinbar am Tisch zu dösen schien. Nur seine Schwanzspitze zuckte ab und zu hin und her und verriet, dass er nicht ganz so tief schlief, wie es auf den ersten Blick vermuten ließ. „Was meint denn Lance zu dem Ganzen?“, fragte sie dazwischen. Der Drache blinzelte verstohlen mit einem Auge zu ihr hinüber. Kaja und Miri schauten sich an. Und dann den Drachen.

Ertappt schlug er die Augen auf. „Alles, was ich weiß, habe ich den beiden Damen schon mitgeteilt. Spezifischer hat sich der Drachenrat auch nicht ausgedrückt.“

Mémé dachte noch einen Moment nach, bis sie schließlich sagte: „Ich glaube auch nicht, dass große Heldentaten von euch erwartet werden. Ich denke, der Zauber eurer Zusammengehörigkeit drückt sich eher in den kleinen Dingen aus.“

Miri wurde daraufhin merkwürdig still, während Kaja, ganz wie es ihre Art war, noch ein wenig weiterbohrte und von Mémé gerne eine genauere Erklärung gehabt hätte.

Schließlich gab sie es auf und meinte zu Miri: „Komm, lass uns zu Bett gehen. Du kannst mit mir im Zimmer schlafen. Wenn dir das recht ist.“

„Ja klar“, beeilte sich Miri zu sagen, die froh war, ins Bett zu kommen. Die Reise war doch anstrengender gewesen, als sie gedacht hatte.

„He, und ich?“, wollte Lance wissen.

„Tut mir leid, darum musst du dich selber kümmern“, antwortete Kaja frech. „Bei mir ist alles voll.“ Zorro wollte schon schadenfroh den Drachen verbellen, als sie hinzufügte: „Vielleicht lässt dich Zorro ja in seinem Korb schlafen.“ Erleichtert hörte der Hund, dass Lance beleidigt ablehnte. Das wäre ja noch schöner gewesen.

Am nächsten Morgen wurde Kaja von dem herrlichen Duft hawaiianischen Kaffees geweckt. Sie setzte sich auf und entdeckte Miri neben sich im Bett. Ria schlief in ihrer Halsbeuge. Offensichtlich hatte Mémé ihr Gastgeschenk schon gestern erhalten. Leise, um die Freundin nicht zu wecken und unter dem blinzelnden Blick der Katze schlich sie sich auf Zehenspitzen aus dem Zimmer. Sie zog sich schnell Wollsocken über die Füße, tauschte ihren Schlafanzug gegen Jogginghosen und eine warme Fleecejacke und ging die steile Holztreppe hinunter in die Küche.

Dort saßen bereits Lance und Mémé beim Kaffee. „Himmlisch, dieser Kaffee!“, lobte Mémé. „Deine Freundin darf jederzeit gerne wiederkommen“, grinste sie.

„Ich bin auch schon total süchtig“, gab Kaja lachend zu.

„Du bist ja extrem guter Laune für diese Tageszeit“, brummte Lance mit einem mürrischen Blick zu Kaja.

„Stimmt. Und wie hast du die Nacht verbracht, mein lieber Drache?“, antwortete sie betont freundlich.

„Wie wenn es dich interessieren würde. Schrecklich war es, nur damit du es weißt.“

„Stimmt gar nicht. Bei mir hat er sich breit gemacht“, verriet ihn Josephine.

„Das ist ja wieder einmal typisch. Frauen! Immer müsst ihr zusammenhalten“, rief er aus. Erbost stürmte der Drache hinaus.

„Ist der heute aber empfindlich!“, bemerkte Kaja, als sie ihm hinterher sah. „Er hat sich nicht einmal die Zeit genommen, sich in Luft aufzulösen.“

„Mach dir keine Gedanken. Ich habe ihm nur keinen Holunderschnaps in den Kaffee gegeben. Schließlich gibt’s auch für Drachen irgendwo Grenzen.“

„Das erkläre ich ihm auch die ganze Zeit. Vermutlich hatte er sich bei dir bessere Chancen ausgerechnet, um der guten alten Zeiten willen.“

„Vermutlich.“ Da sie Mémé gerade ganz für sich alleine hatte und sich ausrechnete, dass Miri vermutlich noch eine Weile schlafen würde, beschloss sie, die Gelegenheit am Schopf zu packen und gleich auf den Grund ihres Besuches zu sprechen zu kommen.

„Ich habe dir doch am Telefon schon erzählt, dass ich meinen Job verloren habe.“

„Genau. Macht dir das eigentlich zu schaffen?“

„Das ist ja das Sonderbare. Nicht wirklich. Mich stören die Umstände, das schon. Ich möchte auch wirklich gerne herausfinden, was in dieser Firma abläuft. Aber abgesehen davon bin ich vor allem froh. Ich habe so das Gefühl, es war der Tritt, den ich gebraucht habe, um mich einmal ernsthaft zu fragen, was ich mit meinem Leben eigentlich machen will.“

Mémé schmunzelte über Kajas Formulierung. Das Mädchen hatte es ziemlich gut auf den Punkt gebracht. Wurde auch Zeit. Sie nickte Kaja zu, um ihr zu verstehen zu geben, dass sie ihr zuhörte, sie aber nicht unterbrechen wollte.

„Dabei rausgekommen sind zwei Dinge. Einerseits möchte ich die Informatikseite nicht einfach aufgeben. Zuerst dachte ich, dass ich das muss. Doch dann machte mir Simon, der

Freund von Tim mit der Security-Firma, das Angebot, als freischaffende Mitarbeiterin bei ihm einzusteigen. Erst wollte ich nicht, da ich inzwischen schon andere Ideen hatte bzw. habe. Aber im Gespräch mit Tim habe ich gemerkt, dass ich als Freelancer frei entscheiden kann, wie viel Arbeit ich in diesem Bereich annehmen möchte."

„Das klingt ideal. Dann bist du fast dein eigener Chef", meinte Mémé. „Und was sind die anderen Pläne?"

„Tja, die anderen Pläne sind der Grund, weshalb ich hier bin. Als ich noch ziemlich rat- und planlos war, hatte Miri die Idee, ich könnte doch ein ähnliches Geschäft wie du aufziehen."

„Du meinst, mit den Kerzen und Düften?"

„Genau." Vorsichtig betrachtete Kaja ihre Großmutter, unsicher, wie sie die Idee aufnehmen würde. Doch ihre Sorge war unbegründet.

„Aber das ist ja wundervoll! Schließlich war es ja von Anfang an deine Geschäftsidee."

„Erzähl keinen Unsinn. Du hast das schließlich in kleinem Rahmen schon seit Jahren gemacht", widersprach ihre Enkelin.

„Schon. Aber die mit dem Geschäftssinn warst du", beharrte Mémé. „Es spricht alles dafür, dass du in der Schweiz mindestens so viel Erfolg haben wirst wie ich hier. Wie hast du dir denn das vorgestellt? Möchtest du wieder hier wohnen und produzieren und nur in die Schweiz verkaufen, oder möchtest du eine eigene Produktion aufziehen?"

Kaja druckste herum. „Hm. Ja.... Das ist das Problem. Ich möchte ganz gerne in der Schweiz bleiben. Nicht, dass es mir hier nicht gefallen würde, aber…"

„Es war nur eine Frage, keine Erwartung", beruhigte Mémé sie.

Erleichtert blickte Kaja sie an. „Dafür brauche ich aber einen Ort, wo ich das machen kann. Kerzen produzieren. Und einen Teil der Kräuter ziehen, die nicht ganz so viel Sonne brauchen.

Vielleicht verwende ich auch einige lokale Pflanzen, die wir hier nicht haben. Nur, das kann ich nicht in meiner Wohnung machen."

„Das stimmt natürlich."

„Deshalb habe ich angefangen, mich nach einem alten Bauernhof oder so was Ähnlichem umzusehen. Er kann ruhig auch etwas älter sein. Aber zur Miete sind solche Objekte noch seltener als zum Kauf, deshalb", sie holte tief Luft, „deshalb wollte ich dich fragen, ob du das ernst gemeint hast mit den zehn Prozent, die du für mich auf die Seite gelegt hast, dass ich die haben könnte?"

„Aber natürlich. So bleibt das Geld sogar im selben Geschäft", freute sich Mémé.

Kaja fiel ein Stein vom Herzen. Stürmisch umarmte sie ihre Großmutter. Ihre Augen waren ein wenig feucht, als sie sagte: „Danke, dass du immer an mich glaubst."

„Na na, wer wird denn so früh am Morgen rührselig werden", erwiderte Mémé und tätschelte ihr den Rücken, so wie sie es gemacht hatte, als sie klein war. „Das ist doch eher ein Grund zum Feiern!"

Kaja setzte sich auf und schnäuzte sich die Nase. „Du hast recht", grinste sie. „Jetzt kommt Lance vielleicht doch noch zu seinem Drink am frühen Morgen."

Sie saßen noch eine Weile beisammen und besprachen verschiedene Aspekte der geplanten Zusammenarbeit. Miri gesellte sich irgendwann dazu und sprudelte nur so über vor Begeisterung. Irgendwann rief Kaja: „Stopp, mir dreht sich schon alles vor lauter Zahlen und Kräuterlisten, Wachsarten und Emulsionen. Ich sehe schon, ich werde noch einige Male hier sein und dir bei der Arbeit über die Schulter schauen. Einiges habe ich überhaupt noch nie gemacht."

„Übernimm nur das, was dir auch gefällt. Mit der Zeit wirst du sowieso weitere Ideen entwickeln, die ich vielleicht noch gar nicht im Sortiment habe", warnte Mémé.

„Du hast recht. Und überhaupt, ich brauche erst mal einen Standort."

„Ich habe es Sierra gegenüber erwähnt. Sie meinte, sie würde sich mal umhören." Miri hielt einen Moment inne. „Ich hatte sogar den Eindruck, als hätte sie schon ein Objekt im Kopf, das sich vielleicht eignen würde."

„Das hast du mir ja noch gar nicht erzählt. Das wäre ja toll."

„Es ist mir eben erst wieder eingefallen. Du kannst sie ja später anrufen."

„Das mache ich. So, wie sieht's aus, wer kommt mit ins Dorf?"

„Was ist jetzt eigentlich mit Tim?", fragte Mémé unvermittelt.

„Der, äh, der ist in Island. Mehr weiß ich auch nicht", antwortete Kaja schnippisch. „Und was ist eigentlich mit Luc?", hakte sie ihrerseits nach.

Mémé blickte versonnen aus dem Fenster. „Das, meine Liebe, ist pures Glück. Meinerseits. Und Beharrlichkeit seinerseits. Aber früher hatte ich einfach keine Zeit und keinen Platz in meinem Leben."

Schuldbewusst blickte Kaja zu Boden.

„Jetzt hör schon auf! Das hatte nichts mit dir zu tun. So oft warst du ja gar nicht da. Wenn es nur daran gelegen hätte, wären wir schon vor Ewigkeiten zusammen gekommen", stellte Mémé sofort klar.

„Da hast du auch wieder recht", stimmte Kaja zu. „Das mit Tim ist kompliziert", erklärte sie, „wahrscheinlich bin ich kompliziert. Das streite ich gar nicht ab. Aber genau wie du damals habe ich im Moment das Gefühl, erst andere Dinge wie dieses Projekt auf die Beine stellen zu müssen, bevor ich mich mit so viel Kompliziertem auseinandersetzen kann und will."

Die beiden anderen Frauen nickten verstehend, auch wenn Miris romantische Natur am liebsten ein sofortiges Happy End verlangt hätte. Die Frage war nur, wie dies aussehen müsste, dass auch Kaja es als ein solches betrachten würde.

29

Am Sonntagabend trafen sie erschöpft, aber sehr vergnügt wieder in Zürich ein.

Kaja hatte noch von Frankreich aus Sierra angerufen und sie über das Haus ausgefragt, welches sie Miri gegenüber erwähnt hatte. Die Beschreibung war recht vage gewesen. Ein altes Bauernhaus mit der Betonung auf alt, viel Umschwung sowie einige zugehörige Gebäude. Unter letzterem konnte sich Kaja nicht so richtig etwas vorstellen. Damit konnte schließlich alles Mögliche gemeint sein. Von einer windschiefen Hundehütte bis zu einem Schweinestall. Sierra hatte versprochen herauszufinden, ob eine Besichtigung möglich wäre und ob das Anwesen vermietet werden sollte oder zum Verkauf stand. Kaja hoffte, Sierra würde sich möglichst bald melden. Allerdings hatte sie am Telefon sehr gestresst geklungen. Kaja runzelte die Stirn. Sie wünschte sich, bald einmal Zeit zu haben, Sierra besser kennen zu lernen. Zwischen ihr und Miri hatte sich die Freundschaft eigentlich unmittelbar gebildet. Es hatte sich so angefühlt, als wären sie schon ewig Freundinnen gewesen und hätten sich nur eine Weile nicht gesehen.

Abgesehen von meinen Eifersuchtsanfällen bezüglich meines Drachen, dachte Kaja amüsiert. Bei Sierra lag der Fall irgendwie anders, sie war ihr zwar auch sehr sympathisch, aber sie konnte sie noch nicht so richtig einordnen.

„Jetzt bist du eben nicht mehr eifersüchtig wegen mir, sondern wegen Miri“, behauptete Lance Stimme in ihrem Kopf. Sie unterbrach ihre Tätigkeit - sie war dabei, ihre Maschine mit der schmutzigen Wäsche ihres Wochenendausflugs zu füllen - und wollte gerade zu einer scharfen Erwiderung ansetzen, als ihre innere Stimme leise anmerkte, dass da wohl etwas dran sein könnte. Diese Erkenntnis gefiel ihr gar nicht. „Ich dachte eigentlich nicht, dass ich zum eifersüchtigen Typ gehöre“, bekannte Kaja.

„Wovor hast du denn Angst?“

„Angst?“

„Ja, Angst. Eifersucht hat ihren Ursprung meistens in Angst oder Unsicherheit, wenn du es so nennen willst.“

„Aha. Hm, keine Ahnung.“ Sie horchte in sich hinein. „Ich bin wohl unsicher, welche Auswirkungen eine neue Person auf meine Beziehung mit Miri haben wird, die ich sehr schätzen gelernt habe.“ Sie machte eine Pause. „Ebenso wie ich Angst habe, dass bei Tim irgendwann der Drang zum Abenteuer übermächtig wird.“

„Dann geht er eben auf eine Reise, na und? Schließlich kommt er ja wieder zurück. Und bis jetzt hast du ja auch ohne seine ständige Anwesenheit überlebt.“

„Seine ständige Anwesenheit erwarte ich ja gar nicht. Da würde ich durchdrehen.“

„Soso, aber in der Nähe und auf Abruf bereit sollte er schon sein“, forderte Lance sie heraus.

„So ungefähr“, gab sie zu. Sie musste lachen. Laut ausgesprochen klang es schon ziemlich verschroben. Sie griff nach dem Waschmittel.

„Wirst du denn Miri weniger mögen, wenn du Sierra erst einmal besser kennen gelernt hast?“

„Das eine hat doch nichts mit dem anderen zu tun“, antwortete Kaja entrüstet.

„Eben…“

„Du hast recht. Ich sollte ein wenig mehr Vertrauen haben.“

„Richtig. In die anderen, aber ebenso in dich selbst.“

„So, jetzt hast du aber genug Psychiater gespielt auf meine Kosten.“ Sie schob die letzten Wäschestücke in die Maschine, schloss mit einem lauten Knall die Trommel und schaltete das Ding an. „Wo steckst du eigentlich?“ Misstrauisch schaute sie sich in der Waschküche um. Sie konnte ihn immer noch nirgends entdecken.

„Such mich doch“, klang es herausfordernd in ihrem Kopf. Kindskopf. Trotzdem suchte sie weiter. „Du könntest wenigstens laut sprechen, damit ich einen Anhaltspunkt habe“, schimpfte sie.

„Das wäre doch viel zu einfach.“

Da, sie hatte hinter dem Trockner, der auf der Waschmaschine stand, etwas Blaues hervorblitzen sehen.

Jetzt hab’ ich dich, dachte sie. Während sie in alle möglichen Richtungen schaute, schlich sie sich langsam in Richtung Schwanzspitze, bis sie nahe genug war, um unauffällig danach zu greifen. Sie zog einmal kräftig an dem mit glänzenden blauen Schuppen bedeckten Ende.

„He, das ist unfair!“

Kaja lachte und verdrehte die Augen.

„Fair wäre gewesen, wenn ich gesucht hätte, bis ich schwarz bin, oder?“

„Genau!“

Überraschenderweise rief Sierra bereits am Dienstagmittag zurück. Sie klang zwar immer noch gestresst, beharrte aber darauf, Kaja zur Besichtigung am Donnerstag zu begleiten.

„Ist das für dich nicht blöd, so kurz vor dem Fest?“

„Es ist ganz gut, wenn ich mal eine Weile hier weg komme. Sonst drehe ich noch durch“, fügte sie hinzu.

„Wenn du möchtest, kann ich nachher noch mit zu dir kommen und dir bei den Vorbereitungen helfen, oder was immer dann anliegt.“

„Schon mal einen Stall ausgemistet?“, erwiderte Sierra ein wenig spöttisch.

„Äh, nein“, antwortete Kaja ein wenig irritiert. „Aber ich bin sicher, ich kann es lernen.“ Es handelte sich dabei schließlich nicht um Quantenphysik.

„Wir werden sehen. Hol mich einfach um zwei ab.“ Ohne ein weiteres Wort hängte sie auf.

„Was war denn das jetzt?“ Kaja starrte den Telefonhörer an, den sie immer noch in der Hand hielt.

„Ziemlich kratzbürstig, deine neue Freundin“, stellte Lance fest.

„Ich glaube, sie hat einfach ein bisschen zu viel um die Ohren“, verteidigte Kaja Sierra, auch wenn sie nicht genau wusste, weshalb sie das tat. Schließlich war diese nicht gerade freundlich gewesen. Aber wenigstens hatte sie den Besichtigungstermin vereinbart.

In der Zwischenzeit kümmerte sie sich um ihre Finanzen und ihre Ideensammlung. Miri hatte ihr über die Buchhandlung ihres Onkels günstig mehrere Bücher über die Anpflanzung von einheimischen und exotischen Kräutern besorgt. Kaja kämpfte sich mit großem Enthusiasmus durch sie hindurch und zog immer wieder auch ihre Nachschlagewerke über ätherische Öle zu Rate. Es nutzte schließlich nichts, Kräuter zu pflanzen, die für sie keinen praktischen Wert hatten. In ihrer ersten Euphorie beschloss sie sogar, selbst unter die Parfümhersteller zu gehen, sah dann aber mit fortschreitendem Wissen ein, dass es besser war, vorerst mal mit den Dingen ihr Unternehmen zu starten, von denen sie etwas verstand. Was sich später einmal daraus entwickeln würde, nun, das würde sie dann sehen.

„Ich bin sehr stolz auf dich“, meinte Lance am Abend, als sie sich zusammen ein Gläschen Holunderschnaps gönnten. Zugegebenermaßen nippte Kaja nur an einem Schluck, und Lance hatte wie immer ein großes Glas vor sich stehen.

„Das freut mich natürlich, aber wieso das denn?“ Verwundert schielte sie über ihre Fußspitzen hinweg, die auf dem Tisch lagen, zu ihrem Drachen hinüber.

„Erstens finde ich deine Ideen toll, und zweitens bin ich beeindruckt, dass du bereits die Möglichkeit zu zukünftigen Veränderungen erkannt hast und sogar befürwortest. Das ist ein großer Schritt von der Frau, die sich vor einigen Wochen noch gegen Veränderungen jeglicher Art mit Händen und Füßen gesträubt hat.“

„Blieb mir ja auch nichts anderes übrig“, erwiderte sie verlegen.

„Oh doch. Du hättest tausend andere Möglichkeiten gehabt. Und die meisten davon hätten mit passivem Ertragen der Situation zu tun gehabt. Doch du hast dich dafür entschieden, die Karten, die dir ausgeteilt wurden, selbst aufzunehmen und nach deinem Willen auszuspielen.“ Lance Stimme hatte einen melancholischen Klang angenommen.

„Sag mal“, fragte Kaja alarmiert, „Du spielst aber nicht etwa mit dem Gedanken, aus meinem Leben zu verschwinden?“

Er lachte. „Auch das hat sich geändert. Noch vor kurzem hast du mich dauernd darauf hingewiesen, dass ich in deinem Leben gar nichts zu suchen habe.“

„Nun ja…“

„Lust auf ein Kartenspiel?“, lenkte Lance ab und präsentierte aus dem Nichts einen Stapel Spielkarten.

Donnerstagnachmittag um zwei hielt sie pünktlich vor Sierras Haus. Kaum hatte sie angehalten, als Sierra schon durch das eine Scheunentor kam, im Schlepptau einen mittelgroßen, schwarz und grau gefleckten Hund mit großen Stehohren, braunen Abzeichen im Gesicht und an den Pfoten sowie einem weißen Fleck auf der Brust.

Sierra öffnete die Beifahrertür und beugte sich ins Auto. „Hallo, danke fürs Abholen. Kann Joker mitkommen?"

„Verträgt er sich mit anderen Hunden? Ich habe Zorro dabei. Und er müsste bei dir auf dem Schoß mitfahren." Entschuldigend wies sie auf die Rückbank, wo sich bereits Lance und Zorro ausgebreitet hatten. „Mein Auto ist leider nicht so groß."

„Sie. Ja, sie verträgt sich mit anderen Hunden. Mit Drachen weiß ich nicht. Und ja, sie kann bei mir auf dem Schoß sitzen. Das findet sie ganz toll."

„Ein Glück, dass sie nicht so groß wie Zorro ist", stellte Kaja fest.

Sierra schmunzelte. „Das stimmt. Fahr los, einfach die Straße runter."

Kaja warf Sierra einen Blick zu, die ihrerseits nervös zum Haus schaute. „Ist was?", fragte sie, während sie den Motor anließ und geschickt rückwärts auf die Straße fuhr.

„Nein", antwortete Sierra ausweichend. „Ich hatte nur mit Markus eine Meinungsverschiedenheit über die Dringlichkeit dieser Besichtigung."

„Naja, kann ich irgendwie verstehen. Schließlich suche ich noch gar nicht lange und ihr habt übermorgen diese Party…" gab Kaja schuldbewusst zu.

„Das ist nicht der Punkt. Mir war es wichtig, dass du es so schnell wie möglich siehst. Ich habe meine Gründe." Sierras Gesicht war verschlossen und sie schaute konzentriert aus dem Fenster der vorbeirauschenden Landschaft nach.

Kaja wusste nicht so recht, was sie sagen sollte, also ließ sie es einfach bleiben. Es war kein unangenehmes Schweigen. Ab und zu wurde es von einer Richtungsanweisung unterbrochen.

Nach etwa fünfzehn Minuten brach Sierra die Stille. „Wir sind gleich da. Ich habe keine Ahnung, ob dir das nicht zu sehr am ‚Arsch der Welt' ist. Mir persönlich gefällt es sehr gut, aber ich war schon immer ein wenig der Typ ‚Einsamer Wolf'." Sie fuhren durch ein kleines Dorf. „Hier gibt es immerhin einen Bahnhof, wo stündlich ein Zug fährt, und einen kleinen Lebensmittelladen. Wie lange es den noch geben wird, weiß ich allerdings nicht", fügte sie ehrlich hinzu. „Los, lass uns weiter fahren. Wir müssen noch ein Stück durch den Wald."

Kaja studierte während der Fahrt die Landschaft um sie herum. Der Wald bestand hauptsächlich aus hohen Laubbäumen, und durch das Herbstlaub und die kahler werdenden Äste schickte die Sonne ein paar Strahlen. Die Straße führte gemächlich den Berg hoch. Auf halber Höhe hörte der Wald plötzlich auf und gab den Blick ins Tal frei. Einige Kühe weideten auf der Wiese und ein paar vereinzelte Höfe tauchten auf. Bis jetzt gefiel ihr sehr, was sie sah. „Vor dem ersten Haus geht es scharf rechts rein, eine Schotterstraße."

Kaja bremste ein wenig ab und bog auf den unbefestigten Weg ein. Sie durchquerten nochmals einen Waldstreifen, dann waren sie endlich da.

„Du kannst den Wagen hier rechts ran stellen. Außer uns kommt sowieso keiner her."

„Treffen wir uns hier nicht mit dem Besitzer?"

„Nein. Ich habe mit dem Schlüssel die Erlaubnis bekommen, dich herumzuführen", antwortete Sierra. Sie stiegen aus dem Wagen und ließen die Hunde frei. Die beiden hielten sich ungefähr zwei Sekunden damit auf, sich zu beschnuppern, bis sie sich Seite an Seite daran machten, das Grundstück zu erkunden.

Erst jetzt schaute sich Kaja richtig um. „Das ist ja Wahnsinn, diese Lage. Wie eine kleine Hochebene." Rund um sie herum erstreckten sich ungemähte Wiesen, eingezäunt durch einen lotterigen Stacheldrahtzaun.

„Komm, lass uns den Rest ansehen. Ich befürchte, der Ausblick ist das einzig Intakte", meinte Sierra und schnitt eine

Grimasse. Sie schob zwei brüchige Stangen, die wohl das Tor darstellen sollten, beiseite und ging hindurch. Kaja riss sich von der tollen Aussicht los und folgte ihrer Freundin.

„Was ist Sierra eigentlich für ein Name?“, wollte Kaja wissen.

Diese lächelte ein wenig verlegen. „Meine Eltern waren während der Flitterwochen in Amerika und haben offenbar in der Sierra Nevada oder zumindest dort irgendwo in der Nähe eine denkwürdige Nacht zusammen verbracht.“ Sie drehte sich zu Kaja um. „Der Legende nach soll ich damals gezeugt worden sein.“

„Wie romantisch“, lachte Kaja.

Sierra seufzte, aber ihre Augen blitzten liebevoll. „Meine Eltern sind die größten Romantiker, die es gibt. Immer noch. Seit mehr als dreißig Jahren.“ Jetzt war ein wenig Wehmut in ihrer Stimme zu hören. Sie fing sich jedoch schnell wieder und besann sich auf ihre Rolle als Fremdenführerin. Kaja und Sierra standen vor einem kleinen Backsteinhaus, dem die Hälfte des Daches fehlte und das einige zerbrochene Fenster aufwies. Wilder Wein hatte sich um die Mauern gerankt und so wie es aussah, sich auch einen Weg ins Innere gebahnt.

„Das hier gehört dazu. Ich weiß nicht, was seine ursprüngliche Aufgabe war, aber mit etwas Arbeit ließe es sich bestimmt in ein nettes Gästehäuschen umwandeln.“

Neugierig warf Kaja einen Blick durch eines der zerbrochenen Fenster. „Können wir uns trotzdem kurz drinnen umsehen? Ich liebe es, durch alte Gemäuer zu streifen.“

„Klar, wenn du möchtest…“ Sierra nahm einen großen alten Schlüssel von ihrem Schlüsselbund und schloss die alte Holztür mit einiger Mühe auf. Im Inneren war es ziemlich dunkel, da der Wein vor den Fenstern das Licht aussperrte. Sie gingen hintereinander hinein. Kaja musterte den bröckelnden Verputz und schritt langsam durch das kleine Haus. Nach zwei Minuten trafen sie beim Eingang wieder zusammen. „Es ist gar nicht so klein, wie es von außen den Eindruck machte“, stellte Kaja fest.

„Ja, das ist richtig. Ich wusste gar nicht mehr, dass das praktisch drei Zimmer sind.“

„Warst du denn schon einmal hier?“, fragte sie verwundert.

„Sonst könnte ich dich ja schlecht rumführen“, antwortete Sierra kurz angebunden. „Lass uns gehen. Es gibt noch einiges zu sehen.“ Nachdem sie die Türe wieder hinter sich abgeschlossen hatten, setzten sie ihren Weg zum Haupthaus fort. Der mit Gras überwachsene Kiesweg führte in einem sanften Bogen erst an einem kleinen Apfelbaumhain vorbei zu den ursprünglichen Ställen, wie Kaja vermutete, um dann ein wenig nach hinten versetzt zum Haus zu führen. Als sie an den Apfelbäumen vorbei kamen, bückte sich Kaja nach einem wurmstichigen Apfel. „Das sind wahrscheinlich Mostäpfel, die sind eher sauer“, warnte Sierra sie.

„Ich glaube, dieser hier nicht“, antwortete ihr Kaja und biss vorsichtig hinein, um nachzuschauen, wo sich der Wurm verkrochen hatte.

„Möchtest du erst die Stallungen sehen oder interessiert dich das Haus mehr?“

„An die Stallungen hast du gedacht wegen der Produktion der Kerzen und so, oder?“

„Genau. Die wären meiner Meinung nach ideal für das, was du vorhast. Zumindest soweit ich Miri verstanden habe.“ Sie schob das Tor auf. „Die Tiere waren im anderen Teil. Hier wurden früher die Maschinen aufbewahrt.“

„Das ist ja riesig! Da könnte ich ja tonnenweise Material lagern“, staunte Kaja. „Und es ist hier drin viel heller, als ich erwartet hatte.“

„Warte nur ab, bis du den Heuboden siehst.“ Sie zog eine ausziehbare Leiter hinunter. „Ich hoffe, du hast keine Höhenangst“, grinste sie und begann mit dem Aufstieg. Kaja musste husten. Sierra entschuldigte sich. „Wurde wohl schon lange nicht mehr saubergemacht.“ Kaja kletterte hinter Sierra die steile Leiter hoch. „Hier müsste man eine anständige Treppe machen“, rief sie Kaja über die Schulter zu. Als sie oben waren, schaute Kaja sich um. Rechts befand sich eine Wand, die bis zur Decke reichte. Als Sierra ihren Blick bemerkte, sagte sie: „Das ist eine Brandschutzmauer. Dahinter liegt der Heuboden. Wie du siehst sind hier im Dach auf jeder Seite fünf große Dachluken angebracht. Deshalb ist es in diesem Teil der Scheune so hell.“

Kaja kam aus dem Staunen gar nicht mehr heraus. „Was war denn hier geplant? Ich meine, das sind ja mindestens 100 Quadratmeter.“

„Deine Schätzung stimmt ziemlich genau. Es war einmal als Malatelier geplant. Deshalb ist die komplette Hälfte dieser Scheune isoliert, auch unten. Die Brandschutzmauer wurde errichtet, weil das so Vorschrift ist.“ Sie überlegte einen Augenblick. „An sich könnte man hier sogar einen Boden einziehen. Hoch genug wäre es ja. Dann müsste man nur eine Lösung finden für den Lichteinlass auf dieser Ebene.“

„Fenster“, schlug Kaja amüsiert vor.

„Schon, aber die müsstest du wahrscheinlich mit Scheunenelementen kaschieren, wegen des Heimatschutzes“, erwiderte Sierra ernsthaft.

„Du scheinst dich da ja sehr gut auszukennen“, bemerkte Kaja beeindruckt.

„Ein bisschen.“ Wieder so eine knappe Antwort. Kaja begann sich langsam zu wundern. Viel Zeit hatte sie allerdings nicht, da Sierra sie wieder zur Leiter zog. „Eine Treppe wäre tatsächlich eine gute Idee“, murmelte sie, als sie rücklings hinunterkraxelte. „Ich muss dich warnen“, sagte Sierra, die am Ende der Leiter auf sie wartete. „Das war der neueste Teil des ganzen Anwesens. Besser wird’s nicht.“

„War denn das Häuschen am Anfang wenigstens der älteste Teil?“

„Das schon. Komm, lass uns den Rest besichtigen. Den Stall lassen wir erst einmal. Du planst ja nicht, Tiere zu halten, oder?“

„Nein, bis jetzt nicht, aber was nicht ist, kann ja noch werden. Auf solche Ideen kommt man hier sicher eher als in einer kleinen Mietwohnung mit Gartensitzplatz.“

Sierra fiel in ihr Lachen ein. „Das stimmt.“

Sie verließen die Scheune durch das große Tor und schoben es gemeinsam wieder zu. Dann setzten sie ihren Weg zum großen Haupthaus fort, das direkt an die Scheune anschloss. Es war ein altes Fachwerkhaus. Wie beim ersten Gebäude rankten sich wilde Reben an den Mauern hoch. Hier waren zumindest die Fenster noch intakt. Es waren schöne alte Doppelfenster, wie bei Mémé zu Hause, und Kaja schloss das Haus sofort ins Herz. Die schwere Eichentüre ließ sich vergleichsweise einfach öffnen und sie traten ein. Vom Eingang führte ein Klinkerboden direkt in die Küche, die von einem alten Holzofen dominiert wurde. Daneben befanden sich ein Gasofen jüngeren Datums und eine schreckliche Küchenkombination.

„Wer hat denn das verbrochen?“, fragte Kaja amüsiert.

Sierra schnaubte. „Genau meine Worte! Aber Hauptsache billig! Es war eine Weile vermietet und die letzten Mieter haben wohl diese Küche eingebaut. Wenn ich hier einziehen würde, wäre die Küche das Erste, was ich ersetzen würde. Auch wenn ich mich dafür ein paar Monate von Kartoffeln ernähren müsste.“

Kaja warf einen Blick aus einem der schmutzigen Fenster. Sie konnte die beiden Hunde rumtollen sehen. „Ich bin ja froh, dass die beiden noch hier sind“, murmelte sie. Eben rannten sie durch etwas hindurch, was wie ein verwilderter Garten aussah. „War das hier unten der Gemüsegarten?“

„Genau. Diese Seite des Hauses ist nach Südwesten ausgerichtet. Ich bin sicher, auch Kräuter würden hier gut wachsen. Vor allem an der Hausmauer entlang."

Zustimmend nickte Kaja. Sie folgte ihrer Freundin ins Wohnzimmer. „Ein Kachelofen!", rief sie begeistert.

„Toll, was?", hörte sie Lance sagen und entdeckte, dass er schon auf der Ofenbank Platz genommen hatte.

Sierra zog die Augenbrauen hoch. „Bist du doch noch an einer Besichtigungstour interessiert?"

Der Drache wedelte abweisend mit seiner krallenbewehrten Pranke. „Ich durchstreife solche Häuser am liebsten auf eigene Faust."

Sierra wandte sich wieder Kaja zu. „Der Kachelofen ist gerade im Winter unschlagbar. Das Heizungsrohr führt durch das große Schlafzimmer, so dass er sogar oben noch etwas Wärme abgibt."

„Wie ist das Haus denn sonst geheizt?"

„Keine Ahnung. Das müsste ich nachfragen. Ich vermute, mit Strom."

„Auweia."

„Genau. Dafür hast du Holz umsonst. Das Waldstück hinter dem Haus gehört zum Anwesen."

Beeindruckt schaute Kaja zum Waldrand, der ein paar hundert Meter entfernt lag. Im oberen Stock befanden sich drei Schlafzimmer. Ein großes und zwei eher kleine sowie ein Badezimmer. Das Badezimmer befand sich in einem ähnlich wenig einladenden Zustand wie die Küche. Die Schlafzimmer waren nicht besonders aufsehenerregend. Nur einige Sichtbalken verrieten etwas von dem Charme, der in dem vernachlässigten Haus steckte.

Abrupt schloss Sierra die Badezimmertür und meinte: „Lass uns gehen. Vielleicht reicht die Zeit ja noch für einen Kaffee."

Kaja beeilte sich, Sierra einzuholen, die bereits zur Haustür raus war. „Was ist denn auf einmal?“

„Nichts Wichtiges. Lass uns gehen. Ich muss um sechs Uhr wieder zurück sein, zum Pferde füttern.“ Kaja wunderte sich ein wenig, sagte aber nichts und beeilte sich, die Hunde und den Drachen im Auto zu verstauen. Sierra blieb noch einen Moment an der Autotür stehen und warf einen letzten Blick vom Hof über die Weiden ins Tal. Dann stieg auch sie ein und gab das Zeichen zum Losfahren.

30

„Und dann hat sie wirklich gesagt, du könntest quasi mietfrei drin wohnen, wenn du es renovierst? Wenigstens zum Teil? Das ist ja unglaublich. Und sie ist sich sicher, dass sie den Vermieter richtig verstanden hat?“

„Das Anwesen gehört ihren Eltern.“

„Ihren Eltern? Und wieso…“

„Wieso wohnt sie nicht selbst darin? Das habe ich mich auch gefragt.“

„Hätte vielleicht mehr gebracht, wenn du Sierra gefragt hättest“, witzelte Miri, die mit unterschlagenen Beinen auf dem Sofa saß.

Kaja, die es sich ihr gegenüber auf dem Boden bequem gemacht hatte, streckte ihr die Zunge raus. „Habe ich ja. Aber Sierra ist sehr gut darin, unerwünschte Fragen einfach zu ignorieren.“

„Ja, das ist mir auch aufgefallen. Vor allem, wenn es um sie persönlich geht. Hattest du den Eindruck, dass sie sich mit ihren Eltern nicht versteht? Denn dann könnte es vielleicht schwierig werden.“

„Den Eindruck hatte ich eigentlich nicht. Nicht dass sie sich zu diesem Thema sehr viel ausführlicher geäußert hätte als zum Rest. Aber ihren Tonfall, als sie von ihrer Familie gesprochen hat, habe ich als sehr liebevoll empfunden. Und das ist ja schon mal etwas, was wir beide nur bedingt schaffen."

Miri nickte zustimmend. „Okay, also jetzt nochmals im Detail. Mietfrei klingt ja toll. Nur, das Renovieren ist ja auch nicht umsonst, oder?"

„So wie ich das verstanden habe, soll es folgendermaßen funktionieren: Es wird ein theoretischer Mietpreis festgesetzt, den ich aber nicht bezahlen muss, sondern ich habe dann quasi diesen Betrag monatlich zu Verfügung, um das Haus zu renovieren. Sprich, wenn ich von einem Mietpreis von monatlich dreitausend Franken ausgehe und anfangs dreißig tausend investiere, sind wir quitt, wenn ich nach zehn Monaten wieder ausziehen würde. Wenn ich vorher ausziehen würde, bekäme ich die Differenz ausbezahlt."

„Und wenn du danach noch da wohnen bleibst?"

„Ab dann bezahle ich normal Miete, außer ich investiere weiteres Geld in die Renovierung, dann gilt wieder die Abmachung, dass ich das von der Miete abziehen kann. Auch zu einem späteren Zeitpunkt."

„Und denkst du, dass das Ganze realistisch ist? So wie es klingt, hat das Ganze ja den traumhaften Charme eines Märchenschlosses – nur ist es genauso zugig…"

„Ich denke, es könnte einen Versuch wert sein. Erstens muss ich es nicht kaufen und kann es trotzdem so nutzen, wie ich es brauche, und das alleine besitzt schon Seltenheitswert. Zweitens muss zwar das Wohnhaus dringend auf Vordermann gebracht werden, dafür kann ich praktisch morgen anfangen, meine Kerzen herzustellen, dank diesem fertig isolierten, geheizten Lagerraum mit integriertem Atelier. Ich bin eigentlich von der umgekehrten Situation ausgegangen, aber so ist es viel besser. Ich kann schließlich gut eine Zeit lang in einer hässlichen Küche kochen. Wenn ich dafür sofort anfangen kann, meine Ideen umzusetzen…"

„Was meint denn Lance dazu?“

„Der ist von dem Moment an, als er den Kachelofen entdeckt hat, als objektiver Betrachter ausgeschieden“, grinste Kaja.

„Gar nicht wahr“, empörte sich der Drache, der sich aus dem Nichts zu ihnen dazu gesellt hatte. „Auf jeden Fall sagt mir mein siebter Drachensinn, dass dieses Haus wie für euch gemacht ist.“

„Für euch?“, fragte Miri irritiert nach. „Das soll doch schließlich Kajas Haus werden.“

„Schon, aber du kommst mich doch hoffentlich oft besuchen, oder?“, fragte Kaja besorgt, der die merkwürdige Formulierung von Lance‘ Aussage gar nicht aufgefallen war.

Abgelenkt richtete Miri ihre Aufmerksamkeit wieder auf Kaja. „Das heißt wohl, ich muss mein armes altes Auto wieder einmal auf seine Fahrtüchtigkeit testen.“

„Stimmt, du fährst ja vor allem Fahrrad.“

Miri zuckte gleichmütig mit den Schultern. „Ich habe ein Auto und fahre auch gerne. Ich brauche es nur fast nie in der Stadt.“

„Dann ist ja gut“, sagte Kaja erleichtert. „Das würde mir nämlich gar nicht gefallen, wenn ich da mitten im Nirgendwo sitze und mich kein Mensch besuchen kommt. Und ich kann ja auch jederzeit zu dir kommen.“ Sie stand auf, um neues Teewasser aufzusetzen. „Möchtest du auch noch einen Tee“, fragte sie über die Schulter.

„Gerne.“

Überrascht drehte sich Kaja um. „Tatsächlich? Du musst gar nicht mehr weg?“, fragte sie mit einem Blick auf die Küchenuhr nach. Schließlich war es schon fast zehn Uhr abends.

Verlegen schaute Miri aus dem Fenster. „Mir war heute mehr danach, den Abend in deiner Gesellschaft zu verbringen.“

Kaja lächelte. „Das freut mich natürlich. Ich will nur nicht Schuld sein, wenn du wegen mir zum Stubenhocker mutierst.“

„Da besteht keine Gefahr. Schließlich gehen wir am Samstag gemeinsam zu Sierras Fest. Und in zwei Wochen bin ich zu einer verfrühten Halloween-Party eingeladen. Hast du Lust mitzukommen?“

„Äh, lieber nicht, Kostümpartys sind nicht so mein Ding. Maskierte Menschen machen mir Angst. Als was gehst du denn?“ wollte sie dann doch wissen.

„Das hättest du wohl gerne“, zog Miri sie auf. „Selber nicht mitkommen und trotzdem in alle Geheimnisse eingeweiht werden wollen, ts ts.“

„Genau. Das geht natürlich gar nicht“, mischte sich der Drache ein.

„Ich glaube, dich stellen wir jetzt mal ruhig, frecher Drache“, meinte Kaja liebenswürdig und überreichte ihm ein Glas Holunderschnaps. „Was für ein Glück für dich, dass wir Mémé besucht haben. Sonst würdest du jetzt auf dem Trockenen sitzen.“

Das andere Glas reichte sie Miri und holte sich dann ihr eigenes. „Lass uns anstoßen.“

„Auf dein Haus.“

„Auf mein Haus, zumindest fast. Ich kann es eigentlich gar nicht glauben. Ich muss mich auf jeden Fall samstags nochmals bei Sierra bedanken.“

„Also hast du dich schon definitiv entschieden?“

Kaja verzog den Mund zu einem schiefen Lächeln. „Auch wenn ich nicht gedacht hätte, dass ich das so schnell sagen würde und auf die Gefahr hin, dass mich ein gewisser Drache gleich auslachen wird, es gibt nichts zu entscheiden. Nicht rational. Mein Gefühl sagt mir, das ist mein zukünftiges Zuhause. Es hat sozusagen auf mich gewartet. Und nachdem ich es mir offensichtlich sogar leisten kann, ist auch meine logisch denkende Seite einigermaßen zufrieden gestellt. Aber das ist völlig unerheblich. Ich muss einfach dort einziehen.“ Sie warf einen Seitenblick auf Lance, der so tat, als wäre er extrem in den Wirtschaftsteil der drei Tage alten Zeitung vertieft. Das war eigentlich ganz nett von ihm.

Miri hingegen war so gerührt von Kajas Erklärung, dass sie sich bemühen musste, nicht in Tränen auszubrechen. Kaja stand auf und nahm sie in den Arm. „Nicht weinen, kleine Elfe, das ist ein Grund zu feiern."

Miri schnaubte und musste lachen. „Ha, kleine Elfe. Kleine Elefantenelfe vielleicht. Hat dich noch nie jemand aufgeklärt, dass Elfen süß und zierlich sind?"

„Das bist du ja, zierlich, mit Kurven halt. Ich denke nicht, dass du wegen deiner Kurven schon viele Beschwerden gehört hast, oder?", forderte Kaja sie heraus. Diesmal streckte Miri ihr die Zunge raus. Dann brachen sie in lautes Lachen aus und ließen sich aufs Sofa fallen.

„Wir sind schon zwei Kindsköpfe, was?"

„Das ist ja wohl die Untertreibung des Jahrhunderts", schnaubte Lance, was ihm zwei Kopfkissen einbrachte, die ihm um die Ohren flogen.

Den Freitag verbrachte Kaja damit, Listen zu erstellen, was sie alles brauchen würde, um mit der Renovierung anzufangen. Gestern hatte sie zusammen mit Miri noch stundenlang über den Plänen des Hauses gesessen, hatte es gedanklich umgestaltet und eingerichtet. Es waren keine richtigen Pläne, Sierra hatte keine gehabt, aber Kaja hatte sie einfach, so gut es ging, aus dem Kopf aufgezeichnet. Miri hatte eindeutig großes Talent als Innenarchitektin. Wieso arbeitete sie bloß bei ihrem griesgrämigen Onkel in der Buchhandlung? Ihr fiel beim besten Willen kein Grund ein.

„Hast du sie etwa immer noch nicht gefragt?"

Auf Lances Frage schüttelte sie schuldbewusst den Kopf. „Leider nein, muss ich gestehen. Es ist einfach so viel passiert, dass ich es immer wieder vergessen habe. Keine gute Ausrede, wie ich zugeben muss."

Lance tätschelte ihr die Schulter. „Ich bin sicher, sie weiß, dass sie jederzeit zu dir kommen könnte, wenn sie Probleme hat." Kaja richtete sich hinter dem Schreibtisch auf und streckte sich, um ihren verspannten Rücken zu lockern. „Hm. Ich bin mir da nicht so sicher. Wissen tut sie das vielleicht schon. Aber ob sie mich tatsächlich um Hilfe bitten würde, da bin ich nicht so sicher. Ich glaube, sie ist es gewohnt, alles mit sich selber auszumachen."

„Kennen wir da nicht noch jemand anderen, der so ist?", überlegte der Drache laut und rollte dabei bedeutungsvoll die Augen.

„Ja, ja, ich weiß, das ist auch meine Angewohnheit. Aber du musst zugeben, ich mache mich."

„Stimmt. Also besteht ja auch Hoffnung für Miri, oder?"

Zweifelnd schaute Kaja ihn an. „Hm, vielleicht. Immerhin ist sie ja gestern Abend nicht mehr um zehn Uhr davongerannt."

„Ich glaube, so ein Drache wäre auch für sie ganz nützlich", fügte sie dann hinzu.

„Sieh an, sieh an. Du erkennst endlich meinen Nutzen an", freute sich Lance.

„Na, lass dir das bloß nicht zu Kopf steigen", beeilte sich Kaja zu sagen.

„Hast du schon mit Tim gesprochen?", wechselte er abrupt das Thema.

Sie drehte sich zu ihm um und schaute ihn streng an. „Ich wüsste nicht, was dich das angeht. Und was ich bis jetzt mitbekommen habe, solltest du ja heilfroh sein, wenn zwischen uns Funkstille herrscht."

„Ja ja, du willst erst den Rest regeln und so weiter und natürlich bin ich froh… es passt nur so wenig zu dir, jemanden in seinem eigenen Saft schmoren zu lassen."

„Dann wurde es vielleicht Zeit, das zu lernen“, antwortete sie ihm schnippisch und wandte sich wieder ihren Listen zu.

Lance verzog sich aufs Dach, um zu schmollen. In einem hatte Kaja recht. Von ihm aus konnte Tim in Island festfrieren. Nur half ihm das nichts, wenn sein Schützling dabei unglücklich war. Obwohl, richtig unglücklich wirkte sie momentan nicht. Also beschloss er, ein wenig Vertrauen in sie zu setzen. „Danke vielmals. Ich fühle mich geehrt“, hörte er Kajas sarkastische Stimme in seinem Kopf.

„Seit wann kannst du denn in meinen Kopf rein?“, fragte er entgeistert.

„Seit ich es soeben ausprobiert habe“, kam die fröhliche Antwort zurück. Okay… spannend.

Er würde sich also einfach entspannt zurücklehnen und sehen, was passierte. Das Telefon läutete unten, und die Verbindung zwischen ihnen riss ab.

Es war Simon. „Wir hatten bislang leider noch kein Glück mit Max‘ Handy. Es ist immer noch ausgeschaltet. Aber die Ortung steht. Also falls einer von uns Glück hat und Max bzw. wenigstens sein Handy in aktiviertem Zustand erreicht, geht sofort die Peilsuche los.“

„Das ist gut. Ich werde es in diesem Fall auch wieder öfters versuchen. Zu meiner Schande muss ich gestehen, dass ich es in den letzten Tagen vergessen habe.“

„Macht nichts. Dafür bin ich ja da. Du hättest vermutlich auch nicht mehr Glück gehabt als wir.“

„Ja, wahrscheinlich nicht. Bist du mit diesem Vertrag schon weitergekommen?“

„Ja, es ist tatsächlich so, wie wir schon vermutet haben, dass es um die Aktienmehrheit geht.“

„Und was können wir mit diesem Wissen nun anfangen?“ Kaja wurde ganz aufgeregt.

„Ehrlich gesagt, im Moment unternehmen wir gar nichts. Meine Priorität hat im Moment die Suche nach deinem Chef Max, auch in der Hoffnung, dass er uns weiterhelfen kann, wenn wir damit vor Gericht gehen."

„Stimmt." Nach einer kurzen Pause fragte sie: „Du denkst also, dass er noch lebt?"

„So lange ich keine anderen Anhaltspunkte habe, sicher. Du musst also nicht gleich den Teufel an die Wand malen. Es könnte sogar sein, dass er gar nirgends festgehalten wird, sondern die anderen ebenso wie uns an der Nase herumführt."

„Aha. Diese Version klingt für mich allerdings nicht sehr wahrscheinlich."

„Für mich auch nicht", gab er zu. „Aber man soll die Hoffnung nie zu früh aufgeben."

„Gut, ich melde mich, sollte ich Neuigkeiten haben."

Die Sorge um Max trübte Kajas Vorfreude auf das Haus ein wenig. Auch Miri sowie Mémé waren nicht erreichbar, also versuchte sie, ihren Kopf mit einer Joggingrunde zu lautstarker Flashdance-Musik zu lüften. Das mit der Musik gab sie allerdings bald auf, weil sie immer wieder nach Zorro rufen musste, der dringend nach irgendwelchen Mäusen jagen wollte. Durch die wiederholten Regenschauer der letzten Tage war der Boden ganz durchnässt, und die Nagetiere hielten sich vermehrt an der Erdoberfläche auf.

Wieder zu Hause riss sie sich die Kleider vom Leib und stand bereits mit einem Bein unter der Dusche, als das Telefon läutete. Kurz überlegte sie, ob sie rangehen sollte, doch dann war das heiße Wasser doch verlockender.

Nach dem Duschen ging sie in die Küche, um sich einen Teller Spaghetti warm zu machen, die vom gestrigen Essen mit Miri übrig geblieben waren. Als sie an ihrem Schreibtisch vorbei kam, blinkte das rote Licht des Anrufbeantworters. Im Vorübergehen drückte sie die Abspieltaste. „Hallo Kaja, ich…

offensichtlich möchtest du nicht mit mir sprechen." Tim! „Das kann ich verstehen", hier legte er eine kurze Pause ein, „allerdings nur zum Teil. Wie auch immer, ich werde das sicher nicht mit dieser Maschine besprechen." Jetzt klang seine Stimme ziemlich verärgert. „Ich fliege in einer Stunde nach Island. Ich weiß noch nicht, wann ich zurück sein werde." Jetzt war er bei trotzig angelangt. Einige Sekunden später hatte er aufgelegt.

In diesem Moment läutete das Telefon. In der Hoffnung es sei Tim nahm sie ab, ohne auf die Anruferkennung zu schauen.

„Kaja, Liebes." Die Stimme ihrer Mutter zwitscherte durchs Telefon. „Wie geht es dir denn?"

Etwas aus der Bahn geworfen, antwortete sie. „Gut, und euch?"

„Ach, bei uns ist es sehr stressig. Wir sind dieses Wochenende in Paris und eigentlich wollten wir noch in den Süden fliegen und Josephine besuchen, aber du weißt ja, wie das ist. All diese Verpflichtungen…" Sie beendete den Satz nicht. Genau, dachte Kaja erbittert. Ich weiß, wie das ist. Um eure Tochter zu besuchen hattet ihr auch nie Zeit.

„Hast du denn inzwischen eine neue Stelle gefunden?", hakte ihre Mutter nach, als Kaja keine Anstalten machte, sie nach ihrem spannenden Leben zu befragen.

„Nein, Maman, habe ich nicht. Im Gegenteil, ich habe beschlossen, mich selbständig zu machen und mir ein Haus zu kaufen."

„Was hast du dir nur dabei gedacht", fragte ihre Mutter entsetzt. „Und als was, bitte schön, machst du dich selbständig? In der Informatik?"

„Zum Teil. Aber vor allem soll es eine Schweizer Zweigstelle zu Mémés Betrieb in Frankreich werden." Mist, so viel hatte sie eigentlich gar nicht verraten wollen.

„Das hat doch keine Zukunft. Das ist ja nicht viel besser als ein gewöhnlicher Marktfahrer zu sein. Da kannst du dich ja gleich als Bäuerin betätigen."

„Weißt du was, Maman, ich hatte wirklich gehofft, dass du dich einmal dafür interessierst, was ich, deine Tochter, mir wünsche von meinem Leben und dass du dich für mich freust. Aber das ist wohl zu viel verlangt."

„Du lässt es so klingen, als würdest du dir einen Lebenstraum erfüllen, obwohl wir beide wissen, dass es nur eines deiner Fantasiegespinste ist. Ich hoffe, du wirst bald zur Vernunft kommen."

Kaja gab auf. Immerhin klang es so, als wäre das Telefonat hiermit beendet, was für heute definitiv als Pluspunkt zu bewerten war. Sie behielt recht. Mit knappen Worten verabschiedete sich ihre Mutter.

Kaja lehnte sich in ihrem Stuhl zurück. „Puh, das hatte mir gerade noch gefehlt." Ungläubig schüttelte sie den Kopf. Prompt fing das Radio, das in der Küche lief, an, herumzukrächzen. Sie biss sich auf die Lippen, um sich ein Lachen zu verkneifen. Eigentlich war es ja auch zum Lachen. Ihre Mutter verbrachte ihr Leben in einem Meer von künstlich erschaffenen Prioritäten und Regeln und kam einfach nicht damit zurecht, wenn sich jemand außerhalb dieses gesellschaftlichen Rahmens bewegte. Und das ist alleine ihr Problem, erkannte Kaja. Wenn auch unser beider Verlust. Langsam stand sie auf und ging zu Zorro, der in seinem Korb lag. Sie ging in die Knie und kraulte ihn hinter den Ohren. „Da geht's uns ja richtig gut. Weißt du eigentlich schon, wie gut es dir bald gehen wird? Du kriegst massenhaft Auslauf und einen eigenen Garten mit Mäusen…" Sie saß noch eine Weile bei ihrem treuen Begleiter und erzählte ihm von ihrem neuen Leben.

Lance saß währenddessen mucksmäuschenstill am Küchentisch, um die beiden nicht zu stören. Er war stolz auf seinen

Schützling. „Weißt du Josephine, deine Enkelin wird langsam erwachsen“, flüsterte er etwas wehmütig.

„Ich weiß“, kam die Antwort prompt zurück.

31

Als sie am nächsten Tag nachmittags vom Einkaufen nach Hause kam, wartete zu ihrer Überraschung Simon auf sie. In ihrer Wohnung. Kaja überlegte, ob sie sich darüber ärgern oder lieber beeindruckt sein sollte, mit welcher Leichtigkeit sich Simon Zugang verschafft hatte. Lance erging es nicht besser, weil jemand in seine Drachenfestung eingedrungen war. Aber Simon kam ohne Umschweife zur Sache. „Es ist mir gestern Nacht gelungen, Max' Aufenthaltsort einzugrenzen. Er befindet sich in einem Radius von 40 km in nordöstlicher Richtung von Zürich."

Kaja runzelte die Stirn. „Zürich, Schaffhausen, Thurgau, vielleicht St. Gallen", zählte sie die in Frage kommenden Kantone auf. „Genauer konntest du es nicht rauskriegen?" Fragend blickte sie ihn an.

„Leider nicht. Ich hatte gehofft, dir würde zu diesem Gebiet eventuell etwas einfallen, was mit der Firma zusammen hängt."

Kaja überlegte fieberhaft. „So auf Anhieb fällt mir nichts ein. Ihr seid doch in Max' Wohnung gewesen. Hat das gar nichts gebracht?"

„Nein. Unterlagen haben wir keine gefunden und seinen Laptop hat er offensichtlich mitgenommen."

„Mist. Also stehen wir nicht besser da als vorher."

„So würde ich das nicht ausdrücken“, antwortete er. „Immerhin haben wir das Gebiet der Schweiz auf etwa ein Fünftel eingegrenzt.“

„Na ja, auf mich wirkt es immer noch wie die Suche nach einer Nadel im Heuhaufen. Ich versuche jetzt gleich nochmals, ihn anzurufen.“ Entschlossen griff sie nach ihrem Handy, wählte und wartete. Innerlich betete sie inständig zu allen ihr bekannten Göttern, dass es nicht wieder heißen würde: „Dieser Teilnehmer ist momentan nicht erreichbar“.

„Das ist ja eine ganz schöne Auswahl, die du da um Hilfe bittest“, meinte Lance lautlos.

„Ich bin im Moment gerade nicht in der Lage, wählerisch zu sein“, vermittelte sie ihm telepathisch. „Ich habe einen Wählton, tu etwas“, zischte sie Simon zu.

Der wandte sich seinem Laptop zu, der schon einsatzbereit auf dem Tisch stand. „Bingo“, sagte er zufrieden nach ein paar Minuten, die Kaja wie Stunden vorkamen.

„Und was passiert jetzt?“, fragte Kaja ein wenig ratlos.

„Ich werde jetzt erst mal dort vorbei fahren und die Gegend erkunden.“

„Du hast mir immer noch nicht verraten, wo ‚dort‘ eigentlich ist.“

„Stimmt. Schau, ich habe hier eine Karte.“ Er drehte den Laptop in ihre Richtung, damit sie auf den Bildschirm schauen konnte. Knapp außerhalb von Schaffhausen.

„Und dann stürmst du die Wohnung?“

„Erst einmal sollte ich wohl versuchen herauszufinden, ob er sich freiwillig an diesem Ort befindet oder gegen seinen Willen festgehalten wird.“ Er grinste. „Ich mag es lieber, wenn die Leute froh sind, dass ich auftauche. Wenn es sich allerdings um sein kleines Geheimversteck handeln sollte, aus welchen Gründen auch immer, wird sich seine Freude in Grenzen halten.“

„Was aber nicht sehr wahrscheinlich ist, oder?“

Sofort wurde er wieder ernst. „Nein. Nach dem, was du mir über ihn erzählt hast und was wir über die Vorgänge in eurer Firma wissen, ist es nicht sehr wahrscheinlich. Umso wichtiger ist es, dass ich mir einen Überblick verschaffe, um die Lage einzuschätzen."

„Ich bin heute Abend sowieso in der Gegend, kann ich nicht mitkommen?", bat Kaja ihn aufgeregt.

„Wo bist du denn genau?" fragte er, ohne auf ihre Frage einzugehen.

„Ich bin bei einer Freundin eingeladen. Sie veranstaltet ein Fest."

„Dann schlage ich vor, du besuchst erst einmal deine Freundin und ich schaue kurz dort vorbei, wenn ich mehr weiß. Dann können wir nochmals darüber reden", fügte er bestimmt hinzu, als er merkte, dass sie nicht zufrieden war mit seiner Antwort.

„Okay", sagte sie zögernd. So ganz passte es ihr nicht, ausgeschlossen zu werden. Aber sie sah ein, dass sie ihm diesmal keine große Hilfe wäre. Schnell schrieb sie Sierras Name und Adresse auf und gab ihm den Zettel.

Er warf einen Blick darauf. „Deine Freundin?", hakte er mit hochgezogenen Augenbrauen nach. „Die hast du aber schnell gefunden", grinste er.

„Es ist etwas kompliziert...", hob sie an zu erklären, brach dann aber ab.

Simon steckte sich den Zettel in die hintere Hosentasche. „Erwarte mich nicht vor neun Uhr."

„In Ordnung."

Als Miri eine Stunde später vorbeikam, um sie abzuholen, war Kaja vor lauter Aufregung und Sorge um Max völlig durch den Wind. Lance empfing sie schon an der Tür. „Miri, tu etwas, lenk sie ab! Offenbar hat Simon Max aufgespürt und Kaja ist völlig aus dem Häuschen."

„Verständlich. Schließlich kriegt das Ganze jetzt einen reellen Hintergrund." Sie legte ihre Tasche auf der Küchenkombination ab und folgte Kajas Gemurmel, das aus ihrem Schlafzimmer drang. „Hey, was machst du denn?" Fasziniert schaute Miri zu, wie Kaja ihren Kleiderschrank ausräumte.

„Ich suche meine schwarzen Hosen", kam es gedämpft aus dem Inneren des Schrankes.

Irritiert schaute Miri an sich herunter. Sie selbst hatte sich ganz zwanglos für ausgewaschene Jeans und einen kuscheligen rosafarbenen Pullover entschieden, der ihre Kurven betonte. „Gibt es für heute Abend einen Dresscode?"

„Nein. Aber wenn alles gut geht, befreien wir heute Abend Max, und da muss ich doch entsprechend angezogen sein." Kaja kam aus dem Schrank hervor.

„Äh – wir? Bist du dir sicher, dass du das nicht den Profis überlassen willst? Ich meine, falls Max befreit werden muss, dann zeugt das doch davon, dass die Geschichte ein ganzes Stück ernster ist, als wir dachten", gab Miri zweifelnd zu bedenken.

„Ja ja, das stimmt schon. Ich werde mich ja auch nicht mitten ins Getümmel stürzen. Aber dabei sein möchte ich eigentlich schon gerne."

„Aha. Und was meint Simon dazu?"

Kaja runzelte die Stirn. „Er hat noch gar nichts gesagt. Aber er kommt am späteren Abend kurz auf dem Fest vorbei, offensichtlich ist Max ganz in der Nähe von dort, wo Sierra wohnt. Dann bespricht er das weitere Vorgehen mit uns."

Miri entschloss sich, erst mal nichts weiter dazu zu sagen und hoffte, dass Simon sie von ihrem Vorhaben abbringen konnte. „Suchst du die hier?", fragte sie stattdessen und hielt eine dunkelblaue Jeans hoch.

Kaja warf einen Blick darauf. „Nein, eigentlich nicht. Aber dunkel ist die ja auch. Dann muss es eben mit dieser gehen."

Schnell schlüpfte sie in die Hose und vervollständigte ihr Outfit mit einem engen schwarzen Rollkragenpulli. „So, fertig. Das Einzige, das mir noch fehlt, ist ein Gastgeschenk. Obwohl ich gar nicht weiß, ob eins erwartet wird.“ Sie zog die warme Lederjacke über und setzte sich aufs Sofa, um ihre alten, ausgetretenen Cowboystiefel anzuziehen.

„Ich habe eins dabei. Wir können es ihr ja zusammen geben“, schlug Miri ein wenig schüchtern vor.

„Was ist es denn?“, wollte Kaja neugierig wissen.

„Hier, du kannst es dir ansehen.“ Nervös nestelte sie an einem kleinen Päckchen herum.

Kaja spähte hinein. „Oh, das ist ja das kleine weiße Pony, mit dem sie das letzte Mal gearbeitet hat. Ist das eines deiner kleinen Kunstwerke?“ Sie griff hinein und holte es heraus. Es war etwa sieben Zentimeter hoch und fünf Zentimeter lang, aus gehärteter Knetmasse, weiß bemalt mit einer flauschigen und wuscheligen Ponymähne. Der freche Ponykopf zeigte den unverkennbaren Ausdruck eben dieses Ponys.

„Na ja, Kunstwerke?“ Zweifelnd blickte Miri auf ihre Arbeit. „Aber ja, ich habe es gestern Abend selbst gemacht. Eigentlich wollte ich das rote Pferd für sie machen. Das, das sie geritten hat, als wir ihr zum ersten Mal begegnet sind. Aber irgendwie hat es sich immer wieder aus meinem Kopf geschlichen und ich konnte es nicht mehr einfangen. Dafür war dieses weiße Pony sehr präsent. Also kriegt sie halt dieses hier.“ Sorgfältig verstaute sie die kleine Figur wieder in ihrer Verpackung.

„Ich bin sicher, sie freut sich sehr!“, sagte Kaja bestimmt. Sie sprang vom Sofa auf, um Zorro mit frischem Wasser und einem großen Kauknochen zu versorgen. Zorro hatte jedoch schon den ganzen Nachmittag den Verdacht gehabt, Kaja könnte ihn zu Hause lassen und fiel nicht auf das Ablenkungsmanöver herein. Aus diesem Grund stellte er sich demonstrativ vor die Tür und wedelte aufgeregt.

Lance verdrehte genervt die Augen. „Hat man das eine Familienmitglied beruhigt, dreht das nächste durch.“

„Lass Zorro in Ruhe“, tadelte Kaja den Drachen und führte den widerspenstigen Hund zu seiner Decke, wo auch der Knochen lag. „Ich komme bald wieder“, versicherte sie Zorro, der ihr mit traurigen Hundeaugen nachschaute.

Draußen im Auto meinte Miri: „Bin ich froh, dass Chili mich nicht jedes Mal so ansieht, wenn er zu Hause bleiben muss. Das würde ich nicht durchhalten.“

Kaja seufzte. „Das ist mit ein Grund, weshalb er meistens dabei ist. Aber heute müsste er ja den ganzen Abend im Auto verbringen. Noch dazu in deinem Auto. Und da hat er es hier doch gemütlicher.“

„Du hast ihn aber nicht zu Hause gelassen, um mein Auto zu schonen, oder?“

„Nein, natürlich nicht. Sonst hätte ich dich gefragt, wenn es darum gegangen wäre.“

„Dann ist ja gut. Meinem Auto hätte es bestimmt nicht geschadet.“ Kaja ließ ihren Blick ein wenig in dem alten Fahrzeug herumschweifen und kam, als sie das staubige Innere betrachtet hatte, zu dem Schluss, dass Miri recht hatte.

Als sie ankamen, war die Party schon in vollem Gange. Lance freute sich so, dass er mitkommen durfte, dass er übermütig den Leuten ihre Häppchen vom Teller klaute und eifrig Gläser vertauschte, als sie sich unter die Leute mischten. „Lance, lass das endlich“, zischte Kaja ihm bestürzt zu. Als sie sich endlich zu Sierra durchgekämpft hatten, hatte diese schon einige Zeit die Gelegenheit gehabt, die kleine Gruppe zu beobachten. Kaja wäre unterdessen am liebsten im Boden versunken. „Tut mir leid“, hob sie zur Begrüßung an. „Mein Drache ist absolut unerzogen. Aber ich kann es leider nicht ändern.“

Sierras Mundwinkel zuckten belustigt. „Immerhin habe ich jetzt den Beweis, den ich wollte. Offenbar fällt er tatsächlich niemandem auf.“ Sie musterte seine schillernde Gestalt von oben bis unten. „Was ja doch eine beträchtliche Leistung ist, wenn man ihn so betrachtet. Hallo Lance, fühl dich frei, alle hier Anwesenden an der Nase herumzuführen.“

Perplex schaute Kaja Sierra an. „Du gibst ihm quasi freie Hand? Hast du dir das gut überlegt?“

„Sagen wir mal so, die Leute hier sind Markus‘ Freunde und Klienten. Trotzdem hatte ich die ganze Arbeit. Also denke ich, ich habe mir diesen kleinen Spaß verdient.“ Ihre Augen blitzten boshaft.

„Respekt Madam“, meinte Lance und verbeugte sich leicht, bevor er in der Menge verschwand.

Sierra hatte von einem kleinen Tisch hinter ihrem Rücken mit Champagner gefüllte Gläser hervorgeholt und reichte den beiden je eines, bevor sie ihr eigenes in die Hand nahm. „In dem Fall auf unser Wohl; so wie es aussieht, werden wir uns gegenseitig ja nicht mehr so schnell los“, meinte sie scherzhaft. „Auf uns.“

„Auf die Drachenschwestern.“ Kaja trank einen Schluck und befand dann: „Drachenschwestern. Ja, das gefällt mir.“

„Ich habe noch etwas Kleines für dich“, fiel Miri ein, und sie nestelte in ihrer Tasche, um das kleine Päckchen herauszuholen.

„Für mich?“ Sierra starrte sie an.

„Ja, mach es auf“, forderte Kaja sie auf. Behutsam öffnete Sierra die kleine Schleife, die das Papier zusammenhielt, und förderte das kleine Pferdchen zutage. „Bounty. Du hast mir Bounty geschenkt, ich fasse es nicht.“ Sie blinzelte ein paar Mal hektisch, um die Tränen, die plötzlich in ihr hochstiegen, wieder zum Verschwinden zu bringen.

„Heißt so das kleine weiße Pony, mit dem du gearbeitet hast, als wir dich besucht haben?“

„Was? Nein, das war eine Enkelin von ihr. Bounty war mein erstes Pony und ist schon seit ein paar Jahren tot. Aber es stimmt, sie sehen sich sehr ähnlich." Spontan umarmte sie erst Miri und dann auch Kaja. Sie verstaute das kleine Pferd sorgfältig in der Tasche ihrer Strickjacke. „So, jetzt lasst uns feiern und unseren Ehrengast beim Unfug treiben unterstützen", meinte sie und strahlte die beiden Frauen an.

Wie verabredet traf Simon um neun Uhr bei der Adresse, die Kaja ihm gegeben hatte, ein. Er stieg aus dem Auto und blieb einen Moment im Dunkeln stehen. Aus einem geöffneten Fenster tönten Musik und verhaltenes Stimmengemurmel. Offensichtlich war er am richtigen Ort. Simon ging die paar Stufen hoch zur Eingangstür und läutete. Er musste einen Moment warten, bis ihm die Tür geöffnet wurde. Eigentlich hatte er unverzüglich nach Kaja fragen wollen. Doch als sein Blick auf Sierra fiel, wollte ihm beim besten Willen nicht mehr einfallen, weshalb er eigentlich hier war: Er konnte sie nur anstarren. Um das Durcheinander in seinem Inneren zu verbergen, fiel ihm nichts Besseres ein, als sie von Kopf bis Fuß zu mustern. Sie war groß und schlank, mit einer guten Körperspannung und einem Kopf voller roter Locken. Die Spannung, die sie ausstrahlte, war allerdings momentan gegen ihn gerichtet. Unter anderen Umständen hätte er vielleicht versucht, die Situation mit einem lockeren Spruch zu entschärfen. Aber heute Abend hatte er nun wirklich keine Zeit für solche Dinge. Was schade war, wenn er diese bernsteinfarbenen Augen betrachtete, die ihn an eine gefährliche Tigerin erinnerten.

„Hör zu, ich weiß nicht, ob du heute Abend hier den Türsteher machst, es ist mir auch völlig egal, ich muss nur dringend mit Kaja sprechen", antwortete er müde. Dennoch hatte sein Ton eine gewisse Schärfe, die verriet, dass er es gewohnt war, dass alles nach seinen Wünschen lief. Etwas, auf das Sierra in letzter Zeit schon fast allergisch reagierte. Misstrauisch beäugte sie den hochgewachsenen Mann. Er sah zugegebenermaßen verboten gut aus mit intensiv leuchtenden blauen Augen, die sich in ihre zu bohren schienen, aber sein selbstsicheres Auftreten ging ihr gewaltig gegen den Strich. Und der Türstehersspruch war ja wohl unterste Schublade!

„Wer will das wissen? Und vor allem: weshalb?"

Irritiert sah er Sierra an. „Ist sie nun hier oder nicht?" Entschlossen wollte sie die Tür zuknallen, als er blitzschnell den Fuß dazwischen schob. Genauso entschlossen wie sie gerade eben packte er sie unsanft an den Oberarmen und wollte sie beiseiteschieben. Während Sierra noch überlegte, ob sie ihm lieber die Kniescheibe zertrümmern oder doch nur ihren Ellbogen in seine Rippen rammen sollte, tauchten zum Glück Kaja und Miri auf.

„Sierra, alles in Ordnung?" Verwirrt blickte Kaja von Sierra zu Simon und wieder zurück. Simon ließ sie sofort los, als hätte er sich die Finger verbrannt. Keine Türsteherin. Die Dame des Hauses!

„Dieser Kerl da sucht dich."

Simon strich den Ausdruck „Dame" gedanklich wieder. „Deine Freundin hier ist offenbar ein richtiger Drache", meinte er kurz angebunden, worauf sich die drei Frauen anblickten und leicht hysterisch zu kichern anfingen. Irritiert blickte Simon von einer Frau zur anderen. Irgendwie verlief seine Aufgabe, Kaja abzuholen, nicht so unkompliziert, wie er sich das vorgestellt hatte. Und was diese Sierra betraf, äußere Eindrücke täuschten offenbar gewaltig.

„Er wollte mir nicht sagen, weshalb er dich sprechen will. Woher wusste er überhaupt, wo du zu findest bist?"

„Weil ich es ihm gesagt habe. Tut mir leid, dass ich dich nicht vorgewarnt habe, ich hatte es völlig vergessen. Darf ich vorstellen, Sierra, das ist Simon. Er hilft mir bei einem Problem, das ich bei der Arbeit habe. Simon, das ist Sierra, meine Freundin." Hölzern gaben sich die beiden die Hand.

Dann wandte sich Sierra wieder an Kaja. „Dieses Arbeitsproblem ist tatsächlich so dringend, dass ihr das am Samstagabend besprechen müsst?“

„Es ist ein wenig kompliziert. Ich erzähle dir alles ein andermal. Miri, willst du mitkommen?“

„He, das ist kein Sonntagsspaziergang“, schaltete sich Simon ein.

„Ich glaube, ich bleibe lieber hier. Ich bin nicht aus demselben Superheldenzeugs gemacht wie du, Kaja. Die Action überlasse ich lieber euch. Ist das okay für dich?“

Etwas überrumpelt von den sich überstürzenden Ereignissen und der Erinnerung an den elektrischen Stoß, den sie verspürt hatte, als Simon sie zur Seite schieben wollte, nickte Sierra nur. „Dafür klärst du mich auf, in was unsere Schwester hier verwickelt ist“, fügte sie nach einer Sekunde an Miri gerichtet hinzu. Gut. Offensichtlich hatte sich ihr Hirn wieder eingeschaltet, dachte Sierra selbstironisch.

Kaja atmete erleichtert auf. „Dann ist ja alles geklärt. Ich melde mich morgen und halte euch auf dem Laufenden.“

„Das will ich doch hoffen, viel Glück!“ Miri nahm sie kurz in den Arm und drückte sie.

„Können wir, wenn wir dann mit dem ganzen Mädchenkram durch sind?“, fragte Simon ungeduldig.

„Ja ja!“ Kaja verdrehte die Augen und verabschiedete sich auch noch von Sierra. „Danke für die Einladung. Deine Gäste sind jetzt in Sicherheit, Lance kommt mit mir.“ Den letzten Satz flüsterte sie ihr zu, damit Simon ihn nicht mitbekam. Er runzelte zwar die Stirn, unterließ jedoch jeglichen Kommentar, wofür ihm Kaja dankbar war. Die Spannung hier war so schon fast mit den Händen greifbar.

„Was für ein Neandertaler war das denn?“, wollte Sierra verärgert wissen, als sie sich mit Miri auf den Weg zurück zu den Gästen machte.

„Neandertaler?“ Miri grinste. „Der muss dich ja ziemlich geärgert haben, wenn dir nichts anderes an ihm aufgefallen ist.“

Sierra schnaubte ungehalten. „Was sollte mir denn sonst noch aufgefallen sein.“

„Zum Beispiel dass er ein ausgesprochen gut aussehender Neandertaler ist…“

„Das nützt auch nichts mehr bei diesem Benehmen“, erwiderte Sierra mürrisch. Sie hakte sich bei Miri ein und zog sie Richtung Küche. „Jetzt will ich aber alle Hintergründe hören“, lenkte sie ab, worauf Miri nur zu gerne einging.

„Und die habe ich dir auch noch geholfen zu finden“, schnaubte zur gleichen Zeit Simon im Auto, als sie Richtung Schaffhausen fuhren.

„Ich weiß gar nicht, was ihr zwei miteinander habt. Ich finde sie sehr nett.“

„Wir haben nichts miteinander. Das war ja das Problem. Ich bin mir vorgekommen, als würden wir von zwei komplett verschiedenen Planeten stammen!“ Kaja beschloss, das Thema auf sich beruhen zu lassen.

„Sehr weise“, stimmte Lance ihr lautlos zu.

„Was ist jetzt mit Max? Hast du ihn tatsächlich gefunden?“

„Ja.“

Kaja stieß hörbar den Atem aus. „Zum Glück. Geht es ihm gut?“

„Soweit ich das beurteilen konnte durchs Fenster, geht es ihm gut.“

„Aber?“ fragte Kaja nach einer Weile, als Simon nicht weitersprach.

„Er wird in einem schlecht einsehbaren Gebäude festgehalten. Sieht nach einer alten Lagerhalle aus. Und er war leider nicht alleine. Sonst hätte ich ihn schon rausgeholt.“

„Das wäre meine nächste Frage gewesen…“

„Anscheinend sind sich die Leute, die ihn dort festhalten, nicht einig, was sie mit ihm anfangen sollen. Aber hör selbst.“ Er holte sein Handy hervor und drückte blindlings einige Tasten, den Blick auf die Straße gerichtet.

Erst krächzte es, dann wurde die Tonqualität besser und Kaja konnte Stimmen hören:

„…wir sollten uns endlich um das Problem kümmern.“

„Das tun wir doch schon. Wir haben ihn schließlich erfolgreich aus dem Verkehr gezogen.“

Die erste Stimme war schon fast unnatürlich ruhig und sehr kalt. Die zweite hingegen klang eher defensiv, erregt und ein wenig unsicher. „Und was denkst du geschieht, wenn du ihn freilässt?“, wollte die ruhige, aber dadurch umso bedrohlicher wirkende Stimme wissen.

„Was soll schon geschehen. Er hat keine Ahnung, wer ihn festgehalten hat. Dafür habe ich schließlich gesorgt. Und der Deal wird zu dieser Zeit unter Dach und Fach sein. Dann interessiert sich niemand mehr für seine Vermutungen. Vor allem nicht, wenn wir verlauten lassen, dass er Gelder veruntreut hat.“

„Das sind genau die Punkte, wo ich mir nicht so sicher bin. Schließlich hat er deine Stimme gehört. Ich denke, du machst einen Fehler, wenn du ihn unterschätzt.“ Einen Moment lang setzten die Stimmen aus. Dann meldete sich der ruhige Mann wieder. „Ich mag keine offenen Risiken. Vergiss nicht, wessen Schuld es war, dass er überhaupt so viel rausfinden konnte. Denk darüber nach, ich muss jetzt gehen.“ Dann war die Aufnahme zu Ende.

„Streit unter Gaunern“, hielt Simon fest. „Kann uns vielleicht noch nützlich sein, oder aber das Risiko beträchtlich erhöhen. Erkennst du eine der Stimmen wieder?“

Kaja nickte schockiert. Bis jetzt war das Ganze spannend und natürlich besorgniserregend gewesen, doch durch diese

Bandaufnahme wurden ihr der Ernst der Situation und die tatsächlichen Ausmaße der Lage erst richtig bewusst.

„Alles okay?", fragte Simon nach, dem trotz der schwachen Lichtverhältnisse im Auto auffiel, wie bleich sie geworden war.

Sie straffte die Schultern. „Ja. Ich bin schließlich nicht diejenige, die gekidnappt worden ist." Sie schwieg eine Weile. „Ich hab eine der Stimmen erkannt."

Simon warf ihr einen Blick zu. „Welche denn?"

„Der, der sich so angehört hatte, als würde er sich verteidigen, das war mein Abteilungsleiter. Den anderen kenne ich nicht. Jetzt hast du ihn einfach seinem Schicksal überlassen, um mich abzuholen? Was ist, wenn sie ihn in der Zwischenzeit umgebracht haben?"

„Hältst du mich wirklich für so unbedacht?", antwortete Simon leicht belustigt.

Kaja schaute durchs Fenster hinaus zu der in der Dunkelheit vorbeiflitzenden Landschaft. „Nein, natürlich nicht. Tut mir leid, ich mach mir einfach Sorgen."

„Ich habe einige meiner Mitarbeiter sowie die lokale Polizei informiert. Einer von meinen Leuten hat mich abgelöst und behält die Situation im Auge, bis alle eintreffen. Sollte irgendetwas Unvorhergesehenes geschehen, wird sofort reagiert." Das zu hören erleichterte Kaja ein wenig.

„Wir sind da." Simon parkte den Wagen am Straßenrand. „Hör zu. Deine Aufgabe ist es, hier zu warten." Er drückte ihr ein Funkgerät in die Hand und erklärte ihr mit knappen Worten, wie es funktionierte. „Benutze es nur im Notfall. Sobald wir Max draußen haben, bringt ihn jemand zu dir, damit er ein bekanntes Gesicht sieht, bis der Krankenwagen da ist. Falls er ihn braucht", fügte er hinzu, als er ihre Bestürzung erkannte.

„Kann ich denn gar nichts tun?"

Seine Gesichtszüge verhärteten sich. „Nein. Das ist kein Spiel, Kaja. Wir sind ausgebildet für solche Situationen. Du nicht. Verstanden?“

Widerstrebend antwortete sie: „Ja, okay.“

„Und außerdem würde mir Tim den Kopf abreißen, wenn dir etwas passiert“, murmelte er, als er leise aus dem Auto stieg und die Türe behutsam schloss.

„Was hat den Tim hiermit zu tun?“, ärgerte sie sich, doch vergeblich. Simon war schon mit den Schatten der Nacht verschmolzen und hörte sie nicht mehr.

Seit ihrem Treffen mit dem unseligen Ende hatte sie versucht, jeden Gedanken an Tim zu vermeiden. Das war leichter gewesen, als sie gedacht hatte. Doch jetzt musste sie feststellen, dass das wohl zum größten Teil daran gelegen hatte, dass sie so beschäftigt gewesen war. Oder besser gesagt, ununterbrochen daran gearbeitet hatte, beschäftigt zu sein, um unerwünschte Gedanken an Tim gar nicht erst an die Oberfläche gelangen zu lassen...

Frustriert fuhr sie sich durch die Haare. Das durfte wohl nicht wahr sein! Sie war gerade mitten in einen Krimi geraten und vertrieb sich die Zeit damit, einer flüchtigen Nacht nachzutrauern. Entschlossen fasste sie nach dem Türgriff, um aus dem Auto zu steigen.

„Das lässt du schön bleiben“, ermahnte sie Lance mit fester Stimme. „Ich sehe doch nicht zu, wie mein Schützling zwischen die Fronten gerät!“

Sie ignorierte ihn und versuchte, die Tür zu öffnen. Diese bewegte sich keinen Millimeter. „Lance! Du solltest mir doch eigentlich helfen!“

„Aber nicht dabei, dich in Schwierigkeiten zu bringen! Noch dazu, wenn das Ganze nur dazu dient, dich davor zu drücken, dich mit deinen Gefühlen für Tim auseinanderzusetzen. Du weißt ganz genau, dass es nicht nur eine flüchtige Nacht ist, die Tim und dich verbindet."

„Aber viel mehr auch nicht", presste sie zwischen zusammengepressten Zähnen hervor. „Den Rest der Zeit ist er schließlich nicht hier."

Gelangweilt kaute Lance auf einem Kaugummi, den er Simon stibitzt hatte. „Sind wir jetzt wieder an diesem Punkt der Diskussion angelangt? Echt, Kaja, du enttäuschst mich. Ich hätte gedacht, dass du schon einen Schritt weiter wärst."

Kaja fing an zu pfeifen und studierte demonstrativ ihre Fingernägel.

Lance verdrehte die Augen und fing an, Kaugummiblasen zu machen. Plötzlich alarmiert wandte er den Kopf nach hinten, warf einen Blick durchs Heckfenster und zischte Kaja zu: „Raus hier, aber schnell."

„Ich kann nicht, dafür hast du ja gesorgt."

„Raus, nun mach schon."

Kaja bemerkte die Dringlichkeit in seiner Stimme und fasste wieder den Türgriff, der sich diesmal problemlos öffnen ließ. Während sie vom Sitz auf den Gehsteig glitt, murrte sie: „Weißt du eigentlich auch mal, was du willst?" Sie hatte den Satz kaum fertig gedacht, als auf der anderen Seite des Wagens eine Gestalt angerannt kam.

„Unten bleiben", kam prompt der Befehl des Drachen, als sie sich schon aufrichten wollte, um erkennen zu können, wer es war. Reflexartig duckte sie sich. Auf der Fahrerseite wurde die Tür aufgerissen, jemand sprang hinein und ließ den Motor an. Mit quietschenden Reifen fuhr das Auto davon. Jetzt rächte es sich, dass Simon den Schlüssel hatte stecken lassen.

Kaja richtete sich auf. „Das war der Abteilungsleiter. Wir können ihn doch nicht einfach so davon kommen lassen!"

„Das wird er auch nicht", schmunzelte Lance zufrieden. „Sieh selbst…"

Ungefähr 200 Meter weiter vorn fing der Motor von Simons Auto an zu stottern. Schließlich kam der Wagen zum Stehen. Im Schein einer Straßenlaterne war zu sehen, wie der Fahrer noch zweimal versuchte, den Wagen zu starten, bis er offensichtlich beschloss, zu Fuß zu flüchten. Vergeblich rüttelte er am Türgriff.

„Du bist genial“, lobte Kaja ihren Drachen. „Jetzt geht’s ihm so wie mir“, stellte sie zufrieden fest. „Ich hoffe, die Befreiung von Max läuft nach Plan.“ Besorgt spähte sie durch die Dunkelheit zur alten Lagerhalle hinüber. Plötzlich ertönte ein Schuss. Erschrocken zuckte Kaja zusammen. Ihr Herz hämmerte. Sie hielt es nicht länger aus. Obwohl sie im Grunde wusste, dass es absolut blödsinnig war gerade dann loszurennen, wenn ein Schuss gefallen war, konnte sie einfach nicht anders. Lance blieb nichts anderes übrig, als ihr hinterherzufliegen.

„Frauen“, murmelte er missmutig. Aber insgeheim war er auch ein bisschen stolz auf seinen Schützling. Er überholte sie, damit er sie wenigstens warnen konnte, falls es brenzlig wurde. Sie näherten sich dem Grundstück, das von einer hohen Thuja-Hecke umzäunt war. „Warte hier“, befahl Lance, da er von seiner Position aus sehen konnte, wie jemand aus dem Gebäude stürmte. Um wen es sich handelte, musste er erst noch herausfinden. Als sie keine Anstalten machte, auf ihn zu hören, blieb ihm nichts anderes übrig, als sie mit einem kleinen Zauberbann zu belegen. Das würde sie zwar nicht lange aufhalten, war aber besser als gar nichts.

„Was zum…“ Kaja blieb die Sprache weg. Jetzt hatte dieser hinterlistige Drache sie doch tatsächlich dazu gebracht, stehenzubleiben. Ohne groß nachzudenken zeichnete sie mit den Fingern das Schutzzeichen in die Luft, das Mémé ihr als Kind beigebracht hatte. Sofort konnte sie die Füße wieder bewegen. Offensichtlich hatte sie damals besser aufgepasst als ihr bewusst gewesen war. Sie wollte auf der Stelle wieder losrennen, als sie innehielt. Die kurze Zwangspause hatte offenbar ihr Gehirn wieder in Gang gesetzt. Lance hatte sicherlich einen guten Grund gehabt, weshalb er ihre Füße am Boden festwachsen gelassen hatte, wie sie sich zähneknirschend eingestand. So näherte sie sich langsam und vorsichtig, darauf bedacht, keine unnötigen Geräusche zu verursachen, der hohen Hecke. Sie schlich sich bis zur nächsten Lücke, die wohl von den Arbeitern benutzt wurde, um auf direktem Weg zum gegenüberliegenden Hotdog-Stand zu gelangen, der jetzt einsam und verlassen in der Dunkelheit stand. Da ihr Blut nicht mehr ganz so stark durch die Ohren rauschte, konnte sie hören, wie jemand auf sie zu gerannt kam. Sie wusste allerdings nicht, ob Freund oder Feind. Fieberhaft überlegte sie, während die Schritte immer näher kamen.

In diesem Moment warnte sie Lance: „Achtung Kaja, der böse Unbekannte nähert sich dir. Wenn du ihn aufhalten möchtest, dann tu was!“

Toller Ratschlag, dachte Kaja ungehalten. Und was genau? In dem Moment war der Schatten fast bei ihr angelangt. Aus einem Impuls heraus zwang sie sich, an Ort und Stelle hinter dem Rand der Hecke verborgen stehen zu bleiben und zu warten, bis der Mann nur noch zwei Schritte von ihr entfernt war. Dann nahm sie ihren ganzen Mut oder das, was davon noch übrig war, zusammen und streckte ihr Bein aus. Der Mann fiel um wie ein gefällter Baum und knallte kopfvoran auf den harten Gehsteig. Als endlich zwei Männer aus Simons Team hinzukamen, stand sie immer noch wie erstarrt an Ort und Stelle. Mühelos überwältigten die beiden den am Boden liegenden Mann und fesselten ihn mit Handschellen. Erleichtert nahm Kaja zur Kenntnis, dass der Mann zwar aus einer Kopfwunde blutete, ansonsten jedoch noch sehr lebendig zu sein schien. Zumindest ließen die fantasievollen Drohungen, die der Mann mit jedem Atemzug zischend ausstieß, darauf schließen.

Mit zitternden Knien ließ sie sich auf dem Rand des Gehwegs nieder. Langsam setzte der Schock ein, als ihr bewusst wurde, dass sie tatsächlich gerade einen Kriminellen buchstäblich zur Strecke gebracht hatte. Irgendjemand legte ihr eine Decke um die Schultern.

„Eigentlich müsste ich dich dafür, dass du nicht auf mich gehört hast, in eine Zelle sperren“, vernahm sie Simons Stimme von der Seite. Sie hatte ihn gar nicht kommen gehört. „Das meine ich im Ernst, Kaja! Ab jetzt nur noch Schreibtischjobs für dich. Trotzdem, gute Arbeit“, meinte er widerwillig.

„Weißt du was? Das habe ich eben selber auch beschlossen.“ Sie wandte den Kopf nach links, um ihn schwach anzulächeln. „Du blutest ja!“, rief sie entsetzt aus, als sie den blutgetränkten Lappen sah, den er sich an den linken Oberarm presste.

„Nur ein Streifschuss“, wehrte er ab. „Meine Schuld. Ich habe nicht damit gerechnet, dass der Kerl es tatsächlich auf eine Schießerei ankommen lässt. Josef wird mir die Ohren langziehen. Und Tim wahrscheinlich auch“, fügte er grummelnd hinzu. „Wenigstens konnten wir einen der beiden aufhalten, und Max ist auch frei.“

„Geht es ihm gut?“

Simon deutete auf den Krankenwagen, der ein Stück weiter die Straße runter angehalten hatte. „Er wird gerade durchgecheckt. Aber soweit ich es beurteilen konnte, fehlt ihm nichts, was ein wenig Ruhe und gute Pflege nicht in Ordnung bringen könnten.“

„Da bin ich aber erleichtert. Übrigens, den anderen haben wir auch!“

„Wie?“ Ruckartig setzte sich Simon auf.

Kaja erzählte ihm schnell, wie der Abteilungsleiter sein Auto geklaut hatte – und plötzlich nicht mehr weiterfahren konnte.

„Was für ein Glück, dass du bereits draußen warst!“

„Hm“, antwortete Kaja unbestimmt. Sie konnte ihm ja schlecht von ihrem Drachen-Frühwarnsystem erzählen.

„Aber eins verstehe ich nicht: Weshalb ist er nicht zu Fuß weitergeflüchtet? Und weshalb ist das Auto überhaupt stehen geblieben? Der Wagen ist praktisch neu und ich hatte noch nie Probleme damit.“

Kaja druckste ein wenig herum. „Äh, das mag jetzt etwas seltsam klingen, aber elektronische Geräte spielen gerne ein wenig verrückt, wenn ich mich in ihrer Nähe aufrege…“

Skeptisch nahm Simon ihre Aussage zur Kenntnis. Eine bessere Erklärung hatte er allerdings auch nicht auf Lager. Er holte sein Funkgerät hervor und sprach einige knappe Anweisungen hinein. „Mein Team kümmert sich darum. Brauchst du eine Mitfahrgelegenheit?“

Kaja überlegte kurz. „Ich würde ganz gerne schnell nach Max sehen. Falls er ins Krankenhaus muss, begleite ich ihn. Deine Schussverletzung solltest du vielleicht auch ansehen lassen.“ Sie deutete auf seinen Arm.

Unbehaglich wand er sich. „Lieber nicht. Josef wird sich darum kümmern.“

Sie zuckte mit den Schultern. „Du bist der Profi.“ Sie wandte sich zum Gehen, drehte sich dann aber nochmals um. „Danke. Und – tut mir leid, wegen deines Autos.“

Kaja begleitete Max ins Krankenhaus, von wo aus sie seinen Partner André informierte. Der war inzwischen auch schon ganz krank vor Sorge gewesen, da er Max nicht hatte erreichen können. Doch da er nicht gewusst hatte, wem er trauen konnte, hatte er niemanden um Hilfe gebeten. Als er endlich im Spital ankam, verabschiedete sich Kaja und machte sich auf den Weg zum Bahnhof. Sie hätte André gerne besser kennengelernt. Aber heute Abend war sie einfach zu müde.

Zum Glück kann ich von Schaffhausen direkt nach Zürich fahren, dachte sie erschöpft. Das Adrenalintief machte sich langsam bemerkbar. Vom Hauptbahnhof bis zu ihrer Wohnung würde sie sich ein Taxi gönnen, beschloss sie. Sie war definitiv nicht in Stimmung, um mit irgendwelchen Partygängern in der Kälte auf Tram und Bus zu warten.

Gegen ein Uhr nachts kam sie endlich zu Hause an. Sie wurde frenetisch von Zorro begrüßt. Der Arme hatte wohl die ganze Aufregung aus der Ferne mitbekommen und nicht helfen können. Sie schaffte es gerade noch, sich kurz sehr heiß zu duschen, bevor sie ins Bett wankte und ausnahmsweise auch Zorro in ihr Bett verfrachtete. Einladend tätschelte sie den Platz neben sich auf der Matratze. Das ließ er sich nicht zweimal sagen. Sie schlang ihren Arm um ihn, legte ihren Kopf an sein dickes Fell und schlief auf der Stelle ein.

32

Die nächsten paar Tage verbrachte Kaja im Bett. Sie hatte sich eine gewaltige Erkältung eingefangen und nieste im Sekundentakt. Ihre Nase leuchtete wie ein Stopplicht und juckte wie verrückt, und ihr Husten brach alle Rekorde. Die meiste Zeit verbrachte sie brav im Bett (was blieb einem auch anderes übrig mit einem sehr entschlossenen Drachen als Gefängniswärter?), viel zu müde, um sich mit irgendjemandem darüber zu streiten. Während sie schlief, träumte sie wilde Träume von Verbrecherjagden, mafiösen Zuständen, Partys und Menschen, die sie im Stich ließen. Doch weil sich die Träume immer wieder änderten, nahm sie an, dass sie so das Erlebte verarbeitete, und fand sich mit ihnen ab. Miri kam einmal täglich vorbei, um ihr etwas zu Essen zu bringen und literweise Tee zu kochen.

„Das musst du doch nicht tun“, hatte Kaja am ersten Tag abgewehrt.

„Wieso? Hast du keinen Hunger?“, hatte Miri besorgt geantwortet.

„Doch, das schon.“

„Siehst du, und von Popcorn und Thunfischgerichten wird man ganz sicher nicht gesund!“, hatte sie ihr mit einem vorwurfsvollen Blick vorgehalten.

Und da Miri sehr leckere Krankenkost zubereitete und sie noch dazu ständig mit Lesestoff versorgte, wehrte sich Kaja nicht mehr dagegen. Sie führte lange Telefongespräche mit Mémé und besprach ihre Pläne mit ihr. Als ihre Eltern anriefen, ignorierte sie das Telefon. Sie schaffte es auch, ihre Wohnung zu kündigen, für einen Nachmieter zu inserieren und konnte sogar schon einen Besichtigungstermin festlegen. Am vierten Tag beschloss sie, jetzt sei es genug mit dem faulen Herumliegen. Von neuem Elan gepackt stand sie am Morgen auf und unterzog erst sich, dann ihre Wohnung einer Generalreinigung. Sie bezog ihr Bett frisch, stopfte die alte Bettwäsche zusammen mit den Kleidern der letzten Woche in die Waschmaschine, jagte Zorro mit dem Staubsauger von einem Zimmer zum anderen und lüftete gründlich. Danach fühlte sie sich erst einmal erschöpft. Offenbar hatte diese Erkältung sie doch mehr mitgenommen, als sie gedacht hatte. Dafür war sie sehr zufrieden mit sich. Allerdings lenkte sie das Putzen nicht in dem Maße ab, wie sie eigentlich gedacht hatte. Tim schlich sich immer wieder ungefragt in ihre Gedanken. Entschlossen polierte sie die Duschhähne im Badezimmer noch ein wenig gründlicher. Als alles nur so glänzte, setzte sie sich mit einer Tasse Tee ins Wohnzimmer, um den restlichen Tag zu planen. Kurz wunderte sie sich, wo Lance steckte. Der hatte sich in den letzten Tagen immer irgendwo herumgetrieben. Nur in der Nacht hatte er ihr zuverlässig Gesellschaft geleistet. Und gestern, als sie noch zu erschöpft gewesen war um mehr zu tun als sich mit Zorro zu seiner Pinkelwiese zu schleppen, aber schon fit genug, um griesgrämig im Bett zu sitzen und sich über ihre Untätigkeit zu ärgern, hatte er sie mit einem Pokerspiel abgelenkt. Und gnadenlos ausgenommen, wie sie sich richtig erinnerte! Jetzt schuldete sie ihm eine Flasche Whiskey und mindestens drei Flaschen Holunderschnaps. Na ja, das war es wert gewesen. Sonst wäre sie gestern noch durchgedreht, da war sie sich sicher. Und hätte noch mehr unnütze Gedanken an Tim verschwendet.

Kaja beschloss, heute zur Abwechslung einmal Miri zu bekochen und schickte ihr eine Textnachricht, worin sie sie bat, am Abend nichts zu essen mitzubringen. Sie grinste, als sie Miris Antwort las.

„Wieder gesund? J“

Das kann man wohl so sagen, meinte sie zu sich selber und holte Zorros Leine. „Komm, mein Lieblingsuntier. Zeit, dass du wieder einmal eine längere Strecke unter die Pfoten kriegst.“ Zorro konnte sein Glück nicht fassen und sprang aufgeregt in die Luft, begleitet von einem ohrenbetäubenden Heulkonzert. „Ist ja gut. Ich komme ja schon.“ Kopfschüttelnd blickte sie ihm nach, als er mit wilden Sätzen zur Tür sprang.

Erst fast wieder gesund, stellte Kaja nach dem Spaziergang bedauernd fest. Zum Glück hatte sie wohlweislich darauf verzichtet, joggen zu gehen. Das wäre dann definitiv zu viel des Guten gewesen. Aber der Aufenthalt an der frischen Luft hatte ihr dennoch gut getan. Unterwegs hatte sie noch Sierra angerufen und die Schlüsselübergabe besprochen. Den Vertrag hatte sie bereits am Samstag bei der Party unterschrieben. Kaja wunderte sich immer noch, weshalb Sierra nicht selber dort wohnen wollte, doch deren Antworten waren auch bei wiederholtem Nachfragen sehr vage geblieben, worauf sie es dann irgendwann aufgegeben hatte. Bei der Erinnerung daran zuckte sie mit den Schultern. Ihr konnte es schließlich egal sein. Für sie war es definitiv eine glückliche Fügung, dass Sierra den Hof nicht selber bewohnen wollte, aus welchen Gründen auch immer.

Nachdem sie rasch noch die Einkäufe erledigt hatte, holte sie wieder ihre Listen hervor. Für morgen war die Besichtigung angesetzt. Es hatten sich bereits zahlreiche Mietinteressenten per E-Mail gemeldet. Also bestand kein Zweifel daran, dass sie einen geeigneten Nachmieter finden würde. Langsam wurde aus dem ganzen Spiel Ernst. In eineinhalb Wochen würde sie bereits nicht mehr hier wohnen. Sie staunte ein wenig darüber, wie wenig Angst ihr die ganzen Veränderungen, die jetzt anstanden, einjagten. Wahrscheinlich hatte sie ganz einfach zu wenig Zeit, sich überhaupt Sorgen zu machen, vermutete sie. Oder sie hatte tatsächlich gelernt, die Dinge ein wenig lockerer zu sehen. Wie auch immer, gut, dass es so war, sonst würde sie die nächsten Wochen vermutlich gar nicht überstehen.

Sie beschloss, mit dem Kochen zu warten, bis Miri kam. Stattdessen holte sie die ersten Umzugskartons aus dem Keller und fing an, ihr Büro abzubauen und Bücher in Kisten zu verpacken. So fand Miri sie, als sie um sechs Uhr eintraf. „Das ist ja beinahe ein wenig unheimlich, dich schon beim Packen zu überraschen“, lachte sie, als sie eintrat.

„Stimmt, Zorro ist ganz deiner Meinung. Seit ich damit angefangen habe, weicht er nicht mehr von meiner Seite. In die große Kiste da“, sie deutete auf die gegenüberliegende Seite des Zimmers, „hat er sich sogar schon reingelegt.“

„Hast du ihm denn nicht gesagt, dass er mitkommen darf?“, wollte Miri besorgt wissen.

„Doch, natürlich. Bestimmt schon ein dutzend Mal. Ich habe ihm in Gedanken schon sein neues Reich gezeigt. Er war ja sogar dabei, als ich es besichtigt habe. Aber offensichtlich glaubt er mir nicht.“ Sie schaute zu Zorro hinunter, der praktisch auf ihren Füßen lag und sich alle erdenkliche Mühe gab, so mitleiderregend wie nur möglich auszusehen, indem er die Ohren flach an den Kopf legte und mit kummervollem Blick zu ihr aufsah. „Was ich ziemlich unfair finde, da ich ihn noch nie alleine irgendwo zurückgelassen habe.“ Unbeeindruckt spielte Zorro seine Armer-Hund-Rolle weiter.

Kaja klappte den gefüllten Karton zu und schob ihn zu den anderen bereits gepackten Kisten. „Ich habe noch gewartet mit dem Kochen. Ich finde es einfach lustiger, wenn ich dabei unterhalten werde“, grinste sie.

„Wie ich sehe, geht es dir schon wieder viel besser“, stellte Miri zufrieden fest. „Was kochst du mir denn?“

„Ehrlich gesagt gibt es nur Spaghetti mit Salat und einer von Mémés vorgekochten Saucen.“

„Das ist doch gut. Soll ich dir was helfen? Salat waschen oder so?“

„Nein, nein. Du setzt dich jetzt dahin und lässt mich machen. Das ist das Mindeste was ich tun kann, nach der Krankenpflege, die du mir hast zukommen lassen.“

„Ich konnte dich ja schlecht verhungern lassen“, gab Miri amüsiert zurück.

Kaja überhörte diesen Kommentar geflissentlich, holte den großen Spaghetti-Topf aus dem Schrank und setzte Wasser auf. Während sie darauf wartete, dass es kochte, mischte sie ihre Lieblingssalatsauce, schnitt Avocado, Peperoni, Gurken, einen Apfel und eine Stange Frühlingszwiebeln in kleine Stücke und wusch den Salat. Als die Spaghetti fast al dente waren, kippte sie die hausgemachte Tomatensauce in eine kleine Pfanne und erwärmte diese. Miri hatte inzwischen den kleinen Tisch neben dem Sofa gedeckt, so dass sie bequem auf dem Sofa essen konnten. Während des Essens besprachen sie den bevorstehenden Umzug und die Renovierungspläne, die Kaja mit dem Haus hatte. „Als Erstes werde ich mich wohl auf die Suche nach einer schönen Küche machen. Oder besser gesagt, ich mache mal IKEA unsicher und stell mir was zusammen.“

„Dann wird es nicht so teuer“, stimmte Miri ihr zu.

„Ja, hoffentlich. Streichen möchte ich auch noch. Hilfst du mir, die Farben auszusuchen?“

„Gerne“, antwortete sie erfreut. „Sierra hat mir noch gesagt, wenn du irgendwelche Schreinerarbeiten hast, die gemacht werden sollen, könntest du dich an ihren Bruder wenden. Der kommt anscheinend nächste Woche von seiner Weltreise zurück und hat noch keinen neuen Job. Sprich, er hat Zeit und würde dir einen guten Preis machen."

Kaja griff nach der Salatschüssel und pickte mit der Gabel die Reste heraus. „Klingt gut. Alles, was ich nicht aufwendig organisieren muss, ist super. Schließlich will ich während dieser ganzen Umbaugeschichte schon mit dem ganzen Duft- und Kerzenzeugs anfangen."

„Zeugs", zog Miri sie auf. „Hast du noch keinen Namen für deine Firma?"

„Ehrlich gesagt nein. Ich habe Angst, einen Namen zu wählen, der das Gebiet zu stark einschränkt. Wenn ich das Ganze nun ‚Wunderkerze' nenne und dann auch Seifen und Lotions herstelle, wie Mémé das ja auch macht, dann passt es einfach nicht."

Miri nickte zustimmend. „Am besten lässt du dir Zeit. Dir fällt bestimmt etwas ein."

„Ja, aber Ideen sind auf jeden Fall immer willkommen", antwortete sie mit einem betont auffordernden Blick auf Miri.

Diese lachte. „Schon gut. Die Botschaft ist angekommen." Sie saßen eine Weile friedlich nebeneinander und hingen ihren Gedanken nach, während im Hintergrund leise Amy McDonald ihren neuesten Hit sang.

„Wie geht es dir eigentlich so?", wollte Kaja unvermittelt wissen.

„Mir?" Miri schaute sie erstaunt an.

„Ja, dir. Seit wir uns kennen, bist du für mich da und hilfst mir, sei es mit Ideen oder Taten. Und ich habe es bis jetzt vielleicht ein halbes Mal geschafft, dich zu fragen, wie es dir geht. Super, oder? Ich an deiner Stelle hätte mir wohl schon lange eine neue Freundin zugelegt."

Doch Miri lachte nur. „Mir geht es gut. Und seine Drachenschwestern kann man sich schließlich nicht aussuchen", meinte sie mit einem Augenzwinkern.

„Nein, jetzt mal im Ernst“, beharrte Kaja.

Miri überlegte einen Augenblick. „Das ist mein Ernst! Die Zeit, seit ich dich, Lance und jetzt auch Sierra kennengelernt habe, war die spannendste seit langem. Zudem gibt es wieder einen Drachen in meinem Leben, auch wenn es nicht meiner ist.“

„Und sonst?“, hakte Kaja nach, die spürte, dass Miri etwas zurückhielt.

„Na ja. Das Einzige, was mir im Moment zu schaffen macht, ist, dass mein Leben so ziellos ist. Ich arbeite halbherzig bei meinem Onkel in der Buchhandlung, habe eine Katze, betrinke mich alle paar Wochen… Nicht ganz meine Vorstellung von einem erfüllten Leben. Andererseits habe ich auch keine konkrete Idee, was ich ändern könnte, sollte, wollte…“ Sie warf die Hände in die Luft. „Also ist es witzlos, unzufrieden zu sein. Schließlich habe ich keinen Alternativplan.“

Kaja dachte bei sich, dass ihr gleich ein paar Dutzend Dinge einfielen, die Miri machen könnte. Aber sie sagte nur: „Du wirst sehen: Eines Tages wachst du auf, und weißt genau, wie dein Traum aussieht.“

Miri legte den Kopf schräg. „Auch wenn mich erst ein Drache schubsen muss?“

„Auch wenn dich erst ein Drache schubsen muss“, bestätigte Kaja schmunzelnd.

„Dann frag mal Lance, ob man ihn stundenweise mieten kann, weil ich nicht denke, dass Maxi plötzlich wieder auftaucht. Wo ist er denn eigentlich?“, fragte sie, um vom Thema abzulenken.

„Keine Ahnung. In letzter Zeit macht er sich ein wenig rar.“ Sie zuckte mit den Schultern.

„Seltsam.“

„Ja. Aber ich kann ihn schließlich schlecht festbinden. Zudem habe ich im Moment so viel um die Ohren, dass ich sowieso keine Zeit habe, mich mit ihm zu streiten."

„Melde dich einfach, wenn du Hilfe brauchst beim Packen, okay?", meinte Miri zum Abschied.

„Danke. Das werde ich sicher machen." Die beiden umarmten sich zum Abschied.

„Komm gut nach Hause", wünschte Kaja und sah ihr nach, wie sie zu ihrem Auto ging.

33

Miri stand summend vor ihrem Kleiderschrank. Sie freute sich auf die vorgezogene Halloweenparty, die in wenigen Stunden bei Bekannten von ihr steigen würde. So gut kannte sie die Leute zwar gar nicht. Sie zuckte unbewusst mit den Achseln. Egal. Immerhin waren alle eingeladen worden, dort zu übernachten, worüber sie ziemlich froh war. In den letzten Wochen war sie so beschäftigt gewesen, Kaja mit dem Umzug zu helfen, dass sie gar nicht mehr ausgegangen war. Den heutigen Abend hatte sie sich also redlich verdient, fand sie. Entschlossen rubbelte sie sich die frisch gewaschenen hellblonden kurzen Locken mit einem Handtuch trocken und rieb sich dann mit einer von Josephines duftenden Körperlotionen ein. An dem Wochenende, das sie mit Kaja dort verbracht hatte, hatte sie nicht widerstehen können und sich dies und das aus Josephines Sortiment gekauft. Spannenderweise hatte sie sich schlussendlich für eine Creme mit Orangenblütenöl entschieden. Also hatte Kaja mit der Auswahl für die Kerze nicht ganz falsch gelegen, schmunzelte sie in sich hinein. An den Armen und im Dekolleté trug sie glitzernden Puder auf. Als sie komplett eingecremt war, rollte sie glänzende schwarze Strümpfe über ihre Beine. Darüber kam ein Trägerkleidchen aus graugrünem Knitterstoff, das tief ausgeschnitten war und knapp über ihr Hinterteil reichte. In der

Hoffnung, es damit warm genug zu haben zog sie ein pinkfarbenes Bolerojäckchen darüber. Zu guter Letzt schlüpfte sie in pinkfarbene Ballerinas und ging zum Bett, wo sie ihre filigranen Elfenflügel deponiert hatte. Die würde sie erst auf der Party befestigen. Sonst wären sie schon hinüber, wenn sie dort ankäme. Ihre Handtasche ließ sie zu Hause. Sie nahm nur genug Geld mit für das Taxi und eine kleine Tasche. Darin hatte sie ihre bequemen Sneakers, ein T-Shirt und locker sitzende Jogginghosen für den Morgen danach verstaut. Jetzt musste sie sich nur noch schminken. Schnell pinselte sie grüngolden glitzernden Lidschatten auf und zog mit geübter Hand einen silbergrauen Lidstrich. Schließlich trug sie mehrere Schichten Mascara auf, was ihren rauchgraublauen Augen einen intensiven Blick verlieh. Zufrieden drehte sie sich vor dem Spiegel. Vielleicht lernte sie ja heute jemand Neuen kennen. Zur Abwechslung vielleicht einmal einen brauchbaren Mann. Im Gegensatz zu den kompletten Losern, denen sie für gewöhnlich über den Weg lief beziehungsweise auf den Leim ging. Sie streckte sich im Spiegel die Zunge heraus und machte sich auf den Weg, die Elfenflügel in der Hand.

Zwei Stunden und einige Gläser Champagner später lehnte sie ziemlich beduselt und auch ein wenig trübselig an der Wand. Bis jetzt hatte sich der Abend nicht wirklich gelohnt. Die Kostüme der anderen waren recht einfallslos. Die meisten hatten sich auf ein Krönchen im Haar (die Frauen) oder ein Vampirgebiss aus Plastik (die Männer) beschränkt. Wie originell. Alle bemühten sich, so kühl und abgeklärt wie möglich aufzutreten. Gott bewahre, dass man ein paar Sätze mit einem fremden Menschen wechseln könnte! Ihre Gastgeber konnten sich nicht einmal entfernt an sie erinnern. Zugegebenermaßen, Miri sich auch nicht an sie. Vermutlich war ihre E-Mail-Adresse mehr zufällig auf einer Verteilerliste aufgetaucht. Sie seufzte. Immerhin hatte sie ein Bett zum Übernachten. Noch dazu in einem eigenen Zimmer. Dieses Anwesen war schon der Hammer. Miri fragte sich, ob sie nicht doch lieber schon heute nach Hause fahren sollte. Sie konnte sich nicht vorstellen, dass sich die Stimmung hier noch wesentlich verbessern würde.

„Du erdrückst deine Elfenflügel", ertönte eine männliche Stimme mit einer Andeutung eines Akzents, den sie nicht recht einordnen konnte, hinter ihr.

Verwundert darüber, von jemandem angesprochen zu werden, drehte sie sich um. Und blickte in ein Paar strahlend blaue Augen, umrahmt von dunkelblonden Haarsträhnen, die ihm nachlässig in die Stirn fielen. Auf dem Kopf trug er einen australischen Lederhut, dessen Kinnriemen locker hinunter auf seine Brust baumelte. Ihre Augen erfassten blitzschnell jedes Detail. Bei seinem Oberkörper blieb ihr Blick allerdings ein wenig länger hängen. Die breiten Schultern steckten in einem verwaschenen Hemd. Die aufgerollten Ärmel gaben den Blick frei auf muskulöse Unterarme, und sie fragte sich unwillkürlich, ob der Rest dieses Mannes genauso kräftig und wohldefiniert war. Passend zum Hut trug er eine Lederweste über dem Hemd und ein Messer am Gürtel seiner engen Jeans, die sich vielversprechend an schmale Hüften und muskulöse Oberschenkel schmiegten. Unbewusst leckte sie sich über die vollen Lippen.

„Und, genug gesehen?", fragte der Fremde amüsiert. Er hatte es sich allerdings nicht nehmen lassen, sie seinerseits einer eingehenden Musterung zu unterziehen. Ihre hellblonden Locken schmiegten sich um ihr herzförmiges Gesicht und betonten den Kontrast zu den schwarzen Wimpern, die eindrücklich ihre fast dunkelblauen Augen umrahmten. Sie war nicht sehr groß, dafür zierlich mit beeindruckenden Kurven an den richtigen Stellen. Definitiv so, wie er sich eine Elfe wünschen würde. Durch ihre dichten Wimpern warf sie ihm einen trägen Blick zu.

„Wo hast du denn dein Krokodil gelassen?“

„Krokodil?“

„Na ja, Crocodile Dundee lässt grüßen, oder?“

Er schaute an sich herunter und musste zugeben, dass sie recht hatte.

„Eines der besten Kostüme, das ich heute Abend hier gesehen habe. Kompliment!“

Kostüme? fragte er sich irritiert. Das war seine Arbeitskleidung! Auch wenn sie ausnahmsweise sauber war. Kurz ließ er seinen Blick über die anwesenden Gäste schweifen. Stimmt, erinnerte er sich. Sein alter Bekannter, der ihn hierher geschleppt hatte, kaum hatte er ihn am Flughafen abgeholt, hatte so etwas erwähnt. Das würde auch die Elfenflügel erklären. Er rieb sich abwesend mit einer Hand über die stopplige Wange. Offensichtlich hatte ihn der lange Flug mehr mitgenommen, als er gedacht hatte. „Ich bin Matt“, stellte er sich vor. Er trat einen Schritt näher und stützte sich schräg über ihrem Kopf an der Wand ab. Sie roch unglaublich gut, wie er feststellen konnte, jetzt, da sie sich fast berührten. Miri spürte, wie es in ihrem Bauch zu kribbeln begann. „Und wer bist du, meine Schmetterlingslady?“

„Schmetterlingslady klingt gut“, antwortete sie mit rauer Stimme, bevor sie ihm ihre Arme um den Nacken schlang und ihn küsste. Die Intensität des Kusses überraschte beide. Er trat einen Schritt zurück und unterbrach den Kontakt.

„Wow“, sagte er ein wenig atemlos, immer noch mit diesem weichen Akzent, den Miri inzwischen als australisch eingestuft hatte. „Ich hätte nicht vermutet, dass sich Schmetterlinge als das reinste Dynamit entpuppen!“

Miri, die ihre tosenden Emotionen für einen kurzen Moment wieder unter Kontrolle hatte, fragte lässig: „Lust auf eine privatere Fortsetzung? Oder sind dir deine Krokodile lieber…?“ Sie ließ die Herausforderung zwischen ihnen in der Luft hängen.

Schließlich gab er seinem Verlangen nach und zog sie für einen weiteren feuerwerksverdächtigen Kuss an sich. „Einer Lady schlägt man keine Bitte ab, wurde mir beigebracht“, flüsterte er ihr ins Ohr. Mit einem verschmitzten Funkeln in den Augen und den Worten „Ich mag Männer, die sich an ihre gute Kinderstube erinnern“, nahm sie ihn an der Hand und führte ihn weg vom Partygeschehen ins Innere des weitläufigen Hauses.

Am nächsten Morgen wachte sie ziemlich desorientiert zwischen zerwühlten Laken auf. Als die Erinnerungen an den gestrigen Abend nach und nach wieder in ihrem müden Geist auftauchten, umspielte ein Lächeln ihre Lippen, und sie streckte sich wie eine zufriedene Katze. Sie hatte recht gehabt. Leider. Ihre Zufallsbekanntschaft von gestern Abend war tatsächlich ein Direktimport aus Australien, wenn auch einer mit Schweizer Wurzeln. Viel mehr wusste sie allerdings nicht über ihn. Miri grinste in sich hinein. Wie sie zugeben musste, hatten sie auch nicht wirklich viel Zeit mit Reden verschwendet. Wo war er denn überhaupt? Sie blickte sich in dem Raum um. Seine Kleider waren verschwunden. Das einzige sichtbare Anzeichen dafür, dass die letzte Nacht überhaupt stattgefunden hatte, war eine einzelne rosafarbene Rose, die zusammen mit einem Blatt Papier auf dem Nachttisch lag. Sie streckte sich, um die beiden Dinge zu sich heranzuziehen. Versonnen schloss sie die Augen und schnupperte an der Rose. Sie wusste, dass sie von der Partydekoration stammte. Doch offensichtlich hatte er sich die Mühe gemacht, eine davon aufzutreiben und nochmals zurückzukommen, um sie hier für sie zu hinterlassen. Sie nahm den beiliegenden Zettel zur Hand und überflog ihn. „Guten Morgen, Schmetterlingslady – danke für die unvergessliche Nacht. Musste leider früh los. Du siehst übrigens süß aus, wenn du schläfst…“ Es folgte eine Telefonnummer mit ihr unbekannter Vorwahl, und das Ganze war unterschrieben mit

Matt. Definitiv süß. Unschlüssig drehte sie den Zettel in der Hand. Sie war sich nicht sicher, was sie damit anfangen sollte. Bis jetzt hatte sie sich für ihre Abenteuer meistens zielsicher Kerle ausgesucht, die nicht im Traum daran dachten, eine Telefonnummer zu hinterlassen. Was sie zwar einerseits genervt hatte, ihr andererseits aber auch recht gewesen war, wie sie sich eingestand. Egal. Sie würde jetzt erst einmal frühstücken und nach Hause fahren. Gut gelaunt sprang sie aus dem Bett und zog sich hastig ihre bequemen Sachen über. Das Outfit von gestern Abend stopfte sie nachlässig in ihre Tasche. Unbemerkt rutschte dabei die Karte zwischen die Laken. Miri schnappte ihre etwas ramponierten Elfenflügel und verließ, ohne sich noch einmal umzusehen, das Zimmer.

34

„Uff, geschafft!“ Kaja stand auf und drückte den Rücken durch. Sie blickte sich in der Lagerhalle um. Ja, in den letzten Wochen war sie wirklich fleißig gewesen. Sie hatte für ihre Wohnung sehr schnell Interessenten gefunden und sie schließlich an ein junges Pärchen weitervermietet, das ihr sehr sympathisch war. Mit dem sicheren Gefühl, dass die beiden ihre alte Wohnung ebenso schätzen würden, wie sie selbst es getan hatte, war ihr der Abschied erstaunlich leicht gefallen. Sie hatte Mémé nochmals einen Besuch abgestattet und sich mit der nötigen Grundausstattung eingedeckt. Zwar würde sie bald eigene Vorräte anlegen und ihre eigenen Lieferanten für Wachs und die anderen benötigten Dinge finden müssen, aber für die erste Zeit war sie gut ausgestattet. Sie wusste ja auch noch gar nicht, ob sie hier tatsächlich Abnehmer für die Kerzen und die Duftsets finden würde, doch sie hoffte es stark. Mémé hatte ihr als Eröffnungsgeschenk eine auserlesene Auswahl an getrockneten Kräutern und selbst destillierten Ölen mitgegeben. Die hatte sie soeben in den Regalen verstaut, dabei alles gründlich geputzt und zu guter Letzt alles fein säuberlich beschriftet. Luc hatte sie mit einer kompletten Kerzenziehvorrichtung, die er für sie nach Mémés Angaben angefertigt hatte, überrascht. Sie wischte sich die Hände an der ziemlich fleckigen, aber unglaublich bequemen weiten Hose ab und warf einen Blick an die Decke. Dort musste sie die Vorrichtung allerdings erst noch befestigen. Am besten in der Nähe des großen altmodischen Herdes, der mit Holz befeuert wurde.

Sie musste grinsen, als sie an die unterschiedlichen Reaktionen ihrer Freundinnen dachten, als sie den Herd zum ersten Mal gesehen hatten. Die romantisch veranlagte Miri war völlig begeistert gewesen und hatte sofort werbetextreife Sätze von sich gegeben wie „wohlfühlen mit Großmutters geheimen Düften, erschaffen über dem Feuer der Ewigkeit", oder „traditionell hergestellte Schätze, die die Sinne beleben", während Sierra fast die Nase gerümpft hatte und ganz pragmatisch wissen wollte, ob ihr noch nie jemand von der fantastischen Errungenschaft der modernen Zivilisation namens Strom erzählt habe, die einem das Holzhacken erspare. Aber Kaja zuckte nur mit den Achseln. Wahrscheinlich hatten beide irgendwie recht. Tatsache war, dass sich der Herd im Moment sehr gut für ihre Zwecke eignete. In der Küche, wo er ursprünglich gestanden hatte, war kein Platz mehr für ihn gewesen, nachdem Mathias, Sierras Bruder, im Nullkommanichts die hässliche alte Küche gegen eine glänzende neue ausgetauscht hatte. Und das noch dazu zu einem sensationellen Preis. Mathias hatte sich in den letzten paar Wochen als unentbehrlich erwiesen und alle gröberen Renovierungsarbeiten am Haus ausgeführt. Sie hatte jetzt nicht nur eine neue Küche, sondern auch ein neues Bad. Sie hatte sogar gelernt, wie man alten Parkett mit der Schleifmaschine auf Vordermann brachte. Nun musste sie nur noch die Wände neu streichen. Diese Aufgabe würde sie heute Nachmittag anpacken. Miri und Sierra hatten ihre tatkräftige Mithilfe versprochen.

„Was heißt ‚heute Nachmittag'? Die beiden sind schon da!", ließ Lance sie wissen, der im Atelier herumgelungert hatte und die beiden durch eines der Dachfenster erspäht hatte. „Du hast wieder einmal die Zeit und vermutlich auch dein Mittagessen vergessen", nörgelte er.

„Tatsächlich?", erwiderte Kaja ungerührt und strich noch einmal mit einem feuchten Lappen über die ohnehin schon glänzende, fünf Meter lange Arbeitsfläche. Die Werkbank nahm fast die gesamte Länge der Lagerhalle ein und war Kajas ganzer Stolz. So sauber und makellos glänzend würde sie nicht lange bleiben, dachte sie fast ein wenig wehmütig. Aber das ließ sich bei der Arbeit mit flüssigem Wachs nicht vermeiden.

„Ja tatsächlich! Du solltest wirklich ein bisschen mehr auf dich achten", riss sie Lance aus ihren Gedanken.

„Mach dir keine Sorgen, Lance", begrüßte ihn Miri und schwenkte demonstrativ eine Tüte, die offensichtlich etwas Essbares enthielt.

„Rechtzeitig zur Raubtierfütterung", bestätigte Sierra.

„Ist für mich auch was dabei? Ich verhungere nämlich hier noch", meinte er mit einem bedeutungsvollen Seitenblick auf Kaja.

„Geh doch und such dir eine drachenlose Jungfrau, die dich bekocht, statt mir hier auf die Nerven zu gehen", maulte Kaja, griff sich aber dankbar eines der obligatorischen Thunfischbrötchen.

Sierra kicherte. „Du erinnerst mich an die Ziege im ‚Tischlein-deck-dich'", meinte sie belustigt zu dem Drachen.

„Ziege?", fragte dieser irritiert. „Ich bin doch keine Ziege. Ziegen sind Abendessen für uns Drachen", meinte er beleidigt.

Kaja winkte ab. „Schon gut, Lance, das war eine Redewendung mit Märchenbezug, ich erkläre dir das später." Immer noch misstrauisch, aber einigermaßen beruhigt, gab sich Lance damit zufrieden.

Vollends versöhnt war er, als Sierra ihm ein Miniaturfläschchen mit Jägermeister zuwarf. „Sieh an, sieh an", murmelte er, als er es geschickt auffing.

„Ruhe“, knurrte Sierra, „oder ich bring dir nie mehr etwas mit!“ Kaja und Miri grinsten sich verschmitzt an, was Sierra demonstrativ ignorierte. Die beiden hatten schon öfters gemerkt, dass sich Sierra kratzbürstiger gab, als sie eigentlich war. „Können wir jetzt mit der Streicherei anfangen, ich muss dann irgendwann wieder nach Hause, Pferdemist wegmachen“, wollte Sierra ungeduldig wissen und warf ihr zusammengeknülltes Sandwichpapier geschickt in den offenen Abfalleimer, der mitten im Raum stand.

„Sklaventreiberin“, murmelte Miri, stand aber auf und zog Kaja von ihrem Platz hoch.

Kaja hatte den ganzen letzten Abend damit verbracht, alle wichtigen Stellen im Wohnzimmer mit Malerklebeband abzukleben und den Boden mit Plastikfolie zu bedecken, so dass sie gleich beginnen konnten. Für diesen Raum hatte sie ein weiches Elfenbeinweiß ausgewählt. Zu dritt kamen sie gut voran, auch wenn Kaja immer wieder innehielt und geistesabwesend zum Fenster hinaus starrte. Die beiden anderen beobachteten sie unbemerkt und warfen sich bedeutungsvolle Blicke zu. Sie warteten, bis sie den ersten Anstrich fertig hatten. Dann verschwand Miri in der Küche, um Tee zu kochen. Während sie darauf wartete, dass das Wasser kochte, löcherte Sierra Kaja mit Fragen zu den anderen Räumen. „Was wolltest du denn als nächstes streichen?“

„Ich dachte, mein Schlafzimmer“, antwortete Kaja abwesend.

„In welcher Farbe denn?“

„In diesem ganz hellen Gelb, fast weiß… warte, ich hole die Farbkarten.“ Sie holte den Fächer mit den Farbschattierungen und deutete auf einen der oberen Abschnitte.

„Hast du denn alle Farben schon gekauft?“

„Äh, ja, sie stehen alle dort hinten.“ Sie deutete auf den kleinen Raum, der als Vorratskammer diente und an die Küche anschloss. Verwundert blickte sie auf und schaute Sierra fragend an. „Wieso willst du das alles wissen? Befürchtest du, ich könnte einen zu hohen Betrag verrechnen?“, wollte sie scherzhaft wissen.

„Nein, du meine Güte, so habe ich das doch nicht gemeint.“ Sierra wirkte ehrlich bestürzt.

In dem Moment kam Miri mit dem Tee ins Zimmer. „Wir haben einen Anschlag auf dich vor“, klärte sie Kaja auf. „Deshalb stellt sie all diese Fragen.“

„Einen Anschlag?“ Kaja verstand inzwischen gar nichts mehr.

„Genau. Einen Anschlag“, bestätigte Miri.

Misstrauisch beäugte Kaja ihre Drachenschwestern, die links und rechts von ihr Platz genommen hatten. „Jetzt leg schon diesen tropfenden Pinsel weg und setz dich zu uns“, forderte Sierra sie auf.

Verunsichert legte Kaja ihr Werkzeug ab und wischte sich die farbigen Hände an ihrer Hose ab. „Okay, hier bin ich, und jetzt?“

„Wie geht es eigentlich Tim?“, wich Miri ihrer Frage geschickt aus.

„Keine Ahnung. Und es interessiert mich auch nicht im Geringsten“, antwortete Kaja ausweichend.

„Falsch“, ließ sich Lance vernehmen, der sich in diesem Moment dazu gesellte. „Frag sie, woran sie den ganzen Nachmittag schon gedacht hat“, soufflierte der Drache Miri.

Brav fragte diese: „Und woran hast du denn die ganze Zeit während des Malens gedacht, als du Löcher in die Luft gestarrt hast?“

Kaja wurde rot. „An meine Kerzen und so“, erwiderte sie etwas lahm. „Aber das ist ja lächerlich, das geht euch doch gar nichts an!“, setzte sie deutlich heftiger hinzu.

„Jetzt reg dich mal wieder ab. Genau damit hast du nämlich Unrecht. Schließlich sind wir deine Schwestern. Da spricht man nun mal über alles. Und frisst es nicht in sich hinein und ist ganz egoistisch für sich alleine unglücklich“, gab ihr Sierra trocken zu verstehen.

„Woher soll ich denn das wissen, ich hatte ja noch nie eine Schwester. Und ich bin nicht unglücklich!“

„Dazu bin ich ja da, ich habe einen Bruder und kann deshalb meine gesammelte Geschwisterweisheit mit euch teilen“, witzelte Sierra, um die Stimmung ein wenig aufzuheitern.

„Unglücklich bist du sicher nicht. Schließlich läuft im Großen und Ganzen für dich momentan ja alles bestens“, stimmte Miri ihr zu. „Wir haben nur das Gefühl, dass du es einfacher hättest, dich auf den Start deines Unternehmens zu konzentrieren, wenn du diese Geschichte mit Tim zuerst abschließen könntest.“

Bockig schaute Kaja aus dem Fenster.

„Mensch Kaja, jetzt überlege dir doch wenigstens einmal, ob deine Schwestern recht haben könnten“, sagte Lance eindringlich und schüttelte sie leicht.

„Wie denn? Ist ja eine tolle Idee, nur ist Tim ja nicht da, sondern was weiß ich wo. Womit wir schon wieder bei unserem Grundproblem angelangt wären.“ Frustriert raufte sie sich die Haare.

„Und wenn du ihn besuchen würdest? Ein letztes Mal ausspannen, bevor der ganze Kerzentrouble losgeht?“

„Dann sprecht ihr euch aus und du kommst entspannt zurück.“

„Und wenn sie nicht gestorben sind… haha! Ihr wisst ja gar nicht, wie’s ausgeht. Vielleicht bin ich dann noch frustrierter als vorher.“

Miri schüttelte den Kopf. „Das glaub ich nicht. Ja, vielleicht kommt nichts Tolles dabei raus. Aber dafür ist es dann ausgesprochen und du kannst anfangen, mit der Situation umzugehen. Im Moment geht doch furchtbar viel Energie drauf für ‚was-wäre-wenn'-Überlegungen. Den Kopf in den Sand zu stecken hat noch nie was gebracht."

Eine Weile lang sagte niemand etwas, bis Kaja schließlich das Schweigen brach. „Und wie habt ihr euch das genau vorgestellt? Klingt, als hättet ihr alles schon geplant."

Miri warf Sierra einen Blick zu. „Hm, na ja, fast alles. Sierra und ich würden für dich hier weiterstreichen, soweit wir halt kommen, so dass du nachher deinem Zeitplan nicht hinterher hinkst. Herausfinden, wo Tim steckt, konnten wir nicht, aber da kann dir bestimmt Simon helfen, oder, was meinst du, Sierra?"

„Hm, wenigstens ist er für etwas gut", brummte diese unbestimmt. „Zorro kannst du übrigens bei mir lassen. Markus wird zwar einen Anfall kriegen, aber was soll's."

„Meint ihr das ernst?" Kaja war hin und her gerissen. Einerseits wollte sie wütend sein auf die beiden, weil sie sich einfach so in ihr Leben einmischten, andererseits war das natürlich ein tolles Angebot.

„Klar", antwortete stattdessen Lance. „Und jetzt mach schon und ruf Simon an."

Kaja trollte sich in die Küche, um Simon anzurufen.

„Meinst du, wir machen das Richtige?", flüsterte Miri Sierra zu.

„Keine Ahnung. Aber wir zwingen sie ja nicht, sie kann immer noch frei entscheiden."

Lance hüstelte.

„Was denn, stimmt etwas nicht?"

„Na ja, frei entscheiden ist so eine Sache, wenn man von drei Freunden bedrängt wird."

„Moment mal, ich dachte, du bist auf unserer Seite?"

„Schon. Ich finde auch, sie soll gehen. Nein, sie muss sogar gehen. Nur, ganz freiwillig ist es nicht. Wir tragen da schon ein Päckchen von dieser Verantwortung mit."

„Ja ja, wie auch immer. Das muss jetzt einfach sein. Das ist ja nicht zum Ansehen", beharrte Sierra.

„Das habe ich gehört", sagte Kaja, die ins Wohnzimmer zurückgekehrt war.

„Und, wann gehst du nach Island?"

„Island ist gut, schön wär's", stöhnte Kaja. „Da war er nur zwei Wochen."

„Und? Wo ist er jetzt?", fragten die beiden anderen unisono.

„Im Pantanal."

„Panta-wo?"

„Pantanal. Das ist ein riesiges Feuchtgebiet, das größtenteils in Brasilien liegt."

„Ich dachte, da wollte er erst später hin?", meinte Miri konsterniert.

„Offensichtlich hat er etwas durcheinandergebracht mit den Trocken- und Regenzeiten. Und", sie blickte zur Seite, „er war wohl ganz froh darüber, dass es früher losging. Offensichtlich hat es ihn ziemlich getroffen, dass ich den Kontakt so komplett abgebrochen habe…" Sie ließ den Satz offen stehen.

„Gut gemacht", lobte Sierra und klopfte ihr auf die Schulter.

„Findest du? Ich bin nicht so sicher…"

„Klar war das das Richtige", mischte sich nun auch Miri ein. „Es ist nie falsch, auf sein Gefühl zu hören. Und wenn dir dein Gefühl vermittelt hat, dass du Abstand brauchst, dann ist das eben so. Noch dazu war er ja selber schuld, dass es so weit gekommen ist. Aber jetzt ist es Zeit für einen Richtungswechsel", schloss sie mit Nachdruck.

„Stimmt. Ihr habt Recht. Ich muss endlich aufhören, meinen eigenen Gefühlen immer nur die zweite Priorität zuzugestehen. Und jetzt streichen wir dieses Zimmer fertig, und dann muss ich mich schleunigst darum kümmern, wie ich nach Brasilien komme, bevor die Regenzeit anfängt."

35

Wie hatte sie das bloß wieder geschafft, irgendwo im Nirgendwo zu landen, fragte sich Kaja zum 57-sten Mal innerhalb der letzten zehn Minuten und legte entnervt den Kopf auf dem staubigen Lenkrad ab. Die altersschwache Hupe nahm das allerdings zum Anlass, in lautes Hupen auszubrechen, so dass sie ihn erschreckt wieder hob. Ein paar Vögel flogen mit empörtem Gekreische auf. Trotz ihrer Erschöpfung musste sie lächeln. Leuchtend blaue Hyazinth-Aras. Es war schon fast ein Wunder, dass sie es bis hierher geschafft hatte. Gestern war sie in Poconé, der Zugangsstadt ganz im Norden des Pantanal eingetroffen. Von dort führte eine lange, mehr oder weniger befestigte Straße ins Innere des Sumpfgebietes. Weniger war das zutreffendere Wort, dachte sie, wenn man diese Straße beschreiben wollte. Durch die sich jährlich wiederholenden Überschwemmungen war es ein Ding der Unmöglichkeit, die Straße in einem guten Zustand zu erhalten. Außerdem war das hier Brasilien. Wo man Portugiesisch sprach. Und nicht Spanisch, wie sie inzwischen herausgefunden hatte. Aber die Sprache war kein Problem gewesen. Sie hatte sogar ohne Probleme Raoul, ihren Führer, den Simon für sie über ein Reisebüro arrangiert hatte, am verabredeten Ort getroffen. Dieser sollte sie heute zu Tims Lager bringen. Zumindest war das ursprünglich der Plan gewesen. Sie hatte sich mit dem sympathischen Führer, einem

Einheimischen, auf Anhieb verstanden, auch wenn sie sich mehr oder weniger mit Händen und Füßen verständigen mussten. Er hatte sie seiner achtköpfigen Familie vorgestellt und sie zu einer Feier am Abend eingeladen. Natürlich hatte sie die Einladung gerne angenommen. Obwohl sie recht erschöpft gewesen war von der langen Reise, hatte sie das gesellige Beisammensein, bei dem viel gelacht, getanzt, gegessen und getrunken wurde, sehr genossen. Vor allem lenkte es sie von ihrem bevorstehenden Treffen mit Tim ab. Kaja wusste nicht einmal, ob er sie überhaupt sehen wollte. Schließlich hatte sie sich nicht angemeldet. Das hätte sie wohl besser gemacht. Sie seufzte. Das nützte ihr jetzt auch nichts mehr. Handys funktionierten hier draußen definitiv nicht. Zumindest ihr europäisches nicht.

Sie nahm einen Schluck von dem inzwischen lauwarmen Wasser in ihrer Wasserflasche und wischte sich mit dem Rand ihres T-Shirts den Schweiß von der Stirn. Auf jeden Fall hatte Raoul gestern wohl doch ein wenig zu tief ins Glas geschaut. Es war ihr nicht gelungen, ihn heute Morgen aufzutreiben. Schließlich war sie sogar bei ihm zu Hause vorbeigegangen, doch seine Frau hatte ihr immer nur bedeutet, er würde noch schlafen. Na toll! Also war sie zum Autohändler gegangen, hatte sich ein klappriges Auto gemietet und war nun alleine unterwegs. Schnell war sie allerdings nicht vorangekommen. Immer wieder musste sie Tieren oder Schlaglöchern ausweichen. Erst vor ein paar Kilometern hatte sie eine Zwangspause einlegen müssen, weil Familie Wasserschwein ein Staubbad nehmen wollte. Die Capybaras hatten sich weder durch Schmeicheleien noch durch eindringliches Gehupe und auch nicht durch Verwünschungen zur Eile antreiben lassen.

Wenigstens war die Landschaft atemberaubend schön, wie Kaja zugeben musste. Jetzt, Ende Oktober, am Ende des Winters, brachten leuchtend gelb und tiefrot blühende Pflanzen Farbe in die sonst eher grün und gelb dominierte Landschaft.

Sie lockerte ihre verkrampften Schultern und stieg aus ihrem Wagen. Hier musste sie abbiegen. Kaja befand sich bei Kilometer 63 auf der Transpantaneira, der Piste, die ursprünglich gebaut worden war, um den Norden und den Süden des Pantanal miteinander zu verbinden. Ganz hatte es allerdings nicht geklappt. Die Straße war nur bis hierher einigermaßen zuverlässig, danach löste sie sich regelrecht in Einzelteile auf, was, so wie sie es verstanden hatte, vor allem an den alljährlich wiederkehrenden Überschwemmungen lag. Misstrauisch beäugte sie die schmale Straße, die mehr wie ein Trampelpfad wirkte. Sie traute sich nicht, hier mit dem Auto durchzufahren. Bestimmt wäre im Nu die altersschwache Achse des Autos gebrochen. Die hatte schon auf dem ganzen Weg so verdächtig geächzt. Aus dem Geäst der nahestehenden Bäume erklangen die Schreie der Aras, die sich wieder eingefunden hatten, als ihnen klar geworden war, dass keine Gefahr drohte. Aber bevor sie nicht endlich Tim aufgestöbert hatte, fehlte ihr die innere Ruhe, die ganzen Naturwunder zu genießen. Auch machte sie die bevorstehende Regenzeit nervös, die in ein paar Tagen anfangen sollte.

Ich musste ja auch dringend hierher kommen, dachte sie genervt. Wahrscheinlich wäre Tim so oder so in den nächsten Wochen nach Hause gekommen. Sie konnte sich nicht vorstellen, wie er während der Überschwemmungen fotografieren sollte. Entschlossen drehte sie sich wieder zu ihrem Auto um und holte ihren Rucksack heraus. Sie trank noch einen Schluss Wasser aus ihrer Flasche, verstaute sie und setzte ihr neu gekauftes Baseballcap auf, um sich vor der Sonne zu schützen. Immerhin stand am Rande der Abzweigung ein verwittertes Schild schräg in der Sonne und wies den Weg zur letzten Fazenda auf dieser Strecke, wo Tim offensichtlich sein Hauptlager aufgeschlagen hatte. „Na, dann wollen wir mal.“ Entschlossen wanderte sie los, schließlich hatte sie noch einige Kilometer vor sich.

Drei Stunden später war sie noch immer unterwegs und ziemlich schlecht gelaunt. Auf der Fazenda, wo sie nach sechs Kilometern ermüdenden Fußmarschs endlich angekommen war, hatte sie nur einen Einheimischen angetroffen, der ein ihr völlig unverständliches Portugiesisch sprach, zumindest vermutete Kaja das. Sie konnte ja sowieso nur die paar Brocken, die sie sich im Flugzeug beigebracht hatte. Wenigstens hatte er verstanden, dass sie Tim suchte, den stillen Fotografen, und er hatte ihr mit wenigen Kugelschreiberstrichen eine rudimentäre Karte gezeichnet, wo sie Tim am ehesten finden würde. Was er allerdings nicht eingezeichnet hatte, waren die kleinen Wasserläufe, die zugegebenermaßen jetzt kurz vor dem Beginn der Regenzeit nur mit wenig Wasser gefüllt waren, und die Wurzeln der riesigen Bäume, denen sie immer wieder ausweichen musste. Vermutlich hatte er das alles in seinem begleitenden Wortschwall erklärt. Sie hatte keinen blassen Schimmer, ob sie sich überhaupt noch in der Nähe der auf dem kleinen Zettel eingezeichneten Route befand.

„Tu einfach so als ob“, empfahl ihr unvermittelt der blau schimmernde Drache, der vor ihr an einem Ast hing.

„Bist du jetzt unter die Affen gegangen? Und was machst du überhaupt hier?“, wollte sie mürrisch wissen.

„Ich lasse doch nicht zu, dass du im Sumpf verloren gehst“, entrüstete sich Lance.

„Dafür hast du dir aber mächtig Zeit gelassen“, schnaubte sie empört.

„He, ich dachte, du wolltest in Ruhe nachdenken.“

Sie seufzte. „Stimmt. Du hast Recht. Wir hätten uns sonst sicher nur die ganze Zeit gekabbelt.“

„Eben“, bestätigte er ihr zufrieden. „So, und jetzt los, sonst geht die Sonne noch unter.“ Sie folgte ihm durch die abwechslungsreiche Landschaft und hoffte, ihr Drache wusste, wohin er sie führte.

So plötzlich, wie er aufgetaucht war, war Lance verschwunden. Sie stand auf einem kleinen, nur wenige Meter hohen Hügel und schaute auf eine kleine Halbinsel hinunter, auf der eine Plattform, ähnlich einem Jagdausguck, aufgestellt war. Die Sonne schien schräg aufs Wasser und blendete sie ein wenig. Jemand, hoffentlich Tim, schien am Ufer entlang zu kriechen und - ja was eigentlich? - zu machen. Neugierig und unsicher zugleich schlich sie ein wenig näher, um die Situation besser erfassen zu können.

„Ja, so ist es gut, meine Schöne“, lachte er. „Gib’s ihm! Nein, nicht abtauchen, dann erwische ich dich nicht mehr…“ Seine wohltönende Stimme klang liebevoll und amüsiert zugleich. „Das ist prima, zeig mir deinen Bauch…“

Was fotografierte er denn da? überlegte Kaja und hoffte, dass sie nicht den ganzen weiten Weg gekommen war, nur um herauszufinden, dass er sich seine Zeit gerade mit Fotos von Miss-Brazil-2012 vertrieb. Sie blinzelte.

„Willst du warten, bis du am Boden festgewachsen bist?“, flüsterte Lance, der noch einmal aufgetaucht war, ihr leise zu. „Nun geh schon“, forderte er sie auf und gab ihr einen kleinen Schubs, bevor er sich wieder buchstäblich in Luft auflöste.

Zögernd ging sie den kleinen Hügel hinab. Ein Zweig knackste unter ihrem Fuß. Gleich darauf platschte es im Wasser und Tim drehte sich irritiert um. Sie erstarrte. Genau wie er.

Und wenn er sich nun gar nicht freut, mich zu sehen? schoss es ihr durch den Kopf.

„Kaja?“, fragte er ungläubig, und langsam breitete sich ein breites Grinsen in seinem Gesicht aus.

„Zumindest hieß ich noch so, als ich das letzte Mal in meinem Pass nachgesehen habe“, versuchte sie ihre Verlegenheit zu überspielen und lächelte ihn unsicher an.

Vorsichtig stellte er die Kamera ab und kam auf sie zu. Langsam und dann immer schneller ging ihm Kaja entgegen, bis sie schließlich fast die kleine Böschung hinunterflog und in seinen Armen landete. Endlich, dachte sie, dieses Zuhause-Gefühl hat mir so gefehlt. Nachdem sie sich eine Minute gedrückt hatten, hielt er sie ein Stück von sich weg. „Ich dachte schon, ich hätte es unwiderruflich verbockt. Es tut mir so leid, Kaja!“

„Das hoffe ich doch!“ Sie versetzt ihm einen spielerischen Nasenstüber. „Du kennst mich doch. Du wusstest, wovor ich am meisten Angst habe. Das hat am meisten wehgetan.“

Er schaute zur Seite. „Ich weiß. Deshalb tut es mir ja auch so leid. Aber…“, er hielt einen Moment inne, „in dem Moment war meine größte Angst, dass du dich gar nicht mit mir getroffen hättest, wenn du gewusst hättest, dass ich so bald wieder los muss.“

„Das hat ja prima geklappt“, meinte sie und konnte nicht verhindern, dass ihre Stimme ein klein wenig sarkastisch klang.

„Aber ich hoffe, du bist nicht den ganzen weiten Weg gekommen, um mir das zu bestätigen, oder“, fragte er hoffnungsvoll.

Wider Willen musste sie lachen. „Na ja, ich dachte, wir könnten ja mal darüber sprechen, wie wir unsere verschiedenen Leben kompatibel gestalten können.“

„Kompatibel gestalten“, er grinste sie an und strich mit den Lippen über ihre Haare, „gefällt mir, der Ausdruck.“ Er schloss die Augen und lehnte seine Stirn an ihre. „Du glaubst gar nicht, wie viel es mir bedeutet, dass du gekommen bist.“ Und dann küsste er sie endlich.

„Willst du mir nicht deine Freunde vorstellen?“, fragte sie ihn eine Weile später, als sie es endlich schafften, sich voneinander zu lösen.

„Hm, da muss ich erst überlegen“, meinte er und musterte sie demonstrativ.

Sie blickte an sich hinab. Sie sah ziemlich staubig und mitgenommen aus. Warnend sah sie ihn aus blitzenden Augen an. „Wenn ich jetzt das Wort Dreckspatz höre, bin ich gleich wieder auf dem Heimweg."

Um seine Mundwinkel zuckte es, und schließlich brachen beide in ein befreiendes Lachen aus. „Also dann, komm. Vielleicht haben sie sich ja von ihrem Schreck erholt und tauchen nochmals auf."

Zwei Tage später saßen sie ein letztes Mal in der Abendsonne am Ufer und sahen der Riesenotterfamilie beim Spielen zu. Diesen hübschen und sehr unterhaltsamen Tieren, die ausschließlich in den Feuchtgebieten Südamerikas vorkamen, galt bei dieser Reise Tims besondere Aufmerksamkeit.

„Dadurch, dass ihr Lebensraum in den letzten Jahrzehnten immer mehr eingeschränkt wurde, gehören sie inzwischen zu den gefährdeten Tierarten. Sie leben in Gruppen und sind sehr gesellig und verspielt. Wenn man sie einmal ausfindig gemacht hat, was eher ein schwieriges Unterfangen ist, lassen sie sich gut beobachten. Im Gegensatz zu den europäischen Ottern sind die Riesenotter nämlich tagaktiv", hatte Tim ihr am ersten Abend begeistert erklärt. Ihm war es wichtig, mit seinen Fotoreportagen immer wieder auf die schwindenden Wunder der Erde hinzuweisen und die Menschen dafür zu sensibilisieren. Kaja war schon gespannt auf seine nächste Ausstellung.

Die letzten zwei Tage hatte es bereits mehrheitlich geregnet, was die Riesenotter offensichtlich genossen. Am nächsten Tag würden Tim und sie gemeinsam in die Schweiz zurück fliegen. Schweigend genossen sie das drollige Schauspiel der Kleinen die sich mit ihren Tricks ständig zu überbieten versuchten. Fast so, als wüssten sie, dass sie Publikum hatten. Unbemerkt von Tim setzte sich Lance neben Kaja.

„Hallo mein Drache."

„Hallo Kaja." Eine Weile schwiegen beide.

„Du möchtest Lebewohl sagen“, vermutete Kaja schließlich.

„Ja. Das heißt, nicht ganz. Ich werde sicher öfter mal vorbei schauen.“

„Na, dann hoffe ich mal, dass du bei mir öfters auftauchst, als du es bei Mémé getan hast“, scherzte sie, obwohl ihr ein wenig wehmütig zumute war.

Er zögerte. „Du bist jetzt angekommen – bei dir selbst. Und stehst gleichzeitig am Anfang von neuen Abenteuern. Du wirst das alles prima meistern, da bin ich sicher. Zudem bist du nicht mehr alleine. Du hast deine Schwestern gefunden.“

„Also bin ich nicht mehr dein Schützling?“

„Nein. Aber meine Freundin. Und solltest du mich doch einmal brauchen, musst du mich nur rufen.“

Trotz der Tränen, die sich in ihre Augen stehlen wollten, musste sie schmunzeln. „Danke“, gab sie ihm telepathisch zu verstehen und schaute für lange Zeit ein letztes Mal zu, wie Lance sich in einem Wirbelwind von blauen Funken verabschiedete.

„Wollen wir zur Fazenda zurückgehen?“, unterbrach Tim ihre Gedanken. Sie drehte sich zu ihm um und lächelte ihn an. „Ja, lass uns gehen.“

NACHWORT

Wie ihr sicher bemerkt habt, liegt mir die Tierwelt unseres schönen Planeten sehr am Herzen. Die Liste der bedrohten Tierarten findet ihr im Netz unter: http://www.iucnredlist.org/details/18711

Wer mehr über die Geisterbären erfahren möchte, dem empfehle ich das Buch „Der Regenwald der weißen Bären", Haupt Verlag, Bern. Der Psychologe Klaus Pommerenke hat über Jahre etliche weiße Schwarzbären beobachtet, fotografiert und über sie und ihren Lebensraum ein Buch geschrieben.

Seit einer Weile haben wir übrigens auch bei mir in der Nähe (sprich in Europa) eine Familie Geisterbären. Nämlich in Norditalien im Trentino.

Vielen Dank auch dem Team sabìa brasilinfo, das mir mit seiner detaillierten Beschreibung des Pantanal sehr geholfen hat. Ich war leider selbst noch nie dort, doch die vielen Dokumentarfilme zur Region haben meine Faszination geweckt. Ich hoffe, bald einmal die Gelegenheit zu haben, dorthin zu reisen und das Pantanal live zu erleben.

DANKSAGUNG:

Vielen Dank an meine Eltern, die in mir die Freude an der Sprache und dem geschriebenen Wort geweckt haben. Auch wurde ich immer mit genügend Lesestoff versorgt. Mein Dank gilt auch all meinen Freunden, die mich von Anfang an auf meiner Reise in die Welt des Schreibens unterstützt und motiviert haben.

Ich habe versucht, mich bei der geographischen Beschreibung der Orte und der Tierwelt möglichst genau an die Wirklichkeit zu halten. Dasselbe gilt allerdings nicht für die Lokale oder Gebäude. Bei deren Beschreibung habe ich meine Fantasie walten lassen. Also sucht bitte nicht verzweifelt nach dem zoologisch-botanischen Institut der Universität Bern. Das gibt es meines Wissens nicht.

Preview „Das Drachenkind“

Ich hoffe, euch hat das Buch gefallen und ihr seid schon gespannt auf den zweiten Band der Trilogie. Auf der nächsten Seite findet ihr das erste Kapitel des Folgebandes „Das Drachenkind“. In diesem Band schließen sich die Drachenschwestern noch näher zusammen. Vor allem Miri muss einige schwierige Entscheidungen treffen und ist froh um die Unterstützung ihrer Freundinnen.

Viel Spaß beim Lesen.

Preview
Das Drachenkind
(Band 2 der Drachenromane)

KAPITEL 1

23. November 2012

Völlig außer Atem rannte Miri die Treppe zu ihrer Wohnung hoch, immer zwei Stufen auf einmal nehmend. Mit zitternden Händen schloss sie die Wohnungstür auf. Sie stieß die Tür auf und stolperte prompt über Chili, ihren rot getigerten Maine-Coon-Kater, der offensichtlich schon auf sie gewartet hatte.

„Himmel, nicht jetzt, Chili! Ich habe jetzt keine Zeit für dich!"

Beleidigt drehte sich der Kater um und stolzierte hoch erhobenen Schwanzes davon. Natürlich nicht ohne ihr vorher noch einen missbilligenden Blick zuzuwerfen. Dann eben nicht, dachte er verstimmt. Wenn sie die Neuigkeiten, die er hatte, nicht hören wollte, war sie selber schuld. Sollte sie doch den Besuch selber entdecken.

Von all dem bekam Miri gar nichts mit. Ausnahmsweise war sie völlig mit sich selbst beschäftigt. Hektisch wühlte sie in der Plastiktüte des Drogeriemarktes, die sie vorhin bei ihrem Zusammenstoß mit Chili fallen gelassen hatte. Wo war jetzt dieses blöde Teil? In dem Moment klingelte auch noch ihr Handy. Sie warf einen kurzen Blick darauf. Natürlich. Ihr Onkel. Sie stellte das Telefon auf lautlos. Offenbar hatte er bemerkt, dass sie nicht an ihrem üblichen Platz im Lager der Buchhandlung war. Ohne sich abzumelden, war sie vorhin einfach abgehauen. Aber das, was sie gerade vorhatte, konnte sie unmöglich auf der

Toilette der Buchhandlung durchführen. Da, jetzt hatte sie es gefunden. Sie schnappte sich die in Zellophan eingeschweißte Packung und verschwand im Badezimmer.

„Wer erfindet nur immer diese blöden Verpackungsmethoden“, schimpfte sie vor sich hin, während sie mit dem Plastik kämpfte.

Endlich hatte sie es geschafft. Rasch überflog sie die Packungsbeilage und folgte den Anweisungen. So, jetzt hieß es warten. Die erforderlichen fünf Minuten Wartezeit dehnten sich bereits nach den ersten Sekunden zur Unendlichkeit aus. Genervt verließ sie das Badezimmer und begann planlos ihr Wohnzimmer aufzuräumen. Oder besser gesagt, Dinge von A nach B zu räumen und wieder zurück. Als ihr bewusst wurde, was sie da machte, stoppte sie. Das hatte wirklich keinen Zweck. Hoffnungsvoll warf sie einen Blick auf die Uhr, die auf dem Wohnzimmertisch stand. Immer noch zwei Minuten. Vielleicht sollte sie Kaja anrufen? Sie verwarf den Gedanken sofort wieder. Sie wollte nicht mit jemandem ins Gespräch vertieft sein, wenn sie das Ergebnis ablas. Also stellte sie das Radio an, war aber innerhalb kürzester Zeit von Fergies Stimme total genervt, obwohl sie das Lied, das gerade gespielt wurde, eigentlich mochte, und schaltete es wieder aus. In einem letzten Versuch, sich abzulenken, stellte sie sich ans Fenster und schaute hinunter auf die Straße, die vier Stockwerke tiefer lag. Während sich ihr Leben in den nächsten zwei Minuten vielleicht unwiderruflich verändern würde, ging das Leben der Fußgänger, Fahrradfahrer und Automobile unter ihr seinen normalen Gang.

Das Vibrieren ihres Handys riss sie aus ihren Gedanken. Die fünf Minuten waren um. Jetzt, wo die Zeit abgelaufen war, hatte sie es plötzlich nicht mehr so eilig, ins Badezimmer zu kommen.

„Reiß dich zusammen“, schalt sie sich selber.

So zu zaudern sah ihr gar nicht ähnlich. Sie gab sich einen Ruck und marschierte entschlossen in ihr kleines Badezimmer.

Vorsichtig, als wäre das, was auf dem Waschbeckenrand lag, bissig, näherte sie sich dem Waschbecken und hob das Plastikstäbchen auf. Nur um es gleich wieder hinzulegen und hektisch noch einmal die Packungsbeilage zu lesen. Ein sichtbarer Strich: negativ, zwei Striche: positiv.

Negativ, positiv, das hängt wohl vom Auge des Betrachters ab, dachte sie mürrisch.

Sie schielte auf den Teststreifen im Waschbecken. Dann nahm sie ihren ganzen Mut zusammen und las das Ergebnis ab. Zwei Striche. Wie vom Donner gerührt stand sie da. Schweiß brach ihr aus allen Poren und ihre Augen füllten sich mit Tränen. Schwer ließ sie sich an die Wand hinter ihrem Rücken fallen und rutschte langsam daran hinunter, bis sie am Boden saß. Warum, warum musste ihr das passieren? Schwanger. Leise weinte sie vor sich hin, während sie im Inneren einen einseitigen Dialog mit sich führte. Wie konnte denn das überhaupt passieren? Sie war doch immer so vorsichtig gewesen. Und ausgerechnet jetzt, wo sie sich gelobt hatte, mit dieser sinnlosen Männerjagd aufzuhören und ihr Leben in den Griff zu kriegen! Blind starrte sie ihr Badezimmerkästchen an. Wer war denn überhaupt der Vater? Immerhin hatte sie sich bereits gebessert und war gar nicht mehr aus gewesen. Sie presste ihre Hände an ihre heißen Wangen, als ihr auf einmal die Halloweenparty in den Sinn kam, die sie vor knapp sechs Wochen besucht hatte. So in ihren Kummer versunken hörte sie weder Chili, der wie wild an der Tür kratzte und eingelassen werden wollte, noch fiel ihr auf, das plötzlich ein gesummtes Wiegenlied den kleinen Raum füllte.

Fieberhaft dachte sie nach. Matt hatte ihre Zufallsbekanntschaft geheißen, fiel ihr wieder ein. Zumindest war er nett gewesen. Und gut aussehend. Und sehr talentiert im Bett. Bei der Erinnerung daran merkte sie bestürzt, wie sich Hitze von ihrem Bauch aus in andere Körperregionen verteilte.

„Na prima“, schimpfte sie. Lustvolle Gedanken konnte sie jetzt definitiv nicht gebrauchen. Man sah ja, wohin das beim letzten Mal geführt hatte. Trübselig dachte sie, dass der spaßige Teil ihres Lebens wohl vorbei war. So kam es ihr auf jeden Fall vor. Mist, was sollte sie jetzt nur tun?

Miri schniefte und stemmte sich hoch, um sich das Gesicht mit kaltem Wasser zu waschen. Sie blickte in den Spiegel und staunte, dass ihr immer noch ihr eigenes vertrautes Gesicht mit den kurzen weißblonden Locken und den dunkelblauen Augen entgegen schaute. Zugegebenermaßen hatte sie rote Flecken auf der Haut und rotgeränderte Augen vom Weinen, aber sonst war alles wie immer. Sie legte sich den Waschlappen auf die Stirn und genoss das angenehm kühle Gefühl. Langsam konnte sie wieder klar denken.

Was war denn das? Hatte sie in ihrem konfusen Geisteszustand, als sie darauf gewartet hatte, dass die fünf Minuten vergingen, das Radio angelassen? Sie konnte sich nicht daran erinnern. Irritiert nahm sie das Tuch vom Gesicht und hörte genauer hin. Das war Bajuschki Baju, ein Wiegenlied aus ihrer Kinderzeit. Ihre Mutter hatte das immer gesungen, als sie klein war. Halluzinierte sie etwa schon? Sie richtete ihren Blick wieder auf den Spiegel. Hinter ihrem Spiegelbild wirbelten violette und pinkfarbene Nebelschwaden durch den Raum. Abrupt drehte sie sich um.

„Lance?“, murmelte sie unsicher.

„Nein, nicht Lance“, klang eine Stimme in ihrem Kopf. „Erkennst du mich nicht mehr?“

„Maxi?“, stammelte sie ungläubig. „Aber wie…“

Weiter kam sie nicht, da sie schon wieder in Tränen ausbrach. Verfluchte Schwangerschaftshormone, dachte sie und merkte, dass sie gefährlich zwischen Weinen und hysterischem Lachen schwankte.

„Sch…“, beruhigte sie die große Drachin und nahm sie in ihre mit schillernden Schuppen besetzten Arme.

Wie Lance, der Drache, der Kaja im letzten Jahr begleitet hatte, war auch Maxi ein Astralwesen. Man konnte sich das mit den Drachen ähnlich vorstellen wie mit den Schutzengeln. Allerdings waren es Wesen mit einer klar definierten eigenen Meinung, die sie sich auch nicht scheuten kundzutun, ob man sie nun hören wollte oder nicht, und der Fähigkeit, sich zu allen passenden und unpassenden Zeiten zu materialisieren. Maxi hatte Miri während ihrer Kindheit begleitet und war nach einem traumatischen Erlebnis aus ihrem Leben verschwunden.

Umso mehr hatte Miri sich gefreut, als sie Kaja und somit auch Lance kennen gelernt hatte. Sie war so fasziniert gewesen, als sie Lance auf Kajas Beifahrersitz entdeckt hatte, dass sie prompt mit ihrem Fahrrad in Kajas Auto geknallt war. Zum Glück war weiter nichts passiert. Lance war sehr bestürzt gewesen, dass Miri in der Lage war, ihn zu sehen. Normalerweise war das nämlich nur dem aktuellen Schützling und eventuell den nächsten Verwandten möglich. Nachdem er Rat beim Drachenrat gesucht hatte, stellte sich heraus, dass es alle paar hundert Jahre vorkam, dass drei Frauen, die in enger Verbindung miteinander standen, die Drachen der anderen sehen konnten. Sie waren sogenannte Drachenschwestern. So kam es, dass Kaja inzwischen Miris beste Freundin war, zusammen mit der dritten im Bunde, Sierra. Sierra hatte zwar noch nie zuvor Bekanntschaft mit einem Drachen geschlossen, sich aber mit ihrer pragmatischen Art schnell mit Lances Existenz abgefunden. Es war sicher auch hilfreich, dass sie eine absolute Tiernärrin war und sowieso alles mit vier Beinen unter ihre Fittiche nahm.

„Aber was machst du denn hier?“, wollte Miri nun doch wissen, als sie sich, unterstützt von den leise gesummten Tönen des Wiegenlieds, ein wenig beruhigt hatte.

„Du hast mich gebraucht“, antwortete Maxi. Ein wenig ausweichend, wie es Miri schien.

„Gebraucht hätte ich dich in den letzten Jahren öfter mal. Wieso bist du denn so plötzlich aus meinem Leben verschwunden?“, hakte sie nach. Sie schaffte es nicht ganz, den anklagenden Unterton zu unterdrücken.

„Das hat Zeit bis später. Jetzt müssen wir uns erst einmal um dich kümmern.“

„Äh, sorry, aber nein, das kann nicht warten. Um mich kümmern kann ich mich selber. Habe ich schließlich die ganze letzte Zeit auch gemacht. Und es interessiert mich schon, weshalb du ausgerechnet jetzt nach jahrelanger Abwesenheit wieder auftauchst.“

„Man sieht ja, wie gut du auf dich aufpassen kannst“, meinte Maxi und warf einen bedeutungsvollen Blick auf den Schwangerschaftstest im Waschbecken.

Miri ignorierte den Seitenhieb und schaute die Drachin unverwandt an.

Maxi warf die krallenbewehrten Pranken in die Luft und schnaubte: „Also gut. Wenn du es genau wissen willst, ich bin ein Mutter-Kind-Drache.“

„Wie, ich verstehe nicht…“ Jetzt war es an Miri, einen Blick ins Waschbecken und seinen Inhalt zu werfen. „Du meinst…“

„Genau. Deshalb bin ich hier.“

„Dann warst du also nie mein Drache, sondern der von Mama?“, versuchte Miri ihre Gedanken zu ordnen.

„Das kann man so nicht sagen. Grundsätzlich begleite ich die Mutter und sobald das Kind da ist, habe ich einen zusätzlichen Schützling und konzentriere mich mehr auf das Kind. Zu euch bin ich erst gekommen, als du schon auf der Welt warst. Deshalb konnte mich deine Mutter auch mehr oder weniger ignorieren.“

„Aber wenn ich dein Schützling war, weshalb hast du mich dann verlassen, als meine Eltern starben?“ Verständnislos starrte Miri das rotviolett schillernde Wesen an.

„Ach Kind, das war nicht meine Entscheidung. Oder nur zum Teil. Mu-Ki-Drachen sind an die Kombination von Mutter und Kind gebunden. Die Verbindung wurde aufgelöst, als deine Mutter starb. Vielleicht hätte ich vom Drachenrat eine Ausnahmebewilligung erhalten, bei dir zu bleiben. Aber ich hatte mich entschieden, keine zu beantragen.“

„Weshalb denn nicht?“ Miri war ziemlich geschockt. Und enttäuscht. Und traurig.

„Ich wusste von den wenigen Besuchen bei deiner Tante und deinem Onkel, dass sie sehr engstirnig sind. Ich wollte dich nicht in Schwierigkeiten bringen. Wenn du von Drachen erzählt hättest, hätte es bestimmt Ärger gegeben und Prügel gesetzt.“

„Das war auch so der Fall. Ich habe es auch alleine geschafft, die beiden auf die Palme zu bringen.“ Miri fühlte sich elend.

„Das tut mir leid, Miri. Auch wir Drachen sind nicht perfekt. Ich habe einfach versucht, mein Bestmögliches zu geben.“

Sie streckte sich und machte endlich die Tür auf, um Chili hereinzulassen. Der begrüßte Maxi mit einem hoheitsvollen Nicken und begann Miri um die Beine zu streichen. Sie hob ihn hoch, drückte ihn an ihre Brust und versenkte ihre Nase in das seidige Fell. Chili fing an, lautstark zu schnurren. In Miris Kopf drehte sich alles. Es war einfach zu viel auf einmal. Irgendwie überstürzte sich gerade alles in ihrem sonst so wohlgeordneten Leben. Sie merkte, wie sich plötzlich ihr Asthma meldete, öffnete den Badezimmerschrank und stellte erleichtert fest, dass sie noch einen Inhalator hatte. Es war schon lange her, dass sie ihn zuletzt gebraucht hatte. Sie inhalierte und war froh, dass sich ihre Lungen wieder mit Luft füllten. Puh, Stress war definitiv ungesund. Vorsichtshalber steckte sie den Inhalator in die

Tasche ihres Sweatshirts. Nur für den Fall. Es könnte ja sein, dass sie ihn in den nächsten Tagen nochmals brauchen würde.

„Ich muss jetzt eine Weile alleine sein", meinte Miri zu ihrem wiedergefundenen Drachen. „Ich muss mir über eine Menge Dinge klar werden."

Mit diesen Worten drehte sie sich um und ließ Maxi im Badezimmer stehen. Obwohl sie große Lust hatte, dramatisch die Tür hinter sich zuzuknallen, riss sie sich zusammen, denn ihr waren Maxis Ermahnungen aus Kindertagen noch sehr präsent. Vor allem jetzt, nachdem sie auf einmal wieder da war. Leicht benommen von der emotionalen Achterbahn der letzten Stunde schüttelte sie den Kopf. Chili, der immer noch zufrieden auf ihrem Arm lag und die Vorzugsbehandlung offensichtlich genoss, nahm sie mit in ihr Zimmer.

Maxi schaute Miri nach. Verwundert registrierte sie, wie Miri die Türe sorgfältig schloss. Nach der ganzen Gefühlslawine, der ihr Schützling gerade ausgesetzt war, hatte sie eher ein Türenknallen erwartet. Sie seufzte. Offenbar war die Kleine nicht mehr klein, sondern inzwischen erwachsen geworden. Zumindest in einigen Belangen. Was bedeutete, dass sie möglichst viel über Miri in Erfahrung bringen musste, wenn sie ihr wirklich eine Hilfe sein wollte. Besonders vielversprechend war das Treffen nicht gelaufen. Wenn sie ehrlich war, hatte sie ein wenig mehr Begeisterung über die Wiedervereinigung erwartet, dachte sie verschnupft. Naja, das ließ sich jetzt auch nicht mehr ändern. Die große Drachin schüttelte ihre leichte Verstimmung ab und streckte sich. Dabei füllte sie das kleine Badezimmer komplett aus. Prompt verbrannte sie sich einen Flügel an einer der Badezimmerlampen. Das kam davon, wenn man nicht aufpasste. Jetzt, da sie Miri nicht mehr trösten musste, bestand kein Grund mehr, die Körperlichkeit aufrecht zu halten. Sie verschwand in einem Wirbel von violetten Funken, entschlossen, Miri diesmal nicht im Stich zu lassen.

Von der emotionalen Achterbahnfahrt ganz erschöpft setzte Miri erst Chili auf ihrem Bett ab und ließ sich dann neben ihm seitlich auf die Matratze fallen.

„Was mache ich jetzt nur, Kater?", seufzte sie. Chili antwortete nicht, sondern schnurrte nur ein wenig lauter, während er sich auf den Rücken rollte, damit sie seinen Bauch besser kraulen konnte. „Hätte ich mir denken können, dass du zu meiner momentanen Situation keinen Rat weißt. Du bist schließlich ein Kater. Und ein kastrierter noch dazu."

Sie streichelte Chili noch einmal vom Kinn her über den Bauch und drehte sich dann auf den Rücken. Versuchsweise legte sie sich die Hände auf ihre eigene Bauchdecke. Nur um sie gleich wieder wegzunehmen. Bevor sie nicht zu einer Entscheidung gekommen war, wie es weitergehen sollte, wollte sie sich gar nicht zu konkret mit dem Alien in ihrem Bauch auseinandersetzen. Lieber so unpersönlich wie möglich halten!

Sie blickte sich in ihrem Schlafzimmer um, das gleichzeitig als Wohnzimmer diente. Die geblümte Tagesdecke, die normalerweise tagsüber ihr Bett zierte, lag noch zusammengeknüllt neben dem zerschlissenen Sofa an der Stelle, an der sie sie gestern Abend liegen gelassen hatte. Und ihre Pflanzen, die jeden freien Platz in der kleinen Wohnung belegten, müsste sie auch wieder einmal gießen, dachte sie zusammenhangslos. Welche davon waren wohl giftig für Kinder? Sofort verbannte sie den ungebetenen Gedanken in eine dunkle Ecke in ihrem Gehirn und ließ ihren Blick weiter durch den kleinen Raum schweifen. Die Wände hatte sie vor einiger Zeit Weinrot gestrichen und sich selbst Kissen- und Deckenbezüge in einem warmen Ecru-Farbton genäht. Das Geld hatte wieder einmal nicht gereicht, um welche zu kaufen. Wobei sie zugeben musste, dass ihr Arbeiten wie diese riesigen Spaß machten. Alles, was sie mit ihren Händen kreieren konnte und der Verschönerung von Wohnraum diente, machte sie gerne. Und wenn das bedeutete, Schweißen zu lernen oder mit Heißkleber zu hantieren, dann brachte sie sich das autodidaktisch bei.

In der Ecke stand ein großer Kleiderständer mit mehreren Armen, an deren Enden jeweils ein Gnu-Kopf steckte. Ihre ganze Wohnung war vollgestopft mit diesen gebrannten Plastilin- und Kleisterfiguren. Sie erinnerte sich, wie begeistert Kaja gewesen war, als sie ihre Basteleien zum ersten Mal gesehen hatte. Es würde sicherlich Spaß machen, ein ganzes Kinderzimmer einzurichten. Sie könnte endlich einmal Fantasiefiguren entwerfen, ohne sich vor kritischen Stimmen fürchten zu müssen. Zumindest die ersten paar Jahre. Miri richtete gedanklich ein Kinderzimmer ein, obwohl sie noch gar nicht entschieden hatte, was sie machen wollte. Zudem gab es hier kein Kinderzimmer, ja nicht einmal ein richtiges Schlafzimmer. Womit sie bei allen potenziellen Problemen ihrer Situation angekommen war. Sie zog eine Grimasse. Ihre Gedanken galoppierten ihr wieder einmal davon.

Sie stand auf, wobei sie darauf achtete, den schlafenden Kater nicht zu stören, und wandte sich in Richtung Küche. Eine Tasse hawaiianischer Kona-Kaffee war jetzt genau das Richtige, beschloss sie.

„Nichts da", ertönte eine herrische Stimme aus der kleinen Küche.

Miri öffnete die Tür und stellte fest, dass Maxi es sich offensichtlich hier gemütlich gemacht hatte. Sie hatte ihren Überraschungsgast beinahe vergessen, in der Annahme, Maxi sei woanders hingegangen. Sie hatte ihr doch deutlich gesagt, dass sie Zeit für sich bräuchte. Dieses ‚woanders' war augenscheinlich Miris Küche. In der schon im Normalfall höchstens Platz war für eineinhalb schlanke Menschen. Geschweige denn für ein ausgewachsenes Drachenweibchen in voller Aktion. Maxi drehte sich um und platzierte schwungvoll eine Tasse Fencheltee in Miris Hand. Leider hatte sie dabei die Länge ihres

Schwanzes nicht miteinberechnet. Prompt fegte sie mit der Schwanzspitze den Topf mit dem Basilikum vom Fensterbrett.

„Einfach super", schnaubte Miri sarkastisch. Sie ging zur Spüle, holte Schaufel und Besen darunter hervor und begann die Bescherung zusammenzufegen. Sie schielte zu Maxi hoch. „Wie ich feststelle, haben sich deine hausfraulichen Talente nicht wesentlich verbessert."

„Na hör mal, immerhin habe ich dir Tee gemacht", empörte Maxi sich.

„Du meinst, es ist der Gedanke, der zählt?" Belustigt zuckten Miris Mundwinkel.

„Genau", antwortete die Drachin so würdevoll wie möglich. „Wie ich sehe, ist dein Mundwerk proportional zum Rest von dir mitgewachsen", stellte sie nach einer kleinen Pause fest.

Jetzt konnte sich Miri ein breites Grinsen nicht mehr verkneifen. „Das will ich doch hoffen! Und ablenken lasse ich mich auch nicht mehr so schnell."

„Was meinst du damit?", wollte Maxi mit unschuldiger Miene wissen, den Tee noch immer in der schuppenbesetzten Pranke, während sie darauf wartete, dass Miri ihre Putzaktion beendete.

Miri richtete sich auf und deutete mit dem Besen in der Hand auf den Tee. „Vielen Dank, aber den kannst du selber trinken. Ich gönne mir jetzt erst mal einen Kaffee. Den habe ich dringend nötig."

Missbilligend schaute Maxi zu, wie Miri das Pulver abmaß und ihre uralte Cafetiere damit füllte. „Du weißt aber schon, dass Schwangere auf Kaffee verzichten sollten?"

Miri füllte den unteren Teil mit Wasser, schraubte die beiden Teile zusammen und stellte die Espressokanne auf die einzige funktionierende Herdplatte. Konzentriert wischte sie ein bisschen verschüttetes Kaffeepulver von der kleinen Arbeitsfläche und spülte anschließend den Lappen aus. Bewusst langsam drehte sie sich zu dem Drachenweibchen um, das so unverhofft wieder in ihr Leben getreten war.

„Schau mal, ich freue mich wirklich, dass du wieder da bist. Ich möchte dich aber darauf hinweisen, dass ich nicht mehr fünf Jahre alt bin. Und die letzten dreizehn Jahre durchaus alleine zurechtgekommen bin."

Steif fragte Maxi zurück: „Was willst du damit sagen?"

„Ich will damit sagen, dass du dich vielleicht besser ein wenig zurückhältst mit guten Ratschlägen im Kommandoton. Das vertrage ich nämlich nicht besonders gut. Und was den Kaffee und die Schwangerschaft angeht, da werde ich jetzt einfach mal so tun, als hätte ich es noch nicht erfahren und würde den Test erst heute Abend machen."

„Typische Vogel-Strauß-Taktik", murmelte Maxi, während sie blau-violette Rauchwölkchen aus ihren Nüstern stieß, wie immer, wenn sie sich aufregte. Insgeheim war sie aber auch ein wenig stolz auf ihre kleine Miri, die sich durchzusetzen wusste. Sie hoffte nur, ihr Schützling behauptete sich auch anderen gegenüber so gut.

Miri, die das Gemurmel ignoriert und stattdessen herauszufinden versucht hatte, ob sie immer noch Maxis Gedanken mitverfolgen konnte, wenn sie es darauf anlegte, mischte sich ein: „Im Allgemeinen bin ich darin wohl nicht so gut. Aber mit Drachen hatte ich in letzter Zeit genug zu tun um mitzubekommen, dass man am besten von Anfang an klare Grenzen setzt."

Maxi war so überrascht über die Erwähnung von anderen Drachen, dass ihr gar nicht auffiel, dass Miri ihren Gedanken zugehört hatte. „Andere Drachen? Welche anderen Drachen denn? Ich bin schließlich dein einziger Drache!"

„Mein einziger Drache bist du. Besser gesagt, offensichtlich seit Neuestem wieder", bestätigte Miri. „Aber der einzige Drache überhaupt bist du wohl nicht."

„Äh ... nein, sicherlich nicht. Nur wüsste ich nicht, wie du mit anderen Drachen in Kontakt kommen solltest. Tatsache ist, dass jeder nur seinen Drachen sieht.“

Miri hob ihre Tasse und nahm vorsichtig einen Schluck von ihrem heißen Kaffee. Sie behielt die Tasse in beiden Händen und schielte über den Rand zu Maxi, interessiert an deren Reaktion. „Tja, Lance war ursprünglich auch dieser Meinung.“

Maxi spuckte den Fencheltee, den sie, ihre Vorbildrolle im Kopf, zu trinken begonnen hatte (widerlich, dieses Zeug!), in hohem Bogen wieder aus. „Sagtest du eben ‚Lance'?“

„Ja genau. Lance. So heißt er.“ Interessiert betrachtete Miri ihre Drachenfreundin. Wurde sie etwa rot? Leider ließ sich das bei diesen violett und pink schillernden Schuppen schlecht mit Sicherheit sagen. Sie beschloss, Maxi weiterhin aufmerksam zu beobachten.

„Wer ist er?“

„Eben. Kajas Drache.“

„Geht's auch ein wenig ausführlicher?“, schnaubte Maxi und trommelte ungeduldig mit ihren Krallen auf der roten und schon ziemlich verschlissenen Resopal-Oberfläche des kleinen Küchentischs herum.

„Was meinst du?“, fragte Miri unschuldig. Sie genoss es, der Drachin gegenüber einmal im Vorteil zu sein. Das war in der Vergangenheit selten genug vorgekommen.

Die langen Zacken, die von Maxis Nacken über die gesamte Wirbelsäule liefen und sich bis zur Schwanzspitze fortsetzten, sträubten sich. Oho. Vielleicht ließ sie das Ärgern eines übergroßen Drachens in ihrer Miniaturwohnung doch lieber sein und verschob das Vergnügen auf später, wenn mehr Platz zu Verfügung stand.

Sie hob kapitulierend die Hände. „Ist ja gut. Erklärung kommt sofort.“

Maxis Schuppen glätteten sich wieder. Zumindest ein wenig. Die Gefahr einer unmittelbar bevorstehenden Küchenexplosion schien vorerst abgewandt.

„Kaja ist eine sehr gute Freundin von mir. Kennengelernt haben wir uns, weil ich ihren Drachen sehen konnte."

Dass sie im Zuge dessen gleich einen Unfall gebaut hatte, verschwieg sie wohlweislich. Sie wollte nicht in eine Diskussion über die Gefahren des Fahrradfahrens verwickelt werden.

„Kaja wollte mir erst nicht glauben und Lance noch viel weniger. Er war durch diese Tatsache so durcheinander, dass er eine Audienz beim Drachenrat erbeten hat."

„Beim Drachenrat?", fragte Maxi ungläubig.

„Zumindest habe ich das so in Erinnerung." Miri machte eine wegwerfende Handbewegung. „Ich weiß die Details nicht so genau, da müsstest du Lance fragen."

„Aha. Na gut, dann werde ich dir jetzt deine Zeit für dich gönnen und selber ein paar Erkundigungen einziehen." Und schon war sie weg. Nur die Drahtkörbchen, die, gefüllt mit ein paar Äpfeln und einer Avocado, in der Ecke übereinander hingen, schwankten leicht in den schwachen Luftturbulenzen.

Typisch, dachte Miri und schüttelte ein wenig benommen von den sich überstürzenden Ereignissen den Kopf. Wenn es den Drachen gerade in den Kram passte, waren sie plötzlich sehr gut im Anweisungen befolgen. Betonung auf dem Wort wenn. Ob sie sich wohl auf die Suche nach Lance machte? Die Reaktion auf seinen Namen war schon ziemlich extrem gewesen. Was sie daran erinnerte, dass es noch ausgespuckten Tee aufzuwischen gab. Nachdem die kleine Küche wieder sauber war und sie zu keinem Schluss gekommen war, was Maxis seltsames Benehmen bedeuten konnte, beschloss sie, ihre Freundinnen anzurufen. Die heutigen Erlebnisse und bevorstehenden Entscheidungen verlangten geradezu nach einer Krisensitzung der Drachenschwestern.

Preview
Rocky Mountain Yoga

(Band 1 der Rocky Mountain-Serie)

KAPITEL 1

„Verflixt und zugenäht!“ Zum dritten Mal durchsuchte Jasmine ihre große Umhängetasche nach dem Schlüssel für das Yogastudio, in dem sie arbeitete. Doch es schien, als habe sie ihn zu Hause liegen gelassen. Einfach großartig! Jetzt musste sie den Schlüssel holen und hoffen, dass ihr die Verkehrsgötter gnädig gestimmt waren. Sie machte auf dem Absatz kehrt und lief zurück in die Parkgarage, wo sie ihr Auto abgestellt hatte. Wenigstens regnete es ausnahmsweise nicht. Eine erfreuliche Ausnahmeerscheinung im regnerischen Seattle.

Ihr Boss Keith, seines Zeichens selbst ernannter Guru, würde nicht erfreut sein, wenn sie das Studio zu spät öffnete, überlegte sie und trieb sich zur Eile an. Das wäre dann schon das zweite männliche Wesen, das unzufrieden mit ihr war, stellte sie fest, als ihr das gestrige Streitgespräch mit ihrem Lebenspartner Paul in den Sinn kam. Sie runzelte die Stirn, als sie überlegte, ob vielleicht doch sie das Problem war? Es war immerhin eine Überlegung wert, nachdem sie der gemeinsame Nenner zu sein schien. Stopp!, ermahnte sie sich streng. Der gemeinsame Nenner war nicht sie, sondern das liebe Geld. Paul beschwerte sich ständig, sie unterstütze ihn zu wenig bei seinen Projekten. Ha! Eine mietfreie Wohnung und Essen frei Haus zählten anscheinend nicht. Von dem Geld, das er sich von ihr für seine wichtigen Geschäftsessen mit potenziellen Kunden und

Geschäftspartnern erbat, ganz zu schweigen. „Networking“ nannte er es. Sie seufzte.

Und Keith beklagte sich ständig über die steigenden Kosten für Unternehmer, weshalb er ihr leider nur wenig mehr als den Mindestlohn bezahlen konnte. Sie seufzte. Dabei hätte er gar kein Geschäft, wenn sie sich nicht um alle Lektionen kümmern würde, während er sich in Privatstunden um besonders erleuchtungsbedürftige – meist verheiratete – Kundinnen kümmerte.

Wenigstens hatte sie Rambo, ihren schwarzen Königspudel, bereits bei seiner Hundesitterin Kathrina abgeliefert, dachte sie erleichtert, als sie eine Viertelstunde später vor ihrem Wohnblock anhielt. Jasmine ignorierte das Parkverbot und sprintete die Treppe hoch. Auf dem dritten Treppenabsatz blieb sie kurz stehen, um Atem zu schöpfen. Sie schüttelte den Kopf, amüsiert über ihr Schnaufen. Man sollte meinen, sie hätte sich inzwischen daran gewöhnt, im vierten Stock zu wohnen. Mal ganz abgesehen davon, dass sie sich mit dem Unterrichten von Yoga ihren Lebensunterhalt verdiente. Sie straffte die Schultern, bereit, die letzten Treppenstufen in Angriff zu nehmen, als sie ein Poltern, gefolgt von Stimmengemurmel, hörte. Sie schloss die Augen. War es denn zu viel verlangt zu erwarten, dass Paul sich wenigstens die Mühe machte so zu tun, als würde er arbeiten?, dachte sie irritiert. Stattdessen war er wahrscheinlich wieder mit einem seiner schmierigen Kumpels dabei, Pläne zu schmieden. Er erzählte zwar immer, dass er einen nächsten großen Plan hatte, doch ergeben hatte sich bisher noch nie etwas daraus, soweit sie das beurteilen konnte. Plötzlich schoss ihr ein Gedanke durch den Kopf. War etwa eine andere Frau bei ihm? Bitte, bitte nicht. Sie hoffte inständig, dass es eine unschuldige Erklärung für die Geräusche aus ihrer Wohnung gab. Das Letzte, was sie wollte, war, Paul beim Fremdgehen zu erwischen. Das wäre tatsächlich zu Soap-Opera-mäßig. Selbst für ihr Leben. Zudem wäre sie dann gezwungen, eine längst überfällige Entscheidung zu treffen.

Mit einem unguten Gefühl in der Magengegend setzte Jasmine ihren Weg fort. Sie war froh, dass sie wie üblich Sneakers trug. Nicht sehr schick vielleicht, wie Paul sie immer wieder gerne erinnerte, doch anders als hochhackige Schuhe verursachten die Turnschuhe keinen Laut auf dem Boden des Treppenhauses. So konnte sie sich tatsächlich anschleichen. Als sie auf ihrer Etage ankam, konnte sie deutlich Stimmen hören. Sie spitzte die Ohren. Das klang nicht nach einer Frau. Das waren Männerstimmen. Also doch seine Freunde. Ihre innere Uhr meldete sich hartnäckig zu Wort und erinnerte sie daran, dass sie keine Zeit zu verlieren hatte, wenn sie es noch rechtzeitig zum Yogastudio zurückschaffen wollte. Entschlossen hob sie die Hand, um die Tür zu öffnen, als sie bemerkte, dass diese nur angelehnt war. Deshalb konnte sie die Stimmen so gut hören. Was zum Teufel … Ihre Gedanken wurden unterbrochen, als Paul das Wort ergriff.

„Ich hatte doch gesagt, kein persönlicher Kontakt. Das Risiko, dass euch jemand sieht, ist einfach zu groß. Das sollte eurem Boss doch wohl klar sein."

„Das war, bevor du deinen Verpflichtungen nicht nachgekommen bist."

Diese Stimme kannte sie nicht.

„Eine Lieferung zu verlieren war keine gute Idee!", stimmte eine zweite fremde Stimme zu.

Das ungute Gefühl in ihrem Magen verstärkte sich, und ihre Nackenhaare stellten sich auf.

„Hört zu, ihr kriegt das Geld, versprochen. Ich brauche nur ein paar Tage mehr, dann habe ich meine Freundin weich gekocht. Ich weiß, dass sie Geld auf einem Konto liegen hat, das sie nicht braucht."

Geld, das sie nicht brauchte? Jasmine wurde wütend. Anscheinend hatte ihre Oma recht gehabt, als sie sagte, sie sollte niemandem von dem Geld erzählen. Vor allem keinem Mann. Männern war Omas Meinung nach sowieso nie zu trauen. Dumm nur, dass sie in ihrer anfänglichen Verliebtheit nicht darauf gehört hatte. Sie hatte gedacht, es würde Paul vielleicht ein Gefühl von Sicherheit geben, wenn er wüsste, dass sie einen Notgroschen hatte, falls es einmal hart auf hart kam. Oder sie eine Familie gründen wollten. Was sie offensichtlich nicht wollten, wenn sie hörte, wie Paul den Fremden gegenüber frei über ihr Geld verfügte. Zum Glück hatte sie wenigstens so viel Vernunft besessen und sich an Omas Anweisung gehalten, das Geld auf ein separates Konto einzuzahlen.

Die erste fremde Stimme riss sie aus ihren Gedanken und ließ ihr das Blut in den Adern gefrieren.

„Es geht nicht nur um das Geld. Der Boss muss sich jetzt mit unzufriedenen Kunden herumschlagen. Kunden, die für so viel Geld Waffen bestellen, erwarten eine prompte und zuverlässige Lieferung."

Waffen? Wo, um Himmels willen, war Paul da hineingeraten? Irgendwie bezweifelte sie, dass es sich um eine Lieferung an den örtlichen Jagdverein handelte. Sie lehnte sich weiter vor, um besser mithören zu können. Dabei geriet sie aus dem Gleichgewicht und stieß an die angelehnte Tür. Die Tür schwang auf. Drei Paar Männeraugen starrten sie an. Die zwei stiernackigen Fremden waren stilecht in eine schwarze Schlägertypenmontur gekleidet. Bösartigkeit strömte ihnen aus allen Poren, auch wenn sie doch tatsächlich erfreut schienen über ihr Auftauchen. Nur Paul schaute verärgert aus.

„Oh, hallo zusammen. Ich bin gleich wieder weg, muss nur etwas holen", sagte sie mit einer aufgesetzt fröhlichen Stimme. Freundlich. Naiv. Harmlos. Das mussten sie ihr doch abnehmen, oder?

„Was machst du denn hier? Ich dachte, du bist schon längst bei der Arbeit!“ Pauls Stimme klang vorwurfsvoll und brachte sie in Nullkommanichts auf hundertachtzig. Sie wollte sich bereits auf ihn stürzen und ihm tüchtig ihre Meinung sagen, als sich fremde Stimme Nr. 2 einmischte.

„So spricht man doch nicht mit seiner Freundin“, rügte er Paul und schenkte ihr ein zähnefletschendes Lächeln, bei dem sich Jasmine der Magen umdrehte.

„Was für ein glücklicher Zufall“, stimmte ihm Fremde Stimme Nr. 1 zu. „Jetzt können wir das mit dem Geld gleich regeln. Wir sind immer froh, wenn wir dabei helfen können, Probleme zu lösen.“ Er knackste demonstrativ mit seinen Knöcheln.

Oh-oh. Rückzug!, schrien sämtliche Alarmsysteme in Jasmines Inneren. Der Schlüssel für das Yogastudio hatte jegliche Wichtigkeit verloren. Sie machte zwei vorsichtige Schritte rückwärts.

„He! Die Kleine hier macht die Fliege! Ihr nach!“, rief Fremde Stimme Nr. 2 und griff hinter seinen Rücken, um eine erschreckend echt aussehende Pistole aus dem Hosenbund zu ziehen. Paul beobachtete die Szene wie vom Donner gerührt, machte aber keinerlei Anstalten, die beiden von ihrer Verfolgung abzuhalten. Na toll! Pauls Verwandlung zum strahlenden Ritter hatte allem Wunschdenken zum Trotz wohl immer noch nicht stattgefunden.

Beim Anblick der Waffe gab Jasmine ihre Bemühungen auf, unauffällig davonzuschleichen. Sie stürzte zur Wohnung hinaus und raste die Treppenstufen hinunter, als wären ihr sämtliche Höllenhunde auf den Fersen. Immerhin war sie dank des jahrelangen Yogatrainings und ihrer kleinen schlanken Statur flink und wendig. Im Gegensatz zu den beiden muskelbepackten Gorillas, die sie lautstark fluchend und unter großem Gepolter verfolgten, hatte sie die vier Stockwerke im Nu zurückgelegt und gewann so wertvolle Sekunden.

Im Erdgeschoss flog sie beinahe aus der Tür und sprang in ihren Wagen, den sie glücklicherweise vergessen hatte abzuschließen. In dem Moment, als die beiden Mafiatypen aus dem Hauseingang stolperten, fuhr sie mit quietschenden Reifen los. Als sie im Rückspiegel die erhobenen Fäuste sah, hob sie reflexartig die Hand und winkte. Als ihr klar wurde, was sie da eben gemacht hatte, brach sie in hysterisches Gekicher aus. Nur weiter so! Dem Exekutionskommando auch noch freundlich zuwinken. Beim nächsten Mal könnte sie vielleicht vorher noch Plätzchen backen, dachte sie selbstironisch.

Ein paar Straßen weiter drosselte Jasmine das Tempo auf die gesetzlich erlaubte Geschwindigkeit und versuchte, ihre Gedanken zu ordnen. Sie konnte noch gar nicht richtig fassen, was sie da eben erlebt hatte. Ihr Freund Paul, ein Waffenschieber? Ex-Freund, korrigierte sie sich. Auf keinen Fall würde sie einen Mann, der die örtliche Mafia in ihr Leben gebracht hatte, weiterhin ihren Freund nennen. In ihrer Welt war das gleichzusetzen mit Schlussmachen. Ihr brach der kalte Schweiß aus, als sie an seine gleichgültige Haltung dachte, während die beiden Männer sich auf sie stürzen wollten. Sie blinzelte und richtete ihre Aufmerksamkeit wieder auf die Straße. In ihrer Panik war sie blindlings kreuz und quer durch die Stadt gefahren. Sollte sie sich an die Polizei wenden? An der nächsten Straßenecke sah sie das Schild einer Polizeiwache. Eine leere Parklücke einige Meter vom Eingang entfernt half ihr bei der Entscheidung. Sie parkte den Wagen und blieb einen Moment lang sitzen, um tief durchzuatmen. Es war wie im falschen Film!

Jasmine schüttelte sich wie eine nasse Katze und griff nach ihrer Tasche. Um Mut zu schöpfen, warf sie einen letzten Blick auf den Eingang der Polizeistation – und erstarrte. Aus der Tür trat soeben kein geringerer als Paul-das-Arschloch, in ein offensichtlich freundschaftliches Gespräch mit einem Polizisten vertieft. Sie nahm die Hand vom Türgriff und kauerte sich tiefer in ihren Sitz. Von da aus beobachtete sie, wie die beiden sich in männlicher Solidarität auf den Rücken klopften, bevor sich Paul-das-Arschloch verabschiedete. Oben an der Treppe, die zum Eingang hinaufführte, blieb ihr Ex-Freund stehen und ließ seinen Blick prüfend über die Umgebung schweifen. Verschreckt zog sie ihren Kopf noch weiter ein. Der erneute Adrenalinschub ließ das Blut in ihren Ohren rauschen. Vorsichtig linste sie über das Armaturenbrett und sah gerade noch, wie Paul zu Fremde Stimme Nr. 1 und 2 ins Auto stieg.

Welchen Reim sollte sie sich auf das eben Gesehene machen? Hatte der Boss, von dem in der Wohnung die Rede gewesen war, etwa auch Polizisten auf seiner Gehaltsliste? Sie hatte keine Ahnung, inwiefern Korruption in den Rängen der Polizei von Seattle ein Thema war. Aber die Szene eben brachte ihren Entschluss, den Vorfall zu melden, stark ins Wanken. Vor allem, wenn die drei Übeltäter direkt vor der Polizeiwache parkten und nur darauf zu warten schienen, dass sie auftauchte. Sie war sich nicht einmal sicher, dass sie es schaffen würde, ungesehen in die Polizeistation zu gelangen.

Jasmine rieb sich die Schläfen, welche mit unablässigem Pochen kommende Kopfschmerzen ankündigten. Das Ganze wuchs ihr mit jeder Sekunde mehr über den Kopf. Sie war ein sehr friedliebender Mensch und verabscheute Gewalt. Auch hatte sie keine geheimen Fantasien, eine Heldin zu sein. Dafür war sie absolut nicht geschaffen. Sie biss die Zähne zusammen. Zeit für einen neuen Plan. Dann kramte sie ihr Mobiltelefon aus ihrer geräumigen Tasche und rief Pat an, ihren langjährigen besten Freund, dem sie zu hundertfünfzig Prozent vertraute.

Als Pat sich am anderen Ende meldete, war ihr gleich ein wenig leichter ums Herz. „Hey, Pat. Hör zu, ich brauche deine

Hilfe. Kannst du für mich Rambo bei Kathrinas Hundesitting abholen?"

„Klar", antwortete er prompt, wie es seine Art war. Als selbstständig arbeitender Architekt mit eigenem Architekturbüro hatte er zum Glück die Freiheit, ihr spontan zu Hilfe zu eilen. „Was ist denn los? Deine Stimme klingt, als hättest du gerade einen Sprint hinter dir", stellte er besorgt fest.

„Fast. Ich erkläre dir alles später. Treffen wir uns in zwei Stunden im Westcrest Dog Park?"

„Okay, brauchst du sonst noch was?" Pat schien zu akzeptieren, dass sie ihm vorerst nicht mehr erzählen würde. Erleichtert ließ sie die Schultern sinken, die sie vor lauter Anspannung schon fast bis zu den Ohren hochgezogen hatte.

„Nein, im Moment nicht. Bis später." Sie beendete das Gespräch. Puh. Eine Sorge weniger. Zeit, sich um das nächste Problem zu kümmern.

Jasmine warf einen Blick auf den Wagen ihrer Verfolger. Im Inneren des Wagens schien eine hitzige Debatte im Gang zu sein. Schließlich schienen sie zu einem Schluss zu kommen. Fremde Stimme Nr. 2 stieg aus und zündete sich eine Zigarette an. Wusste er denn nicht, dass das eine schlechte Angewohnheit war? Sie zog die Nase kraus und hätte dabei fast verpasst, dass der Wagen mit Paul und Fremde Stimme Nr. 1 wegfuhr. Sie konnte ihr Glück kaum fassen. Jetzt musste sie nur noch abwarten, bis sich Fremde Stimme Nr. 2 zu langweilen begann. Dann sollte es ihr hoffentlich gelingen, unentdeckt zu verschwinden.

Zehn Minuten später befand sie sich auf der Autobahn in Richtung Süden. Ziel ihres Ausflugs war ein Shoppingcenter am Rande von Seattle. Dort würde Paul sie bestimmt nicht vermuten. Zudem befand sich dort auch eine Filiale ihrer Bank.

Einige Spontaneinkäufe später und nach einem wichtigen Bankbesuch setzte Jasmine sich außerhalb des Einkaufcenters auf eine Bank und vertilgte ihren Veggie-Dog. Es war zwar Fast

Food, aber immerhin vegetarisch, beruhigte sie ihr schlechtes Gewissen. Nachdem sie den letzten Bissen verschlungen und ihre Hände an einer Serviette abgewischt hatte, griff sie erneut zum Telefon, diesmal, um ihre Oma anzurufen.

„Hallo, Nana!“

„Jaz? Das ist aber eine erfreuliche Überraschung! Kommst du mich besuchen?“

Jasmine lachte angespannt. „Du wirst es nicht glauben, aber so ist es.“

„Oh. Wann denn?“ Die Stimme ihrer Oma klang plötzlich vorsichtig.

Jasmine zögerte. Hatte sie etwa gerade einen schlechten Zeitpunkt erwischt? Nun ja, das konnte sie jetzt leider nicht ändern. „Ich habe gedacht, so in zwei, drei Tagen. Kann ich bei dir wohnen?“ Als ihre Großmutter nicht gleich antwortete, fügte sie trotzdem die Frage hinzu: „Oder passt es gerade nicht?“

„Doch, doch“, beeilte sich ihre Oma, ihr zu versichern. Jasmine hörte, wie Nana am anderen Ende tief Luft holte. „Ich muss dir nur etwas gestehen. Ich bin vor zwei Jahren mit meiner Freundin Nadine zusammengezogen. Ich wohne jetzt bei ihr.“

„Mit deiner Freundin?“, wiederholte Jasmine etwas dümmlich. Und das schon zwei Jahre!

„Ja. Nadine kennst du ja wohl noch“, rügte Nana sie.

„Klar“, beeilte sie sich zu versichern. Welcher Art genau diese Freundschaft war, konnte sie auch später noch herausfinden. Es spielte im Grunde auch keine Rolle. Solange Nana glücklich war, war auch Jasmine glücklich.

„Mein Haus steht seither leer. Aber ich habe das Telefon und den Strom nie abgestellt. Du kannst also gerne dort wohnen. Weißt du, ich hatte immer die Idee, dass du irgendwann dort ein Yogazentrum eröffnest. Aber ich wollte dich nicht drängen. Auf jeden Fall liegen die Schlüssel dort, wo sie immer lagen. Du kannst also kommen, wann du willst.“

„Toll. Dann freue ich mich“, antwortete Jasmine und beendete das Gespräch. Sie war ein wenig überwältigt von den vielen Informationen und dachte bei sich, dass sie ihre Großmutter vielleicht besser öfter anrufen sollte. Dann wäre sie vielleicht mehr auf dem Laufenden, was in ihrem Leben so vorging. Sie seufzte. In der nächsten Zeit sollte das ja kein Problem sein.

Einerseits gefiel es Jasmine nicht, so plötzlich umzuziehen. Es hatte den unangenehmen Beigeschmack von Weglaufen. Andererseits aber wusste sie nicht, was sie sonst machen sollte. Wenigstens musste sie sich keine Sorgen um ihre Kündigung machen. Kein Arbeitsvertrag, keine Kündigungsfristen. Wenn sie ehrlich war, hatte Seattle seinen Reiz schon vor einiger Zeit verloren. Natürlich nicht die Nähe zum Pazifik. Sie war sich sicher, dass sie das Meer vermissen würde. Aber die Stadt und die damit einhergehende Hektik gingen ihr auf die Nerven. Ein Szenenwechsel würde ihr und Rambo vielleicht ganz gut tun. Also auf nach Independence, Colorado, eine Kleinstadt in den Rocky Mountains.

Bei Dragonbooks von Virginia Fox auch erhältlich:

Die Rocky Mountain Serie:

(Genre: Liebesroman/Spannung)

Band 1 – Rocky Mountain Yoga
Band 2 – Rocky Mountain Star
Band 3 – Rocky Mountain Dogs
Band 4 – Rocky Mountain Kid
Band 5 – Rocky Mountain Secrets
Band 6 – Rocky Mountain Fire
Band 7 – Rocky Mountain Life
Band 8 – Rocky Mountain Race
Band 9 – Rocky Mountain Lion
Band 10 - Rocky Mountain Gold
Band 11 - Rocky Mountain Crime
Band 12 - Rocky Mountain Heat
Band 13 - Rocky Mountain Snow
Band 14 - Rocky Mountain Horses
Band 15 – Rocky Mountain Kiss (Juni 2018)
Band 16 – Rocky Mountain Games (September 2018)
Band 17 – Rocky Mountain Love (Dezember 2018)

Drachenromane:

Die Drachenschwestern Trilogie

(Genre: Frauenromane mit einem Hauch Fantasy)

Band 1 - Die Drachenschwestern
Band 2 - Das Drachenkind
Band 3 - Das Drachenpferd

Das Drachenmädchen

(Genre: Jugend-/Fantasy)

Band 4 - Das Zeichen des Drachen
Band 5 - Die Drachen der Neuen Welt

Alle Neuerscheinungen und Preisaktionen werden unter virginiafox.com oder auf FB (authorvirginiafox) angekündigt.

Hans Peter Althaus

Kleines Lexikon deutscher Wörter jiddischer Herkunft

Verlag C.H. Beck

1. Auflage. 2003
2., durchgesehene Auflage. 2006
Limitierte Sonderausgabe unter dem Titel
»Deutsche Wörter jiddischer Herkunft. Ein Lexikon«. 2009

Originalausgabe

3., durchgesehene Auflage. 2010

Satz: Fotosatz Reinhard Amann, Aichstetten
Druck: Druckerei C.H.Beck, Nördlingen
Umschlagentwurf: malsyteufel, Willich
Printed in Germany
ISBN: 978 3 406 60677 9

www.beck.de

Inhalt

Einleitung

In diesem Buch findet man Wörter, die jeder kennt, und solche, die nur Eingeweihten geläufig sind. Sie sind zu verschiedenen Zeiten und auf verschiedenen Wegen aus dem Jiddischen ins Deutsche gekommen oder wurden hier von einem jiddischen Wort abgeleitet. Das wissen bei *dufte* und *kess* meist nur Fachleute. Auch bei *mies* und *schmusen* würde man es heute kaum mehr vermuten. Dagegen wirken Floskeln wie *Chalaumes mit Backfisch* oder *Massel und Broche* zumindest in Teilen fremd. Wörter wie *Boser* und *Beheime* oder *kapores* und *mechulle* sind nur undeutlich bekannt. Andererseits sind Ausdrücke wie *Chuzpe, Schmus* und *Tacheles* oder *Zocker, Zoff* und *Zores* heute wieder in aller Munde. Bei *betucht* denken manche an *Tuch*, bei *Schlamassel* an *Schlamm.*

Etliche dieser Ausdrücke sind Kennzeichen. Eine *Macke* ist ein Fehler, den man bei Menschen beklagt und bei Waren nicht akzeptiert. Bei einem *Malocher* unterstellt man, daß er im Ruhrgebiet zu Hause ist oder mit schwerer Arbeit seinen Lebensunterhalt verdient. Wer an *Baldower*, *Knast* und *Schmiere stehen* denkt, hat die Niederungen des Lebens im Sinn. Mit dem Gebrauch von Ausdrücken wie *Pore* oder *pattersch* waren Metzger und Viehhändler früher sogleich im Bilde. Von einer *Mezzie* oder *Tinnef* sprachen dagegen Kaufleute.

Wenn von einer *Schickse* oder einem *Schabbesgoi* die Rede war, wurden mit den Wörtern auch ganz bestimmte Sozialverhältnisse aufgerufen. Ob etwas *koscher* oder *treife* war, machte für Juden einen großen Unterschied. Daß etwas *nicht ganz koscher* sein kann, wissen heutzutage viele. Das Gegenwort ist jedoch nahezu unbekannt. Jüdische Intellektuelle beschimpften sich als *Assesponem,* jüdische Hausierer verstanden sich als *Medienegeier*, Bankrotteure waren *Pleitegeier.* Auch vermeintlich eindeutige Ausdrücke wie *lernen* oder *Schul* können eine ganz unerwartete Färbung annehmen. Dann ist auch eine *Levkoje* keine Blume mehr.

Solche und andere Ausdrücke sind in diesem Lexikon gesammelt und erklärt. Das Wortverzeichnis bietet in alphabetischer Reihenfolge

Wörter jiddischer Herkunft, die heute in der Verkehrssprache üblich sind. Außerdem sind Ausdrücke aufgenommen, die nicht allgemein bekannt sind, denen man aber doch in älteren oder neueren Texten begegnen kann, ohne daß sie jeweils erklärt würden. Das ist bei Briefen, Tagebüchern, Erzählungen und Romanen jüdischer Autoren immer wieder der Fall. Manche Wörter kommen auch in anderen Schriften oder in der Presse vor. Seit dem 18. Jahrhundert wurden sie auf der Bühne zur Charakterisierung redender Personen benutzt. Seit dem 19. Jahrhundert waren sie unverzichtbares Kolorit bei Anekdoten und Witzen. In antijüdischen und antisemitischen Kampagnen waren sie denunziatorisches Kampfmittel. In der Gegenwart sind sie Blickfänge des Journalismus und Milieuzeichen im Roman.

Den Grundstock des Lexikons bilden jiddische Ausdrücke, die bis ins 20. Jahrhundert im Munde deutscher Juden üblich waren. Wörter aus jiddisch geprägten Fachsprachen kommen hinzu. Die jiddischen Ausdrücke in den Stadtdialekten von Frankfurt am Main, Berlin und Wien sind Folge eines besonders intensiven Sprach- und Sozialkontakts. Entsprechendes läßt sich auch an ländlichen Mundarten beobachten, in die je nach Anteil der Juden an der Bevölkerung eine mehr oder minder große Zahl jiddischer Wörter entlehnt worden ist. Zahlreich sind Wörter jiddischer Herkunft im Rotwelschen und in anderen Geheimsprachen. In diesem Lexikon ist bei Wörtern, die auch aus anderen Quellen belegt sind, der rotwelsche Gebrauch zusätzlich verzeichnet. Sonst aber werden die aus dem Jiddischen stammenden rotwelschen Ausdrücke nur berücksichtigt, wenn sie aus sprach- oder kulturgeschichtlichen Gründen von besonderem Interesse sind.

Jiddisch und Deutsch

Schon die Entstehung der jiddischen Sprache zeugt vom intensiven Kontakt zwischen Juden und Christen. Die Juden in Mitteleuropa entwickelten auf der Grundlage des mittelalterlichen Deutschs einen eigenen Sozialdialekt, dessen Wortschatz sich durch die aus dem Hebräischen stammenden Ausdrücke und romanische Sprachreste von Anfang an ganz wesentlich von allen anderen Dialekten unterschied. Außerdem wurde dieses mittelalterliche jüdische Deutsch mit hebräischen Buchstaben geschrieben, so daß es in geschriebener Form für Christen unzugänglich war.

Wanderungs- und Fluchtbewegungen brachten es mit sich, daß sich das Jiddische bereits in der frühen Neuzeit nach Osteuropa ausbreitete. Als lebende Sprache entwickelte es sich dort in ähnlicher Weise weiter, wie sich deutsche Dialekte zum Schlesischen verschmolzen. Während das Jiddische im westlichen Mitteleuropa in größerer sprachlicher Nähe zum Deutschen verblieb, entfernte es sich in der slawischen Umgebung lautlich und lexikalisch vom Westjiddischen. Deshalb gerieten auch Wörter slawischen Ursprungs in das Ostjiddische.

Weil es als Emanzipationshindernis galt, gaben die Juden in den deutschsprachigen Ländern das Jiddische seit der Mitte des 18. Jahrhunderts zugunsten des Deutschen auf. Der Sprachwechsel zog sich über Generationen hin und war von Beruf, Bildungsgrad und Umgang bestimmt. Wer in einem betont jüdischen Umfeld verblieb, pflegte die Reste des Jiddischen stärker als derjenige, der sich sprachlich und kulturell nicht von der übrigen Bevölkerung unterscheiden wollte. Ein besonders reines Deutsch ohne jeden Anklang an das Jiddische war darum für viele Juden erstrebenswert.

Als Folge des politischen Erwachens wurde das Jiddische dagegen in Osteuropa seit dem 19. Jahrhundert bewußt zu einer Kultursprache ausgebaut. Ostjuden, die mit Jiddisch als Muttersprache aufgewachsen waren, strebten nach Berlin und Wien und bildeten dort ostjiddische Sprachgemeinschaften. Mit der ostjüdischen Emigration verbreitete sich das Ostjiddische seit dem späten 19. Jahrhundert über Westeuropa nach Nordamerika, als Folge der Fluchtbewegungen im 20. Jahrhundert auch nach Mittel- und Südamerika, Afrika und Asien. Dort nahm es gelegentlich Wörter aus den Landessprachen in seinen Wortschatz auf.

Sprachkontakte

Mit dem Jiddischen kamen in Deutschland Gauner und Gelehrte bereits im 16. Jahrhundert in Kontakt. Vaganten lernten jüdische Ausdrücke auf der Wanderschaft kennen und nahmen sie in ihre Geheimsprache auf. Die Gelehrten bemerkten, daß Juden das Hebräische beherrschten, dem das Interesse der frühneuzeitlichen Hebraisten galt. Erste Wörter aus dem Jiddischen kamen deshalb schon am Ende des 15. Jahrhunderts in die deutsche Sprache. Im Barockzeitalter nahm das Interesse am Jiddischen zu, weil man auch die

Volkssprache der Juden verstehen wollte. Von der jiddischen Sprache begeisterte Christen banden sich gelegentlich die jüdische Maske vor und verfaßten Gedichte, die mit jüdischen Wörtern aufgeputzt waren.

Als sich die Ghettotore öffneten, verstärkte sich der Kontakt zwischen Juden und Christen. Das hatte auch sprachlichen Austausch zur Folge. Das christliche Interesse am Jiddischen nahm zu. Auch Goethe gab sich bei seinen kindlichen Sprachstudien mit der Volkssprache der Juden ab. Die preußische Obrigkeit ließ sich auf das Jiddische nicht mehr ein und verfügte bereits im 18. Jahrhundert, daß die Geschäftsbücher in deutscher Sprache zu führen seien. Die Umgangssprache ließ sich nicht anordnen. Jüdische Handelsleute benutzten darum besonders im Viehhandel auch weiterhin ein Idiom, das wegen der aus dem Hebräischen stammenden Ausdrücke für christliche Geschäftspartner unverständlich war. Das weitverbreitete Interesse an der Enthüllung dieser Fachsprache bedienten Aufklärungsschriften bis ins 20. Jahrhundert. In bestimmten Bereichen des Handels wurde im 19. Jahrhundert ein noch stark jiddisch geprägtes Deutsch gesprochen. Christen waren deshalb gezwungen, diese Fachsprache zu erlernen, wenn sie erfolgreich am Handelsleben teilnehmen wollten.

Ausdrücke aus dem Jiddischen kamen auf verschiedenen Wegen in die deutsche Sprache und wurden in einzelnen Gesellschaftskreisen in unterschiedlicher Weise gebraucht. Die meisten Ausdrücke enthielt das Deutsch der Juden. Im Familienkreis blieben jüdische Ausdrücke lange in Gebrauch. In der Öffentlichkeit wurden sie seit dem späten 19. Jahrhundert mehr und mehr vermieden. In den großen Städten verbreitete sich die Kenntnis dieser besonderen Familiensprache auch durch Dienstpersonal, das sich den Wortschatz der Herrschaft aneignete und weitertrug. Auf dem Lande wurden jüdische Ausdrücke in Nachbarschaften und durch jüdische Wanderhändler verbreitet, die ihre Kundschaft regelmäßig aufsuchten. Auf der Börse war es im frühen 19. Jahrhundert notwendig, sich den Jargon der jüdischen Börsianer anzueignen. Dagegen blieben die Metzger- und Viehhändlerausdrücke lange gehütetes Geheimwissen, das wirtschaftliche Vorteile sichern half. Diese Tradition bewahrten christliche Viehhändler noch in den frühen sechziger Jahren des 20. Jahrhunderts, wenn sie einen jungen Wissenschaftler, der die Ausdrücke erfragen wollte, mit dem Hund vom Hof jagten.

Geheimwissen war der Wortschatz der Vaganten und Gauner seit dem ausgehenden Mittelalter. Seine jüdischen Bestandteile wurden aus der Sprache jüdischer Gauner übernommen und sorgfältig gepflegt. Gefängnisse und Erziehungsanstalten sind bis in die Gegenwart der Ort, an dem der Wortschatz vermittelt wird. Sie waren aber auch die Stelle, an der interessierte Kriminalisten immer wieder Vokabulare und Dokumentationen angefertigt haben. Auch andere Berufsgruppen haben aus diesem Vorrat geschöpft, z.B. Kleingewerbetreibende, Landstreicher, Dirnen, Musikanten oder Maurer.

Bühnenkünstler und Journalisten haben sich nicht beim Rotwelsch der Gauner, sondern direkt beim jüdischen Deutsch bedient. Auf und hinter der Bühne, in Redaktionen und Zeitungen waren Wörter aus dem Jiddischen seit dem späten 19. Jahrhundert eine beliebte Zutat. Sie wurde von Parodisten und Polemikern aufgegriffen. Als sich Antisemiten ihrer bemächtigten, rief dies eine sprachkritische Reaktion hervor. Vor allem Karl Kraus nahm die Geisteshaltungen ins Visier, die durch die jiddischen Ausdrücke vermittelt wurden.

Zu Scherz und Spott, aber auch zu polemischen Angriffen auf jüdische Bürger, denen man Gleichberechtigung und sozialen Aufstieg neidete, wurden die jiddischen Ausdrücke in Parodien des frühen 19. Jahrhunderts benutzt. Als antisemitische Tendenzen in Deutschland zunahmen, wurden sie denunziatorisch herausgestellt und zur Agitation gegen Juden eingesetzt. Von Juden wurden solche Ausdrücke daher seit dem Ende des 19. Jahrhunderts in der Öffentlichkeit immer mehr vermieden. In der Zeit der Verfolgung konnte man seine mühsam verborgene Identität schon mit einem einzigen Wort verraten. Die Ausdrücke wurden darum auch von Juden aus dem aktiven Sprachgebrauch getilgt.

Nach dem Ende des Zweiten Weltkriegs wurden die aus dem Jiddischen stammenden Wörter von der nichtjüdischen Bevölkerung wegen des Mißbrauchs durch die nationalsozialistische Propaganda weitgehend tabuisiert. Sie gerieten deshalb innerhalb einer Generation fast völlig in Vergessenheit. Seit den sechziger Jahren wurde die Kenntnis des Judentums aus volkspädagogischen Gründen bewußt gefördert. Das stellte das Interesse an jüdischen Themen auf eine neue Grundlage und bahnte einem neuen Verständnis den Weg. Damit kehrten auch jiddische Wörter in die Öffentlichkeit zurück.

Anders als früher werden sie aber heute weitgehend ohne jüdische Konnotation verwendet. Nicht nach der Zahl seiner Wörter, wohl aber nach der Frequenz stellt der heutige Gebrauch einen Höhepunkt in der Geschichte der jiddischen Ausdrücke im Deutschen dar. Während es früher als ungewöhnliche Besonderheit registriert wurde, wenn das Mitglied eines Fürstenhauses ein aus dem Jiddischen stammendes Wort in den Mund nahm, überbieten sich heute führende Politiker darin, ihr Wirken in Parlament und Öffentlichkeit auch mit Hilfe solcher Ausdrücke zu vermitteln.

Jüdische Familiensprache

Da sich der Sprachwechsel von einer Sprache zur anderen ohne entsprechende Lehrer und Schulen länger hinzieht, blieb ein jiddisch gefärbtes Deutsch in manchen Gegenden bis ins 19. Jahrhundert, in einigen Randgebieten sogar bis ins 20. Jahrhundert lebendig. Vor allem die einfachere jüdische Bevölkerung hatte Wichtigeres zu tun, als auf Hochsprachlichkeit und Sprachreinheit zu achten. Das wurde ihr von der jüngeren Generation vielfach zum Vorwurf gemacht. Der Konflikt spiegelt sich nach 1900 in Auseinandersetzungen jüdischer Schriftsteller über den Gebrauch der deutschen Sprache. Sie stritten über die Möglichkeit, als Juden deutsche Literatur zu schaffen, die allerhöchsten Ansprüchen an die Sprache standhalten kann.

In jüdischen Kreisen erhielten sich große Teile des jiddischen Wortschatzes und wurden in das Alltagsdeutsch integriert. Reste des Jüdischdeutschen wurden seit den sechziger Jahren des 20. Jahrhunderts gesammelt und dadurch der Nachwelt überliefert. Als Spiegel des Alltags bewahren die aus dem Jiddischen stammenden Wörter charakteristische Details der jüdischen Lebenswelt. Jehuda Leopold Frank bot unter dem Titel »Loschen Hakodesch« 1961 »Jüdisch-deutsche Ausdrücke, Sprichwörter und Redensarten der nassauischen Landsjuden«. Die Sammlung enthält den aus dem Jiddischen stammenden Wort- und Sentenzenschatz, wie er noch im 20. Jahrhundert unter Juden in Flacht bei Diez an der Lahn üblich gewesen ist. Solche Reste konnte der Bearbeiter dieses Buches um dieselbe Zeit auch in Hessen bergen und der wissenschaftlichen Öffentlichkeit 1963 zugänglich machen. 1966 legte Arthur Zivy unter dem Titel »Elsässer Jiddisch« eine größere Sammlung von Wörtern, Sprichwörtern und Redensarten vor, die den großen Umfang dieses Sonderwortschatzes deutscher Juden vom Rand des Sprachgebiets eindrucksvoll bestätigen.

Mit seinem Buch »Die Reste des Jüdischdeutschen« zielte Werner Weinberg 1969 nicht auf eine Rekonstruktion des Jiddischen, sondern auf die Dokumentation des jüdischen Deutschs, das er als »Mischdeutsch« charakterisierte, »nämlich Deutsch mit reinen oder eingedeutschten hebräischen Zusätzen«. Sie wurden bis in die dreißiger Jahre des 20. Jahrhunderts besonders in ländlichen Gebieten noch sehr häufig gebraucht. Den außergewöhnlich umfangreichen religiösen Teil dieses jüdischen Sonderwortschatzes hat Weinberg separat gesammelt. Walter Röll hat Weinbergs Buch 1994 als »Lexikon zum religiösen Wortschatz und Brauchtum der deutschen Juden« herausgegeben. Während aus dem Alltagswortschatz viele Wörter in den Sprachgebrauch der Christen übergegangen sind, beschränken sich die Übernahmen aus dem religiösen Wortschatz nur auf wenige Ausdrücke.

Jüdische Fachsprachen

Von den Sondersprachen haben die Idiome der Pferdehändler sowie der Metzger- und Viehhändler die Aufmerksamkeit seit langem auf sich gezogen. Ihnen wie auch der sogenannten Marktsprache, die auf ländlichen Märkten zu hören war, wollte man von christlicher Seite aus mit Enthüllungsschriften beikommen. Dagegen sind die bis ins 18. Jahrhundert gebräuchlichen Ausdrücke des Handelsverkehrs und die noch im 19. Jahrhundert übliche Börsensprache bisher nicht genauer erforscht worden. Heinrich Heine hat darauf hingewiesen, daß zumindest in Frankfurt am Main auch Christen dieses Idiom beherrschen mußten, wenn sie am Handelsleben teilnehmen wollten. Ähnliches gilt auch für den jiddisch gefärbten Presse- und Bühnenjargon. Er war im frühen 20. Jahrhundert unter Insidern allgemein bekannt, ist aber noch nicht systematisch erforscht worden. Der Dokumentation des Idioms der Pferdehändler hat Florence Guggenheim-Grünberg mehrere materialreiche Untersuchungen gewidmet. Elemente dieses fach- und berufssprachlichen Sonderwortschatzes sind in Umrissen erfaßt und werden in diesem Buch in Beispielen dargeboten.

Jüdisches Deutsch

Von der Alltagssprache einer ländlichen jüdischen Bevölkerung und von Fachsprachen bestimmter Berufsgruppen unterscheidet sich das Deutsch jüdischer Intellektueller. Sie gebrauchten die aus dem Jiddischen stammenden Wörter um ihrer besonderen Wirkung willen ganz bewußt. Ein erhellendes Beispiel hat Sammy Gronemann überliefert. Bei einer zionistischen Versammlung in den Jahren um 1900 hatte ein Redner gesagt, das jüdische Leben im *Galuth* (wörtl. ›Wegführung ins Exil‹, jidd. *golus, goles* ›Exil‹) sei durch die Ausdrücke *nebbich* und *Rachmones* zu charakterisieren. Ein anderer Redner äußerte, die beiden jüdischen Wörter *nebbich* und *Rachmones* könne man nur mit einem weiteren jüdischen Ausdruck kommentieren: *Stuß*. Ein dritter überbot ihn noch einmal mit der Bemerkung, auf *Stuß* lasse sich nur noch *Chuzpah* erwidern.

Diskussionen, in denen mit Wörtern aus dem Jiddischen wie mit einem Florett gefochten wurde, waren unter jüdischen Intellektuellen nicht selten. Karl Kraus präsentierte dabei die »jüdischen Ekelworte«, derer er sich wie bei *Chuzpe, Gewure, Mezzie, Rebbach, Nebbich, Ponem, Asis-Ponem* oder *Tineff* notgedrungen bedienen müsse, seiner Leserschaft wie auf einem Tablett. Anton Kuh hingegen benutzte in seiner berühmt gewordenen Stegreifrede gegen Karl Kraus nicht nur Ausdrücke wie *Kille* oder *Mischpoche*, sondern prägte im Feuer der polemischen Auseinandersetzung sogar neue Wörter wie *Itzig-Seuche, Itziglismus, Zeittinnef* oder *Tinnefologie*. Im Begriff des *Mischpochalen* verband er die *Epoche* mit der *Mischpoche* überdies zu einer einzigartigen Melange. Obwohl dieser prononcierte Sprachgebrauch stark momentgebunden war, wird hier der Versuch unternommen, sein geistiges Niveau und die Treffsicherheit der Wortprägungen wenigstens in Beispielen deutlich werden zu lassen.

Das jüdische Deutsch, wie es in der sozialen Mittelschicht in Gebrauch war, hat Bruno Kirschner 1930 in einer Auswahl von »Vulgärausdrücken« dargeboten. Dieser Terminus war nicht geringschätzig gemeint, sondern sollte die Volksläufigkeit derjenigen Wörter betonen, die aus dem Hebräischen über das Jiddische in das Deutsche übergegangen sind. Dabei hat sich Kirschner nicht auf diejenigen jüdischen Ausdrücke beschränkt, die im jüdischen

Deutsch gebräuchlich waren, sondern auch jenen seine Aufmerksamkeit geschenkt, die schon damals im Sprachgebrauch der Nichtjuden vorkamen.

Stadtdialekte

Die Sprachverhältnisse in großen Städten mit beträchtlicher jüdischer Bevölkerung unterschieden sich stark voneinander. In Frankfurt am Main gab es im 19. Jahrhundert neben dem Halbdialekt des Vornehm-Frankfurterischen, dem Amtsdialekt des Offiziell-Frankfurterischen und dem Dialekt der Vorstadt auf dem jenseitigen linken Mainufer mit dem Jüdisch-Frankfurterischen eine vierte Stadtmundart. Sie unterschied sich von den anderen vor allem durch die aus dem Jiddischen stammenden Ausdrücke, die auch von Christen erlernt und im Umgang mit Juden ohne negativen Beigeschmack verwendet wurden. Durch die Sammlungen für das Frankfurter Wörterbuch ist dieser Wortschatz verhältnismäßig gut erfaßt.

In Berlin wie in Wien war die Sprache vom Wohnquartier abhängig. In beiden Städten wohnten jüdische Zuwanderer in der Regel zunächst im Osten der Stadt, in Berlin im Scheunenviertel, in Wien in der Leopoldstadt. Sie strebten von dort in die besseren Stadtbezirke, wobei mit dem Umzug und dem gesellschaftlichen Aufstieg auch der teilweise Verzicht auf den jüdischen Sonderwortschatz einherging. Wie Sammy Gronemann berichtet hat, wurde das Bellevue-Viertel Berlin NW, das zwischen dem Berlin O der Ostjuden und dem Berlin W der Parvenüs gelegen war, von Juden scherzhaft *Nebbichwesten* genannt.

Aus der Sprache der Berliner Juden ging vieles in das Berlinische ein. Nachdem schon Agathe Lasch auf den jüdischen Anteil am Berlinischen hingewiesen hatte, hat Andreas Nachama dem »Jiddisch im Berliner Jargon« 1994 eine eigene Darstellung gewidmet. Auch in Wien unterschieden sich die jüdischen Tonfälle auf der *Mazzesinsel* von jenen in Hietzing oder im neunten Bezirk. Wie in Berlin sind viele jiddische Wörter in den Stadtdialekt eingegangen und dort noch mehr als anderswo lebendig. Obwohl eine große Dokumentation dieses Wortschatzes einstweilen noch aussteht, werden charakteristische Elemente aus den genannten Stadtdialekten im Wörterverzeichnis aufgeführt.

Mundarten

Wie die nach und nach fertiggestellten großen Wörterbücher der deutschen Mundarten belegen, sind jiddische Wörter in manchen Gegenden zahlreich in die Bauernmundarten aufgenommen worden, andernorts dagegen kaum oder gar nicht. Das hängt einerseits mit dem verschiedenen Anteil der Juden an der Gesamtbevölkerung zusammen und wird andererseits auch von den früheren Wohnsituationen und den damaligen Sozialverhältnissen bestimmt. Wo Juden und Christen wie in hessischen Dörfern und kleinen Städten oftmals sehr dicht beieinander wohnten, ergaben sich aus solcher Nachbarschaft Kontakte in der Alltagssprache. Sie hatten beim christlichen Teil der Bevölkerung ein Wissen um die Besonderheiten des jüdischen Wortschatzes und in großem Umfange auch dessen Übernahme in den eigenen Sprachgebrauch zur Folge.

Aus Einzeluntersuchungen, Wörterbucharchiven und gedruckten Dialektwörterbüchern hat Heidi Stern ein »Wörterbuch zum jiddischen Lehnwortschatz in den deutschen Dialekten« zusammengetragen, das durch seine Synopse des bisher verfügbaren Materials eine eindrucksvolle Bilanz des Sprachkontakts auf dem Lande bietet. Zugleich kann es als Wegweiser zu den einzelnen Fundstellen genutzt werden. Die Übersicht zeigt, wie die jiddischen Wörter lautlich und semantisch unter den Einfluß der jeweiligen Mundarten gerieten und sich daraus bisweilen sogar weitgestreute Gebrauchsweisen ergaben. Beispielsweise bedeutet *Chajes* in der Sprache deutscher Juden und in manchen deutschen Mundarten ›Leben‹, in anderen dagegen ›Tod‹. Auf diese Entwicklungen wird im vorliegenden Buch in Einzelfällen hingewiesen, doch können wegen ihrer großen Zahl nicht alle Formen und Bedeutungen der aus dem Jiddischen stammenden Wörter in den deutschen Mundarten hier verzeichnet werden.

Sondersprachen

Bei den Sondersprachen, in die jiddische Wörter integriert sind, steht das Rotwelsche, die historische Gaunersprache, unbestritten an erster Stelle. Weil jiddische Ausdrücke sich wegen ihrer Fremdartigkeit vorzüglich als Elemente einer Geheimsprache eigneten, haben Gauner sie über Jahrhunderte sorgfältig bewahrt. Kriminalisten und Sprachforscher, die das Rotwelsche dokumentieren wollten, haben dazu besonders im 19. Jahrhundert Wörterbücher des Jiddischen herangezogen. Wegen der Ähnlichkeit des rotwelschen und des jüdischen Sprachgebrauchs glaubten sie, Schwierigkeiten der Dokumentation rotwelscher Wörter auf diese Weise umgehen zu können. Sie lieferten jedoch dem Vorurteil Nahrung, zwischen dem Rotwelschen und dem Jiddischen, zwischen Gaunern und Juden gebe es keinen Unterschied.

Tatsächlich sind die Unterschiede zwischen den Idiomen beträchtlich. Viele rotwelsche Ausdrücke gehen zwar auf das Jiddische zurück, weichen davon aber in Lautung und Bedeutung häufig sehr stark ab. *Knas* heißt im Jiddischen ›Geldstrafe‹, *Knast* im Rotwelschen dagegen ›Gefängnis‹. *Baal dowor*, in der mündlich üblichen Form *Baldower*, bedeutete im Jiddischen ›Herr, Besitzer, Unternehmer, Führer‹, im Rotwelschen jedoch ›Hauptunternehmer, Anführer bei einem Diebsunternehmen, Anweiser, Gelegenheitsmacher, Auskundschafter, Diebsführer‹. Wenn bis in die Gegenwart immer wieder behauptet wird, jiddische Wörter seien vorwiegend aus der Gaunersprache ins Deutsche gekommen, so verkennt dies die Gegebenheiten. Dieser Fehlschluß wurde früher zum Zwecke der Denunziation und Diffamierung ganz bewußt herbeigeführt.

Außer in die Gaunersprache sind jiddische Wörter auch in andere Sondersprachen übernommen worden. Sie finden sich u. a. im Jenischen als einer Händlersprache, in der Kundensprache der Landstreicher, in der Soldatensprache, in Handwerkersprachen, der Kaufmannssprache und in der historischen Studentensprache. Heute kommen sie auch in der Jugendsprache vor.

Einzelne historische Sondersprachen sind gut dokumentiert. Zum Rotwelschen gibt es die Quellensammlung von Friedrich Kluge (1901) und das Wörterbuch von Siegmund A. Wolf (1956). Bis in die Gegenwart sind weitere Erhebungen unternommen worden. Auf die Übernahme jiddischer Wörter ins Rotwelsche und andere Sondersprachen ist von Ed. Nascher 1910 im Anhang der Sammlung des jüdischen Jargons und von Bruno Kirschner 1930 bei der Dokumentation der Vulgärausdrücke hingewiesen worden. Im vorliegenden Buch kann auf die Wörter jiddischer Herkunft im Rotwelschen meist nur verwiesen werden.

Von den vielen aus dem Jiddischen stammenden Ausdrücken, die sich in der jüdischen Familiensprache erhalten hatten, im jüdischen Deutsch hervorstachen, in die Stadtdialekte und die deutschen Mundarten übernommen wurden oder im Rotwelschen enthalten sind, tritt nur eine verhältnismäßig geringe Zahl in der Verkehrssprache in Erscheinung. Wie *schofel* sind einzelne seit dem ausgehenden 18. Jahrhundert von großen Wörterbüchern erfaßt worden, ohne daß die Lexikographen sie immer richtig gedeutet hätten.

In der Umgangssprache als der vor allem mündlich gebrauchten Form der Verkehrssprache ist ihre Zahl größer. Als Umgangssprache werden jedoch sehr verschiedene Idiome verstanden. Ihr Wortschatz wurde von Heinz Küpper in einem »Illustrierten Lexikon der deutschen Umgangssprache« (1982–84) gesammelt. Aus verschiedenen Quellen hat der Lexikograph solche Ausdrücke hervorgezogen, die man sonst im Wörterbuch nicht findet. Für das vorliegende Buch bedeutet dies, daß Belege aus Küppers Lexikon stets zu überprüfen sind. Es kann nämlich sein, daß von dem Vorkommen in Sondersprachen wie dem Rotwelschen auf eine Verwendung außerhalb von Gaunerkreisen nur geschlossen wurde, ohne daß dafür ein Beleg vorliegt. Wenn die Hochrechnung gar nur von einer jiddischnahen Quelle des Rotwelschen aus erfolgt ist, sind möglicherweise nicht nur die Umgangssprache, sondern auch das Rotwelsche als Verwendungsbereiche auszuschließen.

Bei den jiddischen Ausdrücken in der Verkehrs- und Standardsprache liegen solche Nachweise durchweg vor. Außerdem sind viele dieser Wörter weithin bekannt. Sie werden daher in diesem Lexikon vor allem in den sprachlichen Zusammenhang eingeordnet, während die Angaben zu den Bedeutungen knapp ausfallen können. Manche Ausdrücke wie *Chuzpe*, *Zocker* oder *Zoff* gehören neuerdings zum Zeitgeistjargon und tummeln sich in Presse und Öffentlichkeit. Andere wie *mies* oder *Pleite* haben sich durch alle Schwankungen des Sprachgebrauchs als wichtige Bestandteile des deutschen Wortschatzes erhalten.

In der deutschen Literatur werden Wörter jiddischer Herkunft seit dem 16. Jahrhundert verwendet. Dabei ist zwischen der Behandlung jüdischer und nichtjüdischer Themen sowie zwischen Dichtung und Gebrauchsliteratur zu unterscheiden. Die Ausdrücke treten anfangs vorzugsweise bei der Behandlung jüdischer Themen auf und fehlen zunächst auch weitgehend in der hohen Literatur. Makkaronische Gedichte, in denen jiddische Wörter in einen deutschen Sprachrahmen eingefügt sind, gibt es jedoch seit dem Barockzeitalter. Seit dieser Zeit werden Juden im Dialog durch einzelne aus dem Jiddischen stammende Wörter charakterisiert.

Im frühen 19. Jahrhundert kommen Parodien im jüdischen Ton auf. Er wird nicht nur mit lautlichen und syntaktischen Mitteln, sondern auch durch den Wortschatz aufgerufen. Die Parodien vermitteln eine heitere, gelegentlich auch eine aggressiv antijüdische Sichtweise. Es folgen populäre Sammlungen von Witzen und Anekdoten, deren Pointe häufig von einem jüdischen Ausdruck bestimmt wird. Bereits die Titel leben vom jiddischen Wort. Ein jüdisches Publikum delektierte sich an Heften wie *Schmonzes-Berjonzes, Eingemachte Esraugim* oder *Schlachmonaus zu Purim*. Titel wie *Schmus und Stuss* oder *Frisch, gesund und meschugge* waren auch oder sogar vorzugsweise für ein nichtjüdisches Publikum gedacht.

Jüdische Autoren benutzten die jiddischen Ausdrücke seit dem 19. Jahrhundert zur Milieuschilderung. Leopold Kompert und Salomon Hermann Mosenthal ließen jüdisches Familien- und Gemeindeleben aus der Sprache erstehen. Zu Beginn des 20. Jahrhunderts dienten jiddische Ausdrücke der Satire und Polemik oder wurden zu kabarettistischen Effekten genutzt. Man findet sie bei jüdischen Autoren wie Karl Kraus, Kurt Tucholsky oder Walter Mehring, mit denunziatorischer Absicht außerdem bei nationalistischen Autoren wie Kurt Stapel oder bei Antisemiten wie Artur Dinter. Am Ende des Jahrhunderts rufen jiddische Wörter wie bei Edgar Hilsenrath eine untergegangene Welt in Erinnerung oder verleihen wie bei Rafael Seligmann deutschen Juden im Roman eine jüdische Aura.

Am weitesten vom jüdischen Ursprung haben sich die Wörter in der Lyrik entfernt. Hier werden sie seit Gottfried August Bürger als poetisches Rohmaterial gebraucht, mit dem der Sprache neue Ausdrucksnuancen abgerungen werden können. Alfred Kerr, Karl

Kraus, Joachim Ringelnatz, Gottfried Benn, Max Herrmann-Neiße, Walter Mehring, Ludwig Harig, Sarah Kirsch, Robert Gernhardt und viele andere haben sich dieses Wortschatzes in manchmal überraschender Weise bedient.

Komponenten

Der Wortschatz des Jiddischen ist aus verschiedenen Komponenten zusammengesetzt. Während das grammatische Grundgerüst im wesentlichen deutsch ist, machen Wörter hebräisch-aramäischer Herkunft den lexikalisch auffälligsten Bestandteil aus. Ihnen stehen Wörter deutscher Herkunft gleichberechtigt zur Seite. In vielen wurden wie bei *schnur* ›Schwiegertochter‹ (mhd. *snuor, snur*) oder *wetog* ›Schmerz‹ (mhd. *wêtac, wêtage*) alte deutsche Formen oder Bedeutungen bewahrt. Die romanischen Reste sind auf wenige Ausdrücke wie *auern* ›beten‹ (zu lat. *orare*) und *benschen* ›segnen‹ (zu lat. *benedicere*) beschränkt. Wörter slawischen Ursprungs wie *torbe* ›Sack‹ (poln. *torba*) und *zwjek* oder *zwjok* ›Nagel‹ (poln. *ćwiek*) finden sich fast ausschließlich im Ostjiddischen.

Wenn man von jiddischen Wörtern im Deutschen spricht, meint man in der Regel die Ausdrücke hebräisch-aramäischer Herkunft. Sie treten in ganz verschiedener Lautgestalt auf. Ein hebräisches Wort wurde sephardisch und aschkenasisch verschieden ausgesprochen. Im Jiddischen entwickelte es sich zudem unterschiedlich in den Dialekten des West- und Ostjiddischen. So wurde hebr. *cholóm* ›Traum‹ in traditioneller Transkription für das Jiddische noch im 19. Jahrhundert als *cholom* wiedergegeben, lautete im Westjiddischen aber *chólem* oder *chaulem*, im Ostjiddischen *chojlem*.

In der Sprache deutscher Juden finden sich diese Wörter in der Regel in aschkenasischer Aussprache. Das gilt auch dann, wenn sie auf sephardische Weise transkribiert sind. Hebr. *rachmanút* ›Barmherzigkeit, Mitleid‹ wurde im Jiddischen und in der Sprache deutscher Juden *Rachmónes* ausgesprochen. So hat es Sammy Gronemann in einem deutschen Text verwendet. Wenn er das Wort *Galuth* ›Diaspora‹ benutzte und dabei die sephardische Aussprache wiedergab, war dies Ausdruck einer zionistischen Perspektive. Zitierte Gronemann aber einen volksläufigen Ausdruck als *Chuzpah*, dann war das Wort mit größter Wahrscheinlichkeit nicht *Chuzpáh*, sondern *Chúzpe* ausgesprochen worden.

Jiddische Wörter deutschen Ursprungs, die noch mit ihrer jiddischen Bedeutung weitergebraucht wurden, fallen viel weniger auf als Ausdrücke hebräischer Herkunft. Bei ihnen kann man leicht auf die von Übersetzern gefürchteten falschen Freunde hereinfallen. So bedeutet *Schul* nicht ›Schule‹, sondern ›Synagoge‹, *Scheitel* nicht ›Teilung des Haupthaars‹, sondern ›Perücke‹. Weil Juden dies keine Probleme bereitete, haben sich Bruno Kirschner (1930) und Werner Weinberg (1969) bei der Sammlung von Vulgärausdrücken und Resten des Jüdischdeutschen im Mischdeutsch fast ausschließlich auf die Hebraismen des Jiddischen beschränkt.

Relikte, Entlehnungen

Wörter jiddischen Ursprungs bildeten auch nach dem Sprachwechsel der Juden vom Jiddischen zum Deutschen das sprachliche und kulturelle Substrat und blieben daher weiter in Gebrauch. Ihr Vorkommen und die Häufigkeit ihres Gebrauchs hing von vielen Umständen ab, von Kommunikationsanlässen und Gesprächspartnern, von den behandelten Themen und vom Öffentlichkeitsgrad der jeweiligen Kommunikation, vor allem aber von den sozialen und politischen Bedingungen. Wie Eisberge wurden diese Ausdrücke daher von Nichtjuden in der Regel nur zu einem geringen Teil wahrgenommen, während der größere Teil als passiver Wortschatz ungehört blieb.

Wörter jiddischen Ursprungs wurden in sehr verschiedener Auswahl in Stadtdialekte, Mundarten und Sondersprachen übernommen. Das geschah entweder direkt aus der Sprache der Juden oder indirekt aus anderen Quellen. Beispielsweise müssen die im rheinisch-westfälischen Industriegebiet verbreiteten Wörter *Maloche* ›Arbeit‹ und *Katzoff* ›Metzger‹ von Zuwanderern aus den preußischen Ostgebieten mitgebracht worden sein. Denn es gab im 19. Jahrhundert kaum Juden an der Ruhr, die sie der Industriearbeiterschaft hätten vermitteln können. In die Umgangssprachen und in die Verkehrssprache gelangten die meisten Wörter aus Stadtdialekten, Mundarten und Sondersprachen. Andere wurden zu Beginn des 20. Jahrhunderts durch jüdische Trendsetter in Presse und Öffentlichkeit eingeführt. Ausdrücke wie *Schtetl*, *Klesmer*, *Lidl* oder *Fidl* gehen auf das neu erwachte Interesse an jüdischer Kultur und Geschichte seit 1960 zurück und stellen die vorerst jüngste Schicht deutscher Wörter jiddischer Herkunft dar.

Produktivität

Wenn die jiddischen Wörter bis in die Verkehrssprache vorgedrungen sind, werden sie oft sehr produktiv. Das bedeutet, daß Ableitungen wie *zoffen* von *Zoff* und Zusammensetzungen wie *Abstiegs-Schlamassel* oder *Zicken-Zoff* spontan gebildet werden. Diese Art der sprachlichen Weiterentwicklung ist für das Deutsche charakteristisch und tritt deshalb auch bei Wörtern jiddischen Ursprungs auf. Zu *zocken* und *Zocker* haben sich in sehr kurzer Zeit Ableitungen wie *Zockerin* und *Zockerei, abzocken, Abzocker* und *Abzockerei* eingestellt. *Abgezockt* steht bereits mit neuen Bedeutungen im Wörterbuch. Bei den Zusammensetzungen finden sich Ausdrücke wie *Zocker-Kundschaft, Zocker-Maschinen, Zockermentalität, Zockermilieu* oder *Zockerqualitäten*. Da jeden Tag neue Ableitungen und Zusammensetzungen entstehen, können sie im Lexikon nur beispielhaft erfaßt werden. Dabei wird jenen der Vorzug gegeben, die wie *Miesmacher* ›Baissier‹ eine besondere Bedeutung besitzen oder wie *Riesenreibach* außergewöhnliche Klangqualitäten aufweisen.

Integration

Wenn Ausdrücke aus dem Jiddischen im Deutschen verwendet werden, kann deren Integration ganz unterschiedlich ausfallen. Am fremdesten sind bloße Wortzitate, die in eine deutsche Textumgebung eingefügt sind. Das kommt in idomatischen Wendungen vor. In der jüdischen Redensart *Das haaßt mer: Mechallel Schabbes umsunst* ist die jiddische Formulierung *mechallel schabbos sein* ›den Sabbat entheiligen‹ enthalten. Der Spruch wurde von Juden gebraucht und bedeutete, daß etwas keinen oder nur geringen Gewinn abwarf.

Mehr als solche Zitate sind Fremdwörter sprachlich ins Deutsche integriert. Sie sind noch erkennbar fremd, aber doch schon so üblich, daß sie zum deutschen Wortschatz zu rechnen sind. Hierzu gehört der Ausdruck *Schabbesgoje*, wörtlich ›Nichtjüdin für den Sabbat‹. Diese Bezeichnung für die nichtjüdische Haushaltshilfe war bereits im Barockzeitalter üblich und ist schon damals in den deutschen Wortschatz eingegangen. Fromme Juden benötigten eine *Schabbesgoje* für Arbeiten, die ihnen am Sabbat aus religiösen Gründen verboten waren.

Am Beispiel zweier Ausdrücke aus demselben Wortstamm läßt sich zeigen, wie verschieden sich die Integration im Einzelfall gestalten konnte. *Schegez* ›christlicher Bursche‹ ist Fremdwort geblieben, *Schickse* ›christliches Mädchen‹ dagegen auf dem Weg zu einem Lehnwort vorangekommen. Die Verkleinerungsformen *Schicksel* und mit doppelter Verkleinerung *Schickselchen* sowie neue Bedeutungen lassen erkennen, daß dieser Prozeß schon weit fortgeschritten war, als alle Wörter jiddischer Herkunft unter ein Tabu fielen. Als Lehnwort ganz integriert ist jidd. *bajis* ›Haus‹ im österreichischen *Beisel* ›Gaststätte‹ und im deutschen *Beize* ›Kneipe‹. Mit *beißen* und mit *beizen* haben beide Wörter etymologisch nichts zu tun.

Konnotationen

Von den verschiedenen Mitbedeutungen ist die Konnotation »jüdisch« grundlegend. Früher war vielen Deutschen sofort klar, daß es sich um ein jüdisches Wort handelte, wenn einer der in diesem Lexikon gesammelten Ausdrücke verwendet wurde. Sie wurden oft als decouvrierend empfunden. Als sprachliches Zeichen überwundener Verhältnisse wurden sie von Juden vermieden, von anderen dagegen im Familienkreis in provozierender Absicht ganz bewußt verwendet. Die zweite grundlegende Konnotation ist »gaunerisch«, die aus der Aufnahme jiddischer Wörter in das Rotwelsche resultierte.

Demagogen haben beide Konnotationen absichtlich und in verfälschender Weise miteinander verknüpft. Daß diese Vermischung von dem Sprachwissenschaftler Alfred Goetze bei der Neuauflage eines etymologischen Wörterbuchs der deutschen Sprache 1934 ganz bewußt vorgenommen wurde, um der »geistigen Wehrpflicht« genügen zu können, zeigt die Verblendung in dunkler Zeit. Dies lieferte die wissenschaftliche Begründung für eine menschenverachtende Propaganda, bei der die jiddischen Relikte in der Sprache deutscher Juden eine wichtige Rolle spielten.

Mit Wörtern jiddischer Herkunft werden auch andere Konnotationen aufgerufen. Sie können »salopp«, »journalistisch«, »witzig« oder »polemisch« gebraucht werden. Einige erscheinen mit hoher Frequenz neuerdings auch als modische Zutat des öffentlichen Sprachgebrauchs. Andere gehören nur zum peripheren Wortschatz oder sind Teil von Fachjargons wie dem der Börsianer, der Viehhändler oder der Bühnenkünstler gewesen. Heute deuten manche Ausdrücke eher auf Profifußballer, Sportjournalisten und Politiker hin, als daß sie noch als »jüdisch« in Erscheinung treten würden.

Stilistik

Wörter jiddischer Herkunft waren im jüdischen Deutsch vor allem Bestandteil der Alltagsrede. In der Literatur wurden sie als Symptom des Judentums benutzt, charakterisierend in Bühnenstücken, dokumentierend oder mit didaktischer Absicht in erzählerischen Texten des 19. Jahrhunderts. Zu humoristischen Effekten dienten sie bei Witzen und Anekdoten, satirisch wurden sie im Kabarett eingesetzt, polemisch in der öffentlichen Auseinandersetzung, auch unter Juden, in Stellung gebracht.

Typisch für ihren Gebrauch ist das Stilmittel der Häufung. In der Überschrift *Das miese Geschäft mit Pleitefirmen* werden mit *mies* und *Pleite* gleich zwei der am häufigsten gebrauchten Ausdrücke benutzt. Sie sind inzwischen so alltäglich, daß man kaum noch versteht, warum Anton Kuh am 25. Oktober 1925 bei einer öffentlichen Rede im Wiener Konzerthaussaal für den Ausruf *Gott, ist mir mies* schallende Heiterkeit ernten konnte.

Mit jiddischen Wörtern werden besondere Farbtupfer aufgetragen. Sie ermöglichen klangliche Effekte wie bei *kaputter Koscher-Koch*, *maßloser Miesmacher*, *Riesenreibach* oder *Zicken-Zoff*. Sie eignen sich für Wortspiele wie bei Otto Waalkes' Antwort auf die Frage nach dem besten Platz zum Leben: *am Reibach oder im Überfluß*. Sie lassen sich polemisch zuspitzen wie in Anton Kuhs Begriff des *Mischpochalen* oder in Karl Kraus' Wortschöpfung *Chammersängertum*, mit dem er einen Tenor als beschränkt abtat. Während hier der *Kammersänger* als *Chammer* erscheinen sollte, wurde der als *Salzburger Abzockerln* bezeichneten Festspielleitung sowohl *Abzockerei* als auch die Aufgeblasenenheit der *Nockerln* feuilletonistisch attestiert. Vielleicht ist die Leichtigkeit, mit der ungewöhnliche Ausdrücke gebildet und neue Perspektiven eröffnet werden können, ein Grund dafür, daß ein Teil der Wörter in der Gegenwart so häufig vorkommt.

Auswahl

In dieses Kleine Lexikon können die deutschen Wörter jiddischer Herkunft nur in einer repräsentativen Auswahl aufgenommen werden. Dabei wurde vom aktuellen Sprachgebrauch ausgegangen. Daneben sind Ausdrücke berücksichtigt, denen man in historischen Texten begegnen kann. Wie die jüngste Sprachgeschichte zeigt, können jiddische Wörter nach einer Phase, in der sie nahezu unbekannt sind, jederzeit reaktiviert werden. Sie breiten sich dann manchmal mit großer Geschwindigkeit in der Sprachgemeinschaft aus. Die Streitwörter *Zoff* und *Tacheles* sind dafür aktuelle Beispiele.

Die aus dem Jiddischen stammenden Ausdrücke stellen ein Wortschatzreservoir dar, aus dem sich die Sprecher wegen der besonderen klanglichen und semantischen Qualitäten offenbar gern bedienen. Auch Ausdrücke, die erst im Deutschen von jiddischen Wörtern abgeleitet worden sind, können wie *Mauscheln* und seine ganze Wortfamilie große Wirkung entfalten. Sogar ein jüdisches Kennwort wie *nebbich*, das als Interjektion eine schwer zu bestimmende Bedeutung hat, konnte im Deutschen in bestimmten Bereichen Karriere machen.

Den Grundstock des Lexikons bilden Wörter, die von deutschen Juden in einer von einzelnen Ausdrücken jiddischer Herkunft geprägten Alltagsrede verwendet wurden. Sie waren Bestandteil der jüdischen Familiensprache, unterschieden jüdische Sondersprachen wie das Idiom der Viehhändler von anderen Berufssprachen, und gaben dem jüdischen Deutsch, soweit es öffentlich in Erscheinung getreten ist, eine unverwechselbare Note. Deshalb sind ad hoc-Bildungen wie *Itzig-Seuche, Lallmiesnick* und *Tinnefologie* aufgenommen.

Wörter jiddischer Herkunft aus den Stadtdialekten in Frankfurt am Main, Berlin und Wien dokumentieren die engen sprachlichen Beziehungen innerhalb großstädtischer Gesellschaften. So ist *Datscher* ein jüdischer Ausdruck aus Frankfurt, *dufte* ein typisches Berliner Wort, *Machloikes* in Wien mehr als anderswo bekannt. Das Vorkommen jiddischer Ausdrücke im Rotwelschen und in anderen Sondersprachen konnte nur ansatzweise berücksichtigt werden. Gleiches gilt für die deutschen Mundarten, deren farbiger Wortschatz jiddischer Herkunft zeigt, wie selbständig die Sprecher sprachliche Elemente weiterentwickeln.

Auf das Vorkommen in den Umgangssprachen und in der Verkehrssprache in Deutschland und Österreich wird hingewiesen, ohne allzu Bekanntes hier zu wiederholen. Dagegen wurde Wörtern, die wie *Nebbochant* auf jiddische Ausdrücke zurückgehen, im Jiddischen aber nicht vorkommen, besondere Aufmerksamkeit geschenkt. Auch die vom jiddischen Sprachgebrauch herrührenden Nuancen bei deutschen Wörtern wie *Gut Woch* oder *Jahrzeit*, die meist nicht als Jiddismen erkannt werden, wurden erfaßt. Sie geben Einblicke in die jüdische Kultur, deren Einzelheiten in funktionierenden Nachbarschaften allgemein bekannt waren. Ein Anliegen dieses Buches ist auch, die jiddischen Wörter in der deutschen Literatur deutlich werden zu lassen. Sie sind seit Jahrhunderten ein zahlenmäßig kleiner, von der sprachlichen Qualität her aber bedeutsamer Bestandteil der deutschen Literatursprache.

Auf den Nachweis der Verwendung dieser Ausdrücke wurde besonderer Wert gelegt. Darum sind Gebrauchsbeispiele und Kontexte angeführt. Sprichwörter, Redensarten, charakteristische Floskeln und Zitate aus der deutschen Literatur sollen zeigen, in welcher Weise Wörter jiddischer Herkunft in den deutschen Sprachgebrauch integriert worden sind. Schließlich wird das Spektrum des aktuellen Sprachgebrauchs, in dem die Frequenz der aus dem Jiddischen stammenden Ausdrücke wieder zunimmt, beispielhaft mit Belegen aus Presse und Öffentlichkeit sichtbar gemacht.

Hinweise zum Gebrauch

Bei der Auswahl der Stichwörter und Lautformen ist den bekannteren vor den unbekannteren der Vorzug gegeben worden. Die bekannteste Lautform ist als Stichwort angesetzt. Weniger gebräuchliche Formen sind zusätzlich notiert. Jüdische und nichtjüdische Formen wurden nach Möglichkeit in einem Wortartikel vereinigt. Dennoch sind Ausdrücke wie *Bajes, Beisel* und *Beize*, die auf dasselbe jiddische Wort zurückgehen, als verschiedene Stichwörter angesetzt. Auch Wörter wie *chochem* und *kochem*, *Knass* und *Knast*, *Bafel* und *Bowel*, *Ganeff, Gannew* und *Ganove* werden an verschiedenen Stellen aufgeführt, weil die Lautformen auf verschiedene Verwendungbereiche deuten.

Lautformen eines Wortes mußten zusammengefaßt werden. Auch stark abweichende Pluralformen wie *Chachomen* zu *Chochem* oder *Einojem* zu *Ajen* erscheinen meist unter der Singularform. Nur wenn wie bei *Chauwes* die Puralform im Deutschen wichtiger ist als die Singularform, ist diese als Stichwort angesetzt. Auf orthographische Unterschiede und auf unterschiedliche Transkriptionen wurde nicht eigens hingewiesen. Formen wie *pattersch* und *battersch*, *Cheder* und *Cheider, Scholem* und *Schaulem* oder *Soneff* und *Zoneff* verdeutlichen Unterschiede im Sprachgebrauch deutscher Juden. Auf die Vereinheitlichung der Lautformen wurde verzichtet. Bei der Auswahl der Leitform für den jeweiligen Wortartikel wurde pragmatisch verfahren. Von den Lautformen in Mundarten und Sondersprachen konnte nur eine knappe Auswahl angeführt werden. Weitere Angaben bieten die Spezialwörterbücher. Ableitungen wie *erganfen* und Zusammensetzungen wie *Freizeitzocker*, die täglich neu gebildet werden, wurden in der Regel nur dann aufgenommen, wenn die Wörter sprachlich oder kulturell von besonderer Bedeutung sind.

Etymologisch sind die Ausdrücke auf das Jiddische zurückgeführt. Hebräische Formen wurden nur angegeben, wo dies notwendig erschien. Als etymologische Referenzbasis wurde ein Werk des 19. Jahrhunderts gewählt, weil die meisten Ausdrücke zu dieser Zeit schon ins Deutsche entlehnt waren. Es bietet die einzelnen Wörter noch in traditioneller Lautung, die den Bezug zum Hebräischen stärker verdeutlicht als die Lautung im heutigen Jiddisch. Schon mit der damaligen Aussprache stimmen diese Lautformen nicht in jeder Einzelheit überein. Häufig gibt die deutsche Form einen Hinweis auf die historische Aussprache eines Wortes im Westjiddischen. Weitere etymologische Angaben zum Bibl.-Hebräischen, zum Mittelhebräischen, zum West- und Ostjiddischen können der zitierten Fachliteratur entnommen werden. Für viele Ausdrücke finden sich solche Angaben im Wörterbuch von Heidi Stern (2000).

Von den Gebrauchsbereichen ist die jüdische Familiensprache an den Anfang gestellt. Es folgen die Stadtdialekte, das Rotwelsche und die deutschen Mundarten. Soweit die Ausdrücke auch in Umgangssprachen und der Verkehrssprache gebräuchlich sind, ist dies mit Verweis auf die lexikographische Literatur vermerkt. Literatursprachlicher Gebrauch wurde bevorzugt nachgewiesen. Die Wortartikel sind mit Bedeutungsangaben versehen. Alle Nuancen konnten dabei nicht verzeichnet werden. Aus Mundarten und Sondersprachen konnte nur eine Auswahl wichtiger Bedeutungen aufgenommen werden. Nach Möglichkeit wurden Kontextbeispiele gegeben. Beim jüdischen Gebrauch sind auch Sprichwörter und Redensarten aufgeführt, die die Verankerung der Ausdrücke in traditionellen Kontexten erkennen lassen. Bei Mundarten und Rotwelsch wurde auf Kontextbeispiele zumeist verzichtet. Dafür wurden literarischer Gebrauch und das Vorkommen in der Presse durch ausgewählte Wortzitate belegt.

Literaturhinweise ermöglichen, die Angaben dieses Lexikons bei Bedarf aus weiteren Quellen zu ergänzen. Fachliteratur zu einzelnen Wörtern, insbesondere zu strittigen Etymologien, konnte nur in sehr beschränktem Umfange angeführt werden. Dafür sei auf etymologische Wörterbücher wie das von Friedrich Kluge (24. Aufl. 2002) verwiesen. Wortgeschichtliche Belege finden sich auch im Grimmschen Wörterbuch und neuerdings in vorzüglicher Auswahl im Deutschen Wörterbuch von Hermann Paul (10. Aufl. 2002). Eine Einführung in den Sonderwortschatz deutscher Wörter jiddischer Herkunft bieten auch die Bücher »Zocker, Zoff & Zores« (Beck'sche Reihe 1476) und »Chuzpe, Schmus & Tacheles. Jiddische Wortgeschichten« (Beck'sche Reihe 1563). Dort finden sich weiterführende Angaben zum Vorkommen und zur Verwendung.

Abkürzungen

Abl.	Ableitung
Adj.	Adjektiv
adv.	adverbial
Adv.	Adverb
Ah.	Althaus
AL	Avé-Lallemant 4
amerik.	amerikanisch
arab.	arabisch
aschkenas.	aschkenasisch
bad.	badisch
BadWb.	Badisches Wörterbuch
bair.	bairisch
BBWb.	Brandenburg-Berlinisches Wörterbuch
Bed.	Bedeutung
berlin.	berlinisch
Bez.	Bezeichnung
bibl.	biblisch
spr.	sprachlich
Spr.	Sprache
Blu.	Blumenfeld
Bö.	Böhm
dt.	deutsch
DuWb.	Duden Wb.
elsäss.	elsässisch
engl.	englisch
F	Die Fackel
fam.	familiensprachlich
FAZ	Frankfurter Allgemeine
Fe.	Fechner
Fr.	Frank
fragl.	fraglich
frankf.	frankfurterisch
frz.	französisch
FWb.	Frankfurter Wörterbuch
G/G	George/Gundolf
Gr.	Gronemann
HB	Hörbeleg
hebr.	hebräisch
hess.	hessisch
HM	Hilf mit!
HNWb.	Hessen-Nassauisches Volkswörterbuch
IB	Internet-Beleg
Interj.	Interjektion
iron.	ironisch
jidd.	jiddisch
JL	Jüdisches Lexikon
JM	Jiddistik-Mitteilungen
jmd.	jemand
jüd.	jüdisch
Ki.	Kirschner
KK	Karl Kraus
Kle.	Klemperer
Klu.	Kluge
Ko.	Kompert
Komp.	Komparativ
Konj.	Konjunktion
Kü.	Küpper
lat.	lateinisch
Lex.	Lexikon
literar.	literarisch, literatursprachlich
mdal.	mundartlich
med.	medizinisch
Mo.	Mosenthal
mögl.	möglicherweise
Na.	Nachama
Neg.	Negation

Neu.	Neumann
Num.	Numerale
österr.	österreichisch
ÖWb.	Österreichisches Wörterbuch
pfälz.	pfälzisch
PfWb.	Pfälzisches Wörterbuch
phras.	phraseologisch
Pl.	Plural
PN	Personenname
polit.	politisch
poln.	polnisch
präd.	prädikativ
rhein.	rheinisch
RhWb.	Rheinisches Wörterbuch
rotw.	rotwelsch
russ.	russisch
SB	Sprach-Brockhaus
Scho.	Betty/Gershom Scholem
Se.	Seligmann
sephard.	sephardisch
Sg.	Singular
ShWb.	Südhessisches Wörterbuch
slaw.	slawisch
Sle.	Slezak
St.	Heidi Stern
Subst.	Substantiv
tautolog.	tautologisch
Te.	Tendlau
tschech.	tschechisch
typ.	typisch
ugs.	umgangssprachlich
viell.	vielleicht
W/G	Wolfskehl/Gundolf
Wb.	Wörterbuch
Wei.	Weinberg
wiener.	wienerisch
wiss.	wissenschaftlich
Wo.	Siegmund A. Wolf
Zus.	Zusammensetzung

Literatur

Altenberg, Peter: »Semmering 1912«. Berlin 1913.

Althaus, Hans Peter: Jüdisch-hessische Sprachbeziehungen. In: Zeitschrift für Mundartforschung 30. 1963/64, S. 104–156.

– (M): Mauscheln. Ein Wort als Waffe. Berlin, New York 2002.

– (Z): Zocker, Zoff & Zores. Jiddische Wörter im Deutschen. München 2002. (Beck'sche Reihe. 1476).

Andres, Stefan: Der Knabe im Brunnen. Roman. München 1953.

Avé-Lallemant, Friedrich Christian Benedict: Das Deutsche Gaunerthum in seiner social-politischen, literarischen und linguistischen Ausbildung zu seinem heutigen Bestande. 4 Tle. Leipzig 1858–1862. Neudruck: Hildesheim, New York 1980. [Darin Tl 4, S. 319–512: Jüdischdeutsches Wörterbuch].

Badisches Wörterbuch. Bd 1 ff. Lahr/Schwarzwald 1942 ff.

Bauer, Elvira: Ein Bilderbuch für Groß und Klein. Nürnberg 1936.

Bebermeyer, Renate: Jiddisches in der deutschen Sprache. In: Sprachspiegel 34. 1978, S. 99–104.

Benn, Gottfried: Sämtliche Werke. Bd 1 ff. Stuttgart 1986 ff.

– (Z): Hernach. Gottfried Benns Briefe an Ursula Ziebarth. Mit Nachschriften zu diesen Briefen von Ursula Ziebarth und einem Kommentar von Jochen Meyer. Göttingen 2002.

Beranek, Franz J.: Jiddisch. In: Deutsche Philologie im Aufriß. 2., überarb. Aufl. Hrsg. von Wolfgang Stammler. Bd 1. Berlin 1957, Sp. 1955–1998.

– Westjiddischer Sprachatlas. Marburg 1965.

Bernstein, Ignaz: Jüdische Sprichwörter und Redensarten. Gesammelt und erklärt unter Mitwirkung von B. W. Segel. 2., verm. u. verb. Aufl. Warschau 1908. Neudruck Hildesheim 1969.

Birnbaum, Salomo: Das hebräische und aramäische Element in der jiddischen Sprache. Würzburg 1922. 2. Aufl. mit einem Nachwort von Walter Röll. Hamburg 1986.

Blumenfeld, Erich: Einbildungsroman. Frankfurt (Main) 1998.

Böhm, Louis: Lieder eines fahrenden Choßid. Humoristische Dichtungen für jüdische Geselligkeit. Hildesheim 1910.

Brandenburg-Berlinisches Wörterbuch. 4 Bde. Berlin 1976–2001.

Bürger, Gottfried August: Sämtliche Werke. Hrsg. von Günter und Hiltrud Häntzschel. München, Wien 1987.

Der Spiegel. Das deutsche Nachrichtenmagazin. Hamburg.

Der Sprach-Brockhaus. Deutsches Bildwörterbuch für jedermann. Leipzig 1935.
Die Fackel. Nr. 1. 1899 – Nr. 917–922. 1936. Neudruck. 12 Bde. Frankfurt a. M. [1981].
Die Welt. Berlin.
Duden. Das große Wörterbuch der deutschen Sprache. 2. Aufl. 8 Bde. Mannheim, Leipzig, Wien, Zürich 1993–1995.
Fechner, Eberhard: Die Comedian Harmonists. Sechs Lebensläufe. 2. durchges. Aufl. Weinheim u. Berlin 1996.
Frank, Jehuda Leopold: »Loschen Hakodesch«. Jüdisch-deutsche Ausdrücke, Sprichwörter und Redensarten der Nassauischen Landsjuden. 3. Aufl. Cholon 1993.
Frankfurter Wörterbuch. 6 Bde. Frankfurt a. M. 1971–1985.
Frankfurter Allgemeine. Zeitung für Deutschland. Frankfurt a. M.
George, Stefan; Gundolf, Friedrich: Briefwechsel. Hrsg. von Robert Boehringer mit Georg Peter Landmann. München u. Düsseldorf 1962.
Gernhardt, Robert: Gedichte. 1954–1997. Zürich 1999.
Gerzon, Jacob: Die jüdisch-deutsche Sprache. Eine grammatisch-lexikalische Untersuchung ihres deutschen Grundbestandes. Frankfurt a. M. 1902.
Grimm, Jacob, und Grimm, Wilhelm: Deutsches Wörterbuch. 16 in 33 Bdn. Leipzig 1854–1971.
Gronemann, Sammy: Schalet. Beiträge zur Philosophie des »Wenn schon«. Mit einem Nachwort von Joachim Schlör. Leipzig 1998. (Reclam Bibliothek. 1619).
Guggenheim-Grünberg, Florence: Jiddisch auf alemannischem Sprachgebiet. 56 Karten zur Sprach- und Sachgeographie. Zürich 1973. (Beiträge zur Geschichte und Volkskunde der Juden in der Schweiz. 10).
Harkavy, Alexander: Yiddish-English-Hebrew Dictionary. 4th ed. New York 1928.
Hauff, Wilhelm: Sämtliche Werke, 2 Bde. Leipzig o. J.
Hauptmann, Gerhart: Sämtliche Werke. Hrsg. von Hans Egon Hass. Bd 1. Frankfurt a. M., Berlin. 1966.
Hebel, Johann Peter: Poetische Werke. Darmstadt 1968.
Heine, Heinrich: Sämtliche Werke. Hrsg. von Ernst Elster. 7 Bde. Leipzig u. Wien o. J.
Hermann, Georg: Unvorhanden und stumm, doch zu Menschen noch zu reden. Hrsg. von Laureen Nussbaum. Mannheim 1991.
v. Herzmanovsky-Orlando, Fritz: Sämtliche Werke. Bd 9. Salzburg 1992.
Hessen-Nassauisches Volkswörterbuch. Bd 2 ff. Marburg 1927 ff.
Hügel, F. S.: Der Wiener Dialekt. Lexikon der Wiener Volkssprache (Idioticon Viennense). Wien, Pest, Leipzig 1873.
Hilf mit! Illustrierte deutsche Schülerzeitung. Jg. 5. Berlin 1937/38.

Jiddistik-Mitteilungen. Jiddistik in deutschsprachigen Ländern. Trier.
Jüdisches Lexikon. Ein enzyklopädisches Handbuch des jüdischen Wissens. Begr. von Georg Herlitz und Bruno Kirschner. 4 in 5 Bdn. Berlin 1927–1930.
Kafka, Franz: Hochzeitsvorbereitungen auf dem Lande und andere Prosa aus dem Nachlaß. Stuttgart [u. a.] o. J.
Kerr, Alfred: Liebes Deutschland. Gedichte. Hrsg. von Thomas Koebner. Berlin 1991. (Werke in Einzelbänden. 2).
– Essays. Theater, Film. Hrsg. von Hermann Haarmann u. Klaus Siebenhaar. Berlin 1991. (Werke in Einzelbänden. 3).
– »Ich sage, was zu sagen ist«. Theaterkritiken 1893–1919. Hrsg. von Günther Rühle. Frankfurt a. M. 1998. (Werke in Einzelbänden. 7.1).
– »So liegt der Fall«. Theaterkritiken 1919–1933 und im Exil. Hrsg. von Günther Rühle. Frankfurt a. M. 2001. (Werke in Einzelbänden. 7.2).
Kirschner, Bruno: Vulgärausdrücke. In: Jüdisches Lexikon. Bd 4/2. Berlin 1930, Sp. 1254–1268.
Klemperer, Victor: Leben sammeln, nicht fragen wozu und warum. Tagebücher 1918–1924. 1925–1932. Hrsg. von Walter Nowojski unter Mitarbeit von Christian Löser. 2 Bde. Berlin 1996.
– Ich will Zeugnis ablegen bis zum letzten. Tagebücher 1933–1941. 1942–1945. Hrsg. von Walter Nowojski unter Mitarbeit von Hadwig Klemperer. 2 Bde. Berlin 1995.
– So sitze ich denn zwischen allen Stühlen. Tagebücher 1945–1949. 1950–1959. Hrsg. von Walter Nowojski unter Mitarbeit von Christian Löser. 2 Bde. Berlin 1996.
Klepsch, Alfred: Westjiddisches Wörterbuch. Auf der Basis dialektologischer Erhebungen in Mittelfranken. 2 Bde. Tübingen 2003.
Kluge, Friedrich: Etymologisches Wörterbuch der deutschen Sprache. 24. Aufl. Bearb. von Elmar Seebold. Berlin, New York 2002.
– Rotwelsch. Quellen und Wortschatz der Gaunersprache und der verwandten Geheimsprachen. I. Rotwelsches Quellenbuch. Straßburg 1901.
Kompert, Leopold: Sämtliche Werke. 10 Bde. Leipzig o. J.
Koneffke, Jan: Paul Schatz im Uhrenkasten. Roman. Köln 2000.
Kraus, Karl: Werke. Hrsg. von Heinrich Fischer. Bd 5, 7, 14. München 1957, 1959, 1967.
– (S): Schriften. Hrsg. von Chr. Wagenknecht. Bd 14. Frankfurt a. M. 1992.
Kuh, Anton (M): Metaphysik und Würstel. Feuilletons, Essays und Publizistik. Hrsg. und mit einem Nachwort von Ruth Greuner. Zürich 1987.
Küpper, Heinz: Illustriertes Lexikon der deutschen Umgangssprache. 8 Bde. Stuttgart 1982–1984.
Landmann, Salcia: Der jüdische Witz. 13. Aufl. o.O. 1988.
Landsberger, Artur: Berlin ohne Juden. Hrsg. und mit einem Nachw. v. Werner Fuld. Bonn 1998.

Lasch, Agathe: »Berlinisch«. Eine berlinische Sprachgeschichte. Berlin o.J.

Lenz, H. K.: Jüdische Eindringlinge in Wörter- und Citatenschatz der deutschen Sprache. Münster i.W. 1895.

Lessing, Theodor: Bildung ist Schönheit. Autobiographische Zeugnisse und Schriften zur Bildungsreform. Hrsg. u. eingel. von Jörg Wollenberg. Bremen 1995. (Ausgewählte Schriften. 1).

Liebermann, Max: Briefe. Auswahl von Franz Landsberger. Ergänzte Neuausgabe von Ernst Volker Braun. Stuttgart 1994. (Korrespondenzen. 5).

Maas, Wolff: Ein schön Schir. Frankfurt a.M. 1766. Wiederabgedruckt in: Jiddische Philologie. Festschrift für Erika Timm. Hrsg. von Walter Röll und Simon Neuberg. Tübingen 1999, S. 303–306.

Mahler-Werfel, Alma: Tagebuch-Suiten 1898–1902. Hrsg. von Antony Beaumont u. Susanne Rode-Bergmann. Frankfurt a. M. 1997.

Maimon, Arye: Wanderungen und Wandlungen. Die Geschichte meines Lebens. Trier 1998.

Mehring, Walter: Chronik der Lustbarkeiten. Die Gedichte, Lieder und Chansons 1918–1933. Düsseldorf 1981.

Mörike, Eduard: Sämtliche Werke. Hrsg. von Herbert G. Göpfert. 2. Aufl. München 1958.

Mosenthal, Salomon Hermann: Erzählungen aus dem jüdischen Familienleben. Mit einem Nachwort hrsg. von Ruth Klüger. Göttingen 2001.

Nachama, Andreas: Jiddisch im Berliner Jargon oder Hebräische Sprachelemente im deutschen Wortschatz. Berlin 1994.

Naschér, Ed.: Das Buch des jüdischen Jargons. Wien, Leipzig 1910.

Neumann, Robert (K): Mein altes Haus in Kent. Erinnerungen an Menschen und Gespenster. Wien, München, Basel 1957.

– (L): Ein leichtes Leben. Bericht über mich selbst und Zeitgenossen. München, Wien, Basel 1963.

– (S): Sintflut. Roman. Stuttgart 1929.

– (V): Vielleicht das Heitere. Tagebuch aus einem anderen Jahr. München 1968.

Österreichisches Wörterbuch. 36., überarb. Aufl. Wien 1985.

Panizza, Oskar: Der Korsettenfritz. Gesammelte Erzählungen. Mit einem Beitrag von Bernd Mattheus. München 1981.

Paul, Hermann: Deutsches Wörterbuch. 10., überarb. u. erw. Aufl. von Helmut Henne, Heidrun Kämper u. Georg Objartel. Tübingen 2002.

Pfälzisches Wörterbuch. 6 Bde. Wiesbaden, Stuttgart 1965–1997.

Pick, Rudolf: Die Nelkenburg. Ein ritterlich Spiel. Mit einem Geleitwort von A. F. Seligmann. Wien 1923.

Post, Rudolf: Jüdisches Sprachgut in den pfälzischen und südhessischen Mundarten. In: Pfälzisches Judentum gestern und heute. Beiträge zur Regionalgeschichte des 19. und 20. Jahrhunderts. Hrsg. von Alfred H. Kuby. Neustadt a.d. Weinstraße 1992, S. 177–258.

Rheinisches Wörterbuch. 9 Bde. Bonn, Berlin 1928–1971.

Ringelnatz, Joachim: Und auf einmal steht es neben dir. Gesammelte Gedichte. Berlin 1975.
Röll, Walter: Bestandteile des deutschen Gegenwartwortschatzes jiddischer und hebräischer Herkunft. In: Akten des VII. Internationalen Germanisten-Kongresses. Bd 5. Hrsg. von Walter Röll, Hans-Peter Bayerdörfer. Tübingen 1986, S. 54–62.
Roth, Joseph: Werke. 1. Das journalistische Werk 1915–1923. Hrsg. von Klaus Westermann. Köln 1989.
Scholem, Betty; Scholem, Gershom: Mutter und Sohn im Briefwechsel 1917–1946. Hrsg. von Itta Shedlitzky in Verbindung mit Thomas Sparr. München 1989.
Scholem, Gershom (B): Von Berlin nach Jerusalem. Jugenderinnerungen. Frankfurt a.M. 1977. (Bibliothek Suhrkamp. 555).
Schulze, Ingo: Simple Storys. Ein Roman aus der ostdeutschen Provinz. Berlin 1998.
Seligmann, Rafael (M): Der Musterjude. Roman. Hildesheim 1997.
– (S): Schalom meine Liebe. Roman. München 1998.
Slezak, Leo (B): Mein lieber Bub. Briefe eines besorgten Vaters. Hrsg. von Walter Slezak. München 1966.
– (L): Mein Lebensmärchen. München 1948.
– (We): Meine sämtlichen Werke. Berlin 1922.
– (Wo): Der Wortbruch. Berlin 1927.
Stern, Heidi: Wörterbuch zum jiddischen Lehnwortschatz in den deutschen Dialekten. Tübingen 2000. (Lexikographica. Series Maior. 102).
Südhessisches Wörterbuch. Bd 1 ff. Marburg 1965 ff.
Tendlau, Abraham: Sprichwörter und Redensarten deutsch-jüdischer Vorzeit. Frankfurt a. M. 1860. Neudruck Hildesheim, New York 1980.
Torberg, Friedrich: PPP. Pamphlete, Parodien, Post Scripta. München 1976. (Gesammelte Werke. 3).
Wehle, Peter: Sprechen Sie Wienerisch? von Adaxl bis Zwutschkerl. Erw. u. bearb. Neuausgabe. Wien, Heidelberg 1980.
Weinberg, Werner: Die Reste des Jüdischdeutschen. Stuttgart [u.a.] 1969. 2. erw. Aufl. 1973. (Studia Delitzschiana. 12).
– (L): Lexikon zum religiösen Wortschatz und Brauchtum der deutschen Juden. Hrsg. von Walter Röll. Stuttgart-Bad Cannstatt 1994.
Weinreich, Uriel: Modern English-Yiddish Yiddish-English Dictionary. New York 1968.
Wolf, Siegmund A.: Wörterbuch des Rotwelschen. Deutsche Gaunersprache. Mannheim 1956.
Wolfskehl, Karl und Hanna: Briefwechsel mit Friedrich Gundolf. 1899–1931. Hrsg. von Karlhans Kluncker. 2 Bde. Amsterdam 1977.
Zivy, Arthur: Elsässer Jiddisch. Jüdisch-deutsche Sprichwörter und Redensarten. Basel 1966.

Wortartikel

A–Z

A

abgezockt Adj. [zu jidd. *zchoken*] ugs. ›betrügerisch‹ *abgezocktes Geben und Nehmen* (IB); ›betrogen, reingelegt‹ *abgezockt ist eben abgezockt* (IB); ›abgeklärt‹ *abgezocktes Team* (IB); *abGEZockt,* Wortspiel mit *GEZ* ›Gebühreneinzugszentrale‹ (IB). → *abzocken.*

abschmulen [zum jidd. PN *Schmul* ›Samuel‹] schülerspr. ›abgucken‹ (BBWb. 1, 74); ›etwas vom Klassenkameraden absehen‹ (Kü. 70; DuWb. 89). → *schmulen.*

Abzocke, *die* [zu jidd. *zchoken*] ugs. ›Betrügerei‹, *Ärger um die geplante SMS-Abzocke* (IB). → *abzocken.*

abzocken [zu jidd. *zchoken*] ugs. ›betrügen, abkassieren‹ (Kü. 82; DuWb. 108); *Reisebüros zocken ab* (IB); jugendspr. ›Wegnahme von Gegenständen unter Anwendung von körperlicher Gewalt oder infolge Einschüchterung und Bedrohung‹ (IB), Form der Jugendkriminalität. → *zocken.*

Abzocker, *der* [zu jidd. *zchoken*] ugs. ›Betrüger, Abkassierer‹, *Abzocker am Neuen Markt* (HB); in Zus. wie *Abzocker-Kapitalismus, Abzocker-Mentalität, Abzocker-Uni, Euro-Abzocker.* → *abzocken, zocken.*

Abzockerei, *die* [zu jidd. *zchoken*] ugs. ›Betrügerei, Abkassiererei, Preiserhöhung‹; *dreiste Abzockerei* (HB), *Abzockerei der Kunden* (IB); in Zus. wie *Subventions-Abzockerei, Abzockerei-Vorwurf.* → *Abzocker.*

Achbrosch, *Achprosch, der,* Pl. *Achprosche, Achproschem, Achpren* [jidd. *achbor rosch* ›Spitzbube‹, wörtl. ›Mausekopf‹: AL 425] jüd. fam. ›gewalttätiger Mensch, Schwindler, Räuber, Dieb, Kerl‹ (Wei. 48); 1766 *Wenn ein Achprosch uns betrüget / Und uns all for*

Schaute ›Narren‹ *hält* (Maas); *Aan Gannev* ›ein Spitzbube‹ *haaßt den andern Ach-brosch* (Te. 579). Rotw. ›Spitzbube, Gauner, Dieb, Räuber‹ (Wo. 29); mdal. ›Gauner, Spitzbube, Einbrecher‹ (St. 56 f.).

Achelbutz, *Achelebutz, die, das* [zu jidd. *achlen* ›essen‹, dt. *-butz* ›Klumpen‹] frankf. ›Nahrung, Essen, Mahlzeit‹; *Deß iß was for die Achelebutz* (FWb. 137); berlin. *Achelputz* ›Essen in Gefängnissen und Zuchthäusern‹ (BBWb. 1, 94 f.); wiener. *Hachlputz* ›Speise‹ (Wehle 155); rotw. (Wo. 30); mdal. (St. 55 f.); ugs. ›leckere Speise; gute, ausreichende Kost‹, auch iron. von Gefangenenverpflegung (Kü. 83). → *acheln.*

Achelei, *die,* Pl. *Acheleien* [zu jidd. *ochel, auchel* ›Essen, Speise‹: AL 328] jüd. fam. ›Essen, Mahl‹ (Wei. 48); rotw. ›Mahlzeit‹ (Wo. 30); ugs. (Kü. 83). → *acheln.*

Achelfahrt, *die* [zu jidd. *achlen*] rotw. ›Mahlzeit, Speise, Essen‹ (Wo. 30); ugs. ›Betteln um Essen, Mahlzeit‹ (Kü. 83). → *acheln.*

Acheline, *die* [zu jidd. *ochel, auchel*] berlin. ›Essen‹; *Acheliniken kommt* ›das Mittagessen wird in die Gefängnisse getragen‹ (BBWb. 1, 94); rotw. (Wo. 30); ugs. ›schmale Kost; Gefangenenkost‹, *Acheline machen* ›essen, schmausen‹ (Kü. 83). → *Achelei.*

Achellust, *die* [zu jidd. *ochel, auchel*] ugs. ›Hunger, reger Appetit‹ (Kü. 83). →*Achelei.*

acheln, *achelen, achlen* [jidd. *achlen* ›essen‹: AL 328] jüd. fam. (Ki. 1255); *Er achelt gern ebbes Gut's* ›läßt sich nicht zweimal bitten‹ (Te. 530); *was nützet mir ein Kachelofen, kann ich mir nichts zum Achlen kofen* (Wei. 48). Frankf. (FWb. 137); berlin. (BBWb. 1, 94); wiener. (Wehle 93, 155); rotw. seit 1510 (Wo. 30); mdal. (St. 55 f.); ugs. (Kü. 83; DuWb. 109). Literar. *willste hören die Spitzmäus acheln* (Andres 37). → *achilen.*

Achelpeter, *der* [zu jidd. *achlen*] jüd. fam. ›Vielfraß‹ (Wei. 48); *Das is e Achel-Peter* ›Nimmersatt‹ (Te. 530). Rotw. ›fauler Gauner, der sich ernähren läßt‹ (AL 516); mdal. (St. 56). → *acheln.*

Achile, *Achiele, die* [jidd. *achila* ›Essen‹: AL 328] jüd. fam. ›gutes Essen‹ (Ki. 1255); *Seine Zubuße an Achile vermissen wir schmerzlich* (Scho. 41). Frankf. ›Speise, Essen, Mahlzeit‹; *Auch die israelitischen Mitbürger legten Wert auf eine gute Achile* (FWb. 137f.). Rotw. (Wo. 30); mdal. (St. 56); ugs. (Kü. 83). → *achilen.*

achilen, *achielen* [zu jidd. *achila*] jüd. fam. ›essen‹; *der achielt Kugel* ›mit dem kann man reden; der ist zugänglich/bestechlich‹ (Wei. 48). Frankf. *Mer hawwe awwer dichdich* ›tüchtig‹ *achielt* (FWb. 138). Rotw. (Wo. 30); mdal. (St. 56); ugs. bes. bei Soldaten (Kü. 83). → *acheln, Achile.*

Achler, *der* [zu jidd. *acheln; achlan* ›Fresser, Schlemmer‹: AL 328] jüd. fam. ›Esser, Fresser‹ (Wei. 48). Mdal. ›starker Esser, schneller Esser‹ (St. 56). → *acheln.*

Ajen, *das* [jidd. *ajin* ›Auge, Blick, Oberfläche, Quelle‹: AL 425] jüd. fam. *Ajen, Ajem, Ein, Inn,* Pl. *Einojem* ›Auge‹; bei Viehhändlern *das Suss hat echod Inn* ›das Pferd hat (nur) ein Auge‹ (Wei. 48). Rotw. *Enaim* ›Augen‹ (Wo. 1203); mdal. (St. 57).

Almemer [zu arab. *alminbar* ›Moscheekanzel‹: JL 1, 232] jüd. fam. ›in der Synagoge um höchstens sechs Stufen erhöhte Estrade zur Aufnahme des Tisches, von dem aus die Toravorlesung erfolgt‹, auch *Melemmer* (JL 1, 232); *Der eßt die Schul* ›Synagoge‹ *mit sammt dem Almemer uf* ›ist ein Vielfraß‹ (Te. 528).

Altbabegeschichte, *die* [zu jidd. *babe*] jüd. fam. ›Märchen‹; literar. *Du wirst doch nicht an die Altbabegeschichten glauben* (Ko. 6, 49); *das hat mir ja meine alte Veile erzählt, als ich noch ein Kind war, als eine Art Altbabegeschichte* (Ko. 6, 96). → *Babe.*

Amhorez, *Amoretz, der,* Pl. *Amoratzen* [jidd. *amhoretz* ›Landvolk, Idiot, Einfältiger, Pöbel‹: AL 330] jüd. fam. *Amhoretz* ›Unwissender, Dummkopf‹ (Wei. 48); *Das is e Am-horez* ›Unwissender, bes. hinsichtl. bibl. und talmudischer Kenntnisse, des Hebräischen und der jüd. Gebräuche‹ (Te. 161). Frankf. ›dummer Kerl, Bauernlümmel‹ (FWb. 163); rotw. (Wo. 79). Literar. *du wirst mir ein großer Amhoretz* (Ko. 1, 13); *verzeiht mir's, Rebbe, ich bin ein großer Amhorez* (Ko. 1, 42).

ankohlen [zu jidd. *kol*] berlin. ›anulken, scherzhaft anschwindeln‹, *die Olle ha'k janz scheen anjekohlt* (BBWb. 1, 185); ugs. ›im Scherz belügen‹ (Kü. 139; DuWb. 195). → *Kohl.*

Anschemer, *die* Pl. [jidd. *enosch* ›Mensch‹, Pl. *anoschim, ansche* ›Menschen, Männer‹: AL 329] jüd. fam. *balbolem Anschemer* ›streitsüchtige Leute‹ (Wei. 52). Rotw. *Onschemer* (Wo. 107).

anschmulen [zum jidd. PN *Schmul* ›Samuel‹] berlin. ›böse ansehen‹; *kiek mal, wie die Olle mir dauernd anschmult* (BBWb. 1, 204). → *schmulen.*

Antigojismus, *der* [zu jidd. *goi*] ad hoc-Bildung nach *Antisemitismus;* literar. *Er zeigt, über den defensiven »Antigojismus« vieler Juden hinaus, den Hochmut, den unsereiner braucht, um zu überleben* (Neu. L 310). → *Goi.*

Appel, *der* [zu jidd. *poël* ›Tat, Arbeit, Hilfe, Wirkung‹: AL 436] rotw. ›Arbeitshaus‹, 1846 in Berlin mit volksetymologischer Umdeutung *Apfel, Appel*; »typische berl. Verquatschung« (Wo. 119); ugs. ›Heim für Schwererziehbare, Jugendhof‹ (Kü. 161).

appelkeß [jidd. *poël, chess*] rotw. ›frech, vorlaut‹; berlin. (Wo. 119); ugs. ›frech, unverschämt‹ (Kü. 162). → *Appel, kess.*

Arbekanfes, *das* [aschkenas. hebr. *arbakanfaus, arbekanfes* ›von Männern getragenes kleines, viereckiges Untergewand mit Schaufäden‹: Wei. L 48; jidd. *arbekanfes*: Weinreich 723] jüd. fam.; literar. *das »Arbeh Kanfes« ihres seligen Mannes, dem Friede sei* (Ko. 1, 32); *Jüngele, weis' mir mal dein »Arbeh-Kanfes« her* (Ko. 1, 127).

Arowes [jidd. *arubo* ›Pfand, Bürgschaft‹: AL 429] jüd. fam.; *Gib dein Arowes uf* ›tritt über (zu einer anderen Religionsgemeinschaft)‹ (Te. 683); *Was liegt dran! – Kaan Arowes mehr!* Interj. bei einem Austritt aus der jüd. Gemeinde (Te. 928).

as Konj. [jidd. *as* zu dt. *als;* zu *as* in dt. Mda.: BBWb. 1, 132 ff.] jüd. fam. ›daß, wenn, als, wie‹; *Er hot nit so viel Haar uf dem Kopp, as er Charote* ›Reue‹ *hot* (Te. 393). Frankf. *is deß wahr, dann will ich so* *stumm seyn aß ä Fisch* (FWb. 208). Literar. *Aß ich der sag', ich weiß nicht, wo mer steht der Kopf* (Hauff 2, 152).

Ascherjozer [aschkenas. hebr. *ascher jozar* ›der geschaffen hat‹, Anfang eines Segensspruches: Wei. L 51] jüd. fam.; »nach religionsgesetzlicher Vorschrift nach einer Entleerung zu sprechen« und deshalb »als Bez. für diese Tätigkeit selbst gebraucht« (JL 1, 494). → *Ascherjozerpapier.*

Ascherjozerpapier, *das* [zu aschkenas. hebr. *ascher jozar*; jidd.: Weinreich 715] jüd. fam. ›Toilettenpapier‹ (Wei. 49); *Sein Wechsel ist gut auf Ascherjozerpapier* ›ist nicht gut‹ (JL 1, 494). → *Ascherjozer.*

Aschkenas, *Aschkenes* [jidd. *aschkenas* ›deutsch, Deutscher, Deutschland‹, Pl. *aschkenasim* ›Deutsche‹, *loschen aschkenas* ›deutsche Sprache‹: AL 330] jüd. fam. ›Deutschland, Deutscher‹ (Te. 698; Zivy 40). Rotw. (Wo. 146); standardspr. *Aschkenase, der,* Pl. *Aschkenasim, Aschkenasen* ›mittel- und osteuropäischer Jude‹ (DuWb. 262); mdal. elsäss. *Aschkenes* ›nicht im Reichsland geborener Deutscher‹ (St. 57).

Ases [jidd. *ases* ›Arroganz‹: Harkavy 347] jüd. fam.; *Das nenne ich dann sehr richtig die Geburt des Ethos aus dem Geist des Ases* (Kuh M 194). → *Aseskeit, Asesponem, Assis-Liedel.*

Aseskeit, *die* [jidd. *asuskeit* ›Frechheit, Unverschämtheit‹: AL 424] jüd. fam.; *Dem sein Asseskaat steht nit mehr uff* ›seine Frechheit kommt nicht wieder‹ (Te. 372). → *Ases.*

Asesponem, *das* [jidd. *asus ponim* ›frecher, unverschämter, verstockter Mensch‹: AL 424] jüd. fam. *Assesponem* ›frecher Mensch‹ (Wei. 49); *An Asesponim kommt gleich in Ganeden* ›Paradies‹ *hinein* (Ki. 1255). Mdal. (St. 58). Literar. *Vorstöße des Typus »Asis-Ponem« in der Literatur* (F 561, 57); *Gehn Sie weg, Sie Asisponem* (KK 5, 608). → *Ases, Aseskeit, Assis-Liedel.*

Aske, *der,* auch *Asken* [jidd. *asken*: Harkavy 351] rotw. ›Beschäftigung, Handel, Bemühung, Diebstahl, Gelegenheit zum Diebstahl‹ (Wo. 149). Mdal. südhess. *Asken* ›Handel‹, auch weitere Abl. (St. 58).

assern [jidd. *assern* ›verbieten‹: AL 329] jüd. fam. ›verbieten, bes. in religiösen Fragen‹; *wer hat es geassert* (Wei. 49). Rotw. ›verbieten, gegen jemanden opponieren, untersagen‹ (Wo. 152). Ugs. ›ständig Einwendungen machen‹ (Kü. 190). → *osser.*

Assis-Liedel, *das* [zu jidd. *asuskeit* ›Frechheit, Unverschämtheit‹: AL 424] antisemit. ›dreistes jüd. Lied‹; 1931 in der nationalsoz. Presse *Assis-Liedel oder Gejüdel* (zitiert F 852, 34). → *Ases, Asesponem.*

aufschmusen [zu jidd. *schmusen*] frankf. ›aufdrängen‹; *eine Partie Katzenfelle zu einem hohen Preis aufschmusen* (FWb. 224). → *schmusen.*

Aulem, *Olem, der* [jidd. *olom* ›verborgene, vergangene und zukünftige Zeit, Ewigkeit, Weltall, Welt‹: AL 426] jüd. fam. ›Leute, Publikum, Öffentlichkeit‹; *Mach dem Olem kein Maulspiel* ›gib der Welt nichts zu reden‹; *der Aulem soll meinen sie handelt* (Wei. 49); *Was kleiner der Aulem, als größer die Simche* ›Festfreude‹ (JL 1, 575). Rotw. (Wo. 3966); mdal. (St. 154).

aumeden [jidd. *omeden* ›stehen, stehen bleiben, bestehen‹: AL 426] jüd. fam. im Viehhandel *seine Kühe aumeden noch* ›stehen noch (auf dem Markt)‹, d. h. ›sind nicht verkauft‹ (Wei. 49).

aumern, *omern* [zu jidd. *omer* ›Garbe‹: AL 426] jüd. fam. ›zählen‹; *er aumert schon* ›kann's nicht abwarten‹ (Wei. 49); *Hastu schon geoomert – Ich oomere schon lang'* ›zähle und harre schon lange auf eine bessere Zeit‹ (Te. 620).

Aus, *Oss* [jidd. *os,* Pl. *ossies* ›Wunder, Zeichen, Buchstabe‹: AL 326] jüd. fam. *kein Aus medibbern* ›kein Wort sagen‹ (Wei. 49); *Oss – boss,* wörtl. ›Zeichen für Zeichen‹, ›wie aus dem Gesicht geschnitten‹ (Fr. 27). Rotw. *Oss* ›Buchstaben‹, *Oiss-boiss* ›genaue Abschrift‹ (Wo. 3990). → *dibbern.*

Ausbaldower, *der* [zu jidd. *baal dower*] rotw. *Ausbaldover* ›Ausspäher‹ (Wo. 258); berlin. *Ausbaldowerer* ›Kundschafter‹ (BBWb. 1,336); ugs. ›Verbrechergehilfe, der vor dem Diebstahl erkundet, ob die Opfer anwesend sind‹ (Kü. 226). → *ausbaldowern, Baldower.*

ausbaldowern [zu jidd. *baal dower*] rotw. ›ausspähen, auskundschaften, Gelegenheit zum Diebstahl ermitteln‹ (Wo. 258); mdal. (St. 62f.); ugs. ›herausfinden, auskundschaften‹ (Kü. 226; DuWb. 321). → *Ausbaldower.*

ausboweln [zu *Bowel sechauro*] jüd. fam. ›minderwertige, überlagerte, veraltete, unmoderne Ware verkaufen‹ (Ki. 1256); ›Ladenhüter loswerden‹ (Wei. 102). → *Bowelsechore.*

auscher, *oscher* Adj. [jidd. *oscher sein* ›reich, begütert sein‹: AL 430] jüd. fam. ›reich‹; *er ist ein auscher Godel* ›schwerreicher Mann‹ (Wei. 49). Rotw. ›reich, wohlhabend‹ (Wo. 187); mdal. ›reich, kleinlich‹ (St. 58). → *Auscher.*

Auscher, *Oscher, der* [jidd. *oschir* ›Reicher‹: AL 430; ostjidd. *ojscher* ›reicher Mann‹: Bernstein LXXXII*] jüd. fam. ›reicher Mann‹; *ein godeler Auscher* ›schwerreicher Mann‹ (Wei. 49). Ugs. *eine herrliche Villa mit allen Oischerallüren* (Sle. B 267). → *auscher.*

aus'chochemen, *auskochemen* [zu jidd. *chochem* ›Weiser, Kluger, Gelehrter‹: AL 369] jüd. fam. *auschochemen* ›ausklügeln, spitzfindig sein‹; *chochem dich nicht aus* ›sage nicht alles, was du weißt‹ (Wei. 59). Mdal. *auskochemen* ›auskundschaften, ausdenken, planen‹ (St. 76). → *chochem.*

ausgekocht Adj. [strittig, ob zu jidd. *chochem*] rotw. 1835 ›auf alle Diebskniffe abgerichtet, der jenischen Sprache kundig‹, 1851 ›klug, gescheit‹, 1922 ›abgefeimt, gerieben‹ (Wo. 1712); berlin. ›gerissen‹, *ausjekocht bis uff de Knochen* (BBWb. 1, 355); mdal. (St. 76); ugs. *ein ausgekochter Bursche* (Kü. 232); standardspr. ›raffiniert, durchtrieben‹ (DuWb. 341). → *auskochen.*

auskochen [strittig, ob zu jidd. *chochem;* nach Röll 1985, 59f., Kontamination von dt. *auskochen* und auf Jidd. zurückgehendem *auskochemen*] rotw. ›sich versichern, vergewissern‹ (Wo. 197); ugs. ›vorbereiten, heimlich verabreden, ein Gerücht erfinden, näher erörtern, spruchreif machen‹ (Kü. 236); ›ersinnen, planen, sich ausdenken, durchdenken, entscheiden‹ (DuWb. 349). → *auschochemen, ausgekocht, chochem.*

auslernen [zu dt. *lernen*] jüd. fam. ›religiöse Schriften zu Ende studieren‹; literar. *Er hatte nämlich die Gewohnheit, wenn er den Talmud oder andere tiefsinnige Bücher »ausgelernt« hatte, daß er sie aufs Geratewohl wieder in den Kasten zurückgab* (Ko. 1, 265). → *lernen.*

ausschmusen [zu jidd. *schmusen*] jüd. fam. ›im Gespräch austauschen‹; literar. *Tag und Nacht würden nicht ausreichen, um mich mit ihr »auszuschmusen«* (Ko. 6, 44). → *schmusen.*

Awaude, *die,* Pl. *Awaudes* [jidd. *awode, awaude* ›Dienst‹: AL 422] jüd. fam. ›Arbeit, Dienst‹; *ich habe mir 'ne Awaude getan* ›mir einen Dienst erwiesen‹, d. h. ›etwas Gutes getan‹ (Wei. 49).

Awrahamchen, *Awerhemmche, das,* Pl. *Awerhemmcher* [zum jidd. PN *Awraham* ›Abraham‹] frankf. ›beim Bügeln unabsichtlich entstandene Falte, z. B. in Weißzeug‹, scherzhaft; *Guck, da haste awwer ach widder emal e Awerhemmche enei(n)gebichelt* (FWb. 127).

B

Baal [jidd. *baal* ›Mann, Herr, Besitzer, Sachkundiger, Künstler‹: AL 342] rotw. und mdal. (St. 61 f.) nur in Zusammensetzungen wie *Baalchof* ›Schuldner‹ (Wo. 214), *Balbos, Baldower.* Literar. *Baal* Titel und Hauptfigur eines Bühnenstücks von Bert Brecht (1920).

Babe, *die,* Pl. *Babes* [jidd. *babe,* Pl. *babess,* von poln. *baba,* ›Großmutter, altes Mütterchen‹: Bernstein XXXV*; bei russ. Juden *babe,* bei poln. Juden *bube:* JL 1, 1097] jüd. fam. *Babe* ›Großmutter‹, Diminutivum *Babele* (Ko. 1, 37). Literar. *Auf meine Babe lasse ich nichts kommen* (Ko. 5, 214); *Immer die Babes! überall die Babes!* (Ko. 5, 214); *Seine Mutter und Bubbe Hanna sprachen noch immer über Geld* (Se. S 14).

Bachinnem, *das* [zu jidd. *bechinnom* ›umsonst‹: AL 371] frankf. ›geringer Preis, Kleinigkeit‹; *Alles umsonst, kost kah Bachinem; Es kratzt sich kaaner for bachinnem* (FWb. 260); mdal. auch ›kleinste

Münze‹ (St. 58); Spottname (Ah. 117); phras. *für (ein) Bachinem, um (ein) Bachinem* (St. 58 f.). → *bechinnem.*

Badchen, *der* [jidd. *badchen,* Pl. *badchonim* ›Bänkelsänger‹: JL 1, 678] Gelegenheitsdichter; häufig bei Hochzeiten, auch als Festordner (JL 1, 678). Mdal. Spitzname (St. 59). Literar. *Ein zweiter Narr oder »Batchen«* (Kerr 7/2, 450).

Bafel, *Bavel, der* [Herkunft strittig; fragl., ob zu *Bowelsechore* ›unverkäufliche Ware‹; Klu. 82] ugs. ›Abfallseide, Ausschußware, Gerede‹ (SB 1935, 43). Frankf. ›alte Ware, Ladenhüter‹; *Deß war e Kääfmann uffem Markt / E gar zu neidisch Oos / Der Baawel nor un alte Quark / Hatt in seim Erker bloß* (FWb. 265). Ugs. (Kü. 275; DuWb. 395). Literar. *Gab mir den schnöden Bafel ein* ›läppische Reimereien‹ (Mörike 226). → *Bowel, Bowelsechore.*

Bajes, *das* [jidd. *bajis,* Pl. *bottim* ›Haus‹: AL 341] jüd. fam. (Wei. 50). Frankf. *Mach daß du kommst ins Bajes; in meim warme Baajes* ›Schlafstelle‹ (FWb. 266 f.); Rotw. in vielen Lautformen, bes. für ›Gastwirtschaft, Herberge‹ (Wo. 246); mdal. ›Haus, Wirtshaus, Herberge, Bordell, Gefängnis, Wohnung, Kammer, Abort, Schlafstelle, Bett‹ (St. 59 ff.). → *Beisel, Beize.*

balbattisch [zu jidd. *baal bajis, baal bois*] jüd. fam. ›bürgerlich‹ (JL 1, 641); ›geachtet, wohlangesehen, wohlhabend‹ (Wei. 50). → *Balbos.*

Balbos, *der* [jidd. *baal bajis, baal bois,* Pl. *baale bottim* ›Hausherr, Hausvater‹: AL 341] jüd. fam. *Balbos,* Pl. *Balbatim* ›Hausherr, Hausvater, Familienvater‹ (Ko. 1, 40; 65; 132); *Er is e schöner Balboes,* auch iron. (Te. 148). Rotw. (Wo. 254). Literar. *Habt Ihr schon einen Balbos, wo Ihr zu Schabbes essen könnt* (Ko. 1, 65); *Mein Vater ist einer von den reichsten Balbatim* (Ko. 1, 149). → *Baleboste.*

Balchalaumes, *der* [jidd. *baal cholom* ›Träumer‹: AL 369 f.] jüd. fam. ›Träumer, verträumter, unpraktischer Mensch‹ (Ki. 1256). → *Chalaumes.*

Balchauwes, *Balchauw, der* [jidd. *baal chow* ›Schuldner‹: AL 368] jüd. fam. ›Schuldner‹ (Wei. 57). Rotw. *Baalchof* (Wo. 214). → *Chauwes.*

Baldower, *der* [jidd. *baal dowor* ›Herr, Besitzer, Unternehmer, Führer‹: AL 343; ›Person, mit der man es nicht gern zu tun hat‹: JL 1, 639; ›in Rede stehender Mensch‹, Euphemismus für ›Teufel‹: Bernstein XXXIV*] frankf. ›Auskundschafter, Angeber‹; *Des is en ganz mieser Baldower* (FWb. 268). Rotw. ›Auskundschafter, Anführer bei einem Diebstahl‹ (Wo. 258); mdal. (St. 62); ugs. (Kü. 278). Literar. *Mieser Baldower. Aber so viel Zehner möcht ich haben, wie dem sein Alter Tausender* (KK 5, 418).

baldowern [zu jidd. *baal dowor*] rotw. ›auskundschaften‹ (Wo. 258); mdal. mit Bed. von ›diskutieren, plaudern‹ über ›verraten, schimpfen, betrügen, aushorchen‹ bis zu ›Gelegenheit zu einem Diebstahl erkunden‹ (St. 63); ugs. ›auskundschaften‹ (SB 45; DuWb. 398). → *ausbaldowern, Baldower.*

Baleboste, *die* [jidd. *baalboiste* ›Hausfrau‹: AL 341] jüd. fam. ›Hausfrau‹ (Wei. 50); *E Pilsel* ›Magd‹ *wie* e *Balboeste* ›Herrin‹ (Te. 588). Rotw. (Wo. 254). → *Balbos.*

balmachlaukes [zu jidd. *machloka, machlokes*] jüd. fam. ›streitsüchtig, zänkisch, Händel suchend‹ (Ki. 1255). → *Machlaukes.*

Balmechome, *Balmachome, der* [jidd. *baal milchomo* ›Krieger, Soldat‹: AL 343] jüd. fam. ›Soldat, Schutzmann‹ (Wei. 84). Frankf. ›Soldat‹; *Ich wollt, so ging mers überall bei die Balmachohmes un die Schandarme* ›Gendarmen‹ (FWb. 269). Rotw. (Wo. 276); mdal. (St. 62). In der nationalsoz. Agitation: *Nicht Kriegführen kann der Lord Wellington gegen den Kaiser Napoleon mit all seinen »Balmechome«, wenn der Nathan nicht schickt das Geld* (HM 301); *Mausche, die Balmechome (Polizisten) sind da* (HM 377). → *Milchome.*

Balmischpet, *der* [jidd. *baal* ›Mann‹, *mischpot* ›Gericht‹: AL 342, 475] jüd. fam. ›Querulant‹ (Ki. 1255). Rotw. ›Gerichtsherr, Inquirent, Untersuchungsrichter‹ (Ki. 1255; Wo. 270).

Baltachles, *der* [jidd. *baal tachlis* ›fleißiger, betriebsamer Mann, guter Wirt‹: AL 344] jüd. fam. ›praktischer, entschlossener Mensch‹ (Ki. 1255; Wei. 104). → *Tacheles.*

Baltschuwe, *der* [jidd. *baal teschuwa* ›Bußfertiger‹: AL 344] jüd. fam. *Der fahrt herum wie der Bal-tschuwe* ›hat kein Sitzfleisch‹ (Te. 433). Literar. *In Amsterdam ist einmal auf der Schwelle der Synagoge ein Bal Teschuba* ›Büßender‹ *gelegen, über dessen Leib stiegen die Leute* (Ko. 2, 52).

Bambule, *die* [strittig, ob zu jidd. *bilbul* ›Verwirrung, ärgerlicher, schlechter, verworrener, schwerer, bedenklicher Prozeß‹: AL 342] jüd. fam. neben anderen Lautformen auch Pl. *Balbolem, Bambulem* ›Streitigkeiten, Schwierigkeiten‹. Rotw. *Bolbulim, Balbolim* ›Händel, Streit‹ (Wo. 464). Mdal. hess. ›Zank, Streit‹ (Ah. 120). Ugs. *Bambule* ›Aufruhr‹ seit den 1960er Jahren (Kü. 285; DuWb. 402). *Bambule*, Titel eines Fernsehspiels von Ulrike Marie Meinhof (1970; Erstdruck 1974). → *Bilbel.*

Barches, *Berches, der* [Herkunft strittig; abgeleitet von aschkenas. hebr. *birkas adaunoi hi ta'aschir* ›Gottes Segen macht reich‹: Wei. L 67 f.; anders JL 1,721] jüd. fam. ›Sabbatgebäck‹, mittel- u. ostdt. *Barches*, westdt. *Berches* (Beranek 1965, Karte 73). Mdal. auch ›Brot, Bierhefebrot‹ (St. 63 f.); standardspr. *Barches* (DuWb. 408). Literar. *Benjamin will Euch seinen Fisch geben, und an einem Stück Barches wird er's auch nicht fehlen lassen* (Ko. 2, 6).

Barchesdecke, *die* [zu jüd. *Barches*] jüd. fam.; *Gestern hatte Erich Geburtstag u. ich schenkte ihm eine Barchesdecke,* 5695 *eingestickt, Lisebettchen hat sie gezeichnet u. sie ist wunderbar u. wird ein Familienstück* (Scho. 376). → *Barches.*

Barjen, *Barjin, der* [jidd. *birjah* ›vollendete Kreatur‹: AL 344] jüd. fam. *feiner Birjah* ›wohlgestalteter, gebildeter, gesitteter Mensch‹ (AL 344). Rotw. *Barje, Borje* ›schmucker, feiner, geschickter Mensch‹, Pl. *Barjonim* ›lockere, flotte, leichtsinnige Burschen‹ (AL 522; Wo. 317). Literar. *Das Schlomele ist ein »Barjen« der wird mal groß werden* (Ko. 1, 54); *er war ihm nicht »Barjin« genug* (Ko. 4, 74). → *berjenen.*

Barjisroel, *Barjisrol, der,* Pl. *Barjisreilem* [jidd. *bar jisrael* ›Jude‹: AL 344] jüd. fam. (Wei. 50); rotw. (Wo. 319); mdal. (St. 64); *Baisroolchen* ›es macht Freude, Vergnügen‹ (Ah. 116).

Barmizwo, *Barmizwe* [aschkenas. hebr. *bar mizwo* ›Sohn der Pflicht‹ (zur Einhaltung des Religionsgesetzes): JL 1, 728; jidd. *bar mizwo:* AL 344] jüd. fam. ›13jähr. Junge, der erstmals zur Tora aufgerufen wird‹ (Ko. 5, 67); *Bar-Mitzweh machen, sein* ›im religiösen Sinne volljährig‹; *bar-mizwo sein* (Ah. 117); unterschiedl. Lautformen bei ders. Person: *Bar Mizwah* (sephard. hebr.), *Barmizwo* (aschkenas. hebr.), *Barmizwe* (jüd. Dt.). Ugs. (DuWb. 410). Literar. *Jetzt macht ihr erstes Kind Bar-Mitzweh* (Ko. 1, 276); *Damals war nämlich Anschel »Bar-Mizweh« geworden* (Ko. 1,50).

Barsel, *der* [jidd. *barsel* ›Eisen‹: AL 344] rotw. (Wo. 329); mdal. *Barsel, Bartel, Bertel* ›Eisen, Winkeleisen, Brecheisen‹ (St. 64).

Barthel, *zeigen, wo Barthel* ›Brecheisen‹ *den Most* ›Geld‹ *holt* (Wo. 329; St. 64; Kü. 300; DuWb. 411). → *Barsel, Moos.*

Batlan, *der* [jidd. *batlon,* Pl. *batlonim* ›Müßiggänger, Tagedieb‹: AL 341] jüd. fam. ›Privatier, Mann ohne Beruf, Müßiggänger‹; Pl. *Batlonim* ›Männer, die in der Synagoge gegen Bezahlung das Minjan bilden‹; *Zwei Chassenes* ›Hochzeiten‹ *in ein Tag is dem Batlans Jammer un Klag* (JL 1, 757). → *Minjen.*

batlanisch Adj. [zu jidd. *batlon*] ›unpolitisch, weltfremd, armselig‹ (JL 1, 757). → *Batlan.*

batteln [jidd. *chomez batteln, botteln* ›den alten Sauerteig auskehren‹, d. h. ›sich etwas Lästiges vom Hals schaffen‹: AL 341] jüd. fam.; *Das haaßt mer Chomez gebattelt* ›reinen Tisch gemacht‹ (Te. 370). → *Chomez.*

Bauschesponim, *Beischesponem, der* [jidd. *bausches ponim* ›schamhaft‹: AL 340] jüd. fam. ›schamhafter, schüchterner Mensch‹ (Ki. 1255); ›verschämte Person‹ (Wei. 51). → *Busche, Ponem.*

becheint, *bechaint* Adj. [jidd. *bacheint:* Weinreich 711] jüd. fam. *bechaint* ›nett, liebenswürdig‹ (Ki. 1256); *becheint* ›witzig, anmutig, hübsch, begabt, geistvoll, geschmackvoll‹ (Wei. 57). → *Chein, unchein.*

bechinnem, *bachinnem* Adv. [jidd. *bechinnom* ›umsonst (gratis und frustra)‹: AL 371] jüd. fam. ›umsonst‹; *choze bechinnem* ›halb umsonst‹; *bechinnem ist der Tod* ›nur der Tod ist umsonst‹ (Wei. 50). → *Bachinnem.*

bedibbern, *bedebbern* [zu jidd. *dabbern, dibbern*] rotw. ›beschwatzen, zureden‹ (Wo. 1007); berlin. auch ›übervorteilen, betrügen‹ (BBWb. 1, 500); ›einschüchtern‹ (Ki. 1255); mdal. (St. 82); ugs. (Kü. 316). → *dibbern.*

bedibbert, *bedebbert* Adj. [zu jidd. *dabbern, dibbern*] berlin. ›ratlos, verdutzt‹ (BBWb. 1, 500); ugs. ›eingeschüchtert, verdutzt, ratlos‹ (Kü. 316f.). → *dibbern.*

Bedil [jidd. *bedil* ›Zinn‹: AL 340] rotw. ›Zinn, Kupfer‹ (Wo. 368); mdal. (St. 65).

begannewen, *beganneffen, beganfen* [jidd. *ganven, gannefen* ›stehlen‹: AL 349] jüd. fam. *begannewen* ›bestehlen‹ (Wei. 63); *Der begannevt unsern Harjet* ›Herrgott‹ (Te. 300). Rotw. (Wo. 1643); mdal. *beganfen, beganneffen* (St. 88); ugs. *beganfen* (Kü. 320). Literar. *Beganeft haben wir ihn, – den Goy!* (Th. Mann, Wälsungenblut, 1905). → *Gannew.*

Beged, *das* [jidd. *beged,* Pl. *begodim* ›Kleid, Tuch‹: AL 340] rotw. ›Kleid‹ (Wo. 373); österr., mdal. bair.-österr. (St. 65).

Behei, *Buhei, das* [fragl., ob zu jidd. *behelo* ›Schreck‹: AL 340] jüd. fam.; *er macht ein großes Behei* ›viel Aufsehens, viel Lärm um nichts‹ (Wei. 51). Wiener., rotw. *Balhe, Balhel* ›Lärm, Überraschtwerden, Verdruß‹ (Wo. 259); österr. *Bahöl* ›Lärm, Wirbel‹ (ÖWb. 127; St. 59); ugs. *Buhei um den Winter-Schumi; Das Objekt solcher öffentlichen Vermittlung stört sich nicht an dem Buhei* (Der Spiegel 48/2002, 122).

Beheime, *Beheeme, die* [jidd. *behemo,* Pl. *behemos* ›Vieh‹: AL 340] jüd. fam. *Beheime* ›Kuh, Stück Vieh‹, ›fette, schwerfällige, grobe Person‹ (Wei. 51); ›Dummkopf‹ (Ki. 1256). Frankf. ›ungeschliffener Mensch, Bauer‹; *Gibt's viel so Behemes wie du?* (FWb. 290f.). Rotw. (Wo. 377); mdal. (St. 65f.).

beis Num. [jidd. *bes* ›zwei‹: AL 330] jüd. fam. (Ah. 138; Wei. 51); mdal. (St. 66). → *olef.*

Beisel, *Beisl, das* [jidd. *bajis,* Pl. *bottim, botte* ›Haus‹: AL 341] rotw. *Baisl, Baisel* ›Kneipe‹ (Wo. 246); ugs. ›wenig vornehmes Café, Restaurant‹, bes. in Österreich (Ki. 1256); mdal. (St. 59ff.); ugs. österr. ›Wiener Kneipe; kleine, einfache Gaststätte‹ (DuWb. 456; ÖWb. 132). Literar. *in meinem langen und erfahrungsreichen Leben noch nie einem so hundsmiserablen Beisel begegnet* (Sle. Wo 28); *Nach der Vorstellung gingen wir in unser gemütliches Beisel gegenüber dem Theater* (Sle. L 33). → *Bajes, Beize.*

Beize, *die* [jidd. *bajis,* Pl. *bottim, botte* ›Haus‹: AL 341] mdal. ›Wirtshaus, Spelunke‹ (St. 60); ugs. ›kleine Gastwirtschaft‹ (Kü. 337; DuWb. 459). → *Bajes, Beisel.*

Beizer, *der* [zu jidd. *bajis*] rotw. ›Gastwirt, Weinstubenbesitzer‹, (Wo. 246); mdal. (St. 60); ugs. (Kü. 337; DuWb. 459). → *Beize.*

bekan Adv. [jidd. *bekaan* ›hier, allhier, hierselbst, hierher‹: AL 387] jüd. fam. ›hier‹ (Wei. 51). Rotw. ›da, hier‹ (Wo. 388); mdal. ›deshalb, hier‹ (St. 66).

bekisse, *bekose, bekase* [jidd. *bekiso* ›im Beutel‹, *bekoso* ›im Zorne‹, *bekaso* ›im Becher‹: AL 389] jüd. fam.; *Bechiso. Bechoso. Bechaaso* (Te. 901); Menschen erkennt man *bekisse/bekiese, bekase, bekose* ›am Geldbeutel, im Suff, im Zorn‹ (Wei. 72).

bekowed, *bekowetig* Adj. [jidd. *kowed*] jüd. fam. ›ehrenhaft, angesehen, würdig‹; *eine bekowedte Familie* (Ki. 1261); auch ›wohlhabend; gemütlich‹ (Wei. 73); *e bekoweder Mann* ›ehrenhafter Mann‹; *er ernährt sich bekowed* (Te. 238); *e bekoweder Gascht* ›ein vornehmer Bettler‹ (Te. 256); *bekoweter Risches,* im Gegensatz zum rassistischen Antisemitismus auf »Standes- oder deutschnationalen Antisemitismus bezogen« (Wei. 73); *Glück, daß wir Dich noch* so *bekowet abstarten konnten* (Scho. 81). Wiener. *ganz bechovete Leut* (Pick 32). Ugs. *bekovert, bekowet* ›erfahren, gewandt, sachverständig‹ (Kü. 339). → *Kowed.*

belaila Adv. [jidd. *laila,* Pl. *lailos, lelos* ›Nacht‹, auch adv. ›bei Nacht, nachts‹: AL 398] jüd. fam.; 1766 *Küßt belaila* ›bei Nacht‹ *in dem Mitte* ›Bett‹ (Maas). Rotw. (Wo. 3063).

bemassel, *bemasselt* Adj. [zu jidd. *masol*] jüd. fam. ›glücklich‹ (Wei. 78); 1766 *bemassel seyn die Tage / Und bemassel sey die Zeit* (Maas). → *Massel.*

Ben, Pl. *Bonim* [jidd. *ben,* Pl. *bonim* ›Sohn, Knabe, Kind‹: AL 342] jüd. fam.; 1766 *Jeden Ben lehrt um die Wette* (Maas); *In dem Kislev* ›November‹, *ihr werdts sehen, / Kommen junge Bonim nach* (Maas). Rotw. (Wo. 408); ugs. (DuWb. 472).

benebbicht Adj. [*zu* jidd. *nebbich*] jüd. fam. ›unbedeutend, ärmlich‹; literar. *ein kleiner, benebbichter Handwerker, der mit Frau und fünf Kindern aus Berlin gekommen war* (Landsberger 203); *die kleinen benebbichten Jobber* (Landsberger 54). → *nebbich.*

benschen [jidd. *benschen, bentschen* ›segnen, Segen sprechen, beten‹ zu lat. *benedicere:* AL 342] jüd. fam. für jede Art von Gebet, bes. Tischgebet (JL 1, 834); ›segnen, das Gebet sprechen‹ (Ko. 1, 90; 268); *ich hab'n gebenscht* ›verprügelt‹ (Te. 485). Frankf. *Bensche, deß iß bete, awwer uff Hewreisch, daß merrsch nett verstehe kann* (FWb. 304); berlin. ›viel, auch unverständl. reden‹; *ick sitze hier un bensche mir de Zunge drocken* (BBWb. 1, 541). Rotw. ›segnen, beten, berauben, töten, den Rest geben‹ (Wo. 410). Ugs. ›jmd. umbringen‹, iron. (Kü. 342). In der nationalsoz. Agitation: *wenn der Vater [...] die Familie segnete oder, wie sie sagten, »benschte«* (HM 300). Literar. *Wenn man bei uns was gegessen hat [...] so muß man benschen oder Gott danken* (Ko. 1, 107); *Hab' ich dich heut' schon gebenscht, Rösele* (Ko. 2, 14).

Benschen, *das* [zu jidd. *benschen*] jüd. fam.; literar. *Da fielen ihm die am heutigen Vormittage beim »Benschen«* ›Segen‹ *gehörten Worte der Babe Breindel ein* (Ko. 5, 242); *Nachdem abgespeist war, verehrte er dem Gaste das »Benschen«* ›Tischsegen‹ (Ko. 1, 6); *aus Dank für seine frühere Gefälligkeit blätterte Hannele in ihrem Gebetbuche nach, bis sie das »Benschen«* ›Gebet‹ *gefunden hatte* (Ko. 1, 103). → *benschen.*

Benscher, *der* [zu jidd. *benschen*] jüd. fam. ›kleines handliches Gebetbüchlein, das die wichtigsten häuslichen Gebete enthält‹ (JL 1, 834). → *benschen.*

beremes [zu jidd. *remis* ›Wink, Deutung, Bekanntmachung‹: AL 457] jüd. fam. ›gleichnisweise‹; 1766 *daß ichs beremes sage* (Maas).

berjenen, *sich* [jidd. *sich berjenen* ›großtun, renommieren‹: AL 344] jüd. fam.; *Er will sich berjene' vor seiner Fraa* (Te. 1008). → *Barjen.*

beschmusen [zu jidd. *schmusen*] jüd. fam. ›überreden‹ (Wei. 100). Berlin. *denn hab ick ma doch richtich beschmusen lassen* (BBWb. 1, 555); *Ich habe keine Lust, mich telefonisch beschmusen zu lassen* (Benn Z 259); mdal. ›schmeichelnd überreden, betrügen‹ (St. 195); ugs. ›beschwatzen, umschmeicheln‹ (Kü. 352). → *schmusen.*

besoll Adj. [jidd. *sol, besul* ›wohlfeil, leicht, gering, schlecht‹: AL 363] jüd. fam. ›billig‹; *Ich krieg die Beheime besoll; er wird's besoller geben* (Wei. 52). Rotw. (Wo. 429); mdal. ›billig, wohlfeil‹ (St. 66).

Besomen, *das* [jidd. *besem, bosem,* Pl. *besomim* ›Gewürz‹: AL 345] jüd. fam. ›Gewürz, Gewürze‹ (Wei. 52). Mdal. ›Mohn‹ (St. 65).

Besomenbüchse, *die* [zu jidd. *besomim*] jüd. fam. ›Behälter für Besomen‹ (Wei. L 70); *verschüttete Besomenbüchs* ›zerstreuter, verwirrter, auch dummer Mensch, auch alte Jungfer‹ (Wei. 52; Te. 153); mdal. ›Riechbüchse‹ (St. 65). → *Besomen, Mesombüchse.*

bestusst Adj. [zu jidd. *schtus*] jüd. fam. ›närrisch‹ (Wei. 103). Frankf. ›verwirrt, einfältig‹ (FWb. 312). Mdal. mit Bed. von ›verrückt‹ bis ›betroffen‹ (St. 210); ugs. ›nicht recht bei Verstand‹ (Kü. 358; DuWb. 506). → *Stuss.*

betamt Adj. [jidd. *batamt*: Weinreich 710] jüd. fam. ›geschmackvoll, geistvoll, reizend‹ (Wei. 104). Ugs. ›anspruchslos, pfiffig‹ (Kü. 358). → *Tam.*

betucht Adj. [jidd. *betuach* ›vertrauenswert, sicher‹: AL 341] jüd. fam. *betucht, betuch, betuach* ›wohlhabend, geachtet‹; *er ist schwer* *betucht* ›sehr vermögend‹; *ein betuchter Sege* ›reicher Mensch‹ (Wei. 52). Frankf. ›bedächtig, vorsichtig, leise, vermögend‹; *die sein ganz beducht gewest* (FWb. 317). Rotw. ›still, sicher, zuverlässig, vertrauenswürdig, vorsichtig‹ (Wo. 440). Mdal. neben ›still, vorsichtig, bedächtig, sittsam, vertrauenswert‹ und ›reich, wohlhabend, solide‹ auch ›sanft, geistig rege, langsam, niedergeschlagen, verdutzt‹ (St. 67). Ugs. ›wohlhabend, vermögend‹ (Kü. 367; DuWb. 515); *Jung, gebildet und gut betucht* (IB); häufig in Wortspielen: *Keck betucht in die Sommersaison. Das Kopftuch stellt Hüte in den Schatten* (IB).

Bezinnem, *Bezienem* [Herkunft unklar, mögl. zu jidd. *bezinno* ›heimlich, im Geheimen, Verborgenen‹: AL 442] jüd. fam. ›Wurst, Würste, Wurstgewürz, Wurstfett‹ (Wei. 52). Mdal. ›Wurst‹ (St. 65).

Bilbel, *der,* Pl. *Bilbulem* mit vielen Lautformen [jidd. *bilbul,* Pl. *bilbulim* ›Verwirrung, ärgerlicher, schlechter, verworrener, schwerer, bedenklicher Prozeß‹: AL 342] jüd. fam. ›Streitigkeit, Schwierigkeit‹; *sie haben Bilbulem* ›Streit‹; *Wer Bilbulim sucht, der find't se* (Te. 866). Frankf. *ein fürchterlicher Klatsch und Bilwel* (FWb. 323). Rotw. (Wo. 464); mdal. hess. *mach' kein Bilbulem, sonst kriegst du einen vor'n Rosch* ›Kopf‹ (Ah. 120). → *Bambule.*

Bocher, *Bacher, der* [jidd. *bochur,* Pl. *bochurim* ›Student, Jüngling‹; AL 340] jüd. fam. *Bocher,* Pl. *Bachurem* ›Jüngling, Mann, Junge‹, *alter Bocher* ›alter Junggeselle‹ (Wei. 52). Frankf. *Was schmußt* ›redest‹ *du, du Bocher, was willst du dir wählen* (FWb. 347). Rotw. (Wo. 584). Mdal. mit Bed. von ›jüd. Lehrer‹ bis ›ungeschickter Mensch‹ (St. 68); ugs. ›junger Jude, Student, erfahrener Polizeibeamter‹, *mieser Bocher* ›schlechter Käufer‹ (Kü. 441 f.). Literar. *Des Schulklopfers Tochter stand vor der Haustüre, als der Bocher mit dem Papiere gerade vorbeiging* (Ko. 1, 275); *»Gott, starker Gott!« schrien die Bochrim, »wie sollen wir es denn anfangen, daß der Rabbi leben bleibt?«* (Ko. 1, 274).

Boker, *das* [jidd. *bokor* ›Rind‹: AL 344] jüd. fam. ›Rind‹ (Wei. 52); rotw. (Wo. 603); mdal. ›Rind, Ochse, Kalb‹ (St. 68).

Boser, *das* [jidd. *bossor*: AL 345] jüd. fam. ›Fleisch‹ (Wei. 52). Rotw. (Wo. 636); mdal. (St. 68 f.).

Bowel, *der,* süddt. *Bawel, Bavel* [Herkunft strittig: Ki. 1256, wird als jüd. empfunden; anders Klu. 82] jüd. fam. ›minderwertige, überlagerte, veraltete, unmoderne Ware‹ (Ki. 1256); *Lauter Bawel* (Te. 584); Diminutiv *Bowelchen* ›kleines Geschenk‹, *ich hoffe u. erwarte, daß Du sowohl gratulierst wie auch ein Bowelchen schenkst* (Scho. 395). Rotw. (Wo. 233); ugs. (Kü. 466). → *Bafel, Bowelsechore.*

Bowelsechore [jidd. *sechoro,* Pl. *sechoros* ›Ware‹: AL 417; *Bowel sechauro* ›gemischte Ware‹ Ki. 1256] jüd. fam. ›unverkäufliche Ware‹ (Wei. 102). → *Bowel, Schore.*

Brismile, *Bresmile, die* [jidd. *beris milo* ›Bund der Beschneidung, Beschneidung‹: AL 345] jüd. fam.; *Theo sagte »Aufnahme« ins Judentum, worauf Erich meinte, also gewissermaßen eine Bris Milo* (Scho. 420). Frankf. *Den Awend vor der Preßmiele da warn e Paar Rewwiner* ›Rabbiner‹ *da; Als der Storch kam in die Kille* ›Gemeinde‹ / *Da gab's bald e groß brismille;* von Juden auch für christl. Kindtaufe gebraucht (FWb. 382, 1451). Mdal. ›Beschneidung‹ (St. 69 f.), hess. *eine Brischmile von sich geben* ›angeben‹ (Ah. 121).

Broche, *die,* Pl. *Broches* [jidd. *b'rocho,* Pl. *brochos* ›Segen‹: AL 345] jüd. fam. ›Segen‹; *die Broche machen* (Scho. 127); *Viel Meloche* ›Arbeit‹ *un wenig Broche* (Te. 609). Frankf. Es *is kaa Brooche an em* ›es ist nichts an ihm zu verdienen‹ (FWb. 388); mdal. (St. 70). Literar. *Was ich vom »Jüdischen« wüßte? Ich sagte, leider hätte ich keine hebräischen Kenntnisse. – »Aber doch Worte wie eine Broche, eine Mitzwa?« Ich bestand zur Genüge* (Kle. 42–45, 569). → *Massel.*

Brochesagen, *das* [zu jidd. *b'rocho*] jüd. fam. ›Tischsegen sprechen‹; So *verkaufen sie sich gegenseitig aus Idealismus Unterhosen und versuchen, den Araber dazu zu bewegen, solche von jetzt an zu tragen, oder züchten die dicksten Apfelsinen und schaffen neue Rekorde im Tefillinlegen* ›Anlegen der Gebetsriemen‹ *und Brochesagen* (Hermann 94).

Busche, *Wusche, die* [jidd. *buscha* ›Scham‹, *buscha haben* ›sich schämen‹: AL 340] jüd. fam. ›Scham, Schande‹ (Wei. 53); *Nemm die Charpe* ›Schande‹ *un deck' die Busche mit zu* (Te. 236). Rotw. (Wo. 786).

C

Chajes, *das* [jidd. *chaje,* Pl. *chajes* ›Tier, Kreatur‹: AL 369; *chajes* ›Leben‹: Weinreich 608] jüd. fam. ›Leben‹; *bei meinem Chajes* (Wei. 53); *Es is mir mies vor mein' Chajjes* ›mein Leben ist mir zuwider‹ (Te. 623); *Er waaß nit von seim' Chajjes* ›er weiß nicht, wo ihm der Kopf steht‹ (Te. 160). Frankf. *die Ganaph* ›Gauner‹ *sind im Bajes* ›Haus‹, *ich darf wohl net gediwwere* ›reden‹, *sonst bringese mer um mei Chajes* (FWb. 433). Rotw. (Wo. 823); mdal. ›Leben, Person, Leute, Menschen, Tod‹, auch ›schlechtes Haus‹ (St. 70).

chajew Adj. [jidd. *chajew* ›schuldig, verschuldet‹; *chajow* ›Schuldner‹: AL 368] jüd. fam. ›schuldig‹ (Fr. 9); *er ist mir mei Schuck chajew* ›hundert Mark schuldig‹ (Wei. 53). Rotw. auch ›teuer‹ (Wo. 2555). Mdal. *chajef, cheief* (St. 74). → *Chauwes.*

Chajim, *das,* auch *Chaim* [jidd. *chaje,* Pl. *chajim* ›das Lebende, Lebendige, Leben‹: AL 369] jüd. PN, jüd. fam. Spitzname, 1900 *Chajims Adjutant*; 1909 *den über die Maassen ins Freche wachsenden Chaim* (Ah. M 111 f.); *Chajim Rintel* ›Reinfall, Zusammenbruch‹ (Te. 1034); Frankf. *Lauter Schwindel / In Frankfurt sagt man Chajim Rintel* (FWb. 433). Rotw. *Chaim, Kaim* ›Jude‹ (Wo. 824); mdal. auch ›kleiner Mensch; unbeholfener, durchtriebener Mensch‹ (St. 104).

Chalaumes, *das, der* [Pl. zu jidd. *cholom* ›Traum‹: AL 369; Ki. 1256; anders Wei. 56] jüd. fam. ›unpraktisches Treiben, Reden‹ (Ki.); ›unnützes, wertloses, sinnloses Zeug‹; *Chalaumes mit Backfisch,* von schlechtem, unappetitlichem oder übervornehmem Essen, verächtl. ›wertlose, unbekannte Dinge‹ (Wei. 56). Frankf. *Chalomes, der* ›Unsinn‹, *Chalomes, Kalomes* ›einfältiger Mensch‹ (FWb. 434). Rotw. ›getäuschte Erwartungen‹ (Wo. 885). Mdal. auch *Kalaumes, Kalomes* ›unnötiges, unsinniges Gerede‹ (St. 73); ugs. *Kalaumes* ›überflüssiges Gerede, Geschwätz‹ (Kü. 1402). → *Chaulem.*

Chalausches, *das, der,* auch *Chalosches* [jidd. *chalaschus, chalosches* ›Ohnmacht‹: AL 370] jüd. fam. ›wertloses, unangenehmes, verdorbenes Zeug‹, oft auf Essen bezogen, ›Ekel, Übelkeit‹ (Ki. 1256; Wei.

53); *mir geht Chalosches an* ›ich falle in Ohnmacht‹; *in Chalosches fallen* (AL 370); *mach nicht* so *viel Chalausches* ›Getue‹; *Eau de Chalausches,* scherzhaft ›Kölnisch Wasser‹ (Wei. 53).

Chalfen, *der* [jidd. *chalphan* ›Wechsler‹: AL 370] frankf. ›Wechsler, Schmeichler‹ (FWb. 434; St. 71). Rotw. ›Geldwechsler; Gauner, der gewerbsmäßig beim Geldwechseln Geld stiehlt‹ (Wo. 828).

Chalize, *die* [jidd. *chalizah* ›Ausschuhung‹: AL 370] jüd. fam., Lossprechungszeremonie, in der eine Witwe den unverheirateten Bruder ihres kinderlos verstorbenen Mannes von der Pflichtehe freispricht; dies wird dadurch vollzogen, daß die Witwe einen Schuh auszieht; *die Witwe nimmt Chalize, der Schwager gibt Chalize* (AL 370); *die Kuh hat Chalieze gemacht* ›den Huf abgestoßen‹ (Wei. 53).

Challe [jidd. *challa,* Pl. *challos* ›Kuchen‹: AL 369] jüd. fam. »Challah heißt die Gabe, welche von jedem Teige als Erstling geopfert werden mußte, und zu deren Erinnerung noch jede fromme Hausfrau besonders vom Teige des Sabbatbrotes eine Handvoll nimmt und verbrennt« (Te. 591); *Der muß überall zuerst Challe nehmen* ›fordert vorab seinen Anteil‹ (Te. 591); *Der hot aach schon Challe genumme'* ›vorehelichen Verkehr gehabt‹ (Te. 591). Rotw. ›Diebstahl, bei dem nur das gestohlen wird, was nicht sofort bemerkt wird‹ (Wo. 829).

Challef, *das* [jidd. *challaph* ›Schächtmesser‹: AL 370] jüd. fam. *Challef,* Pl. *Chalofem* ›Messer, meistens Schächtmesser‹ (Wei. 53); *ein Chillef* ›Wechsel‹ *ist ein Challef* (Wei. 58); *Jetzt hot er das Chalef in der Hand* ›ist Herr und Meister‹ (Te. 215); *Liegt der Ochs, ruft Alles: Mach's Chalef scharf* (Te. 774). Frankf. *Chalef, Chalf* (FWb. 433). Mdal. hess., rhein. ›Schächtmesser, Messer‹, auch ›Metzgerlehrling‹ (St. 71).

Chaluz, *der,* Pl. *Chaluzim* [jidd. *cholets,* Pl. *chalutsim* ›Siedler‹: Weinreich 607] jüd. fam. *Chaluz,* Diminutivum *Chaluzl* (Kle. 42–45, 78); *Chaluzim haben wir genug gehabt* (Scho. 408).

Chamime, *Chamieme, die* [jidd. *chamima* ›Hitze‹: AL 370] jüd. fam. ›Wärme, Hitze‹ (Ki. 1256; Wei. 54); frankf. *was for e Chamime* (FWb. 434); mdal. hess. ›Hitze unterm Vieh‹ (Ah. 122; St. 71).

Chammer, *der* [jidd. *chamor* ›Esel‹: AL 371] jüd. fam. *Chammer*, Pl. *Chamaurem, Chameranzen,* ›Esel, grober Mensch‹ (Ah. 122); *besser 'n Chammer wie 'n Schaute* ›Narr‹ (Wei. 54); *e Chammer bleibt e Chammer un wenn er mit em Zylinder im Bett liegt* (Fr. 18). Frankf. (FWb. 434). Rotw. ›Untersuchungsrichter, Dummkopf, bornierter Mensch‹ (Wo. 831); mdal. selten (St. 71); ugs. (Kü. 545). In der nationalsoz. Agitation: *Was man auch sagt von ä Jüd, ä Chammer (Dummkopf) ist er nicht* (Ah. M 187). Literar. *'s gibt im politischen Leben / viel Trübsal und Jammer. / Doch nichts Ärgeres eben / als wenn ein Jud ist ein Chammer* (KK S 14, 515).

Chammersängertum, *das* [zu jidd. *chamor*] polemische Kontamination aus *Chammer* und *Kammersänger* (F 679, 23). → *Chammer.*

Chanfen, *der* [jidd. *chanfen, chanfener* ›Heuchler‹: AL 371] jüd. fam. ›Schmeichler‹, *Das is e Chanfen* (Te. 310). Rotw. auch *Kanif, Chanifer* ›Heuchler, Hinterlistiger, Schmeichler‹ (Wo. 836). → *chanfenen.*

chanfenen [jidd. *chanphenen* ›heucheln, erdichten, schmeicheln‹: AL 371] jüd. fam. ›schmeicheln, loben, gut zusprechen, bestechen‹; *er chanfent mir* ›tut mir schön‹; *den kann man chanfenen, der ißt Kugel* ›ist zugänglich für Zuspruch oder Bestechung‹ (Wei. 54). Rotw. ›schmeicheln‹ (Wo. 836).

Chanje, *das* [jidd. *chanukah*] frankf. ›Chanukka‹ (FWb. 435). → *Chanuka.*

Chanje-Eisen, *das* [zu jidd. *chanukah*] frankf. *das Chanje-Eise ist in ärmeren jüdischen Familien der Ersatz für den achtarmigen Leuchter* (FWb. 435). → *Chanje.*

Chanje-Lampe, *die* [zu jidd. *chanukah*] frankf. *Chanje-Lampe, die nur bei einem bestimmten Feiertag angesteckt wird, bei frommen Juden meist von gediegenem Silber* (FWb. 435). → *Chanje.*

Chanje-Männchen, *das* [zu jidd. *chanukah*] jüd. fam. ›Chanukamännchen‹ (Fr. 19). → *Chanje.*

Chanuka [jidd. *chanukah* ›Einweihung, Fest der Tempelweihe‹: AL 371] frankf. (FWb. 435); standardspr. *Chanukka* (DuWb. 626); *Wir feiern Chanuka in allem Glanz; Chanukafeier* (Scho. 375); *»Chanuka«-Melodien* (Kle. 25–32, 56f.); *Chanuka-Szene* (Kle. 50–59, 675). → *Chanje.*

chappen [ostjidd. *chapen* ›haschen, fangen, hastig greifen; eilen‹, von poln. *chapać:* Bernstein XL*; anders Ki. 1257] jüd. fam. ›bedenkenlos raffen, geldgierig sein‹; *er chappt, wo er kann* (Ki. 1257); *Wenn der nur chappe' kann* (Te. 297).

Charote, *Chorote, die* [jidd. *charotah* ›Reue, Sorge‹: AL 373] jüd. fam. *chorote, charote,* süddt. *charode,* ›Reue, Reue als Schrecken über begangenen Fehler, Rücktritt von einem Geschäft (aus Reue)‹ (Ki. 1257; Wei. 60); *ein Jude darf Chorote haben* ›seinen Beschluß ändern‹ (Wei. 60); *Charoote gilt nix* ›Reue kann die Tat nicht ungeschehen machen‹ (Te. 836); *Er hot nit so viel Hoor uf dem Kopp, as er Charote hot* (Te. 393).

Charpe, *die* [jidd. *cherpo* ›Schande, Spott‹: AL 373] jüd. fam. ›Schande, Scham‹; *'ne Charpe un 'ne Busche* ›Schande‹, *'ne Charpe un' Neweire* ›Sünde‹, *'ne Charpe unne Schand* (Wei. 55); *Arbeit is kaan Charpe* (Te. 799); *Karpe* ›Karpfen‹ *is kaan Charpe; Hecht is mir recht; Salm is über Allem* (Te. 969). Rotw. ›Schande, Schimpf‹ (Wo. 843). → *charpenen.*

charpenen, *sich* [jidd. *charpenen* ›sich schämen‹: AL 373] jüd. fam.; *Wer sich charpent zu esse' un zu ore'* ›beten‹, *Is hier un dort verlore'* (Te. 892; Wei. 55). Rotw. (Wo. 843). → *Charpe.*

Chaserenverbandsfest, *das* [zu jidd. *chasir*] jüd. fam. ›unjüd. Vergnügen‹, iron. (Wei. 56). → *Chasser.*

Chasernik, *der* [zu jidd. *chasir*] jüd. fam. ›Jude, der die Speisegesetze nicht befolgt‹ (Ki. 1257). → *Chasser.*

Chasmeine, *Chosmeine, die* [jidd. *chasimo* ›Untersiegelung, Versiegelung‹: AL 374] jüd. fam. ›Abschluß, Besiegelung, Schlag, Schaden‹; *ich habe'm e Chosmene gebe* ›ihm einen tüchtigen Hieb versetzt‹

(Te. 466); *ich hab 'ne gute Chasmeine gekriegt* ›ein gutes Geschäft gemacht‹ (Wei. 55). Rotw. (Wo. 847). → *chasmenen.*

chasmenen [jidd. *chasmenen* ›untersiegeln, unterzeichnen, unterschreiben‹: AL 374] jüd. fam. ›besiegeln, unterschreiben‹ (Wei. 55). Rotw. (Wo. 847). → *Chasmeine.*

Chassen, *der,* Pl. *Chasonem* [jidd. *chasan* ›Vorbeter, Vorsänger in der Synagoge, Kantor‹: AL 368] jüd. fam. ›Vorbeter‹; auf Kantoren bezogen: *Das Kol* ›Stimme‹ *kommt vor dem Chassen* ›eilt voraus‹ (Te. 224); *Chasonim sind Narronim* ›Narren‹ (Te. 821), *jeder Chassen ist ein Schaute* ›Narr‹, *aber nicht jeder Schaute ist ein Chassen* (Wei. 55). Frankf. *Dem Chassen, Bannes* ›Gemeindevorsteher‹ *un dem Rewe* ›Rabbiner‹ *bracht ich sogleich mein Gruß* (FWb. 436); rotw. (Wo. 845); mdal. *Chasem, Kasen* (St. 71); standardspr. *Chasan, Chazzan* (DuWb. 628).

Chassene, *die,* Pl. *Chassenes* [jidd. *chassuno* ›Vermählung, Hochzeit‹, auch ›Lärmen mit Zank und Unfug‹: AL 374] jüd. fam. *das ist e schöne Chasne* (Te. 598); *er tanzt auf jeder Chassene* (Wei. 55); *mit aam Toches* ›Hintern‹ *kann mer nit uff zwaa Chassnes sitze* (Fr. 16); 1766 *Ich kan ja nicht mit dem Blosen / Zu der Calle* ›Braut‹ *zu dem Chosen* ›Bräutigam‹ */ Und zu der Chasenne* ›Hochzeit‹ *gehn* (Maas). Frankf. *kaa Chassene ohne Geld* ›ohne Geld ist nichts zu machen‹ (FWb.). Rotw. (Wo. 846); mdal. (St. 71). Literar. *und heut' Nacht ist Chassne* (Ko. 1, 6).

chassenen, *chasnen* [zu jidd. *chassuno*] ›heiraten‹, jüd. fam. (Ah. 122). Mdal. (St. 71). → *Chassene.*

Chasser, *das,* Pl. *Chaseirim, Chaseren* [jidd. *chasir* ›Schwein‹: AL 368] jüd. fam. ›Schwein‹, ›schmutzige, ordinäre, gemeine, geizige Person‹ (Ki. 1257; Wei. 55); *dem Chasser e Haar* ›Haar‹ *ausgerisse'* ›dem Geizhals etwas abgebettelt‹ (Te. 271); *laaft vum Tisch, wie das Chasser vum Trog* (Te. 651); *wie kommt's Chasser auf'n Baum* ›wie kann man das machen‹ (Wei. 55). Frankf. *Un hab' m'r gewälzt uf der Erd wie ä Chasser* (FWb. 436). Mdal. ›Schwein‹, selten ›Schweinefleisch, Speck‹ (St. 72); rotw. (Wo. 2504). Literar. ›*Meine Chaseirim*‹-*Juden* (Kle. 42–45, 262).

Chasserboser, *das* [jidd. *chasir bosser* ›Schweinefleisch‹: AL 368] jüd. fam. (Wei. 56). Frankf. (FWb. 436); rotw. (Wo. 2504); mdal. bad. (St. 72). → *Boser, Chasser.*

Chasserfüßchen, *das* [zu jidd. *chasir*] jüd. fam. *koscheres Chaserfüßchen,* über eine Person, die Ehrlichkeit vortäuscht (Ki. 1257); *Chasserche' streckt's Füßche' 'raus* (Te. 331); *Aber der Geburtsort Berlin ist das Chaserfüßchen* ›Pferdefuß‹ (Scho. 512). → *Chasser.*

Chasserkopp, *der* [zu jidd. *chasir*] jüd. fam. ›Schweinskerl‹, Schimpfwort (Wei. 56); *Das is e Chasserkopp* ›Mensch, der schwer begreift‹ (Te. 124). → *Chasser.*

Chassidismus, *der* [zu jidd. *chasid*] standardspr. ›religiöse Bewegung des osteuropäischen Judentums, entstanden im 18. Jh.‹ (JL 1, 1339 ff.); wiss. Terminus (DuWb. 628). → *Chosid.*

Chattes, *Chateise, der,* Pl. *Chattessim, Chateisem* [jidd. *chattas, chattes* ›schlechter, liederlicher, verworfener Mensch‹: AL 368] jüd. fam. ›Lump, armer Mensch‹; ›Sünder, nicht makelloser, anrüchiger, auch leichtsinniger Mensch, Tunichtgut‹, *Chattessim* auch ›betrügerische Nichtjuden‹ (Ki. 1257); ›niedriger, ungebildeter Mensch; Lump, armer Schlucker, Antisemit‹ (Wei. 56); *Chateissim* ›Schweine‹, Schimpfwort (Blu. 130). Frankf. ›Lump; armer, armseliger Mensch‹; *Chaddes, Dalfen* ›Armer‹ *und Co.* (FWb. 437); rotw. (Wo. 850); mdal. (St. 72).

Chattesbündel, *das* [zu jidd. *chattas*] jüd. fam., süddt. ›Faulenzer‹ (Ki. 1257). → *Chattes.*

Chatteskopf, *der* [zu jidd. *chattas*] jüd. fam. ›Faulenzer‹ (Ki. 1257). → *Chattes.*

chaule Adj. [jidd. *chole* ›krank‹: AL 369] jüd. fam. ›krank‹; *er ist schlimm chaule* ›schwer krank‹, auch als Subst. *Chaule* ›Kranker‹ und in Zus. *Chaulepeter, Chaulepiet, Chauleputt* ›kränklicher Mensch‹ (Wei. 56). Rotw. *chaule, chohle, kole, kaule* ›krank, gefangen, unglücklich‹ (AL 531; Wo. 881). Mdal. auch *kaule* (St. 72); ugs. *kaule* (Kü. 1453).

Chaulebajes, *das* [jidd. *chole; bajis* ›Haus‹: AL 341] jüd. fam. ›Krankenhaus‹ (Wei. 56). Rotw. (Wo. 881). → *Bajes, chaule.*

Chaulem, *Cholem, der* [jidd. *cholom* ›Traum‹: AL 369; zu anderer Herleitung: Wei. 56] jüd. fam. *Cholem* ›Traum‹; *Es war e Cholem* (Te. 617); *Chaulem* ›unnützes, wertloses Zeug‹ (Wei. 56). Frankf. *Cholem* ›Traum, Träumerei‹; Rätsel: »Lest mich verkehrt und Ihr erlebt mich häufig / Das jüd'sche Wörtlein ist Euch wohl geläufig / Es folgt mir oft ein trauriges Erwachen«, Lösung: *e Cholem – Meloche* (FWb. 439). Rotw. *Cholom* ›Traum, Einbildung‹ (Wo. 885); mdal. *Chaulem, Cholem, Kaulem* ›Traum, Albtraum, Schwindel, unsinniges Gerede, Schwindler‹ (St. 72 f.) → *Chalaumes, cholemen.*

chaumeln, *chomelen* [Etymologie unsicher; zu jidd. *chomal* ›sich erbarmen‹: AL 531; mit weiteren Überlegungen: Ki. 1257; andere Herleitungen: Wei. 57] jüd. fam. ›koitieren‹; obszöner Ausdruck (Ki. 1257); *wer chaumelt am Jaumkipper* ›Versöhnungstag‹, *hat Simches-taure* ›Fest der Gesetzesfreude‹ *Tripper* (Wei. 57). Frankf. *chomele, komele* (FWb. 1545). Rotw. (Wo. 852); ugs. im Milieu (Kü. 547). Literar. *Wenn Se der Schickse gefallen, läßt se Se chaumeln* (Blu. 151).

Chauwes Pl. [jidd. *chow, chowa,* Pl. *chowos* ›Schuld‹: AL 368] jüd. fam. ›Schulden‹, auch kaufmannsspr. (Ki. 1257); *er hat Chauwes wie'n Gerichtsvollzieher* (Wei. 57). Rotw. (Wo. 2555). Literar. *Er ist 'n Maschgeh* ›Betrüger‹, *sein Chafol* ›Goldstück‹ *und sein Chuf* ›Wechsel‹ *ist nicht tuw* ›gut‹ (Hauptmann 1, 653 f.). → *Balchauwes, chajew.*

Chawruse, *Chafruse, die* [jidd. *chawrusso* ›Gesellschaft, Kompagnieschaft, Kameradschaft, Genossenschaft, Verbindung‹: AL 367] jüd. fam. ›Gemeinschaft, Freundschaft, Freunde, Kollegen, Gesellschaft, Begleiter‹ (Ki. 1257); herabsetzend *die ganze Chawruse* (Wei. 57). Frankf. *Chafruse, Kafruße* ›Gesellschaft, Sippschaft‹, abschätzig ›Verwandtschaft‹; *so zog met ganz vergnigter Miene / Die ganz Kafrus verwahrt nach Haus* (FWb. 431 f.). Berlin. *Kabrusche, Kaprusche, Kafruse; K. machen* ›ein Compagniegeschäft betreiben‹ (Ki. 1257). Rotw. (Wo. 855); mdal. (St. 73 f.); *Kabrusche* ›Diebesbande‹ (Kü. 1392).

Chawwer, *Chabber, der,* Pl. *Chawwern, Chaweirem* [jidd. *chawer,* Pl. *chawerim* ›Verbündeter, Gesellschafter, Kompagnon, Teilhaber, Kamerad‹: AL 367] jüd. fam. ›Freund, Partner‹ (Wei. 57). Rotw. ›Kamerad, Genosse, Gefährte, Freund, Komplize, Bandenmitglied‹ (Wo. 855). Literar. *der ebenso kluge wie liebenswürdige Chawer; begegneten mir die Chawerim immer höflich* (Maimon 62 f.).

Cheder, *Cheider, der* [jidd. *cheder,* Pl. *chadorim* ›innerstes Gemach, Zimmer, Kammer‹: AL 367] jüd. fam. ›Zimmer‹ (Wei. 57); 1766 *holch* ›geh‹ *in mein Chedder* (Maas); So *werd mer in's Cheeder ge'uzt* ›durch Täuschungen in die Schule gelockt‹ (Te. 769). Rotw. (Wo. 856); standardspr. (DuWb. 629). Literar. *im Cheder* ›in der Schule‹ (Ko. 1, 150).

Cheilek, *der* [jidd. *chelek,* Pl. *chalokim* ›Teil, Portion‹: AL 370] jüd. fam. ›Teil, Anteil‹ (Wei. 57); Es *hot jeder sein Cheelek* (Te. 752). Rotw. *Chelek, Cheilek, Chillek* ›Teil, Anteil, bes. an der Diebsbeute‹ (Wo. 859); mdal. ›Teil, Anteil am Geschäft‹ (St. 74).

cheileken [jidd. *cheluken* ›teilen‹: AL 370] jüd. fam. ›teilen‹ (Wei. 57). Rotw. (Wo. 859). → *Cheilek.*

Chein, *der,* auch *Cheen, Chain* [jidd. *chen* ›Gnade, Leutseligkeit‹: AL 371] jüd. fam. *Cheen* ›Anmut, Liebreiz‹; *Cheen geht über schön* (Te. 738); *Chain* ›Gunst, Freundlichkeit, Anmut‹ (Ki. 1256); *Chein* ›Humor, Talent, Geschmack, Verstand, Anmut, Charme‹, ›Bedeutung, Zweck, Wesen der Sache‹; *er hat Chein* ›ist geistvoll‹; *was ist der Chein davon* ›die Absicht, Bedeutung‹ (Wei. 57). Frankf. *Aber tugendhaft und schön sind sie alle zehen, haben alle großen Chen, sind solid und fleißig* (FWb. 438; St. 75). → *becheint, Cheinponem, unchein.*

Cheinponem, *das* [zu jidd. *chen, ponim*] jüd. fam. ›Tor, Neunmalkluger, Angeber; einfältige oder witzige Person‹; *Cheinpönemche* Diminutivum für Kinder (Wei. 58). Frankf. *Chenbonem* ›anmutiges Gesicht‹ (FWb. 438). → *Chein, Ponem.*

Cheischek, *Cheschek, der* [jidd. *cheschek* ›Lust, Begierde‹; *cheschek haben* ›begierig sein, Lust haben‹: AL 374] jüd. fam. ›Lust‹; *ich hab*

Cheischek dran ›tue es gerne‹, *ich hab keinen Cheischek* ›mir liegt nichts daran‹ (Wei. 58). Rotw. *Cheschek* ›Lust, Begierde, Freude, Lustbarkeit, Fest, Theater, Maskerade‹ (AL 530); mdal. südhess. *Cheschek* ›Gefallen‹ (St. 75).

Cheschben, *der* [jidd. *cheschbon,* Pl. *cheschbonos* ›Rechnung, Kalkulation‹: AL 373] jüd. fam. ›Rechnung‹ (Wei. 58); 1766 *Und er dienet uns mit Freuden / Wenn er gleich bei unsern Leuten / manchen Rat* ›Taler‹ *am Cheschben mißt* (Maas). Rotw. (Wo. 866); mdal. selten (St. 75). → *cheschbenen.*

cheschbenen [jidd. *cheschbenen* ›rechnen‹: AL 373] jüd. fam. ›rechnen, kalkulieren‹ (Wei. 58). Rotw. (Wo. 866); mdal. pfälz. ›addieren‹ (St. 75). → *Cheschben.*

chess Num. [jidd. *chess* ›acht‹: AL 365] jüd. fam. (Ah. 138; Wei. 58). → *kess, olef.*

Chetzje, *Chetzche, Chezje, das* [zu jidd. *chozo* ›Hälfte, halber Teil‹: AL 372; *chez* ›halb‹] jüd. fam. ›Hälfte‹, als Adj. ›halb‹ (Te. 488), als Adv. ›bißchen‹ (Wei. 60). Frankf. *Wie kennt er dem Mayer sein Chajezche Flaisch gewe* ›sein bißchen Fleisch geben‹ (FWb. 547). → *Choze.*

Chiddesch, *der,* Pl. *Chiduschem* [jidd. *chiddusch,* Pl. *chiduschim* ›Neuigkeit, Neues‹: AL 368] jüd. fam. ›Neuigkeit‹, *was ist Chiddusch* ›was gibt's Neues‹ (AL 368); *Das is e alt Chiddesch* ›längst bekannt‹ (Te. 501). Frankf. *Was er uns vor Cheduschem bringt* (FWb. 437). Rotw. *Chiddusch; Chattuschim* ›Zeitung‹ (Wo. 870); mdal. ›Neuigkeiten, Geschwätz‹ (St. 75).

Chilfener, *der* [zu jidd. *chilluph; chalphener* ›Wechsler‹: AL 370] ugs. ›Wechselgeldschwindler‹ (Kü. 548). → *Chillef.*

Chillef, *der,* Pl. *Chilofem, Chilofen* [jidd. *chilluph* ›Wechsel, Veränderung‹: AL 370] jüd. fam. ›Wechsel (Schuldverschreibung)‹, ›Tausch (von Vieh)‹; *ein Chillef ist ein Challef* ›Messer‹ (Wei. 58); 1766 *Manchen Chilluf manche Mume* ›Geld‹ */ hat sein Segel* ›Verstand‹ *uns gespart* (Maas). → *Chilfener.*

Chillek, *der* [jidd. *chilluk* ›Unterschied, Zwiespalt, Meinungsverschiedenheit, Disput‹: AL 370] jüd. fam. ›Unterschied‹; *kein Chillek* ›ganz egal‹ (Wei. 58); scherzhaft *Chillek von einem Unterschied* ›genau dasselbe‹ (Ki. 1257); *ich kaaf den Chilek nit teuer* ›beide geben sich nichts‹, ähnlich *ich fall um den Chilek nit die Trepp' hinunter; Chilek sagen* ›talmudischen dialektischen Vortrag halten‹ (Te. 587).

Chisoren, *der* [jidd. *chissoron* ›Mangel, Gebrechen‹: AL 372] jüd. fam., auch *Chasoren, Chasorem* ›Schaden, Fehler‹ (Wei. 58). Rotw. *Chassoren* ›Mangel, (Leibes)Schaden, Bruch‹ (Wo. 848); mdal. *Chasoren, Kassorem* ›Fehler, Mangel, Schwierigkeiten, Krankheit, Unglück, Schulden, Läuse‹ (St. 72).

Choben, *der,* auch *Chauben, Chaum* [nach Wei. 56 viell. zu jidd. *chorbon* ›Zerstörung (des Tempels)‹: AL 372] jüd. fam. ›Durcheinander‹; *ein schöner Choben* ›großes Durcheinander‹; *im Zimmer ist ein großer Chaum* (Wei. 56). Literar. *So hab' ich ihr den ganzen Chorban* ›Zerstörungsgeschichte Jerusalems‹ vom Anfang bis Ende erzählt (Ko. 1, 152).

chochem Adj. [jidd. *chochom* ›weise, klug, gelehrt‹: AL 369] jüd. fam. ›klug‹; *wann wirst du endlich chochem* (Wei. 59); 1766 *Er ist chochim und chosid* ›gerecht‹ (Maas). Frankf. *kochem, chochem, kouchen* ›kundig, geschickt, weise, klug‹ (FWb. 439; 1534). Rotw. *chochem* neben häufigerem *kochem* ›klug, gescheit, eingeweiht, mit allem Gaunerischen vertraut‹ (Wo. 2814). Mdal. ›klug, geschickt, witzig, diebisch, geizig, schlecht, teuer‹ (St. 75); ugs. *kochem.* → *Chochem, kochem.*

Chochem, *der,* Pl. *Chachomem* [jidd. *chochom,* Pl. *chachomim* ›Weiser, Kluger, Gelehrter‹: AL 369] jüd. fam. ›kluge Person‹ (Wei. 59); *Besinnt sich der Chochem, besinnt sich der Schoote* ›Narr‹ (Te. 881); *Wer mit Chachomim umgeht, wird selbst e Chochem* (Te. 827). Rotw. *Chochum, Kochem, Kochum,* aus der Sicht des Gauners ›Kluger, Vertrauter, Eingeweihter‹, aus der Sicht des Nichtgauners ›Gauner, Dieb, Spitzbube, Einbrecher‹ (Wo. 2814). Literar. *Wenn aber die Chachomim* ›Weisen‹ *fehlen, was soll man da anfangen* (Ko. 1, 148). → *chochem, Kochem.*

Chochme, *die* [jidd. *chochmah* ›Weisheit‹: AL 369] jüd. fam. ›Weisheit, Klugheit, kluger Ausspruch, kluge Tat‹ (Wei. 59); *So is mir noch kaan Kind vorkommen, es hat die Chochme von Aristoteles* (Te. 46); *Wo Toore* ›Tora, Lehre‹ *is, is Chochme* (Te. 828). Frankf. *wo haste die Chochme her* (FWb. 1534). Literar. *Von solchen Chochmes wird man irre im Kopf* (Se. M 66 f.). → chochem.

Cholas, *das* [jidd. *choli, cholajas* ›Krankheit‹: AL 369] jüd. fam.; *Das Cholaas hat sich gebrochen* ›es ist eine glückliche Wendung eingetreten‹ (Te. 601); als Fachwort der Viehhändler auch *Chalajes, Chalaes, Chalas* ›Krankheit, Viehseuche, bes. Maul- u. Klauenseuche‹ (Wei. 53).

cholemen [jidd. *cholomen, cholmenen* ›träumen‹: AL 370] jüd. fam., auch *chaulemen, cholmenen* ›träumen, geistesabwesend sein, sich langsam bewegen, langsam arbeiten‹ (Wei. 59); *Ich glaab' du cholemst* (Te. 98). Rotw. (Wo. 885); mdal. bad. (St. 73). → *Chaulem.*

Cholempeter, *der* [zu jidd. *cholom*] jüd. fam. ›Träumer, langsamer Arbeiter‹ (Wei. 59); frankf. (FWb. 439). → *Chaulem, cholemen.*

Chomez, *der* [jidd. *chomez* ›Sauerteig, sündhafter Mensch‹: AL 370] jüd. fam. ›sündhafter Mensch‹ (Te. 645); *Das haaßt mer Chomez gebattelt,* wörtl. ›den alten Sauerteig ausgekehrt‹ (AL 341), ›reinen Tisch gemacht‹ (Te. 370). Rotw. (Wo. 889).

Chonte, *die,* Pl. *Chonten, Chontes* [jidd. *chonte* ›Metze, liederliche Dirne‹: AL 371; zur Herkunft Ki. 1258, Wei. 60] jüd. fam., auch *Chone,* ›Prostituierte‹ (Ki. 1258); *aus der Kammer lief die Chonte, weil der Chammer* ›Esel‹ *nicht mehr konnte* (Wei. 60). Rotw. (Wo. 890); mdal. hess. *Chondelchen* ›leichtsinniges, leichtes Mädchen‹ (Ah. 123). Ugs. ›(jüd.) Prostituierte, Mädchen, Geliebte‹ (Kü. 548). *Als ich von den Chontes mit Mami draußen war, waren wir sehr froh* (Sle. B 24); Literar. *Bessere Zeiten werden erst kommen, wenn man statt Weekend wieder Schabbes sagen wird und statt Girl wieder Chonte* (KK 7, 506).

Chontenbajes, *das* [jidd. *chonte, bajis*] jüd. fam. ›Bordell‹ (Wei. 60). Rotw. (Wo. 890). → *Chonte, Bajes.*

Chosem, *das* [jidd. *chosem* ›Siegel, Petschaft‹: AL 374] jüd. fam.; *Er muß überall das Choosem druf drücke'* ›seinen Senf dazugeben‹ (Te. 58).

Chosen, *der* [jidd. *choson* ›Bräutigam‹: AL 374] jüd. fam. (Wei. 60); *Da freu' ich mich druf, wie der Chosen uf die Kalle* ›Braut‹ (Te. 493); 1766 *Daß das schönste Schir* ›Lied‹ *erschalle / Für den Chosen, für die Calle* (Maas). Frankf. *Die Kalle geit mit dem Chosen unner die Chuppe* ›Traubaldachin‹ (FWb. 440). Rotw. ›der zu Bestehlende, Betrügende‹ (Wo. 893); mdal. ›Bräutigam, Liebhaber‹ (St. 77). Literar. *die Kalle hat also ihren Choßen* (Ko. 1, 6); *ein jüdisches Mädchen muß sich für seinen Chosen herausputzen* (Ko. 10, 117).

chosid Adj. [jidd. *chasid* ›fromm, gerecht‹: AL 371] jüd. fam. ›gerecht‹, 1766 *Er ist chochim* ›klug‹ *und chosid* (Maas). → *Chosid.*

Chosid, *der*, Pl. *Chasiedem* [jidd. *chasid* ›Gütiger, Wohltäter, Frommer, Orthodoxer‹: AL 371] jüd. fam. ›Frommer‹ (Wei. 60); *Wenn die Chasidim wandere', get's Reje'* ›Regen‹ (Te. 965). Standardspr. *Chassidim* Pl. ›Anhänger des Chassidismus‹ (DuWb. 628). Literar. *Auf die Chassidim ist Frau Büttner sicherlich durch Buber gestoßen* (Kle. 42–45, 361); *Ich war anders gekleidet [...] so, wie die Chassidim gekleidet sind* (Fe. 68).

chotsche [jidd. *chotsche, chotsch* ›obschon, obwohl, wenigstens‹ zu poln. *choć, chociaż:* Bernstein XLIII*] jüd. fam. ›vielleicht, etwa, meinetwegen‹ (Fr. 10).

Choze, *die* [jidd. *chozo* ›Hälfte, halber Teil‹: AL 372] jüd. fam. auch *Chuze* ›Hälfte‹, als Adj. ›halb‹ (Wei. 60). Mdal. südhess., pfälz. (St. 77). → *Chetzje.*

Chozef, *der* [jidd. *chozuph* ›Unverschämter‹: AL 372] nur jüd. fam. *Chozef* ›freche oder gerissene Person‹, bes. ›dreister, vorlauter Junge‹ (Wei. 60); *Chuzef* ›frecher Mensch‹ (Ki. 1258).

Chumesch, *das* [jidd. *chumesch* ›die fünf Bücher Mosis‹: AL 371] jüd. fam.; literar. *Wenn man jenes Chumesch bei uns angetroffen* *hätte, Gott der Lebendige weiß, was uns damals geschehen wäre* (Ko. 4, 18); *Aus diesem Chumesch hat sie mich unterrichtet* (Ko. 4, 18).

Chuppe, *die* [jidd. *chuppa* ›Himmelbett, Brautbett; Baldachin, unter welchem jüdische Paare getraut werden‹: AL 372] jüd. fam. ›Brauthimmel, Traubaldachin, Trauung‹; frankf. (FWb. 440). Literar. *Jetzt führt sie ihre Tochter unter die Chuppe* (Ko. 1, 276); *Dort war statt der Chuppe ein förmliches grünes Gemach unter festem Trauhimmel aufgebaut* (Kle. 18–24, 508); *Laßt das bitte bis nach der Chuppe* (Ko. 1, 270).

Chusch, *der* [jidd. *chusch,* Pl. *chuschim* ›Sinn‹: AL 368; anders Ki. 1258; Wei. 60] jüd. fam. ›Verwirrtheit, Zerstreutheit‹, auch ›verwirrte Person‹; *er ist ein Chusch* ›vergißt alles‹; *er ist in einem Chusch* (Wei. 60); *Das is e Chuschim* ›Harthöriger‹ (Te. 12).

Chuschkopf, *der* [zu jidd. *chusch*] jüd. fam. ›oberflächliche, vergeßliche, flüchtige Person‹ (Ki. 1258). → *Chusch.*

Chuzpe, *Chutzpe, die,* Pl. *Chuzpen* [jidd. *chuzpo* ›Unverschämtheit‹: AL 372] jüd. fam. ›Anmaßung, Frechheit, Unverschämtheit‹ (Ki. 1258); *Chutzpe muß mer habe'* (Te. 893); *Mit Chutzpe setzt mer Alles dorch* (Te. 894). Frankf. (FWb. 442); berlin. (Wo. 906); wiener. (Wehle 112); *was man in Wien immer noch eine Chuzpe nennt* (FAZ, 14.8.1991, 10). Ugs., »gern im Munde von Kunstkritikern« (Kü. 550), standardspr. (DuWb. 638; ÖWb. 147). Literar. *Villenwälder, wo die Chuzpe seucht* (Benn 2, 61); *witzig jüdisch ohne Chutzpe* (Kle. 50–59,527); *Würde der Goj seine Chuzpe begreifen* (Se. M 172).

chuzpedig, *chutzpedig, chutzpedik* Adj. [jidd. *chuzpedik:* Weinreich 609] ›frech, unverschämt‹, jüd. fam. (Ki. 1258; Wei. 60). → *Chuzpe.*

Chuzpenik, *der* [jidd. *chuzpenik:* Weinreich 609] jüd. fam. ›frecher Mensch‹ (Ki. 1258). → *Chuzpe.*

Chuzpeponim, *Chutzpeponem, der, das* [zu jidd. *chuzpo, ponim*] jüd. fam. ›freche Person‹ (Ki. 1258; Wei. 60). Literar. *Frau Bühler*

Chutzbeponim will sich habilitieren (Kle. 18–24, 324); *Chuzbeponim Ulbricht* (Kle. 50–59, 401). → *Chuzpe, Ponem.*

Chuzpeponimstil, *der* [zu jidd. *chuzpo*] jüd. fam. ›besondere Art des feuilletonistischen Journalismus‹, abwertend, okkasionell; literar. *Kerr, oft widerlich im Chutzpeponimstil* (Kle. 25–32, 607). → *Chuzpeponim.*

D

Daffke [zu jidd. *davko*] jüd. fam. *er tut es aus Dafke* ›aus Trotz‹ (Wei. 61). Berlin. *etwas aus Daffke tun* ›ganz bestimmt tun, obwohl es eigentlich unterbleiben sollte oder müßte‹ (Wo. 934); *aus Daffke* ›aus Trotz, Eigensinn‹, *bloß aus Daffke tut die det; ick heeße doch nicht Daffke* ›bin doch nicht töricht‹ (BBWb. 1, 905). Ugs. (Kü. 557f.; DuWb. 655). Literar. *ein Protestbürger aus Daffke gegen sich selbst* (Neu. L 81f.). → *dafke.*

dafke, *dawke* Adv. [jidd. *davko* ›gewiß, sicher, durchaus, absolut‹: AL 353] jüd. fam. auch *dawke, daffka* ›so und nicht anders, nun erst recht, zum Trotz‹ (Ki. 1258); ›nun gerade, dennoch‹ (Wei. 61); *er tut es dafke, er tut es dafke nicht* (Wei. 61). Literar. *Bei alledem und trotz aller »dawke«-Vorsätze komme ich in der Arbeit nicht vom Fleck* (Kle. 33–41, 89). → *Daffke.*

Dafkinist, *der* [zu jidd. *davko*] jüd. fam. ›Widerspruchsgeist‹ (Ki. 1258), *Dafkenist* ›Querkopf‹ (Wei. 61). → *dafke.*

Daiges, *Dajes, Dahjes, Dahnjes, die* Pl. [jidd. *daigah,* Pl. *daigos* ›Sorge‹: AL 352] jüd. fam. *Dahnjes* ›Sorgen‹ (Te. 596); *Daiges, Daages, Danges,* süddt. *Dajes* (Ki. 1258); *Deine Dajes möcht' ich haben (und dazu noch Rothschilds Geld)* (Wei. 61); *er macht sich Daajes auf Vorrat* (Fr. 15); *Die Dahnjes essen mich noch uf* (Te. 621); *Von Dahnjes werd mer nit fett* (Te. 807); *'s kratzt sich kaaner um Bechinnem* ›umsonst‹, *er hot entweder Daajes oder Kinnem* ›Läuse‹ (Fr. 28). Frankf. *Daß iß dem Keelef* ›Hund‹ *sei(n) Dannje* (FWb. 1438);

mdal. (St. 78). Literar. *Lieber Leser nun erfohr es, Eingehüllt bin ich in Zores. Tiefbewegt ich nun bezeug es, Mies ist mir vor meine Deiges* (Sle. Wo 66 f.).

dajeinu, *dajeine* Adv. Interj. [jidd. *dajenu* ›genug‹: AL 353] jüd. fam.; wörtl. ›es wäre für uns genug gewesen‹, Name und Refrain eines Liedes in der Haggada (Wei. L 89); ›nicht mehr, genug‹ (Fr. 23; Wei. 61). Rotw. (Wo. 937).

Dajen, *der* [jidd. *dajon*, Pl. *dajonim* ›Richter‹: AL 353] ›Rabbiner an einem religiösen Gerichtshof‹ (Wei. L 89); jüd. fam. *Zerreiß sich der Morsche* ›Anwalt‹, *wenn der Dajjen nit will* (Te. 760).

dalfen, *talfen* [zu jidd. *dalfen*] rotw. ›betteln‹ (Wo. 940); mdal. auch *dalfenen* ›betteln, fordern, betrügen, marschieren, in einer Scheune übernachten‹ (St. 79); ugs. (Kü. 558). → *Dalfen.*

Dalfen, *Dalfem, der,* Pl. *Dalfonem* [jidd. *dalfen* ›Armer‹, vielleicht nach *Dalphon,* dem Sohn Hamans: Te. 789; AL 354] jüd. fam. ›Armer‹ (Wei. 61); *Der Dalfen hat vorne nix und hinten nix* ›besitzt nichts‹ (Wei. 61); *Der Dalfen darf kaan Natur habe* ›nicht wählerisch sein‹ (Te. 793); *Wie sich der Dalfen legt, liegt er nit gut* (Te. 789). Frankf. *Awer mit so em Talfem häst de doch net gehe solle* (FWb. 453). Rotw. auch *Dalfer, Dalfener* ›Bettler, Armer‹; *Talfoner* ›Betrüger‹ (Wo. 940). Mdal. mit Bed. von ›Betrüger‹ bis ›Knecht‹ (St. 78 f.).

Dalles, *der* [jidd. *dallus* ›Armut‹: AL 353] jüd. fam. ›Armut‹ (Ki. 1258); *Ein fröhlicher Dalles geht über alles; Bruch und Dalles* ›Unordentlichkeit‹, wohl eher ›schlechte Qualität‹ (Wei. 61); *Wenn de Dalles un die Ehrlichkeit Bilbulem* ›Streit‹ *krieje, gewinnt als de Dalles* (Fr. 20). Frankf. ›Geldverlegenheit, Bankrott‹; *Schlamassel un Dalles; Dalles* ›Treffpunkt‹, gekürzt aus *Dallesplatz* (FWb. 453 f.). Berlin. ›Geldmangel, Geldnot‹; *mit dem reichen Mädchen verlobt, um aus dem Dalles herauszukommen* (BBWb. 1, 911); wiener. (Wehle 65). Rotw. (Wo. 942); mdal. mit vielen Bed. von ›Überschuldung‹ bis ›Rausch‹ (St. 78 ff.). Ugs. (DuWb. 659). Literar. *Das Reich hat zwar den Dalles, / doch hoff ich, 's wird schon gehn* (KK 7, 280); *Aus dem Buch erfährst du alles, Liest von Seligkeit und Dalles* (Sle. L 193). → *Dallesplatz.*

Dallesbruder, *der* [zu jidd. *dallus*] frankf. ›armer Schlucker, Gelegenheitsarbeiter, Arbeitsloser‹ (FWb. 454f.). Rotw. ›abgerissener Mann‹ (Wo. 942); mdal. auch ›Faulenzer, Gewohnheitstrinker‹ (Ah. 124; St. 80). → *Dalles.*

Dallesbude, *die* [zu jidd. *dallus*] berlin. ›liederliche Werkstatt‹ (BBWb. 1, 911). → *Dalles.*

Dallesgeschäft, *das* [zu jidd. *dallus*] mdal. rhein. ›bankrottes Geschäft‹ (RhWb. 1, 1228). → *Dalles.*

Dalleskrämer, *der* [zu jidd. *dallus*] jüd. fam. ›armseliger Geschäftsmann‹ (Wei. 61). Rotw. (Wo. 942); mdal. hess. ›armer Schlucker‹, auch Schimpfwort (Ah. 124). → *Dalles.*

Dalleslappen, *der* [zu jidd. *dallus*] berlin. ›billiger Lodenmantel‹ (BBWb. 1, 911). → *Dalles, Dallesmantel.*

Dallesmann, *der* [zu jidd. *dallus*] jüd. fam. ›armer Mann‹ (Wei. 61). Mdal. rhein. *Dallesmännchen* ›Gerichtsvollzieher‹, scherzhaft, (RhWb. 1, 1228). → *Dalles.*

Dallesmantel, *der* [zu jidd. *dallus*] berlin. ›billiger Lodenmantel‹ (BBWb. 1, 911). → *Dalles, Dalleslappen.*

Dallesplatz, *der,* auch *Dalles* [zu jidd. *dallus*] frankf. ›Platz, auf dem Tagelöhner auf Arbeit warten; Platz, auf dem sich Arbeitslose aufhalten; Flohmarkt, Altkleiderbörse‹; *der Wolf soll uf den Dalles geh; Nach dem Krieg 1914/1918 hieß der Börneplatz der Dallesplatz, wo Kleidungsstücke und andere Gegenstände (die zum Teil gestohlen waren) gegenseitig eingehandelt und ausgetauscht wurden. Auf dem Dallesplatz hielten sich Arbeitsscheue auf, die von dort zu Gelegenheitsarbeiten angeworben und mitgenommen wurden* (FWb. 454); mdal. hess. ›Raum vor dem Tanzlokal, wo stets großes Gedränge herrscht; Tummelplatz, Viehweide‹ (Ah. 124). → *Dalles.*

Dallesverwalter, *der* [zu jidd. *dallus*] ad hoc-Bildung ›Liegenschaftsverwalter‹; *mein Dallesverwalter aus Tegernsee* (Sle. B 141). → *Dalles.*

Damm, *das* [jidd. *dam,* Pl. *damim* ›Blut‹: AL 354] jüd. fam. ›Blut‹ (Wei. 61); *Der kann Aam Dam rede'* ›daß einem daß Blut aufwallt‹ (Te. 379). Rotw. selten (Wo. 951).

darschenen [jidd. *darschenen* ›predigen‹: AL 355] jüd. fam. (Wei. 62); *Er darscht sehr schön – sein Tun is nit schön* (Te. 327); *Es is e sehr geschickter Rav* ›Rabbi‹, *er darscht vom Blatt* ›liest seinen Vortrag ab‹ (Te. 1007). Rotw. (Wo. 964). → *Drosche.*

Datscher, *Tatscher, der* [Herkunft strittig: Te. 548, 986; FWb. 461; Wei. L 89] jüd. fam. *Datscher, Tatscher* ›Sabbatbrot‹, süddt. (Te. 986); in Frankfurt a.M. und einigen anderen Gegenden (Wei. L89); *so wird dazu auch statt eines Datschers nur ein Datscherchen gebacken* (Te. 548). Frankf. ›Sabbatbrot, mit Mohn bestreut‹; *Itzig soll den Datscher backe / Jekuff soll de Knoblich hacke / Mausche soll de Daich* ›Teig‹ *anriehre* (FWb. 460f.).

dawenen, *dawnen* [ostjidd. *dawenen* ›beten‹: Ki. 1258 mit Überlegungen zur Herkunft; JL 1, 834] jüd. fam. ›beten‹. Rotw. (Wo. 935). Literar. *Sein Vater Itsche dawnete als Talmudgelehrter in Schul* ›Synagoge‹ (Blu. 37).

Deide, *Dede, der* [jidd. *deide* ›Großvater‹, tschech. *děd;* zur Verbreitung im Jidd.: Beranek 1965, Karte 101] jüd. fam. ›Großvater‹; Anredeform *Dedeleben* (Ko. 2, 170); im Briefwechsel Anrede einer jüd. Mutter an ihren Sohn; *Lieber Deide, Du hast die Gepflogenheiten, die Mehrzahl meiner Fragen u. Wißbegierden nicht zu beantworten* (Scho. 382). Literar. *Erst da ist mir manches eingefallen, was ich, wie ich noch ein Kind war, an meinem Dede nicht hab' verstehen können* (Ko. 2, 60).

Derech, *der* [jidd. *derech,* Pl. *derochim* ›Weg, Art, Weise, Sitte, Gewohnheit‹: AL 354] rotw. bereits 1450, 1510 *terich* ›Land‹, seit 1754 *Dirach, Derrach, Derech* ›Landstraße, Straße, Weg‹ (Wo. 988). Mdal. ›Weg, Land‹ (St. 81). → *Derech Erez.*

Derech Erez, *der* [jidd. *derech erez* ›Landesgebrauch, Sitte, Höflichkeit‹, scherzhaft ›Studentencomment‹, auch ›Sterben (Weg zur Erde)‹: AL 330, 354] jüd. fam. ›Wohlanständigkeit, Berufstätigkeit‹

(Wei. L 90); ›von der Etikette geforderter Speisenrest auf dem Teller‹ (Ko. 4, 112); *Kaan Tarwes* ›Zucht‹ *un kaan Derech-Erez* ›Sitte‹ (Te. 420). Literar. *In diesem Zustande, wo sie alle ihre Sinne doppelt gebrauchen sollte, beging sie Fehler auf Fehler gegen den »Derech Erez«* (Ko. 1, 66); *Das ist schön von dir [...] daß du keinen »Derech Erez« auf deinem Teller zurücklassest* (Ko. 4, 112). → *Derech.*

dibbern, *dabbern, debbern* [jidd. *dabbern, dibbern* ›reden, sprechen, sagen‹: AL 352] jüd. fam. ›sprechen‹ (Wei. 62); *Vater fragt, ob Du meinst, daß es sich empfehlen würde, wenn wir Beide mal nach Hamburg gondeln u. da wegen Nedann* ›Mitgift‹ *dibbern* (Scho. 98). Frankf. *nix gediwert von der Sach* (FWb. 475); berlin. *Bruno hadde schon 'ne janze Weile jedebbert* (BBWb. 1,964). Rotw. (Wo. 1007); mdal. (St. 81 ff.). Ugs. ›schwätzen, reden, tuscheln‹ (Kü. 583; DuWb. 715). In der nationalsoz. Agitation: *Wenn Se mir zusagen, daß ich kein Knast (Strafe) bekomme, will ich Ihnen den Emmes dibbern (die Wahrheit sagen) über die Einbrüche* (HM 377).

Dorfgehen, *das* [zu *Dorfgeher* ›Hausierer‹] jüd. fam. ›Hausierhandel‹; literar. *Hab' ich so viel Freuden von meinem Dorfgehen, daß sie mich nicht einmal heut' in Ruh' läßt* (Ko. 2, 13); *zuletzt habe das »Dorfgehen« doch auch keinen rechten Grund mehr* (Ko. 2, 218). → *Dorfgeher.*

Dorfgeher, *der* [Lehnprägung nach jidd. *medinegeier* ›Hausierer‹; kommt als *dorfgejer* auch im Jidd. vor] jüd. fam.; literar. *sie war die Tochter eines armen Dorfgehers, wie er selbst war* (Ko. 1, 230); *mein Vater selig ist ein Hausierer gewesen, was man bei euch hierzulande einen »Dorfgeher« heißt* (Ko. 5, 334). → *Dorfgehen, Medinegeier.*

dollet, *dallet* Num. [jidd. *dollet* ›vier‹: AL 350] jüd. fam. (Ah. 138), auch *dalles* (Wei. 62); mdal. *dalet* (St. 78). → *olef.*

Drosche, *die,* Pl. *Drosches* [jidd. *droschoh* ›Predigt, Auslegung‹: AL 355] jüd. fam. ›Predigt, lange Rede‹; *Mach keine Drosches* ›kein langes Gerede, keine Entschuldigungen‹ (Wei. 62); in sephard. hebr. Transkription zur Wiedergabe volkssprachl. jüd. Rede: *»Gut Schabbes, Leut'«, sagte er wie sonst, »wie ist heut die Derascha* ›Predigt‹ *vom Rebbe ausgefallen«* (Ko. 1, 17). → *darschenen.*

dufte Adj. [zu jidd. *tow* ›gut, schön, lieblich, glücklich, groß, fröhlich‹: AL 375] berlin. *eenen duften Hut hat der* (BBWb. 1, 1064). Rotw. *doft, duft* (Wo. 5849); mdal. (St. 63 f.). Ugs. ›außerordentlich, tadellos, sympathisch, nett, lebenslustig, dreist‹ (Kü. 646; DuWb. 777); *dufte Sache, dufte Type* (IB); *dufte Berliner, doofe Berliner* (IB), *dufte Düfte; Eigenlob stinkt, aber Kundenlob ist dufte* (IB). → *tof, toffte, tow.*

E

Edes, Pl. *Edissen* [jidd. *eides* ›Zeuge‹: Weinreich 513] jüd. fam. ›Zeuge‹; 1766 *Seyd von Seiner Lust Edissen / Und von der Besule* ›Jungfer‹ *Kuß* (Maas). Rotw. (Wo. 1143).

efscher [jidd. *effschor* ›möglich‹: AL 329] jüd. fam. ›möglich, vielleicht‹; *efscher tomer* ›vielleicht doch‹ (Ki. 1258); *efscher jau* ›ja‹, *efscher lau* ›nein‹ (Wei. 62).

Eigel, *Egel, das* [jidd. *egel*, Pl. *agolim* ›Kalb, junge Kuh, junger Stier‹: AL 423] jüd. fam. ›Kalb‹ (Ah. 124); Diminutivum *Egelche(n)* (Wei. 62). Rotw. (Wo. 1147); mdal. (St. 84).

Eigelboser [jidd. *egel; bosser* ›Fleisch‹: AL 345] jüd. fam. ›Kalbfleisch‹ (Wei. 62). Rotw. (Wo. 1147). → *Eigel.*

eilef, Pl. *alofem* Num. [jidd. *eleph* ›tausend‹: AL 328] jüd. fam. (Ah. 139; Wei. 62); mdal. *alofem, lofem* (St. 57). → *olef.*

Eime, *Ehme, die* [jidd. *emo* ›Furcht‹: AL 327] jüd. fam. ›Angst, Furcht‹ (Fr. 10; Wei. 62). Frankf. *Ich hab do Ehme* (FWb. 549). Mdal. ›Angst‹ (St. 84 f.); ›Furcht, Zorn, Abscheu, Vorahnung‹ (Ah. 124).

einboweln [zu *Bowel sechauro*] jüd. fam. ›minderwertige, überlagerte, veraltete, unmoderne Ware einkaufen‹ (Ki. 1256); ›Ladenhüter andrehen‹ (Wei. 102). → *ausboweln, Bowelsechore.*

einseifen [jidd. *besefeln* ›mit Kot verunreinigen, betrügen‹; *sewel* ›Mist‹: AL 362] ugs. ›überlisten, betrügen‹ (Kü. 716f.; DuWb. 867).

eintanen, *antanen* [zu jidd. *tainen*] jüd. fam. ›beanstanden, Einspruch geltend machen‹; *ich muß dir deine Pore* ›Kuh‹ *auf den Chasoren* ›Fehler‹ *antanen* (Wei. 104); *Er kann nit eintaane'* (Te. 173). → *tanen.*

Eize, *die*, Pl. *Eizes, Ezzes* [jidd. *ezo* ›Rat, Ratschlag‹: AL 382] jüd. fam.; *mit Eizes bin ich versehen* ›ich brauche Unterstützung‹ (Ki. 1258f.). Frankf. *Ich will vor Jux Dein Ehze waage!* (FWb. 628); wiener. *Was hab ich von Ihnere Ezes* (Pick 16). Rotw. (Wo. 1252); mdal. auch ›Anregung, Neuigkeit‹ (St. 86). Ugs. *Eizes, Ezzes* ›Tips, Ratschläge, Hinweise‹, bes. österr. (Kü. 730; DuWb. 1015; ÖWb. 178).

Elohim [jidd. *Elohim* ›Gott‹: AL 328] literar. ironisch *er weiß [...] daß Eisenbach nun die Elohims erheitert* (F 622, 59). Standardspr. (DuWb. 889).

Em, *die*, Pl. *Immohes* [jidd. *em* ›Mutter‹, Pl. *immonos* ›Mütter, Erzmütter‹: AL 328] jüd. fam. *Das is aane von unsere' Immohes* ›sehr würdige, sehr mildtätige Frau‹ (Te. 6). Rotw. *Emme, Imme* (Wo. 2288).

emmes Interj. [jidd. *emmes* ›wahr‹: AL 329] jüd. fam. ›wahr, wirklich, wahrhaftig‹; *emmes!* ›wahrhaftig‹; *emmes?* ›wirklich? bist du sicher?‹ (Wei. 63). Frankf. (Fwb. 592). Rotw. seit 1510 (Wo. 1200); mdal. (St. 85); ugs. (Kü. 738). → *Emmes.*

Emmes, *der* [jidd. *emmes* ›Wahrheit‹: AL 329] jüd. fam. ›Wahrheit‹; *ist das der Emmes?* (AL 329). Berlin. *Emmes machen, pfeifen* ›Geständnis ablegen‹, *E. putzen* ›widerrufen‹ (BBWb. 1, 592; 1191). Rotw. (Wo. 1201). Mdal. (St. 85); ugs. (Kü. 738). In der nationalsoz. Agitation: *Wenn Se mir zusagen, daß ich kein Knast* ›Strafe‹ *bekomme, will ich Ihnen den Emmes dibbern* ›die Wahrheit sagen‹ *über die Einbrüche* (HM 377). → *emmes.*

Erech [jidd. *erech* ›Anordnung, Zubereitung, Schätzung‹: AL 429; St. 85] jüd. fam. ›Wert‹; *da ist kein Erech drin,* iron. von schlechter Ware (Wei. 63). Mdal. selten (St. 85).

Erev, *der* [jidd. *oraw* ›Bürge‹: AL 428] jüd. fam. (Wei. 88); *Sie will e'nen Erev habe', daß sie trage' darf*, sprichwörtl. von einer Frau, die heiratet, um unter die Haube zu kommen (Te. 1000).

Erez [jidd. *erez* ›die Erde‹: AL 330] jüd. fam. für *Erez Jisroel* ›Israel‹; *Da Reinholds nicht die Absicht haben nach Erez zu gehen, ist es für den Jungen wichtiger englisch zu lernen, als hebräisch* (Scho. 428). Rotw. ›Erde, Land‹ (Wo. 1225). → *Derech Erez.*

erganfen [zu jidd. *ganven, gannefen*] literar. ›stibitzen‹; Bettina v. Arnim *Hat er ein paar Batzen erganft, so hat er mehr um dieser Allerweltsünde gelitten* (FWb. 782). → *ganfen.*

Eruw, *der* [jidd. *eruw* wörtl. ›Vermischung‹: Wei. L 97f.] jüd. fam. ›Draht, mit dem am Sabbat ein Wohngebiet symbolisch nach außen abgesperrt wird, so daß das innere Gebiet als Privatbesitz gilt, in dem das Tragen erlaubt ist‹ (Wei. L 98); *der »Eyruf« sei durch das die Stadt umgebende Telephonnetz gebildet* (Kle. 18–24, 781).

Esek, *Eisek, der* [jidd. *essek* ›Arbeit, Beschäftigung, Fleiß, Geschäft‹: AL 427] jüd. fam. ›Geschäft‹, *Ich hab' keinen Esek mit ihm* ›mit ihm nichts zu tun‹ (Wei. 62). Frankf. ›Krämpfe, Epilepsie‹; *all des Aisik in ihr Leib*; auch Verwünschung, Ausdruck der Verwunderung (FWb. 547). Rotw. (Wo. 1176); mdal. (St. 85).

Essig sein [zu jidd. *hessek* ›Schaden, Nachteil, Verlust‹; *wie harbe* ›groß‹ *is hessek*: AL 410] frankf. *des is kaa Essig net* (FWb. 621); rotw. (Wo. 2154); ugs. ›verlorengegangen sein; aus und vorbei sein‹ (Kü. 762f.; DuWb. 987; St. 85f.). → *Hessek.*

Essrog, *der*, Pl. *Esrogim, Esraugem* [aschkenas. hebr. *essraug, essrog*, Zitrusfrucht für das Laubhüttenfest (*suckes*): Wei. L 100; jidd. *esreg*: Weinreich 715] jüd. fam. (Wei. 103); *Das haaßt: Esroogim nach Sikkes*, wird gesagt, wenn etwas zu spät kommt und nutzlos ist (Te. 77). Frankf. (FWb. 618). Literar. *Rührend ist die Sorgfalt, die man so einem Eßrog angedeihen läßt* (Ko. 1, 194).

Ewere, *die* [jidd. *awero*, Pl. *aweros* ›Übertretung, Sünde‹: AL 423] jüd. fam. *Ewere, Aweire* (Mo. 21; Wei. 87). Literar. *Soll ein Kind* *seine Eltern verlassen und dem Mann folgen, wie geschrieben steht, wo ist nachher meine Ewere* (Mo. 191). → *Neweire.*

Ez, *Eiz, das* [jidd. *ez* ›Stock, Baum, Holz‹; Pl. *ezim, eze* ›Bäume, Hölzer‹ AL 427] jüd. fam. *Eiz* (Wei. L 95); *Der hot aach nit vom Ez-haddáas* ›Baum der Erkenntnis‹ *gesse'* ›hat das Pulver nicht erfunden‹ (Te. 126). Rotw. ›Holz‹ (Wo. 1183). Krämerspr. ›Wald‹ (Ah. 125).

F

Familienbilbel, *der* [zu jidd. *bilbul*] frankf. ›Familienärger‹; *eine kleine Aussprache über Zeitläufe und Familienbilwel* (FWb. 638). → *Bilbel.*

Familienzoff, *der* [zu jidd. *soph*] ugs. ›Familienstreit‹; *Familienzoff um eine private Kunstsammlung* (IB); *ganz ohne Familienzoff wird's nicht abgehen* (IB). → *Zoff.*

Fidl, *die* [jidd. *fidl* ›Geige‹: Weinreich 463] ugs.; *Jidl mitn Fidl / Arie mitn Baß / Das Leben istn Liedl / das Leben macht uns Spaß* (FAZ, 9.3.1992, 34).

Finkeljochen, *der* [zu jidd. *jajin*; *finklen* ›funkeln‹: Gerzon 109; rotw. *finkeln* ›kochen, sieden, braten‹: Wo. 1408] rotw. ›Branntwein‹ (Wo. 1409); ugs. (Kü. 871). → *Jajen, Jechem.*

Fischelach, *die* Pl. [mit jidd. Pluralendung] ugs. ›Fische‹; *mein Kaffee, mein Tee, meine Milch, mein Zucker und die Fischelach und die süßen Sachen und die vielen Zigaretten* (Sle. B 255).

fleischding, *fleischdig* Adj. [dt. mit jidd. Endung] jüd. fam. ›fleischig oder mit fleischhaltigen Speisen in Berührung gekommen‹, Begriff der jüd. Speisegesetze (Wei. L 102); *Der is nit milchding un nit flaaschding* ›weder Fisch noch Fleisch‹ (Te. 358); mdal. (Ah. 125). → *milchding, minnig.*

flöten gehen [zu jidd. *pleto melochenen (machen)* ›auf die Flucht sich begeben, Bankrott machen‹: AL 434] rotw. ›verloren gehen, dahinschwinden‹ (Wo. 1498); mdal. auch ›Bankrott gehen, sterben‹ (St. 161); ugs. ›verloren gehen‹ (Kü. 905; DuWb. 1119). Literar. *Fünfundfünfzig Prozent seines Vermögens waren im Geschäft flöten gegangen* (Blu. 158). → *pleite.*

Frauenschul, *die* [jidd. *schul*] jüd. fam. ›für Frauen reservierter Teil der Synagoge‹ (Wei. L 102). Literar. *aus der ersten Loge der Frauenschul' herab grüßte ihn stolz und glücklich ein Frauenantlitz* (Mo. 75). → *Männerschul, Schul, Weiberschul.*

Freitagabend-Kiddusch, *der* [aschkenas. hebr., jidd. *kiddusch* ›Heiligung‹: AL 446; Wei. L 150] jüd. fam.; *Reinhold lernt jetzt den Freitagabend-Kiddusch, weil er es als blamabel empfindet, daß er keine Broche machen kann* (Scho. 127). → *Kiddesch.*

Freizeitzocker, *der* [zu jidd. *zchoken*] ugs. ›nicht hauptberuflicher Börsenteilnehmer; Spieler (Spielbank)‹; *wertvolle Arbeitsplätze für Freizeitzocker mit Soziologie- und Psychologiestudium* (IB); *An vier Vorrunden können sich Freizeitzocker und Kartenprofis in zehn Spielbanken für das Finale qualifizieren* (IB). → *Zocker.*

futze kapore [jidd. *phize kappore* (aus *vice-kappore*) ›an Stelle des Sühnopfers‹, Fluchwort: AL 392] jüd. fam.; *Futze Kappore!* (Te. 198). Rotw. (Wo. 1607). → *kappore(s).*

G

Gabbe, *der* [jidd. *gawo*, Pl. *gaboim* ›Steuersammler, Almosensammler‹; *gabba mas, gowe mas* ›Tributkassierer, Schutzgeldeinnehmer‹: AL 347, 405] jüd. fam. ›Almosen- oder Steuereinnehmer der jüd. Gemeinde, Vorsteher der Synagoge, Wohltätigkeitsanstalten oder der jüd. Gemeinde‹ (JL 2, 857); literar. *Wollen sie dich vielleicht wieder zu etwas machen? Zu einem Stück Gabbe [...] oder so etwas?* (Ko. 4, 82).

Gabbestelle, *die* [zu jidd. *gawo*] jüd. fam. ›Kassiererstelle‹; literar. *Warum hat denn dein Vater die »Gabbe«stelle [...] nicht angenommen?* (Ko. 4, 73). → *Gabbe.*

Gajes, *der, das* [zu jidd. *goi*] jüd. fam. ›Gesamtheit der Christen‹ (Fr. 19); *Das Gajes hat eine verkrochene Art zu denken* (Scho. 178); *das dumme Gajes wüßte nicht, ob der Kommunist Scholem sein Vater oder sein Sohn oder gar er selbst sei* (Scho. 109). → *Goi.*

Gallach, *der*, Pl. *Galochem* [jidd. *gallach*, Pl. *gallochim* ›Geschorener, tonsurierter kath. Geistlicher, christl. Geistlicher‹: AL 348] jüd. fam. ›Pfarrer‹ (Fr. 10); *E fetter Rav* ›Rabbiner‹ *un e magerer Gallech ist nix werth* (Te. 921). Rotw. (Wo. 1625); mdal., auch ›feiner Herr, Kaufmann, Rechthaber‹ u. Schimpfwort (St. 87); ugs. (Kü. 980). Literar. *wurde ein katholischer Galach* (Neu. L 200).

Gallachschickse, *die* [zu jidd. *gallach; schickzo*] rotw. ›Pfarrersmagd‹ (Wo. 1625); mdal. ›Pfarrerstochter, Pfarrköchin‹ (St. 87). → *Gallach, Schickse.*

Gan Eden, *das* [jidd. *gan eden* ›Garten des Vergnügens, Paradies‹: AL 424] jüd. fam.; *Im Gan-Eeden koscht e Ochs e Kreuzer* (Te. 758). Literar. *Sie hatte Himmelsmusik gehört, war im herrlichen Gan Eden gewesen* (Ko. 2, 183).

ganfen [jidd. *ganven, gannefen*] berlin. ›stehlen‹ (BBWb. 2, 243); frankf. ›stehlen, stibitzen‹; *Sie solle die Mazze geganeft hawwe* ›der Klügere gibt nach‹ (FWb. 782). Rotw. 1510 *genffen*, 1737 *ganfen* (Wo. 1643). Mdal. (St. 88); ugs. (Kü. 984). → *gannewen.*

Ganfer, *der* [zu jidd. *ganven*] frankf. ›Dieb‹; *Un die Ganfer un die Kripper / Un die Schwinneler un Stripper* (FWb. 782f.). Rotw. ›Dieb‹ (Wo. 1643). Mdal. ›Dieb, Gauner, Spitzbube, Stiefelknecht‹ (St. 88). → *ganfen, Ganeff.*

Ganeff, *der*, Pl. *Ganeffs* [jidd. *ganef*: Weinreich 675] berlin. ›Dieb‹ (BBWb. 2, 245); frankf. *Kassierer un annere Ganefs brenne dorch* (FWb. 784f.). Rotw. (Wo. 1643); mdal. auch mit Bed. wie ›Flegel, Schelm, Geizhals‹, sogar ›Bräutigam‹ (St. 87f.); ugs. (Kü. 984; DuWb.

1207; ÖWb. 191). Literar. »*Wieviel?*« *Gefreiter Marquart meldete vierhundertzehn.* »*Du Gannef, es waren vierhundertsechzig!*« *entgegnete scherzend der Oberleutnant* (Blu. 217). → *Gannew, Ganove.*

Ganeffköppele, *das* [zu jidd. *gannaw*] jüd. fam. ›gesegnete Gauner-physiognomie‹, Kosewort; literar. *Ein polnischer Jude, an dem ich vorüberging, sah mich zärtlich an und murmelte:* »*Gebenschtes Ganeffköppele*« (Th. Lessing 1995, 70). → *Ganeff, Gannew.*

Gannew, *der* [jidd. *gannaw*, Pl. *gannowim* ›Dieb‹: AL 349; *ganef*: Weinreich 675] jüd. fam. *Gannew, Gannef, Ganef*, Pl. *Ganowim, Ganowem* ›Dieb, gerissene Person‹; *so ein Gannew!* (Wei. 63); *Die Maus is der Gannev nit, das Loch is der Gannev* (Te. 937). Frankf. (FWb. 782 f.). → *Ganeff, Ganove.*

gannewen, *gannefen* [jidd. *ganven, gannefen* ›stehlen‹: AL 349; *ganvenen*: Weinreich 675] jüd. fam. ›stehlen‹ (Wei. 63); *Woher nemme', wenn nit ganneve'* (Te. 622). → *ganfen.*

Ganove, *der* [jidd. *ganef*, Pl. *ganovim*] jüd. fam. *Ganowe* neben *Gannew* ›Dieb, gerissene Person‹ (Wei. 63). Berlin. ›Dieb‹; *bei mir is nischt zu holen, ick bin selba Janove* (BBWb. 2, 245). Frankf. (FWb. 784 f.); rotw. (Wo. 1643). Mdal. hess. *Ganof* ›schlechter Mensch, Spitzbube‹, *Ganove* ›Gauner, Betrüger, schlechter Kerl, Dieb, Schürzenjäger‹ (Ah. 125). Ugs. ›Landstreicher, Verbrecher, Betrüger, Dieb‹ (Kü. 985; DuWb. 1209; ÖWb. 191). → *Ganeff, Gannew.*

Gascht, *der* [zu dt. *Gast*] jüd. fam. ›Bettler‹ (Te. 239), ›nicht kreditwürdiger Mensch‹ (Fr. 10); *Wie kommt der Gascht dazu* ›was erlaubt er sich‹ (Te. 247); *E Gascht uf e Weil, Guckt uf e Meil'* ›bemerkt in kurzer Zeit oft mehr, als man denkt‹ (Te. 719). Rotw. *Gast, Gäst, Gascht* ›Betteljude‹ (AL 543).

Gaschtbindel, *das* [zu dt. *Gast*] jüd. fam. ›Bettlerbündel‹; *Das is e Gaschtbindel* ›voller Armseligkeiten‹ (Te. 245). Rotw. *Gastbündel* ›Bettelsack voll Lumpereien‹ (AL 543). → *Gascht.*

Gascht-Neschome, *die* [zu dt. *Gast;* jidd. *neschomo*] jüd. fam. ›Bettler-Seele‹; *Der hot e rechte Gascht-Neschome* ›freut sich über kleine Dinge‹ (Te. 242). Rotw. *Gastneschome* ›Bettlerseele, niedrige Denkungsart‹ (AL 543). → *Gascht, Neschome.*

Gäschtin, *die* [zu dt. *Gast*] jüd. fam. ›Bettlerin‹; *Verzähl' der Gäschtin e Maase* ›Geschichtchen‹ (Te. 253). Rotw. *Gastin, Gästin, Gäschtin* ›Betteljüdin‹ (AL 543). → *Gascht.*

Gasse, *die* [jidd. *gas* ›Straße‹; *jidische gas*: Weinreich 683] jüd. fam. ›jüd. Wohnquartier‹ (Ko. 5, 56); ›jüd. Gemeinschaft eines jüd. Wohnquartiers‹ (Ko. 7. 209). Literar. *es war kein zweiter in der Gasse, der es ihm an Tüchtigkeit und Bravheit gleichgetan hätte* (Ko. 5, 16); *sie war das Gewissen der »Gasse«* (Ko. 5, 110).

Gasslen, *Gassler, der,* Pl. *Gaslonem* [jidd. *gaslan*, Pl. *gaslonim* ›Räuber‹: AL 348] jüd. fam. ›Räuber, Halsabschneider‹ (Wei. 64). Rotw. (Wo. 1660).

Gaumel benschen, *Gomel benschen* [aschkenas. hebr. *birkas (ha)-gaumeil*, Segensspruch ›Der erweist‹: Wei. L 72; jidd. *bentschn goiml*: Weinreich 680] jüd. fam. ›Segensspruch für Errettung aus Lebensgefahr, von gefährlicher Krankheit sprechen‹ (Wei. L 104); *der kann Gaumel benschen* ›kann von Glück sagen‹ (Wei. 64). Literar. *Am Jom Kippur mußte Leb Rother »Gomel benschen«, d. h. Gott für seine Rettung danken* (Ko. 1, 26); *Laßt mich aufrufen, Rebb Wolf, ich will Gaumel benschen* (Mo. 144). → *benschen.*

Gauner, *der* [Herkunft strittig; zu jidd. *jewonim* ›Griechen, Russen‹: Klu. 334 nach Wo. 1669; jidd. *jono* ›übervorteilen‹: Ki. 1259; jidd. *joda* ›wissen, kennen‹ (usw.), daraus rotw. *Joner, Jauner*: AL 551f.] rotw. 1490 *Juoner* ›Spieler‹, 1510 *Joner*, 1687 *Gauner*, 1547 *Joner* ›Betrüger‹, 1722 *Jauner* (Wo. 1669). Mdal. (St. 89ff.); ugs., standardspr. (Kü. 995; DuWb. 1224; ÖWb. 192) mit Abl. und Zus. wie *abgaunern, begaunern, Gaunerei, Gaunerkomödie, gaunern, Gaunersprache.*

Gedibber, *das* [zu jidd. *dibbern*] jüd. fam. ›Gerede‹ (Wei. 64). Frankf. *Gedibber, Gediwwer* ›lautes, aufgeregtes Gerede, Lärm, Geschrei, Durcheinander‹; *Bei dem Gediwwer soll der Deiwel rechne* (FWb. 816f.); berlin. *Jott sei Dank hörte Muttas Jedibbere* *bald uff* (BBWb. 2, 272). Rotw. selten (Wo. 1007); mdal. (St. 83); ugs. (Kü. 1003). → *dibbern.*

gefillte Fisch [jidd., Gericht der jüd. Küche] jüd. fam.; Fachausdruck; *Er war versessen auf ein Spezialgericht der jüdischen Küche, »Gefillte Fisch«, das Harrys Vater sehr schmackhaft zuzubereiten wußte* (Fe. 147).

Gehinnom, *Gehennim, Gehnem, das* [jidd. *gehinnom, gehennim* ›Hölle‹: AL 348; JL 2, 937 ff.] jüd. fam.; *Das is Futter für's Gehnem* ›sind Sünder‹ (Te. 650); *Weshalb es paradox ist, daß ein Kritiker im Gehinnom wohnt, verstehe ich nicht, was heißt Gehinnom?* (Scho. 380). Rotw. ›Gefängnis, Kerker‹ (Wo. 1697). Literar. *Bist du auch so ein Narr, das du meinst, ein Stück davon führt gerad' ins Gehennim* (Ko. 1, 12).

Geies, *der* [jidd. *gaiwa* ›Stolz, Hoffart, Hochmut‹: AL 347] jüd. fam. ›Stolz‹; *Der waaß schon vor Gee'es nit, wie er den Kopp halte' soll* (Wei. 263); *Zu viel Aniwes* ›Demut, Sanftmut‹ *is halber Geées* (Te. 849). → *Geiwe.*

Geiwe, *Gaiwe die* [jidd. *gaiwa* ›Stolz, Hoffart, Hochmut‹: AL 347] jüd. fam. ›Stolz‹; *Er stinkt vor Geiwe* (Wei. 64). Frankf. *er mecht Gawe* ›Gebärden‹ (Ah. 126). Literar. *Und dann reisen wir weiter und weiter bis nach Metz, und da zeig' ich Dich und hab' meine Gaiwe* ›Stolz‹ *an Dir* (Mo. 189). → *Geies.*

Geiwestinker, *der* [zu jidd. *gaiwa*] jüd. fam. ›eingebildeter Kerl‹ (Wei. 64). Mdal. ›eingebildeter Affe‹ (St. 91). → *Geiwe.*

Gejüdel, *das* [zu *jüdeln*] ugs., meist pejorativ, ›Reden auf jüd. Art‹. Literar. *plumpes Gejüdel* (Torberg 247); *dröhnendes Gejüdel* (v. Herzmanovsky-Orlando 9, 236). → *jüdeln.*

Gemauschel, *das* [zu *mauscheln*] ugs., häufig pejorativ, ›Reden auf jüd. Art‹, antisemit. Kampfwort; jetzt ugs. ›heimliches Aushandeln, heimliches Gerede‹ (Kü. 1029; Ah. M). Literar. *Nirgends Gemauschel – sondern man fühlt eine geschlossene Eigensprache* (Kerr 7/2, 139); *Schluß mit dem Gemauschel* (F 679, 24). → *Mauschel, mauscheln.*

Gemezer, *das* [jidd. *meizer (sein)*] frankf. ›Plage, Quälerei, lästige Einwände‹; *was willste dann nor mit deim ewige Gemeezer*; (FWb. 856). → *Meezerer, meezern.*

Gemore [jidd. *gemora* ›Vollkommenes, Talmud‹: AL 349] jüd. fam. ›Talmud‹; *Nichts geht über den Genuß, den man am Schabbes Nachmittag mit einer guten Zigarre, über einem Blatt Gemore hat* (Scholem B 197). Rotw. ›Belehrung, Denkzettel‹ (Wo. 1735).

Gemorekopf, *der* [zu jidd. *gemora*] jüd. fam. ›kluger Mensch, erfahren in der kniffligen Logik und Dialektik des Talmudlernens‹ (Wei. L 105). → *Gemore.*

Geneiwe, *die*, Pl. *Geneiwes* [jidd. *genewo* ›Diebstahl‹: AL 349] jüd. fam. ›Diebstahl‹ (Wei. 64). Rotw. (Wo. 1643).

Ger, *der*, Pl. *Gerem* [jidd. *ger* ›Fremder, Proselyt, der zum Judentum übertritt‹, Pl. *gerim* ›Fremde‹: AL 348] jüd. fam. ›Fremder, Nichtjude‹ (Wei. 64). Jüd. Witz über den Unterschied von *Ger* und *Meschummad* ›Täufling‹: ein *Meschummad* hat *einen jüdischen Kopf und ein gojsches Schicksal*, ein *Ger* hat *einen gojschen Kopf und ein jüdisches Schicksal* (Landmann 492).

gescheit Jüdel [wie dt. *gescheit* ›klug‹] jüd. fam. ›kluger Jude‹ (Ko. 2, 221). Literar. *nur das »gescheit' Jüdel« selbst wußte von den geheimen Instruktionen, die ihm auf die Seele gebunden worden und keine andere wissen durfte. Warum hieß er auch sonst das »gescheit' Jüdel«?* (Ko. 2, 235). → *Jidl.*

geschemen [jidd. *geschemen, gaschemen* ›regnen‹: AL 350] jüd. fam. ›regnen‹ (Wei. 64). Rotw. *gäschemen* (Wo. 1659). Mdal. hess., Geheimspr. der Maurer *gäschemen* (Ah. 126; St. 91).

Geschichtelach, *die* [zu dt. *Geschichten* mit jidd. Pluralendung] jüd. fam. ›Geschichtchen‹; literar. *was sei denn schließlich Großes am Romaneschreiben, sagte ich – Geschichtchenerzählen (Geschichtelach erzählen, ich sagte es jiddisch): das sei doch schließlich keine Beschäftigung für einen erwachsenen ernsten Mann* (Neu. L 109); *Geschichtelach also seien nicht seine Sache* (Neu. V 495).

Geschmus, *Geschmuse, das* [zu jidd. *schmuos*] jüd. fam. ›Gerede, unwahrscheinliche Geschichte‹ (Wei. 100); *solange wir noch Panzerkreuzer bauen, wird kein Mensch uns das Geschmuse glauben, die Reparationen seien schuld an dem Debakel* (Scho. 238). Frankf. *ich geb nix uff ihr Geschmus* (FWb. 886). Mdal. (St. 195); ugs. ›Schmeichelrede, Koseworte, Flirt, seichtes Gerede‹ (Kü. 1057; DuWb. 1310). → *Schmus.*

Geseire, *Gesere, die,* Pl. *Geseires; Geseires, das* [jidd. *gesera,* Pl. *geseros* ›Bestimmung, Verordnung, Verhängnis‹: AL 348] jüd. fam. ›böser Zustand, Verhängnis, Plage, Sorge, Mißgeschick, Schwierigkeit, Aufwand‹ (Wei. 64); *das jetzt in der Kunstschreiberei übliche Gequatsche oder Geseire* (Liebermann 50). Frankf. *Geseires* ›unnützes Geschwätz‹; *redeten die Juden einem zu viel, so verbat man sich das »Geseires oder Schmonzes«* (FWb. 890f.); berlin. *Geseire* ›Gejammer‹; *Geseires* ›Gerede‹ (BBWb. 2, 328). Rotw. (Wo. 1764); mdal. (St. 91f.); ugs. (Kü. 1061; DuWb. 1312; ÖWb. 198). In der nationalsoz. Agitation: *Das tat der Jud mit »Au« und »Waih«. / Da gab's »Geseires« und Geschrei* (Bauer 1936). Literar. *Das Geseires einer Aftermieterin* (Ringelnatz 65); *Wer dich lobt, darf dich auch tadeln. / Und du mußt dann sein Geseires / auch noch durch Verständnis adeln* (Gernhardt 409).

Gewaltnik, *der* [zu dt. *Gewalt* mit jidd., aus dem Slaw. entlehntem Suffix *-nik*] jüd. fam. ›hartherziger Mensch‹; literar. *Aber weil Jakob Löw Geld hat, und die Leute ihm schuldig sind, darf er sich einen Hund halten, der »Gewaltnik«* (Ko. 5, 3f.).

Gewittergoi, *der* [zu jidd. *goi*] jüd. fam. ›typ. Nichtjude‹ (Wei. 65). Literar. *sie lacht sich krank und gesund an diesem Gewitter-Goj* (Neu. V 462). → *Goi.*

Gewure, *die* [jidd. *gewura* ›Stärke, Macht, Ansehen, Stolz‹: AL 347] jüd. fam. ›Kraft, Mut, Ausdauer‹ (Ki. 1259); *'ne Gewure zum Hopsen* ›große Angelegenheit, großer Aufwand, viel Energie‹ (Wei. 64). Wiener. *möchten möchtest du viel und zu nix hast du die Gewure* (KK 5, 312). Literar. *Aber besser noch sind zwo Gewuren, / denn das zeucht dann hin wie Dioskuren* (KK 7, 77); *Eine Gewure hat dieser Klein!* (Neu. S 310).

Giftschmus, *der* [zu jidd. *schmuos*] frankf. ›dummes, auch bösartiges falsches Gerede‹; *her uff mit deim Giftschmus* ›deinen bös gemeinten Schmeicheleien‹ (FWb. 927). → *Schmus.*

gimmel Num. [jidd. *gimmel* ›drei‹: AL 345] jüd. fam. (Ah. 138; Wei. 64); mdal. *gim(m)el* (St. 92). In der nationalsoz. Agitation: *Er rechnete mit Windesschnelle, daß die bärtigen Fuhrleute gar nicht mitkamen: »Gimmel mal doleth is waw« (dreimal vier ist zwölf); immer setzte er die hebräischen Zahlen ein, um den anderen im Rechnen voraus zu sein* (HM 300); mit denunziatorischem Rechenfehler, denn *waw* ist ›sechs‹. → *olef, wow.*

G.m.b.H. [zu jidd. *gannewen, mechulle werden*] jüd. fam., scherzhafte Abkürzung: *Geht mechulle* ›bankrott‹ *bis Herbst* (Wei. 80); *Gannew'* ›stiehl‹ *mit beide Händ* (Wei. 63); frankf. *Ganft* ›(er) stiehlt, (ihr) stehlt‹ *mit baade Hänn* ›mit beiden Händen‹ (FWb. 946). → *gannewen, mechulle.*

G.N., g.n. [zu jidd. *goi, nachas*] jüd. fam., Abkürzung für *Gojim naches, Goiennaches* ›zweifelhaftes Vergnügen‹ (Ki. 1259); scherzhaft als *ganz nett* aufgelöst (Wei. 64). *Unsere Pension ist in Magenwirtschaft u. Unterkunft vorzüglich, aber die Belegschaft ist ein G.N.! sondergleichen* (Scho. 217). → *Gojim naches.*

Godelrosch, *der* [jidd. *godol* ›groß‹, *rosch*] rotw. *Godelrosch* ›Schlaukopf, Kenner der Gaunerei und Gaunersprache‹ (AL 545). In der nationalsoz. Agitation: *Er ist ä Godel-rosch (Kenner des Gaunertums) – kapores soll er gehn!* (HM 378). → *Rosch.*

Goi, *der*, Pl. *Goiem, Goien, Gojem, Gojen* [jidd. *goi* ›Volk, Nichtjude, Christ‹, Pl. *gojim* ›Nichtjuden, Heiden, bes. Christen‹: AL 347] jüd. fam. ›Nichtjude, Christ‹ (Wei. 64). Frankf. *en Goy is trefe* ›unrein‹, *awwer sei Geld is koscher* ›sauber‹ (FWb. 949); wiener. (Wehle 65). Rotw. (Wo. 1860); mdal. (St. 92f.); ugs. (Kü. 1098; DuWb. 1366; ÖWb. 201). In der nationalsoz. Agitation als vorgeblich authentische jüd. Einstellung: *Immer wieder prägte der schwarzbärtige Rabbiner ihm ein, daß der Nichtjude, der Goi, kein Mensch ist* (HM 300). Literar. *Beganeft haben wir ihn, – den Goy!* (Th. Mann, Wälsungenblut, 1905). *Würde der Goj seine Chuzpe begreifen* (Se. M 172).

Goienschickse, *die* [zu jidd. *goi, schickzo*] jüd. fam. ›Christenmädchen‹ (Wei. 65). → *Goi, Schickse.*

Goje, *Goie, Goite, die,* Pl. *Goites, Goitinnen* [jidd. *goie* ›Christin‹: AL 347] jüd. fam. ›Nichtjüdin, Christin‹ (Wei. 64). Frankf. *will isch doch hawwe kaa besser Goje* (FWb. 949). Rotw. ›nichtjüd. Frau, Weib. Mädchen‹ (Wo. 1860); mdal. mit zahlr. Bed. von ›Christin‹ bis ›alte Kuh‹ (St. 93). → *Goi, Schabbesgoje.*

Gojim naches, *Goiennaches, das* [jidd. *goi; nachas* ›Ruhe, Erquikkung‹: AL 381] jüd. fam. ›unjüd. Vergnügen‹ (Wei. 64). Literar. *Das Reisevergnügen ist heute nur in Vätersprache zu benennen: Gojim-Naches* (Kle. 25–32, 545); → *G.N., Goi.*

gojisch, *goiisch* Adj. [zu jidd. *goi*] jüd. fam. ›nichtjüdisch, christlich‹; *er ist ein goiischer Kopp* ›lernt schwer‹ (Wei. 65); *die Entdeckung eines jüdischen Antiquariats bei einer hiesigen gojischen Buchhandlung* (Scho. 70); *Bei der Einstellung von Hansens war der gojische Schwiegersohn zu erwarten* (Scho. 402). → *Goi.*

Goles, *Golus, Gules, das, der* [jidd. *golus* ›Gefangenschaft, Exil‹: AL 348] jüd. fam. ›Exil‹ (Ko. 1, 124f.), übertr. ›Leid, Herzeleid‹ (Te. 430); *Davor sen mer im Golus* (Te. 926); *Der Zahn tut mir Golus an* (Te. 430). Literar. *Das kommt leider Gottes von unserem Goles* ›Exil‹ (Ko. 1, 150).

gomer Adj. [jidd. *gomur* ›ganz fertig‹: AL 349] jüd. fam.; *Das is e Goj gomur* ›vollkommener Nichtjude‹ (Te. 676); *Goi gomer* ›vollkommener Heide‹, von einem nicht religiösen Juden (Wei. 65). Rotw. ›fertig, vollendet, vollständig‹ (Wo. 1871). → *Goi.*

Gottelkum, *Godelkum* [zu dt. *Gott willkomm*: Te. 454] jüd. fam., Gruß (Te. 454). Literar. *»Godelkum* ›Willkomm‹*!« rief er ihm zu, »gehen wir einen Weg?«* (Mo. 136); *»Godelkum, Rebb Wolf,« rief Tobiah* (Mo. 155).

Groß-Kahel [jidd. *kohol*] jüd. fam.; *Er is unter Groß-Kahel 'gange'*, wörtl. ›unter die große Gemeinde‹, d. h. aus dem Judentum aus- und zum Christentum übergetreten (Te. 689). → *Kille.*

Große Wehoje [aschkenas. hebr. *wehojo* ›und es wird geschehen‹, bibl. Einleitungsformel: Ki. 1259; Wei. L 286f.] jüd. fam. ›lange Erzählung erfreulichen Inhalts‹ (Ki. 1259).

Großklamonis, *das* [zu jidd. *k'le umonus* ›Handwerksgerät‹: AL 389] rotw. ›großes Brecheisen‹ (Wo. 2656); ugs. ›großer Dietrich; großes Brech-, Stemmeisen‹ (Kü. 1122). → *Klamonis.*

Großkotz, *Großkozen, der* [zu jidd. *kozin* ›Richter, Magistratsperson, Anführer, Herr, Fürst, Reicher‹: AL 450] berlin. ›Prahlhans, Angeber‹; *ein Großkohtz aus Pankow* (BBWb. 2, 419f.), *Jroßkotz* (Wo. 2893). Rotw. ›Prahler‹ (Wo. 2893). Mdal. hess. *Gross-Kozen* ›reicher Mann‹ (Ah. 131); ugs. ›Prahler, Angeber‹ (Kü. 1122; DuWb. 1402). → *großkotzig, Kozen.*

großkotzig Adj. [zu jidd. *kozin*; anders Klu. 375] berlin. ›angeberisch, überheblich‹ (BBWb. 2, 420); frankf. ›prahlerisch‹; *der Kerl ist großkotzig* (FWb. 992); ugs. (Kü. 1122; DuWb. 1402). → *Großkotz, Kozen.*

Großkotzigkeit, *die* [zu jidd. *kozin*] ugs. ›Überheblichkeit, Prahlerei‹ (Kü. 1122; DuWb. 1402). → *Großkotz, Kozen.*

Gulle, *die* [jidd. *geullo* ›Erlösung‹: AL 347] jüd. fam.; *Wer hofft uf die Gulle, Is bald mechulle* ›verarmt‹ (Te. 915). → *mechulle.*

Gut Jontef [zu jidd. *jom tow*] jüd. fam., zur Begrüßung und Verabschiedung an jedem Feiertag (Wei. L 108); *Gut Jontev* ›vergnügte Feiertage‹ (Te. 465). Literar. *Man hielt es für geistreiche Persiflage, daß sich Spaziergänger am Judendamm mit »Gut Jonteff« begrüßten und beim Reden mit den Händen mauschelten* (Landsberger 195). → *Gut Schabbes, Jom tow.*

Gut Johr [zu dt. *Jahr*] jüd. fam. Antwort auf den Gruß *Gut Schabbes*, auch *Gut Schabbes un gut Johr* (Te. 465); *Gut Jahr/Johr*, Gruß am Neujahrsfest bis zum Ende des Laubhüttenfests (Wei. L 198). → *Gut Schabbes.*

Gut Ort, *das* [zu dt. *Ort*] jüd. fam. ›Friedhof‹; *Der kann aan* ›einen‹ *uf's Gutort bringe'* ›ins Grab bringen‹ (Te. 431). Literar. *Wenn du* *wieder zurückkommst, Markus, da wirst du mich draußen auf dem »guten Orte« antreffen* (Ko. 9, 42).

Gut Pessach [zu jidd. *pessach*] jüd. fam., Festtagsgruß zu Pessach; *Als Heinz sich verabschiedete, kam Reinhold grade u. Heinz begrüßte ihn mit »Gut Pessach!« Reinhold antwortete freundlich: »Guten Tag!«* (Scho. 127). → *Pessach.*

Gut Purim [zu jidd. *purim*] jüd. fam., Festtagsgruß zu Purim (Wei. L 108). → *Purim.*

Gut Schabbes [zu jidd. *schabbos*] jüd. fam., zur Begrüßung und Verabschiedung am *Schabbes* (Wei. L 108); *Gut Schabbes un gut Johr*, Gegengruß (Te. 465). Literar. *Am liebsten verkehrte er mit Juden, und wenn die Leute aus der Synagoge gingen, so stand er gewöhnlich draußen vor seinem Hause und wünschte ihnen: »gut Schabbes« oder »gut Jontef«* (Ko. 1, 5). → *Gut Johr, Gut Woch.*

Gut Woch [zu dt. *Woche*] jüd. fam., Antwort auf den Gruß *Gut Schabbes*; am Sabbatausgang (Wei. L 108); auch *Gut Woch, gut Jahr* (Ko. 1, 109). Literar. *Rebb Schmul begann die Zeremonie mit einem: »Gut Woch', gut Jahr«, worauf er eine lange hebräische Segensformel über den Wein und das Gewürzbüchslein hielt, die gleichsam den Duft und Reiz des scheidenden Sabbats darstellen* (Ko. 1, 109). → *Gut Johr.*

Gut Wort [zu dt. *Wort*] jüd. fam.; *Gut Wort findet gut Ort*, d. h. ›hilft viel und kostet wenig‹ (Te. 856).

H

hackel jeducho [hebr. in aschkenas. Ausspr. *hakaul jauducho, hackel jauduche* ›alles dankt Dir‹: Wei. L 111] jüd. fam.; *Nemm' mer meinen Hakkel-jeducho weg* ›du kannst mir wenig anhaben‹ (Te. 219). Rotw. *Hackel Jeduche nehmen* ›den Rang ablaufen, Vorteil oder Ruhm, Löwenanteil von der Diebsbeute vorweg nehmen‹ (AL 546).

hackel hewel [jidd. *es is hakol hewel* ›es ist alles eitel‹: AL 357] jüd. fam. ›alles ist eitel‹ (Wei. 65); *Wie Schloome Meelech* ›König Salomo‹ *Alles mitgemacht hat, hat er gesagt: »Hakkel Hebel!«* (Te. 31).

hajaum, *hajem* Adv. [jidd. *hajom* ›heute‹: AL 380] jüd. fam. ›heute‹; *die Pore eigelt hajem noch* ›die Kuh kalbt noch heute‹ (Wei. 65); 1766 *Hajom dauk* ›zum Trotz‹ *aller Jesurim* ›Schmerzen‹ / *Hohlt die Tauffim* ›Pauken‹, *die Kinurim* ›Harfen‹ (Maas).

halchenen, *holchenen* [jidd. *halchenen* ›gehen‹: AL 358] jüd. fam. (Wei. 66); 1766 *Ruz, Meschorse* ›lauf, Magd‹, *ruz geschwinde / Ruz und holch in mein Chedder* ›Zimmer‹ (Maas). Rotw. (Wo. 2027).

Hallel, *das* [hebr. *hallel*, Lobgesang: Wei. L 112] jüd. fam.; *laulone steht im Hallel* ›nein! tu's nicht!‹ (Wei. 74). Standardspr. (DuWb. 1446). Literar. *Sonst pflegte sie im Institut des »Schwesternbundes« mit den Mädchen laut »halb Hallel« zu sagen* (Mo. 92).

Hals, geschmadter [zu jidd. *schmadden*] jüd. fam. ›Schlemmer‹, auch Schimpfwort, ›frecher Mensch; Jude, der die Speisegesetze nicht befolgt‹ (Ki. 1259). → *schmadden.*

Hannuh, *Hannooh, der* [jidd. *hanoah* ›Gewinn, Nutzen, Genuß, Vergnügen‹: AL 359] jüd. fam. ›Vergnügen, Befriedigung‹ (JL 2, 1387); ›Freude, Nutzen‹ (Wei. 66); *Wer da haben will die Hannooh* ›Lust‹, *Muß aach haben die Massooh* ›Last‹ (Te. 890). Frankf. *Hannuh,* auch ›Vorteil, Humor‹ (FWb. 1075 f.). Rotw. (Wo. 2058); mdal. (St. 94). → *Mordshannuh.*

harbe Adv. [jidd. *harbe* ›viel, sehr viel‹: AL 454] jüd. fam. auch *harme(r), hame(r)* ›viel‹; *Er hat hame mewiechent* ›gut verdient‹; *harme Mesummen* ›viel Geld‹ (Wei. 66). Rotw. (Wo. 2068); Standes- u. Krämerspr. *harf* ›mehr, sehr, viel‹ (Ah. 127).

haschkiwenu [aschkenas. hebr. *haschkiweinu* ›mögen wir uns zur Ruhe legen‹: Wei. L 116] jüd. fam. Gesang beim Einheben der Tora (Wei. L 278); literar. *Doch hab ich gesehen, daß er gefällt, / Daß er ein Chasen* ›Kantor‹ *für die heutige Welt. / Sein »Haschkiwenu« hat geklungen, / Als hätt er aus Tell eine Arie gesungen* (Bö. 12).

Hausgoi, *der* [zu jidd. *goi*] jüd. fam., iron. Gegenwort zu *Hausjude, Hofjude.* Literar. *Auf dich konnte ich nicht verzichten, Charly. Du bist mein Hausgoi* (Se. S 270). → *Goi, Paradegoi, Renommiergoi.*

Hawdole [aschkenas. hebr. *hawdolo, hawdole,* Unterscheidungssegen am Sabbatausgang: Wei. L 119 f.; jidd. *hawdolo melochenen* ›Unterschied machen, Sabbat endigen‹: AL 340] jüd. fam.; *Der is nit zu Kiddesch* ›Weinsegen am Beginn des Sabbats‹ *un nit zu Havdole zu brauchen* (Te. 177; Bö. 45; Wei. 94). Literar. *Sie liehen mir Sammy Gronemann, »Hawdoloh und Zapfenstreich«* (Kle. 33–41, 592 f.).

hefker Adj. [jidd. *hephkor* ›frei, gemein, niemand gehörig, erlaubt‹: AL 436] jüd. fam. ›frei, herrenlos‹; *Bei Dem is Alles hefker* (Te. 298).

hei Num. [jidd. *heh* ›fünf‹: AL 355; fünfter Buchstabe im hebr. Alphabet] jüd. fam. *hej* (Ah. 138); *hei* (Wei. 64); *Spar mir die Hee und die Wow* ›unterlaß das eine und das andere‹ (Te. 78); mdal. (St. 95). → *olef.*

Hekdisch, *Hekdesch, der* [jidd. *hekdesch* ›Geheiligtes, Armenasyl‹: Weinreich 632 f.] jüd. fam. ›Gemeindeherberge, Bettlerherberge‹ (Ko. 6, 206; 9, 62); *Trag's in's Hekdesch* (Te. 495). Rotw. seit 1510 *Hegis,* 1547 *Heghijs* (AL 548; Wo. 2107). Literar. *»Ich gehöre nicht ins Hekdisch,« sagte der Landstreicher mit müder Stimme, ohne sich vom Platze zu rühren* (Ko. 6, 206).

Herings-Neschome, *die* [zu jidd. *neschomo*] jüd. fam. ›knauseriger Mensch‹; *Das is e Härings-Neschome* (Te. 269). → *Neschome.*

Hessek, *der* [jidd. *hesek* ›Schaden, Nachteil, Verlust‹: AL 410] jüd. fam. ›Schaden, Nachteil‹ (Wei. 66); *E Soocher* ›Handelsmann‹ *ohne Verstand, Da liegt der Hessik uf der Hand* (Te. 826). Rotw. (Wo. 2154). → *Essig sein.*

Hetter(chen), *das* [jidd. *heter* ›Erlaubnis‹: AL 359] jüd. fam. ›Ausweg aus einer Verpflichtung, Ausrede‹ (Wei. 66); *Der find't überall e Hetterche'* hinsichtl. religiöser Verbote (Te. 665).

Hewelawolem, *Hewelawulem* Pl. [jidd. *hewel,* ›eitel, unnütz‹, Pl. *hawolim* ›eitle Dinge, Tand‹: AL 357] jüd. fam. ›unnütze Reden‹, wörtl. ›Eitelkeit der Eitelkeiten‹ (Wei. 66). Mdal. hess. *Hebelebonem* ›nichts wert‹ (Ah. 127; St. 95).

Hexenschabbes, *der* [zu jidd. *schabbos*] ad hoc-Variante zu *Hexensabbat*; literar. *Gemisch aus einem gradlinigen Hexenschabbes und einem salbigen Hexensonntag (widerlich beide)* (Kerr 7/2, 505). → *Schabbes.*

hoch Adv. [westjidd. *hech* ›laut‹: Gerzon 122; ostjidd. *hojch*, Komp. *hecher*: Weinreich 641] jüd. fam. (Ko. 2, 77). Literar. *»Red nicht so hoch«, mahnte sie und neigte sich zu seinem Ohr* (Ko. 2, 79).

Holekraasch, *die* [Etymologie strittig; zu jidd. *chol* ›unheilig, profan, gemein‹: AL 368; dt. *kreischen* ›schreien‹: Te. 702; zu frz. *haut la crèche*: Guggenheim-Grünberg 1973, 128] jüd. fam. ›Fest der Namengebung‹. Mdal. (St. 96).

holekraaschen [zu jidd. *holekraasch*] jüd. fam. ›den Alltagsnamen rufen‹; *Wie Aaner gehoolekraascht is, so haaßt er* (Te. 702). → *Holekraasch.*

Horeg, *Horik, der* [jidd. *horeg, horug* ›Mörder‹, auch ›Ermordeter‹: AL 359] jüd. fam. ›kleine, unscheinbare Person; häßliches, mißgestaltetes junges Tier; schlechter Mensch‹ (Wei. 67); *Das is e Horegche'* ›sehr kleiner Mensch, sehr kleines Tier‹ (Te. 547). Rotw. ›Mörder, Ermordeter‹ (Wo. 2069).

I

Injen, *der*, Pl. *Injonem* [jidd. *injon*, Pl. *injonim* ›Geschäft, Sache, Ding‹: AL 427] jüd. fam. ›Angelegenheit‹ (Wei. 67); Verwünschungsformel *hab' dir den Injon* ›habe zu schaffen und zu tragen, kriege die Not‹ (AL 427). Rotw. ›Geschäft, Anstrengung, Arbeit‹ (AL 551).

Isch, *der* [jidd. *isch*, Pl. *ischim,* häufiger *anoschim* ›Mann‹: AL 327] jüd. fam. *Iesch* ›Mann‹ (Wei. 67). Rotw. *Aisch, Isch* (Wo. 2297); ugs.

›Freund, Geliebter‹ (Kü. 1367). In der nationalsoz. Agitation: *»Se dürfen ma Isch (Mann) nich stoßen, Herr, er is kein Tofes (Verhafteter).«* (HM 377). → *Ische.*

Ische, *die*, Pl. *Isches, Ischen* [jidd. *ischa* ›Frau, Ehefrau‹: AL 327] jüd. fam. ›Frau‹, auch ›Dame im Kartenspiel‹; *'ne toff(t)e Ische* ›gut aussehende Frau‹ (Wei. 67). Frankf.; *wie Leibche seiner Ische e gut Stund macht* (FWb. 1314). Rotw. (Wo. 2297); mdal. mit Bed. von ›Mädchen‹ bis ›Schlampe‹ (St. 97f.). Ugs. ›Mädchen‹ (Kü. 1367; DuWb. 1740f.).

Itzig, *Itzik*, *der* [jidd. PN *Jizchak, Jizchok* ›Isaak‹: Wei. L 137] jüd. fam. auch Scherzname (Ah. 128); *Der Itzik is witzik* (Te. 1004); *Itzig, Mausch' und Sander, einer wie der ander'* ›sind alle nicht viel wert‹ (Wei. 67). Frankf. ›Jude‹, Schimpfwort (FWb. 1316). Mdal. ›Jude‹ und mit Bed. von ›Schlauberger‹ bis ›Vorgesetzter‹ (St. 98). Ugs. ›Jude‹ (Kü. 1368; DuWb. 1745).

Itziglismus, *der* [zum PN *Itzig*] ad hoc-Bildung in der Art eines wiss. Terminus zur Bezeichnung einer philosophischen Richtung, hier der jüd. Literaten in Wien vor 1933; literar. *Denn wenn ich heute die Wahl habe, Räuber, Libertiner in der Armee eines Karl Moor – heiße er auch Moor Karol – oder Ministrant in der großen Hierarchie des Itziglismus zu sein, so bin ich lieber Libertiner in der Räuberarmee als Kirchendiener in einem Tempel* (Kuh M 161).

Itzig-Seuche, *die* [zum PN *Itzig*] ad hoc-Bildung in der Art eines med. Terminus zur Bezeichnung einer epidemischen Krankheit; ›idée fixe, alles unter jüd. Aspekt zu betrachten‹; literar. *die Krankheit von mir »Itzig-Seuche« zubenannt* (Kuh. M 154).

iwre Adj. [jidd. *iwris* ›hebräisch, jüdisch‹: AL 423] jüd. fam. ›hebräisch‹; literar. *Der alten Channe, die nicht »iwre«* ›hebräisch‹ *lesen konnte, mußte man das Gebet vorsagen* (Ko. 1, 206).

Iwri-Onauchi [aschkenas. hebr. *iwri onauchi* ›ich bin ein Hebräer‹: Wei. L 128] jüd. fam.; literar. *Im heutigen modernen Haus / Spricht selten dieses Wort man aus. / So mancher »peinlich« wird berührt, / Soll er bekennen ungeniert: / »Iwri-Onauchi«!* (Bö. 35).

Jahrzeit, *die* [jidd. *jortsajt* ›Todestag‹: Weinreich 589; Wei. L 129] jüd. fam. ›Todestag‹ der Verwandten, bes. der Eltern (Ko. 5, 123); *Jahrzeit halten* ›Totengedenken‹ (Ko. 5, 52); literar. *Ist nicht heute die Jahrzeit deiner Mutter?* (Ko. 5, 52); *Kommst du, mich für die Jahrzeit abzuholen?* (Ko. 5, 52).

Jahrzeitlicht, *das* [jidd. *jortsajt-licht* ›Kerzenlicht am Todestag‹: Weinreich 589; Wei. L 129] jüd. fam.; literar. *Zur selben Stunde, da Blümele das »Jahrzeitlicht« für ihre Mutter anzündete, flammte es auch in einem anderen Hause der Gasse auf* (Ko. 5, 52). → *Jahrzeit.*

Jahrzeitstag, *der* [zu jidd. *jortsajt*] literar. *das kleine Steinchen, das er am »Jahrzeitstage« seiner verstorbenen Frau aufs Grab legen sollte* (Ko. 5, 379). → *Jahrzeit.*

Jahrzeittabelle, *die* [zu jidd. *jortsajt*] jüd. fam. ›Aufstellung der Todestage nach dem jüd. Kalender‹; *Mit gleicher Post als Rolle kriegst Du eine Jahrzeittabelle* (Scho. 120). → *Jahrzeit.*

Jajen, *Jajem, der* [jidd. *jajin* ›Wein, Rausch‹: AL 380] jüd. fam. ›Wein‹ (Wei. 67); ›Wasser‹ (Ah. 128). Mdal. ›Wein, Most‹ (St. 98). Rotw. seit 18. Jh., mit anderen Formen seit 1490 (Wo. 2313), auch in Krämer- u. Musikantenspr. (Ah. 128). → *Jechem.*

Jajensoref, *der* [jidd. *jajin soroph* ›Branntwein‹: AL 380] jüd. fam. auch *Jansoref, Jajenzoref* ›Branntwein‹ (Wei. 67). Frankf. ›Schnaps‹ (FWb. 1323). Rotw. (Wo. 2313); mdal. ›Branntwein, schlechter Wein‹ (St. 98 f.). → *Soref.*

Jam hagodel [jidd. *jam hagodol* ›großes Meer, Ozean‹, ursprüngl. ›Mittelmeer‹: AL 381] jüd. fam. *Jamm godel* ›Ozean‹ (Wei. 67); ›Durcheinander‹, von Menschen und Dingen; *Was das Jam haggodel ausgeworfen* (Te. 581).

Jankew [jidd. PN *Jankew* ›Jakob‹: Weinreich 585] jüd. fam.; *Wer Jankew nicht gibt, muß Esau geben* ›wer seinen jüd. Brüdern keine

Wohltätigkeit zukommen läßt, wird sein Geld Nichtjuden überlassen müssen‹ (Wei. 67). → *Jekew.*

Jauche, *die* [slaw. *jucha* ›Brühe, Suppe‹: Klu. 451; dt. *Jauche* ›Brühe, Suppe‹: Gerzon 92] jüd. fam. ›Suppe‹ (Ko. 10, 119). Rotw. (Wo. 2337). Literar. *»Das heißt verkauft ein Kind,« brummte die Köchin, und warf einen Holzklotz in die hochauflohende Flamme, daß die Töpfe davon berührt wurden und die Jauche schäumend überfloß* (Ko. 10, 124).

jauker, *joker* Adj. [jidd. *joker* ›teuer, selten‹: AL 383] jüd. fam., auch *bejauker* (Wei. 68). Frankf. *des is mer ße joker* ›zu teuer‹ (FWb. 1334). Rotw. (Wo. 2363); mdal. mit Bed. von ›teuer‹ bis ›schlecht, zweifelhaft‹ (Ah. 128, St. 99f.); ugs. ›knapp, teuer, nicht vertrauenswürdig‹ (Kü. 1374).

Jaum-Din [jidd. *jom hadin* ›Gerichtstag‹: AL 380] jüd. fam.; literar. *da hast Du meine Seele ausgelöst bei Gott dem Allmächtigen und am Jaum-Din* ›Tag des Gerichts‹ *wird Dein Sechus* ›Verdienst‹ *Deiner armen Mutter zu gute kommen* (Mo. 187).

Jausem [jidd. *jossom* ›Verwaister‹, Pl. *jessomim* ›Waisen, Waisenkinder‹, *jessoma* ›verwaistes Mädchen‹: AL 384] jüd. fam. ›Waise‹; literar. *Ich bin seit drei Jahren ein Jausem* (Mo. 125).

jauze, *joze, jauzer* Adj. [jidd. *joze sein* ›Interesse an etwas haben, etwas herausbekommen, seine Schuldigkeit tun‹: AL 382] jüd. fam.; *Du bist joze* (Te. 82); *Du bist jauze(r)* ›du hast deine Pflicht getan, bist fertig‹ (Wei. 68). Literar. *»Ihr habt Euch menadder gewesen* ›gelobt‹, *Rebb Tobiah, mir Euer Kind zu geben, und ich nehm' sie!« rief er mit gehobener Stimme, »und ihr seid jauze* ›frei‹, *nicht wahr?«* (Mo. 156).

Jechaules, *das* [jidd. *jecholes* ›Vermögen, Fähigkeit, Kraft‹: AL 381] jüd. fam. ›Kraft‹; literar. *das geht über mein Jechaules* (Mo. 154).

Jechem, *Jochem, der* [jidd. *jajin*] rotw. 1450 *Joham*, 1490 *Jochhom* (Wo. 2313); Musikantenspr. *Jechim, Jechem* ›Wein‹, *Jochem* ›schlechter Branntwein‹ (Ah. 128). → *Finkeljochen, Jajen.*

Jeezer Horre, *der* [jidd. *jezer hora* ›böses Wesen, Streben, Prinzip‹: AL 382] jüd. fam. ›böser Sinn, Sinnlichkeit‹; *Je größer der Mann, je größer der Jeezer Horre*! (Te. 935). → *jeezeren.*

jeezeren [zu jidd. *jezer*] jüd. fam. ›quälen, plagen‹; *Der jeezert aam* ›einem‹ *das Herz heraus* (Te. 428). → *Jeezer Horre, Jeezerer.*

Jeezerer, *der* [zu jidd. *jezer hora*] jüd. fam. ›Quälgeist‹; *Das is e Jeezerer* (Te. 428). → *Jeezer Horre, jeezeren.*

Jehude, *der*, Pl. *Jehudem* [jidd. *jehude*, Pl. *jehudim* ›Jude‹: AL 379] jüd. fam. (Wei. 68); 1766 *In dem Schem* ›Namen‹ *all der Jehudim / Die beym Mischpott* ›Gericht‹ *Du vertrittst* (Maas); *Und wenn's nur zwaa Jehudim get* ›gibt‹, *kloppt aaner Schule' un anner geht Schule'* ›klopft einer an die Haustür, um zur Synagoge zu rufen, und einer geht zur Synagoge‹ (Te. 917). → *Jid, Jud.*

Jekew, *der* [aschkenas. hebr. PN *ja(a)kauw* ›Jakob‹: Wei. L 128] jüd. fam. *Jekew, Jeikew* ›Narr‹ (Wei. 68). Frankf. *Deß is der wahre Jekuff* (FWb. 1328). → *Jankew.*

Jekumperken, *Jekum-Purkan* [aschkenas. hebr. *jekum purkon minn schmajo* ›Erlösung komme vom Himmel‹: Wei. L 133] jüd. fam.; ärgerliche Antwort auf die Frage nach einer Person (Wei. 68); *Worum sagt mer Jekum-Purkan zwaamol? Weil's zwaamol steht!* Spruch über die Macht der Gewohnheit (Te. 701).

Jerosche, *Jerusche, die,* Pl. *Jerosches* [jidd. *jeruscho, jerescho* ›Erbschaft, Erbe, Besitz‹: AL 383] jüd. fam. (Fr. 33; Wei. 68); *e jüdische Jerusche*, spöttisch (Te. 770).

Jeruscholajim [aschkenas. hebr. *Jeruscholajim, Jerushcholojim* ›Jerusalem‹: Wei. L 133] jüd. fam. *Durch Kinne-Sinne* ›Neid und Haß‹ *is Jeruscholajim chorev* ›zerstört‹ *geworden* (Te. 952). Literar. *Sie hatte sich dabei gegen den »Misrach«* ›Ost‹ *gewendet, weil nach dort Jeruschalaim liegt* (Ko. 1, 35); *Auf den hat Rebb Paltiel Wolf in seiner Predigt mit dem Finger hingewiesen und hat gesagt, die heilige Stadt Jeruschulaim wär' nur durch solche Menschen zugrund' gegangen* (Ko. 1, 42).

Jeschiwe, *die* [jidd. *jeschiwo* ›Sitz, Schule, Seminar, Akademie, Universität‹: AL 384] jüd. fam. ›Talmudschule, Hochschule‹. Standardspr. *Jeschiwa* ›höhere Taldmudschule‹ (DuWb. 1757). Literar. *Sie wissen vielleicht nicht, liebes Fräulein Mine, daß die Universität Würzburg zugleich eine Jeschive besitzt* (Mo. 75).

Jesurim [jidd. *jesurim* ›Züchtigungen, Schmerzen‹: AL 382] jüd. fam. ›Schmerzen‹; 1766 *dauk aller Jesurim* ›trotz aller Schmerzen‹ (Maas).

Jeworechecho [aschkenas. hebr. *jeworechecho adaunoi wejischmerecho* ›der Ewige segne dich und behüte dich‹: Wei. L 134] jüd. fam.; *Wie gern sagt' ich 'm jeworechecho nach* ›gäbe ich ihm das Geleit‹ (Te. 361). Literar. *als dieser mit dem blasenden Postillon über den »Königsplatz« fuhr [...], sagte der alte Raaf dem geliebten Jüngling mit lauter Stimme Jeworechecho* ›Gott segne dich!‹ *nach* (Mo. 84).

Jiches, *Jieches, der* [jidd. *juchas* ›Stamm, Familie, Herkommen‹; *jichus* ›Geschlechtsregister‹: AL 380] jüd. fam. ›vornehme Abstammung‹; *Er hat Jiches* ›ist aus guter Familie‹ (Wei. 68); *Wer fragt jetzt noch nach Jiches* (Te. 931).

Jichud [jidd. *jichud* ›Einheit, Einigkeit‹; *haschem jochid umijuchod* ›Gott der Einige und Wahrhaftige‹: AL 380] jüd. fam. ›der Einzige, Gott‹; *So wohr, as wir aan Jichud hewe'* ›haben‹ (Te. 335).

Jid, *der* [jidd. *jid* ›Jude‹: Weinreich 587] jüd. fam. ›Jude‹; *Der Jid muß handele* (Te. 903); *Wenn die Jieden anfangen, ihre Familie aufzublättern, sind sie stets verwandt oder verschwägert* (Scho. 112). Literar. *Ein Jid ohne Krankheit ist wie ein Bayer ohne Bier – todunglücklich* (Se. M 9). → *Jidde, Jidin, Jüd.*

Jidde, *Jidd, der* [jidd. *jid* ›Jude‹: Weinreich 587] ugs. ›Jude‹, bes. ›Ostjude‹; *Da hat ein alter Jidd zum lieben Gott gesprochen* (Sle. B 55). Als wiss. Terminus ›Jiddischsprecher‹; *die Zahl der Jidden war damals mit rund 12 Millionen anzusetzen* (Beranek 1957, Sp. 1960). Literar. *das Geschrei des Pöbels und das Gejohle der Gassenjungen, aus dem ich den Ausruf »Jidde, Jidde!« vernahm* (Mo. 13); *er will ja ein daitscher Jidde sein* (Koneffke 29); → *Jid, Jiddele, Jüd.*

Jiddele, *das* [jidd. *jidele*, Pl. *jidelach* ›Jude‹: Weinreich 587] Diminutiv zu *Jid*, Pl. *Jiddelen*, mit jidd. Pluralendung *Jidelach*, ugs.; *Der Regisseur war ein gewisser Fleck mit seiner Frau, also ein Original aus Polen, ein armes, liebes Jiddele* (Sle. B 276). Literar. *Eine Stimme: Jidelach! (Heiterkeit)* (KK 5, 347). → *Jidl.*

jiddisch Adj. [jidd. *jidisch* ›jüdisch, jiddisch‹: Weinreich 587] standardspr. ›in der Volkssprache der aschkenasischen Juden, jüdisch‹; *es wurden Geschichten der großen ostjüdischen Erzähler vorgelesen, im jiddischen Original oder deutscher Übersetzung* (Scholem B 62); *Im Herzen bin ich immer jiddisch geblieben* (Fe. 420). → *Jiddisch.*

Jiddisch, *das* [zu jidd. *jidisch*] standardspr. ›Volkssprache der aschkenasischen Juden‹; als Sprachbezeichnung nach engl.-amerikan. *Yiddish*; Karl Wolfskehl 1902 *Verzeihen Sie das Lehnwort aus der Mundart für welche der anglo-amerikanische terminus »the yiddisch« geschaffen ist* (W/G 1, 169). Literar. *Er sah Moische aus klaren, blauen Augen an und erkundigte sich in breitem Jiddisch nach seinen Wünschen* (Se. M 234).

Jiddisch-Deutsch, *das* [zu jidd. *jidisch*] jüd. fam. ›Jiddisch‹ (in Anlehnung an die ältere Bezeichnung *Jüdischdeutsch*); *Ich habe nichts gegen Lausanne oder Genf, aber Du darfst dann nicht mit lauter Juden verkehren, sondern mit Franzosen, sonst ist der Zweck verfehlt und Du lernst neben Deinem Jiddisch-Deutsch nur noch Jiddisch-Français* (Scho. 36).

Jiddisch-Français, *das* [zu jidd. *jidisch*] ›Französisch auf jiddischem Substrat‹, jüd. fam., ad-hoc-Ausdruck (Scho. 36). → *Jiddisch-Deutsch.*

Jiddischismus, *der* [zu jidd. *jidisch*] polit. Terminus, ›Bewegung, die die Entwicklung des Judentums auf der Grundlage der jiddischen Sprache und Kultur in den angestammten Gebieten betrieb‹ (JL 3, 279 f.). → *Jiddisch.*

Jiddischist, *der* [zu jidd. *jidisch*] wiss. Terminus, ›Verfechter der jiddischen Kultur; Vertreter der polit. Richtung des Jiddischismus‹.

Literar. *der bekannte Jiddischist Max Weinreich* (Maimon 34). → *Jiddisch, Jiddischismus.*

Jiddismus, *der*, Pl. *Jiddismen* [zu jidd. *jidisch*] linguistischer Terminus, ›Wort jiddischer Herkunft‹. → *Jiddisch.*

Jiddist/in, *der, die* [zu jidd. *jidisch*] wiss. Terminus, ›Wissenschaftler/in auf dem Gebiet der Jiddistik‹. → *Jiddisch, Jiddistik.*

Jiddistik, *die* [zu jidd. *jidisch*] wiss. Terminus, ›Wissenschaft von der jiddischen Sprache, Literatur und Kultur‹. → *Jiddisch, Jiddist/in.*

Jidin, *die* [zu jidd. *jid*] ›Jüdin‹; *Unterwegs erzählte er in aller Unschuld [...] wie die »Hellerjidin« (das sei die Inhaberin des großen Konfektionshauses) ausgespuckt und gesagt habe: »Dem Hitler gehört eine Kugel in den Kopf!«* (Kle. 33–41, 416). → *Jid.*

Jidl, *das* [jidd. *jidele*] ›Jude‹, *Jidl mitm Fidl* (FAZ, 19.2.1992, 34). → *Fidl, Jiddele.*

Jiras-schomajem-Ponem, *das* [aschkenas. hebr. *jiras schomajim* ›Furcht vor dem Himmel‹: Wei. L 135; jidd. *jires-schomaim*: Weinreich 585; *ponim*] jüd. fam. ›Erzfrommer, Scheinheiliger‹ (Wei. 68). → *Ponem.*

Jochid, *der* [jidd. *jochid*, Pl. *jechidim* ›Einziger, Alleiniger‹: AL 380] jüd. fam. ›Privatmann‹; *Kahel's Sache' gehn einen Jochid nix an* ›Angelegenheiten der jüd. Gemeinde gehen den Privatmann nichts an‹ (Te. 225). → *Kal, Kille.*

Jod, *Jad* [jidd. *jod, jad*, Pl. *jodaim* ›Hand‹: AL 379] jüd. fam.; 1766 *Seht ihr die Jodajim drücken / Die Enajim* ›Augen‹ *auf sie blicken* (Maas).

Jom beis, *der* [jidd. *jom olleph* ›Sonntag‹, *jom bes* ›Montag‹, *jom gimmel* ›Dienstag‹, *jom dollet* ›Mittwoch‹, *jom he* ›Donnerstag‹, *jom wof* ›Freitag‹, *jom schabbas* ›Sabbatstag‹: AL 380] frankf. *Jom bais* ›Dienstag‹, *Jom gimmel* ›Mittwoch‹ (FWb. 1335). Rotw. (Wo. 2366). → *Jom Kipper, Jom tow, Jontef, Schabbes.*

Jom Kipper, *Jom Kippur, der* [jidd. *jom kippur* ›Versöhnungstag‹: AL 380] jüd. fam., Hauptfeiertag und -fasttag (Wei. L 130); *Der hot am Jom-kippur gesse'* ›hat eine verabscheuungswürdige Tat begangen‹ (Te. 388); *Die hot am Jom-kippur gesse'* ›wird von mir genommen‹ (von einer Karte im Kartenspiel) (Te. 388). Frankf. (FWb. 1335). Standardspr. *Jom Kippur* (DuWb. 1761). Literar. *neben dem unnennbar feierdunklen Ernst ihres Versöhnungstages oder Jom-kippur* (Kerr 7/2, 725); *Aus Gewissensbissen gab's bei uns zu Haus keinen Schinken am Jomkipper* (Blu. 96).

Jom tow, *der* [jidd. *jom tow* ›guter Tag, Festtag‹: AL 375] jüd. fam. ›glücklicher Tag‹; 1766 *Wenn mir wird mein Schir* ›Lied‹ *gelingen / Muß ich den Jomtow besingen* (Maas). →*Jontef.*

Jomkippurkerze, *die* [zu jidd. *jom kippur*] jüd. fam. *Jom-kippur-Kerze* ›Kerze, die am Vorabend des Versöhnungstages entzündet wird und bis zum nächsten Abend brennt‹ (Wei. L 130f.). Frankf. 19. Jh. *Jom-kippur-Kerzen à 30 xr pr. Stück* (FWb. 1335). →*Jom Kipper.*

Jomkippurtag, *der* [zu jidd. *jom kippur*] literar. *Am Jomkippurtage* ›Versöhnungstag‹ *kam einst der Lehrer unvermutet aus der Synagoge zurück* (Ko. 10, 111). →*Jom Kipper.*

Jonajim Pl. [jidd. *jono* ›Taube‹: AL 380] jüd. fam.; 1766 *Wie sich die Jonajim küssen* (Maas).

Jontef, *der* [jidd. *jom tow*] jüd. fam. ›Feiertag‹, Pl. *Jontowim, Jontauwim* (Ki. 1259), Pl. *Jomtowem* (Wei. 69); *gut Jontef*, Gruß am Feiertag (Ki. 1259); *Da is Jontev in allen Gassen* (Te. 604). Frankf. (FWb. 1335). Literar. *liegt denn etwas daran, wenn man sich einmal außer »Jontef« schön macht* (Ko. 3, 51). →*Jom tow.*

Jontefhaube, *die* [zu jidd. *jom tow*] jüd. fam. ›Feiertagshaube‹. Literar. *wenn mir Pawels Weib ihre neue Jontef-*›Feiertags-‹*Haube zeigt* (Ko. 3, 281). →*Jontef.*

Jontefkuchen, *der* [zu jidd. *jom tow*] jüd. fam.; literar. *sie schnitt sogleich ein großes Stück »Jontef«kuchen ab* (Ko. 1, 237). →*Jontef.*

Jontefliedel, *das* [zu jidd. *jom tow*] jüd. fam.; literar. *ein »Jontefliedel« vor sich hin murmelnd, das der Vorsänger gestern zum ersten Male in der Synagoge angestimmt* (Ko. 1, 223). → *Jontef, Liedl.*

Jontefspeise, *die* [zu jidd. *jom tow*] jüd. fam. ›Feiertagsessen‹; literar. *sich weit lieber am Dufte der Jontefspeisen weiden* (Ko. 1, 222). → *Jontef.*

Jonteftuch, *das* [zu jidd. *jom tow*] jüd. fam. ›Feiertagstuch‹; literar. *auf den Kasten kommt das geblümte Jonteftuch* (Ko. 10, 116). → *Jontef.*

jonteftig Adj. [jidd. *jontewtik* ›feiertäglich‹: AL 375] jüd. fam.; *jontefdikes Geschirr* (Wei. L 137); *Die bleibt aach jontevtik* ›unberührt‹, von jungen Mädchen, die sitzen bleiben beim Tanz und beim Heiraten (Te. 540; AL 375). → *Jontef.*

jud, *jus* Num. [jidd. *jud* ›zehn‹: AL 377] jüd. fam. (Ah. 138; Wei. 69); mdal. (St. 101 f.). → *olef.*

Jud, *der* [jidd. *jehude* ›Jude‹: AL 379; hebr. *jehudi*, Pl. *jehudim*: Wei. L 133] standardspr. ›Jude‹; zur Wiedergabe jüd. Rede: *Sind Sie a Jud? Nein, aber wir suchten den Eingang* (Kle. 50–59, 612 f.); zur Wiedergabe christl. Rede: *»Weißt Du Jud'«, entgegnete der Postknecht* (Mo. 141); pejorativ *ein frecher Jud* (Mahler-Werfel 564). Literar. *ein starker, besonnter Jud; ein bejahender Jud* (Kerr 7/2, 724); *Jakob Fuffziger, ein rothaariger Jud aus Preußen* (Neu. S 187). Antisemitisch *Dann macht der Jud kein Finger krumm* (Bauer 1936); *»Jud' Mandel«* (Kle. 33–41, 527). → *Jid, Jüd.*

Jüd, *der* [mit Anklang an jidd. *jid*] ›Jude, Ostjude‹; literar. *der Jüd muß sich immer plagen, wo andere sich einen guten Tag machen* (Ko. 2, 196); *Leider Gott's der Jüd kennt gar kein Maß; da drauf kann man sich verlassen. Er muß immer mehr tun als jeder andere* (Ko. 2, 235); *bauernverwandte Kunst – wenn der wohlhäbige Jüd Szender für sein Töchterli den Bräutigam sucht* (Kerr 7/2, 141 f.). In der nationalsoz. Agitation: *Was man auch sagt von ä Jüd, ä Chammer (Dummkopf) ist er nicht* (HM 301). → *Jid, Jud.*

jüdeln [zu jidd. *jid*] jüd. fam. ›handeln, sich verhalten auf jüd. Art‹; *Wie es sich jüdelt, so christelt's sich; Wie es sich christelt, so jüdelt's sich* (Te. 697). Ugs. ›auf jüd. Art (fehlerhaft) deutsch sprechen; die jüd. Art des Sprechens imitieren; auf jüd. Art (unangenehm) sein, handeln‹; *Abends kam ich auf einmal drauf, dass ich vortrefflich jüdeln kann* (Mahler-Werfel 138); *Es jüdelt mir zu viel in seiner Musik* (Mahler-Werfel 500). → *Jüd.*

Jüdeln, *das* [zu jidd. *jid*] verkehrsspr. ›Gebrauch der dt. Sprache auf jüd. (fehlerhafte) Art‹, meist abwertend; literar. *Gelegentlich humoristisch, wiederholt ein ganz leiser gutmütig intimer Anklang an Jüdeln* (Kle. 45–49, 43).

Judengasse, *die* [jidd. *ojf der jidischer gas* ›jüdisches Viertel‹: Weinreich 683] literar. *Bleibt, wenn ihr wollt, in eurer Judengasse* (Mo. 178). → *Gasse.*

Juden'ische, *die* [jidd. *ischa* ›Frau, Ehefrau‹: AL 327] frankf. ›verdrehte, zerfahrene Weibsperson‹ (FWb. 1314). → *Ische.*

Judenmauschel, *der* [zu jidd. *mauschel*] tautologisch ›Jude‹, abwertend; literar. *Jede Woche einmal riefen ihm die mutwilligen Büblein durch das ganze Dorf nach: »Jud! Jud! Judenmauschel!«* (Hebel 352). → *Mauschel.*

Judenschule, *die* [zu jidd. *schul* ›Synagoge‹: Weinreich 396] im Dt. zur Unterscheidung von dt. *Schule* tautologisch *Judenschule* ›Synagoge‹, dann abwertend ›Durcheinander, Lärm‹. Frankf. 1616 *in ihren judenschuelen*; 1719 *in der Juden-Schul;* 1835 *Juddeschul* (FWb. 1347). Ugs. (Kü. 1382; DuWb. 1764). Literar. *Diese Judenschule, dieses Chaos, diese schlecht organisierte Parteiinstitution, die sich Gewifa nennt* (Kle. 45–49, 598). *Hier Kakel grob, dort Kikel fein, / Auf welsch, französisch und Latein, / Glich einer Judenschule* (Bürger 461). → *Schul.*

Jüdischkeit, *die* [jidd. *jidischkejt* ›jüd. Art‹: Weinreich 587] jüd. fam. ›typ. Ausdruck des jüd. Wesens‹; *Ich geb kaan Pfennig für sein' Jüdischkaat*, von einem, der sich dem Judentum nicht verbunden fühlt (Te. 675).

Jüdlein, *das* [zu jidd. *jidele*] literar. *Danach hat sie sich dort den Gutmacher geheiratet (das quecksilberne Jüdlein, das mich zum germanistischen Studium 1912 einpaukte)* (Kle. 18–24, 727). → *Jiddele, Jud, Jüd.*

jüdschen [jidd. *sich judischen, jidschen lassen* ›sich zum Juden machen, beschneiden lassen‹: AL 379] jüd. fam. ›beschneiden‹ (Ki. 1259); *jitsche(n)* ›dem Rind die Hörner stutzen‹ (Fr. 33), ›verjüngen‹ (Ah. 128). Mdal. hess. *jidschen, jitschen* ›die Hörner einer Kuh abfeilen, um einen höheren Preis für sie zu erzielen‹ (Ah. 128). → *Jud, Jüd.*

Jüdsein, *das* [zu jidd. *jid*] ›Leben nach den Gesetzen der jüd. Religion‹; literar. *er war ein merkwürdig frommer Mensch [...] was anbelangt das Jüdsein, hätte er's mit dem ersten Landrabbiner in der Welt aufnehmen können* (Ko. 2, 60). → *Jud, Jüd.*

Jüngel, *Jüngele, das* [jidd. *jingel*: Weinreich 587] jüd. fam. ›Knabe‹ (Ko. 1, 29); ›Bube (im Kartenspiel)‹, *Ein »Jüngel« fehlt, dann wär's gelungen* (Bö. 22); literar. *Ei du mein Jüngele, du willst gegen mich aufstehen* (Ko. 9, 34).

Jusele, *das* [zu jidd. *jud* ›zehn‹: AL 377] jüd. fam. ›Zehner, zehn Mark‹; *Du mußt noch ein Jusele dazulegen* (Wei. 69). → *jud.*

K

Kaas, *der* [jidd. *kaás* ›Unmut, Verdruß, Zorn‹: AL 391] jüd. fam. ›Zorn, Ärger‹ (Ki. 1260); *Er hat einen schönen Kas* ›er ist sehr wütend‹ (Wei. 70).

Kaasnik, *der* [zu jidd. *kaás*] ›jähzorniger Mensch‹ (Ki. 1260). → *Kaas.*

Kaddisch, *der* [jidd. *kaddisch* ›Gebet für die Seelenruhe Verstorbener‹: AL 446] jüd. fam. (Wei. 69); *Theo sagte den Kaddisch für Susanne* (Scho. 398); *den Kaddisch zu hoch anfangen* ›sich übernehmen‹

(Te. 255). Frankf. (FWb. 1358); standardspr. (DuWb. 1775). Literar. *sag deinem alten Babele Kadisch nach* (Ko. 1, 266); *Kaddisch wird gesagt – das Sterbegebet* (Kerr 7/2, 141); *Als Schmitt erschossen wurde, sagte man im Getto Kaddisch (das Totengebet) für ihn* (Neu. V 48).

Kaddischgebet, *das* [zu jidd. *kaddisch*] jüd. fam. ›Totengebet‹. Literar. *Ich will ihn das »Kadischgebet« lehren* (Ko. 5, 51); *Als Blümele am Abende den Knaben zu Bette brachte, sprach er unaufgefordert das ganze Kadischgebet vom Anfang bis zum Ende, ohne den geringsten Anstoß zu nehmen* (Ko. 5, 51). → *Kaddisch.*

kaff Num. [jidd. *kaph* ›zwanzig‹: AL 385] jüd. fam. (Ah. 138; Wei. 69); mdal. *kaf* (St. 102).

Kaff, *das* [rotw. vom Buchstaben *kaph* als Abkürzung von jidd. *kephar* ›Dorf‹: AL 392, 555; anders Wo. 2405] jüd. fam. ›Dorf, Kleinstadt‹, verächtlich ›Provinzstadt‹ (Ki. 1260; Wei. 69). Frankf. *Sie entschwand bald wieder in ihr Kaff* (FWb. 1360); berlin. (BBWb. 2, 836). Rotw. (Wo. 2405); mdal. (St. 102 ff.). Ugs. abwertend (Kü. 1395; DuWb. 1775; ÖWb. 226). Literar. *Greifswald ist ein Kaff, ich bin froh dort wegzukommen* (Kle. 45–49, 568); *das ganze Kaff ist in der Kirche* (Blu. 220).

Kaffer, *der,* Pl. *Kafronem, Kafriejem* [jidd. *kapher*, Pl. *kapherim* ›Bauer‹: AL 392] jüd. fam. ›Bauer, ungebildeter Mensch‹ (Ki. 1260; Fr. 11); auch ›Bube im Kartenspiel‹ (Wei. 69). Frankf. Schimpfwort *du Kaffer* (FWb. 1332). Rotw. ›Bauer, Dummkopf‹ (Wo. 2408). Mdal. (St. 103); ugs. (Kü. 1398; DuWb. 1776). Literar. *Das kostet Sie Ihre nächste Zulage, Sie Kaffer* (Blu. 170).

kaffrig Adj. [zu jidd. *kapher*] jüd. fam. ›dörflich, tölpelhaft‹; *Edith geht im Mai zur Moor-Badekur nach dem kaffrigen aber heilkräftigen Elster* (Scho. 130). Ugs. ›einfältig‹ (Kü. 1398). Literar. *Warum der kaffrige Hornochse rausflog, habe ich nie gewußt* (Blu. 27). → *Kaffer.*

Kahn, *der* [zu jidd. *kaan, bekaan* ›hier, allhier, hierselbst, hierher‹: AL 387] rotw. ›Gefängnis, Militärarrest‹ (Wo. 2417); mdal. (Ah. 129); ugs. ›Gefängnis, Karzer, Arrest‹ (Kü. 1399; DuWb. 1777).

Kal, *Kahel, Kohl, der* [jidd. *kohol, kehillo, killo* ›Versammlung, Gemeinde‹: AL 446] jüd. fam. ›jüdische Gemeinde‹; *Kahel's Mesuse* ›Türpfosten‹, d.h. ›schamlose Frau‹ (Te. 376); *Kals Meschores, Kals Schammes* ›jedermanns Diener‹, *Kals Schaute* ›Gemeindenarr‹ (Wei. 69); *»wer nischt giebt zu Kohl, braucht nischt wissen vom Kohl«. Ein goldenes jüdisches Wörtchen* (Scho. 258). → *Kille.*

Kalje(s) machen, *Kalches m.* [jidd. *kalje*: Weinreich 435] jüd. fam. ›ein Geschäft vereiteln‹ (Fr. 22); *Der muß Alles kaljeh machen* (Te. 438). Frankf. ›Schwierigkeiten, Ärger machen‹ (FWb. 1369f.). Rotw. ›Geständnis widerrufen‹ usw. (Wo. 2427). Mdal. (Ah. 129; St. 104); ugs. (Kü. 1403).

Kalle, *die* [jidd. *kalla* ›Braut, Schwiegertochter‹: AL 390] jüd. fam. ›Braut‹; *Die Kalle ist zu schön* ›daran ist ein verborgener Mangel‹ (Ki. 1260); *Da freu' ich mich druf, wie der Chosen* ›Bräutigam‹ *uf die Kalle* (Te. 493). Frankf. *dein Khalle küß' ich* (FWb. 1372); berlin. (Ki. 1260; BBWb. 2, 854). Rotw. ›Braut, Dirne, Wirtstochter‹ (Wo. 2431). Mdal. (St. 105); ugs. ›Braut, Geliebte, Dirne‹ (Kü. 1406; DuWb. 1783). Literar. *Nu, Leb, die Kalle hat also ihren Choßen* ›Bräutigam‹ (Ko. 1, 6); *sie wird Dich ausstatten wie eine Kalle* (Mo. 189); *Ich hab 'ne Kalle mir erwählt* (Bö. 16); *die kleine Kalle, geflankt von ein paar Frauen in feiner Kluft* (Kerr 7/2, 725).

Kappore, *die* [jidd. *kappora* ›Sühnung, Genugtuung, Versöhnung‹: AL 392] jüd. fam. ›Zerstörung, Verderben‹ (Wei. 70); *Kaan Sliche* ›keine Verzeihung, Vergebung‹, *kaan Mechile* ›Verzeihung‹, *kaan Kappore*, d.h. ›alles verloren, alles dahin‹ (Te. 1070). Rotw. (Wo. 2469). → *kappore(s).*

kappore(s), *kapore(s)* Adj. Adv. [zu jidd. *kappora*; *k. schlagen* ›Schlachten des um das Haupt des Sühnenden geschwungenen Hahns (Huhns) als Sühnopfer‹: AL 392] jüd. fam. ›kaputt, erledigt‹ (Wei. 70); *kappores gehen* ›kaputt gehen‹ (AL 392). Frankf. (FWb. 1389); berlin. (BBWb. 2, 871). Rotw. 1724 *capores* ›morden‹, 1755 *kabbores gehen* ›ums Leben kommen‹ (Wo. 2469). Mdal. (St. 105f.); ugs. (Kü. 1419; DuWb. 1802). In der nationalsoz. Agitation: *wenn wir nicht geben das Geld, müssen sie gehn kapores* (HM 301).

Kapporehinkel, *Kapporehähndel, das* [zu jidd. *kappora*] jüd. fam. ›Sühnehuhn‹ (Wei. 70); *Er is newich das Kappore-Hinkelche'* ›er ist leider der Sündenbock‹ (Te. 635). → *kappore(s).*

Kasche, *Kosche, Kaschje, die* [jidd. *kaschjo, kasche, kuschjo* ›schwere, harte, nicht leicht zu beantwortende Frage, Einwurf‹: AL 451] jüd. fam. ›Frage, dumme Frage‹ (Ki. 1260; Wei. 70); *Uf so e Kaschje gehört so e Teriz* ›Lösung‹ (Te. 133); *Verzeiht, daß ich solche Kasche frage* (Scho. 443).

Kassiber, *der* [zu jidd. *kaswenen* ›schreiben‹; *kessaw* ›Schrift, Vorschrift‹: AL 393] rotw. ›verbotene Briefe eines Gefangenen an Komplizen‹, ›heimlich einem Gefangenen zugeleiteter Zettel‹ (Ki. 1260); ›Brief, Paß, Ausweis, amtl. Papiere‹ (Wo. 2510); frankf. (FWb. 1409); ugs. (DuWb. 1817). In der nationalsoz. Agitation: *Ich hab ä Kassiwe (Nachricht) für dich* (HM 378).

Katzew, *Kazowe, der,* Pl. *Kazowem, Kazonem* [jidd. *kazow, kazew* ›Fleischer, Fleischhändler‹: AL 450] jüd. fam. ›jüd. Fleischer‹ (Ki. 1260); *Kazowen und Schinder sind Geschwisterkinder* (Wei. 70). Frankf. *Katzuff* ›Metzger‹, häufig ›jüd. Metzger‹ (FWb. 1426); berlin. (BBWb. 2, 910f.). Rotw. (Wo. 2524); mdal. (St. 107f.). Ugs. *Katzoff* ›Metzger, Dolch‹ (Kü. 1451); ›Fleischer‹ (DuWb. 1825).

kaurim fallen [aschkenas. hebr. *kaurim* ›niederknien, tief verbeugen‹: Wei. L 145; jidd. *kojrim faln*: Weinreich 582] jüd. fam. *kaurim fallen* ›am Neujahrsfest und Versöhnungsfest bei Gebeten auf die Knie fallen‹ (Wei. L 145); literar. *Einmal fand ich sie nach vielen fruchtlosen Versuchen, und es zog mir die Kniee herab, als wenn man Kaurim fällt* (Mo. 21).

Kedoches, *Kedaches, das* [jidd. *kadaches* ›hitziges Fieber‹: AL 446] jüd. fam. ›Fieber‹; *Kedoches haben* ›nichts als Leiden haben, bettelarm sein‹ (Ki. 1260); *Das Kedaches sollste kriegen,* Verwünschung (Wei. 70).

Kedusche, *die* [jidd. *keduscho* ›Heiligung‹: AL 446] jüd. fam. (Wei. L 145). Literar. *Willst du wissen, David Brod, wie mir unsere »Keduscha« vorkommt, wenn sie dein Kind singt?* (Ko. 5, 369).

Ah. 131); auch ›Schwätzerin, schwierige Kundin‹; *eine miese Klafte; eine Klafte erster Sorte* (Wei. 72). Berlin. ›unentschlossene Käuferin, nörgelnde Frau‹ (BBWb. 2, 981). Rotw. (Wo. 2561); mdal. (St. 111f.). Ugs. Schimpfwort (Kü. 1490); *seine Frau, auch eine Klafte* (Sle. B 72). → *Kelew.*

Klamonis, *die* Pl. [jidd. *k'le umonus* ›Handwerksgerät‹: AL 389] rotw. *Klamonis* ›Einbruchswerkszeug‹, bes. ›Nachschlüssel, Dietriche‹ (Wo. 2556). In der nationalsoz. Agitation: *Bei Thiele häufen sich die »Klammonis« (Einbruchsgerät), die Beweismittel, stapeln sich die beschlagnahmten Diebswaren* (HM 378).

Kle-kodesch [jidd. *k'li, k'le*, Pl. *kelim* ›Gerät, Instrument, Werkzeug, Gefäß, Geschirr‹; *kodosch, kodesch* ›heilig‹: AL 389, 446] jüd. fam.; literar. *Aus allen Bethäusern trug man die Gesetzesrollen und die silbernen und goldenen Kle-kodesch* ›Paramente‹ *in das von bunten Säulchen umgebene Tabernakel* (Mo. 91). → *kodesch.*

Klesmer, *Klezmer, der*, Pl. *Klesmorim* [jidd. *k'le semorim* ›Musikinstrumente‹: AL 389; *klezmer*, Pl. *klesmorim* ›Musiker‹: Weinreich 581] jüd. fam. ›Spielmann, Musiker‹; *Der Klesmorim Fiedelbogen* (Bö. 27). Rotw. ›Musikinstrumente‹ (Wo. 2701). Standardspr. ›(ost)jüd. Musiker, Musik‹; musikalischer Terminus.

Klippe, *die* [jidd. *klipe* ›böser Geist, böses Weib‹: Weinreich 419] jüd. fam. ›böser Geist‹ (Ko. 5, 108). Literar. *Hab' ich dich jetzt, du kleine Klippe* (Ko. 5, 172); *Nimm einmal das kleine Klippele aufs Dorf mit* (Ko. 5, 173). → *Klippe-tumme.*

Klippe-tumme [jidd. *klipe*] jüd. fam. ›Dämon‹; *Das is e Klippe-tumme* (Te. 646). → *Klippe.*

Kloomer-Käs [jidd. *klomer käs* ›sozusagen Käse‹: AL 390 mit weiteren Überlegungen zur Herkunft] jüd. fam., Spottrede, Antwort auf Hervorhebung unbedeutender Dinge (AL 390); *Das sen* ›sind‹ *Kloomer-Käs'* (Te. 303). Rotw. ›Ausrede‹ (Wo. 2724).

Kluft, *die* [jidd. *kelipho* ›Rinde, Schale‹: AL 448] jüd. fam. ›Kleid‹, *Käthe hat jetzt ihre Neidsträhne [...] ihre Kluften taugen nichts,*

Ediths sind schöner (Scho. 88). Rotw. mit Lautformen wie *Claffot, Clabot, Klifft, Klufft* ›Anzug, Kleidung‹ seit 1450 (Wo. 2736). Frankf. (FWb. 1501); berlin. (BBWb. 2, 1030). Mdal. mit vielen Zus. (St. 112 f.); ugs. (Kü. 1524; Du. 1887). Literar. *die kleine Kalle* ›Braut‹, *geflankt von ein paar Frauen in feiner Kluft* (Kerr 7/2, 725).

Knass, *der* [jidd. *knas* ›Geldstrafe‹: AL 449] jüd. fam. ›gerichtliche Strafe‹ (Fr. 11; Wei. 72); *Knas geben* ›Strafe bezahlen‹, *Knas legen* ›Verlobung feiern‹ (ursprüngl. ›Vertragsstrafe bei Auflösung der Verlobung vereinbaren‹); *Hat schon wieder einmal Knas gelegt* ›ein Glas zerbrochen‹ (Te. 175). Frankf. 1714/17 *So lang sie noch in der Knas (Straffe) gehen* (FWb. 1508). Rotw. *Knas, Knass* neben *Knast* ›Strafe‹ (Wo. 2766). → *Knasslegen, Knast.*

knassen [jidd. *kansen* ›bestrafen, zur Geldbuße verurteilen‹: AL 449] jüd. fam. ›strafen‹, *geknaßt werden* (Wei. 72). Rotw. ›bestrafen‹ (Wo. 2766). Frankf. (FWb. 1508); mdal. (St. 114). → *Knass, verknassen.*

Knasslegen, *das* [zu jidd. *knas*] jüd. fam., Zeremonie bei Verlobungen, bei welcher ein Glas oder eine Schale zerbrochen wird (Mo. 36.). Literar. *sie reichte die Hand über den Tisch hinüber dem uneigennützigen hübschen Freier und warf dabei ein Weinglas um, daß es von dem Tisch kollerte und in Scherben brach. »Knaß gelegt!« rief Onkel Markus* (Mo. 35 f.). → *Knass.*

Knast, *der* [zu jidd. *knas*] rotw. ›Strafe, Freiheitsstrafe‹ (Wo. 2766). Frankf. ›Strafe‹ (FWb. 1508); berlin. ›Gefängnis‹ (BBWb. 2, 1051); mdal. (St. 113 f.); ugs. ›Gefängnis, Freiheitsstrafe‹ (Kü. 1534; DuWb. 1893; ÖWb. 234). In der nationalsoz. Agitation: *Wenn Se mir zusagen, daß ich kein Knast (Strafe) bekomme* (HM 377). Literar. *Willst du sie alle in den Knast stecken* (Schulze 145). → *Knass, knassen, verknasten.*

kochem Adj. [jidd. *chochom* ›weise, klug, gelehrt‹: AL 369] jüd. fam. *chochem*. Frankf. *kochem, chochem, kouchen* ›kundig, geschickt, weise, klug‹; *ich bin net kochem genug gewese um merr vor der Schlammassel zu bewahrn* (FWb. 1534). Rotw. *kochem, chochem* ›klug, gescheit, eingeweiht, mit allem Gaunerischen vertraut‹ (Wo. 2814). Mdal. *kochem, kauchem, kuchem* mit Bed. von ›klug‹

bis ›teuer‹ (St. 75). Ugs. *kochem* ›eingeweiht; mit den Bräuchen vertraut‹ (Kü. 1558; DuWb. 1905). In der nationalsoz. Agitation: *sie waren »kochem« (mit den Gaunern befreundete Personen)* (HM 377); *Wahrscheinlich auch kochem, jedenfalls – man kann nicht wissen* (HM 378). → *chochem.*

Kochem, *der* [jidd. *chochom*, Pl. *chachomim* ›Weiser, Kluger, Gelehrter‹: AL 369] jüd. fam. *Chochem.* Frankf. *Kochem, Kouchem* ›Gauner, Spitzbube‹ (aus der Sicht der Gesetzestreuen), ›Geizhals, Kluger‹ (aus der Sicht der Gauner); *Kein Kochem, der gerieben / Wird jemals Kohldampf schieben* (FWb. 1534). Rotw. *Kochum, Kochemer,* seltener *Chochum*, aus der Sicht des Gauners ›Kluger, Vertrauter, Eingeweihter‹, aus der Sicht des Nichtgauners ›Gauner, Dieb, Spitzbube, Einbrecher‹ (Wo. 2814). Mdal. ›schlauer Mensch, Spitzbube, Geizhals‹ (St. 76). → *Chochem, kochem.*

Kochem-Meschore Interj. [jidd. *chochom*] literar. *Kochem-Meschore! In Frankfort wisse se nix von de ganze Misemaschine!* ›Verhängnis‹, wörtl. ›plötzlicher, jäher, unnatürlicher Tod‹ (Panizza 322). → *Kochem, Meschores, Miesemeschinne.*

kodesch, *kaudesch* Adj. [jidd. *kodosch, kodesch* ›heilig‹: AL 446] jüd. fam.; *Schabbes koudesch* ›heiliger Sabbat‹ (Fr. 28); *kodesch huppen*, bei einem Gebet nach rabbinischer Vorschrift leicht in die Höhe springen (Te. 510); *Der kann in einer Haselnuß kodesch huppen* ›ist ein Knirps‹ (Te. 548). Mdal. selten (Ah. 131). → *Kle-kodesch, Loschen kaudesch.*

Koheles [aschkenas. hebr. *kauheles, koheles*: Wei. L 144; jidd. *koheles*, Bezeichnung des Buchs »Prediger Salomo«: AL 447] jüd. fam.; *Koheles sagt: »Alles zu seiner Zeit«* (Te. 886).

Kohl, *der* [jidd. *kol* ›Stimme, Gerücht, Schall‹: AL 447; anders Wo. 2824] studentenspr. 18. Jh.; rotw. ›Lüge, Erzählung‹ (Wo. 2824); frankf. ›Unsinn, dummes Geschwätz, Lügen‹ (FWb. 1538); mdal. (St. 115); ugs. ›Unsinn‹ (Kü. 1560; DuWb. 1908 f.); *er sagte den üblichen Kohl mit den deutschen Brüdern, die er befreien muß, so wie er die armen Österreicher befreien mußte* (Sle. B 117). → *kohlen, Kol.*

kohlen [zu jidd. *kol*] rotw. ›erzählen, lügen‹ (Wo. 2824); frankf. ›die Unwahrheit sagen, schwindeln‹; *Immer was Neues, ohne zu kohle?* (FWb. 1538); berlin. (BBWb. 2, 1101); ugs. (Kü. 1564; DuWb. 1909). → *ankohlen, Kohl, verkohlen.*

Kohn, *der* [jidd. *kohen*, Pl. *kohanim, kohanin* ›Priester‹] jüd. fam.; literar. *Bald mußte er sich einbilden, er sei ein »Kohn«* ›Priester‹ *und stünde in der Synagoge und sänge dem Volke die Segnungsformeln vor* (Ko. 1, 34).

Kol, *Kaul, die, das* [jidd. *kol* ›Stimme, Gerücht, Schall‹: AL 447] jüd. fam. ›Stimme‹; *E Kol, wie e Reibeise'* (Te. 551); *Der hat 'ne Kaul!* ›eine große Stimme‹ (Wei. 70). Frankf. *Du mit deiner Coll*; *Halt die Coll!* (FWb. 1542). Rotw. (Wo. 2841). Literar. *Ich weiß ja, was Du für ein Kol hast* (Mo. 133). → *Kohl.*

Korwen [jidd. *korbon* ›Opfer‹: AL 450] jüd. fam. ›Opfer‹; *Das is e Korwen für 'n*! (Te. 518).

kosche Adj. [jidd. *kosche* ›hart, schwer, zuwider‹: AL 451] jüd. fam.; *Es is 'm nix kosche* (Te. 128). Rotw. ›schwer zu verstehen, auffällig‹ (Wo. 2883).

koscher, *kauscher* Adj. [jidd. *koscher* ›recht, geziemend, rein‹: AL 393] jüd. fam. ›rituell zulässig, in Ordnung, richtig, gut‹; *Da ist etwas nicht koscher* ›nicht in Ordnung‹ (Wei. 73); *koscheres Geld* (Ki. 1261). Frankf. (FWb. 1578 f.); berlin. (BBWb. 2, 1139 f.). Rotw. (Wo. 2884); mdal. (St. 116); ugs. ›rituell zulässig, einwandfrei‹ (Kü. 1592; DuWb. 1971; ÖWb. 240). In der nationalsoz. Agitation: *de Polizei weiß, ich steh kauscher (bin unbescholten)* (HM 377). Literar. *Koschere wohlhabende junge Ostjuden* (Kle. 25–32, 633); *In dem Milieu, in dem ich groß geworden bin, führte nur noch ein alter angeheirateter Onkel meines Vaters bis zu seinem Tode mit seinen drei ehelosen Töchtern ein streng koscheres Haus* (Scholem B 13); *»Letztes koscheres Speisehaus geschlossen; was tun« und darauf zurücktelegrafiert: »Bleibe in Frankfurt«* (Maimon 20). → *treife.*

koschern [zu jidd. *koscher*] frankf. ›Speisen oder Getränke rituell rein herstellen‹; 1714/17 *der Aepffelwein wird nicht gekouschert*

[...] doch muß der Jud versichert seyn, daß kein ungekouscherte Trauben-Wein darunter kommen (FWb. 1579). Ugs. ›sich verräterischer Gegenstände entledigen, alte Schulden bezahlen‹ (Kü. 1592). → *koscher.*

Koscherwurst, *die* [zu jidd. *koscher*] jüd. fam. ›Wurst aus koscherem Fleisch‹ (Ah. 131). Mdal. ›Wurst ohne Schweinefleisch‹ (St. 116). → *koscher.*

Kowed, *die* [jidd. *kowod* ›Ehre, Herrlichkeit‹: AL 388] jüd. fam. ›Ehre, Ansehen‹, auch ›Reichtum‹ (Ki. 1261); *Schrieb ich Dir, daß Bergmann erster Rektor der Universität ist? Viel Kowed, aber kein Vergnügen, sondern nur Arbeit* (Scho. 407). Ugs. *Wenn die Leute wüßten, wie wenig ich für Chovet übrig habe* (Sle. B 267). Literar. *die das angeborene Verständnis hat und infolgedessen den »Kowed«* (F 679, 19).

Kozen, *der*, Pl. *Kezienem* [jidd. *kozin* ›Richter, Magistratsperson, Anführer, Herr, Fürst, Reicher‹: AL 450] jüd. fam. ›reicher, vornehmer, angesehener Mann‹ (Ki. 1261); *stinkt wie e Kozen* (Te. 266). Frankf. *ein dicker fetter Kozen* (FWb. 1583 f.); berlin. *Kootze, Kootsen* (BBWb. 2, 1145). Rotw. (Wo. 2893); mdal. (St. 117). Literar. *Lebt in Tirol und Bozen – Als Kozen* (Bö. 29). → *Großkotz.*

Krischme leinen [zu aschkenas. hebr. *schma jisroel*; jidd. *krischme*: Weinreich 414; *leienen*] jüd. fam. *krischmelainen* ›das Gebet Schma Jisroel sprechen‹ (Wei. L 156). Literar. *Sieh her, Vater, Fischele will nicht »Krischme leinen«* (Ko. 1, 62); *»Und jetzt Fischeleben«, sprach sie zu ihrem Enkel, »tu Krischme leinen* ›den Abendsegen beten‹ *und geh in dein Kämmerl und leg dich schlafen* (Ko. 2, 176). → *leinen, Schma Jisroel.*

Kugel, *die* [jidd. *kugl*, eine Art Pudding: Weinreich 427; zu dt. *Kugel*] jüd. fam. ›gekochtes und warm gehaltenes Sabbatgericht‹ (Wei. L 157). *Wer viel Kuchel eßt, muß viel Branntwein trinke'* (Te. 712); *Morgen nach der Kuchel*, Antwort auf die Frage, wann jemand zu etwas bereit ist (Te. 66). Frankf. *die berihmte Kuchels* (FWb. 1647 f.). Literar. *soll nur der reiche Schmul Brandeis bei Weib und Kind daheim bleiben können und Küchel essen* (Ko. 1, 223).

Ladenschickse, *die* [zu jidd. *schickzo*] frankf. *Ladeschicks* ›Verkäuferin‹, meist abfällig (FWb. 1690); mdal. hess., pfälz. *Ladenschicksel* (St. 187); ugs. (Kü. 1716). → *Schickse*.

Lag Bomer, *der* [jidd. *lammed gimmel (lag) beomer* ›dreiunddreißigster Tag im Omer‹, den 49 Tagen zwischen Pessach und dem Wochenfest: AL 394] jüd. fam.; *Lag boomer – lieg bei mir*, volksetymologische Umdeutung zu Hochzeiten auf dem *Lag Bomer* (Te. 973). Literar. *Die Hochzeit ward auf den Lag Bomer festgesetzt* (Ko. 1, 234).

Lallmiesnick, *der* [zu jidd. *misnick*] ad-hoc-Ausdruck, literar. *Künstler sein heißt Bändiger sein; nicht Klamaukschwabbler; nicht Brüllbold; nicht Lallmießnick* (Kerr 3, 128). → *Miesnick*.

lammed Num. [jidd. *lammed* ›dreißig‹: AL 393; Buchstabe des hebr. Alphabets] jüd. fam. (Ah. 138; Wei. 74); mdal. *lamed* (St. 119). Literar. *»Ich hab' gerade ein so schönes ›Lamed‹* ›Buchstabe L‹ *gemacht,« wehklagte das Mädchen* (Ko. 5, 233).

Landjüd, *der* [zu dt. *Jüd* mit Anklängen an jidd. *jid*] jüd. fam. ›Handelsjude vom Land‹; literar. *mit lachendem Munde den Leuten zu erzählen, wie der »Landjüd« etwas für das Werk seines Urdedes gehalten* (Ko. 2, 192). → *Jüd*.

lau, *lo* Neg., Adj. [jidd. *lo, lau* ›nicht, nein, nichts, ohne, daß nicht‹, auch bei Adj. und Subst.: AL 396] jüd. fam. ›nein, ausgeschlossen‹ (Ki. 1261); ›nein, nicht, kein‹ (Wei. 74); *Wenn er sagt jo, sagt sie loo* (Te. 600); *für lau* ›umsonst‹ (Wei. 74). Frankf. *des mach ich net for lau* ›gratis‹ (FWb. 1733). Rotw., als Adj. ›böse, falsch‹ seit 1510 (Wo. 3131). Mdal. als Neg. und Adj. ›gering, ruhig, böse‹ (St. 119). Ugs. *für lau* ›unentgeltlich‹ (Kü. 1735).

lau alechem [aschkenas. hebr. *lau aleichem* ›nicht auf euch (soll das kommen)‹] jüd. fam., Abwehr- und Entschuldigungsformel, wenn man von Krankheit, Unglück o.ä. erzählt (Ki. 1261). → *lau*.

lau kom [aschkenas. hebr. *lau komm bejisroeil* ›nicht erstand in Israel‹: Wei. L 160] jüd. fam. *lo kom, lau kom* ›das steht nicht mehr auf; ist noch nicht dagewesen; kommt nicht wieder‹ (Te. 52); *Das is es Mann, loo kom* ›so gelehrt, so brav‹ (Te. 52). Literar. *Gott! Allmächtiger! – das Kind! – mein Reinchen – mein Tachschid* ›Herzblatt‹ *– mein Bijou! – Lau kom* ›das steht nicht wieder auf‹*! Gott!* (Mo. 169). → *lau.*

lau lone [aschkenas. hebr. *lau lonu* ›nicht um unsertwillen‹: Wei. L 160] jüd. fam. ›nicht uns‹; auch im Sinne von ›kein Geld haben‹, Erwiderung des Gläubigers *Lau lonu steht in Hallel* ›das gilt nicht, geht mich nichts an‹ (Ki. 1261). Frankf. (FWb. 1733); mdal. hess. *du kriegst etwas von mir in de Lao lone*, Rücknahme eines Versprechens (Ah. 132). → *lau.*

Lauchefez, *Lochefez, der* [jidd. *lau; chephez* ›begehrenswerte, schätzbare Sache, Kostbarkeit‹: AL 372] jüd. fam. *Lauchefez* ›Nichtsnutz‹ (Ki. 1261). Frankf. *ob er aach sonst war e grosser Loo-Cheefez* (FWb. 1847). → *lau.*

Laumann, *der* [zu jidd. *lau*] jüd. fam. ›Nichtsnutz, Betrüger‹; auch ›Pferd, das nicht ziehen will‹ (Wei. 74). Ugs. ›willenschwacher Mann‹ (Kü. 1738; DuWb. 2074). → *lau, Laumeier.*

Laumeier, *der* [zu jidd. *lau*] jüd. fam. ›Nichtsnutz‹ (Wei. 74). Ugs. ›energieloser, langweiliger Mann‹ (Kü. 1738). → *lau, Laumann.*

Lechem, *das* [jidd. *lechem* ›Brot‹: AL 397] jüd. fam.; *Kein Lechem im Bajes, kein Mesummen im Kiss, die Goie is' pattersch, der Dalles is' gewiß* ›kein Brot im Haus, kein Geld im Beutel, die Nichtjüdin ist schwanger, die Armut ist gewiß‹ (Wei. 74). Rotw. seit 1490 (Wo. 3170); mdal. (St. 120). → *Lechem-Geiger.*

Lechem-Geiger, *der* [jidd. *lechemgeiger* ›Brotmusikant, Bierfiedler‹: AL 397] jüd. fam. *Das is e rechter Lechem-Geiger* ›der ist von niedriger Gesinnung‹ (Te. 243). Frankf. *Es war der reine Lächem Geiger* ›miserabler Geiger‹ (FWb. 1759). Rotw. (Wo. 3170). → *Lechem.*

lecho daudi [aschkenas. hebr. *lecho daudi* ›auf, mein Freund‹, Anfang der Sabbathymne: Wei. L 162] jüd. fam.; *gebackene/eingemachte lecho daudis*, ärgerlich, scherzhaft auf die Frage »Was gibt's zu essen?« (Wei. 74). Literar. *Aber der Zapfenstreich war versäumt und der Gefreite mußte den lecho daudi mit vierundzwanzig Stunden Arrest bezahlen* (Mo. 135); *Er singt im lustigen Potpourri / Das Schabbeslied »Lecho-daudi«* (Bö. 9).

leinen, *leienen* [zu lat. *legere* ›lesen‹; das Wort gehört zu den romanischen Resten im Jidd.] jüd. fam. ›lesen‹, bes. ›die Tora in ihrer vorgeschriebenen Melodie vorlesen‹ (Wei. L 158); ›den Wochenabschnitt vorlesen‹ (Ko. 5, 201); *geleient aus der Seifertaura* ›Tora‹ (Ah. 132); *Krischme leinen* ›den Abendsegen beten‹ (Ko. 2, 176). Frankf. (FWb. 1784). Rotw. (Wo. 3196). Literar. *Sie nehmen die Thora aus der Lade heraus, rollen sie auf und beginnen daraus den Wochenabschnitt zu »leinen«* (Ko. 1, 263).

lekowed [zu jidd. *kowod* ›Ehre, Herrlichkeit‹: AL 388; *lekowed*: Weinreich 567] jüd. fam. ›zu Ehren von, zuliebe, für, wegen‹ (Wei. 73); *lekowed Jontef* ›zu Ehren des Feiertags‹ (Ki. 1261); *lekowed Chawruse* ›Gesellschaft‹ *hat sich schon mal einer aufgetaljent* ›aufgehangen‹, d. h. ›man kann es übertreiben‹ (Wei. 73). → *Kowed.*

lernen [zu dt. *lernen*] jüd. fam. ›nachbiblische religiöse Texte studieren‹, ›bestimmte Lehrvorträge halten‹; *er ist gelernt; ein gelernter Mann* ›im religiösen Schrifttum bewandert‹ (Wei. L 164f.); ›beten‹ (Mo. 41). Literar. *das Zimmer wurde für die theure Leiche und die Wächter geräumt, die Tag und Nacht bei derselben »lernen«* ›beten‹ *mußten* (Mo. 41); *wo wir einen ganzen Talmudtraktat, wie das Stichwort hieß, »lernten«. Den Talmud studierte man nicht, man »lernte« ihn* (Scholem B 65); *während er ausschließlich »lernte«, d.h. die tradierte religiöse Literatur studierte* (Maimon 1).

Lev, *Lef, das* [jidd. *lew* ›Herz, Sinn, Vorsatz, Verstand, Kenntnis, Mut‹: AL 396] jüd. fam. ›Herz‹ (Fr. 16); auch ›Mut, Unverschämtheit, Farbe beim Kartenspiel‹ (Wei. 74); *Nur 'n Schnorrer hat Leff* ›nur ein Bettler besitzt Unverschämtheit‹ (Wei. 74). Rotw. ›Herz, Mut‹ (Wo. 3179); mdal. (St. 120f.). → *Levkoje.*

Levkoje, *Levgoje, die* [jidd. *lew* ›Herz‹, *goje* ›Nichtjüdin‹] jüd. fam. *Lefgoje*, verhüllendes Wort, wörtl. ›Herz einer Christenfrau‹ (Ah. 132). Frankf. *Levkoj* ›weibl. Scham‹ (FWb. 1808). Mdal. hess. ›vulva, Mund, Maul, Gesicht, Frau‹ (Ah. 132). Literar. *Levkoie* ›Zierpflanze Matthiola‹ für *Levgoje*: *Da muß man doch Zweifel hegen, / ob das Ersatz ist für Levkoien, / für warmes Leben, Zungenkuß, Seitensprünge, / alles, was das Dasein ein bißchen üppig macht* (Benn 2, 162). → *Lev.*

Lewaje, *die*, Pl. *Lewajes* [jidd. *lewaijo tun (geben)* ›jemand (ob tot oder lebendig) begleiten‹: AL 397] jüd. fam. ›Trauergefolge bei Beerdigung, Leichenbegräbnis‹ (Ki. 1262); *Zur Lewaje gehen alle mit*, auch von Ereignissen, an denen sich jeder beteiligt (Wei. 75). Rotw. (Wo. 3229). Literar. *Von der Sude* ›Mahlzeit‹ *bis zu der Lewaje* (Bö. 14).

Lewone, *Lawone, die* [jidd. *lewono* ›Mond‹: AL 396] jüd. fam. (Wei. 75); *Der hot aach seinen Kopp in der Lewone gesehe'* ›wegen einer begangenen Tat zum letzten Mal‹ (Te. 387); *Mer muß die Lewone mekaddesch sein* ›einsegnen‹, *wenn sie steht* (Te. 883). Frankf. (FWb. 1750). Rotw. (Wo. 3230); mdal. (St. 121 f.).

Lezem, *die* [zu *lezan* ›Musikant‹] rotw. *Lethsem* ›Geige‹ (Wo. 3220); mdal. *Letz, Läize, Letzum* ›Musikinstrument, Geige, Orgel‹ (Ah. 132; St. 121). → *Lezemer, Lezen.*

Lezemer, *Letzemer, der* [jidd. *lezan* ›Musikant‹] frankf., auch ›Wandermusikant‹ (FWb. 1808 f.). Rotw. (Wo. 3221); mdal. *Letzmer, Letzemer, Leizemer* (St. 121). → *Lezem.*

lezen [zu jidd. *lezan*] frankf., rotw. *lethsamen* ›musizieren‹ (FWb. 1808 f.; Wo. 3220); Musikantenspr. *er kann gut läize* ›gut spielen‹ (Ah. 132). → *Lezem, Lezemer, Lezen.*

Lezen, *Lezem, der* [jidd. *lezan*, Pl. *lezannim* ›Musikant‹, bes. ›Brotmusikant, Bierfiedler‹: AL 397] jüd. fam. ›Spötter, Verächter, Musikant‹ (Te. 707); *wer bezahlt die Lezzanim*, wird gesagt, wenn ein Unternehmen die Kosten nicht einbringt (Te. 862). Frankf. *Lethsam, Leisem, Lezim* (FWb. 1808 f.). → *lezen.*

li [aschkenas. hebr. *li* ›mir‹; vom Bräutigam einzufügen in die vom Rabbiner Wort für Wort vorgesprochene Trauungsformel *harei at mekudesches li* ›siehe, du bist mir geheiligt‹: Wei. L 167] jüd. fam. *Chammer, sag li* ›Dummkopf, sag li‹, geflügeltes Wort, das auf die Trauung eines begriffsstutzigen Bräutigams zurückgeht (Gr. 14); *Warum hot er li gesagt* ›hat er sich gebunden, ist den Handel eingegangen, hat ja gesagt‹ (Te. 842).

Lie, *Lije* [aschkenas. hebr. *alijo, alije* ›Hinaufgehen‹: Wei. L 45] jüd. fam. *Lie, Lije* ›Aufruf zur Toravorlesung‹ (Ki. 1262); *er hat eine Alije bekommen* ›ist zur Toravorlesung aufgerufen‹ (Wei. L 45).

Liedl, *das* [zu jidd. *lid* ›Lied‹: Weinreich 570] standardspr. ›jiddisches Lied, ostjüd. Lied‹; *Das Leben istn Liedl / das Leben macht uns Spaß* (FAZ, 9.3.1992, 34).

Loschen, *Lauschen, der* [jidd. *loschon*, Pl. *leschonos* ›Zunge, Rede, Sprache‹: AL 398] jüd. fam. ›Sprache, Ausdrucksweise‹ (Ki. 1262; Wei. 75); 1766 *In dem Chedder* ›Zimmer‹ *vor dem Dajen* ›Richter‹ / *Muß ein jeder Dibbur* ›Wort‹ *freuen / Der von seiner Loschen* ›Zunge‹ *flieht* (Maas). Rotw. ›Sprache, Zunge‹ (Wo. 3273). → *Loschen kaudesch*.

Loschen kaudesch, *Lauschen kaudesch, der* [jidd. *loschon hakodesch* ›heilige, hebr. Sprache‹: AL 399] jüd. fam. ›Hebräisch oder Jüdischdeutsch‹; *Red' (oder schmus) loschenkaudesch* ›sprich jüdischdeutsch‹ (Wei. 75); *mach' nicht so'n Lauschen Kaudesch* ›red' nicht so viel‹ (Ah. 132); Rotw. (Wo. 3273); mdal. (St. 122). → *kodesch, Loschen*.

lotef Adj. [jidd. *lo tow* ›nicht gut‹: AL 375, 396] frankf. ›schlecht‹; *jetzt bin ich in dem Zustand – und Alles is lotef* (FWb. 1853; St. 119). → *lau, tof*.

Lozelach, *Lozzelach, die* Pl. [zu jidd. *lozon* ›Spötterei, schnöde Verachtung‹: AL 397] jüd. fam. ›Witze‹; *Lozelochs hat vorgetrogen / Ä bemolter Marschelek* ›Spaßmacher‹ (Bö. 27). Literar. *die Pointenkraft des Lozzelachs* (zitiert F 622, 62), dazu Karl Kraus *vor allem kann ein armer Bodenständiger nicht wissen, daß Lozzelach ein Plural ist* (F 622, 62); *Erzählen von Witzen [...] im Volksmunde Lotzelachs* (Sle. L 180).

Luech, *der* [jidd. *luach* ›Tafel von Holz, Stein, zu Aufschriften‹, bes. ›Kalender‹: AL 397] jüd. fam. ›Kalender‹; literar. *Aber die Gemeinde und das gute Raschelchen hatten kein Luech* ›Kalender‹ *zu Rathe gezogen* (Mo. 173).

Lulew, *der*, Pl. *Lulowem, Lulofem* [jidd. *lulow* ›Palmzweig, über welchen am Hüttenfest der Segen gesprochen wird‹: AL 397] jüd. fam. ›Palmzweig für das Laubhüttenfest‹. *Ein langer Lulew* ›große Person‹ (Wei. 75). Frankf. (FWb. 1868). Literar. *Bei dem großen Hosianna in der Synagoge wird der Lulew mit dem Eßrog unter mystischen Bewegungen auf und nieder gesenkt* (Ko. 1, 195); *in den Synagogen halten die Leute den »Lulev« und den »Eßrog« in der Hand* (Ko. 5, 372).

M

Maasebeheme [jidd. *maase* ›Werk‹, *behemo* ›Vieh‹: AL 340, 429] jüd. fam. *Das is e Maase-Beheeme* ›ein Stück Vieh‹, Schimpfwort (Te. 123). Frankf. (FWb. 1881). → *Beheime, Meise.*

Machlaukes, *der, das; Machlauke, die*, Pl. *Machlaukes* [jidd. *machloka, machlokes* ›Zank, Zänkerei‹: AL 370] jüd. fam. ›Streit, Zank, Streitigkeit‹ (Ki. 1262; Wei. 75). Wiener. *Machloikes* ›krumme Geschäfte‹ (Wehle 66).

Machscheife, *Machscheifete, die*, Pl. *Mascheifes* [jidd. *machschepha* ›Zauberin‹: AL 393] jüd. fam. ›Hexe; häßliches, altes Weib‹ (Wei. 75). Rotw. *Magscheihe, Magscheye* ›Hexe‹ (Wo. 3363). Mdal. *Makschefe* ›Hexe, Frau, weibl. Tier‹, selten (St. 125).

Machschowe, *die* [jidd. *machschowo*, Pl. *machschowos* ›Gedanke‹: AL 373] jüd. fam. *in der Machschowe* ›nein, nicht, das ist nicht wahr‹; *du kriegst es in der Machschowe* ›nie und nimmer‹ (Wei. 76). Mdal. hess. *du kriegst von mir etwas in de Mackschowe*, Rücknahme eines Versprechens (Ah. 133).

Machser, *das*, Pl. *Machsorem* [aschkenas. hebr. *machsor, machsaur, machser* ›Feiertagsgebetbuch‹: Wei. L 171; jidd. *machser*: Weinreich 552] jüd. fam.; *Ich halte das Machser in der Hand* ›laß' mir mein Recht nicht nehmen‹ (Wei. 76). Standardspr. *Machsor* (DuWb. 2172). Literar. *saß ihre Mutter am Osterabend in der Frauenschule, den Kopf in ihr Machsor* ›Gebetbuch‹ *versteckt* (Mo. 174).

Macke, *die*, Pl. *Mackes, Macken* [jidd. *makko*, Pl. *makkos* ›Schlag, Stoß, Hieb‹: AL 411] jüd. fam. ›Schlag, Unglück, Fehler, Gebrechen, teure Ware‹ (Wei. 76); *Die Beheime* ›Kuh‹ *hat 'ne miese Macke*; *jmd. die Macke geben* ›durch Einschlagen den Handel abschließen‹; *'ne Macke dir auf den Hals*, Verwünschung (Wei. 76). Frankf. *die Wäsch hot kaan Macke'*; *Da host de Dein Make* ›Prügel‹ (FWb. 1889). Rotw. (Wo. 3353); mdal. (St. 123). Ugs. ›Tick, Fehler‹ (Kü. 1823; DuWb. 2173); *Marke mit Macke* (IB); *Partei mit Macke* (IB); *Es ist gar nicht leicht, die Macken des Partners zu ertragen* (IB). → *Mackes.*

Mackel, *der* [jidd. *makel*, Pl. *maklos* ›Stab, Stock, Stecken, Maklerstock‹; AL 405] rotw. ›Stock, Prügel‹; *Makoles* ›Stockschläge‹ (Wo. 3349).

Mackelbajes, *Macklebajes, das* [jidd. *makel*; *bajis*] jüd. fam. ›Gefängnis, Zuchthaus‹ (Wei. 76). Mdal. ›Gefängnis, altes Haus‹ (St. 124). → *Bajes, Mackel.*

mackeln [zu jidd. *makel*; ostjidd. *maklen* ›mit einem Stock schlagen‹: Harkavy 314] jüd. fam. ›(ver)prügeln, schlachten‹ (Wei. 76). Rotw. ›prügeln‹ (Wo. 3349); mdal. *mackeln* ›prügeln‹, *macklen* ›verhauen‹ (St. 124 f.). → *Mackel.*

Macker, *der* [jidd. *makor* ›Bekannter, Kamerad, Freund‹: AL 411] rotw. ›Kenner, Vertrauter, Gauner‹ (Wo. 3351); mdal. selten (St. 124); ugs., jugendspr. verbreitet (Kü. 1823 f.; DuWb. 2173).

Mackes Pl. [jidd. *makkos*, Pl. von *makko* ›Schlag, Stoß, Hieb‹: AL 411] jüd. fam. ›Schläge, Hiebe, Unglück‹ (Ki. 1262; Fr. 25; Ah. 133); *er hat Mackes gekriegt* ›Prügel bekommen‹ (Wei. 76); *Makkes un faule Fisch* ›zwiefaches Übel‹ (Te. 627); *Werner hat Makkes gekriegt* *bei der Verfassungsfeier* (Scho. 109). Frankf. (FWb. 1890f.); rotw. (Wo. 3352); mdal. (St. 124); ugs. (Kü. 1824). → *Macke.*

mackesen [zu jidd. *makkos*] jüd. fam. ›sich schlagen‹ (Ah. 132); ›(ver)prügeln‹ (Wei. 76). Frankf. *Ich mach' euch nit mehr broches* ›zornig, beleidigt, nachtragend‹ / *Ihr mackest mich vor Zeiten krumm* (FWb. 1891); rotw. (Wo. 3353); mdal. ›schlagen, schlachten, töten‹ (St. 124), ›streiten‹ (HNWb. 2, 211); ugs. (Kü. 1824).

madder sein [jidd. *mattir sein* ›erlauben‹: AL 359; *mater sein* ›erlauben, ein Gelübde lösen‹: Weinreich 536] jüd. fam. ›lösen‹ (Mo. 147); literar. *Wenn er vorschnell ein Gelübde gethan hat, so kann er sich's madder sein* ›lösen‹ *lassen vor drei Zeugen* (Mo. 147).

Majem, *Majim, das* [jidd. *majim* ›Wasser‹: AL 403] jüd. fam. ›Wasser‹ (Wei. 76). Frankf. *Die Supp is lauter Majim* (FWb. 1922); rotw. ›Wasser, See, Strom, Fluß, Hafen‹ (Wo. 3368); mdal. ›Wasser, Regen, Rhein, Atlantik‹ (St. 125).

majemen, *majimen* [zu jidd. *majim* ›Wasser‹; *maimenen* ›taufen‹; *mattil majim sein* ›urinieren‹: AL 403] jüd. fam. auch *meimenen, meimeln* ›regnen, urinieren‹; *es majemt; es meimelt* (Wei. 77). Frankf. ›regnen‹, von Viehhändlern, Metzgern gebraucht (FWb. 1922). Rotw. ›regnen, taufen, auf dem Wasser fahren‹ (Wo. 3368); mdal. ›regnen, urinieren‹ (St. 125); ugs. *maimeln* (Kü. 1834). → *Majem.*

makeimen, *mekeimen* [jidd. *mekajinen, makeinen* ›schlagen‹: AL 411] jüd. fam. ›schlagen‹ (Wei. 77). Rotw. (Wo. 3353); mdal. ›schlagen, ausschlagen (von Pferden), töten, hereinlegen‹ (St. 123 f.)

Makeimer, *der* [zu jidd. *mekajinen, makeinen*] jüd. fam. ›Schläger; schlagendes Pferd‹ (Wei. 77). Mdal. hess. *Magaimer* ›ausschlagendes Pferd‹ (Ah. 133). → *makeimen.*

Malbesch, *Malmesch, der, das,* Pl. *Malbuschen* [jidd. *malbusch,* Pl. *malbuschim* ›Kleid‹: AL 396] jüd. fam. ›Gewand‹ (Wei. 77); 1766 *Hol mir meine Schabbes Binde / Malbusch und Butschgajem* ›Hosen‹ *her* (Maas). Frankf. *Malbich, Malwisch, Mallmisch* (FWb.

1928). Rotw. *Malbusch* ›Männerrock, Kleidung‹ (Wo. 3373). Mdal. *Malbusch, Walmusch* (St. 125 f.).

malbeschen, *malmeschen* [jidd. *malbischen* ›kleiden, bekleiden‹: AL 396] jüd. fam. ›kleiden‹ (Wei. 77). Frankf. *malmischen* ›sich fein machen, schön anziehen‹; *do kam der so e Kerlche, gemalmischt war er fein; gemalmischt un uffgedonnert* (FWb. 1928 f.).

Malke, *die*, Pl. *Malkes* [jidd. *malka*, Pl. *malkos* ›Königin‹: AL 404] jüd. fam. auch ›Königin im Kartenspiel‹ (Wei. 81); *Steht wie Malke-Schwo* ›Königin von Saba‹, d. h. ›träger/lästiger Mensch‹ (Te. 1025). Frankf. *gebuzt wie Schiwwe Malke* ›herausgeputzt wie sieben Königinnen‹ (FWb. 1927); rotw. (Wo. 3374). Literar. *Wühlt ungeduldig in den Karten, / »Herz-Malke, ja, die riß mich raus!« / Indes zu Haus sich, voll Erwarten, / »Herz-Malke« weint die Augen aus* (Bö. 22). → *Melech.*

Mallech, *Malach, der* [jidd. *malach*, Pl. *malochim* ›Bote, Gesandter, Engel‹: AL 396] jüd. fam. ›Engel‹; *Sein Malech is kaan Gascht* ›Bettler‹, d. h. ›mit Kleinigkeiten gibt er sich nicht ab‹ (Te. 239); *Sein Malech is e Fresser* ›er ist vom Glück begünstigt‹ (Te. 529). Literar. *Warum hat's mir nicht erzählt, daß dir der Mallech das geworfen hat?* (Ko. 1, 269); *Und nachher hat er schon seinen Malach* ›Engel‹ *geschickt* (Mo. 183).

Mallechhamowes, *Mallach hamowes, der* [jidd. *malach hamowes* ›Todesengel‹: AL 402] jüd. fam. (Wei. L 173). Frankf. *Den Mallachhamouwes sah ich nicht* (FWb. 1238). Literar. *wenn einen der Mallech hamowes* ›Todesengel‹ *abholt, hat man eine Rechnung vor sich* (Ko. 2, 57); *Meinst du denn, der Mallech Hamowes* ›Todesengel‹ *führt nicht sein gut Rechenbüchel* (Ko. 2, 171). → *Mallech.*

mallen, *mollen* [jidd. *mal sein, mollen* ›beschneiden‹: AL 402] frankf. *mallen*; *Das Schmadde* ›Taufen‹ *ist bei mir e Stuß / Bin dazu viel zu alt / Was sagt dazu die Welt am Schluß / Der Goy* ›Nichtjude‹ *da is gemallt* (FWb. 1928; St. 126). Rotw. *mollen* ›beschneiden, wegnehmen, verkleinern‹ (Wo. 3659). → *Mohel.*

Maloche, *Meloche, die* [jidd. *melocho, meleches* ›Arbeit, Werk‹: AL 396] jüd. fam. *Meloche*, Pl. *Meloches*, auch *Maloche* ›Arbeit‹ (Ki.

1263; Wei. 82); *Meloche is Broche* ›Segen‹ (Te. 799); *Viel Meloche un wenig Broche* (Te. 609); *Achele', bachele', boche'* ›essen, trinken, schlafen‹, *Is sein' beschte Meloche* (Te. 531). Frankf. *Meloche* (FWb. 2000). Rotw. *Meloche, Maloche* (Wo. 3522). Mdal. zahlr. Formen und Bed. (St. 126f.). Ugs. *Maloche* ›Arbeit, schwere Arbeit‹ (Kü. 1837; DuWb. 2185); *Im Bergbau hilft intelligente Technik bei schweißtreibender Maloche* (IB); *Multikulti-Maloche im Urlaub* (IB); *Maloche auf Gran Canaria* (IB); *Maloche mit Mehrwert* (IB).

malochen, *melochen* [jidd. *melochnen* ›arbeiten, machen, verfertigen, ins Werk setzen, anstiften‹: AL 396] jüd. fam. *melochenen* ›arbeiten, machen‹ (Ah. 137; Wei. 82). Frankf. *melochen* (FWb. 2001). Rotw. *melochen(en), malochen(en)* (Wo. 3522). Mdal. mit zahlr. Formen und Bed. (St. 127). Ugs. *malochen* ›arbeiten, schwer arbeiten‹ (Kü. 1838; DuWb. 2185); *Nein, ich kann nicht mitkommen, ich muß malochen* (IB); *ich werd nicht mehr als 16 Stunden malochen* (ZDF, 27.9.1998). Literar. *Seit mehr als einem Monat hatte er an seinem Werbeclip malocht* (Se. S 39).

Malocher, *Melocher, der* [zu jidd. *melochnen*] jüd. fam. *Melocher/ner, Malocher/ner* ›Arbeiter‹ (Wei. 82). Frankf. ›Handarbeiter, Handwerker‹ (FWb. 2001). Rotw. *Melochner, Malocher* ›Arbeiter, Handwerker, Schneider, Paßfälscher‹ (Wo. 3522). Mdal. selten (St. 127). Ugs. *Malocher* ›hart arbeitender Mensch‹ (Kü. 1838; DuWb. 2185); *Gewerkschaft will mehr Geld für Malocher* (IB); *Eleganter Malocher in der Morgenstunde* (IB); *Bislang waren nur drei ethnische Gruppen der Gattung bekannt: die Malocher, die Musensöhne und die Faulpelze* (IB). → *malochen.*

Mamme, *Mämme, die* [dt. *Memme, Mamme* ›Mutterbrust‹; jidd. *mame*, Pl. *mames* ›Mutter‹: Weinreich 561] jüd fam. ›Mutter‹; *Er hot es in seiner Mämmes Kindbett nit besser gehabt* (Te. 603); *Wär' ich vor mei'm Aette* ›Vater‹ *kumme', Hätt' ich die Mämme genumme'* (Te. 871); Frankf. ›Mutter‹, vorwiegend von Juden gebraucht; *Dein Memme grüß' ich*; *was wird die Mämme sagen* (FWb. 1931). Rotw. selten (Wo. 3382). Literar. *Mamme, ist dir was passiert, was ist dir über den Weg gekrochen?* (Ko. 2, 73); *Dieses Weib machte Moische sicher vor, sie würde besser für ihn sorgen als seine eigene Mamme* (Se. M 40).

Mammeloschen, *der* [jidd. *mame*; *loschon*, Pl. *leschonos* ›Zunge, Rede, Sprache‹: AL 398] jüd. fam. ›Muttersprache‹, d. h. ›Jiddisch‹ (Ki. 1262); ›Jüdischdeutsch‹ (Wei. 122). Rotw. selten (Wo. 3382). → *Loschen, Mamme.*

Mamser, *der*, Pl. *Mamseirem, Mamseiren* [jidd. *mamser*, Pl. *mamserim* ›außerehelich geborenes Kind; Kind aus verbotener Verwandtschaftsehe; verschlagener, geriebener, spitzfindiger Mensch‹: AL 404] jüd. fam. ›gemeiner, niederträchtiger Mensch, Lump, Schurke‹, auch verächtlich/schimpfend ›Kind‹ (Wei. 77). Frankf. ›Mischling von christlich-jüdischen Eltern, durchtriebener Mensch‹, Schimpfwort, von Christen abwertend für ›jüd. Kinder‹; *Storch mußt mehr Mamserem bringe* (FWb. 1933). Rotw. ›Bastard, Hurenkind, schlechter Mensch, Verräter‹ (Wo. 3388). Mdal. ›Mischlingskind, uneheliches Kind, Strolch, Dieb‹ (St. 128); ugs. ›Handwerkslehrling‹ (Kü. 1840). → *Mamserbenide.*

Mamserbenide, *der* [jidd. *mamser ben hanide* ›während der Menstruation gezeugter Bastard‹, Schimpfwort: AL 404] jüd. fam. *Mamser bene nidde/benidde*, Schimpfwort (Wei. 77); ›einer, mit dem man nicht fertig wird‹ (Ah. 134); *E Wort loschen-hakkodesch is bei'm e Mamser ben Hannidde* ›ein hebr. Wort ist bei ihm ein unechtes Kind‹, d. h. ›verachtet‹ (Te. 674). Frankf. *Un bleib' der alte Mamserbene nit* (FWb. 1933). Rotw. ›Hurensohn‹ (Wo. 3388). Mdal. selten (St. 128). → *Mamser.*

manischtanne Adj. [jidd. *ma-nischtane*] rotw. ›überklug, spitzfindig, mit Gaunern bekannt, vertraut, verbunden‹ (Wo. 3395). → *Manischtanne.*

Manischtanne, *das* [aschkenas. hebr. *ma nischtanno* ›was unterscheidet‹, Einl. zu den vier Fragen des jüngsten Teilnehmers am Seder, Hausgottesdienst an den beiden ersten Abenden des Pessachfestes: Wei. L 170; 247f.; jidd. *ma-nischtane*: Weinreich 556] jüd. fam. *Er ist der Chochem aus der Manischtanne* ›ein Neunmalkluger‹ (Wei. 59); *Ernst sagte die Maneschtane auf hebräisch und Irene erzählte sie auf deutsch* (Scho. 265). Frankf. *Des is en Chochem von der Manischtane* ›Überkluger, Spitzfindiger‹ (FWb. 1937).

Männerschul, *die* [zu jidd. *schul* ›Synagoge‹] jüd. fam. ›unterer Teil der Synagoge, Männern vorbehalten‹ (Wei. L 173); literar. *Perl, die in einem versteckten Winkel der »Weiberschul'« gestanden, wo sie von dem, was in der »Männerschul'« vorging, nichts erfuhr* (Ko. 1, 272); *die laute Gegenrede des Rabbi unten in der Männerschule* (Ko. 4, 67).

Maremokum, *das* [jidd. *mare mokom* ›Ortsanzeiger, Alibi, Register eines Buches, Wortverzeichnis‹: AL 453] rotw. ›falsches Alibi, falscher Alibizeuge‹ (Wo. 3407). In der nationalsoz. Agitation: *Außerdem sitzen 19 Nichtjuden, die Maremokum gemacht haben* (HM 378); *Maremokum macht, wer aussagt, daß ein Verbrecher zur Zeit der Tat nicht am Tatort gewesen sein könne, da er sich bei ihm aufgehalten habe* (HM 378).

Marew, *der* [jidd. *maarow* ›Westen‹; *maariw, mairiw* ›Abendgebet‹: AL 429] jüd. fam.; frankf. *Maref*; *Du kannst ausgehe von Misrach* ›Osten‹ *bis zu Maarev, du findst so e Vierspänner nicht widder* (FWb. 1881). Literar. *Was mein'n Sie hat er ausgesehen zu Marew* (Bö. 40).

Maschches, *der*, Pl. *Maschchiesem* [jidd. *maschchis*, Pl. *maschchissim* ›Verderber, Satan‹: AL 467] jüd. fam. in vielen Lautformen ›gerissener, gewalttätiger Mensch‹ (Wei. 77); *Das is e Maschchis* (Te. 437).

Maschgeh, *der* [jidd. *maschke* ›Mundschenk, Schenkwirt‹, auch ›Getränk‹: AL 476] jüd. fam.; 1725 *Ein Mauschel wird täglich betrogen, / das Keseff* ›Silber‹ *läuft sparsam ein, / doch wenn er die Goyems* ›Nichtjuden‹ *betrogen, / so muß er gleich ein Maschgeh sein* (Ah. M 30). Rotw. *Maschke* ›Getränk, Trank‹ (Wo. 3432). Literar. *Der Junker von Grumbach ist ein Maschgeh* ›Betrüger‹ (Hauptmann 1, 653).

Maschgiach, *der* [jidd. *maschgiach sein* ›genau aufpassen, sorgfältig Obacht haben‹: AL 463] jüd. fam. ›Aufseher über das Einhalten der Speisegesetze bei einem Restaurant usw.‹ (Wei. L 174). Literar. *Trifft zusammen auf der Gasse, / Neulich, so von ungefähr, / Der Maschgiach, Schaul Menasse, / Und der Schammes* ›Synagogendiener‹, *Schmerel Bär* (Bö. 26).

maschkenen [jidd. *maschkenen* ›zum Pfand nehmen, geben‹: AL 468] jüd. fam. ›pfänden‹ (Wei. 78). Rotw. selten (Wo. 3433); mdal. hess. *maschken* ›bezahlen, tun‹ (Ah. 134).

Massel, *Masel, das* [jidd. *masol* ›Gestirn, Stern, Planet, Himmelszeichen, Glücksstern, Glück‹: AL 410] jüd. fam. ›Glück‹ (Wei. 78); *er hat Masel* (JL 3, 1409); *Der Narr hot's Massel* (Te. 607); *Massel un Broche* ›Segen‹, Glückwunsch. Frankf. *da hat er emol widder Massel gehabt* (FWb. 1961); berlin. (BBWb. 3, 224). Rotw. *Masel, Masol* (Wo. 3425); mdal. (St. 128 f.). Ugs. ›unverdientes Glück‹ (Kü. 1861; DuWb. 2211; ÖWb. 258); *Woher nimmt man nur Massel und Glück?* (Die Welt 22.3.2002). Literar. *Ein Hering war meine Mahlzeit oft, / Nie aß ich Lachs des Rheines. / Verhungert wär' ich einmal bald / Zum Masel war ä »Taines«* ›Fasttag‹ (Bö. 15). → *Broche, Schlamassel.*

masseldik, *maseldig* Adj. [zu jidd. *masol*] jüd. fam. ›glücklich‹ (Ki. 1262); *masseldicke Minut'; masseldicke Woch'!*, Wunsch am Sabbatausgang (Wei. 78). Rotw. (Wo. 3425); ugs. (Kü. 1861). → *Massel.*

masselig, *maselig* Adj. [zu jidd. *masol*] rotw. ›glücklich, reich‹ (Wo. 3435). Berlin. ›dumm‹ (Ki. 1262), ›nicht gescheit‹ (BBWb. 2, 224). → *Massel.*

Masseltow, *Masseltof* [jidd. *masol tow* ›zum guten Glück, Glück auf‹: AL 410] jüd. fam. Glückwunsch (Wei. 78); *Massel tov* (Te. 467). Frankf. *Massel tof* (FWb. 1961). Rotw. selten (Wo. 3425); mdal. bekannt (St. 129); ugs. (Kü. 1861). Literar. *Ich nehm' übrigens dein »Masel Tow« gerne an und dank' dir dafür aus vollem Herzen* (Ko. 7, 191); *Den Datschen* ›Deutschen‹ *blutigen Zoff! / Masseltoff – Masseltoff – Masseltoff!* (Mehring 341). → *Massel, tow.*

Massematten, *der*, auch Pl. [jidd. *masso umattan* ›Handelsverkehr‹: AL 399] jüd. fam. ›Geschäft, Handel‹ (Ah. 134; Wei. 78); auch ›gewagte Geschäfte, Meinungsaustausch, Prozeß‹ (Ki. 1262). Frankf. ›Handelsgeschäft, Diebstahl, üble Machenschaften‹; *wie gehn die Massematte* (FWb. 1958 f.); berlin. (BBWb. 3, 222). Rotw. ›Diebstahl, Einbruchdiebstahl‹ (Wo. 3442); mdal. (St. 129 f.); ugs. (Kü. 1861 f.); *Masematte*, Titel einer Glosse (FAZ 9.1.2002, 29).

massern [jidd. *mosser sein, massren* ›verraten, angeben, anschwärzen‹: AL 405] jüd. fam. ›verraten‹ (Wei. 78). Rotw. *mossern, massern, mosser sein* ›verraten, angeben, schwatzen‹ (Wo. 3695). Mdal. ›Ruf schädigen, inhaltsloses Gerede machen, quengeln, schimpfen‹ (St. 130). → *mosern, vermassern.*

massik Adj. [jidd. *masik* ›ekelhaft, widerlich, garstig, schlecht, miserabel‹: AL 401] rotw. ›scharf, beißend‹ (Wo. 3437); mdal. ›böse, brünstig, störrisch, närrisch‹ (St. 131).

Massik, *Massek, der* [jidd. *masik*, Pl. *masikim* ›Schadenbringer, Teufel‹: AL 410] jüd. fam. ›gefährlicher Mensch, gefährliches Tier‹ (Fr. 11); auch ›Schädling, bösartiges Kind, ausschlagendes Pferd‹ (Wei. 78). Frankf. ›Grobian, bösartiges Wesen; bissiges, ausschlagendes Pferd‹; *Der Alt is e Massig* (FWb. 1962). Rotw. ›Schadenbringer, Teufel, Schwätzer‹ (Wo. 3437). Mdal. (St. 130f.); ugs. ›Mannweib‹ (Kü. 1862). Literar. *Sie wär ein bös Fraumensch und ein Massik (so nannten wir schlagende Pferde)* (Andres 117).

Matone, *die*, Pl. *Matones* [jidd. *mattono*, Pl. *mattonos* ›Geschenk, Gabe‹: AL 414] jüd. fam. ›Geschenk‹ (Wei. 78); *Metone* (Ki. 1263); *Beim Chasser* ›Schwein‹ *is e gele Rüb' aach e Matthone* (Te. 908). Frankf. ›Mitgift, Geschenk‹ (FWb. 1966; St. 131). Rotw. *Mattone*, auch *Matton, Matten* (Wo. 3464).

Matze, *Mazze, die*, Pl. *Matzes, Mazzes, Matzen* [jidd. *mazo*, Pl. *mazos* ›Ungesäuertes, ungesäuertes Brot‹: AL 405] jüd. fam.; *E Ponim* ›Gesicht‹ *wie e Matze; eine Fratze wie eine Matze* (Te. 536). Frankf. *Do hoste Mazes und Koffje* ›Kaffee‹; *wie kann ich fresse ä Wechsel, is doch kaa Matzes* (FWb. 1967f.). Rotw. selten (Wo. 3464). Mdal., auch zur Bez. anderen Gebäcks; übertr. ›flacher Herrenstrohhut‹ (St. 131f.); standardspr. (DuWb. 2219). Literar. *Sie geben mir früher die Matze und das große Stück Honig dazu, und ich erzähle Ihnen dann die ganze gute Nachricht* (Ko. 10, 104); *Konrad brachte ein Paket Mazzes mit* (Kle. 50–59, 618).

Matzeklößchen, *das* [zu jidd. *mazo*] jüd. fam. ›Klößchen aus Matze oder Matzemehl für die Suppe am Pessach‹ (Wei. L 176). Literar. *Großmama tat sich besonders hervor in Matzeklößchen und Mür-*

bekühlein (Blu. 36); *Danach eine vorzügliche klare Bouillon mit Matzeklößchen (handgerollt mit Spucke, von Großmama Lisette)* (Blu. 130). → *Matze.*

Matzenukes, *der* [jidd. *mazo*; *ugo*, Pl. *ugos* ›Kuchen, Brotkuchen‹: AL 405, 425] frankf. *Maze(n)-Ukes* ›Matzenkuchen‹ (FWb. 1968). → *Matze.*

Matzerkuchen, *Matzkuchen, der* [zu jidd. *mazo*] frankf. ›Kuchen aus Matzenteig‹; *einen »Matzkuchen« zum Präsent kriegt der Ministerpräsident*; 1714/17 *Bey denen süßen Broden oder Matzer-Kuchen, wie sie es nennen, welche rund und gantz dünn sind* (FWb. 1968). → *Matze.*

Matzesbäcker, *der* [zu jidd. *mazo*] jüd. fam.; literar. *Da sie nun einmal entwurzelt sind, entwurzeln sie sich auch professionell: New Mäzzesbäcker – York, ein jüdischer Klein-Leute-Randbezirk, dort, zwischen Mäzzesbäcker, Second Hand Cars und Delikatessen machen sie einen winzigen Laden auf* (Neu. V 80). → *Matze.*

mauchel sein, *mochel sein* [jidd. *mochel sein* ›verzeihen, vergeben‹: AL 403] jüd. fam. ›vergeben, entschuldigen, zugute halten‹ (Fr. 12; Wei. 79); *sei/seid mochel*, bei Verabschiedung eines Gastes; scherzhaft *Sei mochel, un grüß' mir die Rochel* ›Rachel‹ (Te. 459); frankf. (FWb. 2043). Rotw. selten (Wo. 3495), ebenso mdal. (St. 148). Literar. *Gott soll's ihm mauchel sein* ›verzeihen‹, *wie ich's ihm längst mauchel gewesen bin* (Mo. 186).

Mausche, *der* [westjidd. PN *Mausche*, ostjidd. *Mojsche* ›Moses‹: Ah. M 273 ff.] jüd. fam. PN; ugs. ›Jude‹, Spott- u. Schimpfwort (Ah. M).

Mauschel, *der* [jidd. PN *Mauschel, Mauschele*, Diminutivum zu *Mausche*] jüd. fam. PN; rotw. ›armer Jude‹ (Wo. 3476); mdal. mit vielen Bed. (St. 135); ugs. ›Jude, Handelsjude‹, Spott- u. Schimpfwort, ›Betrüger‹; mit vielen Zus. (Ah. M). → *Mausche.*

Mauschelei, *die* [zu dt. *mauscheln* von jidd. *Mauschel*] ugs. ›heimliche Verabredung gegen Regeln und Gepflogenheiten zum Nachteil oder Schaden Dritter‹ (Ah. M). → *mauscheln.*

mauscheln [zum jidd. PN *Mauschel, Mauschele*] ugs. ›auf jüd. Art sprechen, ein stark jidd. gefärbtes, mit Hebraismen durchsetztes Deutsch sprechen; auf jüd. Art handeln; betrügen‹; jetzt ›sich gegen Regeln und Gepflogenheiten zum Nachteil oder Schaden Dritter heimlich verabreden‹; rotw. (Wo. 3477, 3479); mdal. (St. 133f.); mit Bed.nuancen und Abl. wie *ausmauscheln, vermauscheln* und Zus. wie *mauschelnderweise* (Ah. M). → *Mauschel.*

Mauschelsprache, *die* [zu dt. *mauscheln* von jidd. *Mauschel*] ugs. ›stark jidd. gefärbtes Deutsch, mit Hebraismen durchsetzt‹ (Ah. M.). → *mauscheln.*

Mazeiwe, *die*, Pl. *Mazeiwes* [jidd. *mazewo* ›Denkmal, Statue, Leichenstein‹: AL 382] jüd. fam. ›Grabstein‹ (Wei. 79); *Wer Mazzeewes lest, darf kaan Baal Sikkoren* ›Mann von gutem Gedächtnis‹ *sein* (Te. 1062); *schreib' mir's auf die Mazeiwe* ›ich kann es nicht ungeschehen machen‹, Antwort auf einen Vorwurf (Wei. 79).

Mazzenkugel, *die* [zu jidd. *mazo*] frankf., jüd. Festspeise; 1875 Rätselfrage nach einem viersilbigen Wort: »Die beiden Ersten ›Dünn und rund, rund und dünn / Ich bekanntes Backwerk bin‹, die beiden Letzten ›Dick und rund, rund und dick / Stör' ich oft das Völkerglück‹. Das Ganze ›Dünn und dick, doch immer rund / Judenspeis' zur Festesstund‹«; Auflösung: *Mazzenkugel* (FWb. 1968). → *Kugel, Matze.*

Mazzesinsel, *die* [zu jidd. *mazo*] wiener. ›jüd. Wohnquartier Leopoldstadt in Wien‹. → *Matze.*

Mazzesmehl, *das* [zu jidd. *mazo*] jüd. fam. ›Mehl für ungesäuertes Brot‹. Literar. *Nudeln, Kreppchen und Klöße von Mazzesmehl, welches von Pessach zurückbehalten worden war* (Bö. 63). → *Matze.*

Mazzeteig, *der* [zu jidd. *mazo*] jüd. fam.; *Steckstu in 'm Mazzeteig*, Frage an jemanden, der unnötigen Eifer zeigt; *Un wenn ich in 'm Mazzeteig stecke, werd' ich gerufe'*, Antwort auf die Bitte um unnötige Hilfe; das Kneten eines Mazzeteigs darf, um Säuerung zu vermeiden, nicht unterbrochen werden (Te. 194). → *Matze.*

meberes, *maberes* Adj. [jidd. *ischa meuberes* ›schwangere Frau‹: AL 423] jüd. fam. ›schwanger‹ (Wei. 79). Mdal. *maberes* und in anderen Lautformen (St. 122f.).

Mechiele, *die* [jidd. *mechila* ›Verzeihung‹, *mechilo preien* ›um Verzeihung bitten‹: AL 403] jüd. fam. ›Vergebung‹ (Wei. 80); *Ich will Dich Mechile praie'* ›um Vergebung bitten‹ (Te. 221); *Kaan S'liche! Kaan Mechile! Kaan Kappore!* ›keine Vergebung, Verzeihung, Versöhnung‹, d.h. ›alles verloren‹ (Te. 1070). Frankf. (FWb. 1986; St. 136). Rotw. *Mechile, Machile, Machilo* (Wo. 3495). → *preien.*

mechulle, *machulle, macholle* Adj. [jidd. *mechulle werden* ›verderben, zugrunde gehen‹: AL 389; *mechule* ›verdorben‹: Weinreich 545] jüd. fam. ›bankrott‹; *mechulle machen, gehen* ›bankrott machen‹; *über mechulle geht kein Weg* ›man kann nicht mehr verlieren als bankrott gehen‹ (Wei. 80); *Es is als noch e mechullener Kozen* ›Reicher‹ *übrig gebliebe'*. Frankf. *machulle, mechulle* (FWb. 1889; 1986). Rotw. ›verhaftet, gefangen, zugrunde gegangen, bankrott‹ (Wo. 3498). Mdal. auch ›verarmt, krank, niedergeschlagen, verrückt‹ (St. 136f.). Ugs. *machulle* (Kü. 1823; DuWb. 2173). → *Mechulle.*

Mechulle, *die* [zu jidd. *mechulle*] jüd. fam. ›Bankrott‹ (Fr. 12; Wei. 80). Ugs. *Machulle* (Kü. 1823). Literar. *Man akkordierte mit den Gläubigern auf fünfundvierzig Prozent, damals eine niewiedergutzumachende Schande. Das Allerschlimmste, die Pleite, Mechulle, der Bankrott, der Konkurs, wurde vermieden* (Blu. 157). → *mechulle.*

Mechutten, *der*, Pl. *Mechutonem, Mechutonen* [jidd. *mechutton*, Pl. *mechuttonim* ›Verschwägerter, Verwandter, Schwiegervater‹: AL 374] jüd. fam. ›angeheirateter Verwandter‹; *ist der Mechutten* ›Mann, Hausherr‹ *zu Hause?* (Wei. 80). Rotw. *Machutten, Mechütten* ›Schwiegervater; sauberer Verwandter, Freund, Bekannter, Mensch‹, spöttisch (Wo. 3499). Literar. *Rechts und links die Mechutonim / Schließen unser Pärchen ein, / Und mit zuckersüßem Ponim* ›Gesicht‹ */ Schneiden sie den Barches* ›Sabbatbrot‹ *klein* (Bö. 17).

Mechutten-Besuch, *der* [zu jidd. *mechutton*] jüd. fam. ›Verwandtenbesuch‹; *Der Mechutten-Besuch hat mir also sehr gefallen und* *alle Hamburger Bekannten, die uns nachmittags o'clock pfiffen (wir wohnten übrigens im Atlantic-Hotel) sprechen von dem hohen Ansehen, dessen sich Euer Vater überall in Hamburg erfreut* (Scho. 113).

medabbern [jidd. *medabber sein* ›reden, sprechen, sagen‹: AL 352] jüd. fam. ›sprechen‹; *was hat er medabbert* (Wei. 62). Rotw. *medawwer sein, medabbern* (Wo. 1007). In der nationalsoz. Agitation: *Fragte man ihn, so sagte er nur in seinem jiddischen Deutsch: [...] ich bin über Geschäfte medabber gewesen* (HM 300). → *dibbern.*

Medine, *Mediene, die,* Pl. *Medienen, Medienes* [jidd. *medina,* Pl. *medinos* ›Gerichtsbezirk, Kreis, Landschaft, Land‹: AL 353] jüd. fam. ›Gegend, Ort‹ (Ki. 1263; Wei. 80); *'ne miese Mediene; auf/in die Mediene gehen* ›übers Land gehen, hausieren‹ (Wei. 80). Frankf. ›Gegend, Provinz‹; *der is aus meiner Medine* (FWb. 1987). Rotw. (Wo. 3502); mdal. auch ›Hof, jüd. Gesellschaft, Wanderschaft, altes Haus‹ (St. 137); ugs. ›Landgemeinde, armseliger Ort‹ (Kü. 1887). In der nationalsoz. Agitation: *Ich bin mit de Gole (Kutscher) auf die Medine (Dörfer) gefahren* (HM 300). Literar. *Meine Tochter Malwine, / Nimmt sie sich nen Mann, / 'ne ganze Medine* ›Bettelbezirk‹ */ Kriegt sie als Nedan* ›Mitgift‹ (Bö. 37). → *Medinegeier.*

Medinegeier, *Medienegeier, der* [zu jidd. *medina*] jüd. fam., auch *Medienegeher, Medienegänger* ›Landhausierer, Bettler‹ (Ki. 1263; Wei. 80). Rotw. ›Hausierer, auf dem Lande stehlender Dieb‹ (Wo. 3502). → *Dorfgeher, Medine.*

Mees, *das* [jidd. *moo* ›Pfennig‹, Pl. *moos, mous* ›Geld‹: AL 405] jüd. fam. ›Geld‹ (Ah. 140). Frankf. *der Mann hat Mees* (FWb. 1988). Rotw. *Mees, Meß, Mäß* seit 1490, daneben *Moos* (Wo. 3677). Mdal. *Mees* neben *Moos* (St. 149). → *Mesummen, Moos.*

Meezerer, *der* [zu jidd. *meizer sein*] frankf. ›Quälgeist, Quengler‹; *du garschtiger Meetzerer, der de bist* (FWb. 1989). → *meezern.*

meezern, *meizern* [jidd. *meizer sein* ›bedrücken, quälen‹; zur Herkunft mit weiteren Hinweisen: Wei. 81] jüd. fam. *sich meizern* ›sich plagen, quälen‹; *meizer den Keilew nicht* ›quäl' den Hund nicht‹; *er hat sich redlich gemeizert* ›abgeplagt‹ (Wei. 81). Frankf. *meezern*

›quälen, plagen, bekritteln‹; *Sie hat awwer als nett geruht unn hat immer anem* ›an ihm‹ *gemeezert unn gemeezert* (FWb. 1989). Rotw. *mezaer sein* ›betrüben‹ (Wo. 3583). Mdal. ›bedrängen, klagen‹ und weitere Bed. (St. 142). → *Meezerer.*

Megille, *die*, Pl. *Megillen, Megilles* [jidd. *megillah* ›von Holz, Metall, Stein, Pergament hergerichtete glatte Tafel zum Schreiben; Buch, Schrift‹; *megillah* statt *megillas Ester* ›das Buch Esther‹: AL 348] jüd. fam. ›Epistel‹ (Wei. 81); *Das is e ganz Megille* ›zu lang‹ (Te. 113). Frankf. ›Geschichte‹; *er hat e lang Megille/Magille verzehlt* (FWb. 1989; St. 138). Ugs. selten; *Was sagst Du zu dieser Megille?* (Sle. B 163). Literar. *Ne Rolle hab ich nie gespielt, / Ich lebte daheim ganz stille. / Für eine hat nur mein Herz gefühlt, / Und das ist »die Megille«* (Bö. 15); *Sie paukt ihm 'ne Megille ein* ›hält ihm eine Gardinenpredigt‹ (Bö. 23).

meie, *mei* Num. [jidd. *meo* ›hundert‹, Pl. *meos* ›Hunderte‹: AL 401] jüd. fam. *meie, mei, me* Pl. *meies, meis* ›hundert‹ (Ah. 139; Wei. 81); mdal. *mea, meas* (St. 136). → *meilofem, olef.*

meilofem Num. [jidd. *meo* ›hundert‹, *eleph* ›tausend‹: AL 328, 401] jüd. fam. ›hunderttausend‹ (Wei. 81). Literar. *dann dürfe ihr Sohn, und wenn ihm Feidel oder Goldschmidt eine Tochter mit meoalofim* ›Hunderttausend‹ *antrügen, keine Andere heirathen als Mamsell Katz* (Mo. 46). → *eilef, meie.*

Meise, *Maiße, Maase, Mase, die*, Pl. *Meises, Masses* [jidd. *maase, maise*, Pl. *maasim* ›Tat, Handlung, Werk, Arbeit, Vollendetes, Dichterwerk, Geschichte, Erzählung, Habe‹: AL 429] jüd. fam. ›Geschichte; Angelegenheit‹ (Wei. 78); ›überflüssiges, langes Gerede, Getue, Unwichtiges, üble Geschäfte, faule Sachen‹ (Ki. 1262); *keine Meises!* ›mach' keine Geschichten‹ (Wei. 78). Rotw. (Wo. 3337); mdal. (St. 138). Ugs. *eine Meise haben* ›nicht bei Verstand sein‹ (Kü. 1889; DuWb. 2234); *was vielleicht das einzige Plus bei der Meiße war* (Sle. B 268). Literar. *Da in der Stub', wo ich Euch diese Maiße* ›Geschichte‹ *erzähle, hat sie gewohnt und ist da geblieben so lang', bis sie in die Wochen gekommen ist* (Ko. 1, 44); *so verzähl' ich ihm ein »Maissele«* (Ko. 1, 38); *Nie habe ich eine Masse vergessen* (Koneffke 267).

Mekach, *der* [jidd. *mekach* ›Einkauf‹: AL 398] jüd. fam. ›Preis‹ (Wei. 80). Mdal. ›Preis einer Ware, Geld‹ (St. 138).

mekadesch [jidd. *mekaddesch sein* ›heiligen, einweihen, verloben, verheiraten‹: AL 446] jüd. fam., als Ausruf: Rat, einen Handel abzuschließen, durch Handschlag offiziell zu machen (Wei. 81); *Mer muß die Lewone mekaddesch sein* ›den Mond einsegnen‹, *wenn sie steht* ›man muß die Gelegenheit beim Schopf ergreifen‹ (Te. 883); *Ich hab sie schon mekaddesch gewese'*, Antwort auf einen Hinweis, der besagt, daß man schon Bescheid weiß (Te. 1042).

Melech, *Melach, Meilech, der*, Pl. *Melochem* [jidd. *melech*, Pl. *melochim* ›König‹: AL 403 f.] jüd. fam. ›König, König im Kartenspiel‹ (Wei. 81); *Der hat schon unter dem blauen Meelech* ›Friedrich II.‹ *gedient* (Te. 560). Frankf. 1616 *Allmächtiger Gott, ein herr uber alle Melachim*; 1848 *der jung Kaiser, der Melach vun Östreich*; im Kartenspiel: *vier Melochem hab ich schon* (FWb. 1999). Rotw. (Wo. 3374); mdal. mit Bed. von ›König‹ bis ›schlechter Mensch‹ (St. 138 f.). → *Malke.*

Melechs-Rat, *der* [zu jidd. *melech, rat*] frankf. ›preußischer Taler‹ (FWb. 1987). → *Melech, Rat.*

Meliz, *der* [jidd. *meliz*, Pl. *melizim* ›Dolmetscher, Unterhändler, Advokat‹: AL 397] jüd. fam. ›Advokat, Prokurator‹ (Maas); literar. 1766 *So kein Melz ist noch gebohren / Gottes Wunder, was ein Mann* (Maas). Rotw. *Melitz* (Wo. 3519).

mem, *memm* Num. [jidd. *mem* ›vierzig‹: AL 399] jüd. fam. (Ah. 139; Wei. 82); mdal. (St. 139). → *olef.*

memesen [jidd. *memis sein, memisen* ›töten‹: AL 402] frankf. *Der Quilling hot sich doch gememest* ›ums Leben gebracht‹ (FWb. 2001). Rotw. *memesen, memisen* (Wo. 3525). Mdal. *memesen, meimesen* ›töten, schlachten, schlagen‹ (St. 139).

menachem owel sein [jidd. *menachem owel sein* ›die Trauernden trösten‹: AL 325] jüd. fam. ›kondolieren, die Trauernden trösten‹; literar. *Am Tage nach dem Begräbnis nämlich ließ sich Joel Reinach* *in einer Sänfte hinauftragen, um den würdigen Lehrer der Gemeinde menachem owel zu sein* (Mo. 79).

menadder sein [jidd. *menadder sein* ›geloben, ein Gelübde tun‹: AL 409] jüd. fam. ›geloben‹ (Mo. 143); literar. *Du bringst mir doch nur ein Opfer, weil sich Dein Vater menadder gewesen ist* (Mo. 154); *Ihr habt Euch menadder gewesen, Rebb Tobiah, mir Euer Kind zu geben* (Mo. 156).

menubbel Adj. [zu jidd. *menuwol*] jüd. fam. ›häßlich, unansehnlich‹ (Ki. 1263). → *Menuwel.*

Menuche, *die* [jidd. *menuche* ›Ruhe, Erholung‹: AL 409] jüd. fam. ›Ruhe‹ (Ki. 1263); *laß mich in Menuche* ›in Frieden, ungestört‹ (AL 409); *mit welcher Minuche der Mann an die Arbeit geht* (Ah. 137); *Ruh un Menuche is besser as Paschtet un Kuche'* ›als Pastete und Kuchen‹ (Te. 816). Frankf. *Ruh un Menuche* (FWb. 2006). Mdal. ›Ruhe‹, selten (St. 140).

Menuwel, *Menubbel, das* [jidd. *menuwol* ›Besudelter, Beschmutzter, Häßlicher‹: AL 409] jüd. fam. ›häßlicher Mensch‹ (Fr. 11); ›verwachsene, häßliche, kleine Person‹ (Wei. 82). Mdal. hess. *Menuvel, Manovel, Minuvel* ›unangenehmer, böser Mensch‹ (Ah. 137; St. 128); *mies Monnowel* ›Mensch mit schlechtem Charakter‹ (Ah. 137).

Menuwelte, *die* [zu jidd. *menuwol*] jüd. fam. ›häßliche Frau‹ (Fr. 11); *sie ist eine Menuwwelte* (Wei. 82). Literar. *Als nämlich der alte Lewy [...] sie zum ersten Mal bei einer Musik in der »Au« herumzappeln und dem Einen oder Andern auf die Füße treten sah, fragte er: »Wie heißt die Menuwelte?«* (Mo. 23). → *Menuwel.*

Meramme, *der* [zu jidd. *meramme*] jüd. fam. *meramme Iesch* ›Betrüger‹ (Wei. 82). Rotw. (Wo. 3541); mdal. (St. 140); ugs. (Kü. 1895). → *meramme sein.*

meramme sein [jidd. *meramme sein* ›betrügen‹: AL 457] jüd. fam. ›betrügen‹; *er ist dich meramme*; (Wei. 82). Rotw. *moremme, maramnen, meramme sein* (Wo. 3514). Mdal. *meramme* ›betrogen, matt (im Kartenspiel), mager, krank, arm‹ (St. 140); ugs. (Kü. 1895).

meschammer sein, *meschomer sein* [jidd. *meschammer sein* ›behüten, bewahren‹; *mazil sein* ›erretten‹: AL 413, 472] jüd. fam. ›behüten‹; literar. *Gott hab' Erbarmen mit Ihm! Aber wenn's die Menschen nicht haben, wenn die Anderen Ihn, Gott soll M'schomer und mazil sein* ›Gott verhüte es‹, *verdammen und im Stich lassen, ich bin sein Weib* (Mo. 15); *Gott soll meschomer sein* (Mo. 177).

meschinne, *meschunne* Adj. [jidd. *meschunno* ›unversehens, jäh, plözlich, befremdlich, wunderbar‹: AL 473] jüd. fam. ›ungewöhnlich, sonderbar‹; *Das Kleid hat 'ne meschinne Couleur* ›ungewöhnliche, auffallende Farbe‹ (Wei. 82). Rotw. *meschunno* (Wo. 3565). Mdal. hess. *mischemeschinne* ›abstoßend‹ (Ah. 137; St. 147). → *Miesemeschinne.*

meschores, *maschores* Adj. [zu jidd. *meschores*] mdal. ›verrückt‹ (St. 141); *du bist maschores* (Ah. 138). → *Meschores, meschugge.*

Meschores, *Maschores, der* [jidd. *meschores*, Pl. *meschorsim* ›Diener‹: AL 478] jüd. fam. ›Diener; Untergebener‹ (Ki. 1263; Wei. 82); *Meschores, mach Wind*, Zurückweisung mit Spott und Verachtung (Te. 250). Frankf. *du host de Meschores gemacht* (FWb. 1958). Rotw. (Wo. 3562); mdal. (St. 140f.); ugs.(Kü. 1860; 1895); *Ich würde kommandieren: »Hollywood, 1520 Laurel Avenue«; die vier Meschores würden sagen: »Yes, Sir«, und würden fliegen* (Sle. B 300). Literar. *Nicht mehr der Meschores von dazumal* (Mo. 57).

Meschorse, *die* [zu jidd. *meschores*] jüd. fam. ›Magd‹; 1766 *Ruz* ›lauf‹, *Meschorse, ruz geschwinde* (Maas). → *Meschores.*

Meschugas [jidd. *meschuggas*: AL 464] jüd. fam. ›Narrheit, verrückte Einfälle‹ (Ki. 1263); *Meschugas ist kein' Chalas* ›keine Krankheit‹ (Wei. 83). → *meschugge.*

meschugge Adj. [jidd. *meschugge* ›irre, verwirrt‹: AL 463f.] jüd. fam. ›verrückt‹ (Ki. 1263); *Frisch, gesund und meschugge* (Ki. 1263); *meschuggener Fisch* ›verrückter Kerl‹ (Wei. 83). Frankf. (FWb. 2009); berlin. (BBWb. 3, 263). Rotw. (Wo. 3563); mdal. (St. 141). Ugs. ›verrückt, nicht bei Verstand‹ (Kü. 1895; DuWb. 2246). Literar. *Man wirft ihn ins Meer, doch er bleibt dabei frisch, / Trotzdem ihn* *verschluckt ein meschuggener Fisch* (Bö. 54); *Deine Meinung war richtig, jede andere war verrückt, überspannt, meschugge, nicht normal* (Kafka 124).

Meschuggener, *der*; *Meschuggene, die* [jidd. *meschuggo*, Pl. *meschuggoim* ›Wahnsinniger, Schwärmender, Verrückter‹: AL 463 f.] jüd. fam. ›Verrückter‹ (Wei. 83). Literar. *Nebbich! Der Chefredakteur verspürte wenig Lust wie der Goj von Ense den Hampelmann zu spielen. – Tom Jason legte auf. Er mußte schleunigst Ordnung schaffen, sonst ruinierte der Meschuggene das Blatt und riß ihn mit in den Abgrund* (Se. M 328). → *meschugge.*

meschulmen, *meschulmenen, meschullemen* [jidd. *meschallem sein* ›bezahlen‹: AL 470] jüd. fam. ›bezahlen‹; *er meschullemt lau* ›bezahlt nicht‹ (Wei. 83); *Wie bin ich meschullemt* ›bezahlt, heimgesucht‹ (Te. 623). Rotw. *meschülmen, meschallem sein* neben *schulmenen, beschulmen* (Wo. 5188). Mdal. ›bezahlen‹ (St. 141 f.).

Meschummed, *der*, Pl. *Meschumodem* [jidd. *meschummod*, Pl. *meschummodim* ›vom Judentum abgefallener Apostat, Proselyt‹: AL 471] jüd. fam. ›getaufter Jude‹ (Wei. 83). Literar. *Warum geht es einem Meschummad gut, einem Ger* ›Konvertit zum Judentum‹ *dagegen schlecht?* (Landmann 492).

Meschuttef, *der*, Pl. *Meschutofem* [jidd. *meschuttoph* ›Kamerad, Gesellschafter, Handelscompagnon‹: AL 478] jüd. fam. ›Partner‹ (Wei. 83); auch *Schuttef* ›Genosse, Sozius‹ (Ki. 1263).

Mesombüchse, *die* [zu jidd. *besomim*] frankf. ›Gewürzbüchse beim jüdischen Gottesdienst‹, ›Übergescheiter‹; *e verschitt* ›verschüttete‹ *Mesom-Bichs*, d. h. ›Überstudierter, der sein Wissen nicht praktisch zu verwenden versteht‹; wohl fälschlich für *Besom-Bichs* (FWb. 2009). → *Besomenbüchse.*

Mesummen, *das*, auch Pl. [jidd. *moos mesummonim* ›bares Geld‹: AL 364; *mesumen* ›bar‹: Weinreich 553] jüd. fam. ›Geld‹ (Wei. 83). Frankf. *was soll es mit dem vornehmen Herrn, der doch keine Misumme hat* (FWb. 2014). Rotw. (Wo. 3572); mdal. ›Geld, Reichtum, Verstand‹ (St. 142); ugs. (Kü. 1896). → *Mees, Moos.*

Mesummenbenschen, *das* [aschkenas. hebr. *mesummen* ›eingeladen (zum Gebet)‹: Wei. L 185; jidd. *benschen, bentschen*] jüd. fam. ›Tischgebet in Gegenwart von drei Männern mit einer einleitenden Formel sprechen‹ (Wei. L 185); Wortspiel mit *Mesumen* ›Geld‹: *Was tue ich mit Minjen* ›Gebetsquorum aus zehn Männern‹, *hätte ich Mesumen* (Te. 652, 1060). Literar. *da sie nur zwei Männer waren, gehörte wenigstens noch ein dritter, um »Mesumen benschen«, d. h. in Gesellschaft laut beten zu können* (Ko. 4, 113). → *benschen, Mesummen.*

Mesuse, *die* [jidd. *mesusah* ›Türpfosten‹ AL 363] jüd. fam. ›Türpfosteninschrift‹ (Wei. L 185); *Die is Kahel's Mesuse*, d. h. ›wird von jedem geküßt‹; *Loßt kann Mesuse stehn* ›nehmt, wo ihr es kriegen könnt‹ (Te. 376). Rotw. ›liederliches Weibsbild‹ (Wo. 3573); standardspr. *Mesusa* (DuWb. 2249). Literar. *Wie er die Schwelle übertrat, küßte er andächtig die »Mesuseh«, jenen Pergamentstreifen, der an der Türpfoste in einem blechernen Behälter hing* (Ko. 1, 89); *Alles, was ich noch habe, ist die Mesusah meiner Familie* (Neu. K 35).

mewiechen(en), *ma(r)wiechen(en)* [jidd. *marwichen* ›verdienen, gewinnen‹: AL 455] jüd. fam. ›verdienen‹; *was mewiechent die Pore?* ›bringt die Kuh ein?‹; *ich hab' dick mewiechent* ›ich habe viel verdient‹ (Wei. 83). Rotw. *merwiachen* ›stehlen‹ (Wo. 3551). Mdal. *mefiachen, mafiachen* ›verdienen, gewinnen‹ (St. 137).

Mewin, *Meiwin* [jidd. *mewin* ›Kenner‹; *mewin sein* ›kennen‹: AL 340] jüd. fam. ›Kenner, bes. Bibel- und Talmudkenner‹ (Ki. 1263). Rotw. *Mewen*, selten (Wo. 3581).

mewulwel, *mebulbel* Adj. [jidd. *mewulbel sein* ›verwirren, verwirrt machen, verwirrt sein‹: AL 342] jüd. fam. ›verwirrt‹ (Ki. 1263; Wei. 83). Ugs. *mewulwe sein* (Kü. 1897). Literar. *gestern ein Glas süßer Sekt bei den Chinesen, mir ist nicht schlecht, aber so – wissen Sie, so mevulve, ich müßte ein kohlensaures Bad nehmen* (Kle. 50–59, 410).

Mezie, *Mezzie, die*, Pl. *Mezies, Mezzies* [jidd. *mezio* ›Gefundenes, Fund, Rarität, Erfindung‹, *was is die mezio* ›was ist der Gewinn, die Rarität‹: AL 405] jüd. fam. ›gute Gelegenheit, vorteilhaftes Geschäft‹ (Ki. 1263); *in Mezies sein Geld ausgeben* ›mehr einkaufen als man braucht‹ (Ki. 1263). Frankf. (FWb. 2019); berlin. (BBWb. 3, 268); rotw. ›Fund, guter Kauf‹ (Wo. 3584); mdal. ›günstiger Einkauf, Schnäppchen‹ (St. 143); ugs. (Kü. 1897). Literar. *Ihr könnt nicht genug die Mezzie euch preisen, / ihr starbt doch für Wolle, wir leben für Eisen* (KK 7, 147); *Man überließ ihm das Museumsstück für $ 25. »Eine große Mezzie.«* (Blu. 414).

Mienes, *das* [jidd. *minus* ›Ketzerei‹: AL 403] jüd. fam. ›Verstellung, Scheinheiligkeit‹ (Wei. 83); *Bei Dem is Alles Mienes* (Te. 308). → *Min.*

mies Adj. [jidd. *mis* ›ekelhaft, widerlich, garstig, schlecht, miserabel‹: AL 401] jüd. fam. ›häßlich, schlecht, geringwertig, gemein, unwohl‹ (Ki. 1263; Wei. 83); *es geht'm mies* (Te. 630); Kaufmannsspr. *mießer Bocher* ›schlechter Käufer‹ (Ki. 1263). Frankf. (FWb. 2021); berlin. (BBWb. 3, 275 f.); wiener. ›schlecht, eklig‹ (Wehle 209). Rotw. ›schlecht, ungünstig, unangenehm, widrig‹ (Wo. 3595); mdal. (St. 143); ugs. mit Abl. u. Zus. (Kü. 1899 f.; DuWb. 2256; ÖWb. 262). Literar. *alt genug und mieß* ›häßlich‹ *genug seid ihr alle Zwei, daß man euch nichts nachsagen kann* (Mo. 128); *Ich hab scho vorher gewußt, die Mad* ›Maid‹ *is mieß* (Pick 24); *Gott, ist mir mies!* (Kuh M 170).

Miese Pl. [zu jidd. *mis*] ugs. ›Markstücke (Geld), Minuspunkte (Kartenspiel), Sollstand (Konto), schlechte Noten (Schule)‹ (Kü. 1899; DuWb. 2256). → *mies.*

Miesemeschinne, *die*, auch Interj. [jidd. *misso meschunno* ›plötzlicher, jäher, unnatürlicher Tod‹: AL 473] jüd. fam., Verwünschung; *ich wünsch dir 'ne miese Meschinne* (Ah. 137). Frankf. ›Schlaganfall, jäher Tod‹ (FWb. 2031). Mdal. ›Krankheit, Verderben, schlechte Sache‹ (St. 147). Literar. *Gott, wie Se redde! Schaue Se doch de Misemaschin an!* (Panizza 322); *Verfluchtes Sperma / von Müller u. Cohn / Mist die Meschinne / Gehirnfunktion* (Benn 2, 99). → *meschinne.*

Miesepeter, *der* [zu jidd. *mis*] jüd. fam. ›übellauniger Mensch‹ (Wei. 84). Frankf. *Die »Miesepeter«, die es nie zu einem fröhlichen Lachen bringen können* (FWb. 2021); berlin. ›Nörgler‹ (BBWb. 3, 276); ugs. (Kü. 1899; DuWb. 2256). → *mies.*

miesepetrig Adj. [zu jidd. *mis*] jüd. fam. ›übellaunig‹ (Wei. 84). Berlin. ›mürrisch, krank, mäklig‹ (BBWb. 3, 276); mdal. ›schlecht gelaunt, schlecht aussehend, niedergeschlagen‹ (St. 144); ugs. (Kü. 1899). → *mies*.

Miesigkeit, *Mieskeit*, *die* [zu jidd. *mis*] jüd. fam. ›Häßlichkeit, Unannehmlichkeit, Unwohlsein, schlechte Nachricht‹, auch ›häßliche Frau, häßliches Kind‹ (Wei. 84). Frankf. *Mieskeit* (FWb. 2021). Rotw. *Miskeit, Miskat* ›Widerlichkeit, Häßlichkeit‹ (AL 574). Ugs. *Miesheit* ›Charakterlosigkeit, Niedertracht, Unredlichkeit‹ (Kü. 1900; DuWb. 2256). → *mies*.

miesmachen [zu jidd. *mis*] jüd. fam. ›verleiden, verekeln‹ (Ki. 1263); ›nörgeln, als schlecht darstellen‹; *er macht es ihm mies* ›er stellt ihm eine Sache als ungünstig dar, redet sie ihm aus‹ (Wei. 84). Frankf. (FWb. 2021); berlin. (BBWb. 3, 277); ugs. ›schlechtmachen, verleumden, als ungünstig darstellen, verleiden‹ (Kü. 1900; DuWb. 2256). → *mies*.

Miesmacher, *der* [zu jidd. *mis*] jüd. fam. ›Nörgler, Pessimist‹ (Wei. 84); Börsenspr. *Mießmacher* ›Pessimist, Baissier‹ (Ki. 1263). Frankf. ›trübe Stimmung verbreitender Mensch‹ (FWb. 2021); berlin. ›Nörgler‹ (BBWb. 3, 277); mdal. (St. 145). Ugs. ›Mensch, der jmd./etwas schlechtmacht‹ (Kü. 1900; DuWb. 2256). → *mies*.

Miesmacherei, *die* [zu jidd. *mis*] ugs. ›Nörgelei, Pessimismus‹ (Kü. 1900); *Bundespräsident Rau mahnt Reformen an und warnt vor Miesmacherei* (ARD-Text, 24.12.2002). → *Miesmacher*.

Miesnik, *der* [jidd. *misnick, misnicker* ›ekelhaft, widerlich, garstig, schlecht, miserabel‹: AL 401] jüd. fam. ›mieser Mensch‹ (Ki. 1263); ›häßliche Person‹ (Wei. 84). Frankf. *Miesnick, Miesnickel, Miesnicker* ›unangenehme, langweilige, mißmutige Person‹ (FWb. 2021); berlin. *Miesnik* ›Dummkopf‹, *Miesnickel* ›Nörgler, Dummkopf‹ (BBWb. 3, 277). Rotw. ›dummer Mensch‹ (Wo. 3595). Ugs. *Ansichten wie Karlchen Miesnick* (Kü. 1900; DuWb. 2256). → *mies*.

Miessität, *die* [zu jidd. *mis*] jüd. fam. ›schlechte Beschaffenheit, Situation‹, nach Art eines bildungssprachl. Wortes; *Miessität ist weiter* *stabil* (Scho. 257); *Alles wirkte nur 1 Stunde, ich bin beinah verrückt geworden u. der Zahnarzt ziemlich ratlos, meine Schwester außer sich, auf der ganzen Linie Miessität* (Scho. 416). → *mies.*

Mikwe, *die* [jidd. *mikwe* ›Sammlung, Wassersammlung, Reinigungsbad jüd. Frauen, Bad‹: AL 447] jüd. fam. ›Tauch- oder Ritualbad‹ (JL 4/1, 178f.). Frankf. (FWb. 2022); standardspr. (DuWb. 2259).

milchding, *milchdig* Adj. [dt. mit jidd. Endung] jüd. fam. ›milchig oder mit milchhaltigen Speisen in Berührung gekommen‹, Begriff der jüd. Speisegesetze (Wei. L 188); *Der is nit milchding un nit flaaschding* (Te. 358). Frankf. *milchig* ›milchhaltig, bei jüd. Speisen‹; *Daher is aach Dei(n) ganz Milchding Silwer*; *milchding* wird von der nichtjüd. Bevölkerung als Subst. für ›jüd. Milchspeise‹ verstanden (FWb. 2025). → *fleischding, minnig.*

Milchome, *die*, Pl. *Milchomes*, auch *Mechome* [jidd. *milchomo*, Pl. *milchomos* ›Krieg‹: AL 398] jüd. fam. (Wei. 84); *Das wor vor der Milchomoh* ›Frz. Revolution‹; *Wie hätt Ihr vor der Milchomo gehaaße* ›geheißen‹ (Te. 1050); *Der ist nit schuld an der Milchome* ›hat's Pulver nicht erfunden‹ (Te. 126). Frankf. (FWb. 2027). Rotw. (Wo. 3606). Literar. *Du willst mit ihm hinausgehen in die Milchome* (Mo. 185).

Min, *der* [jidd. *min*, Pl. *minim* ›Ketzer, Abtrünniger‹: AL 403] jüd. fam. ›Heuchler‹ (Ko. 5, 384). Literar. *Aber bei mir zu Hause, in Böhmen, werden die Leute sogleich wissen, was so ein »Min« zu bedeuten hat* (Ko. 4, 69); *Der Min war sich es klar bewußt, daß er sein Haupt über dem Wasser halten müsse* (Ko. 4, 109). → *Mienes.*

Mincha, *Minche* [aschkenas. hebr. *mincho, minche*: Wei. L 189; jidd.: Weinreich 547] jüd. fam. Nachmittagsgebet; *Minche* ›kurz vor Sonnenuntergang‹; ›Abendgebet‹ (Ko. 1, 35). Literar. *Am Sabbath nach dem Mincha-*›Nachmittags-‹*Gebet suchte Tobiah Wolf Breitenbach auf* (Mo. 126); *Wie er geschaut in'n Spiegel bloß zu Mincha, / hat ihm gefehlt ä halbe Nos' zu Marew* ›Abendgebet‹ (Bö. 40).

Minjen [aschkenas. hebr. *minjen*, sephard. hebr. *minjan*: Wei. L 190; jidd.: Weinreich 543] jüd. fam. ›erforderliche Mindestzahl von zehn jüd. Männern für ein Gebet‹; mdal. (St. 146). Literar. *Es wurden nur soviel Gäste dazu geladen, als man nötig hatte, um ein Minjan* ›zehn Personen‹ *herauszubringen* (Ko. 1, 235); *Da ich zu den Bevorzugten zählte, welche an den hohen Feiertagen eingeladen werden, die erforderliche Zehnzahl (Minjan) zum Gottesdienst in dem grünverhängten Zimmer des edlen Greises zu ergänzen* (Mo. 160).

Minjenmann, *der* [zu jidd. *minjen*] jüd. fam. ›Mann, der gegen Bezahlung das Gebetsquorum herstellt‹, leicht scherzhaft (Wei. L 190). Literar. *Er hilft ihr beim Kochen u. Abwaschen, ist Minjanmann der jüd. Gemeinde* (Kle. 50–59, 242); *einmal hat er mir sogar erzählt, er sei von Juden schon als Minjenmann verwendet worden* (Neu. V 48). → *Minjen.*

minnig, *minnich* Adj. [Herkunft unbekannt] jüd. fam. ›in ritueller Hinsicht neutral‹, weder *fleischding* noch *milchding* (Wei. L 190). → *fleischding, milchding.*

Mischebeirach, *der*, Pl. *Mischebeirachs* [aschkenas. hebr. *mischebeirach* ›der gesegnet hat‹: Wei. L 190 f.] jüd. fam. ›Segen‹, iron. ›Beschimpfung‹ (Wei. 84 f.). Frankf. *Mischeberach* ›jüd. Segensspruch‹; *En Extra-Mischeberach* ›eine Extrabelobigung‹ (FWb. 2031).

Mischpet, *Mischpot, das, der* [jidd. *mischpot, mischpotim* ›Gericht, richterliche Entscheidung, Schuld, Strafe, Rechtssache, Prozeß, Recht, Gerechtigkeit, Gesetz, Gebrauch, Gewohnheit‹: AL 475] jüd. fam. ›Gericht, Prozeß‹ (Wei. 85); 1766 *In dem Schem* ›Namen‹ *all der Jehudim* ›Juden‹ / *Die beym Mischpott* ›Gericht‹ *Du vertrittst* (Maas). Rotw. (Wo. 3624); mdal. (St. 146).

mischpeten, *mischpen(en)* [jidd. *mischpeten* ›prozessieren‹: AL 475] jüd. fam. (Wei. 85). Rotw. selten (Wo. 3624). Hess. *mischben* ›heimlich sprechen‹ (Ah. 139). → *Mischpet.*

mischpochal [Kontamination aus *Mischpoche* und *epochal*], ad hoc-Bildung; literar. *diese Eigenschaft des Detektivismus, der Entwertung, des Demaskierungstriebes, die ihre Wurzeln im Mischpochalen hat* (Kuh M 176); *das Leiden unter dem Mischpochalen hat ihn hinaufgetrieben* (Kuh M 176). → *Mischpoche.*

Mischpoche, *die*, Pl. *Mischpoches* [jidd. *mischpocho*, Pl. *mischpochos* ›Geschlecht, Gattung, Völkerstamm, Familie, Hausgenossenschaft‹: AL 475] jüd. fam. ›Familie, Verwandtschaft‹ (Wei. 85); *Meyer ist momentan mit seiner sämtlichen Mischpoche über die Hand* (Scho. 159). Frankf. *Matschbuk, Mischpoche* (FWb. 1965, 2032); berlin. *die janze Mischpoke* (Ki. 1263; BBWb. 3, 287); wiener. *miese Mischpoche* (Wehle 65; 209). Rotw. (Wo. 3623); mdal. (St. 146f.); ugs. ›Gruppe, Familie, Verbrecherbande‹ (Kü. 1912; DuWb. 2269; ÖWb. 264). Literar. *Mit fanatischen Rabbis und orthodoxer Mischpoche hatten sie nichts am Hut* (Koneffke 87).

mischpochig Adj. [zu jidd. *mischpocho*] jüd. fam. ›familiär, verwandtschaftlich‹; *es ist eine schöne und sehr eigenartige Sache doch – aus meiner phantastischen Kiste – nicht aus der realistischen, nicht aus der geistigen und auch nicht aus der bürgerlichen-mischpochigen oder der kunsthistorischen* (Hermann 90). → *Mischpoche.*

Mischpochitis chronica, *die* [zu jidd. *mischpocho*] jüd. fam. ›chronisches Leiden an der Familie, Verwandtschaft‹, ad hoc-Bildung in der Art eines med. Terminus; *Der Magen wird überfüttert, und die Seele verhungert und dazu noch die mischpochitis chronica* (Hermann 197). → *Mischpoche.*

Mischpochologie, *die* [zu jidd. *mischpocho*] jüd. fam. ›Familienkunde‹, scherzhaft in der Art eines wiss. Terminus (Wei. 85). → *Mischpoche.*

Misrach, *der* [jidd. *misrach* ›Sonnenaufgang, Osten, Orient‹: AL 365] jüd. fam. ›Osten‹, auch ›Bild mit religiösen Motiven, an der Ostwand des Zimmers aufgehängt‹ (Wei. 85); *Da darfst du ausgehn von Misrach bis zu Maarev* ›Westen‹, d.h. ›du findest nichts Vergleichbares‹ (Te. 53). Frankf. (FWb. 2033; St. 147f.). Literar. *die Wand, woran sonst der Misrach hing, war leer* (Ko. 3, 23); *Ein Bildnis hat richtig mein Geist nur erfaßt, / Ein Misrach mit strahlender Sonne* (Bö. 14).

Mitte, *Mitta, die, das,* [jidd. *mitto* ›Lager, Bett, Polster, Tragbett, Totenlager, Bahre‹: AL 41] jüd. fam. ›Bett‹; *geh' in die/ins Mitte*; Handelsspr. *jemandem die Mitte machen* ›durch Preisnachlaß ein Geschäft anbahnen‹, *sich in die Mitte legen* ›ins gemachte Bett‹, volksetymologisch als dt. *Mitte* verstanden (Wei. 85); 1766 *Weil er eine Calle schauwe* ›werte Braut‹ / *Zu sich in sein Mitta nimt* (Maas). Rotw. *Mitte, Metti, Mette* ›Bett, Lager‹ (Wo. 3637). Mdal. *Mette, Mittes* ›Bett, Kopfkissen‹ (St. 142).

Mitzwe, *die*, Pl. *Mitzwes* [jidd. *mizwo*, Pl. *mizwos* ›Befehl, Gebot, gutes Werk‹: AL 441] jüd. fam. ›Erfüllung eines religiösen Gebotes, gute Tat‹ (Wei. 85). Literar. *Ein Haar ausziehn von einem Schwein ist eine große Mitzweh* (Ko. 1, 10); *Wie hätte sie das Siechthum des geliebten Kindes so ruhig ertragen, hätte sie nicht die Gewißheit gehabt, das Opfer ihres Kindes sei eine Mizwe* (Mo. 188).

Mitzwebrot, *Mitzwabrot, das* [zu jidd. *mizwo*] jüd. fam. ›ungesäuertes Brot für die beiden ersten Abende des Pessach-Festes‹; literar. *Die größte Sorge und Virtuosität wird aber auf die sogenannten »Mitzwabrote« verwendet* (Ko. 10, 98). → *Mitzwe.*

mocher Adv. [jidd. *mochor* ›morgen‹: AL 403] jüd. fam., 1766 *Seyd nicht brauches* ›böse‹, *daß wir wollen / schon auf Mocher prophezeyn* (Maas). Frankf. (FWb. 2042); rotw. (Wo. 3642; St. 148).

Mocher, *Maucher, der* [jidd. *mocher* ›Verkäufer, Händler‹: AL 403] jüd. fam. ›Verkäufer, Geschäftsmann‹ (Wei. 79). Frankf. *Mocher* ›Kaufmann, Angeber‹ (FWb. 2043; St. 148). Rotw. *Mocher, Maucher* ›Kaufmann, Händler‹ (Wo. 3466).

Mochsin, *der* [jidd. *mochson* ›Zolleinnehmer‹: AL 391] jüd. fam.; *Bis sich der Soocher* ›Kaufmann‹ *besinnt, besinnt sich der Mochsin aach* (Te. 880); *Mer kann dem Mochsin nit weher thun, mer zahlt 'm* (Te. 907). Rotw. *Mochsen* (Wo. 3494).

Mohel, *Mauhel, der* [jidd. *mohel* ›Beschneider‹: AL 402] jüd. fam. ›Beschneider‹; *Der Mauhel schneid't mit viel Geschick / vom Sonew* ›Penis‹ *ab ein kleines Stück. / Das andere läßt er baumeln. / Wozu denn? – Na, zum chaumeln* ›koitieren‹ (Wei. 122). Standardspr. (DuWb. 2291). Literar. *Er war ein Muster von einem Balkaure* ›Vorleser‹, / *Er hatte im Kopfe die ganze Thaure* ›Tora‹, / *War Schochet*

›Schächter‹ *und Mohel, blies Schofarhörner, / Sein Unglück war nur, er war kein »Moderner«* (Bö. 9). → *mallen.*

Moische, *der* [ostjidd. PN ›Moses‹] ugs. ›Jude‹; Ersatzform für einen jüd. Namen: *Sage dem Schloime Ben Moische gar nichts* (Sle. B 166); *Mischa Spolianski, genannt Moische Mozart, einer der ideenreichsten und witzigsten Komponisten im damaligen Berlin* (Fe. 197). Literar. *Froh verlassen die versippten / Kinder Israels Ägypten. / Kofferpacken. Rollgeräusche. / Fröhlich mahnt zum Aufbruch Moische* (Kerr 2, 141). → *Mausche.*

Moischelump, *der* [zum jidd. PN *Moische*] Schimpfwort; *Ein paar Gestapooffiziere (wahrhaftig Offiziere) riefen am Eingang des Hauses: »Ihr Moischelumpen!«* (Kle. 42–45, 95). → *Moische.*

Mokem, *Maukem, der* [jidd. *mokom*, Pl. *mekomos* ›Ort, Stätte, Stadt‹: AL 447] jüd. fam. *Mokem, Mokaum* ›Ort, Stelle, Stadt, Dorf‹; *treifener Mokem* ›unreligiöser oder (für Juden) ungastlicher Ort‹ (Wei. 85); *Die ganze Welt is aan Mookem* ›es ist überall gleich‹ (Te. 694). Frankf. *alles is gut for ä Maukem, wie hier; vun hier bis uff Mokum Frankfort is doch e gut Stund* (FWb. 1971). Rotw. seit 1510; Ortsnamen wie *Mokkum Kuf* ›Kassel‹, *Mokkum Pey* ›Frankfurt‹ (Wo. 3634). Mdal. ›Stadt, Ort, Dorf‹, auch für einzelne Orte als Name (St. 148 f.).

mole, *moule, molum* Adj. [jidd. *mole* ›voll‹, *mole jajin* ›voll Wein‹: AL 403] berlin. ›betrunken‹, *molum sein* ›benommen sein‹ (BBWb. 3, 316). Rotw. (Wo. 3660); mdal. (St. 149); studentenspr. *molum* ›betrunken‹ (AL 575).

Moos, *das* [jidd. *moo* ›Pfennig‹, Pl. *moos, mous* ›Geld‹: AL 405] jüd. fam. ›Geld‹ (Ki. 1264). Frankf. *Doch brauch ich nötig Moos* (FWb. 2055); berlin. *einerseits sind Zaster, Moos und Piepen ziemlich rar* (BBWb. 3, 320). Rotw. *Moos, Mous, Maas, Muß* neben *Mees* (Wo. 3677). Mdal. *Moos* neben *Mees* (St. 149). Ugs. (Kü. 1934; DuWb. 2302). In der nationalsoz. Agitation: *Bin ich ä Jud – wo werd ich nich haben Moos (Geld)* (HM 377). Literar. *Und ich will Ihnen noch einen guten Rat geben: Moos is die Seele vons Buttageschäft!* (Blu. 152). → *Mees, Mesummen.*

Mordshannuh, *das* [zu jidd. *hannoah* ›Gewinn, Nutzen, Genuß, Vergnügen‹: AL 359] frankf. ›Nutzen, Gewinn, Vergnügen‹; *Verzehl en gleich vom Fritz sei'm Gensi / Un schleegt en vor: »En Mords-Hannuh / Geb's wann heint Nacht merr hole dheede / Des Dhier vom Fenster dort eweck«* (FWb. 2062). → *Hannuh.*

More, *die*, Pl. *Mores*, auch *Maure, Moire* [jidd. *mora* ›Furcht‹: AL 383] jüd. fam. ›Angst, Furcht‹; *er ist More; er hat More vor der Pore* ›Kuh‹ (Wei. 79). Frankf. *der hat jetzt mores vor mir; er hat more vor mir* (FWb. 2064). Berlin. *Maure, Mohr* ›Furcht‹ (BBWb. 3, 237 f.). Rotw. ›Furcht, Angst, Besorgnis, Lärmen, Streit‹ (Wo. 3473). Mdal. (St. 150); Studentenspr. *More haben* ›Furcht haben‹ (AL 383; Ki. 1262). Ugs. *Mores haben* ›Angst, Scheu, Respekt, Furcht haben‹ (Kü. 1945). Literar. *Doch Jonas kriegt Maure, erspart sich die Müh', / Und macht zur Erholung 'ne Wasserpartie* (Bö. 54); *Was hier noch an Judenheit existiert, besteht aus Klatsch und Moire zu gleichen Teilen* (Kle. 42–45, 528).

More Zedek, *der* [jidd. *more* ›Lehrer‹, *zedek* ›gerecht‹: AL 383, 440] jüd. fam. Abkürzung *m'z*, gesprochen *Matz* ›Lehrer, Vorbeter, Rabbiner einer Gemeinde‹; literar. *Es ist der »More Zedek«, ein Gelehrter, der darüber zu wachen hat, daß alles in größter Ordnung und ohne Verletzung der geringsten religiösen Zeremonie vor sich gehe* (Ko. 10, 97). → *Zaddik.*

Moschel, *das* [jidd. *moschol*, Pl. *mescholim* ›Gleichnis, Parabel, Sprichwort, Beispiel‹: AL 406] jüd. fam. ›Geschichte, Anekdote‹ (Wei. 85); *Zur Erheiterung einige Mauschelchens* (Scho. 375). Frankf. ›Erzählung, Fabel‹; *Moschelcher verzähle* (FWb. 2068; St. 150). Rotw. (Wo. 3693; St. 150).

Moschew, *Mauschew, der* [jidd. *moschow* ›Wohnung, Sitz, Abtritt‹: AL 384] jüd. fam. *Moschew* ›Minderwertiges, Unordentlichkeit‹ (Ki. 1264); *Mauschew*, auch *Meschowes, Meschofes* ›Dreck, schlechte Ware, Durcheinander, Pack‹ (Wei. 79). Mdal. in zahlr. Lautformen ›Durcheinander, Dreck, Ausschuß, schlechte Sache, schlechter Mensch‹ (St. 133).

Moser, *Mauser, Moserer, der* [jidd. *mosser*, Pl. *mossrim* ›Schwätzer, Angeber, Verräter‹: AL 405] jüd. fam. *Moser, Mauser* ›Verräter‹

(Wei. 85); *Moserer* ›Denunziant‹ (Ko. 1, 20). Rotw. *Moser, Mosser, Masser* ›Verräter, Angeber‹ (Wo. 3695); ugs. (Kü. 1947). In der nationalsoz. Agitation: *Der Maser ist noch schlimmer als der Goi (Nichtjude)* (HM 377). Literar. *Denk dir, wenn du Kinder hast, und die Leut' sagen vor Ihnen: der Vater ist'n Moserer gewesen, was kann da Guts sein?* (Ko. 1, 23). → *massern, mosern.*

mosern [jidd. *mosser sein* ›verraten, angeben, anschwärzen‹: AL 405] berlin. ›nörgeln, meckern‹, berlin. rotw. ›sprechen, bes. über Verbrechersachen; sich Mitgefangenen durch Klopfen verständlich machen‹ (BBWb. 3, 331); rotw. ›verraten, angeben, schwatzen‹ (Wo. 3695). Ugs. ›nörgeln‹ (Kü. 1947; DuWb. 2308). → *massern.*

Most, phras. *zeigen, wo Barthel* ›Brecheisen‹ *den Most* ›Geld‹ *holt* (Wo. 329; St. 64). → *Barsel, Moos.*

Moze, *Mauze, die* [jidd. *mozo* ›Ausgang‹; *hamoze* ›Brotsegen‹; *mozie machen* ›Tischgebet über das Brot sprechen‹: AL 382] jüd. fam. ›Segensspruch über das Brot, vor Beginn der Mahlzeit‹, ›Stück Brot, über das der Segen gesprochen wird‹; *ich hab' noch keine Mauze gemacht* ›ich habe noch nichts verkauft, noch nicht angefangen‹ (Wei. 79). Frankf. *erst werd Moze gemacht* ›eins nach dem andern‹; *geb mer e Moze Brot* ›ein kleines Stück, ein bißchen Brot‹ (FWb. 2073; St. 150).

Mume, *der* [jidd. *momon* ›Mammon, Reichtum, Vermögen, Geld‹: AL 404] jüd. fam. ›Geld‹; 1766 *Manchen Chilluff* ›Wechselbrief‹ *manche Mume* ›Geld‹ / *Hat sein Segel* ›Verstand‹ *uns gespart* (Maas; FWb. 2085). Rotw. *Mumme* (Wo. 3386). Mdal. *Mume, Mumes* (St. 150).

Musikschote, *der* [zu jidd. *schote* ›Narr, Tor‹: AL 467] frankf. *Musikschode* ›Musikant‹, iron. (FWb. 2093). → *Schaute.*

Mussaf, *der* [aschkenas. hebr. *mussaf*: Wei. L 196; jidd. *musef*: Weinreich 554] jüd. fam. Mussafgebet, Zusatzgebet; literar. *'s hat Einer Geld im Port'monnaie zu Schachris* ›Morgengebet‹. / *Er setzt sich spielen ins Café zu Mussaf* (Bö. 40).

N

Nachbroche, *die* [zu jidd. *b'rocho* ›Segen‹: AL 345] jüd. fam. ›Segensspruch nach dem Essen‹; *Er macht dem Landsmann sein Nachbroche* ›läuft vom Tisch wie das Schwein vom Trog‹, d. h. ohne Dank (Te. 652). → *Broche.*

Naches, *der* [jidd. *nachas* ›Ruhe, Erholung, Erquickung‹, *nachas ruach* ›Erquickung des Gemüts, Gemütsruhe, Beruhigung, Zufriedenheit‹: AL 409] jüd. fam. ›Ruhe, Behaglichkeit, Gefallen, Vergnügen, Genuß‹ (Ki. 1264); *Naches für die Wilden* ›grobe Belustigung‹ (Wei. 86); *Laßt mir meinen Naches* (Te. 991); 1766 *Nachos ruach* ›Ergötzen‹ *sey nur hier* (Maas). Frankf. ›Vergnügen, Ruhe, Befriedigung, Vorteil‹; *Ich hab Naches davon* (FWb. 2105; St. 151). Rotw. (Wo. 3760); ugs. (Kü. 1978). → *Gojim naches, Ruch.*

Nafke, *die*, Pl. *Nafkes* [jidd. *naphko* ›öffentlich umherschweifende Metze‹: AL 412] jüd. fam. ›Prostituierte, Dame (im Kartenspiel)‹ (Wei. 86). Frankf. ›Hure, Straßendirne, liederliches Frauenzimmer‹ (FWb. 2116). Rotw. *Nafke, Naffkine, Nefke* (Wo. 3780). Mdal. ›Prostituierte, Nymphomanin, affektierter Mensch‹ (St. 151).

Nafkenbajes, *das* [jidd. *naphko*; *bajis*] jüd. fam. ›Bordell‹ (Wei. 86). Frankf. *Nafke bajis* ›Freudenhaus‹ (FWb. 2116). Mdal. selten (St. 151). → *Bajes, Nafke.*

nafkenen [jidd. *naphkenen* ›öffentlich mit Metzen umherziehen‹: AL 412] jüd. fam. ›huren‹ (Wei. 86). Rotw. (Wo. 3780). Mdal. bad. *nafken*, selten (St. 151). → *Nafke.*

Nafkener, *der* [zu jidd. *naphkenen*] jüd. fam. ›Ehebrecher‹ (Ah. 141); ›Hurer‹ (Wei. 86). Mdal. hess. ›Ehebrecher‹ (HNWb. 2, 429). → *nafkenen.*

Narronem, *Narronim* Pl. [dt. *Narr* mit jidd. Pluralendung] jüd. fam. ›Narren‹; *Chasonim sind Narronim* ›Vorbeter sind in der Regel Narren‹ (Te. 821). Literar. *Dann spricht er bewegt: »Du kennst die Chasonim! / Ich wollt, es gäb viel noch solcher Narronim!«* (Bö. 12).

naß Adj. [zu *nossen, naussen sein*] rotw. ›ohne Geld, umsonst, gratis, geschenkt‹; *nasser Junge, Kober* ›nicht zahlender Bordellbesucher‹ (Wo. 3811). Berlin. ›ohne Geld‹, meist *for naß, per naß* ›umsonst‹ (BBWb. 3, 411). Ugs. (Kü. 2014f.). → *nossnen.*

Nassauer, *der* [zu jidd. *nossen, naussen sein*] berlin. ›Mensch, der auf Kosten anderer etwas genießt‹ (BBWb. 3, 411); frankf. (FWb. 2134); rotw. *Nassauer sein* ›kein Geld haben, um mit der Metze zu zechen oder beiseite zu gehen‹ (AL 577). → *nossnen.*

nassauern [zu jidd. *nossen, naussen sein*] berlin. ›etwas auf Kosten anderer genießen‹ (BBWb. 3, 411); ugs., mdal. ›schmarotzen‹ (Wo. 3811; Kü. 2015; DuWb. 2360; St. 151). → *nossnen.*

nebbich Interj. [jidd. *nebbich*, Bejahungspartikel zur Betonung und Verstärkung des Ausdrucks: AL 407] jüd. fam. (Wei. 86); Ausruf tiefen Mitleids (JL 4/1, 440); ›leider‹, *er kam nebbich nicht mit* (Ah. 141); *Was sagste zu Palästina nebbich doch?! Mich regt's auf, denn ich hab's kommen sehn!* (Hermann 99). Frankf. *Der Mann hat newwich sei(n) ganz Vermeeche* ›Vermögen‹ *verlore* (FWb. 2137); berlin. ›unwichtig, dumm, überflüssig‹ (BBWb. 3, 415); wiener. *Ein Erdbeben – no, da möcht ich nebbich nicht dort sein* (Wehle 63). Rotw. (Wo. 3827); mdal. kaum belegt (JM 22, 7). Ugs. (Kü. 2021; DuWb. 2366); *wir stinken vor Geld nebbich* (Sle. B 58). In der nationalsoz. Agitation: *Nebbich (unübersetzbarer Judenausdruck)* (HM 302). Literar. *ich sei ein Original, ein Genie, Einer, der anders sei, nebbich* (Altenberg 35f.); *Der Jüngste is nebbich ungeeignet* (KK 7, 147).

Nebbich, *der* [zu jidd. *nebbich*] jüd. fam.; frankf. ›bemitleidenswerter Mensch‹ (FWb. 2137); berlin. ›ein Niemand‹ (BBWb. 3, 415); wiener. ›unbeholfener, ungeschickter Typ‹ (Wehle 214); *der Untam* ›unbeholfener, ungeschickter Mensch‹ *läßt alles fallen, und der Nebbich klaubt es nebbich auf* (Sle. B 66). Rotw. (Wo. 3828). Ugs. ›unbedeutender Mann, Tölpel‹ (Kü. 2022; DuWb. 2366). Literar. *du Nebbich* (KK 5, 313); *Wenn du damals, bei der konstituierenden Versammlung für die Walhalla nicht wie ein Nebbich dagestanden wärst* (KK 5, 315); Carl Sternheim, *Der Nebbich. Ein Lustspiel* (1922); *alles ein öffentlicher Mißstand, Faust wurde Nebbich* (Benn 3, 135). → *nebbich.*

Nebbich, *das* [zu jidd. *nebbich*] literar. ›Nichts‹, ad hoc-Ausdruck; *Versalbt zu flottem Nebbich mit Gesang* (Benn 2, 62). → *nebbich.*

Nebbich-Philologe, *der* [zu jidd. *nebbich*] jüd. fam., ad hoc-Ausdruck; *Die bedauerlichen schweren Lücken seines Hebräisch konnten mir nicht lange verborgen bleiben. »Sie halten mich wohl für einen Nebbich-Philologen«, sagte er mir einmal* (Scholem B 165). → *Nebbich.*

Nebbichkeit, *die* [zu jidd. *nebbich*] ugs. ›Wenigkeit‹; *Natürlich hängst Du an dem feinen so geliebten Zimmer, so erinnerungsreich (nicht nur etwa durch meine Nebbichkeit ~~allein~~), durch all die Jahre, – aber Du musst aus dieser muffigen Bude raus* (Benn Z 213). → *nebbich.*

Nebbichthiosaurus, *der* [zu jidd. *nebbich*] ›erbärmlicher Mensch‹, ad hoc-Ausdruck in der Art eines wiss. Terminus; literar. *Ein Berufsphotograph war ein kläglicher Nebbichthiosaurus* (Blu. 90).

Nebbochant, *der* [zu jidd. *nebbich*] jüd. fam. *Nebuchant* ›bemitleidenswerter Mensch‹ (Wei. 86). Frankf. *Nebochant* ›körperlich und geistig impotenter Mensch‹ (FWb. 2137); berlin. ›wichtigtuender, störender Nichtstuer und Nichtskönner‹ (BBWb. 3, 415); wiener. *Nebochant* ›geschäftl. unbeholfener, ungeschickter Mensch‹ (Wehle 65; 214). Ugs. (Kü. 2023); *wo es in der Hitlerzeit kaum irgendeinen noch so dürftigen Nebbochanten gegeben hat, der nicht Kammersänger gewesen wäre* (Sle. B 305). → *nebbich.*

Nebochanzia, *die* [zu jidd. *nebbich*] ad hoc-Ausdruck in der Art von Firmennamen der Versicherungsbranche; *Ich bin nämlich der Subdirektor der Versicherungsgesellschaft »Nebochanzia«, und ich würde Ihnen einen derart kulanten Tarif geben, daß Sie aus dem Staunen nicht herauskommen würden* (Sle. Wo 110). → *nebbich, Nebbochant.*

Nedann, *Naden, der* [jidd. *nedan* ›reichliches Geschenk, das mit der Braut erheiratete Gut‹: AL 409] jüd. fam. *Naden* ›Mitgift‹ (Wei. 86); *Vater fragt, ob Du meinst, daß es sich empfehlen würde, wenn wir Beide mal nach Hamburg gondeln u. da wegen Nedann dibbern* (Scho. 98). Literar. *500 Taler der Nedan / Wollt' er geben jetz und, /*

Die andre Hälfte, sagt mein Mann: / »Nach Sukkoth ›Laubhüttenfest‹ *zu gesund«* (Bö. 44). → *Nedinje.*

Nedinje, *die*, Pl. *Nedinjes* [jidd. *nedunjo* ›Aussteuer der Braut, Mitgabe, Heiratsgut‹: AL 409] jüd. fam. ›Mitgift‹; *Der kann e ganze Nedinje brauche'*, über einen verschwenderischen Menschen (Te. 197); *Nedinje können die Eltern geben, aber nicht's Massel* ›Glück‹ (Wei. 86); *Das kann e ganze Nedinje koschte'* ›ist eine übermäßige Ausgabe‹ (Te. 197). → *Nedann.*

Nefesch, *der* [jidd. *nephesch*, Pl. *nephoschos* ›Hauch, Atem, Leben, Seele, lebendiges Wesen, Gemüt, Herz, Wille, Wunsch, Begierde‹: AL 412] jüd. fam. ›Leib, Bauch‹; *Die Kuh hat viel Nefesch* ›einen großen Bauch‹, bei einer trächtigen Kuh; *kein Nefesch*, bei Schlachtvieh (Wei. 86). Rotw. ›Seele, Leben‹ (Wo. 3838); mdal. selten (St. 152).

Nefieche, *die*, Pl. *Nefieches* [jidd. *nephicho* ›Bauchwind‹: AL 412] jüd. fam. ›Furz, Wind‹; *Nefieche im Schnupftuch* ›unbedeutende Kleinigkeit‹; *Nefieche soll dir am Kopf zerplatzen*, Verwünschung (Wei. 86f.); *Dafür bekommstu aach: Mein' Nephiche un Dein' Rephue* ›Genesung‹, d.h. ›du bekommst gar nichts‹ (Te. 277). Rotw. *Nefiche, Naphiche, Naphicho* (Wo. 3840). Mdal. *Nefiches*, *Fieches* und in anderen Lautformen (St. 152).

Neir Tomid [jidd. *ner tomid* ›beständiges Licht‹: AL 407] jüd. fam. ›ewiges Licht‹ in der Synagoge (Wei. L 199); literar. *Nicht verzweifelt und nicht wild, / Träumerisch zur Ferne, / Wie ein »Neir Tomid«, mild, / Strahlen die Augensterne* (Bö. 34).

Nekeiwe, *die*, Pl. *Nekeiwes* [jidd. *nekewa*, Pl. *nekewos* ›Weibchen, Weib, Frau‹: AL 413] jüd. fam. ›Frau, Weibsbild‹ (Wei. 87). Frankf. *Nekewe, Mekewe, Kewe* ›Hure, Zuhälterin, Konkubine‹ (FWb. 2145). Rotw. (Wo. 3843); mdal. (St. 152). Literar. *Nie hab ich noch eine »Nekeiwe« berührt* (Bö. 15); *Ä Nekeiwe ist gesprungen, / Wie meschugge auf ä Pferd* (Bö. 27).

Nekome, *die* [jidd. *nekomo* ›Rache‹: AL 413] jüd. fam. ›Schadenfreude‹ (Ki. 1264); auch ›Genugtuung, Nachtragen, Rache‹; *Ich hab' meine Nekome dran* ›das geschieht ihm recht‹ (Wei. 87).

Nemone, *Mone, die* [jidd. *ammona, ammuna* ›Treue, Glaube, Religion‹: AL 328; *nemone* ›Glaube‹: Weinreich 533] jüd. fam. ›Religion, Glauben‹ (Wei. 123). Frankf. 1869 *Ich bleibe meim Nemune treu* (FWb. 2145). Rotw. (Wo. 3847).

Neschieres, *der, das* [jidd. *oschir* ›Reicher‹, *aschirus* ›Reichtum‹: AL 430] jüd. fam. ›Reichtum, Reicher‹ (Wei. 87); *Da steckt e Neschires* (Te. 195).

Neschome, *Neschomme, die*, Pl. *Neschomes* [jidd. *neschomo* ›Hauch, Schnauben, Atem, atmendes Wesen, Seele‹: AL 413] jüd. fam. ›Seele‹; *Mein Neschome* (Te. 339); 1766 *Mein Neschome! laßt Sie gehen* (Maas); *eine fromme Neschome* (Ki. 1264); *ich nehm's auf meine Neschome* ›ich trage die Verantwortung‹ (Wei. 87). Frankf. *s'war leer bei mei Neschome* (FWb. 2147). Rotw. (Wo. 3857); mdal. (St. 153).

Neweil, *Neweile, der, das*, Pl. *Neweilem* [jidd. *newelo* ›Leichnam, Aas, schlechter Mensch, Schelm, Schalk‹: AL 408] jüd. fam. ›Aas; geiziger, gemeiner Mensch; gerissener, ausgekochter Mensch; Bauer, der einem keinen Verdienst zukommen läßt‹ (Wei. 87). Mdal. *Ennefele* ›gerissener Bursche, Spion‹ (St. 152). → *Neweile.*

Neweile, *die*, Pl. *Neweiles* [jidd. *newelo*] jüd. fam. ›unrituell getötetes Tier, Aas, Prostituierte‹ (Wei. 87). Rotw. ›Aas, Schuft, Frechling, Wegwurf‹ (Wo. 3867). Mdal. *Nefel* ›zänkische Frau‹ (St. 152). → *Neweil.*

Neweire, *Newere,* auch *Aweire, die*, Pl. *Neweires* [jidd. *awero*, Pl. *aweros* ›Übertretung, Sünde‹: AL 423] jüd. fam. ›Sünde‹; *Neweire/'ne 'Weire und 'ne Schand* ›eine Sünde und Schande‹ (Wei. 87); *Es is e Newere, wenn man ihn anguckt* (Te. 534); *Is Das so arg? Für all mein' Neweres* (Te. 489). Frankf. ›Vergehen, Sünde‹; *Von eueren Neweires und Börsensünden* (FWb. 2158). Rotw. (Wo. 3837).

niftern, *nifteren, niftel(e)n* [jidd. *niphtern* ›abscheiden, verscheiden, sterben‹: AL 433] jüd. fam. *nifte(r)n*, auch *nifke(r)n, nifge(r)n* ›sterben, umkommen‹; *man nifkent von der Chamieme* ›man kommt vor Hitze um‹ (Wei. 87). Rotw. (Wo. 3877); mdal. *nifter(e)n, niftel(e)n* ›sterben‹ (St. 153 f.); ugs. (Kü. 2038).

Niggen, *der*, Pl. *Negunem* [jidd. *niggun* ›Melodie, Singweise‹: AL 408] jüd. fam. ›Melodie‹ (Wei. 87); *Die Barmitzwa des Jungen war eine große Sache in der Synagoge, er sang seinen Abschnitt wie ein Rebbe mit einem richtigen Nigen* (Scho. 495). Rotw. ›Ton, Melodie, Singweise‹ (Wo. 3878). Literar. *Ging früher in Schul* ›Synagoge‹ *man, das war ein Vergnüg'n / Da sang noch Chasen* ›Vorbeter, Kantor‹ *ein'n polnischen Nigen* (Bö. 51).

Nile, *die* [aschkenas. hebr. *ne'ilo, nilo, nile; ne'ilas* ›Schlußgottesdienst am Versöhnungstag‹: Wei. L 198 f.] jüd. fam; *es geht zu Nile* ›zu Ende‹ (Wei. L 199). Frankf. *auf Nile gehen* ›zu Ende gehen, sterben‹; *mit dem geht's uff Nile* (FWb. 2174; St. 154).

nossnen, *nossenen* [jidd. *nossnen, nossen, naussen sein* ›geben‹: AL 414] jüd. fam. auch *nausnen, nausen(en)* ›geben‹; *nausen's ihm!; er wird's schon nossnen; was haste genossent?; nausen dem Schnorrer hei Peschietem* ›gib dem Bettler fünf Pfennig‹ (Wei. 86). Rotw. *nassenen, nossnen* ›schenken, geben‹ (Wo. 3811). Frankf. *nosemen* ›bezahlen‹ (FWb. 2178). → *naß, nassauern.*

nun Num. [jidd. *nun* ›fünfzig‹: AL 406] jüd. fam. (Ah. 139; Wei. 88). mdal. (St. 154). → *olef.*

O

Oberchochem, *der* [zu jidd. *chochom*] jüd. fam. ›Neunmalkluger, Besserwisser‹ (Wei. 59). Literar. *Sie Oberchochem* (Pick 26); *Juliusberger, ein bißchen prepotente (Lewinsky sagt »Oberchochem«), aber doch lebensfrisch und nicht uneben* (Kle. 42–45, 354). → *Chochem.*

Obermeschores, *Obermaschores, der* [zu jidd. *meschores*] jüd. fam. *Owermaschores* ›Anführer‹ (Ah. 141). Frankf. ›Anführer‹ (FWb. 1958). Mdal. (St. 141), hess. auch ›überschlauer Mensch, Abteilungsleiter, Vorarbeiter, Irrer‹ (Ah. 141); ugs. (Kü. 2063). → *Meschores.*

Oberschammes, *der* [zu jidd. *schammes*] jüd. fam.; literar. *Ebenso behandelte er den »Hilfskantor« Ehrlich, der kaum mehr als die Aufgaben eines Oberschammes (Synagogendiener) erfüllte* (Maimon 19). → *Schammes.*

oi Interj. [jidd. *oi* ›wehe‹: AL 326] jüd. fam.; »Die heilige weltumspannende Silbe« (KK 14, 73); *Oi, wie heenes* ›o, wie freundlich, schmeichlerisch‹ (Te. 311); *Oi! Der Rewi* ›Rabbi‹ *eßt nix Grünes – es muß belese' sein* ›zuvor müssen Insekten abgelesen sein‹ (Te. 329). Literar. *Oiweh, da schau her* (KK 5, 418); *Oiwe, no und -?* (KK 5, 430); *Ojwe* (KK 5, 706); *Oi* (KK 14, 73); *Oi weh!* (Pick 21); *»O lala« verrät den Pariser, ja nicht zu verwechseln mit »Oi, weh«, – was einen lähmenden Eindruck machen dürfte* (Sle. Wo 157); *Und zwinkert mir zu. Oijoijoi* (Koneffke 67).

olef, *ollef, alef* Num. [jidd. *aleph, ollef* ›eins‹: AL 328; erster Buchstabe im hebr. Alphabet] jüd. fam. (Ah. 138; Wei. 88); *Olef Bejs – Gimmel Klejs / Supp und Flaasch – schmeckt nit bejs* ›Alef, Beth, Gimmel, Klöße / Suppe und Fleisch schmeckt nicht schlecht‹, Kindervers (Fr. 29). Mdal. *alef, olef* (St. 57). Die Zahlwörter gehörten zum Geheimwortschatz der Metzger- und Viehhändler (Ah. 138) und kamen auch in Händlersprachen vor (Wo. 6437).

Olem, *Aulem, der* [jidd. *olom* ›verborgene, vergangene und zukünftige Zeit, Ewigkeit, Weltall, Welt‹: AL 426] jüd. fam.; *Mach dem Olem kein Maulspiel* ›gib der Welt nichts zu reden‹, *Was thut mer nit von Olem's wege* (Te. 234); *der Aulem* ›Publikum, Öffentlichkeit‹ *soll meinen sie handelt* (Wei. 49); *Was kleiner der Aulem, als größer die Simche* ›Festfreude‹ (JL 1, 575). Frankf. ›eine Menge‹; *was en Olem vun Bilder*; *wasen* ›was für ein‹ *Olem von Mensche* (FWb. 2225). Rotw. (Wo. 3966); mdal. ›Leute, Welt, große Menge, Dorf‹ (St. 154).

olewescholem, *olew hascholem* [aschkenas. hebr. *olow hascholaum, olew hascholem* ›Friede sei mit ihm‹, dem Namen eines Vestorbenen nachgestellt: Wei. L 203; jidd.: Weinreich 510] jüd. fam. auch *olew/olef bescholem* (Wei. 88; Wei. L 203); *in olew hascholem's Zeiten* ›in alten Zeiten‹ (Wei. 88). Literar. *ich will Eurer Frau, olewescholem, gewiß nichts Unrechtes nachsagen* (Mo. 112).

Orel, *der*, Pl. *Areilem* [jidd. *orel*, Pl. *arelim* ›Unbeschnittener, Nichtjude‹: AL 429] jüd. fam. ›Nichtjude‹ (Wei. 88); *Der Orel is schikker* ›betrunken‹ (Te. 980). Frankf. ›Christ‹ (FWb. 2236). Rotw. *Erle* ›Mann, Vater‹ (Wo. 1231); *Orl* ›Nichtjude‹ (Wo. 3982); mdal. ›Christ, Vater‹ (St. 154). → *Orle.*

Orle [jidd. *orlo* ›Unbeschnittenes, Verstopftes‹: AL 429] jüd. fam. ›Praeputium‹ (Wei. L 205). Frankf. *Orle* (FWb. 2236). → *Orel.*

oren, *auern* [jidd. *oren, orn* ›beten‹, zu lat. *orare*: AL 326] jüd. fam. (Ah. 141; Wei. 55). Frankf. *auern, oren* ›beten, murmeln‹, nur von Juden (FWb.2236). Rotw. ›beten, nachgeben, demütig sein‹ (Wo. 3979). Mdal. hess. ›beten, singend beten, leise sprechen, falsch singen‹ (Ah. 141). Literar. Bettina v. Arnim *Vielleicht liegt im Operngesang weit mehr falsches Getön als im Seufzen und Auern am langen Tag* (FWb. 2236); *Wenn du fleißig orst, kriegst du bald einen guten Mann* (Ko. 1, 210); *begann mit murmelndem Singsang zu oren* (Mo. 142); *Sie hat den ganzen Tag geort* (Mo. 184).

Orew, *der* [jidd. *oraw* ›Bürge‹: AL 428] jüd. fam. ›Bürge‹ (Wei. 88). Mdal. ›Bürge, Zeuge‹, selten (St. 154).

osser, *oßer, oser, user* Neg., Interj. [jidd. *ossur* ›verboten, unerlaubt‹: AL 329] jüd. fam., Verneinungsschwur (Mo. 123); verneinender Ausruf (JL 4/1, 622); ›nein, unmöglich‹ (Ah. 142); *oser mei' Neschome/meine 'Schome, meine 'Schome oser* ›bei meiner Seele, ganz sicher nicht!‹; *Oser sagt Schiller, nebbich sagt Goethe* (Wei. 88). Frankf. *User, ich mach ka Spaß* (FWb. 2240f.). Rotw. (Wo. 3991); mdal. (St. 155). Literar. *nur Deinetwegen hab' ich Deinem Vater geholfen, sonst wüßt' ich oser nicht, was mich Tobiah Hof angeht* (Mo. 136); *Zu tauschen mit Rothschild / fällt oßer mir ein* (Bö. 37).

P

Par, *Por, der,* Pl. *Parem* [jidd. *par,* Pl. *porim* ›Stier‹: AL 436] jüd. fam. ›Bulle, Ochse‹ (Wei. 89); rotw. (Wo. 4311). → *Pore.*

Paradegoi, *der* [zu jidd. *goi* ›Nichtjude‹] jüd. fam. ›einzelner Nichtjude in jüd. Verein, Geschäft‹ (Wei. 65). → *Goi, Renommiergoi.*

Parech, *Parch, der* [jidd. *parrach* ›Grind, Grindkopf‹: AL 437] jüd. fam. ›Krätze; krätziger, störrischer Mensch‹ (Wei. 89); rotw. (Wo. 4039); mdal. ›Krätze, Grobian‹ (St. 155). Literar. *Sie blöder Parch, Sie* (Pick 23).

Parechkopp, *der* [zu jidd. *parrach*] jüd. fam., Schimpfwort (Wei. 89); *Guck e mol aaner den Parech-Kopp an* (Te. 259). → *Parech.*

Parechrosch, *der* [zu jidd. *parrach, rosch*] jüd. fam., Schimpfwort (Wei. 89). → *Parech, Rosch.*

Parnes, *der,* Pl. *Parnosem* [jidd. *parnes,* Pl. *parnossim* ›Ernährer, Kostgeber, Vorsteher, Pfleger, Gemeindevorsteher‹: AL 437] jüd. fam. ›Vorsteher‹ (Ki. 1264); *E Bauch wie e Parnes* (Te. 553). Frankf. (FWb. 2256); rotw. (Wo. 4049); mdal. (St. 155); ugs. (DuWb. 2391). Literar. *Beim Parneß bin ich umsonst gewesen* (Mo. 15 f.)

Parnose, *die* [jidd. *parnosso* ›Nahrung, Kost, Unterhalt‹: AL 437] jüd. fam. ›Ernährung, Unterhalt, Einkommen, Erwerb‹; *eine gute Parnosse* ›gutes Einkommen‹ (Ki. 1264); *wie ist die Parnose?* ›wie ist das Geschäft?‹ (Wei. 89).

Parzef, *Pazzef, der, das* [jidd. *parzuph,* Pl. *parzuphim* ›Gesicht, Gemälde‹: AL 437] jüd. fam. auch *Patzef, Batzef* ›Gesicht‹ (Ki. 1264); auch ›Fratze, Grimasse, Penis‹ (Wei. 89); rotw. *Putzuf* (Wo. 4081).

paskenen [jidd. *paskenen* ›Urteil fällen, Sentenz sprechen‹: AL 436] jüd. fam. ›entscheiden, bes. in religiösen Fragen‹ (Wei. 89). Rotw. (Wo. 4062). Literar. *Zu Hause paskente* ›entschied‹ *er zweifelge-*

quälten Hausfrauen, ob ein Huhn rein oder unrein, ein Topf brauchbar oder verwerflich sei (Mo. 70).

pattern [jidd. *pattern* ›freilassen, entlassen, abfertigen‹; *gepattert werden* ›freigelassen werden‹: AL 433] jüd. fam. ›loswerden‹ (Wei. 89); ›lästigen Besucher verabschieden‹ (Ki. 1264); *gepattert is Geld wert* (Te. 368). Frankf. ›entlassen, fortschicken‹, *net zu battern* (FWb. 2264f.). Rotw. (Wo. 4075); mdal. ›entlassen, hinaustreiben, kalben‹ (St. 156).

pattern, sich [jidd. *pattern*] jüd. fam. ›sich von jmd. losmachen‹ (Ki. 1264), pejorativ ›weggehen‹; *er hat sich gepattert; er will sich nicht pattern* (Wei. 89). → *pattern.*

pattersch, *battersch* Adj. [zu jidd. *pattern*] jüd. fam. ›trächtig‹; *patte(r)sch melochen(en)* ›schwängern‹ (Wei. 89). Frankf. ›schwanger‹, *er hat se battersch melogelt* ›ihr ein uneheliches Kind gemacht‹ (FWb. 2265). Rotw. (Wo. 4076); mdal. ›trächtig, schwanger, unfruchtbar‹ (St. 156). → *malochen, pattern.*

Pattersch, *der* [zu jidd. *pattern*] frankf. *Battersch* ›ungeborene Leibesfrucht des Rindviehs‹ (FWb. 2265); mdal. *sie hat en Baddasch* ›ungeborenes Kind‹ (Ah. 142). → *pattern, pattersch.*

Pattersche, *die* [zu jidd. *pattern*] mdal. ›Gebärmutter der Tiere; Frau, die alles ausplaudert‹ (St. 156). → *pattersch, Pattersch.*

patterschen, *batterschen* [zu jidd. *pattern*] jüd. fam. ›schwängern‹ (Wei. 89); mdal. (St. 156). → *pattern, pattersch.*

Pege [jidd. *pega* ›Schicksal, Ereignis, Zufall‹: AL 432] jüd. fam. ›unangenehmer Kerl‹ (Ki. 1264). → *Pegra.*

Peger, *Peiger, der* [jidd. *peger* ›Leichnam, Aas‹: AL 432] rotw. ›Leiche, Kadaver‹ (Wo. 4100); mdal. ›Leichnam, schwächliches Vieh‹ (St. 156). → *peiger.*

pegern, *peigern* [jidd. *pegern* ›sterben, krepieren, verrecken‹, *gepegert* ›gestorben‹: AL 432] jüd. fam. ›verrecken‹ (Wei. 90); *wärst du* *gepegert*, gemeine Verwünschung (Te. 446). Berlin. ›sterben‹ (BBWb. 3, 550). Rotw. ›sterben, töten, vergiften‹ (Wo. 4100). Mdal. ›verenden, dahinsiechen, bankrott sein, kaputt machen, martern, vergiften‹; *gepegert* ›tot, betrunken‹ (St. 157). → *peiger.*

Pegieme, *Begieme*, *die* [jidd. *pegimo*, Pl. *pegimos* ›Fehler, Makel, Scharte an Waren, Makel des Charakters‹: AL 432] jüd. fam. auch *Pegiene, Begiene* ›Schaden, Schwäche, Makel, Scharte am Schlachtmesser, Krankheit‹; *Die Kuh hat 'ne Pegieme; Im Alter kommen die Pegiemes* (Wei. 89).

Pegra, *Pegera*, *der* [jidd. *pega ra* ›böser Zufall‹: AL 432] jüd. fam. ›üble Person‹ (Wei. 90). → *Pege, Pg.*

Pegraschmus, *der* [jidd. *pega ra, schmuos*] jüd. fam. ›üble Reden, Klatsch‹ (Wei. 90). → *Pegra, Schmus.*

Pei, *Pe, der* [jidd. *pe, pi*, Pl. *piim, pijos* ›Mund, Mündung, Rand‹: AL 432] jüd. fam. ›Mund, Maul‹; *halt den Pei!* (Wei. 90). Rotw. (Wo. 4098); mdal. (St. 156).

Peie, *die*, Pl. *Peijes, Peies, Paijes* [jidd. *peo*, Pl. *peos* ›Ecke (des Feldes), Haar an den Seiten der Stirn, Zwickel- und Backenbart‹: AL 431] jüd. fam. ›Schläfenlocken‹ (Wei. L 208). Frankf. *Peies, Pejes* ›Ohrlocken der strenggläubigen Juden‹; *Uf die Backe bamble die lockige Peiser* (FWb. 2269). Standardspr. *Peies* (DuWb. 2508). Literar. *Denken Sie etwa, diese Handvoll Rebben mit Pejes, Bart und Kaftan haben Macht* (Koneffke 18).

peiger, *peger* Adj. [jidd. *peger*] jüd. fam. ›tot‹ (Wei. 90); *'nen peigeren Hund zum Seibeln* ›Pinkeln‹ *tragen*, d. h. ›etwas unnütz, zu spät tun‹ (Wei. 90). Rotw. ›krank‹ (Wo. 4100). → *Peger, pegern.*

Peisel, *das* [jidd. *pessel*, Pl. *psillim* ›ausgehauenes, geschnitzes Bild, Statue, Götzenstatue‹: AL 435] jüd. fam. ›schönes Kind, Mädchen, schönes Tier, Schönheit‹; Diminutivum *Peiselche(n)* ›hübsches Kind‹, iron. ›häßliches Kind‹ (Wei. 90).

Penne, *die* [strittig, ob zu jidd. *binjan* ›Gebäude‹ oder *pene* ›Fläche‹, *pinno* ›Winkel, Mauerspitze, Ecke‹: AL 342, 435] rotw. ›Herberge, Gasthaus, Nachtquartier, Schlafstelle‹ (Wo. 4119); mdal. ›Herberge, Spelunke, Obdachlosenasyl, Bett, Schule, Gefängnis, schlechte Wohnung‹ (St. 158); ugs. ›Nachtquartier, Schule‹ (Kü. 2121 f.; DuWb. 2512); auch in Abl. u. Zus. wie *Pennbruder, pennen, Penner.*

peschite Adv. [jidd. *pschito* ›gewiß, freilich, freilich wohl‹: AL 438] jüd. fam. *peschite, pschide* ›natürlich, freilich‹; *Peschite! es koscht nix* ›kostet nichts‹ (Te. 200). Rotw. (Wo. 741). Literar. *»Pschide* ›freilich‹*«, sagte er, »den Hasenfuß können sie nicht brauchen.«* (Mo. 122).

Peschore, *Pschore, die,* Pl. *Peschores, Pschores* [jidd. *pschoro* ›Vergleich‹: AL 438] jüd. fam. ›Vergleich, geschäftl., in Streitfällen‹ (Wei. 90). Rotw. *Bschora* ›Vergleich, Übereinkunft‹ (Wo. 742). Mdal. ›Vergleich, Geschäft, Profit, Betrug‹ und weitere Bed. (St. 159 f.). Ugs. *Beschores* ›unredlicher Gewinn, Hehlergewinn‹ (Kü. 353; DuWb. 493).

Peschore machen [jidd. *pschoro machen* ›Vergleich eingehen, bewirken‹: AL 438] jüd. fam. ›sich vergleichen‹; *mach Peschore* ›vergleich dich (mit ihm)‹ (Wei. 90). Rotw. *Bschora machen* ›Vergleich stiften, aussöhnen‹ (Wo. 742); mdal. ›sich vergleichen, betrügen‹ und weitere Bed. (St. 160). → *Peschore.*

Pessach [jidd. *pessach*, Pl. *pessochim*: AL 435; Feiertage zum Gedenken an den Auszug aus Ägypten: Wei. L 208 f.] jüd. fam. ›Pessachfest, Pessachlamm‹; *Eva kommt zu Pessach nach Haus u. der Zederabend* ›Seder‹ *ist bei uns* (Scho. 355). Frankf. *auf Päsach trinkemer Wei(n)* (FWb. 2281); mdal. (St. 160). Literar. *Auf Pessach* ›Ostern‹ *werd' ich elf Jahr alt* (Ko. 2, 24); *Der meint nicht den Pessach, / Der meint nur die Knödel* (Bö. 53).

Pessachdinner, *das* [zu jidd. *pessach*] jüd. fam. ›Pessachmahl‹; *Weißt Du noch, wie wir beim Pessachdinner bei ihm eingeladen waren u. ich streckte ihm meine Flosse entgegen, ohne zu wissen, daß er vor Frömmigkeit keiner Frau die Hand giebt* (Scho. 498). → *Pessach.*

Pessachfest, *das* [zu jidd. *pessach*] standardspr. ›Pessach‹; *Also gutes u. fröhliches Pessachfest* (Scho. 126). → *Pessach.*

Pessachtage [zu jidd. *pessach*] standardspr. ›Pessach‹; *Es ist zwar auch dort Touristensaison, aber das hat dort nicht so viel zu bedeuten wie in Palästina, denn es verteilt sich mehr, während hier die Pessachtage ein ausgesprochener Höhepunkt sind* (Scho. 232). → *Pessach.*

Pg. Abk. der Nationalsoz. für *Parteigenosse*, von Juden als Abkürzung von *Pegra, Pegera* ›üble Person‹ verstanden (Wei. 90). → *Pegra.*

Pilpel, *Pilpul, der*, Pl. *Pilpulem* [jidd. *pilpul* ›scharfsinniges Disputieren, talmudische Dialektik, Zänkerei, Zwistigkeit‹; *pilpel* ›Pfeffer, scharfes Gewürz, Äußerung, Rede oder Weise, womit man jmd. zurechtsetzt, pfeffert‹: AL 434] jüd. fam. ›scharfsinnige Erörterung, Wortstreit, Zänkerei‹ (Wei. 90). Literar. *Darauf hat er sich mit mir in einen Pilpul* ›theologischen Streit‹ *eingelassen* (Ko. 1, 157); *ein gutaussehender Mann, klein, aber wohlgestaltet, und groß im Pilpul, dem Scharfen Streitgespräch oder der Dialektik* (Neu. K 120).

Pinkes, *das* [jidd. *pinkes* ›Notizenbuch, Brieftasche, Tagebuch, Handelsjournal, Schuldbuch; Wanderbuch‹: AL 435] jüd. fam. ›Handelsbuch‹; 1766 *Jeden Ben* ›Sohn‹ *lehrt um die Wette, / Was das Pinkes, was der Plette* ›Bankrott‹ / *Actem referendem ist* (Maas). Rotw. *Pinkas* ›Notizbuch, Verzeichnis der Diebstahlsobjekte‹ (Wo. 4199). Frankf. ›Notizbuch‹ (FWb. 2317; St. 160).

Pinnes, *der* [jidd. *pinnos* ›Winkel, Mauerspitze, Ecke; Haupt, Anführer‹: AL 435] jüd. fam. ›Narr‹ (Wei. 90). Mdal. ›Spaßmacher, launenhafter Mensch, Betrüger, rothaariger Hund‹ (St. 160f.).

plangenen [jidd. *plangenen* ›weinen, heulen, flennen‹, zu lat. *plangere*: AL 435] jüd. fam. ›klagen, weinen‹; *Der plangent den ganzen Tag* (Te. 409). Rotw. (Wo. 4225).

platt Adj. [jidd. *blat*: Weinreich 695] rotw. ›vertraut, befreundet, sicher, verläßlich, Sicherheit/Zuflucht bietend, gaunerisch‹; *platt sein* ›zu den vertrauten Leuten gehören‹ (Wo. 4332]. In der nationalsoz. Agitation: *Über ein Viertel der Bewohner bestand damals aus Juden, und die anderen Einwohner waren zum großen Teil »platte Leute«,* *das will sagen, sie waren »kochem« (mit den Gaunern befreundete Personen)* (HM 377).

pleite Adj., nur präd. und adv. [jidd. *pleto; pleto melochnen, machen* ›auf die Flucht sich begeben, Bankrott machen‹: AL 434] jüd. fam. ›fort, weg‹; *er hat pleite gemacht* ›Bankrott gemacht‹, ›sich aus dem Staub gemacht‹; *geh pleite!* ›mach, daß du fortkommst!‹ (Wei. 90). Berlin. ›bankrott‹; *wie oft jeht da 'n Direktor pleite* (BBWb. 3, 654). Mdal. *pleite sein* ›bankrott sein, fort sein‹ (St. 161 f.); ugs. ›bankrott sein‹ (Kü. 2182; DuWb. 2569; ÖWb. 294). Literar. *Wer Hitler so zur Seite steht, / Bewirkt, daß Deutschland pleite geht* (Kerr 2, 76); *Mindaros ist pleite* (Blu. 329f.). → *Pleite, plete.*

Pleite, *die* [jidd. *pleto* ›Flucht, Entrinnen, Bankrott‹: AL 434] jüd. fam. ›Bankrott‹; *Das Stück war eine große Pleite* ›Reinfall‹ (Wei. 90). Berlin. ›Flucht, Bankrott, Reinfall, Mißerfolg‹ (BBWb. 3, 654); wiener. (Wehle 65). Ugs., rotw., mdal. ›Reinfall, Niederlage, Zusammenbruch, Bankrott, Konkurs‹; *Pleite machen, gehen* (Kü. 2182; DuWb. 2569; ÖWb. 294; Wo. 4248; St. 161 ff.). Literar. *Elende Meute / magischer Topp / Zoff u. Pleite / wann ist Stopp??* (Benn 2, 99); *als der den Krieg der Griechen gegen die Türkei finanzierte und dabei eine Pleite schob – das führte zum Sturz Lloyd Georges* (Neu. L 36); *Das Allerschlimmste, die Pleite, Mechulle, der Bankrott, der Konkurs, wurde vermieden* (Blu. 157). → *pleite, plete.*

Pleitegang, *der* [zu jidd. *pleto*] literar. ›Zusammenbruch‹; *Der Profitgeist schlägt Kapital aus dem Pleitegang der Staaten* (Roth 1, 99). → *Pleite.*

Pleitegeier, *der* [jidd. *pleto*; dt. *gehen*] jüd. fam. »mystischer Vogel des Bankrotts«, volksetymologische Umdeutung aus jüd. *Pleitegeier* ›Pleitegeher‹; *Der Pleitegeier kreist über dem Geschäft* (Wei. 90). Ugs., mdal. Symbol des Bankrotts, ›Pfandsiegel des Gerichtsvollziehers, Bankrotteur, militärische Auszeichnung‹ (FWb. 2332; BBWb. 3, 654; Wo. 4248; St. 162; Kü. 2182 f.; DuWb. 2569). Literar. *die Schwingen des Pleitegeiers über meinem Haupte rauschen hören* (Sle. Wo 17); *Bei Verona zwingt ein Hauptmann, 2 Feldgendarmen (»mit dem Pleitegeier um den Hals«) Leute zur Sammlung u. Widerstand* (Kle. 50–59, 356). → *Pleite.*

Pleitejammer, *der* [zu jidd. *pleto*] ugs. ›schwierige wirtschaftl. Lage‹; literar. *Das Gepäck aufgeben – in den Zug hinein und wir hatten beseligt all den Pleitejammer im Rücken* (Sle. We 86). → *Pleite.*

pleite-sejne [zu jidd. *pleto* ›Flucht‹; *pleto halchenen* ›flüchtig werden, davonlaufen‹: AL 434] jüd. fam. *pleite-sejne* ›entwichen, verschwunden‹ (Fr. 33); *pleiteseine halchen* ›sich aus dem Staub machen‹ (Wei. 90). → *pleite, Pleite.*

Pleitestandpunkt, *der* [zu jidd. *pleto*] literar. *Der Ulk lag darin: daß der Undramatiker wie der Theatraliker von ein und demselben Pleitestandpunkt angeschmeichelt, von einer und derselben Verdauung hinabgeschluckt wurde* (Kerr 7/2, 281). → *Pleite.*

Pleitezeit, *die* [zu jidd. *pleto*] ugs. ›schwierige wirtschaftl. Situation‹; *Die Initiative, das Durchstehen der Pleitezeit, um die noch recht unbeholfenen Partituren durchzubringen, die Annonce etc., hatte ich nun einmal* (Fe. 164). → *Pleite.*

plete Adj., nur präd. und adv. [jidd. *pleto*; *pleto melochnen/machen* ›auf die Flucht sich begeben, Bankrott machen‹: AL 434] frankf. *blede sein*; *er is bleede* ›weg, fort‹; *blede gehn* ›sich aus dem Staub machen‹; *als bleede* ›nichts wie fort‹ (FWb. 2332 f.). Rotw. ›fort, frei‹, *blede machen, plete holchen* ›durchgehen, entfliehen‹ (Wo. 4248). → *flöten gehen, pleite, pleite-sejne.*

Plette, *Plett, die* [jidd. *plet*: Weinreich 692] jüd. fam. ›Anweisung des jüd. Gemeindekassierers auf Sabbatkost bei einem der Familienväter‹ (Ko. 2, 4); literar. *Kannst du mir sagen, wo da Schimme Prager wohnt? Ich hab' eine Plett für ihn, ich soll bei ihm auf den Sabbat essen* (Ko. 2, 4); *es ist nur eine »Plett«* ›Billett‹ *noch übrig, und die wird Euch keinen guten Sabbat verschaffen* (Ko. 9, 64).

Pofel, *Powel, der* [Herkunft strittig; fragl., ob zu *Bowelsechore* ›unverkäufliche Ware‹] ugs. ›Minderwertiges‹ (Kü. 2187; DuWb. 2576). Literar. *nicht dem guten Tone entsprechend, daß du dir den besten Überzieher, Hut und Regenschirm aussuchst und deinen Pofel dort hängen läßt* (Sle. Wo 168); *Gewöhnlich ist die erste Nummer meist ein Powel* (Sle. L 182). → *Bafel, Bowel, Bowelsechore.*

Pofelware, *die* [zu *Pofel*] ›Minderwertiges‹; literar. *Der Endsieg unser Recht beweist: / die Welt wird von uns eingekreist! / So muß und wird es uns gelingen, / die Pofelware anzubringen* (KK 7, 207). → *Pofel.*

Pojaz, *Pojatz, der* [jidd. *pajaz* ›Bajazzo, Spaßmacher‹: Weinreich 502] ugs. (Kü. 2187; DuWb. 2577); literar.: Karl Emil Franzos, *Der Pojaz* (postum 1905).

Pojazspieler, *der* [zu jidd. *pajaz*] bildungsspr., Rollenfach im Schauspiel; literar. *Goebbels sieht ungemein jüdisch aus, Eva sagt mit Recht, dem Schauspieler Deutsch (dem Pojazspieler) ähnlich* (Kle. 33–41, 17). → *Pojaz.*

Ponem, *das*, Pl. *Ponems, Ponemer* [jidd. *ponim*, Pl. von *pono* ›Gesicht, Fläche‹: AL 435] jüd. fam. ›Gesicht, Aussehen‹ (Wei. 90); *wie der Chammer* ›Esel‹ *'s Ponem hot*, d. h., der Preis richtet sich nach der Person des Käufers (Fr. 25); *kein Ponem und keine Zure* ›Gestalt‹, d. h. ›sieht nach nichts aus‹ (Wei. 90). Frankf. *Bonum, Ponem* (FWb. 360, 2344); berlin. *zwei einander ins Ponim stellen* ›konfrontieren‹; *ins Ponim pfeifen* ›ins Gesicht sagen‹ (BBWb. 3, 677); wiener. (Wehle 231). Rotw. ›Gesicht, Mund, Nase‹ (Wo. 4306); mdal. auch *Bonem, Bonum* (St. 163); ugs. *Ponim* (Kü. 2192). Literar. *Und mit zuckersüßem Ponim / Schneiden sie den Barches* ›Sabbatgebäck‹ *klein* (Bö. 17); *Auf dein Ponem herauf, was?* (KK 5, 311).

Pore, *die,* Pl. *Pores* [jidd. *poro*, Pl. *poros* ›Kuh‹: AL 436] jüd. fam. ›Kuh‹ (Wei. 90); *Moore for die Boore* ›Angst um die Kuh‹, d. h. ›traue der Sache nicht‹ (Fr. 26). Rotw. (Wo. 4311); mdal. (St. 163). → *Par.*

Posche Jisroel, *Porsche Jisroel* [jidd. *posche, posche jissroel* ›Übertreter des Gesetzes‹: AL 438; JL 4/1, 1053 f.] jüd. fam. ›schlechter Jude, Antisemit‹ (Wei. 91); *das is e Posche* (Te. 681). Frankf. (FWb. 2349); mdal. (St. 164). Literar. *Unser größter Auscher* ›Reicher‹ *Joel Reinach wär' Posche Jisroel* ›Sünder‹ *genug dazu* (Mo. 76).

poschet [jidd. *poschut* ›ausgezogen, geplündert, wenig, einfach, bloß‹: AL 438] jüd. fam. ›einfach, leicht‹; *das ist poschet; ein poscheter Mensch* (Wei. 91). Rotw. ›bloß, einfach, gewöhnlich‹ (Wo. 4323).

Poschet, *der*, Pl. *Peschiet(em)* [jidd. *poschut, poschit*, Pl. *peschitin* ›Pfennig, Kleinigkeit‹: AL 438] jüd. fam., Pl. auch *Peschitt(em), Beschiet(em), Beschitt(em)* ›Pfennig‹; *an ihm ist kein Poschet zu mewiechen* ›kein Pfennig zu verdienen‹ (Wei. 91). Rotw. *Poschut, Poscher* ›Pfennig‹ (Wo. 4324); mdal. *Poschen, Poscher, Poschet* ›Münze, Pfennig, Kleingeld, Groschen‹ (St. 164); ›Pfennig‹ (Kü. 2198).

posel Adj. [jidd. *possul, possl* ›unheilig, unerlaubt, unstatthaft, untauglich, verboten‹: AL 435] jüd. fam. ›beschädigt, unbrauchbar, bes. von rituellen Gegenständen‹ (Wei. 91). Literar. *Der seidene Talles* ›Gebetsmantel‹ *ist wertlos, denn aufgerollt, er ist überall durchgeknickt und was sein Hauptfehler ist, er ist poßel* (Bö. 64).

Possek, *Posik, der* [jidd. *possek*, Pl. *poskim* ›Urteilsverfasser, Kasuist‹: AL 435] jüd. fam. *Posik* ›Spruch‹, *Poskim* ›Kasuisten‹ (Te. 80, 141); *E Posik un e Stecke'*, zwiefaches Mittel, um sich eines Hundes zu erwehren, d. h. ›doppelt genäht hält besser‹ (Te. 80); *Er schlagt uf alle Poskim* ›schlägt auf alle Kasuisten‹, d. h. ›gibt nichts auf sie‹ (Te. 667). → *Possuk.*

Possuk, *der* [jidd. *possuk*, Pl. *pessukim* ›Vers, Abschnitt‹: AL 435] jüd. fam. als jurist. Terminus *Posuk* ›Dekret‹; 1766 *Nur, wenn uns ein Posuk sich zeiget, / Daß uns kein Termin verstreichet* (Maas). Rotw. *Paßuk, Poßuk* ›Urteil, Entscheidung‹ (Wo. 4062). → *Possek.*

poter Adj. [jidd. *potur* ›frei, befreit (von einer Pflicht)‹; *potur werden/kommen* ›freiwerden, freikommen‹: AL 433] jüd. fam. ›los, frei‹; *den sind wir poter* ›endlich losgeworden‹ (Wei. 91). Rotw. auch ›freigelassen, entlassen‹ (Wo. 4075). → *pattern.*

preien [jidd. *preien* zu lat. *precari*] jüd. fam. ›bitten, einladen‹ (Te. 895); *braje* (Fr. 9); *Ungepraiten Gascht* ›Gast‹ *setzt mer hinter den Auwe'* ›Ofen‹ (Te. 895). Rotw. (Wo. 4348); mdal. hess. (HNWb. 2, 686); ugs. ›bitten, anrufen‹ (DuWb. 2612). → *Mechiele.*

Presseschmus, *der* [zu jidd. *schmuos*] ugs. ›Pressejargon, schönklingendes Zeitungsgeschwätz‹ (Kü. 2207). Literar. *Eine kleine Offiziersclique, weggejagte Leute, ist bereits liquidiert oder nieder-*

gemacht (beachte diese zwei Verben des Presseschmus, die jetzt in den Maquis-Deskriptionen spuken und die von da in den neuen Pressestoff kommen) (Kle. 42–45, 550f.). → *Schmus.*

Purim [jidd. *purim* ›Purimfest‹: AL 432] jüd. fam.; *du wirst dich Purim nicht maskieren* ›deine Pläne werden sich nicht verwirklichen‹ (Wei. 13); *Das ganze Johr schikker* ›betrunken‹ *un am Purim nüchtern* (Te. 885). Mdal. ›jüd. Losfest, Fasching, Familienfeier, Hochzeitsfeier, lebhaftes Treiben, Aufwand bei Familienfesten‹ (St. 164); standardspr. (DuWb. 2662). Literar. *Der Winter kam und Purim mit ihm* (Mo. 41).

Purim-Ball, *der* [zu jidd. *purim*] jüd. fam.; *In Charlottenburg, als Großvater Hirsch Parnaß* ›Vorsteher der jüd. Gemeinde‹ *war, gab es immer einen Purim-Ball* (Scho. 123). → *Purim.*

Purimfest, *das* [zu jidd. *purim*] standardspr. (Te. 193); ›jüdischer Fasching‹ (Mo. 26); literar. *Nach langem Leiden starb die Mutter, und zwar gerade am Abend des Purimfestes* (Mo. 26). → *Purim.*

Purimkreppchen, *das* [zu jidd. *purim*; dt. *Krapfen*, mdal. *Kreppel*] jüd. fam. ›Gebäck zu Purim‹; *Schabbesnudel, Purimkreppchen und Pessachknödel* (Bö. 63). → *Purim.*

Purim-Sude, *die* [zu jidd. *purim*; *s'udo, sudo* ›Mahlzeit, Gastmahl‹: AL 418] jüd. fam.; *Bleibst an der Purim-Sude sitze'* (Te. 193); *Ich bin so satt, wie vun der Purim-Sude* (Te. 532). → *Purim, Sude.*

R

Rachmones, *das, der* [jidd. *rachmonus* ›Barmherzigkeit‹: AL 456] jüd. fam. ›Barmherzigkeit, Mitleid‹ (Ki. 1264); auch ›Elend, erbärmlicher Zustand‹ (Wei. 91); *Laß mir mein Ruh mit dem Goj* ›Nichtjuden‹ *sein Rachmones* (Te. 680). Frankf. (FWb. 2412); mdal. hess. ›Geizhals‹ (St. 164f.). Ugs. *Rachmones machen* ›jammern‹ (Kü. 2259). Literar. *Denn mit einem Schaute* ›Narr‹, *wie du einer bist, /*

Da hab ich das größte Rachmones (Bö. 15); *nicht auf Deine Rachmone angewiesen* (F 679, 21).

Rachmonesstellung, *die* [zu jidd. *rachmonus*] jüd. fam. ›Arbeitsstelle aus Barmherzigkeit‹; *Man hat ihr – Zwang bei verringerter Kopfzahl – »mit sofortiger Wirkung« gekündigt, ihr nur eine »Rachmonesstellung« gelassen* (Kle. 42–45, 270). → *Rachmones.*

Rachmonismieter, *der* [zu jidd. *rachmonus*] jüd. fam. ›Mieter, die keine oder nur geringe Miete zahlen‹; *Ich hatte Rachmonismieter – drei gleich, eine olle Frau von 85 dabei! –, für die ich zwar statt Miete ein Trinkgeld kriegte, aber turmhohe Gasrechnungen bezahlen muß* (Hermann 201). → *Rachmones.*

Ragsen, *der* [jidd. *ragson* ›Zorniger, Jähzorniger‹: AL 454] jüd. fam. ›Jähzorniger‹ (Wei. 91). Frankf. *Ragse* ›Choleriker‹ (FWb. 2416). Rotw. *Ragson, Ragsen* (Wo. 4468).

Rat, *Ratt, der* [jidd. *rat*, Pl. *rattim* ›Reichtaler, Taler‹, Abkürzung *r't* für *Reichsthaler*, gesprochen *rat*: AL 452, 456] ›Taler‹ (Wei. 92); 1766 *Und er dienet uns mit Freuden / Wenn er gleich bei unsern Leuten / Manchen Rat* ›Thaler‹ *am Cheschben* ›Rechnung‹ *mißt* (Maas). Rotw. ›Taler, Mark‹ (Wo. 4497); mdal. ›Taler, Kronentaler, Dreimarkstück, Fünfmarkstück‹ (St. 165).

ratzen, *ruzen* [jidd. *ruzen, razen* ›laufen‹: AL 455] jüd. fam. *ratzen* ›laufen; weglaufen‹ (Wei. 92); 1766 *Ruz* ›lauf‹, *Meschorse* ›Magd‹, *ruz geschwinde / Ruz und holch* ›gehe‹ *in mein Chedder* ›Zimmer‹ (Maas; FWb. 437); rotw. *ratzen, rotzen, rutzen* ›laufen, eilen‹ (Wo. 4503); mdal. ›gehen‹ (St. 165); ugs. (Kü. 2277).

Raufe, *Roofe, Raufer, der* [jidd. *rophe* ›Arzt‹: AL 457] jüd. fam. ›Arzt‹ (Wei. 92), ›Doktor‹ (Maas); *hört mit allen Ohren / Was der Rauffe Chosen* ›Doktor Bräutigam‹ *kan* (Maas); *Unser Harjet* ›Herrgott‹ *is der beschte Roofe* (Te. 945). Rotw. *Rofe, Raufe, Rauf* ›Arzt‹ (Wo. 4617); mdal. pfälz. ›Arzt‹ (St. 165).

Raw, *Rav, Raaf, der*, Pl. *Rabbonim* [jidd. *raw* ›Oberst, Anführer, Herr, Meister, geistlicher Lehrer, Doktor‹: AL 454] jüd. fam. ›Rabbiner‹; *E Rav wie e Kahel* ›Gemeinde‹ (Te. 672); *E fetter Rav un e magerer Gallech* ›Pfarrer‹ *is nix werth* (Te. 921); *am besten gefiel der uralte, mottige Raw, – sind denn die Rebbonim von Jugend auf uralt?* (Scho. 422). Rotw. selten (Wo. 4521). Literar. *ist's war, daß sie in Frankfurt so einen merkwürdigen Raaf haben?* (Mo. 76); *alle die ledigen Rabbonim* (Mo. 87). → *Rebbe.*

Rebbe, *Reb, der,* Pl. *Rebbes, Rabonem* [jidd. *rabbi, rebbe* ›mein Herr, mein Lehrer, mein Meister, mein Doktor‹: AL 454; JL 4/2, 1525 f.] jüd. fam. ›Lehrer, Rabbiner, Bulle‹ (Wei. 92); *In Safed informirten sie sich erst beim Rebbe, ob Frl. Käthe Dan koscher genug koche u. als der Rebbe das versicherte, zogen sie es trotzdem vor, nur weiche Eier zu essen* (Scho. 171). Frankf. *Rewwe* (FWb. 2451 f.); rotw. (Wo. 4521); mdal. (St. 166); standardspr. (DuWb. 2714). Literar. *er weiß, daß sie auf dem Dorf nicht bleiben will, und er möcht' auch lieber zu seinen »Rebbes« zurück* (Ko. 3, 233); *Da müssen wir den Rebbe hören* (Bö. 47). → *Raw.*

Rebbes, *der* [jidd. *ribbis* ›Zins, Interesse, übermäßiger Zins, Wucher‹: AL 454] jüd. fam. ›Interesse‹ (Maas); Pl. *Rebusem, Ribusem* ›Zinsen‹ (Wei. 92); 1766 *Wie mein Rebbes* ›Interesse‹ *mich erfreut* (Maas). Frankf. ›Zins, Gewinn, Ertrag‹ (FWb. 2452); rotw. *Rebbis, Rebbes* (Wo. 4522); mdal. ›Gewinn, Profit‹ (St. 167); ugs. (Kü. 2288; DuWb. 2714).

Rebbezen, *Rewezen, Rebzen, die* [jidd. *rebbezin* ›Frau des Rabbiners‹: AL 454] jüd. fam.; *Die Rewezen von Kelterschbach! – Geht Vormittags Schule'* ›in die Synagoge‹ *un Nachmittags in die Tiphle* ›Kirche‹, d. h. ›will es sich mit keiner Partei verderben‹! (Te. 975). Rotw. *Rebezen, Rewwezin* (Wo. 4521). Literar. *das treffliche Mädchen, das seit dem Tode der Rebzen mit verdoppeltem Eifer sich dem »Schwesternbund« widmete* (Mo. 129); *Die Räbbitzen trug Bubikopf u. rauchte* (Kle. 25–32, 349). → *Rebbe.*

Rechiele, *Rechieles, das* [jidd. *rochilo, rochilus* ›Klatscherei, Verleumdung‹: AL 456] jüd. fam. ›Klatsch‹ (Wei. 92). Rotw. *Rechile, Rechiles* ›Verleumdung‹ (Wo. 4467). In der nationalsoz. Agitation: *Der Nachtwächter schüttelt den Kopf: »Es is ä Rechille (dummes Gerücht).«* (HM 378).

Regel, *der*, Pl. *Raglojem, Raglajem* [jidd. *regel* ›Fuß‹, Pl. *raglajim* ›beide Füße‹: AL 454] jüd. fam. *Raglojem, Raglajem* ›Füße, Hufe‹; *Das Suss* ›Pferd‹ *hat keine Raglojem* ›kann nicht richtig laufen‹ (Wei. 91). Frankf. *Raglajim* ›Füße‹, auch ›Feste, an denen man nach Jerusalem wallfahrtet‹ (FWb. 2416). Rotw. (Wo. 4530); mdal. *Reggel* ›Fuß‹, *Reglajemer* ›Beine‹ (St. 167).

Reiach, *der* [jidd. *reach* ›Geruch‹: AL 456] jüd. fam. ›Geruch‹ (Wei. 92); 1766 *So was ist ihm nach Reach* ›Geschmack‹! (Maas).

Reik, *Reck, der*, Pl. *Reikem, Reikes, Reikems* [jidd. *rek*, Pl. *rekim* ›Müßiggänger, Taugenichts, Bummler‹: AL 456] jüd. fam. ›Soldat; Schutzmann‹ (Wei. 92); *Vorne getrummelt* ›getrommelt‹ *un hinte' kaan Reekem* ›keine Soldaten‹ (Te. 707). Rotw. ›Soldat, Schutzmann, Gendarm, Bummler, Pflastertreter‹ (Wo. 4529). Mdal. ›Soldat, Polizist‹ (St. 167).

Reiwach, *Reibach, Rebach, der* [jidd. *rewach, rewoch* ›Weite, Erleichterung, Erweiterung, Vorteil, Gewinn, Interesse, Zins‹, Pl. *rewochim* ›Zinsen, Interessen‹: AL 455] jüd. fam. ›Gewinn, Vorteil‹ (Ki. 1264; JL 4/1, 1446); Pl. *Rewochem, Rewuchem, Refuchem* ›Zinsen‹; *trockener Reibach* ›Verdienst durch direkten Weiterverkauf‹ (Wei. 92). Frankf. *Kümmert euch mehr um den Rewach als um den Rebbe* (FWb. 2451). Rotw. (Wo. 4520); mdal. (St. 165 f.). Ugs. *Rebbach, Reibach* ›unverdient hoher Gewinn‹ (Kü. 2288; DuWb. 2737); ›Gewinn, Nutzen‹ (ÖWb. 306). Literar. *Ob nun das von mir in diesem Text als »gestrichen« Bezeichnete unter der Devise »Was man nicht sieht ist Rebbach« tatsächlich gestrichen wurde* (Neu. V 464).

Renommiergoi, *der* [zu jidd. *goi*] jüd. fam. ›einzelner Nichtjude in einem jüd. Verein, Geschäft‹ (Wei. 65). Literar. *früher nannte man sowas den Renommiergoy* (Kle. 45–49, 661). → *Goi.*

Rephue, *die* [jidd. *rophuo* ›Genesung‹; *terupho* ›Heilung, Hilfe, Arznei‹: AL 457] jüd. fam.; *Von Dem bekommstu aach: Mein' Nephiche* ›Bauchwind‹ *un Dein' Rephue* (Te. 277); *Unser Harjet* ›Herrgott‹ *schickt stets die Rephue vor der Makke* ›vor dem Schlag‹ (Te. 946). Rotw. ›Arznei, Heilmittel‹ (Wo. 4535).

Reschojin, *der* [jidd. *rischjon* ›Erlaubnis, Ermächtigung, Macht‹: AL 458] jüd. fam. ›Heiratserlaubnis‹; literar. *Das war es auch vielleicht, was unsern Jaikew bewog, Erde und Himmel in Bewegung zu setzen, damit er seinen »Reschojin« oder die Heiratsbewilligung erhalte* (Ko. 1, 231).

Rimesse, *die* [jidd. *remis, remiso* ›Wink, Deutung, Bekanntmachung‹: AL 457] jüd. fam. ›Mitteilung‹; *Seit dem Kriege mußte ich immer nur Geld ausgeben und daher hat mir diese Rimesse um so größeres Vergnügen gemacht* (Liebermann 46).

Risches, *der* [jidd. *rischus* ›Bosheit‹, auch *rescha, rischo*: AL 459] jüd. fam. ›Antisemitismus‹; *er hat Risches* ›ist antisemitisch‹; *risches Bier*, Wortspiel mit *bayrisches Bier* im Hinblick auf den Antisemitismus in Bayern; *Risches machen* ›Antisemitismus hervorrufen‹; *mach keinen Risches* ›errege keinen Anstoß‹ (Wei. 92f.). Frankf. *In Preuße herrscht alleweil große Risches!* (FWb. 2520); rotw. (Wo. 4561); mdal. (St. 167f.).

Rischeskopp, *der* [zu jidd. *rischus*] jüd. fam. ›Antisemit‹ (Wei. 93); ›unangenehme Person‹; *Vor der anfangs mürrischen und schweigsamen Arbeiterin an meiner Maschine wurde ich gewarnt: »Rischuskopp!«* (Kle. 42–45, 490). → *Risches.*

roges, *roches* Adj. [jidd. *beroges, broges* ›im Zorn, zornig‹: AL 454] mdal. ›zornig, ärgerlich‹ (St. 169). → *Roges.*

Roges, *Rauges, Roches, Rochus, der* [jidd. *roges* ›Zorn, Bewegung‹: AL 454] jüd. fam. ›Ärger, Zorn‹; *er hat einen schönen Rauges* ›ist sehr zornig‹ (Wei. 92); *Er schnitzt sich e Rooges* ›spielt seinen Zorn‹ (Te. 304); *Rooges gilt nix* ›bringt nichts‹ (Te. 837). Frankf. *der hat awwer en Roches uff mich* (FWb. 2528); berlin. (BBWb. 3, 870). Rotw. selten (Wo. 667). Mdal. ›Zorn, Wut, Haß; schlechte Laune, Eifersucht, Antipathie‹ (St. 168). Ugs. *Rochus* (Kü. 2326; DuWb. 2796).

rogesen, *raugesen* [zu jidd. *roges*] jüd. fam. *raugesen* ›jmd. ärgern, sich ärgern‹; *das raugest ihn* ›macht ihn ärgerlich‹ (Wei. 92). Mdal. bad. ›Lärm, Unfug machen‹ (St. 169). → *Roges.*

roinen [jidd. *roënen, rienen, rojenen* ›sehen, erblicken, anschauen‹: AL 453] jüd. fam. ›sehen‹ (Wei. 93). Rotw. *raunen, roinen, rojenen, rohnen* (Wo. 4515). Mdal. *reunen, raunen* (St. 167).

Rosch, *Rausch, der* [jidd. *rosch* ›Kopf, Haupt, Oberster, Höchster, Oberhaupt, oberster Platz, Hauptstadt, Gipfel, Erstes, Anfang, Summe, Gesamtzahl, Haufe‹: AL 453] jüd. fam. ›Kopf‹ (Ah. 144); *er geht bekalles Rosch* ›ohne Kopfbedeckung‹ (Wei. 93). Frankf. (FWb. 2535); rotw. (Wo. 4633); mdal. ›Kopf; Hals, Mund‹ (St. 169). → *Rosch chodesch, Roscheschone.*

Rosch chodesch, *der* [jidd. *rosch chodesch* ›Neumond‹: AL 452] jüd. fam.; *Kommt Rosch-Chodesch wieder*, Vertröstung (Te. 67); *Wenn drei Tag Rosch-Choodesch ist*, Zurückweisung eines ungebührlichen Verlangens durch Verweis auf Unmögliches (Te. 68). Frankf. *stumm bis mer rosch chodesch benscht* ›segnet‹, d. h. ›nur bei einer besonderen Gelegenheit den Mund aufmachen‹ (FWb. 12535). Rotw. ›Monatserster, Monatsanfang‹ (Wo. 4633). → *Rosch.*

Rosche, *der*, Pl. *Reschoem, Rischonnem* [jidd. *roscho*, Pl. *reschoim* ›Böser, Schuldiger, Boshafter, Übeltäter, Bösewicht‹: AL 459] jüd. fam. ›Bösewicht, Antisemit‹ (Wei. 93). *Der Rosche kehrt selbst am Gehnem* ›Hölle‹ *nit um* (Te. 920). Frankf. ›böser Mensch, Gottloser‹, bes. ›Judenfeind‹ (FWb. 2535); rotw. ›Frevler, Gottloser, Schurke‹ (Wo. 4635); mdal. (St. 169). Literar. *Und wer nicht in der eignen Brust / Empfindet diese Schabbeslust, / Der ist fürwahr ein Rosche* (Bö. 21).

roschen, *rauschen* [zu jidd. *roscho*] mdal. ›stehlen, betteln, zanken, schimpfen, schlagen‹ (St. 169). → *Rosche.*

Roscheschone, *der* [jidd. *rosch haschono* ›Neujahr‹: AL 452] jüd. fam. ›Neujahr‹ (Ko. 1,85); *Unser Roschhaschonoh bei Theo war sehr schön u. furchtbar opulent, mit Gastgeschenken für Alle* (Scho. 398). Frankf. *ich gratulier der ze Roscheschone* (FWb. 2535); mdal. (St. 169). Literar. *Zu Rosch Haschone* ›Neujahr‹ *will ich schon dort sein, ich kann mich nicht länger aufhalten und muß fort* (Ko. 1, 85). → *Rosch.*

Row, *Rof, der* [jidd. *roow, raiwon* ›Hunger‹: AL 457] jüd. fam. ›Hunger‹; *Mehr Row wie Schlof* ›mehr Hunger als Schlaf‹ (Wei. 93). Rotw. *Roof, Roow, Roew, Raiwon* (Wo. 4629); mdal. *Rof, Ruf* (St. 168).

Rozeiach, *Rezeiach, Rauzeiach, der* [jidd. *rozeach* ›Mörder‹: AL 458] jüd. fam. ›gewalttätiger Mensch, Totschläger‹ (Wei. 93). Rotw. ›Mörder, Totschläger‹ (Wo. 4570).

Ruch, *Ruach, der* [jidd. *ruach*, Pl. *ruchos* ›Wehen, Wind, Hauch, Geist, Seele, Gemüt, Leben‹; *nachas ruach* ›Erquickung des Gemüts, ruhiges Gemüt, Gemütsruhe, Beruhigung, Zufriedenheit‹: AL 409, 455] jüd. fam.; 1766 *Nachos ruach* ›Ergötzen‹ *sey nur hier* (Maas). Rotw. ›Geist, Seele, Verschwender, Windbeutel, unsteter Mensch‹ (Wo. 4658); mdal. (St. 169 f.). → *Naches.*

S

sajin Num. [jidd. *sojin* ›sieben‹: AL 361] jüd. fam. (Ah. 138; Wei. 93); mdal. *sajen* (St. 170). → *olef.*

Sakem, *das* [jidd. *sakin* ›Messer‹: AL 417] rotw. ›Messer‹ (Wo. 4712); mdal. (St. 170).

sammech, *zammech* Num. [jidd. *sammech* ›sechzig‹: AL 414] jüd. fam. (Ah. 139; Wei. 93); mdal. *samech* (St. 170). → *olef.*

Sara, *die* [PN aschkenas. hebr. *Soro, Sore* ›Sara‹: Wei. L 256] frankf. ›Jüdin‹ (FWb. 2601); mdal. ›unordentliche, schmutzige Frau; unruhiges, tolles, schmutziges Mädchen‹ (HNWb. 3, 30).

Sasser, *Sasserer, Zasserer, der* [jidd. *sarsur, sarser* ›Unterhändler, Zubringer, Kuppler‹: AL 420] jüd. fam. *Sasserer, Zasserer* ›Vermittler, Zwischengänger beim Handel‹ (Wei. 93). Rotw. *Sasser, Sasserer* ›Ausspäher, Unterhändler, Hehler‹ (Wo. 4742); mdal. ›Händler, Hehler beim Viehhandel‹ (St. 170). → *Sasseres, sassern.*

Sasseres, *Sasseras, das* [zu jidd. *sarser*] jüd. fam. ›Vermittlungsgebühr, Trinkgeld‹ (Wei. 94). Frankf. *Sasseras, Zaßeras* ›Geld, Profit, Maklerlohn‹; *do kricht* ›kriegt‹ *dann der Makler ach widder sein Zasseras dervo* ›davon‹ (FWb. 2602 f.); rotw. ›Geld, Makelgeld‹ (Wo. 4742); mdal. ›Profit, Maklerlohn, Trinkgeld, Geld‹ (St. 170 f.). → *Sasser, sassern.*

sassern, *sasseren, zasser(e)n* [zu jidd. *sarser*] jüd. fam. ›vermitteln‹ (Wei. 93). Rotw. ›ausspähen, auskundschaften, makeln‹ (Wo. 4742); mdal. ›handeln, feilschen‹ (St. 171). → *Sasser, sassern.*

Saucher, *Socher, der* [jidd. *socher*, Pl. *sochrim* ›Kaufmann, Handelsmann‹: AL 417] jüd. fam. auch *Zaucher, Zocher, Sacher* ›Kaufmann‹ (Wei. 94); *E Soocher ohne Verstand, Da liegt der Hessik* ›Schaden, Nachteil‹ *uf der Hand* (Te. 826); *Bis sich der Soocher besinnt, besinnt sich der Mochsin* ›Zöllner‹ *aach* (Te. 880). Frankf. *Sauchor* (FWb. 2609); rotw. (Wo. 4775); mdal. (St. 171).

Saune, *der*, Pl. *Saunem, Sonnem* [jidd. *sone*, Pl. *sonnim* ›Feind‹: AL 472] jüd. fam. ›Feind‹; *Meinen Sonnem gesagt!* ›möge es nicht mir, sondern meinen Feinden geschehen!‹ (Wei. 94). Rotw. (Wo. 4755); mdal. nur in der Wendung *all mein Sonem* (St. 208). Literar. *»Verdammst du Ihn,« sprach sie, »ehe Ihn unsere Saunim* ›Feinde‹ *verdammen?«* (Mo. 15).

Schabbes, *der* [jidd. *schabbos* ›Ruhe, Ruhetag, Sabbat‹: AL 463] jüd. fam. ›Sabbat‹; *mach' Schabbes damit/davon*, iron. Redensart (Ki. 1264); *Könnt' mer den Schabbes anbinde'* (Te. 815). Frankf. (FWb. 2620 f.); mdal. (St. 2620 f.); ugs. (Kü. 2427 f.; DuWb. 2874). Literar. *man soll am Schabbes nicht von Geschäften reden* (Mo. 126); *was thust Du! am heiligen Schabbes* (Mo. 172); *Am Schabbes sind wir alle gleich; / Der Chasen* ›Kantor‹ *singt für Arm' und Reich'* (Bö. 21); *Am Schabbes schmeckt uns wohlgemut / Das Essen noch einmal so gut* (Bö. 20).

Schabbesbatzen, *der* [zu jidd. *schabbos*] frankf. ›Zusatzlohn für christl. Arbeiter in jüdischen Betrieben‹; 1714/17 *Die Juden haben denen Mäurern und anderen Handwercks-Gesellen, weil sie den Sonnabend feyren müssen, über ihren gewöhnlichen Taglohn, jedem* *einen Batzen (derer 15 über einen Gulden machen) täglich ausgezahlt, so sie den Schabbes-Batzen genennet* (FWb. 2621).

Schabbesbinde, *die* [zu jidd. *schabbos*] jüd. fam. ›Krawatte‹; 1766 *Hohl mir meine Schabbes Binde / Malbusch* ›Kleid‹ *und Butschgajem* ›Hosen‹ *her* (Maas). → *Schabbes.*

Schabbesdeckel, *der* [zu jidd. *schabbos*] jüd. fam.; berlin. ›eleganter Hut; Zylinderhut, wie er von Juden am Sabbat getragen wird‹ (Ki. 1264). Frankf. ›jüd. Feiertagshut‹, scherzhaft ›Hut‹; 1714/17 *die Bareten oder platte Deckel, so die Juden auff den Köpffen tragen, die man hier Schabbes-Deckel nennet; der Schabbesdeckel kann nur Cylinderhut sein* (FWb. 1875, 2621). Rotw. (Wo. 4807); mdal. ›Hut‹ (viele Arten), auch scherzhaft (St. 174). Ugs. (Kü. 2428; DuWb. 2874). → *Schabbes.*

Schabbesfisch, *der* [zu jidd. *schabbos*] jüd. fam. ›Fisch für das Mahl am Sabbat‹; literar. *So viel aber weiß ich [...] daß [...] jüdische Köchinnen in mehr oder weniger reinen Netzen, jüdische Hausväter in mehr oder weniger reinen Schnupftüchern ihr Kontingent an »Schabbesfischen« nach Hause trugen* (Mo. 5). → *Schabbes.*

Schabbesgans, *die* [zu jidd. *schabbos*] jüd. fam. Diminutivum *Schabbesgänsel* ›kleine Gans für das Mahl am Sabbat‹; literar. *Zum Beispiel: Wenn zum Markt wir laufen / Ein Schabbesgänsel uns zu kaufen* (Bö. 47). → *Schabbes.*

Schabbesgast, *der* [zu jidd. *schabbos*] jüd. fam. ›am Sabbat bewirteter Bettler‹ (Bö. 32). → *Gascht, Schabbes.*

Schabbesgoi, *der* [jidd. *goi, schabbos*] jüd. fam. ›Nichtjude, der in orthodoxen Familien den Ofen anzündete und andere, den Juden am Sabbat verbotene Arbeiten verrichtete‹ (Wei. 94); scherzhaft ›Jude, der sich nicht an die Sabbatvorschriften hält‹ (Ki. 1264). Frankf. auch *Schawweskoi* (FWb. 2622). → *Goi, Schabbes.*

Schabbesgoje, *die*, auch *Schabbesgoite* [jidd. *schabbas goie* ›nichtjüd. Frau zur Verrichtung der während des Sabbats untersagten häuslichen Arbeiten‹: AL 348] jüd. fam. ›nichtjüd. Hilfskraft für Arbeiten am Sabbat‹ (Ki. 1264); *Erzähl's der Schabbesgojeh* ›das kannst du höchstens einer alten, unwissenden Frau weismachen‹ (Te. 87). Frankf. 1714/17 *Wagenseil defendiert den Schabbesgoiendienst* (FWb. 2622). Mdal. hess. auch ›schmutzige Weibsperson‹ (Ah. 145). → *Goje, Schabbes.*

Schabbeskleid, *das* [zu jidd. *schabbos*] jüd. fam. ›Kleid für bessere Gelegenheiten‹; literar. *sie erröthete und ging hinauf, sich anzuziehen, denn der Onkel hatte ihr mit bedeutsamem Lächeln gesagt: »Zieh' Dein Schabbeskleid an.«* (Mo. 33). → *Schabbes.*

Schabbeslied, *das* [zu jidd. *schabbos*] jüd. fam. ›Sabbathymne‹; literar. *Er singt im lustigen Potpourri / Das Schabbeslied »Lecho-daudi«* ›auf, mein Freund‹ (Bö. 9). → *Schabbes.*

Schabbeslust, *die* [zu jidd. *schabbos*] jüd. fam. ›Sabbatfreude‹; literar. *Und wer nicht in der eignen Brust / Empfindet diese Schabbeslust, / Der ist fürwahr ein Rosche* ›Bösewicht‹ (Bö. 21). → *Schabbes.*

Schabbesnudel, *die* [zu jidd. *schabbos*] jüd. fam. ›Nudelgericht für den Sabbat‹; literar. *Seine Lippen kochend sprudeln / Wie im Topf die Schabbesnudeln* (Bö. 28). → *Schabbes.*

Schabbesrock, *der* [zu jidd. *schabbos*] jüd. fam. ›Männerrock (Jacke) für bessere Gelegenheiten‹; literar. *Der Schabbesrock hängt auf dem Stuhl, / Ich zieh mich an und geh' in Schul* ›in die Synagoge‹ (Bö. 20). → *Schabbes.*

Schabbesscheigez, *der* [jidd. *schabbos, schekez*] frankf. ›Christ, der Juden die ihnen am Sabbat verbotenen Hausarbeiten verrichtet‹; 1714/17 *Schabbesgoi, auch wohl Schabbes Scheigez* (FWb. 2622). → *Schabbes, Schegez.*

Schabbesschickse, *die* [jidd. *schabbos, schickzo*] ugs. ›Mädchen für das Wochenende‹ (Kü. 2428). → *Schabbes, Schickse.*

Schabbesschmus, *der* [jidd. *schabbos schmuos* ›Sabbatserzählungen, mit welchen man sich am Sabbat die Zeit verkürzt‹, ›leeres Geschwätz, Plauderei‹: AL 472] jüd. fam. ›leere Rede, unwahrscheinliche Geschichte, Unsinn‹ (Wei. 94); *Das sen Schabbes-Schmues* (Te. 107). Frankf. ›leeres Gerede, lügenhafte/unzuverlässige Aussagen‹; *»Ich hab dehaam e Schwester ... un for die muß ich mich erhalte!« – »Schawwesschmus!«* (FWb. 2622 f.). Mdal. hess. ›müßiges Gerede wie am Sabbat, zudringliches Gerede nach Judenart‹ (Ah. 146); ugs. (Kü. 2428). → *Schabbes, Schmus.*

Schacher, *der* [zu jidd. *sochern, schachern*] jüd. fam. ›Handel‹. Mdal. ›gewinnsüchtiger Handel, Tausch‹ (St. 171); standardspr. ›Geschäftemacherei, Feilscherei‹ ((DuWb. 2876; ÖWb. 320). → *Schacherer, schachern.*

Schacherer, *der* [zu jidd. *sochern, schachern*] jüd. fam. ›Händler‹. Rotw. ›Handelsmann, Krämer‹ (Wo. 4775); mdal. ›Händler, Tauschhändler, Hausierer, Wucherer, Vieh-/Pferdehändler, Geizhals‹ (St. 172); standardspr. ›Händler, der feilscht‹ (DuWb. 2876). → *Saucher, Schacher, schachern.*

schachern [jidd. *sochern, schachern* ›handeln, Handel treiben‹: AL 417] jüd. fam. ›handeln‹. Rotw. ›handeln, Handel treiben‹ (Wo. 4775); mdal. ›feilschend handeln, tauschen, hausieren, sparen, schuften‹ (St. 172); standardspr. ›feilschend handeln‹ (DuWb. 2876; ÖWb. 320). Literar. *Hier versammelt sich der edle Handelsstand und schachert* (Heine 7, 30). → *Schacher, Schacherer.*

Schachris, *Schachres, das* [jidd. *tephillas schacharis* ›Morgengebet‹: AL 467] jüd. fam. (Wei. L 225). Frankf. *Jaköbche halt erst dei(n) Schachres sonst krickste* ›kriegst du‹ *kei Friehstick* (FWb. 2626 f.). Literar. *Im Warenhaus kauft sich der Schmul zu Schachris / Ein'n Anzug jüngst und geht in Schul' zu Mussaf* ›in die Synagoge zum Mussafgebet‹ (Bö. 40).

schächten [jidd. *schachten, schochten* ›schlachten, schächten‹: AL 466; *schechtn*: Weinreich 382] jüd. fam., Part. Perf. *geschächtet, geschochten*, ›nach jüdisch-ritueller Vorschrift schlachten‹; *ich bin geschochten* ›erledigt‹; *wie ein geschochtenes Huhn* ›kopflos‹ (Wei. 94). Frankf. (FWb. 2627); rotw. ›schlachten, (ab)schneiden‹ (Wo. 4777); mdal. ›nach jüd. ritueller Vorschrift schlachten, schlachten‹ (St. 176); standardspr. (DuWb. 2877). → *Schauchet.*

Schächter, *der* [zu jidd. *schachten*] ugs. ›jüd. Schlachter, der nach jüdisch-ritueller Vorschrift schlachtet‹. Mdal. (St. 177); standardspr. (DuWb. 2877). Literar. *Als nun am andern Tag die Köchin einen »Wälschen« (Truthahn) zum Schächter trug* (Mo. 33). → *schächten.*

Schadchen, *Schadjen, der* [jidd. *schadchon*, Pl. *schadchonim* ›Ehestifter, Kuppler‹: AL 464] jüd. fam. ›Heiratsvermittler‹ (Wei. 94); *E Schadchen muß'n dicke' Fuß habe* ›muß gut zu Fuß sein‹ (Te. 798). Frankf. *Es ist eine alte Geschichte: Durch Schadchen wird man klug* (FWb. 2628); rotw. (Wo. 4778); mdal. (St. 177); ugs. (Kü. 2429; DuWb. 2878). Literar. *es kamen immer häufiger Schatchonim* ›Heirathsvermittler‹, *um sich bei Onkel Markus vertraulich nach Fräulein Katz und ihrer »Netinge«* ›Mitgift‹ *zu erkundigen* (Mo. 30); *Ja, der Schadchen denkt sich heute, / Mühe hat's genug gemacht, / Eh' ich diese beiden Leute / Glücklich hab zusamm'n gebracht* (Bö. 18).

schadchenen [zu jidd. *schadchon*] jüd. fam. ›Heiraten vermitteln‹ (Te. 237, 798; Wei. 94). → *Schadchen.*

Schale, *die*, Pl. *Schales* [jidd. *schailo* ›Bitte, Frage‹: AL 462] jüd. fam. ›Frage, dumme Frage‹ (Ki. 1265); *Wer viel Schaales macht, bekummt viel Tschuwe* ›Antwort‹ (Te. 867). Rotw. ›Frage, Problem, Entscheidung‹ (Wo. 4789). Literar. *Da muß ich gehn ä Schale fragen* (Bö. 47).

Schalet, *Schales, der, das* [Herkunft romanisch: JL 4/2, 141] jüd. fam. *Schalet*, Sabbatgericht (Wei. L 226); z. B. *Apfelschalet, Kartoffelschalet, Matzeschalet, Nudelschalet* (Ah. 147). Frankf. *Schalet, Schales* (FWb. 2635). Standardspr. (DuWb. 2885). Literar. *Schalet, schöner Götterfunken, / Tochter aus Elysium! / Also klänge Schillers Hochlied, / Hätt' er Schalet je gekostet* (Heine 1, 436); *Es waren schöne Mädchen und rochen nach Schalet, allerliebst* (Heine 7, 38).

Schammes, *der*, Pl. *Schamosem* [jidd. *schammes*, Pl. *schammosim* ›Synagogendiener, Schuldiener, Küster‹: AL 472; JL 4/2, 146] jüd. fam. ›Diener‹ (Wei. 94). Frankf. *wie gut daß wir den Schammes hewe* (FWb. 2637). Rotw. ›Diener, Gerichtsdiener, Schuldiener, Küster, Kantor‹, auch ›Penis‹ (Wo. 4799); mdal. (St. 178f.); ugs. ›Gehilfe‹ (Kü. 2436; DuWb. 2889). Literar. *Hier waltete unbeirrt der Scham-*

mes der Gemeinde (Mo. 69); *Und der Schammes reicht ihm von Frau Bankier Gans / Einen seidenbeschleiften Lorbeerkranz* (Bö. 11); *der Synagogenpedell, der Schammes* (Kerr 7/2, 142); *Darsteller des himmlisch rauhen Schammes* (Kerr 7/2, 726).

schasjenen, *schaskenen, schaskelen* [jidd. *schasjenen* ›trinken‹: AL 478] jüd. fam. ›trinken‹ (Wei. 95). Frankf. *schaskeln, schaskenen; geb mer ze achele* ›essen‹ *un ze schaskene; er hat zuviel geschaskelt* (FWb. 2645); rotw. (Wo. 4821); mdal. (St. 179); ugs. *schaskeln, schaskenen, schaskern* (Kü. 2439).

Schasjener, *Schaskener, der* [zu jidd. *schasjenen*] jüd. fam. ›Trinker‹; *er ist ein Schaskener*, scherzhaft verstanden als *Schass-Kenner* ›Talmudkundiger‹ (Wei. 95). Frankf. *Schaskener* ›Trinker, Säufer‹ (FWb. 2645); mdal. (St. 179). → *schasjenen.*

Schauchet, *Schochet, der*, Pl. *Schauchtem, Schochtem* [jidd. *schochet* ›Schlachter, Schächter‹: AL 466] jüd. fam. ›Schlachter‹; *E Kozen* ›Reicher‹ *un e Schoochet – bleibt nix übrig als e weiter Hals* (Te. 809); *Mehr Schochtim als Hühner* ›mehr Arbeiter als Arbeit‹ (Te. 81). Frankf. *Schochet*, Pl. *Schochtem* ›Metzger, jüd. Metzger‹ (FWb. 2810); rotw. (Wo. 4777). Literar. *Er war ein Muster von einem Balkaure* ›Vorleser‹, */ Er hatte im Kopfe die ganze Thaure* ›Tora‹, */ War Schochet und Mohel* ›Beschneider‹, *bließ Schofarhörner* (Bö. 9). → *schächten, Schächter.*

Schaufer, *Schofer, das* [jidd. *schopher*, Pl. *schophoros* ›Horn, Trompete, Posaune‹: AL 476] jüd. fam. ›Widderhorn‹, scherzhaft ›Nase‹; *er bläst Schaufer*, von jmd., der seine Rede mit Räuspern und Stottern beginnt (Wei. 95). Rotw. ›Horn, Trompete, Dampfpfeife (bes. an der Lokomotive)‹ (Wo. 5117).

Schaufet, *Schofet, der* [jidd. *schophet*, Pl. *schophetim, schophtim* ›Richter‹; *schophet zedek* ›gerechter Richter‹: AL 475] jüd. fam. ›Richter‹ (Wei. 95). Rotw. *Schaufet, Schofet* ›Richter, Schultheiß‹ (Wo. 5118); mdal. ›Richter, Bürgermeister, Gemeindevorsteher‹ (St. 180). Literar. *Gott ist ein Schaufet Zedek* ›gerechter Richter‹ (Mo. 188).

Schaute, *Schote, der*, Pl. *Schauten, Schottem* [jidd. *schote*, Pl. *schotin* ›Narr, Tor‹: AL 467] jüd. fam. ›Narr‹ (Wei. 95); ›Tor, Geck, traurige Figur mit dem Beigeschmack der Albernheit‹ (Ki. 1265); mit Anklang an Schillers Ballade »Der Ring des Polykrates«: *Schaute mit vergnügten Sinnen* (Ki. 1265); *Besinnt sich der Chochem* ›Kluge‹, *besinnt sich der Schoote* (Te. 881). Frankf. ›einfältiger Mensch‹, Diminutivum *Schodche* ›Dummerchen‹ (FWb. 2823); berlin. (BBWb. 4, 1020); rotw. ›Narr, Einfaltspinsel‹ (4830); mdal. (St. 180); ugs. (Kü. 2443; DuWb. 2989). Literar. *Soll singen und springen bei Fiedel und Laute, / Und Gott und die Menschen nicht halten zum Schaute* (Bö. 12); *Dr. Fleischhauer Rechtsanwalt aus Dräsden. Eine qualvolle Schaute* (Kle. 25–32, 77); *Ich halte Fl. für eine gutmütige Schaute u. geistige Null* (Kle. 25–32, 178). → *schautig.*

Schautemann, *der* [zu jidd. *schote*] jüd. fam. ›Narr‹ (Wei. 95). Mdal. ›Witzbold, Intrigant‹ (St. 181). → *Schaute.*

Schauter, *der* [jidd. *schoter, schauter* ›Aufseher, Vorsteher, Gerichtsbeamter, Polizeibeamter‹: AL 465] jüd. fam. ›Aufseher‹ (Wei. 95). Rotw. *Schot, Schoter, Schaut, Schauter* ›Polizist, Gendarm, Gerichtsdiener, Amtsdiener, Büttel‹ (Wo. 5136). Mdal. ›Polizist, Ratsdiener, Gerichtsvollzieher, schlechter Mann‹ (St. 182); ugs. ›Spitzel, Polizeibeamter, lustiger Junge‹ (Kü. 2243).

schautig Adj. [zu jidd. *schote*] jüd. fam. ›närrisch, töricht‹ (Ki. 1265; Wei. 96). Mdal. ›närrisch, wunderlich, verrückt, nymphomanisch‹ (St. 181); ugs. (Kü. 2243). → *Schaute.*

schauwe, *schowe* Adj. [jidd. *schowe* ›gleich, ähnlich, schicklich, wert‹: AL 465] jüd. fam. ›wert‹; *wieviel ist die Pore* ›Kuh‹ *schauwe* (Wei. 96); 1766 *Weil er eine Calle* ›Braut‹ *schauwe / Zu sich in sein Mitta* ›Bett‹ *nimt* (Maas).

Sched, *der*, Pl. *Schedim* [jidd. *sched*, Pl. *schedim* ›Götze, böser Dämon, Teufel‹: AL 464] jüd. fam. ›Geist‹; mdal. pfälz. ›Teufel‹ (PfWb. 5, 903; St. 183). Literar. *Hinter jedem Segen lauert ein böser Sched* ›Geist‹ (Ko. 1, 279); *Ein alter Mann sagte damals von mir, es stecke in mir ein »Sched«, einer jener höllischen Geister, dem es oft aus Laune gefällt, einen Menschenleib zu bewohnen* (Ko. 7, 11).

Schegez, *Scheigez, Schekez, der*, Pl. *Schkozem* [jidd. *schekez*, Pl. *schkozim* ›Greuel, Abscheu vor dem Unreinen, nichtjüd. Knabe‹: AL 477] jüd. fam. auch *Scheigez* ›Nichtjude, frecher Kerl‹ (Ki. 1265); ›Christenbursche, Freund der *Schickse*‹, Schimpfwort für jüd. Burschen; *Schkozem*, bes. auf Kinder angewandt (Wei. 96). Frankf. (FWb. 2658); rotw. ›junger Mensch, Bursche‹ (Wo. 4837); mdal. verbreitet (St. 183 f.). Literar. *Und zwei Schkozem hab'n gerungen, / Und gewälzt sich auf der Erd* (Bö. 27). → *Schickse.*

Scheicher, *Schecher, das* [jidd. *schechor, schecher* ›berauschendes Getränk, Bier‹: AL 469] jüd. fam. *Scheicher* ›Bier‹. Rotw. *Schecher, Scheicher* ›Bier‹; *Schecher, Schächer, Schöcher* ›Wirt‹ (Wo. 4832); mdal. ›Bier‹, ›Wirt‹ (St. 182).

Scheiker, *Scheker, Schäker, der*, Pl. *Schkorem* [jidd. *scheker*, Pl. *schkorim* ›Lüge‹: AL 477] jüd. fam. ›Lüge, Verleumdung‹ (Wei. 96); *Schkorim* ›Lügen‹ (Ki. 1265); *Der sagt Scheeker, daß sich die Balke' biege'* (Te. 316). Frankf. *Schkorem, Schorum* ›Jux, Unfug, Vergnügen, Schwindelei‹; *mach doch dein Scorem mit mir* (FWb. 2922 f.); berlin. ›Spaßmacher, Schelm, (niedliches Kind)‹ (BBWb. 4, 997). Rotw. (Wo. 4786, 4788); mdal. (St. 177 f.); ugs. (DuWb. 2883). Literar. *Der Seelenhirt sinkt in den Schlaf / Hans Seydewitz wird selber Schaf / Und blöckt polit'schen Scorum* (FWb. 2922 f.).

Schem, *Scheim, der*, Pl. *Schemes* [jidd. *schem*, Pl. *schemos* ›Name, Gerücht‹: AL 470] jüd. fam. ›Name‹; Pl. *Schemes* ›Namen‹, das sind ›einzelne Blätter eines zerrissenen hebr. Buches, bes. Gebetbuches‹ (Te. 214); *Er hat einen guten Schemm*; pleonastisch *alles was Scheim und Namen hat* ›jeder von Bedeutung‹ (Wei. 96). Rotw. ›Name, Ruf, Leumund‹, auch Ersatzname für einen Mitgefangenen, Kameraden wie *Dingsda* (Wo. 4864). Mdal. (St. 184); ugs. *sich einen Schem machen, seinen Schem verlieren* (Kü. 2452). Literar. *»Schem jischmerenu!« (Gott unser Schützer) schrie sie auf und mußte sich am Treppengeländer halten* (Mo. 48).

Schemesch, *der* [jidd. *schemesch* ›Sonne‹, Pl. *schemschos* ›hellstrahlende Fenster, Spiegel, Zacken, Zinken, Radien, Glorien als bauliche Verzierungen‹: Al 472] jüd. fam. ›Sonne‹. Rotw. (Wo. 4866); mdal. ›Sonne, Mond‹ (St. 184).

schicker Adj. [jidd. *schikkor, schikker* ›Betrunkener, Berauschter‹: AL 469] jüd. fam. *schikker, schicker* ›betrunken‹ (Ki. 1265); *schikker wie Lot* (Te. 3); *Er schwätzt sich schikker* (Te. 115); *Das ganze Johr schikker un am Purim nüchtern* (Te. 885); Bezeichnung für ›verkehrte Handlungsweise‹ (Ki. 1265); *Der Orel* ›Nichtjude‹ *is schikker* (Te. 980); *Wenn zwei sagen, du bist schicker, leg' dich hin; choze/chetzje schicker* ›halb betrunken (auch: total betrunken)‹; *peiger schicker* ›total betrunken‹ (Wei. 97). Frankf. (FWb. 2674); berlin. (BBWb. 4, 1053); rotw. (Wo. 4888); mdal. (St. 185); ugs. ›leicht betrunken‹ (Kü. 2455; DuWb. 2916). Literar. *Bei Jack London – schicker ist der Goi – wär's der Anfang eines alkoholischen Ruhms geworden* (Blu. 40).

Schicker, *der*, Pl. *Schikorem, Schikoren* [jidd. *schikkor, schikker*] jüd. fam. ›Trinker‹ (Wei. 97); ›Trunkenbold‹ (Ki. 1265); *Laß den Schikker, er fallt allaan* (Te. 775). Mdal. ›(kleiner) Rausch‹ (St. 185). → *schicker.*

schickern [jidd. *schikkern* ›trinken, sich betrinken‹: AL 469] jüd. fam. ›trinken‹ (Wei. 97). Berlin. (BBWb. 4, 1053); rotw. (Wo. 4888); mdal. (St. 187f.); ugs. (Kü. 2456; DuWb. 2916). → *schicker.*

Schickores, *Schickures, der, das* [jidd. *schikres*: Weinreich 388] jüd. fam. ›Trunkenheit, Trunkenbold, Trinkgelage, Gesellschaft von Trinkern‹ (Wei. 97). Rotw. (Wo. 4888); mdal. (St. 186). → *schickern.*

Schickse, *die*, Pl. *Schickses, Schicksen* [jidd. *schickzo*, Pl. *schickzos* ›nichtjüd. Mädchen‹: AL 477] jüd. fam. ›Christenmädchen‹ (Ki. 1265), bes. ›Dienstmädchen‹ (Wei. 96). Frankf. ›leichtes Mädchen‹, Schimpfwort (FWb. 2675); berlin. ›Mädchen, Frau, Prostituierte‹ (BBWb. 4, 1053f.). Rotw. (Wo. 4837); mdal. mit vielen Bed. für ›Mädchen, Frau‹ (St. 186). Ugs. ›Flittchen, Jüdin, Nichtjüdin‹ (Kü. 2456; DuWb. 2917). Literar. *Brigitte war ein anständiger Mensch – soweit man das von einer Schickse behaupten konnte. – Denn die Schickse besaß die Chuzpe* ›Frechheit‹, *Moisches Frau werden zu wollen* (Se. M 40). → *Schegez, Schicksel.*

Schicksel, *das* [jidd. *schickzel* ›nichtjüd. Mädchen‹: AL 477] jüd. fam. ›Christenmädchen‹ (Ki. 1265). Rotw. ›Vagabundin‹ (Ki. 1265). Literar. *Komm' her, Schiksel! Machst Du unsere Gäns koscher, so* *will ich Dich dafür koscher machen!* (Mo. 116). Frankf. von Juden ›nichtjüd. Mädchen‹; von Nichtjud. ›jüd. Mädchen‹; *die Loreley is e schee Schickselche* (FWb. 2675); berlin. ›Liebchen, jüd. Mädchen‹ (BBWb. 4, 1053 f.); rotw. (Wo. 4837); mdal. (St. 187). Literar. *Das Schickselchen, die Kalle* ›Braut‹, *ich meine Rebekka, des Juden Tochter, war nicht übel* (Hauff 2, 140); *Du stahlst mir armem Schiksele/ So manches Silberbüchsele. / Doch schmiert der zarteste Sopran, / Manchmal den größten Lackel an!* (Sle. We 103). → *Schickse.*

Schiddech, *der*, Pl. *Schiduchem, Schiduchen* [jidd. *schidduch* ›Verlobung, Verheiratung‹: AL 464] jüd. fam. ›Heiratsvermittlung, Partie‹; *Er hat einen guten Schiddech gemacht* (Wei. 97); *Es werd'r an Dei'm Schiddech nix schade* ›es wird dir bei deiner künftigen Verheiratung nicht schaden‹ (Te. 237). Frankf. ›Verlobung, Heirat‹; *Wem der alte Langemayer den Vorzug gibt, macht den Schüttich* (FWb. 2676; St. 188). Rotw. ›Heirat, Verlobung‹ (Wo. 4889). Literar. *da war in der ganzen Gemeinde nur eine Rede: »Der Schidech* ›Heirath‹ *ist richtig!«* (Mo. 33); *Dem Jonas wird ein Schiddech geredt zu Schachris* ›Morgengebet‹ (Bö. 41).

Schippemalke, *die* [zu jidd. *malke*] jüd. fam. ›Schippenkönigin‹ im Kartenspiel (Pik Dame); *Geputzt wie Schippe'-Malke* ›aufgeputzt wie die Schippenkönigin‹ (Te. 555). Frankf. mißverstanden als *schiwwe Malkes* ›wie sieben Königinnen‹ (FWb. 1927). Rotw. ›Zierpuppe, geschmacklos und überladen geputztes Frauenzimmer‹ (Wo. 4927); mdal. ›Pik Dame‹ (St. 184). Literar. *Und wenn ich auch im Winter kein warm Kleid auf dem Leib gehabt hab' [...] so bin ich mir vorgekommen wie Schippe-Malke* ›die Piquedame ist das Symbol der Pracht‹ (Mo. 187). → *Malke, Schippemelech.*

Schippemelech, *der* [jidd. *melech*] jüd. fam. ›Schippenkönig‹ im Kartenspiel (Pik König) (Te. 555). → *Melech, Schippemalke.*

Schir, *das* [jidd. *schir*, Pl. *schirim* ›Gesang, Lied‹: AL 466] jüd. fam. ›Lied‹; 1766 *Wenn mir wird mein Schir gelingen / Muß ich den Jomtow* ›Feiertag‹ *besingen; Daß das schönste Schir erschalle / Für den Chosen, für die Calle* ›für den Bräutigam, für die Braut‹ (Maas). → *Schir-hamalaus.*

Schir-hamalaus, *der* [aschkenas. hebr. *schir hamalaus*, Lied, meist Ps. 126 gemeint: Wei. L 234; jidd. *schir-hamailes*] jüd. fam. ›Lobpsalm‹ (Mo. 114); *Die Schirhamalauser sollen mich auf der Stelle zerreißen*, Beteuerung (Wei. 97). Literar. *Aber sie sang nicht mehr allein den Schir-hamalaus, sie hatte bei Raaf's Mine die Lieder gehört, die diese zur Guitarre sang und wußte sie bald auswendig* (Mo. 129f.). → *Schir.*

Schiwe sitzen [jidd. *schiwo* ›sieben‹: AL 462] jüd. fam. ›trauern‹, während der sieben Tage der Trauerwoche auf niedrigen Stühlen sitzen (Wei. L 236; JL 4/2, 1036f.). Frankf. (FWb. 2697f.). Rotw. *schiwe/schibbe sitzen* ›trauern‹, *schiwe(s) sein/sitzen* ›gefangen sein/sitzen‹ (Wo. 4932, 4934). Literar. *Er wollte dem Verlorenen Schiwe sitzen* (Mo. 90); *wo sie auf einer niedern Schwelle Schiwe saß* (Mo. 79); *Abends kam Gusti Wieghardt zu uns, sich ausklagen, sie sagte: »Schiwe sitzen«. Aber die Juden interessierten sie nicht* (Kle. 33–41, 219).

Schiwerlev, *der* [jidd. *beschiwre lew* ›mit gebrochenem, bekümmerten Herzen‹: AL 396] jüd. fam. ›Herzeleid‹; *Es is e Schiwer-Lev* (Te. 634). Rotw. *Schiwerlef* ›tiefer Herzenskummer‹ (Wo. 4933). Literar. *Und bei Nacht hab' ich mir die Augen ausgeweint vor Schiwerlef* (Mo. 185). → *Lev.*

schiwwem Num. [jidd. *schiwim* ›siebzig‹: AL 462] jüd. fam. (Ah. 139; Wei. 97); mdal. *schewem* (St. 184). → *olef.*

Schlachmones [jidd. *schlach monos, mischloach monos* ›Zusenden von Gaben und Geschenken, bes. am Purimfest‹: AL 469] jüd. fam. ›Senden von Gaben‹ (Wei. L 236; JL 4/1, 225f.); auch ›Durcheinander‹ (Ah. 149). Mdal. ›Geld, Vermögen, Melasse, Schweigegeld, Grobian‹ (St. 188).

Schlamassel, *Schlimm-Massel, der, das* [jidd. *schlimm-masol* ›Schlimmassel, schlimmer Stern, Unstern, Unglück‹: AL 410; JL 4/2, 227] jüd. fam. ›Unglück, Pech‹ (Wei. 98); *Nix als Schlimm-Massel* (Te. 749); *Das Schlimm-Massel geht mit* (Te. 1060); *Schlamassel auf Wachstuch* ›Unglück, das nicht so schlimm ist‹ (Wei. 98). Frankf. *Schlamassel, Schlemassel, Schlimassel* ›Unglück, widrige Umstände‹; *zwische Massel un Schlimmassel awer is der Weg net bräät* ›breit‹ (FWb. 1961); berlin. (BBWb. 3, 244). Rotw. (Wo. 4940); mdal. (St. 188f.); ugs. ›verfahrene Situation‹ (Kü. 2478; DuWb. 2270); ›mißliche Lage‹ (ÖWb. 325). Literar. *Sie spricht zu ihre Nachbarsleut: / »Jetzt reißt mir die Geduld; / Zu unserem Schlimassel heut' / Ist nur mein Jeinkel schuld«.* (Bö. 43); *Frau Kreidl sen. ist auch »arisch« und erbittert, in dem jüdischen Schlamassel zu sitzen* (Kle. 33–41, 536). → *Massel.*

Schlamasselponem, *das* [jidd. *ponim, schlimm-masol*] jüd. fam. ›Pechvogel‹ (Wei. 98); *Das is e Schlimmassel-Ponim* (Te. 538). → *Ponem, Schlamassel.*

Schlamastik, *die* [jidd. *schlimm-masol*] wiener. ›Verlegenheit, Verdrießlichkeit‹ (Hügel 137); ›Schlamassel‹ (Wehle 249); ugs., bes. in Österreich ›mißliche, verworrene Lage‹ (ÖWb. 325; Kü. 2478; DuWb. 2935). Literar. *aber wenn wir in einer Schlamastik sind, da kommen halt die Deutschen mit ihnerer Organisation* (KK 5, 296); *Sind wir in der Schlamastik drin, / wern uns die Deutschen außiziehn* (KK 5, 613). → *Schlamassel.*

Schlattenschammes, *der* [zu jidd. *schammes*] jüd. fam. ›unterster Diener‹ (Wei. 95). In der Kaufmannsspr. ›Lehrling, Faktotum‹ (JL 4/2, 222). Berlin. *Schlackenschammes* ›Gefängniskalfaktor‹ (Wo. 4936). Ugs., theaterspr. ›Regievolontär, Regieassistent, Hilfsregisseur, Faktotum, Kaffeeholer‹, kaufmannsspr. ›Lehrling, Laufbursche‹ (Kü. 2482). Literar. *Prototyp eines Ladenschwengels, schleimiger Schlattenschammes im Cutaway mit gesteiften Hosen und verpickeltem Gesicht* (Blu. 152); *Wo ein Rabbi betete, ein Schlattenschammes mit einem Opferstock wedelte, ein Ofen bollerte und eine schmorige Hitze herrschte* (Koneffke 34). → *Schammes.*

Schlaume, *Schlome, der* [jidd. PN ›Salomo‹] frankf.; Spitzname für Juden, ›schlauer, gerissener Mensch‹; *no Schlome, etz derf err voor elf Uhr net innen Viehhof; Des is en richtiger Schlome* (FWb. 2737); rotw. ›Jude‹ (Wo. 4947); mdal. ›Jude, Nichtsnutz, hinterlistiger Mensch, Gutmütiger‹ (St. 190).

Schlemiel, *Schlemihl, der,* Pl. *Schlemielem* [jidd. *schlemiel* ›Unglücksvogel, Pechvogel‹: AL 470] jüd. fam. ›unglücklicher, unbeholfener, lässiger Mensch‹ (JL 4/2, 227); *Das is e Schlemiel vun Sunntik,* das Gegenteil von einem Sonntagskind (Te. 625); *Was helft's mir, wenn's noch mehr Schlemielim get* ›gibt‹? (Te. 764). Frankf. Spitzname für Juden, ›Pechvogel, durchtriebener Mensch‹, vorw. scherzhaft (FWb. 2727); rotw. ›Unglücksmensch, Pechvogel‹ (Wo. 4958); mdal. (St. 190); ugs., standardspr. (Kü. 2488; DuWb. 2941). Literar.: Adalbert von Chamisso: *Peter Schlemihls wundersame Geschichte* (1814); *Wird sie wirklich gut genug sein für der Bule Bettenhausen ihren langen Schlemiel* (Mo. 127); *Und der Choßen* ›Bräutigam‹ *ist ein »Chammer«* ›Esel‹, / *Obendrein noch ein Schlemihl* (Bö. 18).

schlemielig, *schlemihlig* Adj. [zu jidd. *schlemiel*] jüd. fam. *schlemielig* ›ungeschickt, dumm, vom Pech verfolgt‹ (Wei. 98). Frankf. *schlemihlig* ›böse, dumm‹; *Das iß e schlemilichte Geschicht*; *er stellt sich schlemihlig an* (FWb. 2729). Rotw. ›unglücklich‹ (Wo. 4958); mdal. ›spitzbübisch, unordentlich‹ (St. 191). → *Schlemiel.*

Schlemieligkeit, *die* [jidd. *schlemiligkeit* ›beständiges Unglück, Schicksal eines Schlemiel‹: AL 470] jüd. fam. ›Ungeschick, Dummheit‹ (Wei. 98); *Wenn die Schlemieligkeit kummt, kummt sie recht* (Te. 748). Rotw. ›vollständiges Unglück, gänzliches Verderben‹ (Wo. 4958). → *schlemielig.*

Schlemielte, *Schlemihlte, die* [zu jidd. *schlemiel*] jüd. fam. weibl. Schlemiel (Wei. 98). Literar. *dann dürfe ihr Sohn [...] keine Andere heirathen als Mamsell Katz, auch wenn sie zehnmal enterbt und eine Schlemilte sei* (Mo. 46). Frankf. *Schlemihle, Schlemilde* ›unordentliche, unreinliche Frau‹ (FWb. 2728 f.). → *Schlemiel.*

Schliach, *Schliech, der,* Pl. *Schliechem, Schluchem* [jidd. *scheliach, schliach* ›Bote, Gesandter, Abgeordneter‹: Al 469] jüd. fam. ›Knecht, Viehtreiber, Bote, Faktotum‹; *Ein fauler Schliech ist ein halber/ schlechter Nowe* ›Prophet‹, d. h. ›ersinnt Ausreden‹ (Wei. 98). Frankf. *Schliach* ›Faktotum, Nichtsnutz‹; *for nix konnt' er mich brauche, als den Schliach* ›Theaterdiener‹ *zu machen*; Ausruf einer Ehefrau: *Was hab' ich auf dieser Welt verbrochen, daß ich an so einen Schliach* *mußt kommen* (FWb. 2731). Rotw. ›Bote‹ (Wo. 4963); mdal. mit Bed. von ›dienstbeflissener‹ bis ›habgieriger Mensch‹ (St. 191).

Schma Jisroel Interj. [aschkenas. hebr. *schma jisroeil* ›höre, Israel‹, Anfang/Name eines Gebets: Wei. L 238; jidd.: Weinreich 383] jüd. fam., Ausruf der Furcht, Überraschung, Erschütterung, des Erstaunens (Wei. 98); *Es kreischt Kaaner umsunst: Schma Jisroel,* d.h. ›wer um Hilfe fleht, ist in Not‹ ! (Te. 767). Frankf., auch *Schmaajes*, Ausruf des Erstaunens, der Beteuerung; *Schmah-Israel! Soll ich dir erzähle vun die Terke* ›Türken‹ *und die Russe; Schmajesroel, so ist es dem deutsche Michel doch ach gegange vun Anfang'* (FWb. 2748f.). Rotw. Ausruf des Mitleids, der Entrüstung (Wo. 4994); mdal. auch *Schmajes*, Ausruf des Erstaunens, Entsetzens, Mitleids, der Beteuerung, Entrüstung (St. 192). Literar. *»Schma Jisrol!« kreischte die Mutter und warf sich auf das verhauchende Kind* (Mo. 190); *»Schma Jisrol!« rief er aus, ein Kommando, das seine Kompagnie nicht verstand* (Mo. 132).

Schmad, *die* [jidd. *schmad* Taufe‹: AL 471] jüd. fam.; *Der kann aan* ›einen‹ *zur Schmad bringen* (Te. 384); *Dem guckt die Schmad zum Ponim* ›Gesicht‹ *heraus* (Te. 688). Rotw. *Schmad, Schmadde, Schmadden* (Wo. 4992). → *schmadden.*

schmadden, *schmatten* [jidd. *schmadden* ›taufen‹, *sich schmadden lassen* ›sich taufen lassen‹: AL 471] jüd. fam. ›taufen‹; *er hat sich schmatten lassen* (Wei. 98); *Wo Der Rav* ›Rabbiner‹ *wird, schmad't sich die Kille* ›jüd. Gemeinde‹ (Te. 671). Frankf. (FWb. 2747f.); rotw. (Wo. 4992); mdal. (St. 191). Literar. *Dabei verachteten sie jeden abtrünnigen Glaubensgenossen, der ein »Eintrittsbillet in die europäische Kultur«, (den Taufschein) erworben hatte (»schmadden hat er sich lassen!«)* (Blu. 64). → *Hals, Schmad.*

Schmattinée, *die* [Kontamination aus jidd. *schmad* und *Matinée*] jüd. fam. ›Empfang zu Ehren eines frisch getauften Juden‹, scherzhaft (Wei. 98). → *Schmad, schmadden.*

schmaunem Num. [jidd. *schemonim* ›achtzig‹: AL 472] jüd. fam. (Ah. 139; Wei. 99); mdal. *schmonem* (St. 192). → *olef.*

schmeckedig Adj. [jidd. *schmekedik* ›wohlriechend‹: Weinreich 383] jüd. fam., Kosewort; literar. *Und mein schmeckedig Jüngel soll so heißen?* (Ko. 1, 247); *Rosalie, – mei schmeckediges Mädl* (Pick 20).

Schmiere, *die* [jidd. *schmiro* ›Wache, Wachtposten, Wächter, Aufpasser‹: AL 472] jüd. fam. *S. stehen* ›aufpassen, Posten stehen‹ (Wei. 99); rotw. *Schmiere, Schmir; S. stehen* ›beim Stehlen Wache halten‹ (Wo. 5020; Ki. 1265); mdal. *Schmiere* ›Wache, Polizei, Nachtwache, die auf Diebe lauert‹; *S. stehen* ›bei einem Vergehen Wache halten‹ (St. 192); ugs. (Kü. 2512; DuWb. 2961). Literar. *Amalia sang Schmiere in der Küche: Wenn sie still wurde, nahte Gefahr* (Blu. 72).

Schmonzes, *der* oder Pl. [Herkunft strittig: Ki. 1266; Wei. 99] jüd. fam. ›Unsinn; närrische, unwichtige Geschichten/Dinge; dumme Ausreden‹ (Wei. 99). Frankf. ›einfältiges/unglaubwürdiges Gerede‹; *uff die Schmonzes reis ich selwer* ›diesen Trick benutze ich selbst‹ (FWb. 2762); ugs. (Kü. 2517; DuWb. 2963). Literar. *Herr Slezak [...] versieht schon ganz von selbst Schubert mit Schmonzes* (F 679, 25); *Becher zu mir: »Das sind doch Schmonzes.«* (Kle. 45–49, 312); *Zuletzt sprach sehr lang u. eifrig Hans Mayer, der Leipziger Germanist – aber auch Schmonzes* (Kle. 50–59, 379). → *Schmonzes Berjonzes, Schmus bajentes.*

Schmonzes Berjonzes, *Ba(r)jonzes, Maronzes* ›Übertreibung, Einbildung‹, ›aufgebauschte Wichtigkeit‹ (Ki. 1266); ›nichtssagende Worte‹ (Wei. 99). Literar. *Am Nachmittag weigerte ich mich nach furchtbarem inneren Kampf, die Knöpfe nochmals zu sortieren, und erwartete, erschossen zu werden. Statt dessen zuckte Herr Schulz mit der Achsel: »Dann nich! Schmonzes Maronzes!«* (Blu. 153). → *Schmonzes, Schmus bajentes.*

Schmonzeswirtschaft, *die* [zu *Schmonzes*] jüd. fam. ›inkompetent organisierte Angelegenheit‹; literar. *die ganze Schmonzeswirtschaft gefällt mir nicht* (KK 5, 315). → *Schmonzes.*

Schmonzette, *die* [zu *Schmonzes*] jüd. fam. ›literarische Kleinigkeiten; Zeitungsartikel, bes. im Feuilleton‹; *Morgen such ich dir Schmonzetten in allen Größen und Couleuren aus* (Hermann B 30);

Außerdem schrieb ich zur Feier des Tages eine kleine sechsseitige Schmonzette von einer Frau, die sich bei Gott beschwert (Hermann B 141); *es gab gleich bei Wien, in Baden, das Kriegspressequartier, dort wurden offizieller Kriegsbericht und Frontstimmungs-Schmonzette auf dem laufenden Band erzeugt* (Neu. L 358). → *Schmonzes.*

Schmu, *der* [jidd. *schmuo machen* ›Gewinn an jmd. machen durch verschmitztes Plaudern, Erzählen und Anpreisen‹: AL 472] jüd. fam. ›unerlaubter Gewinn, Betrug‹; in der Kleiderkonfektion: ›Stoffteile, die sich der Schneider von dem ihm übergebenen Stück Tuch durch sparsamste Einteilung des Stoffes zurückbehält, ohne es an der vorgeschriebenen Anzahl fertiger Kleidungsstücke fehlen zu lassen‹ (Ki. 1266); *Schmu machen* ›schwindeln, betrügen‹ (Wei. 99). Frankf. ›unrechtmäßiger Gewinn, Vorteil‹, *Schmu machen* ›Güter/ Geld von geringem Wert unterschlagen‹ (FWb. 2763); berlin. (BBWb. 3, 1172). Rotw. ›unreeller Profit‹ (Wo. 5035); mdal. mit Bed. von ›Betrug‹ bis ›Rausch‹ (St. 196); ugs. ›leicht Unkorrektes‹; *S. machen* ›mogeln‹ (Kü. 2517; DuWb. 2963). Literar. *Mit mir macht man keinen Schmu!* (Koneffke 62). → *Schmue.*

Schmue, *die* [jidd. *schmuo* ›Hören, Vernommenes, Gerücht, Erzählung‹: AL 472] jüd. fam. ›Gerücht, Nachricht‹ (Wei. 99); *Die Schmue hot kaan Ponim un kaan Zure* ›das Gerücht hat kein Gesicht und keine Gestalt‹ (Te. 83); *Die Schmue hot nit Hand un nit Fuß* (Te. 84); *E böse Schmue fliegt weit* (Te. 773). Frankf. ›unwahres, nichtssagendes Gerede‹; *er fängt e annere Schmue aa* ›fängt ein anderes Thema an‹ (FWb. 2763). Rotw. ›Erzählung, Unterhaltung, Plauderei, Geschwätz‹ (Wo. 5039). → *Schmu, Schmus.*

Schmugeld, *das* [zu jidd. *schmuo*] jüd. fam. ›von der Hausfrau vom Wirtschaftsgeld erspartes und einbehaltenes Geld‹ (Ki. 1266); ›erschwindeltes Geld‹ (Wei. 99). Frankf. *Schmugelder, die das Dienstmädchen oder die Hausfrau oder irgend ein anderer macht, dadurch daß er behauptet, etwas habe mehr gekostet* (FWb. 2764). Mdal. hess. ›auf unredliche Weise erworbenes Geld‹ (St. 196); ugs. (Kü. 2518; DuWb. 2964). → *Schmu.*

Schmugroschen, *der* [zu jidd. *schmuo*] jüd. fam. ›von der Köchin beim Einkauf erspartes und einbehaltenes Geld‹ (Ki. 1266). Frankf.

›kleiner, bei Einkäufen unterschlagener Betrag‹; *Un die Dienstboten wollen natürlich ihren Schmugroschen haben* (FWb. 2764). Rotw. (Wo. 5035); mdal. (St. 196); ugs. (Kü. 2518). → *Schmu.*

Schmukreuzer, *der* [zu jidd. *schmuo*] ›kleiner, bei Einkäufen unterschlagener Betrag‹; *besonders willfährig zeigten sich die »Bäckermääd« gegenüber den »Dambuhrn«* ›Tambourn‹, *für welche sie glühend schwärmten und alle »Schmu-Kreuzer« des Geschäfts opferfreudig dahin springen ließen* (FWb. 2764). Mdal. hess. ›auf unredliche Weise erworbenes Geld‹ (HNWb. 3, 309). → *Schmu, Schmugeld, Schmugroschen.*

Schmul, *der* [PN *Schmuel* ›Samuel‹] frankf. ›Jude‹, pejorativ; 1870 *Der freie deutsche Wucherstaat / Wo Schmule krochen / Geschäftches machend auf Verrath / Und Bürgermeister und Senat / Nach Knoblauch rochen*, Diminutivum *Schmulche* ›(listiger) Jude‹ (FWb. 2765). Rotw. ›Jude‹ (Wo. 5036). Mdal. mit Bed. von ›Jude‹ bis ›Verehrer‹ (St. 192 f.). 1930 antisemit. ›Jude‹ (Ki. 1266). → *schmulen.*

Schmulappen, *der* [zu jidd. *schmuo*] in der Kleiderkonfektion wie *Schmu* (Ki. 1266). Frankf. *weil die Schmuhlappen doch nicht ganz für Bubenhöschen ausreichten*; *die Schmuhlappen bekam der Kappenmacher* (FWb. 2765); berlin. (BBWb. 3, 1174); rotw. (5035); mdal. (St. 196). → *Schmu.*

schmulen [zu jidd. PN *Schmul* ›Samuel‹] ugs. ›schachern, verstohlen blicken, abschreiben‹ (Kü. 2518). → *Schmul.*

Schmus, *der* [jidd. *schmuos*, Pl. von *schmuo*] jüd. fam. *Schmus, Schmues,* auch Pl. ›Unsinn, leere Rede, Redensart, unwahre Geschichte‹ (Wei. 99); ›unnützes Gerede, Geklatsche‹ (Ki. 1266); *Mach mir kaan Schmues vor* (Te. 108); *red' keinen Schmus* ›red' keinen Unsinn‹ (Wei. 99). Frankf. *Schon Plato lehrte, daß in den Zahlen etwas Göttliches liege, oder wie die Juden sagen würden – ein Schmus* (FWb. 2765); berlin. (BBWb. 3, 1175). Rotw. ›Erzählung, Unterhaltung, Plauderei, Geschwätz‹ (Wo. 5039); mdal. mit Bed. von ›Gerede‹ bis ›Kuß‹ (St. 194); ugs. ›Gerede, Schmeichelei‹ (Kü. 2519; DuWb. 2964). Literar. *Merkwürdig genug, daß so eine alte Kille, wie Frankfurt, die neumodischen Schmus* ›Reden‹ *mit anhört*

(Mo. 76); *Ich bin der Sprachschöpfer des Expressionismus. Ich schuf Gedrängtheit. Ihr aber machtet hieraus (im Drama) Labbriges; und (in der Kritik) Schmus* (Kerr 3, 116). → *Schmue, schmusen.*

Schmus bajentes, *Schmus bejendes, Schmus berientes* [zu jidd. *schmuos*; Etymologie des zweiten Bestandteils strittig: Wei. 99] jüd. fam. ›Geschwätz, dummes Zeug‹ (Wei. 99); *Schmues puriendis* (Te. 106). Literar. *»Schmus periendis«* ›pour rien dits, nichtssagende Reden‹, *murmelte sie* (Mo. 177). Frankf. *Schmus berientes/brientes; Schmuspurientes* (FWb. 2765). → *Schmonzes Berjonzes, Schmus.*

Schmusbacke, *die* [zu jidd. *schmuos*] jüd. fam. ›Schmeichelkatze, Klatschbase‹ (Wei. 100). Mdal. rhein. (RhWb. 7, 1519). Ugs. (Kü. 2519). → *Schmus.*

schmusen [jidd. *schmusen* ›reden, erzählen‹: AL 472] jüd. fam. ›sich unterhalten, reden, leere Reden führen‹; *er schmust sich was/'n Stiebel zurecht; er schmust viel, wenn der Tag lang ist; er schmust mit der Kuh/Zick', wenn sie hängt* ›wenn sie geschlachtet ist‹, d. h. ›zu spät, in den Wind reden‹ (Wei. 99 f.). Frankf. ›reden, schwätzen, beschwätzen, schmeicheln‹; *schmuß doch net alle Dag* ›Tage‹ (FWb. 2766 f.); berlin. (BBWb. 3, 1175 f.); rotw. (Wo. 5039); mdal. mit Bed. von ›verhandeln‹ bis ›schmollen‹ (St. 198). Ugs. standardspr. ›liebkosen, sich anbiedern‹ (DuWb. 2964). Literar. *Die Schnorrer mochten die lustigsten Stückchen erzählen, sie mochten »schmusen« so viel sie wollten, Rebb Schmul blieb ernst dabei* (Ko. 1, 185). → *Schmus.*

Schmuser, *der* [zu jidd. *schmusen*] jüd. fam. ›Schmeichler, Schwätzer‹ (Wei. 100). Frankf. ›Schmeichler, Unterhändler, Brautwerber‹ (FWb. 2767). Rotw. ›Schwätzer, Gauner, der die Aufmerksamkeit eines Ladeninhabers durch Geschwätz ablenkt‹ (Wo. 5039). Mdal. mit Bed. von ›Makler‹ bis ›Spieler‹, bes. auch ›Heiratsvermittler‹ (St. 198 f., Ki. 1266). Ugs. ›zärtl. Mensch, Schmeichler‹ (DuWb. 2294). Literar. *ganz wie bei Ludwig Thoma zu Bauern der katholische »Schmuser« geht, und man zuvor die Mitgift, oberbayerisch feilschend, Stück für Stück, beguckt, beklopft, berechnet* (Kerr 7/2, 141 f.). → *schmusen.*

Schmuserei, *die* [zu jidd. *schmusen*] jüd. fam. ›Gerede, unwahrscheinliche Geschichte‹ (Wei. 100). Frankf. ›Schmeichelei‹ (FWb. 2767). Rotw. ›Erzählung, Gespräch, Gerede‹ (Wo. 5039); mdal. mit Bed. von ›Gespräch‹ bis ›Profit‹ (St. 199); ugs. standardspr. ›Zärtlichkeit, Schmeichelei‹ (DuWb. 2964). → *schmusen.*

Schmuserin, *die* [zu jidd. *schmusen*] jüd. fam. ›Schmeichlerin, Schwätzerin‹ (Wei. 100). Mdal. ›Heiratsvermittlerin, Klatschbase, Schmeichlerin‹ (St. 199). Ugs. ›zärtl. Frau, Schmeichler‹ (DuWb. 2295). → *schmusen, Schmuser, Schmusersche.*

Schmusersche, *die* [zu jidd. *schmusen*] jüd. fam. ›Schmeichlerin, Schwätzerin‹ (Wei. 100). Mdal. ›Klatschbase, Heiratsvermittlerin‹ (St. 199). → *schmusen, Schmuserin.*

Schmusgeld, *das* [zu jidd. *schmuos*] frankf. ›Maklerlohn‹ (FWb. 2764). Rotw. ›Gewinn der Zwischenhändler‹ (Wo. 5035); mdal. (St. 199 f.); hess. ›Bestechungsgeld, Trinkgeld‹ (Ah. 151). → *Schmus.*

Schmuspauke, *die* [zu jidd. *schmuos*] jüd. fam. ›prahlerische Rede‹; *Hitler hält andauernd Schmuspauken im Radio, ohne etwas Positives zu sagen* (Scho. 276). → *Schmus.*

Schmusrede, *die* [zu jidd. *schmuos*] jüd. fam. ›Festansprache‹; *Das große Festmahl am Sonntag machte ich nicht mit, so was mit tausend Schmusreden ist mir zu langweilig* (Scho. 180). → *Schmus.*

Schmuzettel, *der* [zu jidd. *schmuo*] berlin. ›Spickzettel‹ (BBWb. 3, 1176); schülerspr. ›verbotene schriftliche Aufzeichnungen‹ (Ki. 1266). → *Schmu.*

Scho, *die* [jidd. *schoo, schaas* ›kurze Zeit, Augenblick, Stunde, Glockenstunde, Uhr‹: AL 473 f.] jüd. fam. ›Stunde, Zeit‹; *Eine ganze/lange Schoe* ›lange Zeit‹ (Wei. 100); *Der Dalfen* ›Arme‹ *hot kaan ruhige Scho* (Te. 794). Rotw. (Wo. 5126); mdal. (St. 201).

Schochermajem, *der, das* [jidd. *schocher majim* ›schwarzes Wasser‹, d. h. ›Kaffee, gekocht wie ungekocht, Kaffeebohne, Kaffeemehl‹: AL 403] jüd. fam. ›Kaffee‹ (Wei. 100). Frankf. *Schockele-*

majim, kouschre Wein / Alles soll zum Beschte sein (FWb. 2810); rotw. (5107); mdal. ›Kaffee, Schoklade, minderwertiges Getränk‹ (St. 201). → *Majem.*

schofel Adj. [jidd. *schophol, schophel* ›niedrig, tief, gering, demütig, unbeachtet‹: AL 475] jüd. fam. ›unfein, geizig‹ (Ki. 1266); ›gemein, niedrig, schlecht‹; *Das war schofel von ihm; schofele Sechore* ›Ware‹; *außen fromm und innen schofel* (Wei. 100). Frankf. ›erbärmlich, schlecht, knauserig‹; *schofele Massematte* ›Machenschaften‹; *wenn ihr so schofel seid* (FWb. 2811). Rotw. (Wo. 5116); mdal. (St. 202); ugs. (Kü. 2549; DuWb. 2983; ÖWb. 329); mit vielen Abl. u. Zus.; literar. *Und hab' für all mein schönes Geld / Nur Schund, nur Schofel bekommen* (Heine 2, 184); *Du olle schofle Bürgerhausleiche, / lehn dir nich an meinen Sarkophag!* (Benn 1, 30).

Schofel, *der* [jidd. *schophel*] jüd. fam. ›gemeine Person, Antisemit‹ (Wei. 100); *Das is e Schofel* ›schlechter Kerl‹ (Te. 394). Frankf. ›schlechter Mensch, minderwertige Sache‹; *seine vortreffliche französische Grammatik, die den Meidingerschen Unsinn und Schofel nach und nach so ziemlich verdrängte* (FWb. 2811); berlin. ›wertlose Sache, schmutziger Mensch‹ (BBWb. 3, 1219); mdal. (St. 202). Ugs. ›Schund, Schuft‹ (DuWb. 2983). Literar. *Sie liegen recht sorglich und sauber verwahrt, / Auch wahrlich nicht mit dem Schofel gepaart* (Bürger 478). → *schofel.*

Schofelbajes, *das* [jidd. *schophel, bajis*] frankf. ›Gefängnis‹; *Nun werden sie mich fassen und gleich dem Junker in's Schofelbajes setzen* (FWb. 2811 f.). Rotw. ›Gefängnis, Arbeitshaus‹ (Wo. 5116). → *Bajes, schofel.*

Scholem, *der* [jidd. *scholom* ›Friede, Heil, Wohlstand, Glück‹: AL 470; auch PN] jüd. fam. ›Frieden‹ (Wei. 100). Frankf. *ich hob maan Scholem mit em gemacht* (FWb. 2815); mdal. hess. *Schäilem* ›Jude‹, Spitzname; *du best awwer 'n Scholem* ›eigenartiger Kerl‹ (Ah. 152). → *Scholem alechem.*

Scholem alechem [jidd. *scholom allechem* und *allechem scholom* ›mit euch sei Friede‹, Gruß und Gegengruß: AL 470] jüd. fam. *Scholem alechem; Alechem Scholem* (Te. 456; Wei. 100). Frankf. *Schalom* *alechem* ›Friede mit euch‹, *Alechem Scholem* ›mit euch Frieden‹; *Läft's do verbei un seegt net emol Scholem* (FWb. 2812). Mdal. *Scholem alechem* ›Guten Tag‹ (St. 203). Literar. *Als er wiederkam, standen alle Kinder auf der Gasse: »Jud! Jud! Schaulem lechem!«* (Hebel 352). → *Scholem.*

Schone, *die*, Pl. *Schones, Schonem* [jidd. *schono* ›Jahr‹, Pl. *schonim, schonos, schenos* ›Jahre‹: AL 473] jüd. fam. ›Jahr‹ (Wei. 101). Rotw. *Schone, Schono, Schonum* (Wo. 5124); mdal. pfälz. *Schone towe* ›ein gutes Jahr‹, Grußformel (PfWb. 5, 1406; St. 203).

Schore, *Schaure, die* [jidd. *sechoro*, Pl. *sechoros* ›Ware‹: AL 417] jüd. fam. *Sechore, Sechaure, S'chore, S'chaure* ›Ware‹; *die S'chore ist die Fracht nicht wert* (Wei. 101). Frankf. *Die Sechaure is jauker* ›teuer‹; *mer brauche kaa S'chore for Simches Dore* ›Torafreudenfest‹ (FWb. 2820). Rotw. *Schore, Schaure, Sore* u.a. ›Ware, Diebesgut, Beute‹ (Ki. 1266; Wo. 5395); mdal. ›Ware, Handel, Lohnarbeit, Profit‹ (St. 172 f.); ugs. (Kü. 2553).

Schtetl, *das* [jidd. *schtetl*, Pl. *schtetlech* ›kleine Stadt, Stadtviertel‹: Weinreich 391] standardspr. ›jüd. Wohnviertel, Kleinstadt in Osteuropa‹ (DuWb. 3247); *Nie ist die Welt des ostjüdischen, jiddisch redenden Schtetls eindringlicher geschildert worden* (FAZ 4.2.1991, 28).

Schuck, *der* [jidd. *schuk* ›Mark (Geldmünze)‹, *schuck* ›Gasse, Straße, Marktplatz, Jahrmarkt, Jahrmarktszeit‹: AL 465] jüd. fam. ›Mark (Geld), Markt‹ (Wei. 101). Frankf. ›Mark‹ (FWb. 2838); rotw. *Schuck, Schock* ›Jahrmarkt, Markt‹ (Wo. 5109); mdal. (St. 203 f.). → *schucken.*

schucken, *schocken* [jidd. *schucken* ›markten, kosten‹: AL 465] jüd. fam. ›kosten‹; *Was schuckt die Pore* ›Kuh‹ (Wei. 101). Frankf. *schokken, schucken* ›kosten‹; *die Tribün, wo wir unsere Billetcher drauf hatten, da hat's geschockt unten 1 fl., oben 30 kr.* (FWb. 2810, 2838); berlin. *schocken* ›bezahlen‹ (BBWb. 3, 1217); rotw. *schucken* ›kosten, geben, bezahlen‹ (Wo. 5109); mdal. ›kosten, bezahlen‹ (St. 204); ugs. (Kü. 2566). → *Schuck.*

Schul, *die*, auch *Schule* [jidd. *schul* ›Synagoge‹: Weinreich 396] jüd. fam. ›Synagoge‹ (Te. 528; Ki. 1267); *Er denkt: Die Schul' laaft mir nit fort* ! (Te. 659); *Schule klopfen* ›an die Haustür klopfen, um zum Synagogenbesuch zu rufen‹ (Te. 917). Mdal. *Schul, Schule* (Ah. 153). Literar. *Freitag Abends nach der »Schul«* ›Gottesdienst‹ (Mo. 6); *in einem Gäßchen nahe der alten »Schul«, dem Bethaus der Strenggläubigen* (Mo. 6); *Seit auf Unfall und auf Leben, / Sich versichert hat Reb Schmul, / Ist ein Freigeist er geworden, / Geht kein' Schabbes mehr in Schul* (Bö. 24).

Schulchen Orech [aschkenas. hebr. *Schulchen Orech* ›bereiteter, gedeckter Tisch‹: Wei. L 245; Titel eines weitverbreiteten Werks der jüd. religionsgesetzl. Literatur] jüd. fam. (Wei. 101); *Der hot seinen apartenen Schulchen-oruch* ›hat sein eigenes Gesetzbuch‹ (Te. 664). Frankf. *Jeder macht sich selbst saan Schulchan aruch* ›wird nach seiner Fasson selig‹ (FWb. 2841). Standardspr. *Schulchan Aruch* (DuWb. 3005).

Schuldiener, *der* [zu jidd. *schul*] jüd. fam. ›Synagogendiener‹; literar. *Ich hätte die ganze Gemeinde dazu eingeladen: ich hätte den Schuldiener mit einer Einladung zu allen Leuten herumgeschickt, und der hätte ihnen müssen ansagen: Kommt heute abend da- und dorthin!* (Ko. 4, 338). → *Schul.*

Schulführen, *das* [zu jidd. *schul*] jüd. fam. ›erster Gang der frischvermählten Eheleute zur Synagoge‹; literar. *In Lust und Freude war die Hochzeit gefeiert worden, nun war eben das große »Schulführen«* (Ko. 1, 64); *Heut' vor zehn Jahr hab' ich mit eurer Mutter nach unserer Hochzeit das große Schulführen gehabt* (Ko. 1, 73). → *Schul.*

Schulgang, *der* [zu jidd. *schul*] jüd. fam. ›Besuch der Synagoge‹; literar. *Diesmal ging Jossef nicht in die benachbarte Gemeinde zur Synagoge, wie er sonst pflegte; den weißen Gebetmantel um den Leib geworfen, das Gebetbuch vor sich, verrichtete er seine häusliche Andacht. Seine Mutter fragte ihn zwar, warum er diesmal den »Schulgang« unterlasse, aber er gab nur nichtige Ausflüchte* (Ko. 2, 141).

Schulklopfer, *der* [zu jidd. *schul*] jüd. fam.; literar. *In stiller Nacht war es einmal dem Schulklopfer, als hörte er den Hammer, womit er frühmorgens und abends die Leute zur Synagoge rief, in leisen Schwingungen auf und nieder gleiten* (Ko. 1, 274). → *Schul.*

Sechel, *Seichel, der* [jidd. *sechel* ›Verstand, Einsicht, List, Glück‹, Pl. *secholim* ›Verstandeskräfte‹: AL 468] jüd. fam. *Sechel, Seichel* ›Verstand, Intelligenz‹ (Ki. 1267); *Viel Schmeechel* ›Lachen‹, *Wenig Seechel* (Te. 116); *Der hot sein' Seechel mit eingepackt* (Te. 137); *Wer nimmt 'se denn, wer Seichel hat?* (Wei. 102); 1766 *Manchen Chilluff* ›Wechselbrief‹ *manche Mume* ›Geld‹ / *Hat sein Segel uns gespart* (Maas). Frankf. *zu so was muß mer Sechel hawwe*; Wortspiel: *der hat kaa Secheltuch* (FWb. 2889); wiener. *alle Jüden ham doch an Sechel* (Pick 14); rotw. (Wo. 5291); mdal. (St. 205 f.). Literar. *hält sich ein jüdisches Montagsblatt diesen Urgeist, der zugleich Grütze und »Sechel« hat* (F 622, 61).

Sechus, *das* [aschkenas. hebr. *sechuss* ›religiöses Verdienst‹: Wei. L 246; jidd. *sechus* ›Gerechtigkeit, Seligkeit, das Verdienst, der Verdienst‹: AL 363] jüd. fam.; literar. *Ich weiß nicht, was Goethe sagt, aber das sag' ich Ihnen: das Sechus* ›Fürbitte‹ *Ihrer seligen Mutter ist Ihnen heute beigestanden* (Mo. 40); *am Jaum-Din* ›Tag des Gerichts‹ *wird Dein Sechus* ›Verdienst‹ *Deiner armen Mutter zu gute kommen* (Mo. 187).

Seder, *der* [jidd. *seder*, Pl. *sdorim* ›Ordnung, Reihenfolge‹: AL 416] jüd. fam. Hausgottesdienst an den Abenden des Rüsttags und des 1. Tags Pessach (Wei. L 247); literar. *Ob das kleine Schimmele wohl ahnte, daß es der letzte Szeder sein werde, den es auf Erden mitfeierte* (Ko. 1, 268); *Jetzt ist Pessach, am Montag. Ich bin bei sehr frommen Leuten eingeladen, und werde einen sehr schönen Seder haben, obwohl hier ausgerechnet jetzt eine fleischlose Woche eingeschaltet wird* (Scho. 43).

Sege, *der*, Pl. *Seges* [Herkunft strittig] jüd. fam. ›Person, Nichtjude‹ (Wei. 102); *Ich schrieb sofort an Frau Meyer nach Zürich, daß sie à Conto der Zeitschriften diese 16,5 in einem Check auf Zürich an den Seege nach Lemberg absenden möchte* (Scho. 83); *Die Seeges* ›Dienstmädchen‹ *schliefen zu dritt auf dem Hängeboden* (Blu. 70).

sehedig Adj. [zu dt. *sehen* mit jidd. Endung] jüd. fam. ›sehend‹; literar. *Sei du nicht blind und mach die Augen weit auf und werde sehedig* (Ko. 2, 240).

Seiwel, *Sewel, Seibel, Sefel, der* [jidd. *sewel* ›Mist‹: AL 362] jüd. fam. ›Mist, Dreck, schlechte Qualität‹ (Wei. 102). Frankf. (FWb. 2889). Rotw. ›Kot, Schmutz‹ (Wo. 5299). Mdal. mit Bed. von ›Dreck‹ bis ›schmutziger Mensch‹ (St. 206 f.).

Simche, *die*, Pl. *Simches* [jidd. *simcho* ›Freude, Fröhlichkeit‹: AL 471] jüd. fam. ›Freude, Festfreude‹ (Ki. 1267); *Bei der größten Simche ist er nicht dabei* (wenn er geht), Ausdruck des Wunsches, einen Besucher loszuwerden (Wei. 103); *kalte Simche* ›verfrühte Freude‹ (Ki. 1267); *In Simches will ich's verschulden* ›meine Schuld abtragen, es wettmachen‹ (Te. 483). Frankf. *mer wolle uns in Simches widdersehe* ›bei freudigen Anlässen wiedersehen‹, Trostformel bei Kondolenzbesuchen (FWb. 2916); mdal. (St. 207). → *Simches-tore.*

Simches-tore, *Simches-taure* [jidd. *simchas toro* ›Freude des Gesetzes, Festtag am Schluß des Laubhüttenfests‹: AL 471 f.] jüd. fam. *Simches-taure* (Wei. L 254). Frankf. *'s is heut jüd'scher Feiertag, guck nach: 's war simches thore*; *mer brauche kaa Schore* ›Ware‹ *for Simches Dore* ›wir kaufen nichts‹ (FWb. 2916); mdal. (St. 207).

sinnedig Adj. [zu dt. *sinnen* mit jidd. Endung] jüd. fam. ›bei Sinnen‹; literar. *bist du sinnedig oder willst du dir einen Spaß mit mir machen* (Ko. 7, 113); *Ich glaube, ihre Stunde ist gekommen, sie redet nicht mehr »sinnedig«* (Ko. 6, 156).

Sonef, *Sonew, Zoneff, der* [jidd. *sonow*, Pl. *senowos* ›Tierschwanz‹, als Ausdruck der Geringschätzung und Verachtung ›Narr, Hanswurst, Geck‹: AL 364] jüd. fam. *Sonew, Zoneff* ›Schwanz, Penis‹ (Ah. 154; Wei. 103). Frankf. *Saneff, Sonuff* ›Penis‹ (FWb. 2599); rotw. (Wo. 5390); mdal. (St. 208).

Soref, *der* [jidd. *jajin soroph* ›Branntwein‹: AL 380] jüd. fam. *Jajensoref, Jansoref* (Wei. 67). Rotw. *Sorof* (Wo. 5397); mdal. *Soref* (St. 208). → *Jajensoref.*

Soten, *Suten, der* [jidd. *soton, satan, sutn*, Pl. *stannim* ›Widersacher, Gegner, böser Feind, Satan, Teufel‹: AL 467] jüd. fam. ›Teufel‹; *Wenn die Klafte zum Soten wär!* ›daß der Teufel das Weib hole!‹ (Wei. 103); *Mer maant* ›man meint‹ *ordentlich, der Soten hätt' sein Spiel* (Te. 611). Frankf. *Und sie zerstreuten sich wie Sand als gebt der Souten Befehl* (FWb. 2933). Literar. *»Täubchenleb,« sagte der Alte, als sie die Stiege hinaufklommen, »die Rebzen* ›Frau des Rabbiners‹ *ist ein Soton«* (Mo. 124).

stieke, *stikum* Adj. [zu jidd. *schtiko*] jüd. fam. ›ruhig‹; *ein stiekener* ›schweigsamer‹ *Mensch; stieke, die Schickse, 's Kotenche* ›still, das Dienstmädchen (kommt), das Kind (hört zu)‹ (Wei. 103). Frankf. ›still‹; *So sei stickum, was Dich net brennt, des blaß net* (FWb. 3049); berlin. *denn sag ick stieke »ja«* (BBWb. 4, 278). Rotw. *stike, schtike, stieke, stikum* ›ruhig‹ (Wo. 5167). Mdal. mit Bed. von ›still‹ bis ›betrunken‹ (St. 209); ugs. ›heimlich, leise‹ (Kü. 2735; DuWb. 3253). → *Stieke, stiekenen.*

Stieke, *die* [jidd. *schtiko* ›Stillschweigen, Ruhen, ruhiges Verhalten‹: AL 478] jüd. fam. ›Schweigen‹ (Ki. 1267); ›Ruhe‹; *Er hat's in der Stieke getan* ›im stillen‹ (Wei. 103). Frankf. ›Stille, Schweigen‹ (FWb. 3049); rotw. *Stiko, Schtike, Stieke* ›Stillschweigen, Stille‹ (Wo. 5167); mdal. (St. 209). → *stieke, stiekenen.*

stiekenen, *stiekemen* [zu jidd. *schtiko*] jüd. fam. ›schweigen‹; *Er stiekent wie 'n Bettpischer* ›wie ein Bettnässer‹; *stieke(n) chochme* ›sei klug, rede nicht‹ (Wei. 103). Frankf. ›schweigen‹; *Hier muß de sdigene* (FWb. 3049); rotw. *schtiken, stieken* ›stillschweigen‹ (Wo. 5167); mdal. rhein. *stiekemen* (RhWb. 8, 679). → *Stieke, stieke.*

Stuss, *der*, Pl. *Stussem, Stussen* [jidd. *schtus* ›Narrheit, Torheit, Unsinn‹: AL 467] jüd. fam. ›Torheit, Unsinn, Scherz‹ (Ki. 1265), auch ›dumme Rede, dummer Streich‹ (Wei. 103); *Unrecht is mir lieber as Stuß* (Te. 822). Frankf. *als e schlechter Stuß* ›Spaß, Scherz‹; *mach doch ka Stuß* ›Dummheit, Unsinn‹ (FWb. 3108 f.). Rotw. (Wo. 5692); mdal. (St. 209 f.); ugs. (Kü. 2785; DuWb. 3307; ÖWb. 358). Literar. *Was red'st Du für Stuß* (Mo. 188); *Ich will ein paar Regeln für Kritiker aufstellen: [...] Äußere Stuß in immer denselben Ausdrücken. (Ersatz für Eigenart)* (Kerr 3, 127).

stussen [zu jidd. *schtus*] jüd. fam. ›scherzen, Unsinn treiben‹ (Wei. 103). Mdal. ›spaßen, necken, scherzen‹, ›lügen, angeben‹ (St. 210). → *Stuss.*

Stusskopf, *der* [zu jidd. *schtus*] jüd. fam. *Stusskopp* ›Narr‹ (Wei. 103). Mdal. ›Narr, Schwätzer, launenhafter Mensch, Dummkopf‹ (St. 210); ugs. (Kü. 2785). → *Stuss.*

Suckes, *Zuckes* [jidd. *suko* ›Hütte, Obdach‹, Pl. *sukos* ›Hütten, Hüttenfest‹: AL 417] jüd. fam. ›Laubhüttenfest‹; *(nach) Suckes zu gesund,* Verschiebung eines Versprechens auf unbestimmte Zeit; *nach Suckes kommen die Esraugem* ›Zitrusfrüchte‹, d.h. ›zu spät‹. Frankf. *auf Suckes, da wird alles geschmickt* ›geschmückt‹ *mit Laub* (FWb. 3116). Literar. *Ich hab' Wolf Breitenbach gesagt, wenn er Dich wirklich nehmen will, so geb' ich Dich ihm, es ist Alles richtig und nach Sukkes ist die Hochzeit* (Mo. 145 f.).

Sude, *die*, Pl. *Sudes* [jidd. *s'udo, sudo* ›Mahlzeit, Gastmahl‹: AL 418] jüd. fam. ›Mahlzeit‹ (Wei. 104). Literar. *meine Mutter, gesegneten Andenkens, kam traurig und kopfschüttelnd von der Sude* ›Hochzeitsmahl‹ *nach Haus; das Schwindelhafte des Festes hatte sie verstimmt, das Wesen des Bräutigams sie abgestoßen* (Mo. 11); *Mein Leben war immer ein heiliges nur, / Von der Sude bis zu der Lewaje* ›Leichenbegängnis‹ (Bö. 14).

T

Tacheles, *Tachles, der* [jidd. *tachlis* ›Endzweck, Vollkommenheit‹: AL 389] jüd. fam. *Tachlis, Tachles* ›Zweck, zweckmäßige Handlung, praktisches Ergebnis‹ (Ki. 1267; Wei. 104); *Tachliss* ›zur Sache‹, Zwischenruf bei unfruchtbaren theoretischen Diskussionen; *das ist kein Tachlis* ›dabei kommt nichts Praktisches, Vernünftiges heraus‹ (Ki. 1267); *Laß uns Tachlis reden – was gilt der Wagen Mischt* ›Mist‹? (Te. 1068). Frankf. *Mer wolle von Dachles redde* (FWb. 3129); berlin. (BBWb. 4, 372); wiener. (Wehle 270). Mdal. (St. 211); ugs. *Tacheles reden* ›offen reden, Klartext reden‹ (Kü.

2814; DuWb. 3338; ÖWb. 360). Literar. *Was hat sie hier für ein Tachlis?* ›praktischen Zweck‹ (Mo. 127); *Dann redete der Chefredakteur Tacheles* (Se. M 341).

Tachrichem Pl. [jidd. *tachrich*, Pl. *tachrichim* ›weites Gewand, Mantel, Talar, Paket‹; *tachrichim schel mes* ›Totenkleider, Sterbekleider‹: AL 392] jüd. fam. ›Sterbekleider‹ (Ko. 2, 180). Frankf. *Hab Oser* ›wahrhaftig‹ *noch kaa leine Tuch / Mir fehlt noch mei Dachrichem* (FWb. 3129). Literar. *»Es muß auf dem untersten Grund liegen«, rief Marjim mit großer Bestimmtheit, »gerade unter den Tachrichim.«* (Ko. 2, 180).

Tachschit, *der, das* [jidd. *tachschit*, Pl. *tachschitim* ›Schmuck, Juwel, Kostbarkeit, köstliches Frauenkleid‹: AL 481] jüd. fam. ›Juwel, Perle‹; als Kosewort ›Herzblatt‹ (Te. 49f., 453); *Das is e Tachschit – man darf'n an den Hals hänge'* (Te. 397); iron. *das is e Tachschit* ›ein guter Junge‹ (Te. 49). Literar. *Gott! was für eine Perl', was für ein »Tachschid« ist die Mamsell Katz!* (Mo. 46); *Ich weiß, was in Dir vorgeht, mein Tachschid, mein Juwel!* (Mo. 180).

Taines, *der* [jidd. *taanis, tainis* ›Fasttag‹: AL 427] jüd. fam. (Wei. L 260); literar. *Ein Hering war meine Mahlzeit oft, / Nie aß ich Lachs des Rheines. / Verhungert wär' ich einmal bald, / Zum Masel* ›Glück‹ *war ä »Taines«* (Bö. 15).

takif, *takef* Adj. [jidd. *takiph* ›mächtig, stark, angesehen, beliebt, wohlgelitten‹: AL 482f.] jüd. fam. ›angesehen, einflußreich, beliebt‹; *mit dem bin ich tackif* ›stehe ich gut‹; *er ist tackif beim Goi* ›angesehen bei Nichtjuden‹ (Wei. 104). Rotw. ›angesehen, einflußreich, gewaltig, mächtig‹ (Wo. 5738). Mdal. mit Bed. von ›angesehen‹ bis ›schlau‹ (St. 211). Literar. *Er ist takif* ›beliebt‹ *beim Bürgermeister* (Mo. 15); *sie hatte einen offenen Kopf und verstand sich takif zu machen* (Mo. 129). → *Takif.*

Takif, *der* [jidd. *takiph*, Pl. *takiphim* ›mächtiger, starker, angesehener, beliebter Mann‹: AL 483] jüd. fam.; rotw. ›Beamter‹ (Wo. 5738); mdal. ›führende, tonangebende Person‹, auch ›Hochstapler‹ (St. 211f.). → *takif.*

Taljen, *der*, Pl. *Taljonem* [jidd. *taljon* ›Henker‹: AL 481] jüd. fam. ›Henker‹, auch ›schlechter Mensch, Antisemit, Konkurrent‹ (Wei. 104). Rotw. ›Henker‹ (Wo. 5740); mdal. ›Stromer, Tollpatsch‹ (St. 212). → *taljenen.*

taljenen [jidd. *taljen, taljenen* ›henken‹: AL 481] jüd. fam. ›hängen‹ (Wei. 104). Rotw. ›hängen, henken, hinrichten, köpfen, umbringen‹ (Wo. 5740); mdal. ›umbringen, verprügeln‹ (St. 212). → *Taljen.*

Tallis, *Talles, der, das* [jidd. *tallis* ›Oberkleid, Mantel; Decke, mit den Schaufäden, die während des Gebets über den Kopf gezogen wird‹: AL 376] jüd. fam. ›Gebetsmantel‹; *Er hot das Talles noch über'm Kopp* ›man kennt ihn noch nicht‹ (Te. 314). Literar. *Ich wickle mich stärker in meinen Talles ein, um nichts zu hören und fange an* (Ko. 1, 158); *Der Schammes* ›Synagogendiener‹ *und ein fremder Herr im Trauergewande traten an das Pult, in welchem sich die beiden Talleißim befanden* (Bö. 64).

Tallisbeutel, *der* [zu jidd. *tallis*] jüd. fam. ›Beutel zum Transport des Gebetmantels‹; literar. *zwei Männer, jeder den Tallisbeutel unter dem Arm, in tiefem Gespräche begriffen* (Ko. 1, 48). → *Tallis.*

Talmud, *der* [jidd. *talmud* ›Lehre, Talmud‹: AL 398] jüd. fam. (JL 4/2, 836ff.); *Talmud lernen* ›den Talmud studieren‹; ugs. ›ideologische Verbohrtheit‹. Literar. *Er schlug mir vor, mit ihm zweimal die Woche Talmud zu lernen, was ich fast ein Jahr hindurch mit großem Vergnügen getan habe* (Scholem B 139); *bis zum 11. Lebensjahr hab ich nur wenig Talmud gelernt* (Fe. 69); *Hier bekam ich es mit der Wut. »Talmud!«* (Kle. 50–59, 616).

Talmudschul, *Talmudschule, die* [zu jidd. *talmud, schul*] jüd. fam. ›jüd. Lehranstalt‹ (JL 3, 220ff.). Ugs. ›orthodoxe, politisch-ideologische Schulung‹. Literar. *Geistige Cabaretvorführung aus der Tauentzienstraße u. darunter Wilnaer Talmudschul* (Kle. 18–24, 303); *Ein bisschen läuft das alles auf Talmud hinaus, u. wie ich mir die Gesichter u. die Haltung der Genossen im Vortragssaal ansah, hatte ich sehr stark […] diesen Eindruck: Talmudschule, vom Geist her* (Kle. 45–49, 552). → *Schul, Talmud.*

Talmudstreit, *der* [zu jidd. *talmud*] standardspr. ›ideologisch-orthodoxe politische Diskussion‹; literar. *Es war ein komischer Talmudstreit, u. schließlich beschloß man, »das Parteikabinett« zur Festlegung der Terminologie zu befragen* (Kle. 50–59, 258). → *Talmud.*

Tam, *der* [jidd. *taam* ›Geschmack, Sinn, Verstand, Ursache, Grund‹: AL 376] jüd. fam. ›Gunst, Freundlichkeit, Anmut‹ (Ki. 1267); ›Geschmack, Charme‹ (Wei. 104); *Ohne Taam un ohne Rahm* ›unleidlich, abgeschmackt‹ (Te. 419); *E Fraa* ›Frau‹ *ohne Taam un ohne Rahm / Jagt den Mann von derhaam* ›zuhause fort‹ (Te. 734). Mdal. ›Geschmack‹ (St. 212). Literar. *wie es unübersetzbar in der Sprache des Ghettos heißt: ein »Tam«, wie er ihn noch nie gesehen* (Ko. 4, 112); *Alles geschehe mit »Tam«* ›Anmut‹ *und mit Geschick* (Ko. 4, 256); *Auf dein Ponem* ›Gesicht‹ *herauf, was? auf deinen Tam herauf, was?* (KK 5, 311). → *betamt, unbetamt, Untam.*

tanen, *teinen* [jidd. *tainen* ›einwerfen, widersprechen, disputieren‹: AL 376] jüd. fam. ›einwenden, entgegnen, eine Meinung vorbringen‹; *der taant so, und der taant so* (Te. 173); *er hat viel getant* ›eingewandt‹ (Wei. 104). → *eintanen.*

Tarfes, *das* u. Pl. [jidd. *trepho* ›zerrissenes Fleisch; nicht gehörig ausgeschlachtetes, fehlerhaftes Fleisch; nach rabbinischen Vorschriften für den Genuß Verbotenes‹: AL 377; *tarfes*: Weinreich 592] jüd. fam. ›rituell verbotenes Essen; verbotene, schlechte Sachen‹; *Das kommt vom Tarfes Essen*, bei verschiedenen Krankheiten gesagt; scherzhaft für andere Mißstände‹ (Wei. 104); *Kaan Tarwes* ›Zucht‹ *un kaan Derech-Erez* ›Sitte‹ (Te. 420). → *treife.*

Tate, *der* [jidd. *tate* ›Vater‹: Weinreich 603] jüd. fam.; *Der Tate wußt' nicht wie ihm geschehn* (Bö. 25). Rotw. (Wo. 5767). In der nationalsoz. Agitation: *Der »Tate« (Vater) war des Morgens ausgegangen, »ze händlen«, die Mämme (Mutter) hatte in dem schmierigen, alten Hause sich beschäftigt* (HM 300). Literar. *In dem Israeliterstück möchte man dafür heiter sagen: »Vor der Hochzeit, freudgeboren … die der Tate hat bestimmt … wird die Kalle kahlgeschoren … eh' der frohe Freier kommt.« Ich spaße* (Kerr 7/2, 725).

Tateleben, *der* [zu jidd. *tate*] jüd. fam. ›Vater‹, Anrede- und Koseform. Literar. *Ja, Tateleben, brauchst Dich meiner nix zu schämen* (Pick 33); *Jetzt wird der Tateleben nix äso stolz sein auf'n ritterlichen Herrn Sohn* (Pick 34); *daß er von jüdischen Dingen mehr weiß als was der »Datteleben« zum »Moritzche« sagt* (F 622, 63).

Taure, *Tore, die* [jidd. *tora* ›Unterweisung, Lehre, Gesetz‹, Pl. *toros* ›Gesetze, Unterweisungen, Vorschriften‹: AL 383] jüd. fam. ›Lehre, Pentateuch, Torarolle‹ (Wei. L 262); *Wo Toore is, is Chochme* ›Weisheit‹ (Te. 828). Literar. *Er war ein Muster von einem Balkaure* ›Vorleser‹, */ Er hatte im Kopfe die ganze Thaure* (Bö. 9).

Taures Mausche, *Toras Mosche* [aschkenas. hebr. *tauras mausche emmes* ›Moses Tora ist wahr‹: Wei. L 262; jidd. *toires moische*: Weinreich 376] jüd. fam., Beteuerung der Wahrheit; *Taures Mausche emmes* (Wei. L 262); *Bei Tooras Moosche* ›bei dem Gesetz Mosis‹, Beteuerung (Te. 338); *Es is aach nit Alles Toores-Moosche, was Der sagt* (Te. 315). Literar. *»Gott ist mein Zeuge«, rief er gerührt, »was ich sag', ist Taures Mausche* ›heilige Wahrheit‹.« (Mo. 156).

Tauwe, *Towe, die*, Pl. *Tauwes* [jidd. *towa* ›Güte, Gefallen, Dienst, Wohl, Glück‹: AL 376] jüd. fam. ›Güte, Gefallen‹; *tu mir 'ne Tauwe; ich brauch' deine Tauwes nicht* (Wei. 105); *Es get kaan Rosche kaan Eeze, er hot sein Toowe dabei* ›es gibt ein Böser keinen Rat, wenn er nicht seinen Vorteil dabei hat‹ (Te. 912). Frankf. *Dem Rosche soll merr kaa Dowe duh(n)* (FWb. 3196). Rotw. *Towe, Tobe, Tauwe, Tauben* ›Gutes, Güte, Glück, Gefälligkeit‹; *Tauben haben* ›Glück haben‹ (Wo. 5849).

Tefille, *die* [jidd. *tephillo*, Pl. *tephillos* ›Gebet, Gebetbuch‹: AL 434] jüd. fam. (Wei. L 264). Frankf. *Da nahm ich gleich mei Tephille zur Hand / Und benscht* ›betete‹ *e Schmaisrouel* ›Schma Jisroel‹ (FWb. 3164). Literar. *Eine dicke, in schwarzes Leder gebundene Tfille* ›Gebetbuch‹ *haltend und die Lippen noch stumm bewegend, erhob sie sich, uns zu begrüßen* (Mo. 7).

Tefillenträger, *der* [zu jidd. *tephillim*] jüd. fam. ›orthodoxer Jude‹, abwertend; literar. *Sonntags durfte er sich bei uns sattfressen, wobei man ihn bei jedem Happen schmecken ließ, wieviel feiner wir Berli-*

ner Juden waren als die dreckigen Tefillenträger aus dem Osten (er trug gar keine Tefillen) (Blu. 65). → *Tefillin.*

Tefillin, *Tefillen* Pl. [jidd. *tephillim* ›Gebetriemen‹: AL 434] jüd. fam. (Wei. L 264). Literar. *Jetzt will ich alle Tag Tefillin legen* (Ko. 1, 273); *da er sein Morgengebet noch nicht verrichtet hatte, zog er die Tfillim hervor, legte sie um Kopf und Arm und begann mit murmelndem Singsang zu oren* ›beten‹ (Mo. 142); *Sohn: »Vater, wozu braucht ein Goy* ›Nichtjude‹ *ein' Kopf? Denken tut er nicht – Tefillim legt er nicht – also nur zum Grüßen?«* (Neu. V 310).

Tefillinlegen, *das* [zu jidd. *tephillim*] jüd. fam. ›Anlegen der Gebetriemen‹; literar. *züchten die dicksten Apfelsinen und schaffen neue Rekorde im Tefillinlegen und Brochesagen* (Hermann B 94). → *Tefillin.*

tess Num. [jidd. *tess* ›neun‹: AL 374] jüd. fam. (Ah. 139; Wei. 105); mdal. (St. 213). → *olef.*

Tewue, *die* [jidd. *tewua* ›Getreide, Korn, Frucht‹: AL 340] jüd. fam. auch *Twue, Tefue, Tfue* ›Getreide‹ (Wei. 105); *An Tvue-Handel is kaan Broche* ›Segen‹; *Es is noch kaan Tvue-Händler reich gestorbe'* (Te. 779). Rotw. (Wo. 5780).

Tiffle, *die*, Pl. *Tiffles* [jidd. *tiphlo* ›nichtjüd. Bethaus‹, auch *bes hatiphlus*: AL 482] jüd. fam. ›Kirche‹ (Wei. 105). Rotw. (Wo. 5828); mdal. (St. 213). Literar. *Und wie Du hast müssen in der Tifle spielen, begreifst Du jetzt, mein' Kron', was in mir vorgegangen ist? Aber reden wir nicht davon, das ist vorbei, und war's eine Ewere* ›Sünde‹, *so hast Du Alles zehnmal gut gemacht* (Mo. 187).

Tillim, *Tillem* Pl. [jidd. *tillim*, verkürzt aus *tehillim* ›Lobgesänge, Psalmen‹: AL 481] jüd. fam. ›Psalmen‹; *T. sagen* ›Psalmen lesen, beten, vortragen‹ (Wei. L 264f.), auch gegen Bezahlung (Ko. 1, 71); anekdotischer Rat bei Durchfall: Psalmen rezitieren, daher Redensart *Tillem stopft* (Wei. 105). Frankf. *Dillem is net for Dorchfall, Dillem stoppt* (FWb. 3186). Literar. *Ich nehm' mir dann mein großes Gebetbuch her und sag' daraus meine paar Kapitel Thillim* (Ko. 2, 18); *Eher werd' ich in der Gemeinde Schulklopfer und geh' »Thillim sagen«* (Ko. 1, 71).

Tillimsagen, *das* [zu jidd. *tillim*] jüd. fam. ›Psalmen lesen, beten vortragen‹ (Wei. L 264f.); literar. *Aber das Thillimsagen der Leute hielt seine scheidende Seele noch zurück, noch wichen die Schatten des Todes nicht vom Rabbi* (Ko. 1, 274). → *Tillim.*

Tinnef, *der* [jidd. *tinneph* ›Kot, Unflat‹: AL 376] jüd. fam. ›minderwertige Ware, Ausschußware‹ (Ki. 1268); ›Dreck, schlechte Qualität, Nachgeburt beim Vieh‹; *Tinnef mit Lakritz* ›schlechte Ware‹, abwertend (Wei. 106). Frankf. *so en Tinnef* (FWb. 3186); berlin. (BBWb. 4, 425); wiener. (Wehle 272f.). Rotw. (Wo. 5830); mdal. (St. 213). Ugs. ›wertloses Zeug, Unsinn‹ (Kü. 2856; DuWb. 3395). Literar. *Ohne mich bist du ein Tineff für die Gesellschaft* (KK 5, 320); *Man darf aber nicht vergessen, daß es sich um Fragen und Probleme des deutschen Geisteslebens handelt, für dessen erschöpfende Darstellung ich allerdings häufig von einem Tineff ausgehe* (F 561, 88); *Ich brauche Hosen und Hemden für meine Enkelkinder! Aber keinen Tinnef!* (Se. M 66).

Tinnefologie, *die* [zu jidd. *tinneph*] ad hoc-Bildung in der Art eines wiss. Terminus; literar. ›Angelegenheiten des jüdisch-wienerischen Milieus vor 1933‹ (Kuh M 157). → *Tinnef.*

Tippelschickse, *die* [zu jidd. *schickzo*] rotw. ›Vagabundin‹ (Ki. 1265; Wo. 5833). Mdal. ›Landstreicherin, leichtes Mädchen‹ (St. 187). → *Schickse.*

tischem Num. [jidd. *tischim* ›neunzig‹: AL 483] jüd. fam. (Ah. 139; Wei. 106); mdal. (St. 213). → *olef.*

Toches, *Doches, Dokes, der* [jidd. *tachas* ›Unteres, Hinteres‹: AL 480; *toches* ›Gesäß‹: Harkavy 521] jüd. fam. ›Gesäß‹ (Ki. 1268); mit vielen festen Wendungen und Redensarten wie *Mit dem Toches auf zwei Kirmessen* ›nicht an zwei Stellen zugleich‹; *Dein Toches feiert Kirmes* ›kriegt Schläge‹; *Du kannst mich am Toches melochen*, Götz-Zitat (Wei. 106). Frankf. *Mackes* ›Schläge‹ *auf de Dokes* (FWb. 3192f.); wiener. (Wehle 273). Rotw. (Wo. 5846); mdal. (St. 214f.); ugs. (Kü. 2863; DuWb. 3403). Literar. *Dennoch ist sie ganz normal, / Der Toches rund, das G'sicht oval* (Sle. L 191); *Nur das Beste und zu einem vernünftigen Preis, sonst trete ich dir in deinen fetten Toches* (Se. 66f.).

tof, *toff* Adj. [jidd. *tow*] jüd. fam. ›gut‹; *toffer Kaune* ›guter Kunde‹ (Wei. 105). Frankf. *jetzt weiß ich, daß der Gaul ist toff* (FWb. 3196). Rotw. ›gut‹ (Wo. 5849); mdal. ›gut, schön, tüchtig, schneidig, gut zahlend‹ (St. 84). Literar. *Die toffe Edith gab mir einen Schmatz: »Nun gehörst du zu uns!«* (Blu. 154). → *dufte, toffte, tow.*

tofel Adj. [jidd. *tophel* ›alt‹: AL 377; ›nichtig, wertlos‹: Weinreich 595] jüd. fam.; *eine tofle Beheime* ›Kuh‹; *der Tofele* ›Alte‹ (Wei. 107). Rotw. (Wo. 5850); mdal. ›katholisch, alt‹ (St. 213). → *Toflemone.*

Tofes, *Towes, Taufes, der, das* [jidd. *tophus*, Pl. *tephusim* ›Gefangener, Eingekerkerter‹; *tophus sein* ›im Kerker, Arrest sitzen‹: AL 482] jüd. fam. ›Gefängnis‹; *Er hat gimmel Schone(m) Tofes gekriegt* ›drei Jahre Gefängnis‹ (Wei. 107). Rotw. ›Gefangener, Gefängnis‹ (Wo. 5734); mdal. ›Gefängnis, Arrest‹ (St. 214). In der nationalsoz. Agitation: *»Se dürfen ma Isch (Mann) nich stoßen, Herr, er is kein Tofes (Verhafteter).«* (HM 377).

toffte, *tuffte* Adj. [zu jidd. *tow*] jüd. fam. ›gut‹; *toffte Achiele* ›Essen‹; *toffte Massematten* ›Geschäft‹ (Wei. 105). Frankf. *es war tuffte* ›fein, schön‹; *tuft* 1943 Modewort des Schulhofs, *tufte Nudel* (FWb. 3261). Mdal. hess. *tufte Schickse* ›Mädchen‹ (Ah. 155). → *dufte, tof, tow.*

Toflemone, *die, der* [jidd. *tophel amuna* ›der alte Glaube, katholische Glaube‹: AL 377] jüd. fam. auch *Tofelemone* ›Katholiken, katholischer Glaube, katholische Kirche‹ (Wei. 107). Frankf. *Ich bleibe meim Nemune* ›Glauben‹ *treu / Ich bin e Toflemune* (FWb. 3196f.). Rotw. (Wo. 1045); mdal. (St. 213f.). Literar. *Sie war um 1825 geboren, in Bonn am Rhein, und von Nönnkes in einer Klosterschule katholisch (tooflemonu) erzogen worden* (Blu. 37). → *tofel.*

Tole, *der* [jidd. *tolui* ›Gehenkter, ans Kreuz Geschlagener‹: AL 481] jüd. fam. ›Jesus, Kruzifix‹ (Wei. 107); *Der hot den Toole nit geratzt* ›war an der Kreuzigung Jesu nicht beteiligt‹, d.h. ›ist ein gutmütiger Mensch‹ (Te. 414); *Er is druf aus, wie der Toole uf e Nuß*, Redensart, abgeleitet von *wie eine Dohle auf eine Nuß* (Te. 516).

tomer Adv. [jidd. *tomer* ›vielleicht, etwa‹, wörtl. ›du könntest sagen, einwenden, daß‹, Ausdruck, der einen vermuteten Einwand durch

Vorwegnahme entkräften soll: Bernstein CV] jüd. fam., *tomer verkehrt* ›vielleicht ist das Gegenteil richtig‹ (Ki. 1268). Literar. *Und manche Baalboste* ›Hausfrau‹ *blickt auf die Töchter / Und denkt sich im Stillen, nu tommer möcht' er* (Bö. 8); *Tommer kann ma den Feind demoralisieren* (Pick 16).

tow, *tauw* Adj. [jidd. *tow* ›gut, schön, lieblich, glücklich, groß, fröhlich‹: AL 375] jüd. fam. ›gut‹; *tauw in der Achiele, lau in der Meloche* ›gut im Essen, nicht in der Arbeit‹ (Wei. 105); 1766 *Darum ists besure Tauve* ›eine gute Botschaft‹ (Maas). Rotw. *tov, toiw* (Wo. 5849). → *dufte, tof, toffte.*

treife, *trefe* Adj. [jidd. *trepho* ›für den Genuß verboten, unrein‹: AL 377] jüd. fam. ›rituell verboten, unrein, unzulässig, schlecht, verkehrt‹; *Der mit seiner treifenen Neschome* ›unreinen Seele‹ (Wei. 107); *Der is durch un durch treephe* (Te. 289); *tre(i)fener Hals* ›Mensch, der sich nicht an die rituellen Speisegesetze hält‹ (Ki. 1268); Frankf. *en Goy* ›Nichtjude‹ *is trefe, awwer sei Geld is koscher* (FWb. 3228). Rotw. ›unrein, unehrlich, unsicher, verdächtig, gestohlen‹ (Wo. 5894); *t. machen* ›einen Verbrecher überführen‹ (Ki. 1268). Mdal. ›unrein, dreckig, unerlaubt, zerrissen‹ (St. 215). In der nationalsoz. Agitation: *Nu, ich weiß, ich bin treife (wörtlich: unrein, d. h. überwiesen)* (HM 377). Literar. *Du wirst's noch so weit bringen, daß die ganze Gemeinde trefe* ›unrein‹ *wird* (Mo. 70); *Die rituellen Juden pflegen trefe gewordene Gefäße zu reinigen, indem sie sie eingraben* (Kle. 33–41, 123). → *koscher, Tarfes.*

Treifelsleben, *das* [zu jidd. *trepho*] frankf. ›sündiges Leben‹, ad hoc-Ausdruck; *Von euern Neweires* ›Sünden‹ *und Börsensünden, von dem Greul und dem Treifelsleben* (FWb. 3230). → *treife.*

Tschuwe, *die*, Pl. *Tschuwes* [jidd. *teschuwo* ›Wiederkehr, Antwort, Buße‹: AL 464] jüd. fam. ›Antwort‹; *Keine Tschuwe ist auch 'ne Tschuwe* (Wei. 108); *Wer viel Schaales* ›Fragen‹ *macht, bekummt viel Tschuwe* (Te. 867). Frankf. *gibt se derr uff dei Redd' kaa Schuwe* (FWb. 3258). Rotw. ›Antwort, Nachricht‹ (Wo. 5216); mdal. (St. 215). Ugs. *Und ich bitte Dich flehentlich, nicht in 10 Briefen anzufragen, ob wir es machen u. ich antworte 10 x Ja u. nachher zu behaupten, ich gäbe »prinzipiell« keine Schuwe* (Scho. 148).

U

Ugges, *Ukes* Pl. [jidd. *ugo*, Pl. *ugos* ›Kuchen, Brotkuchen‹: AL 424] jüd. fam. *Ugges, Uggeschen* ›Plätzchen‹ (Wei. 108). Frankf. *Ukes, der* ›Kuchen‹ (FWb. 3293; St. 216); rotw. *Ugo* ›Kuchen‹ (Wo. 5981).

unbetamt, *umbetamt* Adj. [jidd. *unbatamt*: Weinreich 772] jüd. fam. ›geschmacklos, geistlos‹ (Wei. 104), ›abgeschmackt‹ (Te. 419). Literar. *Chiefoscaman – Häuptling der Yakoma-Indianer, genannt der unbetamte Lämmergeier, in seinen heimatlichen Tänzen und Gesängen* (Sle. Wo 80); *Wenn dieser unbetamte Lämmergeier vor mir auftritt, pfeifen mir die Leute auf meine Schubert- und Brahmslieder* (Sle. Wo 80). → *betamt, Tam, Untam.*

unchein, *unchain* Adj. [jidd. *umchein*: Weinreich 770] jüd. fam. ›ungeschickt‹ (Ki. 1256); ›witzlos, albern, linkisch, geschmacklos, langweilig‹ (Wei. 57). → *Chein.*

Untam, *der* [jidd. *umtam*: Weinreich 770] jüd. fam. ›geistlose, schwerfällige Person; langweilige, fade, geschmacklose Sache oder Situation‹ (Wei. 104; Ki. 1267). Wiener. ›unbeholfener, ungeschickter Mensch‹ (Wehle 65). Ugs. *Der Unterschied von Untam und Nebbich: der Untam läßt alles fallen, und der Nebbich klaubt es nebbich auf* (Sle. B 66). → *betamt, Tam, unbetamt.*

Urbabe, *die* [zu jidd. *babe*] jüd. fam. ›Urgroßmutter‹; literar. *Wenn sie alle am Sabbat zu der Urbabe gekommen sind, um sich von ihr benschen* ›segnen‹ *zu lassen, so hat's in ihrer großen Stube ausgesehen, daß eine Stecknadel sich um einen Platz hätte bekümmern müssen* (Ko. 7, 94). → *Babe.*

Urdede, *der* [zu jidd. *deide*] jüd. fam. ›Urgroßvater‹; literar. *Soll ich dir etwas sagen: dein Urdede war gar nicht fromm* (Ko. 2, 60); *Heut' nacht ist dein Urdede, wie er leibt und lebt zu mir gekommen und hat mit mir gesprochen* (Ko. 2, 170). → *Deide.*

V

veracheln [zu jidd. *achlen*] frankf. ›aufessen, wegputzen‹; *Un nor um was weck ze blase / Daß die Flint net roste kann / Schosse se die aarme Haase / Un verachelte se dann* (FWb. 3337); mdal. (St. 56). → *acheln.*

verknassen [zu jidd. *knas*] jüd. fam. ›strafen‹ (Wei. 72). Frankf. ›bestrafen, gerichtlich verurteilen‹; *der is verknaßt worde* (FWb. 3368); mdal. (St. 114); ugs. ›zu einer Gefängnisstrafe verurteilen‹ (Kü. 2981; DuWb. 1893). → *Knass, knassen.*

verknasten [zu *Knast*, jidd. *knas*] rotw. ›verurteilen‹ (Wo. 2766); mdal. (St. 114); ugs. ›zu einer Gefängnisstrafe verurteilen‹ (Kü. 2981; DuWb. 1893). → *Knast, verknassen.*

verkohlen [zu jidd. *kol*] frankf. ›anschwindeln, zum besten halten‹; *sie wolle mich wohl verkohle* (FWb. 1538, 3370); berlin. (BBWb. 4, 603). Rotw. ›belügen, betrügen, veralbern, verleumden‹ (Wo. 2824); mdal. (St. 115); ugs. (Kü. 2982; DuWb. 3678). → *kohlen, Kol.*

vermasseln [zu jidd. *masol*] jüd. fam. ›verderben, vereiteln‹ (Ki. 1262; Wei. 78); *er hat mir das Geschäft gründlich vermasselt* (Wei. 78). Frankf. *sie hawwem die Tour vermasselt* ›sind ihm in die Quere gekommen‹ (FWb. 3379); berlin. (BBWb. 4, 609). Rotw. ›verraten (bei der Polizei)‹ (Wo. 3435). Mdal. ›verderben, verschwenden, betrügen‹ (St. 129); ugs. ›zunichte machen‹ (Kü. 2986; DuWb. 3689). → *Massel.*

Vermasselung, *die* [zu jidd. *masol*] jüd. fam. ›Unachtsamkeit‹; literar. *Durch irgendeine Vermasselung kam Jolles an meine Stelle* (Kle. 45–49, 380). → *Massel, vermasseln.*

vermassern [jidd. *vermassren* ›verraten, angeben, anschwärzen‹: AL 405] jüd. fam. ›verraten‹ (Wei. 78). Rotw. *vermossern, vermassern* ›denunzieren‹, seit 1735 (Wo. 3695); mdal. ›denunzieren‹ (St. 130). → *massern, Moser, mosern.*

vermiesen [zu jidd. *mis*] jüd. fam. ›nörgeln, als schlecht darstellen‹; *er hat ihm den Handel vermiest* ›verdorben‹ (Wei. 84). Mdal. (St. 146); ugs. ›verleiden, die Freude verderben‹ (Kü. 2986; DuWb. 3690; ÖWb. 402). Literar. *Frau Minne, Du hast mir das Leben vermießt* (Pick 36). → *mies, miesmachen.*

vorschmusen [zu jidd. *schmusen*] frankf. ›schmeichlerisch erzählen‹; *Aam ebbes vorschmuse* (FWb. 3453); mdal. ›vorschwindeln‹ (St. 201); *Awer dann kann ich minner Ahlen* ›meiner Ehefrau‹ *nix vorschmusen* (HNWb. 4, 438). → *schmusen.*

W

wadde Adv. [jidd. *wadai* ›gewiß‹: AL 380] jüd. fam. *wadde*, auch *awadde, bewadde, ewadde* ›in der Tat‹ (Ki. 1268)

Weiberschul, *die* [zu jidd. *schul*] jüd. fam. ›für Frauen reservierter Teil der Synagoge‹ (Wei. L 102). Literar. *Da haben wir alles verkauft, was uns noch aus der guten Zeit geblieben war, das Haus und die Betstätte der Mutter droben in der Weiberschul'* (Ko. 5, 147). → *Schul.*

wejiwrach, *wajiwrach* Adv. [jidd. *wajiwrach sein* ›fort sein‹, *wajiwrach machen, w. halchen* ›davongehen, bes. von Bankrotteurs, Gefangenen usw.‹: AL 345] jüd. fam. ›fort, weg‹; *er ist wejiwrech gegangen/gehalchent; er hat (sich) wejiwrech gemacht* ›aus dem Staub gemacht‹; *Wejiwrach!* ›fort von hier!‹ (Wei. 109). Rotw. ›fort‹ (Wo. 1422); mdal. (St. 86).

Weitschmuser, *der* [jidd. *schmusen*] jüd. fam. ›Telephon‹, ad hoc-Bildung (Wei. 100). → *schmusen.*

Weltverknassung, *die* [zu jidd. *knas*] frankf. ›Jüngstes Gericht‹; *Bei der Weltverknassung* (FWb. 3535). → *Knass, knassen.*

Wide, *Widde, die* [jidd. *widui* ›Sündenbekenntnis‹: AL 353; Wei. L 292] jüd. fam. *jdm. die Wide vorsagen* ›seine Fehler vorhalten‹ (AL

353). Literar. *Dann mußte er die »Avide« oder das Sündenbekenntnis ablegen; er tat es mit vielen Tränen* (Ko. 1, 22); *Er begann die Widde [...] zu sagen und schlug sich bei jeder Sünde verzweifelnd an die Brust* (Mo. 143).

wow Num. [jidd. *wof* ›sechs‹: AL 360] jüd. fam. (Ah. 138; Wei. 109); mdal. *waw* (St. 216). → *olef.*

Z

Zaddik, *der*, Pl. *Zadiekem* [jidd. *zadik*, Pl. *zadikim* ›Gerechter, Rechtschaffener‹: AL 440] jüd. fam. ›fromme Person‹ (Wei. 109); *Zaddik im Pelz* ›Mensch, der es sich mit seiner Religionsausübung bequem macht‹ (Te. 654). Rotw. *Zaddik* ›Brecheisen‹; *Zadekim* ›Polizeibehörden‹ (Wo. 6298 f.). Literar. *Was hat dieser Zaddik für Strafe bekomm'n – / Mit'n Kuß hat ihn Gott ins Gan Eden* ›Paradies‹ *genomm'n* – (Bö. 55).

Zedoke, *die* [jidd. *zedoko* ›Gerechtigkeit, Gebührlichkeit, Almosen‹: AL 440] jüd. fam. ›Wohltätigkeit, Unterstützungskasse‹ (Wei. L 295 f.). Frankf. ›Almosen‹; *Ich muß e Zdoke nemme* (FWb. 3619; St. 216).

Zeittinnef, *der* [zu jidd. *tinneph*] ad hoc-Bildung; literar. *Jede Zeit hat ihren latenten oder offensichtlichen, ihr zugehörigen und durch gewisse Namen repräsentierten Zeittinnef* (Kuh M 192). → *Tinnef.*

Zelem, *Zeilem, das* [jidd. *zelem*, Pl. *z'lomos* ›Bild, Schattenbild, Götzenbild, Kreuz‹: AL 442] jüd. fam. ›Kreuz, Kruzifix; Kreuz (Kartenspiel); Kreuz (Rücken)‹ (Wei. 109); *Er guckt e Zeelem für e Olef an* ›kann ein Kreuz nicht von einem Buchstaben unterscheiden‹ (Te. 159). Frankf. *Das bös Ceilem* (FWb. 3624). Rotw. ›Kreuzer‹ (Wo. 6305). Mdal. (St. 216); hess. *daß de des bitterbees Zelem krickst* (Ah. 156).

zekenen [jidd. *zekenen, zaikenen* ›schreien, um Hilfe schreien‹: AL

443] jüd. fam. ›schreien, schimpfen, singen‹ (Wei. 110). Rotw. ›verraten, gestehen, schwatzen‹ (Wo. 6331). Mdal. ›bellen (Hund), gestehen, ärgern, necken‹ (St. 216).

Zizzes, *Zitzes* Pl. [jidd. *zizis* ›Vorderhaar, Quaste, Troddel, Schaufäden, Denkfäden am viereckigen Brusttuch: AL 441] jüd. fam. Schaufäden am Arbekanfes (Wei. 110). Literar. *Was ist das für eine Zeit, wo die Kinder so schlecht geworden, daß sie »schlechte Zizehs«* ›Schaufäden‹ *tragen* (Ko. 1, 31).

zocken [jidd. *zchoken* ›spielen, scherzen‹: AL 441] jüd. fam. *s'chocken, zchocken, chocken, zocken* ›Karten spielen‹ (Wei. 100). Rotw. ›(Glücksspiele) spielen‹ (Wo. 6297); mdal. ›Karten spielen, bezahlen‹ (St. 217); ugs. (DuWb. 4027); heute auch ›risikoreich handeln, am Börsenhandel teilnehmen‹, mit Abl. und Zus. (Ah. Z).

Zocker, *der* [zu jidd. *zchoken*] jüd. fam. *s'schocker* ›Spieler, Spekulant‹ (Wei. 100). Frankf. *euch Börsen-Schocker, euch Gründerpack* (FWb. 2811). Rotw. ›(Glücks)Spieler‹ (Wo. 6297); ugs. ›Glücksspieler‹ (DuWb. 4027); jetzt auch ›risikoreich handelnder Mensch, Teilnehmer am Börsenhandel‹, mit vielen Zus. (Ah. Z). → *zocken.*

Zoff, *Soff, der* [jidd. *soph* ›Ende‹: AL 609] jüd. fam. *Soff, Zoff* ›Ende, Abschluß‹ (Wei. 103). Frankf. *mach Zoff* ›mach Schluß‹; *Gebts noch kaan Zoff mit dem Krieg* (FWb. 3645); berlin. ›Ärger, Schwierigkeiten‹; *det jibt Zoff* (BBWb. 4, 962); wiener. *Soff* ›Ende, Sinn, Zweck‹; *wos isn der Soff von dem?* (Wehle 260). Rotw. *Sof, Zoof* ›Ende, Ausgang einer Sache (Wo. 5372); mdal. (St. 217). Ugs. ›Ärger, Streit, Zank, Unfrieden‹ (Kü. 3179; DuWb. 4027); jetzt Modewort (Ah. Z).

Zomes, *Zumes* Pl. [jidd. *ezem,* Pl. *azomes* ›Knochen, Gebein, Körper, Körpergestalt, Wesentliches‹: AL 428] jüd. fam. ›Knochen, Beine‹; *Gib mir nicht soviel Zomes zum Fleisch; Die Sege hat kurante Zomes* ›die Frau hat schöne Beine‹ (Wei. 62; 110). Frankf. (FWb. 723); mdal. hess. *Azomes, Zoomes* (Ah. 116).

Zore, *die,* Pl. *Zores* [jidd. *zoro,* Pl. *zoros* ›Bedrängnis, Angst, Not‹: AL 441] jüd. fam. *Zore* ›Sorge‹ (Wei. 110); *Zores* ›Not, Bedrängnis, Leiden, Unglück‹ (Ki. 1268); *Es is genung an der Zore, wenn sie da is*

(Te. 812); *Seine Zores und Rothschilds Geld* ›seine Sorgen sind nicht so schlimm‹ (Wei. 110). Mdal. mit vielen Bed. von ›Unannehmlichkeit‹ bis ›Spaß‹, von ›Gesindel‹ bis ›unordentliche Frau‹ (St. 218); wiener. *der hot an'n Zores ghobt* ›Ärger gehabt‹ (Wehle 294). Rotw. (Wo. 6388). Ugs. ›Ärger, Gezänk, Durcheinander, Gesindel‹ (Kü. 3179f.; DuWb. 4030), österr. ›Ärger, Schwierigkeiten‹ (ÖWb. 438).

Zosse, *Zossen, der* [jidd. *sus*, Pl. *susim* ›Pferd‹: AL 417] jüd. fam. *Suss, Zuss, Zosse(n), Zusse(n)* (Wei. 104). Berlin. *Zosse, Zossen* ›Pferd, Droschkenpferd‹; *jedes Mal stand der olle Zossen vor de Deichselstange* (BBWb. 4, 965). Rotw. (Wo. 6390); mdal. *Sus, Zus, Zosse(n)* (St. 210f.); ugs. (DuWb. 4031).

Zu-tun-Bonum, *das* [zu jidd. *ponim*] frankf. *Zu dhu Bonum* ›Amtsmiene, geschäftiger Gesichtsausdruck‹ (FWb. 3672). → *Ponem.*

zuschmusen [zu jidd. *schmusen*] jüd. fam. ›zureden‹ (Wei. 100). Mdal. ›aufschwätzen, schmarotzen, zutragen‹ (St. 201). → *schmusen.*

Zuschmuser, *der* [zu jidd. *schmusen*] jüd. fam. ›jmd., der im Dienst der einen Partei steht und beim Handel der anderen zuredet‹ (Wei. 100). → *schmusen.*

Verweisregister

Gojem, Gojen → Goi
Gomel benschen → Gaumel b.
Großkozen → Großkotz
Gules → Goles
holchenen → halchenen
Immohes → Em
Inn > Ajen
Jad → Jod
Jansoref → Jajensoref
Jieches → Jiches
Jochem → Jechem
joker → jauker
Jom gimmel → Jom beis
joze → jauze
jus → jud
Kafronem → Kaffer
Kafruse → Chawruse
Kahel → Kal
Kartoffelschalet → Schalet
Kassorem → Chisoren
Katowes → Ketowes
kauchem → kochem
kaudesch → kodesch
Kaul → Kol
kaule → chaule
Kaulem → Chaulem
Kaune → tof
kauscher → koscher
Keisef → Kesef
Keiwer → Kewer
Keiwer Jisroel → Kewer Jisroel
Ketauwes → Ketowes
Kewe → Nekeiwe
Khille → Kille
Kiwwed → Kibbed
Kohl → Kal
Kosche → Kasche
Kriee → Keriee
Kriere → Keriere
Lauschen → Loschen
Lauschen kaudesch → Loschen kaudesch
Lawone → Lewone
Lef → Lev
Letzemer → Lezemer
Lezem → Lezen
lo → lau
Lochefez → Lauchefez
ma(r)wiechen(en) → mewiechen(en)
Maase → Meise
maberes → meberes
macholle, machulle → mechulle
Magille → Megille
Maiße → Meise
Maissele → Meise
Malach → Mallech
Malbuschen → Malbesch
Malmesch → Malbesch
malmeschen → malbeschen
maschores → meschores
Maschores → Meschores
Mase → Meise
Masse, Masses → Meise
Massek → Massik
Masser → Moser
Matz → More Zedek
Matzeschalet → Schalet
Matzkuchen → Matzerkuchen
Maucher → Mocher
Mauhel → Mohel
Maukem → Mokem
Maure → More
Mauschelchen → Moschel
Mauschew → Moschew
Mauser → Moser
Mauze → Moze
mazil sein → meramme sein
Mazze → Matze
mebulbel → mewulwel
Mechome → Milchome
Meilech → Melech
meimeln → majemen
meimenen → majemen
Meiwin → Mewin
meizern → meezern
mekeimen → makeimen
Mekewe → Nekeiwe
Meloche → Maloche
Melochem → Melech

Scheigez → Schegez
Scheim → Schem
Scheker → Scheiker
Schekez → Schegez
Schiduchem → Schiddech
Schikorem, Schikoren → Schicker
Schkorem → Scheiker
Schkozem → Schegez
Schlackenschammes → Schlatten-schammes
Schlemassel → Schlamassel
Schlemihl → Schlemiel
Schlemihle → Schlemielte
Schlimm-Massel → Schlamassel
Schlome → Schlaume
Schmajes → Schma Jisroel
Schmus berientes → Schmus bajentes
Schochet → Schauchet
Schochtem → Schauchet
Schock → Schuck
schocken → schucken
Schocker → Zocker
Schofer → Schaufer
Schofet → Schaufet
Schote → Schaute
Schottem → Schaute
schowe → schauwe
Schtike → Stieke
Schuttef → Meschuttef
Schuwe → Tschuwe
Sechaure → Schore
Sechore → Schore
Sefel → Seiwel
Segel → Sechel
Segeltuch → Sechel
Seichel → Sechel
Socher → Saucher
Soff → Zoff
Sonnem → Saune
Sore → Schore
stikum → stieke
Suss → Zosse
Suten → Soten
Taam → Tam
talfen → dalfen
Taljonem → Taljen
Tatscher → Datscher
Tauben → Tauwe
Taufes → Tofes
tauw → tow
teinen → tanen
Tfille → Tefille
Tfillim → Tefillin
Thaure → Taure
Tobe → Tauwe
Toras Mosche → Taures Mausche
Tore → Taure
Towe → Tauwe
Towes → Tofes
tuffte → toffte
Twue → Tewue
ungeprait → preien
user → osser
wajiwrach → wejiwrach
Walmusch → Malbesch
Wusche → Busche
zammech → sammech
zasser(e)n → sassern
Zasseras → Sasseres
Zasserer → Sasser
Zaucher → Saucher
Zeilem → Zelem
Zocher → Saucher
Zoneff → Sonef
Zuckes → Suckes
Zumes → Zomes
Zuss → Zosse